权威 · 前沿 · 原创

BLUE BOOK
OF SCIENCE COMMUNICATION

科学传播蓝皮书

中国科学传播报告
（2010~2011）

詹正茂　靳　一　陈晓清 等／著

ANNUAL REPORT ON SCIENCE COMMUNICATION
OF CHINA(2010-2011)

社会科学文献出版社
SOCIAL SCIENCES ACADEMIC PRESS (CHINA)

法 律 声 明

"皮书系列"（含蓝皮书、绿皮书、黄皮书）为社会科学文献出版社按年份出版的品牌图书。社会科学文献出版社拥有该系列图书的专有出版权和网络传播权，其 LOGO（ ）与"经济蓝皮书"、"社会蓝皮书"等皮书名称已在中华人民共和国工商行政管理总局商标局登记注册，社会科学文献出版社合法拥有其商标专用权，任何复制、模仿或以其他方式侵害（ ）和"经济蓝皮书"、"社会蓝皮书"等皮书名称商标专有权及其外观设计的行为均属于侵权行为，社会科学文献出版社将采取法律手段追究其法律责任，维护合法权益。

欢迎社会各界人士对侵犯社会科学文献出版社上述权利的违法行为进行举报。电话：010 - 59367121。

社会科学文献出版社

法律顾问：北京市大成律师事务所

科学传播蓝皮书编委会

本书受国家社会科学基金重点项目"公众科学发展素养研究"（项目号：08AKS004）资助

《中国科学传播报告》
课 题 组

组　　长　詹正茂

成　　员　靳　一　陈晓清　王　棋　潘佼佼　李　茸

　　　　　周超文　卜　勇　张泉涛　丁文亮

主要编撰者简介

詹正茂　博士，中国科协发展研究中心研究员，中国科学学与科技政策研究会理事。长期从事综合性对策研究工作，专注于科学技术与国家发展政策研究。

靳　一　博士，中国科学传播研究所副研究员。主要研究方向为全民科学素质提升与科普、公共形象、文化与传媒产业、政策传播和执政理念传播等。

陈晓清　中国科学传播研究所助理研究员。主要研究领域为政府形象和公共关系及文化产业政策等。

摘　要

《中国科学传播报告（2010～2011）》是由中国科学传播研究所组织政府部门、科研机构、高等院校等各方专家、学者共同撰写的关于中国科学传播的研究成果。

本书秉承"科学与社会"的研究范式，将研究着眼于社会文化环境与科学创新发展、创新性人才培养的相互影响和作用，科学和科学家在社会发展中的角色，科学与国家理念、政府执政，科学与民族复兴等时代主题。

全书分为总报告、专题报告、高层论丛、年度报告及附录五部分，立足于国家权威的统计数据和严格科学的社会调查，课题组全面收集2009年及部分2010年的新闻媒体报道、互联网公众论坛信息、政府公文及其他专题信息，从中抽取与科学传播相关的资料，进而对由各级政府部门、科学家以及大众媒体等主体所参与和主导的科学传播情况进行全景式扫描；同时采用电话调查和焦点访谈的方式，了解科学传播相关活动对公众产生的影响以及公众的态度和意见；了解科学家群体在科学传播过程中的行为和思想认识；了解科学及科学家群体在公共话语镜像中的呈现情况。

本书运用定量和定性相结合的方法，从政府、科学家群体、社会和文化等层面，从传播内容、传播方式、传播效果等角度，对中国科学传播状况进行了全面的描述和深入的分析。课题组从营造科学创新社会文化、增进科学与社会的联系、提高科学家声誉、推进科学传播研究、提升科学传播效果等方面提出了结合实际的可操作的对策建议。

Abstract

Annual Report on Science Communication of China (*2010 - 2011*) is an academic achievement on science communication of China, written by the government departments, scientific research institutions, colleges and universities experts' and scholars organized by the institute for science communication of China.

Adhering the formula of "science and society", this book focuses on the times topics such as the influence or interaction among socio-cultural environment, scientific innovation and creative talents' training; science or scientists' role in social development; science with concept of nation and government; science and national rejuvenation, etc.

This book has five parts: part one is general report, part two is special report, part three is deep monographs, part four is annual report and part five is appendix. This book bases on the national authority of statistic data and the strict social investigation. The authors have collected information relevant to science in 2009 - 2010, which is selected from all the internet information, the government public document and other project information, to scan the science communication situation in China. Through the telephone survey and focus interview, the authors find out the impact science communication activities have bring on public and the attitudes from the public; the scientists' behaviors and understandings in the process of science communication; the public perception of science and scientists. The authors analysis and summarize the situations of science communication in China from the levels of government, scientists, society and culture by using the qualitative and quantitative method. The authors also give a full description from the points of communication content, mode of communication and communication effect. The authors give operable suggestions from angles of creating a social culture suit to scientific innovation, promoting the relationship between science and society, enhancing the reputation of scientists, accelerating the research on science communication, enhance the science communication ability of communicators.

科学精神是具有显著时代特征的先进文化

科学技术作为人类智慧的结晶，不仅创造了巨大的生产力，也形成了以科学精神为特征的先进文化。胡锦涛同志前不久在中国科学院第十五次院士大会和中国工程院第十次院士大会上的重要讲话中指出，科学精神是科学技术的灵魂。科学精神能为科技进步和创新提供强大精神动力。改革开放以来，我们正是在"科学技术是第一生产力"这一重要论断的指引下，发扬科学精神，深化经济与科技体制改革，推动了经济持续快速发展。当前，我国正处于加快转变经济发展方式、建设创新型国家的关键时期，我们不仅要大幅提升自主创新能力，而且要大力弘扬科学精神，建设具有显著时代特征的先进文化。

科学精神的内涵与价值

科学精神源于人类在追求真理的过程中形成的理性思维与实证传统。它随着科学实践而不断丰富、升华与传播，已成为现代社会的普遍价值和人类宝贵的精神财富。我国科学家竺可桢将科学精神与中国的"求是"传统联系起来，认为科学家应该恪守的科学精神是："（1）不盲从，不附和，一以理智为依归。如遇横逆之境遇，则不屈不挠，不畏强御，只问是非，不计利害。（2）虚怀若谷，不武断，不蛮横。（3）专心一致，实事求是，不作无病之呻吟，严谨整饬，毫不苟且。"概括而言，科学精神的内涵大致包括以下几方面。

理性求知精神。科学精神主张世界的客观性和可理解性，认为世界是可知的，可以通过科学实验和逻辑推理等理性方法来认知和描述；坚持用物质世界自身解释物质世界，反对任何超自然的存在。爱因斯坦指出："要是不相信我们的理论能够掌握实在，要是不相信我们世界的内在和谐，那就不可能有科学。这种信念是并且永远是一切科学创造的根本动力。"

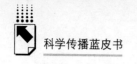

实证求真精神。科学精神强调实践是检验真理的唯一标准，科学概念和科学理论必须是可证实和可证伪的。所有的研究、陈述、见解和论断，不仅都需要进行实验验证或逻辑论证，还都要经受社会实践和历史的检验。

质疑批判精神。科学精神鼓励理性质疑和批判。科学不承认有任何亘古不变的教条，即使是那些得到公认的理论也不应成为束缚甚至禁锢思想的教条，而应作为进一步探索研究的起点。理论上的创新往往是建立在对现有理论的怀疑基础上的。这一精神要求不唯上、不唯书、只唯实，真理面前人人平等。科学家之所以成为科学家，并不在于掌握了别人无法反驳的真理，而在于保持理性的批判态度和对真理坚持不懈的追求。

开拓创新精神。科学精神崇尚开拓创新，既尊重已有认识，更鼓励发现和创造新知识，鼓励知识的创造性应用。创新是科学得以不断发展的精神动力和源泉，是科学精神的本质与核心。科技工作的创新性主要表现在提出新问题、新概念，构建新方法、新理论，创造新技术、新发明，开拓新方向、新应用。

科学在历史上曾多次引导人类摆脱愚昧、迷信、教条的束缚，极大地推动了思想解放和社会进步。伽利略提倡的注重实验与数学表达的科学精神，引导人们质疑亚里士多德与宗教对世界的经典解说，使科学从神学中逐渐解放出来，形成了理性思维的科学方法。这一理性方法在自然系统的成功运用，成就了17世纪的科学革命。伏尔泰、卢梭等人运用理性方法解释社会系统，引发了启蒙运动，推动欧洲社会告别神权迷信和封建统治。达尔文进化论解释了物种起源与演化规律，拓展了对竞争与发展的认识，为社会变革提供了重要思想基础。19世纪末，进化论思想传入中国，对当时的中国社会产生极大震撼和影响，"落后就要挨打"成为救亡图存的仁人志士们的共识。五四新文化运动高举科学与民主的大旗，为中国文化注入科学精神要素，开启了从科学启蒙到科学救国、科教兴国的奋斗历程。

在科学技术的物质成就充分彰显的今天，科学精神作为具有显著时代特征的先进文化，更具有广泛的社会文化价值。崇尚理性成为广泛认同的文化理念，追求创新成为公认的价值取向，追求人与自然和谐相处和社会和谐发展成为人类共同的发展目标。在当代中国，科学精神不断丰富和发展着社会主义先进文化，讲科学、爱科学、学科学、用科学已渐成社会风尚，富含科学精神的党的思想路线已经成为全国人民不断改革创新、开拓进取的强大思想武器。

弘扬科学精神的重要意义

当今世界正处在大发展大变革大调整时期，依靠科技创新抢占未来发展制高点的国际竞争日趋激烈。我国确立了到 2020 年全面建成小康社会和进入创新型国家行列的宏伟目标，提出了依靠科技创新发展战略性新兴产业和转变经济发展方式的战略任务。在当前和未来一个时期，弘扬科学精神具有重要意义。

有助于夯实提高自主创新能力和建设创新型国家的社会基础。自主创新能力薄弱是制约我国经济社会与科技发展的主要因素，突出表现在：原始创新能力不足，在可能发生科学革命的重要方向上总体来说还处于跟踪水平，真正由中国人率先提出和开拓的新问题、新理论、新方向并不多；关键核心技术受制于人，许多重要产业的对外技术依存度高，先导性战略高技术领域布局薄弱。提升自主创新能力需要加大科技投入，建设科教基础设施，但更重要的是需要用科学精神武装科技创新队伍，提升其创新的自信心与勇气；需要大力传播科学精神，提倡理性思维的科学方法，夯实创新的社会基础。

有助于营造加快培养创新人才的社会风尚。创新人才的数量、质量和能否充分发挥作用是建设创新型国家的关键。创新人才的培养和成长有赖于教育体系、培训体系和创新实践。创新人才不仅要具备合理的知识结构和知识积累、创新的意识和能力、百折不挠的意志和毅力、正确的理想信念、远大的抱负以及合作精神，而且必须具备科学精神。可以说，科学精神是创新人才的基本素养和首要特征。没有质疑、批判、严谨、实证、开拓、创造和进取的科学精神，就不可能成为合格的创新人才。科学史上的成功者往往是既具备创新能力又富有科学精神的科学家。创新型国家应当是全体社会成员关注创新、支持创新、参与创新的国家。要建设创新型国家，就必须弘扬科学精神，全面提高全民的科学素质，形成全社会尊重自主创新、支持和参与自主创新、保护自主创新的社会风尚。

有助于培育实现中华民族伟大复兴的文化基础。现代化国家不仅应是物质文明高度发达的国家，而且应是精神文明高度发达的国家。从时代特征看，创新日益成为发展的主要驱动力，知识日益成为发展的主要资源，个人创造与规模化组织日益有机结合，和谐社会日益成为社会发展追求的主要目标。弘扬科学精神，树立科学的世界观、价值观和发展观，激发人的创造力、促进人的全面发展，有

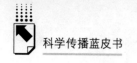
效激发全社会的创新意识和全民的创新自信心和创新追求，是人类文明未来发展的基本前提。科技创新可为我国经济社会科学发展提供强大的物质和知识基础，而在科技创新实践中不断发展、凝聚和升华的科学精神也将成为支撑我国实现现代化、发展未来文明的新的文化基础。

弘扬科学精神的着力点

为大力弘扬科学精神，充分发挥科学技术在加快经济发展方式转变、建设创新型国家中的重要作用，当前应着力抓好以下几个方面工作。

从中国科技界自身做起，发挥表率作用。当前，我国正处在经济社会转型期，社会中一些不良风气在科技界也有所反映，出现了浮躁之风和急功近利等问题。科学精神的缺失是导致这些问题产生的主要原因之一。因此，要在科技界大力弘扬科学精神，倡导高尚的人生观，提倡献身科学、淡泊名利，在实现中华民族伟大复兴中实现个人的人生价值；提倡科学诚信，恪守学术道德规范，形成自省、自律机制，自觉接受社会监督，有效防治学术不端行为；着力营造学术自由、科学批评的学术环境，鼓励大胆质疑，鼓励原始创新；提倡真理面前人人平等，不迷信权威，不论资排辈，不求全责备，完善公平竞争的机制。

加强社会责任感，注重科技伦理。科学精神不承认有亘古不变的教条。同样，科学精神本身也应该创新发展、与时俱进。在科学革命的前期，形成了科学精神的主要框架和内涵。在那个时期，科学技术对人类发展的影响主要是正面的。今天，必须清醒认识到，科学技术是一把双刃剑，一旦被滥用，就有可能危及自然生态、人类伦理以及人与自然和谐相处。科学家和工程师不仅应有创新的兴趣与激情，更应有崇高的社会责任感。科技创新应尊重生命，尊重自然法则，尊重人类社会伦理道德，实现人与自然和谐共处；应尊重人的平等权利，不仅尊重当代人的平等权利，还尊重不同世代人之间的平等权利，实现人类社会可持续发展；应尊重人的尊严，不因种族、财产、性别、年龄和信仰而有所区别，促进人的平等自由和全面发展。

把科学精神作为创新教育的重要内容。目前，我国人才培育模式还存在一些缺陷，其中一个突出问题就是缺乏科学精神的培养。应转变教育思想、深化教育改革，在青少年教育阶段就把科学精神、科学方法等作为基本教育内容。在高等教育阶段，不仅要让学生系统掌握科学知识和创新成果，而且要让学生注重学习科技创新的过程，领悟前人创新的思维和方法，提升自信心和勇气。在青年科技人员中应着力培养理性质疑和科学批评的精神，养成严谨治学、敏锐精致、实事求是的良好学风。

将弘扬科学精神列入社会主义精神文明建设重要议程。社会主义精神文明建设包括思想道德建设和教育科学文化建设两个方面，渗透在物质文明建设之中，体现在经济、政治、文化、社会生活各个方面，其根本任务是适应社会主义现代化建设需要，培育有理想、有道德、有文化、有纪律的社会主义公民，提高中华民族的思想道德素质和科学文化素质。弘扬科学精神，有利于加强教育科学文化建设，提高中华民族科学文化素质。在中央号召全党讲科学、爱科学、学科学、用科学的今天，把科学精神教育列入精神文明建设重要议程并落到实处，是一件刻不容缓的大事。

（本文曾发表于 2010 年 7 月 19 日《人民日报》理论版）

全国人大常委会副委员长

目 录

B Ⅰ 总报告

B Ⅱ 专题报告

B Ⅲ 高层论丛

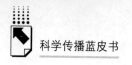
B Ⅳ 年度报告

B Ⅴ 附录

皮书数据库阅读 **使用指南**

CONTENTS

B I General Report

B II Special Report

B III Deep Monographs

BIV Annual Report

BV Appendix

总 报 告

General Report

B.1

传播科学文化
造就有利于科技创新的文化环境

一 社会文化环境与科技创新

（一）科技创新是中国社会发展的关键

2010 年 6 月 7 日，国家主席胡锦涛在中科院工程院两院院士大会上讲话指出："国际金融危机发生以来，我国发展的外部环境和内部条件发生了很大变化，加快转变经济发展方式的紧迫性更加凸显出来。从国际上看，世界经济走出了国际金融危机最困难的时期并出现复苏，同时，国际金融危机影响依然存在，各种全球性问题相互交织，影响世界经济全面复苏的不确定因素依然较多。在这样的背景下，各国尤其是主要大国都在对自身经济发展进行战略筹划，纷纷把发展新能源、新材料、信息网络、生物医药、节能环保、低碳技术、绿色经济等作为新一轮产业发展的重点，加大投入，着力推进。世界范围内生产力、生产方式、生活方式、经济社会发展格局正在发生深刻变革。培育新的经济增长点、抢占国际经济科技制高点已经成为世界发展大趋势，科技竞争在综合国力竞争中的地位更加突出。"同时指出科学技术对经济发展和社会进步的重要决定作用："实践充分证明，科学技术是经济社会发展中最活跃、最具革命性的因素。人类文明每一次重大进步都与科学技术的革命性突破密切相关。科学技术作为人类智慧的伟大结晶，推动创造了巨大的物质财富和精神财富。当今世界，科学技术作为第一生产力的作用日益突出，科学技术作为人类文明进步的基石和原动力的作用日益凸显，科学技术比历史上任何时期都更加深刻地决定着经济发展、社会进步、人民幸福。"

（二）社会文化环境对科学创新发展有着深刻的影响

科学技术的创新发展受社会文化环境因素的深刻影响。国外有一些研究流派，特别是萨塞克斯大学科学与政策研究协会（University of Sussex' Science and Policy Research Unit）的经济学者已经证实，制度性环境和历史发展轨迹在孕育及引导科学技术变迁，以及最终在促成生产力增长方面，扮演着举足轻重的角色。因此论证了生产力创造了经济增长，而科学技术变迁是生产力的函数，这就等于说社会的特性乃是经济增长背后的关键因素，因为这些特性会影响技术创新。

从科学史来分析，也有一些发人深省的例子。近代以来，世界科技文化中心先在意大利，后转移到英国，接着科技和工业中心从英国转移到德国，再从德国转移到美国，表面上好像是地理位置的更替，实质上是创新能力由弱到强的转移，是创新的体制、机制和文化相互作用的结果。为什么第一个科学中心在当时的意大利？因为意大利当时经过长时间的典型的中世纪阶段，到十四五世纪时的文艺复兴，带来了人们思想的大解放，在艺术上出现了雕塑、绘画和音乐等一批大师，在科学方面出现了一批杰出的人物，于是形成了当时的科学中心。第二个科学中心转移到了英国，是因为牛顿的三大定律、法拉第的电磁理论和卢瑟福的原子结构理论都产生在英国。当时英国爆发了资本主义民主革命，也给人们带来了一个大的思想解放和新的文化，促进了科学技术的发展。再晚一点，近代的有机化学在德国和法国发展，后来又回到欧洲大陆，再以后转移到美国，所以美国在电力、核技术方面的发展造就了美国的大发展。美国文化中利于创新的成分，促进了科学技术的发展。从国际上科学中心的转移可以看到，创新文化建设是非常重要的。

就中国科学发展来看，中国科学从传统向近代的演变可以上溯到明末耶稣会士的来华和清末洋务派人士发起的自强运动。1928 年中央研究院的建立是中国科技事业开始建制化的标志，但真正的全国规模的科研体制的规划与建设是从1949 年中华人民共和国成立和中国科学院的建立开始的。1998 年，党中央、国务院作出建设国家创新体系的重大决策，决定由中国科学院开展知识创新工程试点。知识创新工程可以看成是这一历史进程的延续，其总体目标是：到 2010 年前后，把中国科学院建设成为瞄准国家战略目标和国际科技前沿、具有强大和持续创新能力的国家自然科学和高技术的知识创新中心；成为具有国际先进水平的科学研究基地、培养造就高级科技人才的基地和促进我国高技术产业发展的基地；成为有国际影响的国家科技知识库、科学思想库和科技人才库。其核心目标是建设面向 21 世纪的国家科技创新体系。2010 年 3 月 31 日，国务院总理温家宝主持召开国务院常务会议，听取中国科学院关于实施知识创新工程进展情况的汇报时强调，2011～2020 年要继续深入实施知识创新工程，以解决关系国家全局和长远发展的基础性、战略性、前瞻性的重大科技问题为着力点，重点突破带动技术革命、促进产业振兴的前沿科学问题，突破提高人民群众健康水平、保障改善民生以及生态和环境保护等重大公益性科技问题，突破增强国际竞争力、维护国家安全的战略高技术问题。按照"一流的成果、一流的效益、一流的管理、一流的人才"的要求，经过 10 年努力，大幅提升创新能力，实现科技创新整体跨越。知识创新工程的另一个核心目标是建设与知识经济时代相适应的创新文化。创新文化应该是一种消除了种种形式的无知与偏见，含有丰富的科学精神价值要素，充分整合科学与人文的全新的文化形态。

从现有的社会文化环境层面来看，无论是科学共同体内部，还是媒体呈现的"符号"现实以及公众的认知评价态度都没能很好地把人文精神、科学精神价值要素，包括科学精神、科学信仰、科学思维方法等与科学更好地融合。

二　中国科技创新的社会文化环境现状

（一）科学共同体层面

1. 科学共同体内部需要高尚的人文精神和道德规范及正确的价值标准

现代科学在很大程度上已不仅仅是个人事业，而是形成了包括大学、科研机构、专业院所等在内的组织化体系，而科研人员通常受雇于这些组织，以一种职业化的身份出现。这种职业化与科学本质追求之间也必然存在一定的冲突，这同时也致使科学共同体内部成员的自我认知、评价和价值标准出现一些偏颇，也反映在这个群体成员对科学研究的态度、旨趣以及研究的层次和深度上。为更加有效和直接地提升促进科学创新发展的文化氛围，有必要首先对科学共同体内存在的认知问题和价值标准进行深入了解和分析，从而进行有针对性的改善。

研究表明，作为体系内部的科学技术研究人员对科学本质、科学精神、科研创新等方面主要存在如下认知偏差和价值标准缺失的问题：科学研究职业化带来的投机行为与科学本质追求之间的冲突。在科研机构中，特别是在青年教师和科研人员群体中，由于职业化带来的诸多功利性特点，使科学研究经常发生违背科学精神的问题。诸如需要靠接私活、拉项目来提高收入，大大缩减了科研时间和精力的投入；为了职称评审而急功近利地多发表文章，以量取胜，使得论文内容雷同，缺乏创新；为获得更多利益，研究者不得不将进行基础科学研究的精力转而投入到获取行政资本等。在基础科学研究领域，由于"投入和回报"不均衡，存在着较为严重的后备人才流失问题。加之"投入—产出"的经济思考模式，使投入到一些需要较长周期的基础科学研发创新的社会资源不足。上述现实状况的存在导致在科研人员和教职人员队伍内部，对科学家的声誉和科学研究的评价正在下降。

究其原因，主要是缺乏一种高尚的人文精神作为促发科学技术进步的精神动力，进而消减科学家的"角色冲突"。如爱因斯坦 1922 年获得诺贝尔奖后在瑞典科学院的一个演说，其中没有一个单词谈到他在科学方面的创造性工作，而是谈"我的世界观"（the world as I see it）。他说："人是为别人而生存的——首先是为那样一些人，他们的喜悦和健康关系着我们自己的全部幸福；其次是为许多我们所不认识的人，他们的命运通过同情的纽带同我们密切结合在一起。我每天上百次地提醒自己，我的精神生活和物质生活都是以别人（包括生者和死者）的劳动为基础的，我必须尽力以同样的分量来报偿我所领受了的和至今还在领受着的东西。"爱因斯坦的伟大不仅在科学方面，而且对人类的整个文明进步都有很大的贡献。因此，我们也需要不断激发科学研究人员的高尚情感，包括激发爱国热情、提升思想境界、增强精神动力。为实现民族振兴、国家富强、人民知识水平和生活水平提升而努力的高尚情结和伟大目标，可成为科学家拼搏奋斗的发

总 报 告

General Report

B.1

传播科学文化
造就有利于科技创新的文化环境

一　社会文化环境与科技创新

（一）科技创新是中国社会发展的关键

2010年6月7日，国家主席胡锦涛在中科院工程院两院院士大会上讲话指出："国际金融危机发生以来，我国发展的外部环境和内部条件发生了很大变化，加快转变经济发展方式的紧迫性更加凸显出来。从国际上看，世界经济走出了国际金融危机最困难的时期并出现复苏，同时，国际金融危机影响依然存在，各种全球性问题相互交织，影响世界经济全面复苏的不确定因素依然较多。在这样的背景下，各国尤其是主要大国都在对自身经济发展进行战略筹划，纷纷把发展新能源、新材料、信息网络、生物医药、节能环保、低碳技术、绿色经济等作为新一轮产业发展的重点，加大投入，着力推进。世界范围内生产力、生产方式、生活方式、经济社会发展格局正在发生深刻变革。培育新的经济增长点、抢占国际经济科技制高点已经成为世界发展大趋势，科技竞争在综合国力竞争中的地位更加突出。"同时指出科学技术对经济发展和社会进步的重要决定作用："实践充分证明，科学技术是经济社会发展中最活跃、最具革命性的因素。人类文明每一次重大进步都与科学技术的革命性突破密切相关。科学技术作为人类智慧的伟大结晶，推动创造了巨大的物质财富和精神财富。当今世界，科学技术作为第一生产力的作用日益突出，科学技术作为人类文明进步的基石和原动力的作用日益凸显，科学技术比历史上任何时期都更加深刻地决定着经济发展、社会进步、人民幸福。"

（二）社会文化环境对科学创新发展有着深刻的影响

科学技术的创新发展受社会文化环境因素的深刻影响。国外有一些研究流派，特别是萨塞克斯大学科学与政策研究协会（University of Sussex' Science and Policy Research Unit）的经济学者已经证实，制度性环境和历史发展轨迹在孕育及引导科学技术变迁，以及最终在促成生产力增长方面，扮演着举足轻重的角色。因此论证了生产力创造了经济增长，而科学技术变迁是生产力的函数，这就等于说社会的特性乃是经济增长背后的关键因素，因为这些特性会影响技术创新。

从科学史来分析，也有一些发人深省的例子。近代以来，世界科技文化中心先在意大利，后转移到英国，接着科技和工业中心从英国转移到德国，再从德国转移到美国，表面上好像是地理位置的更替，实质上是创新能力由弱到强的转移，是创新的体制、机制和文化相互作用的结果。为什么第一个科学中心在当时的意大利？因为意大利当时经过长时间的典型的中世纪阶段，到十四五世纪时的文艺复兴，带来了人们思想的大解放，在艺术上出现了雕塑、绘画和音乐等一批大师，在科学方面出现了一批杰出的人物，于是形成了当时的科学中心。第二个科学中心转移到了英国，是因为牛顿的三大定律、法拉第的电磁理论和卢瑟福的原子结构理论都产生在英国。当时英国爆发了资本主义民主革命，也给人们带来了一个大的思想解放和新的文化，促进了科学技术的发展。再晚一点，近代的有机化学在德国和法国发展，后来又回到欧洲大陆，再以后转移到美国，所以美国在电力、核技术方面的发展造就了美国的大发展。美国文化中利于创新的成分，促进了科学技术的发展。从国际上科学中心的转移可以看到，创新文化建设是非常重要的。

就中国科学发展来看，中国科学从传统向近代的演变可以上溯到明末耶稣会士的来华和清末洋务派人士发起的自强运动。1928年中央研究院的建立是中国科技事业开始建制化的标志，但真正的全国规模的科研体制的规划与建设是从1949年中华人民共和国成立和中国科学院的建立开始的。1998年，党中央、国务院作出建设国家创新体系的重大决策，决定由中国科学院开展知识创新工程试点。知识创新工程可以看成是这一历史进程的延续，其总体目标是：到2010年前后，把中国科学院建设成为瞄准国家战略目标和国际科技前沿、具有强大和持续创新能力的国家自然科学和高技术的知识创新中心；成为具有国际先进水平的科学研究基地、培养造就高级科技人才的基地和促进我国高技术产业发展的基地；成为有国际影响的国家科技知识库、科学思想库和科技人才库。其核心目标是建设面向21世纪的国家科技创新体系。2010年3月31日，国务院总理温家宝主持召开国务院常务会议，听取中国科学院关于实施知识创新工程进展情况的汇报时强调，2011～2020年要继续深入实施知识创新工程，以解决关系国家全局和长远发展的基础性、战略性、前瞻性的重大科技问题为着力点，重点突破带动技术革命、促进产业振兴的前沿科学问题，突破提高人民群众健康水平、保障改善民生以及生态和环境保护等重大公益性科技问题，突破增强国际竞争力、维护国家安全的战略高技术问题。按照"一流的成果、一流的效益、一流的管理、一流的人才"的要求，经过10年努力，大幅提升创新能力，实现科技创新整体跨越。知识创新工程的另一个核心目标是建设与知识经济时代相适应的创新文化。创新文化应该是一种消除了种种形式的无知与偏见，含有丰富的科学精神价值要素，充分整合科学与人文的全新的文化形态。

从现有的社会文化环境层面来看，无论是科学共同体内部，还是媒体呈现的"符号"现实以及公众的认知评价态度都没能很好地把人文精神、科学精神价值要素，包括科学精神、科学信仰、科学思维方法等与科学更好地融合。

二　中国科技创新的社会文化环境现状

（一）科学共同体层面

1. 科学共同体内部需要高尚的人文精神和道德规范及正确的价值标准

现代科学在很大程度上已不仅仅是个人事业，而是形成了包括大学、科研机构、专业院所等在内的组织化体系，而科研人员通常受雇于这些组织，以一种职业化的身份出现。这种职业化与科学本质追求之间也必然存在一定的冲突，这同时也致使科学共同体内部成员的自我认知、评价和价值标准出现一些偏颇，也反映在这个群体成员对科学研究的态度、旨趣以及研究的层次和深度上。为更加有效和直接地提升促进科学创新发展的文化氛围，有必要首先对科学共同体内存在的认知问题和价值标准进行深入了解和分析，从而进行有针对性的改善。

研究表明，作为体系内部的科学技术研究人员对科学本质、科学精神、科研创新等方面主要存在如下认知偏差和价值标准缺失的问题：科学研究职业化带来的投机行为与科学本质追求之间的冲突。在科研机构中，特别是在青年教师和科研人员群体中，由于职业化带来的诸多功利性特点，使科学研究经常发生违背科学精神的问题。诸如需要靠接私活、拉项目来提高收入，大大缩减了科研时间和精力的投入；为了职称评审而急功近利地多发表文章，以量取胜，使得论文内容雷同，缺乏创新；为获得更多利益，研究者不得不将进行基础科学研究的精力转而投入到获取行政资本等。在基础科学研究领域，由于"投入和回报"不均衡，存在着较为严重的后备人才流失问题。加之"投入—产出"的经济思考模式，使投入到一些需要较长周期的基础科学研发创新的社会资源不足。上述现实状况的存在导致在科研人员和教职人员队伍内部，对科学家的声誉和科学研究的评价正在下降。

究其原因，主要是缺乏一种高尚的人文精神作为促发科学技术进步的精神动力，进而消减科学家的"角色冲突"。如爱因斯坦1922年获得诺贝尔奖后在瑞典科学院的一个演说，其中没有一个单词谈到他在科学方面的创造性工作，而是谈"我的世界观"（the world as I see it）。他说："人是为别人而生存的——首先是为那样一些人，他们的喜悦和健康关系着我们自己的全部幸福；其次是为许多我们所不认识的人，他们的命运通过同情的纽带同我们密切结合在一起。我每天上百次地提醒自己，我的精神生活和物质生活都是以别人（包括生者和死者）的劳动为基础的，我必须尽力以同样的分量来报偿我所领受了的和至今还在领受着的东西。"爱因斯坦的伟大不仅在科学方面，而且对人类的整个文明进步都有很大的贡献。因此，我们也需要不断激发科学研究人员的高尚情感，包括激发爱国热情、提升思想境界、增强精神动力。为实现民族振兴、国家富强、人民知识水平和生活水平提升而努力的高尚情结和伟大目标，可成为科学家拼搏奋斗的发动机。科学家，包括在科研一线奋斗的科研人员，他们工作的强大动力就是来源于这样一种人文精神，就是爱国的激情以及为人民服务的信念。胡锦涛在纪念中国科协成立50周年大会上的讲话中也提到，"广大科技工作者要积极为提高全民族的思想道德素质和科学文化素质贡献力量、作出表率。我国科技界长期以来形成和发扬的求真务实、勇于创新的科学精神，不畏艰险、勇攀高峰的探索精神，团结协作、淡泊名利的团队精神，报效祖国、服务社会的奉献精神，是符合社会主义核心价值体系要求的价值观念，对建设社会主义核心价值体系具有十分重要的作用"。

除了需树立高尚的人文精神和社会责任意识外，科学共同体也应该建立并遵循科学本身的价值标准和规范。如用"为科学而科学"的信念来内化规范科学家的思想和行为，从而规避一些个人的极端自利行为对科学和科学研究氛围造成不良影响；建立和发展科学"共同体精神"，促使科学共同体成员尊重和维护科学共同体的声誉，而这种"共同体精神"也能促进科学研究中的协同合作，以此提升科研创新发展能力和效率；通过科技伦理原则的构建，发挥伦理原则的引导作用。科学伦理原则和伦理规范具有前置作用，它在科学家进行科研活动之前就"自在"地表现为一种约束力，它是检验研究主体行动"善"或"恶"的客观判断标准，它将引导研究主体在科研活动中始终依据这样的原则和规范去选择行动。在科研活动中彰显人的权利意识，坚持人的尊严原则，通过科技伦理原则的构建，体现科学家社会责任的终极文化意义，实现科技与人文的有机结合。

通过科学研究获得的知识，本身并不包含道德的纬度，但寻求科学的方式以及科学的应用，都不可避免地与道德发生联系。科学是由个人来引导的，科学工作者作为个人和作为一种职业，必须具有道德规范和价值标准，并且必须将这些道德规范和价值标准应用于他们的工作中。

2. 合理的制度是科技创新和创新人才成长的基础

当今社会，人们从事科学研究，选择科学作为职业，而社会也寻求科学家或受过科学训练的人来服务，他们长期受雇于各种前后关系大不一样的组织中，并且作为一个社群参与那个组织的政治和意识形态进程。所以我们不能苛求科学家能完全不求私利地只遵循一种崇高的科学理想、科学道德、科学观念。正因如此，部分回归到物质层面，我们从操作层面可以通过一些制度安排和措施来保障和维护这一精神和观念在现今社会里能够存在和实现。①加大政府科研资源、资金投入。本次调研发现，无论是科学家群体内部还是公众，人们普遍认为政府对科学研究事业的投入是不够的，这不仅影响科研人员从事科研活动的条件和热情，更将直接影响科学创新的环境和水平。②建立长效的促进科学创新的激励机制。完善和合理的激励机制，不仅能促进科学创新，也能杜绝很多学术不端行为，这对提高科学家自身声誉建设有很大作用。包括：应让科学研究成果的评价体系以质量第一为标准，力戒简单化方法；加强知识产权观念教育，保护创新者利益；改善青年研究人员的科研环境和生存状况，满足早出人才、快出人才的社会需要和科学的创新发展。正如胡锦涛于 2010 年 6 月 7 日在中国科学院第十五次院士大会、中国工程院第十次院士大会上的讲话提到的，"要充分调动广大科技工作者的创新积极性，提高全社会创新意识，积极营造诚信、宽松、和谐的学术环境，鼓励自主探索，保护知识产权，发扬学术民主，提倡学术争鸣，使一切创新想法得到尊重、一切创新举措得到支持、一切创新才能得到发挥、一切创新成果得到肯定"。

（二）社会公众层面

社会公众不是知识创造的从业者，他们是知识的"弱势群体"，但在科学技术日益发达的时代，无论是日常生活需要，还是社会发展需要，都必须让公众获得一些必要的现代科学技术知识，理解和掌握一些必备的科学技术。另外，科学工作者所奉行的支撑其工作的价值标准，与公众的态度和价值标准相吻合，才能更加赢得公众的认可、理解和支持。因此，本研究也从另一个角度调查了公众对科学界的认知和评价情况，以此来辨认公众对科学和科学家的态度和所持的价值标准。只有在尊重公众的态度和价值标准基础上，并发现其偏颇，才能更加有效地通过教育、传播、普及活动帮助公众了解必要的科技知识、掌握基本的科学方法、树立正确的科学思想、崇尚崇高的科学精神，才能提高公众的创新能力，推动公众的综合素质普遍提升，从而营造创新环境、培育创新人才。只有将这些与科学有关的其他因素一同加以权衡，才能寻找到更加有利于科学创新发展的社会文化环境的土壤。

1. 公众对科学家表现出了足够的信任和信心，也认可科研成果对人类进步所作出的贡献，这将有利于科学创新发展

本次调研发现：①我国公众对科学家信任程度较高，公众对"科学界"的信任程度得分在国家部门和机构中排第二位，得分仅低于军队，而远远高于其他部门和机构。②公众对中国科学家的创新能力表现出了足够的信心，有九成公众认为我国科学家是能在科学方面取得突破进展并最终获取科学方面的诺贝尔奖的。③公众认同科学家能帮助人们解决人类面临的迫切问题并促进人类发展。我国公众普遍同意科学家是帮助解决人类面临的能源资源、生态环境、自然灾害、人口健康等重要问题的最重要的力量，且大多数公众认为科学家的科研成果对人类社会的贡献远大于负面作用。这种来自公众对我国科学家的期待和对科学创新能力表现出的足够的信心，以及对科研成果对人类进步所作出贡献的认可，都将成为科学创新发展的有利的文化环境。

2. 公众认可科学技术人才是当前国家发展最需要的人才，这将为科学创新发展提供相对充足的人才后备

本次调研发现，不仅近一半的公众认为当前国家建设最需要的是科学技术型的"专业技术人才"和"高技能人才"，而且超过一半的公众愿意自己的子女成为这两类人才。这无疑有利于科学事业招募更多的后备力量，这也是促进科学创新发展的根本保障。

以上两点是有利于科学创新发展和创新人才储备的群众基础，但我国在科学技术知识普及、科学精神价值普及方面，还有很多不足之处。

3. 全民族的科学普及程度和科学素质还有待提高

早在1958年4月，邓小平同志在中共中央书记处会议讨论教育工作时就指出，"目前教育方面要解决的问题，主要是普及与提高的问题。我们的方针是，一要普及，二要提高，两者不能偏废。只普及不提高，科学文化不能很快进步；只提高不普及，也不能适应国家各方面的需要。社会主义建设需要有文化的劳动者，所有劳动者也都需要文化。教育普及了，群众的科学文化水平提高了，发明创造就会多起来"。① 可见普及教育和提高教育都是从有利于科技进步、有利于劳动者的科学文化素质提高着眼的，也就是培养大批人才，才是建设发展最基本的途径。

温家宝在2007年度国家科学技术奖励大会上的讲话中也提到："要努力提高全民族的科学素质。国民的科学素质是自主创新的土壤。世界发展史证明，富于

① 《邓小平文选》第一卷，人民出版社，1994，第280页。

科学精神的民族，才能不断发展进步。要广泛普及科学知识，传播科学方法，用科学思想战胜愚昧落后。在全社会形成学科学、用科学，尊重知识、尊重人才的浓厚氛围。"

但本次调研发现，许多公众对一些基本的与科学和科学家相关的知识和信息不够了解。如六成以上被访者不了解中国"科学院院士"与"工程院院士"的区别；八成以上被访者无法区分"科学家"与"发明家"；七成以上被访者能意识到"科学"与"技术"的含义是有区别的，但具体区别并不十分清楚。这些对基本知识的不了解状态，足以让我们看出科学普及教育和科学素质教育都还有待加强。

4. 全民科学知识的普及和科学素质的提高有待科技工作者和科学教育工作者的共同努力

胡锦涛总书记在纪念中国科协成立 50 周年大会上的讲话对科技工作者给予了厚望。他提出："希望我国广大科技工作者大力普及科学技术，积极为提高全民族素质作出新贡献。科技成果只有为全社会所掌握、所应用，才能发挥出推动社会发展进步的最大力量和最大效用。科技工作包括创新科学技术和普及科学技术这两个相辅相成的重要方面。普及科学技术，提高全民科学素质，既是激励科技创新、建设创新型国家的内在要求，也是营造创新环境、培育创新人才的基础工程，必须作为国家的长期任务和全社会的共同任务切实抓紧抓好，为科技进步和创新打下最深厚最持久的基础。广大科技工作者要把普及科学技术、促进广大人民群众深入了解科技知识作为义不容辞的社会责任，把贯彻落实《中华人民共和国科学技术普及法》和《全民科学素质行动计划纲要》作为科技工作的重要方面，努力成为科学知识的传播者、科学方法的实践者、科学思想的倡导者、科学精神的弘扬者。要积极参与科普活动，开展科普创作，充分发挥自身优势和专长，把科研和科普有机结合起来，通过多种渠道、多种方式积极主动地向公众介绍科研最新发现、展示科技创新成果，通过丰富多彩、扎实有效的科技教育、传播、普及活动帮助广大人民群众了解必要的科技知识、掌握基本的科学方法、树立正确的科学思想、崇尚崇高的科学精神，提高人民群众的就业能力、创新能力、创业能力和公共事务参与能力、社会适应能力，推动人民群众综合素质普遍提升。要积极推动形成讲科学、爱科学、学科学、用科学的良好社会风尚，帮助人们以科学思想观察问题、以科学态度看待问题、以科学方法处理问题，养成健康文明的生活方式和工作方式，保持健康向上的社会心态，促进人与自然和谐相处，努力形成全体人民各尽其能、各得其所而又和谐相处的局面。"

2009 年 12 月 22 日下午，国务委员刘延东主持召开会议，听取《全民科学素质行动计划纲要》实施情况汇报后，会议经过研究议定以下意见：①围绕主题推进重点人群科普工作；②加强科学素质服务能力建设；③健全科学素质工作机制；④做好总结与规划工作。

本研究也对《全民科学素质行动计划纲要》"十一五"时期实施状况进行了实证调研考察分析。研究发现，在政策的执行和科学素质提高活动中，有许多优秀和成功的案例，但也存在诸如任务间交叉重合带来的问题，概念的出入问题导致的实际工作落实不到位，工作展开缺乏与国家大政方针的契合，成员和组成机构变动的问题等。在后面的具体报告中也针对不同的具体问题给出了对策建议。

三　科学传播是塑造科技创新社会文化环境的关键

人们靠传播过程维系与他人的关系，靠传播传递经验并学习知识，传播把个人与社会、与环境、与文明联系起来。传播存在于人类社会的各个领域和各个层面，并对这些领域和层面产生着实在的影响和作用，对科学技术活动亦是如此。科学技术知识的传播频繁地发生于科学技术活动的各个环节，比如在科学技术研究环节中，在科学技术应用活动中。这便形成了人类传播中一个重要而又特殊的领域——科技传播。科技传播是科学技术研究活动得以展开的重要基础，是科学知识得以应用的先导环节，也是提高国民科学素养的基本途径。科学传播无论对科学技术的发展和应用，还是对经济、社会的发展进步都有重要的意义。

面向公众的科学传播主要有两方面的目的：①科学传播是以提高公民科学素质，实现个人、社会、自然和谐发展为目的的全民终身科学教育和互动过程，加强科学传播是全面落实科学发展观的重要保证，是提高全民族文化素质、促进人的全面发展的重要基础。②要培养公众正确认知和评价科学和科学家的态度和价值标准，使得公众支持和愿意参与到科学事业的创新发展和建立中来。

（一）通过科学传播让科学知识和科学精神文化社会化，为国民所共享

我们要通过科学传播来扩散和传递科学知识、科学精神，来实现科学知识、

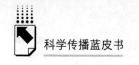
科学精神价值的社会化和共享化。

1. 通过科学传播让科学知识得到共享

科学知识最初只是个别科学家的所有物，不传播不交流，只能满足科学家个人的好奇心和为个人使用，对他人和社会则毫无用处，也可以说对他人、对社会这种知识实际并不存在。科学传播的首要任务就是要避免此类情况的发生，要把个别科学家发现的科学知识、现象、规律公开化，为他人所共享。因为科学知识只有被社会公众理解、接受、掌握以后，它才能成为提升民众思想认识水平、推动社会发展的手段。

2. 通过科学传播提高公众的科学素养

随着专业分工和科学技术的快速发展，似乎科学也越来越远离普通公众的生活经验。当愈来愈多的专业术语、专业知识一齐涌现在人们眼前时，他们甚至都难以了解那些专业术语所表达的意义，就更谈不上有效学习用这些术语所表达的科学知识了。但通过广泛的科学传播来提高科学的普及程度，可以使人们学习和掌握一定的科学知识，能对实践和生活中遇到的种种现象给出科学的解释，提高对科学技术的理解能力，形成用科学的方法和手段判断问题、解决问题的自觉意识，甚至学会科学思维，能用科学的认识论和方法论辨别伪科学、处理突发事件，从而提高科学素养。

3. 通过科学传播传递科学的文化价值

科学活动所提供给我们的不仅仅是知识，它还含有丰富的文化价值要素，包括科学思想、科学方法、科学态度、科学精神和科学的文化价值观念，这是科学知识体系中重要的精神价值要素。科学传播，是要让科学所具有的这些精神价值要素扩散到社会的方方面面，使科学的精神价值得到广泛示范，其有助于提高广大公众的科学认知水平，启迪思想、丰富知识，形成科学的价值观念，促进公众行为方式和生活方式的科学化，使社会的价值体系得到科学塑造，从而推动社会精神文明的发展。科学技术知识是思想启蒙和思想解放的先导，任何一种科学发现的传播都不同程度地引起人们社会价值观念的变化。正如亨利·哈里斯所说："在20世纪里接受教育的人——不管他知道不知道，不管他喜欢不喜欢——无一例外能够不受哈维、牛顿、达尔文，甚至普朗克的学说所影响。"而科学技术无论是物化为改造自然的一种力量，还是用于改造社会，抑或是促进人们思想观念上的革命，无一不是通过科学传播来实现的。

（二）充分发挥大众媒体在科学传播中的重要力量和影响

作为科学传播重要途径之一的大众媒体，无论是在科普教育中，还是在营造文化中都扮演着至关重要的角色，它承担着将一定的科学知识以及与科学家相关的新闻，从科学共同体传播给普通公众的任务。但就现状来看，大众媒体上的科学传播还存在诸多不足。

1. 大众媒体在科学和科学家形象的呈现、传播和应用上存在的问题

学校与大众媒体是人们获取知识的两个重要来源。如果说学校给人们以接受正规教育的机会，那么大众媒体则在日常生活中对人们进行潜移默化的影响，它所传播的各种信息影响着人们对外部世界的认识和看法。大众媒体的内容是通过符号建构出来的，是一种媒介表征，但由于人们以大众媒体作为认识和了解周围世界的主要途径之一，因而这种媒介表征不仅向我们提供信息，也在一定程度上左右人们对事实的判断。因而大众媒体所提供的有关科学家的信息、所塑造的科学家媒体形象也就成为公众评价科学家声誉的重要依据。

调查发现，大众媒体在科学家形象的呈现、传播和应用上存在不少问题。如新闻报道主要集中在科学家，特别是院士的科研成果或相关言论等专业能力方面，对其他方面报道相对较少，可能造成科学家应然形象和实然形象之间的偏差。因为在我国，科学家除进行专业研究外，还被要求在国家出台各种科学战略决策过程中发挥咨询顾问作用；发挥带头作用促进中国科学技术的进步和发展；在传播科学意识和科学精神、普及科学知识、营造科学氛围方面发挥示范作用。所以媒体在呈现科学家形象上，除了传播他们的科研和专业能力外，还应对培养后备人才、传播科普、参与国家决策和服务公共事务方面有所报道，这才符合社会期望。

广告和广告软文中对科学家形象的不规范使用严重影响了公众对科学家形象和声誉的评价。广告中通常利用科学家形象来促进自己产品或服务的销售或提高美誉度，因此广告不免特别强调甚至夸大其学术地位、职务、声望等。但从读者的角度来说，这些抬高甚至吹捧，对于读者心目中科学家声誉的提升很难带来正面效应。相反，由于一般出现科学家形象的广告类型大多属于医药、食品、房地产和教育等与公众关系密切而又最具争议的民生领域，因此，虽然从广告商角度是充分肯定了科学家的专业权威性，但从公众的阅读感受以及可能引发的广告商品服务纠纷来说，广告软文中出现科学家，很可能会造成对科学家声誉的损害。一旦产品质量出现问题，势必会影响公众对院士形象的判断，以致对科学的权威性与严肃性产生质疑。并且这种形象与商业利益、经济利益联系紧密，容易使得公众对院士产生不良印象，认为院士利用头衔获得经济利益。

流行文化产品（影视剧）中没有生动、丰满的科学家形象刻画，也缺少科学知识和科学精神的传递。影视剧中的科学家形象一方面是对科学家所扮演的社会角色的现实反映，即当前社会对科学家行为模式、社会地位等的认知和评价的戏剧化呈现，另一方面又是公众了解科学家的最重要途径之一，同时也影响公众对科学家以及科学的印象和态度，甚至也为当代科学家乃至科学本身的价值评价提供了一个模型。我国影视剧中的科学家形象呈现存在的问题主要有：在热门电影电视剧中出现的科学家数量少；职业单一，以医护人员为主；对科学家形象刻画苍白，常常仅以"符号"形式出现，与剧情关联不大，这也就很难做到详细描述科学家的职业技能、工作方式、工作场景及工作原理；在涉及科学时通常只有现象而没有过程，更不会展示科学行为的本质和传达科学精神；与国外经常塑造的英雄式的科学家形象之间形成的反差无疑会使观众对国内科技水平与科学家产生负面印象。

2. 建立科学共同体和媒体之间的良性合作机制

要改善以上问题，首先需建立科学共同体和媒体之间的良性合作机制。因为科学新闻报道需要科学家提供更多、更专业和权威的信息，需要科学家的解读和评论，以帮助媒体和公众更准确地理解科学和科学信息。因此，最大限度地防止科学在传播过程中被"歪曲"或"误读"，就成为科学传播研究的一个重要课题。根据传播学者李普曼的观点，在大众媒体高度发达的现代社会，人们的行为与三种意义上的"现实"发生着密切的联系：一是实际存在的"客观现实"；二是传播媒介有选择地提示的"象征性现实"（即拟态环境）；三是人们在自己头脑中描绘的"关于外部世界的图像"，即"主观现实"。在媒介社会，人们对客观现实的认识在很大程度上需要以经过媒介提示的"象征性现实"为中介，因而公众经由大众媒体获取的关于科学的知识是媒介工作者有选择地提示的。然而在当今的科学传播过程中，科学共同体与大众媒体之间缺乏理解与沟通。一方面，科学共同体缺乏对大众媒体的信任与了解，在一定程度上不熟悉大众媒体的传播与运作规律；另一方面，大众媒体缺乏对科学共同体的了解与认知，在很大程度上不理解科学事业的本质与规律，科学共同体与大众媒体成为相互独立的两大群体。为了保证科学有效、准确地传播，在科学议题的建构中、在科学信息的呈现中，就需要科学家群体与媒体建立良好的长期的合作机制。科学家需要了解媒体的报道规律，媒体也需要具备更多的科学传播素养，科学家群体和媒体需要加强互动交流，共同努力建立起互信机制，密切合作，增进相互理解。

另一方面，科学家也应积极参与公共事务，参与到科普信息传递的教育中，这是其基本义务，也能够提高科学家的公众形象和声誉。这就要求科学家在科学传播过程中也把自己作为传播的主体，充分利用好网络平台这一媒介，直接、公开、及时地与公众对话。计算机和网络技术的发展，也在改造着传统的科学传播。其大量的信息存储功能、便捷的检索功能、互动的双向交流模式，使我们已经开始享受网络技术服务于科学传播的种种优势和好处。

3. 媒体新闻与大众媒体中的科学和科学家传播应有一些指导方针

媒介的出现和发展改变了人类的整个社会结构，改变了人类生存的整个社会文化环境，造就了与传统生活环境不同的第二现实，因而也深刻地影响着人们价值心理和价值观念的转变。现在人们生活在一个布满了大众文化传播的网络中，人与人之间不仅借助大众文化传播系统进行相互理解，而且从中吸取人生的意义和价值观念。可以说，现代社会人们的价值意识主要是从大众文化传播系统中建构起来的，他们的绝大部分感受、感知是通过大众文化传播系统获得的，不仅获得各种各样的价值信息，也获得各种各样的人生价值观念。因此，大众文化传播系统成了人们理解、认知世界，以及价值心理、价值观念形成的主要源泉。

但是大众文化传播并不是无目的的行为，恰恰相反，无论是传播者还是接受者，都是广泛社会文化背景下的活动者，都是有一定需要、目的和动机的。因而大众媒体中的科学传播也应以服务于营造有利于科学创新发展、有利于创新人才培养和成长的文化环境为导向。

（1）新闻传播中如何报道科学和科学家至关重要。新闻报道除了让人们传递信息，也建构着人们对于事件的理解、态度和价值判断。据调查，我国公民对传统新闻媒体报道的信任程度非常高，因而新闻媒体如何报道科学和科学家，将直接影响公众如何感知、理解和评价科学和科学家。为了让公众更加了解科学和科学家，首先，要发挥新闻媒体在科学和科学家报道中议程设置的影响力，即多出现相关新闻报道；其次，只有使科学和科学家具有新闻价值，或者让媒体认识

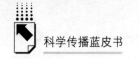

到科学和科学家的新闻价值，才能实现足够的曝光率；最后，要使公众正确理解科学和合理评价科学家。科学新闻报道应遵循一些原则，如：可靠性；加入背景信息；更多的材料佐证和解释；尽量用符合大众知识水平和符合大众阅读习惯的语言叙述方式；揭示科学规律；融入科学精神价值要素等。

新闻媒体除了在报道中客观、完整地呈现新闻事实外，也需要一定数量深入报道的科学新闻，因为其担负着科学普及教育的责任。通过深入报道，揭示科学本质和规律，宣扬科学精神，普及公众对科学的正确认知，普及科学知识，培养科学理性，从而形成良好的有利于科学发展和创新的社会文化环境。当然，这也要求报道这类新闻的采编新闻工作人员对科学的本质、科学规律、科学精神有正确的理解和认知，有明确的符合我国科学事业发展的科学价值观。

研究也发现，在一种以新闻形式出现的广告软文中，公众对其中出现的科学家的信任度不高，结果正反映了这种科学家公众形象的现实危机。科学家介入商业广告的行为，已经严重地影响了科学家本身所代表的"客观真实"形象，从而也对公众对科学家声誉的评价产生了不良影响。所以一方面，有关科学家管理部门应加强对科学家形象的监督管理工作，规范科学家的社会形象；另一方面，科学家群体要加强自律，做各种产品或形象代言时要谨慎，自觉远离那些欺骗或误导公众的商业广告，以维护自身和科学共同体的声誉。

（2）大众流行文化产品中须注重科学与科学家形象的合理呈现。当今，大众媒介流行文化产品消费已经成为我们日常生活无法摆脱的一部分，而且往往与日常生活无法区分开来。借助大众流行文化产品（影视剧）这一大众媒介传播手段，不仅可以在其中传播一般科学知识，有助于对大众的科学普及教育，而且还要重视传递科学文化和科学精神，使大众对科学和科学家建立正确的认知和评价标准，营造有利于科学发展创新的文化价值环境。

本次调研发现，近年来，以科学和科学家为主题的热门影视剧少之又少，科学家往往以比较"边缘"的角色出现，影片中科学信息的传递也很少。数量少对提高大众对科学和科学家的认知，以及形成促进科学创新发展的社会文化环境都是很不利的。因此应该拍摄更多的以科学或科学家为题材的影视剧作品，并且在该类影视剧作品中以及其他相关影片中都准确地传播科学信息，对科学现象和过程有更多详细的描述，科学家形象也应刻画得更为丰满，重视科学本质、科学精神和科学理性思考方式的传递，并把观众引向一种反复强化的叙事成规，如所有的科学创新都有对人类有用的价值，科学家都有比普通人高尚的职业操守和道德品质，科学家都在努力探寻科学本质和寻求科学突破，负面科学家角色总是有不好的结局和后果等，以此来引导观众对科学和科学家的更为有利的认知态度。

四　提高公共政策传播的科学性

（一）提高政府行为的科学性，尤其是发挥科学家作为思想库和智囊团的作用

当政府机构以科学的手段进行传播时，其更容易取得良好的公共形象，尤其是"科研成果的开发、发布和推广"行为，"科技资源投入建设"行为，"科学普及和科学解释"行为。同时，贯彻和落实科学发展观，开展创新国家体制建设也需要政府机构加强科学的指导和规范作用。

（二）进一步提高政府机构对社会热点事件，尤其是对突发重大事件的科学、合理参与

研究表明，在社会热点事件或突发性事件发生时，公众不仅关注事件本身，也非常关注政府机构在整个事件中的参与、应对表现。社会热点事件，特别是突发重大事件，往往关系到广大人民群众的切身利益。当这些事件发生时，政府机构有义务准确、及时地向媒体和群众说明事实真相，纠正误传、澄清谣言，发挥安定民心、维护团结、稳定社会秩序的作用，保障公众正常生活秩序和经济社会健康发展。政府在社会热点事件中的科学参与不但可以切实解决广大人民群众的困难，满足人民群众的需要，而且有利于政府机构良好公共形象的构建。如何更好地结合科学、运用科学、增加科学的指导方法就成为政府机构真正服务人民群众和满足人民群众需要的关键因素。

（三）正确处理与媒体的关系，提高媒体关系运作的科学性，为塑造良好的公共形象打下基础

政务公开、信息透明、决策民主是建设社会主义政治文明的要求，这也要求政府机构通过与媒体合作来实现信息公开。政府机构以及相关人员都应提高媒介

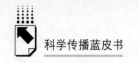

素养，使其工作能够顺利开展。在和媒体打交道时，要保持平等、合作、互利的良好互动关系：要主动帮助记者找到他们想要的信息；要诚实、准确，这是政府机构在媒体面前保持可信度和美誉度的基础；及时纠正错误；在最短时间内消除人们对事件的疑惑。

（四）培养和提高政府机构新闻发言人的科学素养

我国政府机构都设立新闻发言人来对外发布信息。新闻发言人作为党和政府的喉舌，担负着向国内外全面发布党和国家的大政方针政策，报告科技领域重大突破以及发布与百姓生活息息相关的各种信息的重任，因此对个人综合素质的要求极高。而在诸种素质中，科学素质的培养是非常重要的。科学素质是指了解必要的科学知识，具备科学精神和科学世界观，用科学态度和科学方法判断、处理各种事务的能力，以及理解包含科学及技术内容的公共政策议题的能力。

研究表明，出现新闻发言人会显著影响新闻报道的总体倾向，一般出现新闻发言人的，正面报道和评价居多，新闻发言人有一定的舆论引导作用。从实践来看，随着新闻发布会的制度化、规范化，新闻发布所涉及的领域也越来越广，诸如工业、农业、交通运输、信息产业等关乎国计民生的领域需要向社会公众披露的信息不断增多，其中有些信息发布更牵涉到较精深的专业知识，都需要新闻发言人用科学、精准的语言加以描述并用较通俗的用语加以解读，以保证普通公众的知情权。因此，应重视新闻发言人的科学素质培养，包括求真务实的科学态度，缜密严谨的科学思维，迅速快速的反应能力，渊博精深的科技知识，充满人文关怀的科学解读。这些素质的养成除了相关的培训外，也需要新闻发言人在实际工作中日积月累。

专题报告
Special Report

B.2
创新型科技人才培养的
社会文化环境研究
——科学家社会声誉的角度

摘　要：本研究以科学家社会声誉为切入点，围绕着当前中国的科学文化环境是否有利于创新型人才培养这一主题，选择大众媒体、公众及科学共同体作为科学家社会评价主体的代表，分别采用文本内容分析法、社会调查法和访谈法采集三类评价主体对科学家的评价信息，进而综合分析，来了解科学家社会声誉情况，从中发现问题并探索解决问题的途径，为促进我国创新型科技人才的培养提供决策参考。

一　研究说明

（一）研究背景

1.“培养创新型科技人才”成为国家中长期人才发展的工作重点

2010 年 5 月 25~26 日，中共中央、国务院在北京召开全国人才工作会议，胡锦涛总书记在讲话中明确指出，培养创新型科技人才是人才建设两大突出的工作重点之一。① 随后，《人民日报》发表评论员文章指出："突出人才建设的工作重点，关键是培养创新型科技人才，大力开发经济社会发展重点领域急需紧缺专门人才。面对新环境、新任务、新挑战，我国高层次创新型人才匮乏、拔尖人才和领军人才严重不足等问题日益凸显，人才发展遭遇瓶颈和短板。只有以提高自主创新能力为目标，以高层次创新人才为重点，努力造就一批具有世界水平的科学家、科技领军人才、工程师和高水平创新团队，我们才能在后国际金融危机时期占领战略制高点，推动经济尽快走上创新驱动、内生增长的轨道……"② 2010年6月，《国家中长期人才发展规划纲要（2010~2020年）》经党中央、国务院批准正式对外颁布，纲要将"突出培养造就创新型科技人才"列为"人才队伍建设主要任务"的第一项任务。"创新型科技人才"的培养已经成为我国人才发展以及贯彻落实科学发展观，更好实施人才强国战略，在激烈国际竞争中赢得主动的重要举措。

2. "钱学森之问"与我国创新型科技人才培养的困惑

所谓"钱学森之问"，就是钱老先生生前在各种场合不止一次提出的问题：为什么我们的学校总是培养不出杰出人才？2005年7月29日，钱学森曾向温家宝总理进言："现在中国没有完全发展起来，一个重要原因是没有一所大学能够按照培养科学技术发明创造人才的模式去办学，没有自己独特的创新的东西，老是'冒'不出杰出人才。这是很大的问题。"

钱学森提出的问题主要针对的是我们现有的教育制度和教学方式限制了科学技术发明创新型人才的培养。然而再进一步思考，我们的整个社会文化环境是否为我们培养科学创新型人才、培养科学创新精神，进而为提升中国科学创新能力提供了良好的社会文化氛围和环境？如何营造一个更为合理、更为有利于培养科学创新人才的社会文化环境？又有哪些社会文化环境因素促进抑或制约着我国高层次创新科技人才尤其是基础理论科学人才的出现？是否中国在封建传统文化氛围的影响下就注定只有技术而没有科学？这些都是值得我们深入思考的问题。

---

① 《全国人才工作会议在京举行》，2010年5月27日《人民日报》。另一突出的工作重点是"大力开发经济社会发展重点领域急需紧缺专门人才"。

② 《突出工作重点　统筹人才建设——三论学习贯彻胡锦涛总书记在全国人才工作会议上的重要讲话》，本报评论员，2010年6月2日第1版《人民日报》。

3. 社会文化环境因素对于"创新型科技人才培养"的意义

2010 年胡锦涛总书记在两院院士大会的讲话中将"社会文化环境"与"法律政策环境"、"市场环境"并列为支持科技事业发展的三项重要支持和保证因素。① 新中国成立以来，中国的科学和技术事业虽然取得了长足发展，但受种种历史客观因素的影响，这种进步主要发生在军事、工业等领域，还远未真正进入社会文化层面，整个社会的文化体系普遍缺乏科学精神与科学理性。学术界以及科学界本身对于科学的功能、科学与技术的关系等问题一直存在争议甚至误解，而管理部门、教育系统、文化宣传系统对科学相关概念的不规范使用又进一步增加了概念的混乱。伴随着中国现代化进程中科学与技术的进步，对科学的理解和对科学家认知的偏差也逐渐渗透到中国的社会文化层面，表现为公众普遍不能真正理解科学的本质功能以及科学与技术之间的基本差别；来自公众、政府与科学界对于科学家的角色期待与评价标准存在差异甚至冲突；公众对科学和科学家的热情不高等。这种来自社会文化环境方面的对科学的理解以及对科学家认知的偏差又进而成为制约科学事业发展、科技创新人才培养的重要因素之一。

在新中国成立 60 周年、科学与技术发展到一个新阶段、国家间科技竞争重要性日益紧迫、国家中长期人才发展规划出台的背景下，有必要对培养中国高科技创新人才的社会文化环境问题展开专门的研究。

4. 科学家声誉是科技创新人才培养文化环境优劣的重要指标

近年来，科学不端行为频频发生并被媒体重点报道，引起社会的广泛关注与议论。近期关于科学家声誉的相关调查结果显示，科学家的形象已经呈现令人担忧的下降趋势。② 学术不端与科学家声誉的下降等问题不是一个简单孤立的现象。从科学家社会声誉生成机制来看，科学家声誉的发生发展过程牵涉到科学功能与职业规范的认知、科研管理体制、社会价值观等多方面要素。因此，从本质上来说，科学家声誉的危机是现有科学体制与文化环境矛盾问题的集中化体现。

---

① 胡锦涛：《在中国科学院第十五次院士大会、中国工程院第十次院士大会上的讲话》，2010 年 6 月 8 日第 2 版《人民日报》。

② 詹正茂、靳一：《中国科学传播报告（2009）》，社会科学文献出版社，2009，第 123 页；参见政协委员王庭大在全国政协十一届三次会议上题为《全社会都要关注科学技术关注科学家》的发言，人民网，2010。

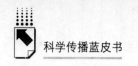
科学家声誉不仅仅是科学界内部的事情，也是中国当代社会中极为重要的社会资本，是整个社会体系良性运转的关键要素。因此有必要以科学家社会声誉为切入点，对制约创新型人才培养的社会文化环境问题进行深刻剖析，发现问题并探索解决问题的途径，提出科学的对策，从而促进我国创新型科技人才的培养。

（二）主要概念、研究思路、方法与框架

声誉信息理论将声誉视为一种包含历史记录的信息，在此意义上，科学家社会声誉是社会各方面对科学家评价信息的综合。本研究的基本思路为，通过观察不同社会主体对科学家的评价情况，了解科学家社会声誉，透视科学家声誉所反映出的社会文化环境特点以及对于国家创新型科技人才培养的影响，在实证数据的基础上发现问题、分析问题并提出相应的对策。

本研究选择大众媒体、公众及科学共同体作为科学家社会评价主体的代表，分别采用文本内容分析法、社会调查法和访谈法采集三类评价主体对科学家的评价信息（即科学家的"媒体评价"、"公众评价"与"科学共同体评价"信息），进而综合判断、分析科学家社会声誉情况。

科学家的"公众评价"与"科学共同体评价"表现为公众与科学工作者对科学家行为表现的主观认知，主要通过对评价主体的调查与访谈等获得评价信息。

在本研究中，科学家的"公众评价"信息通过对 10 城市居民进行随机抽样的问卷调查获得；科学家的"科学共同体评价"信息通过以高等院校自然科学领域的本科生、研究生和青年教师作为访谈对象，采用焦点小组座谈和深度访谈的方法来获得（相关概念的操作化定义与抽样方法等，将在后文详细介绍）。

科学家的"媒体评价"主要表现为媒体中的科学家形象呈现。由于绝大部分公众与科学家并没有过直接的接触，大众媒体是公众获取有关科学家信息的重要来源。因而大众媒体对科学家形象的呈现具有双重效应：一方面是媒体机构对科学家声誉评价的直接反映；另一方面，媒体所传播、呈现和塑造的科学家形象也会影响一般公众甚至科研人员对科学家的认知，甚至塑造出整个社会对科学家评价的舆论环境。因此本研究对大众媒体中的科学家进行了重点观察，特别选取了"新闻媒体"、"广告软文"、"流行文化产品"三种社会影响力较强同时内容形态差异比较大的媒介形式，分别作为"主流文化"、"商业文化"及"流行文化"的代表，通过观察三类媒体中的科学家形象呈现情况，力求从更为多元的

视角来了解大众媒体对于科学家的评价情况。

其中，"新闻媒体"选取四份性质不同的报纸的新闻报道作为代表；"广告软文"选取某都市报 2010 年的"软广告"作为代表；"流行文化产品"选取 2010 年的热门电视作为代表（相关概念的操作化定义与抽样方法等，将在后文详细介绍）。综上所述，本研究的思路与框架如图 1 所示。

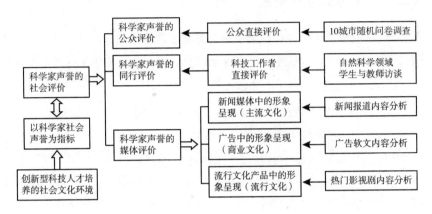

图 1　研究框架示意图

二　科学家声誉的公众评价

（一）研究说明

科学家声誉的公众评价表现为公众对科学家（包括科学家个人、群体、科技界等）的评价。已有研究表明，公众对科学家的认知、理解、信任和支持等态度是科学发挥社会作用的重要前提。公众对科学界人物的信任程度能够表明公众对科学的依赖程度。至少，这种信任通常是在个人或者公共问题上认真对待某种科学知识的前提条件。①

同时，在公民们所遇到的和科学相关的决定中，对相关科学研究的综合性理解需要掌握和评估大量的证据。除了依赖科学研究提供的直接证据之外，关注科

---

① 美国科学委员会（National Science Board），《美国科学与工程指标》（*Science and Engineering Indicators*），2008，载于 http://www.nsf.gov/statistics/seind10/。

学证据的公民必须咨询科学家和依赖其他专家的判断，这些人能够对与问题相关的科学知识发出权威的声音。因此有必要研究科学家的公共形象问题。[①]

本研究通过 CATI 电话调查系统，对来自全国 18 个城市的居民进行了随机访问，有效样本数 1000 份。

（二）科学家公众评价主要指标

1. 公众对科学家声誉的评价处于中等略偏上水平

公众对科学家整体形象的感知为 3.88 分，介于"不好也不坏"（3 分）与"比较好"（4 分）之间，处于中等略偏上水平。

具体到科学家形象评价的 6 个维度，美誉度得分为 3.36～3.81 分。公众对科学家"专业能力"方面的表现相对比较满意（美誉度得分 3.81 分）；对科学家"个人道德"表现的评价高于对其"学术道德"表现的评价；而对"参与国家决策"、"行政管理能力"和"参与社会事务"几方面表现的评价相对较低（见表 1）。

表 1　公众对科学家声誉的评价

科学家声誉评价指标	科学家声誉的公众评价(分,总分为 5 分)	N
整体形象评价	3.88	955
专业能力	3.81	901
个人道德	3.77	843
学术道德	3.64	879
参与国家决策	3.59	832
行政管理能力	3.57	795
参与社会事务	3.36	855

2. 除学术道德方面外，相对于公众来讲，新闻媒体对科学家声誉的评价更趋正面与积极

将科学家声誉的公众评价与新闻媒体评价[②]进行比较可知，在"个人道德"与"学术道德"评价方面，公众与新闻媒体的评价基本一致。但在"参与国家

① 美国科学委员会（National Science Board）：《美国科学与工程指标》（*Science and Engineering Indicators*），2008，载于 http://www.nsf.gov/statistics/seind10/。

② 科学家声誉的新闻媒体评价数据来源于 2009 年我国主要新闻媒体对科学家的评价，详见本书"年度报告"部分的《中国科学家媒介形象呈现分析》一文。

决策"、"行政管理能力"和"参加社会事务"三方面的公众评价都远低于新闻媒体的评价，整体来说，新闻媒体的评价高于公众的评价①（见表2）。

表2 科学家声誉公众评价与媒体评价的比较

科学家声誉评价指标	公众评价（分,总分为3分）	媒体评价（分,总分为3分）
整体评价	2.54	2.83
专业能力	2.7	2.95
个人道德	2.69	2.7
学术道德	2.56	2.55
参与国家决策	2.5	2.95
行政管理能力	2.5	3
参与社会事务	2.31	2.8

3. 公众对科学界的信任评价②

从公众评分的绝对值来看，本次调查的"科技界"信任度得分为7.50分，处于中等略偏上水平。与"科技界"有较多联系的"教育界"和"学术界"的信任度得分分别为6.78分和6.72分。从绝对得分来看，信任度水平并不高。

从信任度的相对水平来看，与其他调查对象相比，中国公众对"科技界"的信任程度又处于相对比较高的水平：在14个调查对象中，得分仅次于"军队"（7.88分）排第二位，其余调查对象的信任度得分均不足7分，与"军队"和"科技界"具有较大差距。

与科技界相关的另外两个部门——"教育界"和"学术界"分别排第四位和第五位，排位虽落后于"科技界"，但与其他所调查的机构或部门相比，相对信任度水平也是比较高的（见图2）。

4. 公众对科学技术人才队伍建设的支持情况

（1）近一半的公众认为当前国家建设最需要的是"专业技术人才"和"高技能人才"，显示公众对科学技术人才发展的社会支持度较高。2010年6月出台的《国家中长期人才发展规划纲要（2010～2020年）》在"人才队伍建设主要

---

① 为便于比较，将公众评价调整为与媒体评价一致的3分评价方式，即"非常差"与"比较差"赋值为1，"不好也不坏"赋值为2，"比较好"与"非常好"赋值为3。

② 信任度获得通过被访者依据自己的印象和感觉用0～10分进行信任度评分，0分代表完全不信任，10分代表完全信任，6分表示信任度及格。

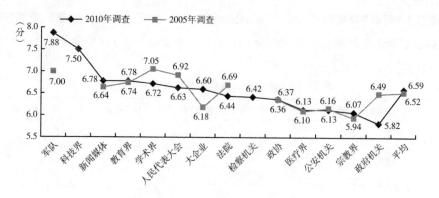

图2　公众对主要机构和团体的信任评价

任务"中提出，要突出培养造就创新型科技人才，大力开发经济社会发展重点领域急需紧缺专门人才，统筹推进包括党政人才队伍、企业经营管理人才队伍、专业技术人才队伍、高技能人才队伍、农村实用人才队伍、社会工作人才队伍在内的各类人才队伍建设。[①] 从中可以看出与科学技术有关的人才（包括创新型科技人才、专业技术人才、高技能人才等）在国家的中长期人才队伍建设中占据重要的地位。

依据国家人才发展的需求，我们通过抽样调查对公众对各类人才发展的认知和意愿进行了了解。

当被问到"以下哪类人才是当前国家建设最需要的人才"时，有28.1%的公众把"专业技术人才"作为第一选择，23.2%的公众把"高技能人才"作为第一选择；同时有20.3%的公众把"企业经营管理人才"作为第一选择。相对的，把"党政人才"、"农村实用人才"和"社会工作人才"作为当前最需要人才的较少，分别为10.0%、8.9%、6.5%。

在第二顺位的选择中，有20.3%的公众选择了"高技能人才"，18.3%的公众选择了"专业技术人才"，同时有16.7%的公众选择了"企业经营管理人才"。第二位选择"农村实用人才"、"社会工作人才"和"党政人才"的分别为11.0%、10.2%、7.1%。

将上述选择综合加权[②]后发现，公众普遍认为国家当前最需要的人才是"专

---

① 《国家中长期人才发展规划纲要（2010～2020年）》，2010年6月7日第14、15版《人民日报》。

② 被选为第一重要的赋值为2分，被选为第二重要的赋值为1分。

业技术人才"、"高技能人才"和"企业经营管理人才",其中"专业技术人才"的需要程度被认为是最高的,显示科学技术人才队伍的建设具有良好的公众支持作为基础(见表3)。

表3 公众对六类重点人才的国家需要程度的认知

单位:次,%

人才类型	第一选择		第二选择		加权后
	频数	比例	频数	比例	
党政人才	100	10.0	71	7.1	271
企业经营管理人才	203	20.3	167	16.7	573
专业技术人才	281	28.1	183	18.3	745
高技能人才	232	23.2	203	20.3	667
农村实用人才	89	8.9	110	11.0	288
社会工作人才	65	6.5	102	10.2	232
未选	30	3.0	164	16.4	—
合 计	1000	100.0	1000	100.0	—

(2)公众对六类重点人才的国家需要程度的认知与其对子女的人才成长的期望基本一致,但也存在一定差异。我们将公众对国家人才需要程度的认知和公众对其子女的成才期望进行对比,发现二者之间基本一致。其中重合度最高的是"专业技术人才"和"社会工作人才";而公众期望子女成为"高技能人才"和"企业经营管理人才"的比例高于其对国家人才需要的认知;希望子女成为"农村实用人才"和"党政人才"的期望则低于其对国家人才需要程度的认知(见图3)。

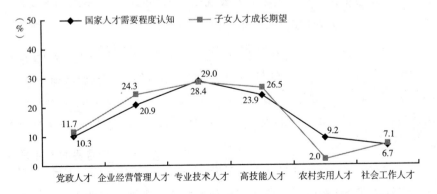

图3 公众对国家人才需要程度的认知与其对子女人才成长期望的对比情况

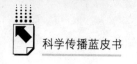
（三）不同类型公众对科学家声誉评价的差异

交互分析与声誉评价均值的差异性检验分析显示，不同年龄、学历、专业、职业状况、性别、政治面貌以及与科学家接触程度不同的公众对科学家声誉的评价大多具有显著差异。其中，女性、年龄较大、学历较低公众对科学家声誉评价相对较高。然而，对科学家了解越多的公众反而对科学家评价相对较低，差异性检验结果如表4所示。

（四）小结

1. 科技创新人才的培养目前具有良好的公众支持度，尊重科学家和科学是整个社会文化环境的主流

在本次调查中我们发现，公众对科学家表现出了足够的信任和信心，也认可科研成果对人类进步所作出的贡献，这些都将成为科学创新发展的有利文化环境，主要表现在以下三个方面。

（1）公众对科学家信任程度较高。在我们的调查中发现，公众对"科技界"的信任程度得分在国家部门和机构中排第二位，仅低于"军队"，而远远高于其他部门和机构；与科学家相关的"教育界"和"学术界"也分列第四位和第五位，得分高于其他部门和机构。这种信任反映在公众对科学家有正面的评价和肯定，公众支持科学事业的发展等方面，是有利于科技创新人才出现的社会文化环境因素。

（2）公众对中国科学家创新能力表现出了足够的信心。本次调查发现，近七成（69.7%）的公众相信在50年之内，中国人（中国籍华人）是能够获得科学方面的诺贝尔奖的，而有20.8%的公众认为可能获得但需要更长的时间。这也说明有九成的公众认为我国科学家是能够在科学方面取得突破进展并最终获取科学方面的诺贝尔奖的。这种来自公众对我国科学家的期待和对科学创新能力表现出的足够的信心，也是有利于科技创新人才出现的社会文化环境因素。

（3）公众认同科学家能帮助人们解决人类面临的迫切问题并促进人类发展。本次调查发现，公众普遍同意科学家是帮助解决人类面临的能源资源、生态环境、自然灾害、人口健康等重要问题的最重要的力量，且大多数公众认为科学家

表 4　不同类型公众对科学家声誉评价的差异分析

公众特征	统计差异检验数据	df	整体形象	专业能力	学术道德	科学家声誉指标 参与国家决策	参与社会事务	个人道德	行政管理能力
年龄（16~25岁；26~35岁；36~45岁；46~55岁；56岁以上）	交互分析(χ^2)	df =	52.662***	31.042**	45.046***	33.241***	43.964***	51.436***	39.817***
	ANOVA（F)	df =	4.328**	1.798	3.725**	2.034	3.821*	7.133***	2.427**
	相关性度量（R)		.107	.060	-.052	.050	.066	-.019	-.010
学历（大专以下；大专；本科；硕士；硕士以上）	交互分析(χ^2)	df =	43.814***	41.708***	59.473***	49.710***	45.677***	32.968**	31.155**
	ANOVA（F)	df =	6.068***	5.951***	12.952***	10.549***	9.104***	3.430***	5.670***
	相关性度量（R)		-.143	-.148	-.228	-.218	-.193	-.115	-.151
专业（文史哲/社会科学；经管；理工农医）	交互分析(χ^2)	df = 8	13.64	18.659**	16.116**	38.295***	26.059***	15.322	22.067**
	ANOVA（F)	df = 2	4.903**	4.901**	6.735**	10.401***	7.991***	4.466**	9.537***
	相关性度量（R)		-.094	-.138	-.169	-.193	-.137	-.101	-.179
科学家接触程度（从未接触；少有接触；联系紧密）	交互分析(χ^2)	df = 8	13.065	36.891***	28.437***	23.135***	21.974**	24.511***	20.219**
	ANOVA（F)	df = 2	3.322**	7.101**	10.961***	3.912**	3.265**	5.936**	4.972**
	相关性度量（R)		-.083	-.124	-.156	-.097	-.087	-.112	-.109
职业状况（机关事业单位职员；国企职工；私企员工；下岗/务农；学生）	交互分析(χ^2)	df = 16	38.157**	32.437**	48.606***	30.108**	31.682**	34.091**	38.157**
	ANOVA（F)	df = 4	2.311	3.941**	8.113**	4.278**	4.050**	5.460***	2.311
	相关性度量（R)		.046	.076	.159	.073	.065	.130	.046
性别（男：女）	交互分析(χ^2)	df = 4	6.424	11.646**	21.024***	10.616**	10.954**	7.617	3.376
	独立样本T检验		-1.359	-2.359**	-3.983***	-0.890	-2.057**	-1.397	-1.539

注：*** 为 $p<0.001$，** 为 $p<0.01$，* 为 $p<0.05$。

的科研成果对人类社会的贡献远大于负面作用。这种正面的认知也将成为有利于科技创新人才培养的社会文化环境因素。

2. 公众对科学家的角色和科学都存在一定的认知不明和偏差，这将影响到公众对科学家的客观评价，从而对科技创新人才的培养产生一定的不利影响

（1）公众对科学家责任和角色期待显示出对科学家成就评价"重技术、轻科学"的"功利主义"倾向。首先，九成以上公众倾向于以科学家在"技术应用"和"教学或人才培养"方面的成就而不是以科学家的"基础理论研究"成就来作为科学家是否值得尊重的标准。作为评价科学家声誉的标准，这与公众对该领域的陌生以及功利主义评价倾向有关，这样的评价标准难免会对基础科学研究的发展产生一定的负面影响。其次，公众普遍认为科学家不仅应该具有很强的专业能力，也应该是个人道德品质高尚的人，并且遵守学术道德是科学家最重要的行为准则。这说明科学家在公众心目中不仅是一个职业，同时也是社会的道德楷模，这样的要求一方面说明了公众对科学家群体的信任，另一方面也在无形中给科学家带来较多的社会压力。此外，公众认为科学家除从事科研教学等专业工作外，还应该承担向公众普及科学技术知识、提供科学建议等科学传播的责任，应该承担向政府提供政策参考和建议的责任，应该承担参与社会公共事务的责任。这也说明公众对科学家有很高的社会责任期待，也不免使科学家因为需要扮演过多的社会角色而陷入角色冲突的矛盾之中。

（2）对"科学"与"技术"的关系认知不明。本次研究发现公众并不能准确地区分"科学"和"技术"的内涵，对如何定义"科学家"，以及什么样的人能够被称之为"科学家"并没有明确的判别标准。这些认知不明导致的结果是：可能使一些本不应属于科学范畴或不属于科学家群体的事件或人物被当做科学范畴或科学家群体来评价，这将不利于科学自身发展和科学家声誉的建设。

总体而言，这些认知不明和过高的期待无疑都将影响公众对科学家声誉作出正确的评价。比如公众认为科学家应有高于常人的道德规范，如果科学家一旦没有达到这一标准，将使公众对其作出负面的评价，这在我们上述的报告中已经有所体现。这些方面都将是我们塑造公众对科学以及科学家的正确认知和评价，营造更有利于科学创新的文化环境的突破点。

3. 公众认可科学技术人才是当前国家发展最需要的人才，这将为科学创新发展提供相对充足的人才后备

在本次调研中发现，不仅近一半的公众认为当前国家建设最需要的是科学技术型的"专业技术人才"和"高技能人才"，而且超过一半的公众愿意自己的子女成为这两类人才，希望子女成为"高技能人才"的甚至高于对国家人才需要认知的比例。这无疑有利于科学事业能够招募更多的后备力量，这也是促进科学创新发展的根本保障。

三　科学家声誉的同行评价

（一）研究说明

科学研究组织内部成员对"科学共同体"中的个体和整体的认知和评价是对科学家声誉研究的重要方面。首先，他们的认知和评价是最为直接的；其次，科学共同体内部成员的自我认知和评价情况，也代表了这个群体成员对科学研究的态度、旨趣以及研究的层次和深度。因此，了解大学和基础科研系统对科学家和科学工作，以及对科学家声誉的认知和评价，发现其中存在的问题和偏差，对于改善科研环境、提高科学家声誉、促进科技创新人才成长具有重要的价值。

为了更加深入地了解科研系统内成员对科学家与科学工作的认知和评价，本研究主要对 T 大学物理系的青年教师、博士硕士研究生和少数本科生进行焦点座谈与深度访问。

（二）科研系统内部成员对科学家和科学的认知与态度

通过访谈和座谈我们发现，科研体系内部的青年教职人员或学生对科学本质、科学精神、科研创新等方面的认知和态度并不明确，对自身所从事的工作和科学家声誉的评价并不高，主要存在如下认知偏差和问题。

1. 科学研究职业化带来的投机行为与科学本质追求之间的冲突

科学研究在发展之初是科学家为了满足个人兴趣和追求真理而从事的活动，不是生存的手段，也不是一种职业。当代社会，科学研究具有两面性，它不仅仅

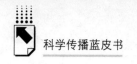

是人类追求真理的探索行为，同时也变成了一种职业，成为科研工作者谋生的手段之一。这种职业化性质使得科学研究工作必然受到科学家追求个人私利的投机行为影响。

调查发现，在科研机构中，特别是在青年教师和科研人员群体中，由于职业化带来的诸多功利性特点，科学研究经常发生违背科学精神的问题。诸如，需要靠接私活、拉项目来提高收入，严重缩减了科研时间和精力的投入；为了职称评审，急功近利地多发表文章，以量取胜，使得论文内容雷同，缺乏创新；为获得更多利益，研究者不得不将进行基础科学研究的精力转而投入到获取行政资本；等等。如一位青年教师在焦点座谈中表示，"现在（学校对教师）都是2～3年一签，没发够论文，没申请到基金就要走人"。另一位受访的T大学教师表示，"实际上，在T大学，连普通教授的工资都不是很高，也就几千，剩下的都靠你自己拉项目和基金，最后弄得每个人都得耍着嘴皮子到处跑，没空想问题"。这些问题不免给科研工作者的科学创新带来负面影响，具有科技创新人才基本素质的人不得不在现实环境中消磨掉科技创新的理想与能力。

2. 基础科学研究人才方面存在严重的国内后备人才流失问题

科研人才的流失主要表现在三个方面：首先是转专业，原来学习或从事基础科研（如物理、数学、化学等）的人员转投实践性和操作性研究上去（如应用技术、金融或经济专业方向）；其次是换职业，原本在高校或科研机构的教师或科研人员开始流入收入更为优厚的企业、金融界；最后是流向国外，一些有能力的科研或教职人员转向海外任职或任教。据本次调研发现，这种流失主要由以下几方面原因造成。

（1）基础科研人员工资待遇与社会压力和期望之间形成巨大落差，成为青年科研人才放弃科学研究的诱因。由于我国的科研、教育组织为国家所有，属于公共组织中的事业单位系列，在工资管理模式上采用的是结构工资制度，因此，员工主要收入来源是工资（具体包括基本工资、津贴和奖金）。结构工资制的特点在于，基本工资是全国性统一的，津贴是地区性统一的，而奖金是基层单位按照自己的能力来确定的。作为高校的基层单位的院系获取资源的能力是有限的，同时，院系资源获取能力的扩展也可能导致相应的科研制度和培养制度出现瑕疵。在这种机制下，科研、教育人员的收入主要依靠基本工资和津贴，奖金是比较少的（尤其是物理、化学等基础理论科学方向），有些院系的教师一年奖金不足千元。由于青年科研人才的基本工资和津贴的等级较低，他们极易成为社会中的低收入群体。据北京市统计局发布的信息显示，2009 年北京职工平均工资为44715 元，而作为具有最高学历、高智商的青年知识分子的工资则刚接近平均水平。如一位被访的 T 大学物理系青年教师表示，"我今年税前 10 万元多，去年是8 万元多，前年是 5 万元多。回想起刚留校那阵，还没房补，扣完二号楼床位 270元钱的时候，我每个月到手 2000 元钱，可能还不到。当时的状态我都不想回忆，实在是苦。读书时候打工挣了点钱，留校前几年基本是靠吃老本过日子"。应该说，青年科研群体仅仅依靠结构工资，其收入水平将会处于社会收入中低层。

在收入较低的同时，青年科研人员同时又承受着巨大的生活压力和社会期待的压力，获得与付出之间容易形成巨大的落差。首先，社会经济的持续发展以及生活水平的快速提高，导致耐用消费品（尤其是住房）和日常消费费用急剧上升，家庭教育投资不断扩大（包括成年人自身的教育和未成年人教育的支出费用）。其次，一个老年人福利制度不健全的老龄化社会又使青年人不得不承担较多的赡养父母的责任。如一位被访的青年教师，现在是副高，在焦点座谈中回忆刚从国外读完博士后回国执教那段时间时表示："有科研的、教学的和行政上的工作，再加上孩子要上幼儿园，老婆当时没有工作，只有我工资的收入，说起来大家可能不信，扣完托儿费和别的费用，只有几百块钱。要不是在国外做博士后攒了点钱，根本不够花。当时庆幸父母和自己的身体还好，要不真不知道怎么办。"该教师后又说到现在，"几年过去了，收入比刚回来的时候好一些，过去一年 10 万多一点，但这些钱在北京也攒不下什么，每年都花个精光。住的是学校的周转房，买房子是不可能的梦想，还要希望孩子、父母和自己不能有什么身体上的问题，根本没有多余的钱"。

此外，作为从事基础科学研究工作的人员一般拥有优于常人的教育经历和智商，亲朋好友带有中国传统色彩的"功成名就"期望又成为青年科研人员无形的精神压力……这种巨大的落差带来的压力，是导致大部分青年科研人员放弃科学研究的重要原因之一。如另一位被访的青年教师，现在是副高，在焦点座谈中谈及留校之初的状况时说："老板（老教授）很独，拿我继续当学生使。我外面不认识什么人，也没有项目来源。没有课上，天天在实验室磨洋工。更没有学生，老板的学生都给他干活，不让我使。就那点收入，前面也说了。当时一点也不想发表文章了，虽然不愁生计，但天天为未来担忧，感觉非常混乱。尤其是在

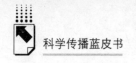

师兄公司兼职的那阵，看着他们全职的拿 20 万的薪水，我却为一个月几千块钱加班加点，特别怀疑自己的能力。"

（2）高校行政化管理体制中一些具体制度安排，并不利于青年科研人才的条件改善。一般而言，每一个系列内部不同位置的成员的收入分配都有自己的标准。目前，在高校体系中，刚性收入系统（如职务工资、技术工资等）具有相当大的稳定性，并且已经难以适应社会经济发展水平的变化。高校的教职人员通常不得不依靠柔性收入系统（如各种津贴、绩效工资和智力出售等）来提升自己的经济地位。然而，在高校中柔性系统运行有自己的内在规则，如它依照资历、职称和学术荣誉等来决定个体和群体从高校系列内部或从行政系列、经济系列获得相应资源。显而易见，高校青年教职和科研人员不具有资历、职称和学术荣誉的优势。因此，高校青年科研人才在社会行政权力分层、财富分层和技术分层中都难以获取有效的资源，来满足其成长、投入科研和教学以及进行科学创新的需要。在整个社会中获取资源的困难是高校青年科研人才成长的社会性制约因素。

除此之外，制约高校青年科研人才成长的机制，还有当下高校的各层级的制度，主要包括大学的体制和内部规则。从大学体制来看，大学的行政化倾向越来越明显，大学不仅要接受教育行政部门的政治领导、组织领导，而且还要接受其相应的各项任务、计划、指标。如在访谈中就有很多青年教师表示，他们不仅有教学任务和科研任务上的要求，还要兼任各种事务性工作，如各类自考指导和培训、接待工作，这些工作通常教授不参与而要青年教师完成，没有报酬且占用很多时间。大学正趋向按照行政部门模式建构自身的组织和运作规则。这样，高校本应按照技术知识系列进行的分层和分配资源，却由于行政化的强干预，使得整个分配体系越来越走向以行政权力为中心的分配模式，从而扭曲了大学内部的自身管理规律。如也有很多受访青年学者表示，"好的项目一般都在教授手里，我们是拿不到什么好的项目的"。行政化倾向的最大受损者是青年教师，他们不仅失去了获取资源的优势，而且使青年科研人才迷失了方向。大学体制行政化倾向衍生出相互冲突的大学内部规则与制度，这些规则与制度直接制约着青年教师的成长。

（3）我国现阶段的功利主义价值观和社会文化因素影响青年科研人员的科研选择。中国当前正处于转型期，中国人的价值观出现了很大的转变，如从传统价值向现代价值转变、从他人导向向自我导向转变、从义务导向向利益导向转变、从集体取向向个人取向转变、从理想主义向现实主义转变等。观察当前中国社会，大体上共存在五种价值观，即民本位价值观（集体主义价值观）、钱本位价值观（拜金主义价值观）、欲本位价值观（享乐主义价值观）、个体本位价值观（个人主义价值观）及传统价值观（伦理道德价值观）。而中国的传统价值观（伦理道德价值观）在当前文化中还是很基础的，其中最典型的就是赡养父母和抚养子女。

人类的思维活动，从来就不是一种能够摆脱群体生活影响的特殊活动，因此，必须把它放在社会背景中加以理解和解释。世界上没有任何人可以在寻求真理的过程中依靠自己个人的经验来建立世界观。而作为社会成员中的个体，无论是学生还是青年科研人员，其价值取向也必然会受社会主流价值观和文化的影响。当其把科研作为一种职业选择的选项时，在现实面前，必然会把家庭责任、个人发展、经济回报等纳入其中考虑。在经济回报低、成果不可预知的情况下，许多学生就开始转向别的行业。

3. "投入—产出"的经济思考模式，使投入科学研发创新的社会资源不足

近年来我国以经济建设为中心，大力发展市场经济，对待很多问题都以市场标准来衡量，整体环境也是追求快速致富、快速成功，以致无论是政府还是社会企业都更多地把资源和财力投向了能立竿见影获取收益的、短期内能看见回报的项目上去，如新技术研发、金融创新、互联网等，而对基础性的科学研究投入和关注程度都很低。科学的一大特点是结果的不可预测性。科学是探索未知的事业，按此定义就意味着"人们无法预言某项研究必然会导致某一发现"，也很难断言说某一发现是否"有用"和"可能带来何种经济收益"。想当然地将"投入—产出"的经济考虑应用于科学，认为科学研究的结果是可以预期计算的，是必须带来利润的，这种观点不仅在逻辑上难以成立，更重要的是它忽略了科学的真正价值和独特性，是当下社会对科学本质认知不足的一种反映。

针对基础科研的不受重视，国家自然科学基金委主任、中科院院士陈宜瑜就表示，"基础研究为什么就得不到应有的重视呢？要知道，基础研究可是创新最根本的源头"。陈宜瑜还表示，"任何门类科学都包括这些属性的研究，无论原始性创新、集成创新，还是引进吸收再创新，都存在着一个对规律的重新认识，可以说基础研究是无处不在的"。所以基础研究理应受到重视。

基础研究所关注的科学问题，包括科学自身发展和经济社会发展"两个来源"，其发展受"双力驱动"。从 20 世纪开始出现了一个新趋势，就是开展基础研究的目的已逐步从单纯满足科学家深化对自然现象和规律认识的兴趣，转向更加注重服务于人类社会发展和国力竞争的需要。经济社会发展需求对基础研究的推动力已经大大超过单纯的科学自身发展的吸引力，不可能也不应该再将基础研究区分为纯基础研究和应用基础研究。在当代科技发展中，学科间交叉融合、相互渗透的趋势日益明显，研究对象的复杂性不断增强。如果各学科不能均衡发展，个别弱势学科或落后学科就可能制约科技的整体发展，影响对复杂对象的深入研究，影响对科学规律整体认识的深化，这就类似于"木桶效应"。因此，陈宜瑜认为，基础研究的学科发展布局必须坚持均衡协调发展，"保证多数学科都不偏废，多数学科都能跟上国际的发展速度，否则 20 年以后，我们吃亏就吃大了"。①

4. 在青年科研和教职人员队伍内部，对科学家的声誉和科学研究的评价正在下降

在青年科研和教职人员队伍内部，对科学家的声誉和科学研究的评价下降主要表现在：其一，缺乏"科学共同体"职业荣誉感；其二，缺乏"为科学而科学"的信仰和"科学家的精神气质"；其三，对"科学共同体"其他成员的认可度不高，缺乏"共同体精神"；其四，对科学家社会责任认知不足。这四点也导致了他们对科学家声誉的整体评价以及对待科学研究工作的态度出现危机。

（1）缺乏"科学共同体"职业荣誉感。维持科学信誉的关键是科学家遵守"科学共同体"的职业伦理要求和行为规范，具体包括：一是诚实。忠实传达科学信息，不得虚构和伪造事实材料。二是准确。精确报告其发现，注意避免错误。三是客观。用事实说话，避免不适当的偏见。四是有效率，合理有效地使用社会资源，避免浪费。今天，这种对"科学共同体"职业荣誉的缺乏主要体现在两方面：一是科研职业道德意识淡薄，个人对自我行为的约束力下降；二是个人对"科学共同体"中其他成员的不端行为的习以为常或视而不见，缺乏推进科学诚信的意识。如受访中的一位物理系研究生表示，"我指的是物理圈子里干活只为发表文章的老师太多，自己都知道自己的文章毫无用处而且也永远不会有用的人太多，不否认有很多好老师，但是从整个行业来说，比例还是太少"。另

---

① 陈宜瑜：《别拿基础研究不当饭吃》，2006 年 3 月 14 日《科技日报》。

有人接着表示，"能留在物理圈里的人，都是擅长造水文①的，没有其他生存能力，能苟活于世就算不错了。不要跟有钱人比，他们其实都偷着乐呢，会造点水文就能比创造价值的农民、工人过得舒服"。更有一青年学者愤怒地表示，"有的人不离开学术圈而利用在学术圈以学术科学研究等名号拉项目赚钱致富，而现有的体制偏偏又是重视资历重视人脉的，所以那些人在致富的同时还往往成为领域一霸"。

（2）缺乏"为科学而科学"的信仰和"科学家的精神气质"的内在规范。在我们对青年科研人员的调查中发现，青年科研人员普遍把自己所从事的事业更多地当做一种职业选择和谋生的手段，而非把追求真理和创造知识视为己任。这就与科学最初的本质有所冲突。这种科学精神的缺乏也使得他们在思想和行为选择上缺乏一种内化的规范来克服科学研究和科学家行为的极端自利行为。

100 年前的爱因斯坦强调"为科学而科学"的治学口号。1937 年 12 月，默顿在"美国社会学学会"会议上宣读的论文《科学与社会秩序》中，认为可以把"科学的精神气质"（the ethos of science）所体现的情操概括为"正直"（honesty）、"诚实"（integrity）、"有条理的怀疑主义"（organized skepticism）、"祛利性"（disinterestedness）和"非个人性"（impersonality）。默顿还强调："即使到了今天，在科学已经大大职业化了的时候，对科学的追求在文化上还是被定义为主要是一种对真理的祛私利的探索，仅仅在次要的意义上才是谋生的手段。"②

虽然在今天我们不能希望科学家只在精神上得到回报，但不同的价值取向自然会影响其对科学家与其职业的评价。在我们的调查中，我们发现问题主要表现在：当科研工作者仅把他们所从事的事业作为谋生手段来看待时，会更多地用经济回报来衡量。当与和他们有着同等智力教育水平的他人所从事别的职业能获取更多的经济回报相比较时，就会对自己的职业产生不满情绪，因此出现了一些青年科研人员更羡慕在业界有所表现和获得更大经济收益的人的情况，也对其他经济获利更高的职业评价更高。如很多青年教师表示，"一个班里留在学校教书搞研究的，恐怕一个手就数得过来了。而转行的同学，貌似大家都混得不错"。从事基础理论科学的青年教师，甚至硕士博士研究生整体反映出一种对科研事业忠

---

① 是指一些科技工作者，单纯追求文章数量，不注重学术价值而发表的学术价值较低的论文。
② 默顿：《科学社会学》，商务印书馆，2003，第 323 页。

诚度下降的态度，普遍不认为科学家的角色能给他们带来精神上或者社会地位方面的优越感。如访谈中普遍认为自己"不高尚"，也不觉得别人认为自己高尚，且大多数认为"基础研究要求的智力水平非常高，同样的智力水平在社会单位能创造非常大的产值，但在研究部门却只有少得可怜的待遇"。甚至有人直接表示了不满，"都是上有老、下有小的，这么大岁数了，工资那么点儿，每天还累得要死，还连个住的地方都买不起"。

也发现少数怀有"为科学而科学"信仰的科研人员，衡量标准自然也倾向于兴趣和科学研究本身带给他们的成就感和满足感，经济回报低并没有使他们对科学家和科学研究评价变低。他们通常会更加投入地进行科学研究，同时，这种科学信仰和精神也恰恰可以对他们的行为选择进行一种内化的规范，克服科学研究和科学家行为的投机自利倾向。如访谈中就有人认为，"物理系科研拿的是纳税人的钱，如果不能对社会有直接贡献，也不能说服大众有长远贡献，能拿到的钱比其他行业少是理所当然的。要么干的事真的是追求世界的真理，要么朝着一个有用的方向前进，如果干活的目的就是为了发表文章评职称，累死拿不到钱，个人认为活该"。

（3）对"科学共同体"其他成员的认可度不高，缺乏"共同体精神"。据我们此次调查了解，由于学术资源的争夺、大学体制下的行政权力争斗以及学术上的造假和不端行为频发，导致"科学共同体"内部成员间的认可度不高，包括青年科研人员对老教授也未有足够的尊敬，更谈不上视其为榜样，整体上缺乏一种"共同体精神"。如访谈中就有一位老师表示，"（科学共同体内）懂行的都看重文章数、影响因子、引用次数。其实也都明白即使是很高的影响因子，很牛的文章，也只是'paper'而已。但是这是大家赖以生存的共同价值观，谁也不愿意否定它。于是联起手来一起忽悠不懂行的"。

"共同体精神"是指学者们所进行的研究、修正错误和从事发明，并非单纯为他们自己，而是为了共同体。只有这样，科学家的研究才成为某种合乎道德的事情，他们才成为在他们的专业中为共同体服务的人。也就是说，科学家在进行科学研究过程中，价值目标的确定、研究课题的选择、研究手段的运用、研究成果的转让与利用等都是出于对整体利益的考虑，最终为他身处其中的这个共同体服务，而不是出于对自己或小集团利益的考虑。这就为科学研究活动起到了道德协调作用。

我国科学界这种"共同体精神"的缺失进一步表现在缺乏彼此间的学术交流和协同合作,主要体现在青年科研人员互相之间合作很少,教授和青年科研人员的合作较少,如果有所合作也更多的是一种基于领导级别或者师承关系的任务安排。如很多青年教师都把老教授称为"学霸",意指不提携后辈和不给后辈机会;还有青年学者反映,很多老教授还是把他们当学生使。但科学的发展离不开良好的科学协作,只有这样才能创造在科学共同体内部集思广益、人尽其才、优势互补的生态环境;才能形成在专业上相互切磋、在思路上相互启发的科学氛围;才能出现有限的个体研究能力通过群体的力量加以补充、单个人的失误能够及时被纠正的学术互动局面。当下我国基础科学研究界合作的缺失正是制约我国科学创新能力提升的一个重要因素。

(4)对科学家社会责任认知不足。最近的几次调查显示,我国一般公众对科学家声誉的评价虽然有所下降,但整体来看,对科学家还是抱有超出其职业的社会期待和道德要求。但在本次对青年科研人员的调查中却发现,青年科研人员对自己的角色和责任的认知还是和公众期待有所不同,主要体现在对科学家社会责任的认知不足,以及对自我需要承担社会责任的态度不明。

在科技伦理视野中,科学家的社会责任涉及科研道德、社会责任意识、社会伦理价值观等三个层面。概言之:一是珍惜"科学共同体"的职业荣誉,自觉遵守科研职业道德,反对科研不端行为,推进科学诚信;二是具备强烈的社会责任意识,自觉规避科技负面效应,及时向社会和公众作出技术风险预警;三是遵从人类社会和生态的基本伦理价值观,珍惜、尊重自然和生命,尊重人的价值和尊严,为构建和发展符合社会伦理要求的科技作出贡献。除去以上三个层面对科学家社会责任的要求外,社会不同主体对科学家还有不同的要求,如科学共同体期待科学家承担起科研教学的责任,国家期待科学家能提供政策决策参考,公众期待科学家向公众传播科学,而社会则期待科学家履行社会责任、承担公益事务等。

在此次对青年科研人员的调查中发现,他们普遍认为他们现阶段的责任就是"完成科研或教学本职工作"和尽量遵从科研道德,而对于其他责任的担当,通常是漠不关心或者有心无力,甚至有高校的科研人员也表现出了对教学工作的漠视。如一位 T 大学的教师表示,"我在这个鬼地方(T 大学)混了 12 年,无非就是因为我自己喜欢我现在做的题目,我希望能把手头的问题彻底做清楚。所以,

我才会选择暂时留在这里。至于上课、带学生之类的，反正我就按学校给的钱折性价比。给多少钱，干多少活！我们只不过是受雇于这个学校罢了。作为雇员，我只对自己获得的薪水负责。学校给我几十的课时费，我就讲值几十的课。所以我早就不备课了，讲了两三遍的课不备也不会出大娄子。更何况，这么点钱，我只要按时站在讲台上，就绝对够良心了"。这种心态必然会与来自各方面的期待形成落差，从而影响对科学家声誉的社会评价。

四　从新闻媒体对院士的呈现看主流文化中的科学家形象

在我国大众媒体日益市场化的背景下，无论新闻改革的边界如何扩展和推进，但到目前为止，国家始终高度掌握着对新闻采编、播出等权力的严格控制，这也就保证了传统媒体的新闻是最能够体现官方主流文化形态特点的媒体形式之一。因此，我们可以通过对传统媒体新闻中所呈现的科学家形象进行观察和分析，来了解主流文化中科学家形象塑造，以及对科学家评价的基本情况。

（一）研究说明

1. 选取院士在新闻媒体中的形象作为研究对象的原因及意义

中国两院院士作为中国科学技术的最高荣誉以及科技工作者的杰出代表，其科研成果代表了中国科学技术的发展水平。院士在我国科学家群体中具有极高的声誉，院士在新闻媒体中的形象呈现也能在一定程度上代表科学家群体的形象。因此，对新闻媒体中院士形象呈现的研究，一方面可以探知新闻媒体中的院士整体形象，从而在一定程度上反映大众媒体如何呈现和评价科学家形象；另一方面，该研究也可以分析出传媒对院士形象、声誉塑造的导向以及社会对以院士为代表的科学界的期待，为日后建立科学家良好的声誉评价，营造重视知识、重视科学、重视人才、有利于培养科技创新人才的社会文化氛围提供有效的借鉴。

2. 院士概念的界定

本研究中的院士，具体指的就是中国科学院院士与中国工程院院士（简称两院院士），其他国家类似科学研究机构的成员（如美国科学院院士、第三世界

科学院院士、英国皇家学院会员）与一些院士衍生的词汇（如"小院士"等）
都不在本次研究涵盖范围之内。

3. 对院士新闻媒体形象的操作化定义

院士在新闻媒体中的形象（以下简称院士媒体形象）指新闻媒体在新闻报
道中所呈现的院士个人或院士群体的行为与表现。在以下研究中具体界定为，
2009 年 1 月 1 日至 12 月 31 日期间，《人民日报》、《南方周末》、《华西都市
报》、《京华时报》4 份性质不同的报纸中所有有关院士的新闻信息所呈现的院
士形象。

院士形象是一个多维度的概念，本研究主要从新闻媒体所呈现的院士"专
业能力"、"学术道德"、"参与国家决策"、"参与社会事务"、"个人品德"、
"（担任行政职务院士的）管理能力"等六方面行为表现进行考察，这六方面构
成院士的整体媒体形象。并且，本研究使用"正面评价"、"中性评价"与"负
面评价"来代表媒体对院士形象的呈现情况（见表5）。

表5　院士媒体形象的指标与操作化定义

院士媒体形象	院士媒体形象的六个维度	含　义	媒体评价（呈现）
媒体对院士行为表现的呈现	专业能力	在科学研究领域的专业表现	正面/中性/负面
	学术道德	恪守学术研究规范、伦理、道德等	正面/中性/负面
	参与国家决策	为国家决策提供建议参考等	正面/中性/负面
	参与社会事务	参与社会公共事务、参与公益事业等	正面/中性/负面
	个人品德	个人的道德修养、品质等	正面/中性/负面
	管理能力	担任行政职务的院士在管理工作方面的能力	正面/中性/负面

4. 院士媒体形象呈现的考察视角

对新闻媒体中院士形象的分析主要从院士的"新闻媒体关注情况"（即"关
注度"）与"新闻媒体评价情况"两个角度来进行分析，其中"新闻媒体评价情
况"又分为"评价倾向"与"美誉度"两个方面。

院士"关注度"：指院士不同方面行为在所有院士新闻中被提及的比例。如
院士专业能力关注度＝院士专业能力报道出现的频数/院士新闻总篇数。

院士"评价倾向"：指新闻媒体对院士不同方面行为，即"正面"、"中性"
与"负面"评价的比例。

院士"美誉度":指将新闻媒体对院士形象的"正面"、"中性"与"负面"评价分别赋值为3分、2分和1分,经算术平均得到院士六方面行为表现在媒体上的评价分数。

(二) 新闻媒体中的院士形象

1. 新闻媒体中的院士形象基本情况

2009年,新闻媒体上涉及对院士"专业能力"发表评价的文章数量最为突出,共230篇,院士专业能力的新闻媒体关注度为35.3%,其余五方面的关注度程度相当,关注度在11.0%~12.6%。

整体来说,新闻媒体对院士六方面形象的评价均以正面为主,除"学术道德"之外的五方面都极少出现负面和中性的评价。"学术道德"方面评价虽然正面评价依然高于负面评价,但是相比于其他几项,两者之间的差距有所缩小,出现负面评价的新闻数量明显较多。

2009年,院士在新闻媒体中获得的媒体美誉度在六方面的综合得分为2.85分,美誉度水平较高。其中,在学术道德方面的媒体美誉度得分为2.31分,是媒体评价最为负面的方面。2009年,传统媒体中院士其他方面的表现都获得了很高的媒体美誉度评价,其中,院士"专业能力"、"管理能力"、"参与社会事务"、"个人道德"方面的媒体美誉度得分都高于2.9分(见表6)。

表6 新闻媒体中的院士形象情况

单位:篇,分,%

媒体形象考察维度			科学家媒体评价指标					
			专业能力	参与国家决策	学术道德	参与社会事务	个人道德	管理能力
关注度	占比		35.3	12.60	11.00	11.80	11.70	12.30
	数量		230	82	72	77	76	80
评价倾向	正面报道	占比	85.4	52.5	20.0	28.6	46.8	84.0
		数量	140	42	22	2	52	21
	中性报道	占比	9.1	6.3	6.4	57.1	7.2	8.0
		数量	15	5	7	4	8	2
	负面报道	占比	5.5	41.3	73.6	14.3	45.9	8.0
		数量	9	33	81	1	51	2
美誉度(1~3)			2.99	2.89	2.31	2.97	2.97	2.98

2. 新闻媒体院士形象的媒体关注度与美誉度综合分析

综合看新闻媒体对院士形象不同方面的关注度与美誉度可以发现，院士"专业能力"方面的表现在受到传统新闻媒体高度关注的同时，也获得了较高的美誉度。而在"学术道德"方面，新闻媒体"美誉度"评价较低的同时，关注度也相对较低，可以看出新闻媒体对院士"学术道德"的批评是相当克制的。其余四个方面，新闻媒体美誉度与关注度都大致相当（见图4）。

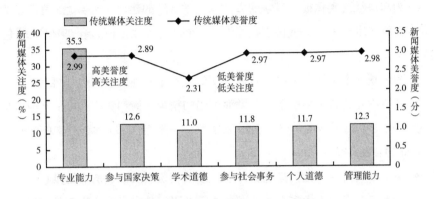

图4　新闻媒体院士形象的关注度与美誉度

3. 院士形象的媒体评价与院士新闻报道内容的关系特点

对院士新闻的具体内容进行分析可以看到，不同的报道内容与获得怎样的媒体形象评价之间具有一定的规律。

（1）院士在以下类型的新闻中较多获得媒体的正面评价。

- 在所关注的科学技术领域作出系统的、创造性的成就和重大贡献。
- 学风正派、业绩突出，恪守学术道德。
- 严谨、践行科学发展观，尊重科学、遵循规律、注重实证、勇于创新。
- 具有创新精神，参与新发明、新产品的研究和开发工作，尤其是对关乎国计民生的重点项目和重点领域的研究。
- 对其所在领域的重大国家项目或者工程作出科学的判断和评价。
- 参与国家发展战略的研究工作，牵头开展地域性发展战略研究工作。
- 具有爱国情操、爱国心和奉献精神，有为科学付出的精神。
- 负有社会责任感，为提高全民族的素质作出贡献。
- 发挥其行政职能，领导实施各种国家重点项目和战略部署。

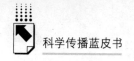

- 向公众宣布最新的科学研究动态和进展，普及科学知识。

- 在危机来临之时向公众提供科学的数据以及科学的建议，防止谣言传播等恶性公共事件的发生。

- 重视青年学者，支持和关怀科学人才。

- 对本国的教育事业发表适当的观点，促进科教文卫事业的发展。

- 对中国目前科技发展的瓶颈提出意见和建议，促进中国科学事业的发展。

- 为解决社会问题提供科学的方法以及学术性的建议。

- 做好技术决策，促进科学技术与市场的结合，走出一条产学研一体化的道路。

- 为公众的生活提出一些小建议，帮助公众更好地适应周边环境。

- 具有虚怀若谷、不耻下问、学而不倦的精神，谦和，不自夸。

（2）院士在以下新闻中往往会引发争议，一般院士或与院士相关的机构会获得媒体的负面评价。

- 学术不端行为，尤其是论文抄袭、学术剽窃引发社会的广泛批评。

- 新增院士简历中大多有行政职务头衔，引发学术官僚化现象的讨论。

- 院士不注重教学，没有为青年学者创造学术空间，以及结党拉派等问题。

- 院士应对负面新闻之时，对媒体或举报者进行简单的"别有用心"、"恶意炒作"的反驳，一般被认为没有正面应对媒体与公众。

- 机构（高校、企业）利用院士来提升自我形象或谋取经济利益。

- 院士在争议性社会公共事件之中站在官方立场发表观点，并且言论的科学性不足。

- 院士在非科学领域以权威自居，并发表可能带来社会影响的言论。

- 院士参与商业活动，获得较高经济收益。

（3）非院士主题的新闻中出现院士，一般是机构用来提升自己的声誉和科学性等，此时的院士成为某种意义上的科学符号，媒体并不会对院士直接发表评价。

- 某些地区用所拥有的院士数量来证明地区的基础教育状况和人才发展水平。

- 某些科研机构用所拥有的院士数量来体现机构的整体科研实力和潜力。

- 某些企业会用研发队伍中的院士数量来证明企业的研发水平以及在行业内的地位。

- 某些党派所拥有的院士体现了一个党派中高级知识分子的比例。

（三）传统媒体对院士形象呈现与评价的特点

1. 传统媒体对院士形象的评价明显以正面为主，明显高于网络论坛的美誉度水平

传统媒体还是以塑造正面的院士形象为主要方针，同时也会对如"论文造假"等焦点问题提出有克制的批评意见。与网络论坛 2009 年对院士的评价相比具有显著差异，传统媒体对院士六方面的评价均高于网络论坛。整体来说网络论坛比传统媒体评价更为严格，两类媒体平均相差 0.64 分。传统媒体与网络论坛对"专业能力"与"管理能力"的评价差异相对较小，其余四方面评价差异都较大，"个人道德"差异情况最大（见图 5，关于网络论坛对院士形象评价更详细情况请见本书"年度报告"部分的《中国科学家媒介形象呈现分析》一文）。

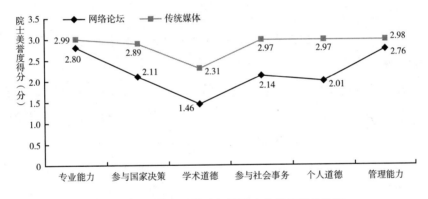

图 5　传统媒体与网络论坛的院士美誉度评价比较

2. 院士新闻主要集中在院士的科研成果或相关言论等专业能力方面，可能造成院士应然形象和实然形象之间的偏差

所谓院士的应然形象，指的是社会和时代对院士角色的定位和期待。中国两院院士是中国科学技术方面最高的学术称号，作为社会栋梁的两院院士，承载着很高的社会期望。总结政府、社会对两院院士的期待，可以将院士的应然形象概括为以下几个方面：首先，在国家出台各种科学战略决策的过程中，院士应发挥咨询顾问作用。其次，作为科学界的领军人物，院士应发挥带头作用促进中国科学技术的进步和发展。最后，作为中国科学界的代表，院士应该在传播科学意识和科学精神、普及科学知识、营造科学氛围方面发挥示范作用。

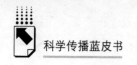

院士的实然形象，指的是院士形象的实际情况。这既包括公众心目中的院士形象，也包括经过大众媒体机构经过选择性加工、重构后在"媒介真实"中所呈现的院士媒体形象。

对照院士的应然形象发现，新闻媒体对院士的报道主要集中在院士的科研成果或相关言论等专业能力方面，对其他方面报道相对较少，可能造成院士应然形象和实然形象之间的偏差。应适当加强在培养后备人才、向公众传播科学、参与国家决策方面的报道，才更符合社会期望，更加有利于提高科学家声誉。比如，在甲流病毒肆虐全球时，钟南山等医学专家经常围绕公共卫生话题发表言论，钟南山院士让公众警惕甲流和禽流感发生重组变异的言论被媒体广泛报道。院士在专业能力方面的言论能够在公共危机事件发生过程中，给公众以专业和权威的指导，对于消除公众恐慌心理、稳定社会环境、传播科学知识等都具有重要的价值，同时也能够相应地提高院士自身的声誉。

3. 在院士形象的呈现方式上，新闻媒体多以正面报道为主，但报道形式往往刻板生硬

在传统媒体新闻中，院士通常以正面形象出现，但社会公众对院士或者科学家的声誉评价是认知和情感的综合反映，要构成情感上的认同就需要报道更为丰富和立体。负面报道主要集中在学术不端行为方面，但相对来讲报道数量也较少。当然，也不需刻意回避这类报道，报道的内容负面不一定不能带来正面的效果，充分揭示各类不端行为，虽然在短时间内可能造成院士群体声誉受损，但长期来看，可减少这类行为的发生，从而从根本上提高院士群体的声誉。

五　从广告对院士的呈现看商业文化中的科学家形象

广告是商业文化的代表，由于我国目前对广告的规范约束还不够成熟，为了商业利益，院士作为一种权威性标志开始越来越多地被动或主动出现在广告当中，成为科学家与商业文化交织的代表性现象，而这种现象对于科学家声誉具有越来越明显的影响。以下我们通过观察 2009 年广告软文中的院士形象来了解商业文化对科学家形象的呈现特点，同时通过社会调查来分析科学家在广告中出现对科学家声誉会带来怎样的影响。

（一）研究说明

1. 概念界定

广告软文是近年来中国传统媒体和网络媒体上经常出现的文章形式，指的是大量存在于大众媒体中，以新闻报道形式发布的广告。软文具有新闻的"面孔"，其实质却是广告，因而具有较强的欺骗性。与广告软文这一名称相对应的是"硬新闻"和普通广告。作为广告行业的流行术语，目前广告软文大量存在于新闻行业的实践之中，也成为媒介经营获取利润的重要方式。

广告软文从其实质来说是一种广告形式。根据美国营销协会在 1963 年对广告作出的定义："广告是由可确认的广告主以任何方式付费的对其观念、商品或服务所作的非个人性陈述和推广。"可以得知，凡是直接或间接付费的，面向消费者的，从事有利于付费者的宣传活动都具有商业广告的性质。一般的新闻恪守客观公正的原则，尽管其内容不可避免具有某种程度的偏向，但是其操作基于新闻事实。相比于普通的新闻来说，广告软文是收费的，其经济活动的性质决定了其广告性质。

2. 我国广告软文存在较为普遍的不规范现象

向受众清晰提示广告与新闻的区别，在传媒业高度发达的国家已经成为法律与新闻职业道德的基本要求，违反者将会受到来自法律和道德的惩罚。在国际上，类似于国内广告软文操作的媒介内容通常被称为"付费文章"（advertorial，即 advertisement + editorial）。与我国广告软文缺乏规范管理的情况不同，新闻业成熟且规范的国家对付费新闻有严格的规定，要求媒体必须采取避免读者产生误解的措施，在进行付费新闻操作时需要在版式上使用显著的标识与普通新闻进行区分，以此来提醒读者注意，比如媒体会在刊登付费文章的版面上明确注明"广告"（advertisement）字样。

我国《广告法》第十三条也明确规定："广告应当具有可识别性，能够使消费者辨明其为广告。大众传播媒介不得以新闻报道形式发布广告。通过大众传播媒介发布的广告应当有广告标记，与其他非广告信息相区别，不得使消费者产生误解。"对于违反该规定的行为，《广告法》第四十条第二款规定："发布广告违反本法第十三条规定的，由广告监督管理机关责令广告发布者改正，处以一千元以上一万元以下的罚款。"由此可见，《广告法》对于广告软文的惩处力度并不重，而且从目前大量存在于传统媒体中，并且与一般新闻样式并无明显区分的广告软文大行其道的现象来看，媒体是否遵循将广告与新闻进行明确区分的媒介操守，在很大程度上取决于媒体的自觉。

一些媒体如《南方周末》的软文版式与新闻版面、版式迥异，同时软文中不注明"本报记者"字样，受众可以较为明确地区分报纸上的新闻内容与广告软文内容。但是大多数媒体对于广告软文和普通新闻之间的差异提示明显不足，甚至故意将广告"包装成"新闻。如一些都市报通过专刊等形式登载广告软文，其专刊版的版式和新闻版面的版式基本相同，内容、排版等也与新闻报道形式类似，多数广告软文出自新闻记者之手，在我国公众媒体素养普遍较低的背景下，广告软文具有很强的迷惑性。

（二）广告软文中院士形象的呈现形式

1. 出现院士广告软文的类型——六成以上出现院士的广告软文属于医药类广告

以2009年南方某省都市报H为例，该报全年共有21篇广告软文涉及"院士"一词，其中涉及中国两院院士的文章共18篇，其余3篇文章是关于国外科研机构与学术机构"院士"的。根据广告软文的主题进行分析发现，这18篇文章可以分为4种类型。绝大多数有院士出现的广告软文都属于医药类广告软文，共11篇，占全部软文的六成以上；其次是食品类广告软文，共4篇，占22.2%；房地产类广告软文2篇，占11.1%；1篇为教育类广告软文（见表7）。

表7　2009年H报出现两院院士的广告软文类型

单位：篇，%

软文主题分类	数量	占比	软文主题分类	数量	占比
医药类	11	61.1	教育类	1	5.56
食品类	4	22.2	总计	18	100
房地产类	2	11.1			

2. 院士并非直接推荐广告产品，而是广告商家在间接借用"院士"的科学权威身份，作为商品"科学性"的标签

在18篇涉及两院院士的广告软文之中，除一篇广告软文没有直接出现院士姓名外，其余 17 篇中的院士均出现了原始姓名。其中 8 篇广告软文谈及的院士为中国科学院院士（其中有三篇谈及的是中科院外籍院士），另外 8 篇广告软文之中谈及的院士为中国工程院院士，1 篇广告软文中谈及的院士为两院院士。

18 篇广告软文中有 5 篇提及院士参加广告主举办的学术类会议；5 篇提及院士参加广告主的研发和设计工作；4 篇广告软文中广告主称产品或服务基于院士的某种理念或者技术；3 篇广告软文引用院士所说的与产品有一定联系的言论；另有 1 篇广告软文引用院士的名称。

可以看出，在所有的广告软文中，院士都并非广告的直接宣传推销者，在这些广告软文之中，院士既不是广告软文的消息来源，也并非广告软文的中心人物，广告商家是在间接借用"院士"的科学权威身份，作为商品"科学性"的标签。对于普通读者而言，这样的广告软文极易产生"院士做广告"的观感。例如一篇软文中这样描述："在中国工程院院士××教授等的倡导下，一种在治疗过程中能随时测温、控温的治疗技术——新一代前列腺场效消融术诞生了。'治疗过程中的温度单一且不易控制，在这种高温情况下反复使用，容易对人体正常组织造成损害，还可能引起许多并发症。'中国工程院院士××教授一再强调，人民网、新华网也均以《警惕前列腺治疗仪器"不治病反伤身"》为题，对××教授的观点进行了报道。"尽管广告软文中并没有说明院士和投放广告的机构有直接关系，但许多普通读者很容易认为该机构以及服务是由院士所认可的。

（三）广告软文中出现院士的动因及影响分析

1. 广告软文中出现院士的原因

对于广告主而言，之所以选择广告软文这种广告操作方式无非是为了获取好的传播效果，促进商品或服务的销售。相比于一般的广告来说，广告软文以新闻的形式发布并掺夹着"院士"的名字和言论等，让读者放松了对广告的警惕，从而通过阅读广告软文内容了解甚至信任商品或者服务。

与名人代言广告一样，广告主们之所以在广告中提及院士也是一种有效的营销策略。根据心理学中的晕轮效应，人们在知觉客观事物时，并不是对知觉对象的个别属性或部分孤立地进行感知的，而总是倾向于把具有不同属性、不同部分的对象知觉为一个统一的整体。因此通常消费者如果信任某个群体或者某个人，会相应地信任其所涉及的产品。我国的院士是国家设立的科学技术方面的最高学

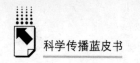

术称号，为终身荣誉。院士代表了我国科学家的最高学术水平，他们为国家和社会的发展发挥了重要作用，享有很高的社会声望。

因此院士的出现能够带来"晕轮效应"，读者在对院士作出正面评价的同时对商品或者服务持有正面态度。很高比例的广告软文提到院士参加广告主举办的学术类会议、院士参加广告主的研发和设计工作以及产品或服务基于院士的某种理念或者技术。院士在学术界的地位能够增强人们对产品或者服务的信任程度，对人们对该产品评价起到重要作用。

2. 广告中对院士形象的呈现

广告中之所以利用院士的形象，是为了促进自己产品或服务的销售或提高美誉度，因此广告不免特别强调甚至夸张院士的学术地位、职务、声望等，从而实现借助院士的良好声誉提升自己产品或服务的价值。

但从读者的角度来说，这些广告软文中对院士形象的抬高甚至吹捧，对于读者心目中院士声誉的提升很难带来正面效应。相反，由于一般出现院士形象的广告类型大多属于医药、食品、房地产和教育等与公众关系密切的民生领域，而这些领域通常也是最具争议的，尤其是医药方面的广告更是涉及人的生命健康。因此，虽然从广告商角度是充分肯定了院士的专业权威性，但从公众的阅读感受以及可能引发的广告商品服务纠纷来说，广告软文中出现院士，很可能会造成对院士声誉的损害。

3. 广告软文中出现院士形象对科学家声誉造成的影响

根据晕轮效应原理，人们对产品或者服务的评价也会影响到人们对宣传该产品服务的广告软文中所涉及的院士的评价。如上面所分析的，院士经常在医疗、房地产、食品类广告软文中出现，消费者对于医疗、房地产、食品类产品或者服务的负面评价也会影响院士的社会形象。中国医疗类广告的违法比例一向不低[①]，而且医药类产品往往涉及人的身体健康甚至生命，一旦出现问题，势必会影响公众对院士形象的判断，以致对科学的权威性与严肃性产生质疑。

院士过度参与商业活动有利用"院士"头衔寻租的嫌疑，不利于良好的学术氛围的形成。由于院士人数少，学术地位高，很多单位或企业在搞活动时请院士出席并许诺给予高额的"出场费"，许多企业为谋求经济利益利用邀请院士出

① 《中国卫生部：医疗广告违法率同比已下降了八成》，2007年2月4日《人民日报》。

席评审会议等机会利用院士进行产品虚假宣传，不但误导了消费者，也干扰了院士的日常科研活动。尽管在许多广告软文之中院士并非直接参与经济和广告活动，而是被动地被广告商利用加以宣传，但广告软文中出现的院士形象与商业利益、经济利益联系紧密，容易使得公众形成对院士的不良印象，认为院士利用头衔获得经济利益。

（四）公众对广告中科学家的信任度调查

作为在我国正规媒体中出现，并且在内容形式上与真正新闻的区别度很低的广告软文，其中所展现的科学家形象不可避免地会对公众产生一定的导向作用。这在 2009 年的一项调查中得到验证。根据 2009 年《科学家形象的公众评价——来自北京、成都、石家庄的调查报告》[①] 中对公众对广告中科学家的信任度调查发现以下问题。

1. 三城市调查显示人们对广告中科学家的信任度普遍较低

尽管广告是作为一个特殊的"低信任度"情境出现，但在一定程度上反映了当下的问题：在日益多元化的话语中，科学家的话语权和权威性遭到了较大削弱。尤其是一些打着科学家旗号、以科学为幌子，实则欺骗消费者的商业行为严重损害了科学家群体和科学的声誉，降低了科学家话语的可信度。

调查显示，88% 的北京市民对广告中的科学家持怀疑态度，接近 1/3 的北京市民"完全不相信"广告中的科学家，"大部分相信"和"完全相信"的人数比例加在一起仅 12.0% 。

将北京与成都、石家庄两城市进行比较，交互分析结果显示，不同地域的公众对于广告中科学家的信任程度没有显著差异，三城市对广告中的科学家信任度评价基本一致，都处于较低水平（见图 6）。

成都与石家庄两城市市民对广告中科学家的信任度与人口特征都没有显著关系。在三城市合并样本中，不同学历人群对广告中科学家的信任程度呈现显著差异，高学历人群明显对广告中的科学家质疑更多（$\chi^2 = 26.366$，$df = 12$，$p < 0.01$）。不同地区对广告中科学家信任度评价与人口基本特征的交互分析结果详见表 8。

---

① 詹正茂、靳一：《中国科学传播报告（2009）》，社会科学文献出版社，2009。

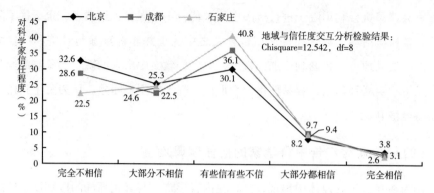

图6　北京、成都、石家庄市民对广告中科学家的相信情况

表8　不同地区对广告中科学家信任度评价与人口基本特征的交互分析结果

人口特征	北京	成都	石家庄	三城市
性　　别	12.632*	––	––	––
年　　龄	––	––	––	––
学　　历	––	––	––	26.366**
专　　业	21.906*	––	––	––
职　　业	––	––	––	––

注：表内数值是交互分析的 χ^2 值；**$p < 0.01$，*$p < 0.05$，––$p > 0.05$。

2. 北京市民对广告中科学家的信任度与其对科学家的印象评价具有正相关关系，与对科学家其他方面的评价弱相关或无关

将北京市民对广告中科学家的相信程度分别与其对科学家社会影响力的评价、对科学家社会形象的评价以及对科学家责任的评价进行相关分析，结果显示，北京市民对广告中科学家的信任度与其对科学家责任的评价、对科学家社会影响力的评价情况无关，但与其对科学家社会形象的评价显著相关。那些对科学家形象评价比较好的人相对来说更倾向于信任广告中的科学家（见表9）。

3. 女性、非科学专业人群更容易相信广告中的科学家

就性别变量而言，根据社会心理学的研究，女性一般比男性更容易从众和受到他人影响。[①] 就专业变量而言，文史哲类专业背景人群比经管、理工农艺类专

---

① 泰勒（S. E. Taylor），佩普劳（L. A. Peplau），希尔斯（D. O. Sears）著《社会心理学》，谢晓非等译，北京大学出版社，2004，第365～371页。

表9　不同地区对科学家信任度评价与其他变量的相关性分析结果

对科学家其他评价	对科学家信任度评价			
	北京	成都	石家庄	三城市
科学家社会影响力评价	--	--	--	0.074 *
科学家形象评价	0.105 *	0.226 **	0.177 *	0.148 **
科研教学/科技应用责任重要性	-0.032	-0.058	0.095	-0.016
向公众传播科学责任重要性	-0.007	-0.037	0.117	0.009
向政府提供政策/建议责任重要性	-0.014	0.132 *	-0.042	-0.010

注：表内数值是 Pearson Correlation；$** p < 0.01$，$* p < 0.05$，$-- p > 0.05$。

业人群更容易相信广告中的科学家，也就是说接受较多科学性专业训练的人群，越不信任广告中的科学家。其中，作为跨科学和商业领域的经济管理类群体，熟悉科学和商业营销两种知识，因而对广告中科学家的信任度最低。

（五）对广告中科学家形象的思考

由上述调查可以看出，虽然广告商或广告创作者在运用院士形象时，都对其形象或声誉赋予正面、肯定或较高的评价，但是这一形象或声誉在广告中的利用却对公众评价科学家产生了不利影响。因此必须采取相应的措施来维护科学家的形象和声誉。

一方面，规范广告中科学家的社会形象。近年来，有些商家为了商业目的，在商业广告中利用科学家形象做不符合实际情况的宣传，在科学的名义下误导公众。这种现象严重影响了科学家在公众心中的形象，降低了公众对广告中科学家的信任和对科学家群体的信任。在本次调查中发现，北京、成都、石家庄的市民对广告中科学家的信任度都不高。结果正反映了这种科学家公众形象的现实危机。科学家介入商业广告的行为，已经严重地影响了科学家本身所代表的"客观真实"形象。因此，有关科学家管理部门应加强对科学家形象的管理工作，规范科学家的社会形象。科学家若要代言商业广告，需经过严格的审查程序。同时，应采取措施来监督那些利用科学家形象进行商业广告的行为。若发现有危害科学家群体形象的行为，应立即禁止。可以考虑对广告中科学家形象进行公众监督的管理办法。

另一方面，科学家群体要加强自律，做各种产品或形象代言时要谨慎，自觉远离那些欺骗或误导公众的商业广告，以维护自身和科学家群体的声誉。科学家

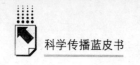

群体需要在市场经济的浪潮中坚持自身的科学道德和社会责任。

总之，无论是从建构健康的院士形象还是从营造全社会重视科学氛围的角度，有关部门和大众媒介都很有必要规范媒体上的广告，恪守新闻职业操守，重塑大众媒体之中的科学家形象，以及维护科学家良好的声誉。

六　从热门电视剧对科学家的呈现看流行文化中的科学家形象

多项研究显示，大众媒介尤其是流行娱乐媒介中的形象呈现与形象的塑造有显著关联性。[①] 电视是目前我国覆盖人数最多的媒体。而在所有的电视节目中，电视剧无疑是最为重要的节目形态之一。全国 1974 个电视频道中有 89.4% 的频道播放电视剧。[②] 电视剧尤其是每年收视率较高的热播剧已经成为大众生活和大众文化的重要组成部分。以下我们选择 2008 年和 2009 年热门电视剧中出现的科学家角色作为研究对象，从中探究流行文化中的科学家形象特征。[③]

（一）研究设计

1. 分析对象的界定与采样方法

电视剧中科学家的基本判断标准界定为：获得本科以上学位，或有高级专业技术职称，来自科研、教学或生产第一线的科技工作者群体。其学科领域主要包括：理、工、农、医几大学科。

由于电视剧中人物数量庞杂，这里仅对电视剧中的主要角色进行判断选择。电视剧中科学家角色的确定主要采取以下两个步骤。

第一步，根据电视剧的官方分集剧情介绍，判断角色是否是科学家，主要依据是角色的职业介绍。

① Boulding, K. E., *Introduction to the Image Dimensions in Communication*: *Readings*, Ca: Wadsworth, 1970; Fishman, J. A., "An Examination of the Process and Function of Social Stereotyping," *The Journal of Social Psychology*, 43, 27 - 64, 1956; Markham, J. W., *International Image and Mass Ommunication Behavior*, Iowa City: University of Iowa, 1967.
② 艾芳：《广电总局：我国电视剧产业进入繁荣发展时期》，2009 年 3 月 10 日《经济日报》。
③ 该部分研究的数据资料获取方法以及科学家概念的界定详见本书"年度报告"部分的《流行文化中的科学家形象——以热门电影为例》一文。

第二步，根据第一步判断出来的科学家角色，直接观看出现科学家角色的电视剧，对科学家身份进一步确认。

2. 热门电视剧的采样方式

根据央视索福瑞"全国十二城市主要频道节目收视排行榜"，在央视索福瑞官方网站获取 2008 年 1 月至 2009 年 12 月 12 个城市①每月收视率排行前十的 2640 个电视节目，挑选出其中的电视剧，删除掉在榜单上出现次数少于两次的电视剧。考虑到不同地域的文化差异问题，删除掉只出现在一个城市排行榜上的电视剧。最终确定 2008～2009 年最热门的 155 部电视剧（2008 年共 66 部，2009 年共 89 部）。

3. 热门电视剧中科学家形象的编码

根据研究需要，我们将科学家形象分成"人口统计特征"、"角色相关特征"、"职业相关特征"、"社会经济地位"以及"性格特征"五个方面，再加上电视剧本身的基本信息，构成本研究的整体编码与分析框架（编码表详见本文附录）。

（二）热门电视剧中科学家角色的基本情况

1. 2009 年热门电视剧中出现科学家角色（广义）的比例为 35.96%，比 2008 年有明显增长

根据对科学家的狭义定义来判断，对 2009 年 89 部国内热门电视剧中的人物角色进行统计，其中，在 8 部电视剧中共出现 11 个科学家角色（狭义），出现科学家角色（狭义）的电视剧比例为 8.99%，平均每部 1.375 个。

如果根据对科学家的广义定义来判断，即将发明家、专家和科技工作者都认定为科学家，则 89 部电视剧中，共计有 32 部电视剧出现了 78 个科学家角色（广义），出现科学家角色（广义）的电视剧比例为 35.96%，平均每部 2.44 个。以下主要以广义科学家定义来进行角色的判断与分析。

表 10 是统一判断标准后 2009 年和 2008 年热门电视剧中科学家出现情况的数据。从表 10 中可以看出，2009 年热门电视剧中科学家出现的频率、数量、比例都大幅上升，出现科学家的热门电视剧的比例从 27.27% 上升到了 35.96%，而平均每部热门电视剧中出现科学家（广义）的数量也从 1.72 个上升到了 2.44 个。

---

① 该部分研究的数据资料获取方法以及科学家概念的界定详见本书"年度报告"部分的《流行文化中的科学家形象——以热门电影为例》一文。

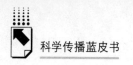

表 10　热门电视剧中科学家角色出现整体情况（2008～2009 年）

热门电视剧科学家角色分布情况		2009 年	2008 年
出现科学家热门电视剧总数量(部)		89 部	66 部
出现科学家角色的热门电视剧数量与比例	狭义	8 部(8.99%)	1 部(1.52%)
	广义	32 部(35.96%)	31 部(27.27%)
科学家角色数量(个)	狭义	11	1
	广义	78	31
平均每部出现科学家角色数量(个)	狭义	1.375	0.06
	广义	2.44	1.72

2. 科学家角色主要出现在谍战类和情感类电视剧中，与 2008 年相比，谍战类取代情感类成为科学家角色出现最多的电视剧类型

继"清宫戏"热潮之后，2009 年谍战剧和情感剧成为电视剧的热点题材，相应地，2009 年热门电视剧中的 78 个科学家角色有 32 个出现在谍战剧中，有 26 个出现在情感剧中。其中情感剧的 26 个科学家中，19 个是医护工作者，占情感剧中科学家的 73.1%，其科学家身份在剧情中并不突出。其余 20 个科学家角色来自古装、战争和其他题材电视剧，其中 17 个是医护工作者（见表 11）。

表 11　科学家角色的职业在热门剧中的呈现情况

单位：个，%

电视剧题材	电视剧类型	科学家角色数量	职　业	角色数量	所占比例
现实题材	情感	26	卫生技术	19	24.4
			工程技术	5	6.4
			自然科学	2	2.6
超现实题材	战争	4	卫生技术	2	2.6
			工程技术	2	2.6
	古装	3	卫生技术	3	3.8
	谍战	32	卫生技术	10	12.8
			工程技术	10	12.8
			自然科学教学	6	7.7
			科学研究	6	7.7
	其他	13	工程技术	1	1.3
			卫生技术	12	15.4
合　计		78	——	78	100

将 2009 年数据与 2008 年数据对比发现，谍战剧中科学家角色所占比例从 19.4% 上升到了 41%，而情感剧中科学家所占比例从 67.7% 下降到了 33.3%。从中可以看出，在与当前人们生活接近度更高的现实题材电视剧中科学家所占比例更为降低，而超现实题材中科学家角色数量上升。显然，类似于谍战、古装、战争电视剧中的科学家角色与当代科学家形象具有很大距离，对于公众了解当代科学家的作用十分有限（见表 12）。

表 12　出现科学家角色的电视剧类型与科学家职业情况（2008~2009 年）

单位：次，%

电视剧题材	电视剧类型	出现次数		所占比例	
		2009 年	2008 年	2009 年	2008 年
现实题材	情　感	26	21	33.3	67.7
超现实题材	战　争	4	3	5.1	9.7
	古　装	3	0	3.8	0
	谍　战	32	6	41.0	19.4
	其　他	13	1	16.7	3.2
合　计		78	31	100	100

3. 2009 年热门电视剧中的科学家主要以医生、护士身份出现，科学研究人员和自然科学教学人员的比例有明显的提升

　　如上文所示，科学家主要出现在现实题材的生活剧当中，与人们日常生活最常发生关联的科技类职业角色就是医护工作者，因此 2009 年热门电视剧中的 78 位科学家中，59.0% 的角色是医生和护士，其次是工程技术人员，占 23.1%（见表 13）。

表 13　科学家在电视剧中的职业分布（2008~2009 年）

单位：个，%

职业类型	出现次数		占比	
	2009 年	2008 年	2009 年	2008 年
卫生技术人员	46	23	59.0	74.2
工程技术人员	18	6	23.1	19.4
科学研究人员	6	1	7.7	3.2
自然科学教学人员	8	0	10.3	0
农业技术人员	0	1	0	3.2
合　计	78	31	100	100

与 2008 年相比，2009 年虽然出现最多的仍然是卫生技术人员，但其比例从 74.2%下降到了 59.0%。2009 年科学研究人员和自然科学教学人员的比例大幅上升。其中，科学研究人员的比例从 3.2%上升到了 7.7%，而自然科学教学人员的比例从 0 上升到了 10.3%。

4. 受电视剧类型及科学家角色职业类型的影响，电视剧中的科学家以年轻人和男性居多，与 2008 年情况类似

78 个科学家中，40 岁以下的科学家群体占了超过 1/2，而科学家角色在电视剧情节发展中年龄从青年到中老年、跨越多个年龄段的占 9.0%（见表 14）。

表 14　科学家在电视剧中的年龄分布

单位：次，%

年龄段	出现次数		占　比	
	2009 年	2008 年	2009 年	2008 年
30 以下	32	15	41.0	48.8
30~39 岁	13	5	16.7	16.1
40~49 岁	11	2	14.1	6.5
50 岁及以上	15	2	19.25	6.5
跨越多个年龄段	7	7	9.0	22.6
合　计	78	31	100	100

在性别方面，男性有 41 位，占总数的 52.6%，女性科学家占 47.4%，与 2008 年数据相比基本持平。

5. 2009 年科学家角色中，未婚人群比 2008 年大幅减少

在婚姻状况方面，78 个科学家角色中有 31 个未婚，占 39.7%。初婚 28 人，离异 3 人，16 人未提及婚姻状况。将未婚和离异科学家的数量加起来，总计有 34 人单身，比例达 43.6%。而 2008 年数据中，31 个科学家角色中有 21 个未婚，而将未婚和离异科学家的数量加起来，总计有 27 人单身，比例达 87.1%。可见，2009 年科学家角色的单身比例大幅下降。

（三）2009 年热门电视剧中科学家角色的外表、职业身份、社会地位与性格特征

其一，电视剧中的科学家以正面形象为主。2009 年，电视剧中的科学家角色 73.1% 是正面形象，11.5% 是负面形象，15.4% 为中性形象，与 2008 年的数据基本一致。

其二，科学家角色的外表比起 2008 年来"时尚"趋向的比例显著增加。2009 年热门电视剧中科学家角色外表普通的比例为 55.1%，外表保守的占 11.5%，外表时尚的科学家角色占了 33.3%。而 2008 年热门电视剧中科学家角色外表普通的比例为 61.3%，外表保守的占 32.3%，外表时尚的科学家角色只占 6.5%。可见，和 2008 年数据比起来，2009 年外表时尚的科学家比例明显增加。

其三，超过一半科学家角色与剧情紧密相关并具有高超的职业能力。2009 年最热门的电视剧中，《柳叶刀》以医生和医院为背景展开剧情，特别突出了作为卫生工作人员科学家角色的职业身份。数据显示，在所有 78 个科学家角色中，56.4% 的科学家角色与剧情紧密相关。

在 78 个角色中，62.8% 的科学家角色的职业能力非常强。在电视剧中，科学家角色职业能力强往往通过剧情、语言表现出来。比如，以教授、专家、工程师身份出现的科学家角色往往以某科学领域内的权威、专家的形象出现，而成为敌我双方争夺的目标。而职业能力一般的也占 29.5%。

其四，科学家角色在电视剧中的社会地位。在 78 个角色中，有 41% 的收入并没有在剧中体现出来，同时有 14.1% 的属于高收入，有 10.3% 的属于低收入。如果算上中等偏下和中等偏上，那么，中等收入水平以上的占 26.9%，相比之下，中等收入水平以下的占 16.7%。电视剧剧情显示，高收入人群都有房有车，低收入人群都无房无车，住在租来的房子里，乘坐公交车等公共交通工具上下班。

在职业地位方面，62.8% 的科学家角色在剧中较为明显地以受到社会尊重的形象呈现，在剧中明显受到轻视的近 2.6%，其余在剧情中则没有明显的社会评价方面的呈现。

在教育水平方面，剧情有明显说明学历水平的角色共有 23 个，其中拥有博士学位的角色有 12 个，占 15.4%。剧情明显显示有海外留学背景的有 3 个，另外 55 个角色的学历水平在剧情中没有说明。

（四）科学家角色在电视剧中的性格特征

1. 科学家整体性格较为外向、随和、认真负责

性格方面，按照"大五人格"评价指标，2009 年电视剧中科学家群体五

个方面平均得分分别为：外倾性 3.21 分，神经质 3.04 分，开放性 3.04 分，随和性 3.16 分，尽责性 3.32 分，均超过了理论平均分 3 分。电视剧中科学家在外向、随和和尽责方面较为突出，在情绪稳定性和开放性方面与平均水平差不多。

2. 电视剧中 78 个科学家角色呈现四大性格类型

通过聚类分析，2009 年热门电视剧中 78 个科学家的性格呈现四种类型：第一类，共 35 人，各方面都接近于平均值，性格特征不突出。第二类，共 9 人，比较随和、尽责，情绪非常稳定。第三类，共 12 人，情绪比较稳定。第四类，共 22 人，显著特征是情绪不稳定、难以相处，不是很尽责（见表 15）。

表 15　电视剧中科学家性格分类

性格五维度	第一类	第二类	第三类	第四类
外倾性（评分）	2.87	3.59	3.38	3.51
神经质（评分）	2.90	4.04	3.85	2.40
开放性（评分）	3.00	3.28	3.15	2.95
随和性（评分）	2.98	4.36	3.45	2.80
尽责性（评分）	3.30	4.64	3.60	2.67
数量（人）	35	9	12	22
所占比例（%）	44.9	11.5	15.4	28.2

（五）电视剧中科学家角色的情节安排特征和行为特点刻画

1. 2009 年热门电视剧中的科学家角色对于提升科学家形象、提升人们对科学的认识和态度等发挥了一定作用

胡锦涛在 2009 年"纪念中国科协成立 50 周年大会上的讲话"中提出："要大力宣传在创新科学技术和普及科学技术方面作出突出贡献的优秀科技工作者和创新团队……让科学家受到全社会尊重，让全民创造热情和创新活力得到充分激发。"娱乐文化由于其广泛的受众覆盖，以及能够将科学家形象与丰富多彩的故事情节相结合，对于传播科学、在社会中树立良好的科学家形象、提升人们对科学的了解和认同、在社会上倡导科学思想、弘扬科学精神与科学文化具有显著的效果。

胡锦涛讲话对科技工作者在传播科学方面提出明确要求，广大科技工作者

"要努力成为科学知识的传播者、科学方法的实践者、科学思想的倡导者、科学精神的弘扬者"。对照此要求,2009 年热门电视剧中的科学家角色在传播科学知识、倡导弘扬科学精神等方面的表现比较明显。和 2008 年热门电视剧相比,2009 年的热门电视剧中,科学家角色在电视剧中的表现有以下两大显著变化。

(1) 2009 年热门电视剧中,出现了以科学家职业为主题的电视剧,即以医院和医生为主题的"医务剧"——《柳叶刀》。"医务剧"与"科幻剧"、"刑侦剧"等是最常见的以科学和科学家为主题的电视剧类型。在美国、日本和欧洲,"医务剧"已成为一种非常成熟的电视剧形态。医务剧通常围绕某家医院讲述有关医疗救治的故事,并会夹杂一些医务工作者的私人生活和情感纠葛。剧中一般包含大量专业的医疗术语。其代表作品包括美剧《急诊室的故事》、《实习医生格蕾》、《豪斯医生》,日剧《回首又见他》和《白色巨塔》等。以《豪斯医生》为例,豪斯医生的医疗小组只接受一些疑难杂症,每一集都围绕一个病人的疑难杂症展开,其主人公包括内科医生、肿瘤学医生、免疫学医生、神经科医生等。整部电视剧以呈现医疗科学原理、医疗科学手段、医疗科学技术为剧集亮点。

与此相比,《柳叶刀》更注重角色之间的情感纠葛、私人生活和社会现实因素的刻画,对医疗科学则表现较少。《柳叶刀》在医疗科学方面的刻画也受到了不少具有医护身份观众的批评,认为这部电视剧对医务工作者的表现过于片面,而且极度不尊重,向广大观众提供了许多错误的医疗知识和信息,误导观众,并且有挑拨医患关系的嫌疑。其中受到诟病最多的是《柳叶刀》中部分医务工作者以威胁患者生命来获取利益,与事实严重不符,认为这部剧彻底毁了医生的形象。除此之外,整部电视剧中出现了几个病例,但主要是为了给医生之间不同高度的技术水平、道德准则提供一个展示平台。如果剔除掉特定的背景因素和一身白衣,这些故事完全可以发生在任何一个领域和行当。因此,《柳叶刀》并不具备构成"医务"类型剧的基本要求。

与欧、美、日等国家和地区的医务剧相比,国产医务剧更侧重于主角的私人生活、情感纠葛,而医务工作者身份只是作为剧情的大背景。可以认为,国产的"医务剧"并非严格意义上的医务剧,将其定义成"医疗背景电视剧"更贴切一些。在国外的医务剧中,医务工作者的身份本身就是剧情,医务工作者的私人生活、情感纠葛只是附加内容。国产医务剧中的医务工作者角色与现实生活中的形象存在非常大的区别,甚至扭曲了真实形象。与通过塑造令人钦佩、科学技能高超的科学家形象吸引观众的欧、美、日医务剧不同，国产医务剧倾向于丑化歪曲义务工作者形象来达到吸引观众、提高收视率的效果。这与中国电视剧的拍摄技巧、电视剧创作团队的科学素质、投资成本、相关部门与团体对电视剧中科学工作者形象的重视程度不足等方面是有关的。也正是由于这些原因，目前的国产医务剧难以实现对医疗科学知识、科学理念、科学精神等方面的良好传播。

（2）在谍战剧中，出现了大量发挥"符号"作用的科学家角色。在谍战剧中，出现了大量发挥"符号"作用的科学家角色。比如，在《秘密列车》、《密战》、《黑三角》等谍战剧中，传统意义上的科学家角色——工程技术人员、科学研究人员和自然科学教学人员较多。这些科学家角色，往往以某某专家、某某工程师、某某教授等中年男性形象出现。其在剧中往往都因为在科学技术方面的成就而拥有某种巨大的力量，比如，地质学家拥有决定生死的城防图，生物学家拥有生化武器的配方，因此，科学家角色往往成为谍战剧中多方争夺的焦点，是决定剧情发展的重要因素。观众通过观看这些热门电视剧，往往会随着剧情的发展而意识到科学家角色的重要性。然而，剧中科学家角色虽然重要，但其却往往表现为一种剧情需要的"黑箱"式的符号，对科学家角色科学能力方面的塑造单薄、单调而且刻板，甚至角色的科学家身份都很容易被观众忽视。科学家的科学精神、科学思维等重要的科学信息隐藏于强大而又神秘的"科学黑箱"之中，因此剧情在向观众强化片面的"科学万能"观念的同时，却并没有告诉观众科学究竟是什么。

在欧美国家，并没有严格意义上的谍战剧，与之相似的是罪案剧。罪案剧多把剧情集中在警察和凶犯的斗智斗勇上。社会和自然科学知识在欧美罪案剧中往往占据主要位置，其典型代表就是美剧 *CSI*。

CSI（*Crime Scene Investigation*）一般翻译成《犯罪现场调查》，根据真人真事改编，讲述警察局的调查员如何通过各种证据破案的故事。剧中展现了大量高科技侦破技术：弹道学、法医学、DNA 破裂鉴定、咬痕与血型分析、齿科学、痕迹学、高智商犯罪变态心理学等。

有数据显示，由于 *CSI* 的热播，申请就读大学鉴识科课程的学生数量大增，而且，该电视剧已成为美国警方的必备学习教材，连英国苏格兰场、日本警卫厅以及法国警局都视之为反恐教材。

可见，欧美的这类剧源自现实，其对社会的影响比较明显。相比之下，国内的刑侦和谍战剧中，敌我双方分明，剧情呆板，科学家角色虽然也有出现，但其职业技能、工作方式、工作场景和工作原理在剧中往往被一笔带过，科学家角色在剧中常常以符号的形式出现。比如，谍战剧中需要有人破译密码或情报，那么就会出现这样一个角色在适当的时候出来说明情况，但这个角色是如何破译密码的却不会出现在剧情中。因此，通过谍战剧中科学工作者传播科学的效果并不突出，科学技术人员类似于一个包裹着黑箱的工具，看完电视剧，观众往往仅对有科学技术身份的人物有个模糊的印象。

2. 2009 年热门剧由于历史跨度较大，从中可以较为清晰地看到科学家角色呈现清晰的历史变迁脉络

2009 年热门电视剧中，科学家角色的形象还呈现明显的历史发展的脉络。也就是说，在不同的历史时期，科学家角色的形象是在变化发展的。在同一个历史时期，科学家角色的形象是较为相似、统一的。

在古代，科学家角色主要表现为大夫，也就是医生。在 2009 年热门电视剧中，两部古装片中出现了三个科学家角色，这三个角色都是医术出众的宫廷医生，也就是御医。由于古装片样本较小，这里就不做详细分析。

在民国成立到新中国成立这一历史时期中，科学家形象大多表现为医生以及情报和通讯人员。这一时期的热门电视剧中，出现了科学家角色的全部都是谍战剧。科学家角色在这一类电视剧中往往在破译密码、截获情报、救死扶伤等方面发挥作用。这一时期的科学家角色一般以年轻、活泼、尽职尽责、随时面临生死考验的形象出现，其职业能力、职业场景等方面往往没有得到很多刻画，但其性格、经历、处理事情的能力均得到了全面刻画。

1949～1978 年，国家处于肃清敌特、巩固革命成果、百废待兴的时期，科学家角色在这一时期表现为物理专家、地质专家、通信专家、电气专家等。在这些领域，科学家角色发挥了巨大作用。比如，在电视剧《秘密列车》中，为了发展新中国的核工业，需要将一批最杰出的核物理专家安全送往研究基地，整个电视剧就围绕国家安全部门护送这些专家和敌特分子暗杀这些专家展开。在这一类电视剧中，科学研究人员和教学人员出现的场景不是很多，而且大部分都以戴着老式眼镜、穿着比较保守的中山装或者工作服、安静寡言、职业能力极高的男性形象出现。可见，科学家角色在这一段时期往往作为符号出现，其真实的工作场景、工作状态和科学态度在剧中并没有得到任何体现。

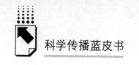

在以当代为背景的电视剧中，出现了如 IT、卫星、考古等方面的专家和科技工作者，这些比较新鲜的角色也是随着时代和科学技术的发展而出现的。这一时期电视剧中出现的科学家角色，年纪上比前一时期更为年轻，性别方面男女都有，出现了一些外表更为时尚的角色，其工作场景、工作状态在剧中也得到了一定的呈现。

（六）2009 年热门电视剧科学家形象典型案例分析

作为典型个案，现在深入分析《密战》中的周旭、吴伦、罗振华等科研工作者，以及《黑三角》中的男配角电化专家叶道明。由于这些角色的职业能力在电视剧中得到了一定的展示，而且都具有一定的典型性和代表性，在此进行个案分析。

《密战》是一部以研究卫星的研究所为主要背景，以卫星高尖端技术的泄密与反泄密为主题的电视剧。这部电视剧中，出现了老中青三代工程师和技术人员。其中，负责卫星设计的总工程师罗振华因为个人疏忽，在不自觉的情况下让境外间谍组织获取了一部分绝密科研资料，因而引发了一系列故事。罗振华在剧中是一个年近花甲的老教授，在科研方面一丝不苟，对其他事情概不关注，是典型的老一辈科学家的形象。而 40 多岁的副总工程师周旭则是中产阶级知识分子的典型形象，有车有房，做事认真，不偏执，为人和善，除了科研之外，还非常关心妻子和女儿，并有一定的生活情调。剧中 30 岁左右的吴伦、庞剑、石竹则代表着年轻一代科学家形象，他们都注重外表，情感丰富，职业能力较强，除了工作外，还有一些兴趣爱好。但是，他们在处理问题上都有不成熟的表现，会犯错，常常给工作、感情和生活带来麻烦。比如，吴伦为了通过职称评定，撰写了三篇论文，而这三篇论文都泄露了研究所的科研机密。可以说，剧中将年轻科学家塑造成了普通人。

《黑三角》是谍战剧的典型代表，其时代背景是解放初期。其中，叶道明一出场的形象就是电力局教授，是城里著名的专家。在电视剧的前半部分，叶道明展现出一副标准的老一辈科学家形象，固执、敬业、尽责。比如，在进行科研工作的时候，叶道明在实验室外挂上了不准任何人打扰的牌子。然而随着剧情的展开，叶道明逐渐暴露出敌特分子的身份，他利用自己的专业知识，企图炸掉整个城市。同时，他利用自己的专业地位和威望，很好地隐藏了自己的反动面目。在电视剧最后，叶道明的阴谋没有得逞，自己也落得死亡的结局。整个电视剧塑造出了一个阴险、狡猾、邪恶、信念坚定的科学家形象。

（七）对我国热门电视剧中科学家形象的思考

热门电视剧中所塑造的科学家形象及其呈现方式，一方面，我们能从中看出电视剧创作者对科学家形象的认识和评价；另一方面，这些作品所呈现的科学家形象也在一定程度上为观众认知和评价科学家，甚至对科学的认知提供了一个认知模型。因此，这种形象的塑造和呈现方式是否符合科学认知规律，是否有利于提高科学家声誉，是否有利于为科学创新发展提供一个好的社会文化环境都值得我们认真分析和思考。

1. 科学家在热门电视剧中出现的数量少，并且多出现在超现实题材中，这并不利于公众了解当代科学家

纵观这两年，热门电视剧中科学家角色形象数量少，但较 2008 年，2009 年热门电视剧中科学家出现的频率、数量、比例都大幅上升，但总体来看，所占比例还是非常小。2009 年 89 部国内热门电视剧中，只有 8 部电视剧中出现了科学家角色（狭义），且共出现 11 个科学家角色（狭义），出现科学家角色（狭义）的电视剧比例为 8.99%，平均每部 1.375 个。按广义的定义来看，其中有 32 部电视剧出现了 78 个科学家角色（广义），出现科学家角色（广义）的电视剧比例为 35.96%，平均每部 2.44 个。

2009 年，在与当前人们生活接近度更高的现实题材电视剧中，科学家所占比例更为减少，而超现实题材中科学家角色数量上升。显然，类似于谍战、古装、战争电视剧中的科学家角色与当代科学家形象具有很大距离，对于公众了解当代科学家的作用十分有限。

2. 热门电视剧中所呈现的科学家职业类型单一，传统意义上的科学家和基础科研人员少，并不利于公众认识和了解基础科学和狭义上的科学家

据调查显示，科学家出现在电视剧中的职业类型单一，绝大多数是医生和护士（2008 年为 74.2%，2009 年为 59.0%），其次是工程技术人员（2008 年为 19.4%，2009 年为 23.1%），而以基础科学人员（包括科学研究人员和自然科学教学人员）角色出现的比例还是非常低，2008 年只占 3.2%，2009 年有了较大幅度的提升共占 18%，其中科学研究人员和自然科学教学人员分别为 7.7% 和

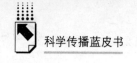

10.3%。

医护人员和工程技术人员是能与人们日常生活发生关联的，人们在现实中能够直接接触到，并都有更为直接的认知。狭义上的科学家或基础科研人员离人们的生活更远，人们很少在现实生活中能直接接触到，对这一群体的认知就必然需要透过媒介来获得。如果在媒介中，包括电视剧中也很少呈现科学家形象，就更加容易造成普通公众和科学家群体之间的疏离。

3. 对科学家形象刻画苍白，常常仅以"符号"形式出现，并不利于形成科学家良好的声誉

本研究发现，电视剧中的科学工作者特征刻画得苍白而单一，一般只是用简单的介绍语言或符号来表达（如穿白大褂、戴眼镜等）。电视剧中的科学家角色与普通人相比在职业、能力和性格方面都没有什么特别之处。2008年，仅有一个人物身上略微透露出"陈景润"宣传时期所塑造的科学家形象。而出现的科学家的职业技能、工作方式、工作场景和工作原理在剧中往往被一笔带过，在涉及科学时也通常只有现象而没有过程，更不会展示科学行为的本质。

2009年稍有所改善，热门电视剧中科学家的职业身份与剧情有了初步的融合，其科学家身份在剧情中起到了一定作用。这突出体现在《柳叶刀》这种以科学家职业作为背景，以及《密战》这种围绕科研成果展开故事的电视剧中。在这些电视剧中，科学家的职业能力、性格特点两者决定了剧情的发展，科学家角色扣人心弦，紧紧牵引受众。

但总体上而言，科学家角色只是因视剧情需要而短暂地出现，观众往往仅对具有科学技术身份的人物有个模糊的印象，且在职业和品行上并没有与普通人有所区别。如果仅这样，并不符合社会、公众对科学家更高的期待，也不能传递科学家精神，这将不利于建立科学家声誉。

4. 电视剧中科学家形象的正面意义

2008～2009年热门电视剧中的科学家形象呈现在以下方面对于塑造科学家良好形象和声誉具有正面意义。

首先，电视剧中的科学家有较高的社会地位，主要表现在职业能力和教育水平上。在职业能力方面，62.8%的科学家角色在剧中较为明显地以受到社会尊重的形象呈现；在教育水平方面，剧情有明显说明学历水平的角色共有23个，其中拥有博士学位的角色有 12 个，占 15.4% 。剧情明显显示有海外留学背景的有 3 个。

其次，电视剧中的科学家以正面形象出现为主。科学家角色在电视剧中，73.1% 是正面形象，11.5% 是负面形象，15.4% 为中性形象。2008 年的数据也是类似情况。

流行文化产品消费已经成为我们日常生活无法摆脱的一部分，而且往往与日常生活无法区分开来。我们经常忘记是从朋友那里还是从电视中获悉某件事情，譬如，我们并不在意我们对老年人的印象更多来源于电视而非日常交往。而科学家，这类在日常生活中难以直接交往的群体，人们更可能透过大众媒介产品的间接传递来解读。科学家声誉的形成是一个公众认知转变的心理过程，由于心理惯性的作用，公众对科学家形象和声誉的认知和评价不可能在短时间内形成或改变，而媒体呈现的内容产品对人的影响是长期的、潜移默化的，且媒体内容的呈现又是可以更为合理的手段和方式传达的。因此，如何完善大众媒体中所呈现的科学家形象以提高科学家声誉，是我们必须认真思考的问题。

七　科技创新人才培养的社会文化环境营造的建议

（一）加强科学家群体的精神文化建设和道德自律，树立良好的科学家形象

科学家声誉是社会公众对科学家的认知结果和情感的反映，其核心在于科学家在公众心目中的美誉度和信任度等。这种认知、评价和情感反应不是孤立于主体之外而存在的，而是建立在主体客观现实基础之上，所以从提高科学家声誉和营造有利于科技创新人才的社会文化环境的角度，首先必须加强科学家队伍自身的建设。

1. 认清现阶段中国科学界"功利主义"价值观和浮躁情绪是违背科学创新基本规律、制约科技创新人才成长的巨大障碍

公众对科学家群体具有较高的道德文化要求有其深刻的历史文化背景。美国科学社会学家伯纳德·巴伯对此有一个很好的说明："在科学中盛行着一种与其他职业不同的道德模式。人们在其他职业活动中首先为自己的直接利益服务，虽

然任何这类活动都可以自然地、间接地导致'最大多数人的最大利益'。而科学家被其同行要求直接服务于群体的利益，由此实现体现在工作满足和声望中的自我利益；这种间接的服务就是要为科学的核心，即概念结构的发展作出贡献。"或者说，科技创新从本质上就"苛刻"地"要求"科学家不应该因个人利益影响对真理的提出、接受与辨别，不应该因个人利益影响对真理的追求。①

以上科学界的价值观，在西方经历了几百年的科学发展史，已经较为成熟完善，并成为科学共同体甚至普通公众的共识。西方现代科学传入中国的历史不长，而且受"学以致用"、"重技术、轻科学"等传统文化的影响，在中国现阶段，一个有利于科技创新的社会文化环境还未形成，表现为科学界的"功利主义"价值观和浮躁情绪较为严重，这在不同程度上制约了信奉或从事科学的动机，影响了高水平科技创新人才的成长。

2. 避免科学家负担过重的"社会期待"，消除"功利主义"价值观对科学家的影响，加强"为科学而科学"的信念来内化规范科学家的思想和行为

虽然受历史与文化的影响，"科学"在中国肩负有较多的民族与政治使命，但从科学研究尤其是基础理论科学研究的本质特点来看，国家、社会与公众对于科学家的角色期待不宜过于理想化，需要消减社会文化环境给科学家带来的责任冲突。将"为科学而科学"的信仰作为基础科学研究工作者最为核心的价值追求，并使其成为社会评价科学家成就的主要价值标准，从科学界内部和社会环境两方面促使"为科学而科学"成为科学家内心珍视的价值和自愿遵守的规范，并以一种文化模式的形式存在，进而内化为规范科学家从事科学活动的思想和行为准则，从而减少极端自利、政治投机等思想和行为的影响。

3. 建立和发展科学"共同体精神"

从青年科研人员对资深科学家的评价与认同情况来看，科学家之间的隔阂与指责远高于科学家之间的合作与认同，在从事科学研究的过程中，没有将自己的工作视为科学共同体一部分的主动意识，缺乏从科学界整体利益考虑的"共同体精神"。对科学研究保持较多热情的青年科研人员，在面对科学界的浮躁风气时，一部分人会对整个科学界产生消极和否定一切的偏激情绪，这一方面与整个

---

① 伯纳德·巴伯：《科学与社会秩序》，三联书店，1992，第110页。

科学界确实存在的一些不合理的现实有关，同时也与个人适应社会的能力有关，这些都是不利于科学"共同体精神"建立的因素。

（二）用合理的制度安排来保证有利于科学创新的文化环境得以实现

以上我们从道德、价值观等文化观念层面提出从科学家主体内部建设来提升科学家声誉。但当今社会，人们搞科学研究以谋生计，选择科学作为职业，社会也寻求科学家或受过科学训练的人来服务，而科学人员则长期受雇于各种前后关系大不一样的组织中，并且作为一个社群参与那个组织的政治和意识形态进程。[①] 所以我们不能苛求科学家能完全不求私利地只遵循一种崇高的科学理想、科学道德、科学观念。正因如此，部分回归到物质层面，我们从操作层面反而可以通过一些制度安排和措施来保障和维护这一精神和观念在现今社会里能够存在和实现。

1. 加大政府资源、资金投入

本次调研发现，无论是科学家群体内部还是公众普遍都认为政府对科学研究事业的投入是不够的，这不仅影响科研人员从事科研活动的条件和热情，更将直接影响科学创新的环境和水平。

国家在制定科学的政策时，首先会试图估计科学的需要，并据此分配用于科学研究的资金。这也要求首先要正确认知和区分科学的不同功能。基础科研通常需要漫长的时间和大量的资金投入，且不可预见成果或是否会有所突破，而大量社会资源给予了应用领域研究的优先权。这种不带有明显的经济用途的研究投入需要国家科学政策的支持。

2. 建立长效的促进科学创新的激励机制

完善和合理的激励机制，不仅能促进科学创新，也能杜绝很多学术不端行为，这对提高科学家自身声誉建设有很大作用。

3. 改善青年研究人员的科研环境和生存状况

现有的科研环境并不利于未成名的科学家，特别是年轻的硕士、博士和青年教研人员，他们在资源的获取和生存、科研状况上都存在着很多困难，这既不符

---

① 约瑟夫·本一戴维：《科学家在社会中的角色》，赵佳苓译，四川人民出版社，1988，第159～160页。

合早出人才、快出人才的社会需要，也不利于科学的创新发展。

科学技术是探索的事业，在科学真理面前人人平等，正是这种永无止境的探索性质的内在要求，任何时代的任何人，都不会是"绝对真理"的拥有者。他们的科技成就只是也只能是科学技术无穷发展过程中的一个个环节或片段，它必然要为后来人的新的科技发现与发明所超越。因此，在科技领域，鼓励创新与超越是维系科学技术生命的最根本条件。而要做到这一点，就要把制约科技发展的非科技因素尽量予以排除。

科学界的"马太效应"是默顿在科学社会学研究中概括出来的一种科学家存在的现象。就是已成名的科学家，他们在资料和社会资源占有以及获得荣誉和奖励方面，存在着明显的优势积累。由于这些科学家已有科学成就和声望，他们申请课题比较容易被批准，他们署名的文章比较容易发表，他们的科研成果比较容易得到社会承认和获得各种奖励，他们想获得研究资料、图书、情报的困难都较小，学术界的同行都愿意与他们交流，各方面还会主动为他们提供服务。相较之下，那些未成名的科学家，特别是年轻的硕士、博士和青年教研人员，则在资料和社会资源分配，以及科研评奖中处于明显的劣势，无论是在申请课题、成果鉴定、发表文章，还是获取资料等方面，他们都是困难重重。科学界的"马太效应"是一种不公平的现象，但它又是事出有因且普遍存在着的，虽然现在人们已经认识到，这是不利于早出人才、快出人才的社会需要的，但要完全消除"马太效应"几乎是不可能的，而只能尽量限制它的负面作业。如普遍设立青年基金项目和青年奖励基金，以及在升职、晋级中实行对优秀青年教师和科技人员的破格晋升等，皆是有效的措施。

（三）加强科学传播，塑造良好的科学创新文化氛围

媒介的出现和发展改变了人类整个社会结构，改变了人类生存的整个社会文化环境，造成了与传统生活环境不同的第二现实，因而也深刻地影响着人们价值心理和价值观念的转变。大众文化传播系统成了人们理解、认知世界以及价值心理、价值观念形成的主要源泉，因此大众媒介是科学传播的重要手段，除进行科学知识的传播外，更要重视传递科学文化和科学精神，对科学和科学家建立正确的认知和评价标准，建造有利于科学发展创新的文化价值环境。

大众传播并不是无目的的行为，无论是传播者还是接受者，都是广泛社会文

化背景下的活动者，都是有一定需要、目的和动机的。就本研究而言，主要需要借助大众传播实现两个目标：长期来看，可以通过大众科学传播营造一种更合理、更有利于科学创新的社会文化氛围；短期来看，可通过大众科学传播改善科学家形象呈现和提高科学家声誉。以下内容将从具体原理和操作层面提供实现上述目标的对策建议。

1. 新闻传播中如何报道科学和科学家

新闻报道除了向人们传递信息外，也建构着人们对一事件的理解、态度和价值判断。据调查，我国公民对传统新闻媒体报道的信任程度非常高，因而新闻媒体如何报道科学和科学家，将直接影响公众如何感知、理解和评价科学和科学家。

首先我们要明确，新闻在报道科学和科学家时，应有两种内在价值倾向。从宏观层面来看，新闻传播要营造有利于科学创新的社会文化环境；从微观层面来看，新闻传播要有助于提高科学家声誉。

在实际操作中，我们可以通过三个层次——"在场"—"理解和认知"—"正面效果"来推进和实现以上效果。

（1）发挥新闻媒体在科学和科学家报道中的议程设置影响力。本次调查研究发现，新闻报道中关于科学或科学家报道的数量和篇幅均较少。而新闻媒体中对事物的报道多少和重视程度将直接影响着公众瞩目的焦点和对社会环境的认知。

传播学中的"议程设置理论"提出，公众对社会公共事务中重要问题的认识和判断与传播媒介的报道活动之间，存在着一种高度对应的关系，即传播媒介作为"大事"加以报道的问题，同样也作为大事反映在公众的意识中；传播媒介给予的强调越多，公众对该问题的重视程度越高。根据这种高度对应的相关关系，麦库姆斯和肖（McCombs, M. E. & Shaw, D. L.）认为，大众传播具有一种形成社会"议事日程"的功能，传播媒介以赋予各种议题不同程度"显著性"的方式，影响着公众瞩目的焦点和对社会环境的认知。传播效果又分为认知、态度和行动三个层面，议程设置功能假说是这个过程的最初阶段，即认知层面的阶段。

如果认可这一假说，则现在新闻媒体中对科学和科学家报道的数量不足以及深入和重视程度不够都将对公众认知和重视科学和科学家有不利影响。因而要提

高公众对科学的重视程度，提高公众对科学和科学家的正确认知和评价，首先就必须保证科学和科学家在新闻媒体中有一定的曝光量，保证其在公众视野中的"在场"。

（2）使科学和科学家具有新闻价值。要提高科学家在媒体中的曝光率，不能单方面要求新闻媒体加大报道的量和力度。组织化的媒体机构在选择新闻报道时，也要遵循"新闻价值"原则。余家庆主编的《新闻学辞典》关于新闻价值有如下解释："新闻价值是选择和衡量新闻事实的客观标准，即事实本身所具有的足以构成新闻的特殊素质的总和。素质的级数越丰富越高，价值就越大。"新闻价值的构成要素通常包括时效性、重要性、显著性、接近性以及趣味性等。其实在实际操作中，很多媒体工作人员也表示科学新闻是最具挑战性的新闻报道之一。如科学中的突破性科学新闻，今天可能出现治疗癌症的新发现，而明天又有臭氧层问题。媒体要想深入报道都需要收集和掌握大量的背景材料，这就要求新闻工作人员投入大量的时间和精力。而每天有众多事情发生，怎样才能让新闻媒体愿意选择科学新闻来报道呢？

因此，要让科学和科学家进入媒体选择新闻的视野中，更多地出现在新闻报道中，首先要提高有关科学和科学家事件的新闻价值，使其具有更多构成新闻价值的要素。其实不难发现，有关科学和科学家的新闻有其独特的新闻价值要素。

首先是神秘。人们对于未知和神秘的事情通常具有强烈的兴趣和好奇心，而无论是科学还是科学家对于普通公众来说都有着神秘的魅力，这正是科学新闻独特的魅力、价值和吸引力所在。

其次是与广泛公众密切的相关性。如一种疾病是每个人都有可能得或者大规模的疫情（如 SARS）发生时，科学证据和科学家的解释和说明在这时都是至关重要且不能缺席的。

（3）要使公众正确理解科学和合理评价科学家，科学新闻报道应遵循一些原则，这也需要科学家的参与配合。公众能正确认识和理解科学、科学本质，无论是对形成有利于科学发展的社会文化还是对科学家声誉作出合理的评价都是至关重要的。所以，为使公众能正确认知和理解科学，科学或科学家新闻报道应遵循一些特有的原则。

可靠性。公众无论是对科学还是对科学家的期待都是希望提供准确可靠的信息，一旦出现偏差，都会严重影响公众对科学和科学家的信赖以及对科学家声誉产生不良评价。所以在新闻报道时，需要核实信息是否可靠和准确。但根据科学规律，科学又是不断发展、不断发现新事物的过程，不断被证实也可能被证伪。所以报道在修辞上要注意做到平衡和留有余地。

加入背景信息。据本次调查发现，报道有关科学和科学家的新闻大多篇幅较为短小，信息类多，没有太多细节和解释。这样的新闻报道形式无助于让公众准确理解科学和科学家。在报道科学信息时，应注意适当加入背景信息，提供更多的材料佐证和解释，并尽量使用符合大众知识水平和符合大众阅读习惯的语言叙述方式。在报道科学家时，报道角度主要有科学发现成果及其应用、人生历程、爱国情感与道德观念、历史地位与荣誉、从事科学研究的初衷与结局等，让读者能够进入科学家的人性世界和领略到科学精神。

揭示科学规律和融入科学价值观。除了在报道中客观、完整地呈现新闻事实外，也需要一定数量的深入报道的科学新闻，担负科学普及教育的责任。通过深入报道，揭示科学本质和规律，宣扬科学精神，普及公众对科学的正确认知，普及科学知识，培养科学理性，从而形成良好的有利于科学发展和创新的社会文化环境。当然，这也要求报道这类新闻的采编新闻工作人员自己对科学的本质、科学规律、科学精神有正确的理解和认知，有明确的符合我国科学事业发展的科学价值观。

另外，科学新闻报道需要科学家的自觉和自愿参与。科学新闻报道一方面需要科学家提供更多、更专业和权威的信息，需要科学家的解读和评论，帮助媒体和公众更准确地理解科学和科学信息。另一方面，科学家也应积极参与公共事务、参与到科普信息传递的教育中，这是其基本义务，也能够提高科学家的公众形象和声誉。

（4）为实现不同的传播效果，新闻在报道科学家时应采取不同的报道视角和叙事方式。科学家形象在新闻报道中的呈现方式，也在很大程度上影响着公众对科学家的认知和对其声誉的评价，所以以科学家作为新闻人物报道时，应有一定的视角和规范。

如把新闻报道看做是讲述故事，就存在一个怎么讲的问题。小说家詹姆斯曾略带夸张地说："讲述一个故事至少有五百万种方式，每一种讲述方式都会在读者身上唤起独特的阅读反应和情感效果，因此讲述直接决定着这种效果能否得到表现。"① 因此，媒体视点不仅能体现媒体看待事件的独特视角，而且其报道逻辑

---

① 罗钢：《叙事学导论》，云南人民出版社，1994，第158页。

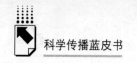

及叙事话语可以隐含内在的目的和意识形态诉求。

通常,在进行新闻人物报道时,可粗略分为以下三种叙事方式:①上仰视点与英雄化叙事。这一叙事手法对人物的塑造采用"仰视"与极性的审美思维方式,且辅以美德与进步的宣传话语,使人物高度地符码化、脸谱化与公式化,从而传达出主流价值观。②平行视点与日常化的叙事。新闻报道采用平行的视点和平等贴近的话语把人物作为社会"普通一员",将其故事娓娓道来。③下俯视点与权威化叙事。此类叙事方式以俯视的目光报道人物的恶行,并辅之惩奸罚恶的权威化叙事话语。这种叙事方式在人物的批评报道中尤为见长。下俯的报道视点与权威化的叙事话语相得益彰。新闻也正是要借助这类明辨善恶、公正奖惩的报道,来恢复人们对主流意识形态和现实社会的信心。①

在把科学家作为新闻人物报道时,应视具体情况和需达到的效果来决定采取哪种视点和叙事方式。上仰视点与英雄化叙事的方式应用得较多,但也无须过多和单一依靠这种报道方式。如在遇到科学不端行为时,新闻媒体不用刻意不报,采取"下俯视点与权威化叙事"的报道方式将其揭发出来,长期来看也有利于减少此类行为发生。但需注意平衡,不要一味地批评,在批评的同时还要传达正确的价值观点,来恢复人们对主流意识形态和现实社会的信心。总之,应视所需达到的效果来选择报道的方式。

2. 广告和广告软文中科学家形象的应用和规范

据本次研究调查发现,虽然广告和广告软文中都刻意打造科学家权威和专业的形象,强调和烘托科学家的声誉,但有些商家为了商业目的,在商业广告中利用科学家形象做不符合实际情况的宣传,在科学的名义下误导公众,这种现象严重影响了公众对科学家形象的认知,降低了公众对广告中科学家的信任和对科学家群体的信任。调查发现,各市市民对广告中科学家的信任度都不高,结果正反映了科学家公众形象的现实危机。科学家介入商业广告的行为,已经严重地影响了科学家本身所代表的"客观真实"形象,从而也对公众对科学家声誉的评价产生了不良影响。所以广告中科学家形象的应用应有一定的规范。

一方面,有关科学家管理部门应加强对科学家形象的管理工作,规范科学家的社会形象。科学家若要代言商业广告,需经过严格的审查程序。同时,应采取措施

---

① 蔡琪:《电视新闻节目的叙事艺术》,《现代传播》2006 年第 1 期。

来监督那些利用科学家形象所进行的商业广告行为。若发现有危害科学家群体形象的行为，应立即禁止。可以考虑对广告中科学家形象进行公众监督的管理办法。

另一方面，科学家群体要加强自律，做各种产品或形象代言时要谨慎，自觉远离那些欺骗或误导公众的商业广告，以维护自身和科学家群体的声誉。科学家群体需要在市场经济的浪潮中坚持自身的科学道德和社会责任。

3. 大众流行文化产品中科学家形象的合理呈现

当今，大众媒介流行文化产品消费已经成为我们日常生活无法摆脱的一部分，而且往往与日常生活无法区分开来。我们经常忘记是从朋友那里还是从电视中获悉某件事情，譬如，我们并不在意我们对老年人的印象更多的是来源于电视而非日常交往。而科学家，这类在日常生活中难以直接交往的群体，人们更可能透过大众媒介产品的间接传递来解读。最为主要和最为广泛地被公众消费的大众媒介流行文化产品的电视与新闻不同，它具有自身的特点和规律，如它没有客观性的限制，带有更浓的情感或价值观导向等。因此，只有在掌握其基本原理和内涵的基础上，才能合理利用其来提升科学家形象、提高科学家声誉和营造更合理、更有利于科学发展创新的社会文化环境。在具体操作上，我们还是把握三个层次："在场"—"理解和认知"—"正面效果"，但在电视剧中，有别于新闻媒体，通常是在一部作品中可以同时实现。

（1）拍摄科学或科学家题材的类型片，强化观众对科学和科学家的了解和认识。根据本次调研，近年来，以科学和科学家为主题的热门电视少之又少，科学家往往以比较"边缘"的角色出现，影片中科学信息的传递也很少。数量的缺失对提高公众对科学和科学家的认知，以及形成促进科学创新发展的社会文化环境都是很不利的。借鉴其他领域及先进国家的经验，通过"类型片"的方式进行科学精神与科学文化的传播，不失为一种有效的方式。类型片在维持社会信仰及主流价值观上能够发挥作用。在我国的影视剧领域，反腐、历史、爱国以及警察等需要向社会传达特定价值观的题材，经常以价值观鲜明，同时情节又生动精彩的影视剧节目形式出现，如树立公安干警形象的电视剧《重案六组》、历史与爱国题材的《建国大业》、反腐题材的《忠诚》、《大雪无痕》等，都引起了良好的社会反响。实践证明，通过优秀的类型片传递价值观，更易为公众理解和认同，起到传统宣传方式所无法达到的效果。

我国目前还较为缺乏反映我国科学事业、科学家精神的成功的类型片，尤其是近年来，热门电视剧中几乎看不到科学家的身影。在具体操作时，以科学或科学家为题材的类型片还可以把观众引向一种反复强化的叙事成规。如所有的科学创新对人类都有有用的价值，科学家都有比普通人高尚的职业操守和道德品德，科学家都在努力探寻科学本质和寻求科学突破，负面科学家角色总是有不好的结局和后果，等等。

（2）提高作品的吸引力，提高收视率。要使传播能达到它的传播目的和效果，首先需要让它能够出现在公众选择观看的视野内。

根据传播学的"使用与满足理论"，认为受众是能动的，并且受众个体在积极地使用媒介产品来满足各种不同的动机。对于科学题材的电视作品如何在这样一个众声喧哗、消费多选择多的狂欢时代进入受众的选择视野，这就需要研究当下观众电视消费的口味，一部影片受到广泛欢迎是由哪些因素构成和在起作用，是与现实生活密切相关的、情感因素浓烈的还是轻松的抑或冲突性强的，这都有待进一步研究。国外已有许多成功的科学题材的电视，其呈现内容、方式都值得借鉴。以科学为题材的类型片只有融入更多的流行元素，才能让科学题材影视作品受到欢迎，使受众通过反复观看来传递作品呈现或背后隐含着的价值观念。这样才能发挥引导功能，来实现传达预期的价值观念的目的。

（3）发挥"涵化"的正效果，防止"涵化"的负效果。流行文化产品在形成当代社会观和现实观的"主流化"过程中发挥着强大的"涵化"作用，因它长期潜移默化地培养人们关于社会的共同印象，所以理应尽力发挥"涵化"的正效果，防止"涵化"的负效果。

涵化理论的基点是关于三种现实之间的复杂关系——客观存在的"社会现实"，媒介反映的"符号现实"，以及传媒受众所理解的"观念现实"。该理论认为，人们收看电视越多，其"观念现实"越接近媒介所提供的"符号现实"，而不是"社会现实"。涵化的要义在于认为电视在形成当代社会观和现实观的"主流化"过程中发挥着强大的作用，它可以超越不同的社会属性，在全社会范围内广泛培养人们关于社会的共同印象，[1] 而且这种影响是长期的、潜移默化的。

根据本研究的调查可看出，我国现有相关电视构建的符号世界如下：保守、单一、刻板。特别是电影中的荒诞的形象，无论与客观现实中的科学家形象还是

---

[1]　郭庆光：《传播学教程》，中国人民大学出版社，1999，第224～229页。

与希望塑造的有着更高声望的科学家形象之间都有一定差距。欧美电视中呈现的科学家的"符号现实"：英雄、偶像式的人物——高智商、高超的技能、高尚的品德、勇战恶势力、拯救人类，更具有涵化的正效果。负面的科学家形象的呈现，要通过如负面角色最终是会被击败的、会有不好结局的、极少数的方式，以防止或降低涵化的负效果，不能给观众留下科学家群体的大部分是这样的印象。

（4）通过提供具有"方向"或"封闭"结构的讯息，控制受众的倾向性解读。受众的能动性决定其在观看和解读电视时不是被动的、全盘接受的，他们是参与式的，会加入自己的主观解读。要保证预期的传播效果得以实现，也应引导观众以与传播者传播目的一致的倾向来解读文本内容。

同样强调受众的能动性，霍尔的编码/解码理论超越了使用与满足理论以心理机制来解释媒体消费的范式，转而关注作为群体的受众其选择是如何受到社会历史语境的制约的。霍尔题材的受众对文本在理论上有三种解读方式，即以接受占统治地位的意识形态为特征的倾向式解读；大体认同却加以一定修正的协商式解读；完全明白话语的字面意思和内涵，却偏将讯息在另一种参照体系中进行重新组合的反抗式解读。①

戴维·莫利进一步指出，电视讯息确实具有被建构起来的多义性，但讯息中的各种意义并不是平等存在的，电视从业者注定要提供具有"方向"或"封闭"结构的讯息，努力使之成为若干可能解读中的倾向性解读，"虽然意义的完全封闭是不可能的，但它是按倾向性解读的方式被结构化的"。②

一个电视作品能否成功地传送倾向性和主控意义，取决于受众所具有的符码和意识形态是否与电视中的一致。如果相辅相成，传送就会成功；如果相互冲突，就会出现不同的解读方式。根据我们的调研，在塑造科学家形象时，传递符合公众预期的科学家形象，如科研能力强，有较高的职业操守和道德品质，在公共事务上发挥重要作用，为国家的重大决策提供科学有效的建议等，将更加有利于迎合观众心理，提高公众对科学家的认可和评价。以上几点的实现需要国家政策导向支持以及相关管理部门和电视编写者、发行制作者的共同努力。

---

① 霍尔：《编码/解码》，载张国良主编《20世纪传播学经典文本》，复旦大学出版社，2003，第435～437页。

② 戴维·莫利：《电视、受众与文化研究》，新华出版社，2005，第96～97页。

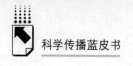

附录

科学家在电视剧中的形象呈现量状况

1. 电视剧基本信息

q1 角色姓名：

q2 电视剧名称：

q3 产地：1. 中国内地　2. 港台　3. 日韩　4. 欧美

q4 电视剧类型：1. 情感　2. 刑侦　3. 谍战　4. 古装　5. 战争　6. 其他

2. 电视剧中科学工作者的呈现

q5 年龄段：1. 30 岁以下　2. 30～39 岁　3. 40～49 岁　4. 50 岁及以上　5. 跨度大　6. 无法判断

q6 性别：1. 男　2. 女

q7 职业：1. 工程技术人员　2. 农业技术人员　3. 科学研究人员　4. 卫生技术人员　5. 自然科学教学人员

q8 婚姻状况：1. 未婚　2. 第一次婚姻　3. 离异　4. 再婚　5. 剧情未涉及

q9 专业：（例如计算机、物流、生物等）

q10 科学家在电视剧中形象正负：1. 正面形象　2. 负面形象　3. 复杂形象

q11 科学家职业和剧情的相关度：1. 基本不涉及　2. 一般　3. 紧密

q12 科学家在电视剧中的结局：1. 好（得偿所愿，拯救了人类）2. 坏（没有得逞，死亡，失去一切等）3. 中性

q13 科学家群体在电视剧中的公众作用：

　　1. 科学知识的传播者或解释者

　　2. 科学实践的行动者

　　3. 科学思想或精神的倡导者

　　4. 仅作为科学符号出现（无明显/主动的意图及行为）

　　5. 不以明显的科学身份出现

q14 科学家在电视剧中的外表：1. 保守　2. 一般　3. 时尚

q15 科学家在电视剧中的职业能力：1. 低　2. 一般　3. 高　4. 没有提及

q16～q20 科学家在电视剧中的性格特征量表（1、5 代表两个极端，2、4 次之，3 代表中性或者没有剧情特别表现，当有明显剧情表现出某项特征时则选择极端值 1、2 或者 4、5，没有明显剧情或者性格中性时则选择 3）：

性格特征量表

一级指标	二级指标	5	4	3	2	1	性格特征	选项
外倾性 q16	q16a 热情						冷漠	（ ）
	q16b 社交						孤僻	（ ）
	q16c 健谈						寡言	（ ）
	q16d 果断						优柔寡断	（ ）
	q16e 活跃						沉闷	（ ）
	q16f 冒险						踏实	（ ）
	q16g 乐观						悲观	（ ）
神经质 & 情绪稳定性 q17	q17a 温顺						暴躁	（ ）
	q17b 少情绪化						情绪化	（ ）
	q17c 非自我						自我	（ ）
	q17d 安全						不安全	（ ）
	q17e 随和						偏犟	（ ）
开放性 q18	q18a 情感丰富						情感单一	（ ）
	q18b 想象						实际	（ ）
	q18c 兴趣广泛						兴趣小	（ ）
	q18d 追求差异性						追求统一	（ ）
	q18e 具有创造力						缺乏创造力	（ ）
	q18f 智慧						愚蠢	（ ）
随和性 q19	q19a 信任						多疑	（ ）
	q19b 助人为乐						自私自利	（ ）
	q19c 直率						隐晦	（ ）
	q19d 谦虚						自大	（ ）
	q19e 移情能力强						缺乏移情能力	（ ）
尽责性 q20	q20a 胜任						无能	（ ）
	q20b 公正						偏私	（ ）
	q20c 可靠						不可靠	（ ）
	q20d 勤奋						懒散	（ ）
	q20e 条理						混乱	（ ）
	q20f 尽职						失职	（ ）
	q20g 细心						粗心	（ ）
	q20h 谨慎						大意	（ ）
	q20i 克制						纵容	（ ）

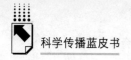

q21 教育水平（最高学历）：1. 高中及以下　2. 中专　3. 大专　4. 本科
5. 硕士研究生　6. 博士研究生　7. 无法根据剧情判断

q22　收入水平（剧中如果没有准确信息，根据消费情况进行预估）：1. 低
2. 中等偏下　3. 中等　4. 中等偏上　5. 高　6. 无法根据剧情判断

q23　职业地位（在当时的社会情况下）：1. 受人尊敬　2. 平常对待　3. 受
到轻视　4. 无法根据剧情判断

B.3

《全民科学素质行动计划纲要》
"十一五"时期实施状况考察

摘　要：本部分主要是对《全民科学素质行动计划纲要》各类实施资料的收集、整理及分析研究；围绕"十一五"期间纲要实施工作的主要焦点问题进行案例分析。调查发现，《全民科学素质行动计划纲要》"十一五"工作在实施过程中存在任务间交叉重合带来的问题，概念的出入问题导致的实际工作落实不到位，工作开展缺乏与国家大政方针的契合，成员和组成机构变动的问题等。同时本研究针对不同的具体问题给出了对策建议。

一　研究背景与研究设计说明

（一）公民科学素质行动的意义

提高公民科学素质，对于增强公民获取和运用科技知识的能力、改善生活质量、实现全面发展；对于提高国家自主创新能力、建设创新型国家、实现经济社会全面协调可持续发展、构建社会主义和谐社会，具有十分重要的意义。瑞士国际管理发展学院（IMD）和世界经济论坛（WEF）每年一度的国际竞争力评价结果表明，国民素质，尤其是作为科技创新基础的国民科学素质，已日益成为各国竞争的焦点。

2006年2月6日，国务院颁布《全民科学素质行动计划纲要（2006—2010—2020）》（以下简称《科学素质纲要》），对提升中国人口的科学素质提出了明确要求和具体的实施措施。2008年12月15日，胡锦涛同志在中国科学技术协会成立50周年纪念大会上发表了重要讲话，他指出："普及科学技术，提高全

民科学素质，既是激励科技创新、建设创新型国家的内在要求，也是营造创新环境、培育创新人才的基础工程，必须作为国家的长期任务和全社会的共同任务切实抓紧抓好，为科技进步和创新打下最深厚最持久的基础。"对我国科学素质工作的意义与价值作出了明确的阐释。

（二）《科学素质纲要》实施情况考察的方法论——政策执行研究

对《科学素质纲要》"十一五"时期实施状况的考察，就是对"全民科学素质行动"这项公共政策执行状况与效果的考察。《科学素质纲要》制定、颁布、推广、落实的动态行为过程，包含了政策问题的确认、政策规划与制定、政策合法化与政策采纳、政策执行、政策评估、政策终结等若干阶段，这些阶段在逻辑上是紧密连接、互相对应的。其中，政策的执行是公共管理活动的中心环节，是实现政策目标最为直接的活动过程，它从根本上决定了政策问题能否解决、政策方案能否实现及其解决和实现的效果和程度。

1. 政策执行的含义

政策执行，是指社会公共组织或某一团体，为实现预定中的政策目标，通过一系列具体可行的实施行为，将观念形态的政策内容转换为政策效果和政策现实的过程。就是指政策执行者通过建立组织机构，运用各种政策资源，采取解释、宣传、实验、实施、协调与监控等各种行动，将政策观念形态的内容转化为实际效果，从而使既定的政策目标得以实现的动态过程。

2. 政策执行的必要条件

学者葛恩（L. Gunn）和豪格伍德（Hogwood）在他们合著的《真实世界的政策分析》中，归纳出了确保最优政策执行所必需的前提条件：

- 执行机构的外部环境没有对其构成足以使之瘫痪的限制；
- 拥有足够的时间和资源来执行政策；
- 不仅整个项目没有资源限制，而且执行的各个阶段有充分的资源保证；
- 所要执行的政策建立在一个有效的因果关系理论的基础之上，因果之间的关系是直接的，中间几乎没有任何间接联系；
- 只有一个执行机构，且此机构的运作并不受制于其他机构，即使要依赖其他机构，在数量和重要性上也要达到最小化；
- 对所要实现的目标要有充分的理解；

- 对所要实现的目标和任务要能够进行详细的分解并落实到人；
- 在此过程的各种因素之间有着良好的沟通和协调；
- 领导者的权威能够得到完全的认同和服从。

3. 影响政策执行的因素

影响政策执行的因素，主要可以归为三个大类：政策问题的难易程度；政策本身的规制能力；政策本身以外的其他因素。三类因素又包含若干项具体因素（见表1）。

表1 影响政策执行的主要因素

影响政策执行的因素	政策问题的难易程度	现有理论和技术
		目标群体行为的多样性
		目标群体的数量
		目标群体行为的调试度
	政策本身的规制能力	目标的精确性和重要性
		政策本身的因果理论
		充分的财政资源
		执行机构的整合
		执行机构的决策规则
		执行者对法的认同度
		外部认识的参与机会
	政策本身以外的其他因素	社会经济因素和技术
		大众的支持
		选民的态度和资源
		立法机关的支持
		媒介的关注度
		执行者的水平和精神

（三）《科学素质纲要》实施状况研究的意义

《科学素质纲要》作为一项关系到国民素质与国家进步的公共政策，其执行落实情况是整个政策活动的中心环节，是实现政策目标最为直接的活动过程，它从根本上决定了《科学素质纲要》的目标能否实现及其实现的效果和程度。

通过对《科学素质纲要》各类实施资料的收集、整理及分析研究，不仅可以从中发现优秀案例、总结推广先进经验，并通过树立典型来激励《科学素质纲要》实施工作的进一步开展，同时也可以从实施状况的资料和案例分析中总结《科学素质纲要》在实施过程中的普遍规律和原则，进而探讨推进或制约《科学素质纲要》的因素，从经验层面、理论层面全面推动《科学素质纲要》将观念、政策形态的内容转化为实际效果，为《科学素质纲要》在"十二五"时期的工作提供支持。

（四）研究设计与思路

1. 研究思路

（1）全面整理《科学素质纲要》实施的案例，把握纲要落实整体情况。对《科学素质纲要》实施情况进行概括性描述分析，以实施个案为分析对象，按照案例所涉及范围、层面、案例内容及实施保障、实施主体、实施对象、实施手段等方面进行归纳整理与量化统计，勾勒出《科学素质纲要》实施的整体特征，从而对《科学素质纲要》的落实情况有一个整体把握，并梳理出《科学素质纲要》实施的要素规律。

（2）围绕《科学素质纲要》"十一五"工作的主要问题进行案例分析。围绕《科学素质纲要》实施以来发现的主要问题，对"十一五"时期各地方、各部门涌现出来的具有典型性、代表性的案例进行分析，结合实地考察、调研与访谈等方法对案例实施情况进行归纳总结，从中发现《科学素质纲要》颁布实施以来的经验与教训，探索制约或推进全民科学素质工作有效开展的原因与内在规律。

（3）对照"十一五"时期《科学素质纲要》的任务安排对"十一五"时期的实施状况进行评估与分析。将《科学素质纲要》的"任务"与实施状况相互进行对照和整体评估，从中发现"任务"规划安排和具体工作实施中出现的问题、经验等，对"十二五"时期的规划制定与工作开展提出建议和参考。

2. 实施状况考察的主要资料来源说明

首先是2009年"实施《科学素质纲要》优秀案例评选"活动中全国各地方、各部门提交的192个案例材料，其中被推荐和最终入选"优秀案例"的51个案例作为重点分析对象。其次是全民科学素质行动工作办公室在工作开展中所了解到的13个优秀案例材料。此外，对全民科学素质工作整体运作状况进行了解的主要依据材料是 2006 年以来，中国科协与 15 个省（自治区、直辖市）级地方科协①定期出版的《全民科学素质行动计划工作简报》材料。另外，课题组进行走访调研的访谈、会议记录以及"全民科学素质行动"主题网站中的"留言板"②内容，是了解各地方实施《科学素质纲要》意见的主要依据材料。

二 十五省（自治区、直辖市）实施《科学素质纲要》总体情况分析

（一）研究资料说明

根据 15 省（自治区、直辖市）《全民科学素质行动计划工作简报》收集整理出来的案例资料 1162 个（以下简称"十五省区市案例资料"）。这部分案例描述相对较为简略，案例实施的质量和效果参差不齐，但对于了解全国"纲要"工作的开展情况具有覆盖面广、概括性强等特点。案例资料以了解"十一五"时期各地方工作开展概况为主要目的。

1. "十五省区市案例资料"所涉及的行政区域

通过对全国 15 个省（自治区、直辖市）级行政单位定期出版发布的《全民科学素质行动计划工作简报》内容进行梳理与分析，共收集到 15 个省（自治区、直辖市）、168 个地方行政区域的 1162 条实施《科学素质纲要》的记录。这些资料覆盖了全国不同地区、不同活动方式，活动开展的范围东到上海市、江苏省、福建省，南到海南省、广东省、广西壮族自治区，西到新疆维吾尔自治区和重庆市，北到黑龙江省和辽宁省，还有北京市、山东省、河北省、河南省等中部省市，各地方的经济发展程度也较为多样，对于全国实施《科学素质纲要》的基本情况具有较高的代表性。案例实施所覆盖的行政区域具体如表 2 所示。

---

① 15 个省、市、自治区分别为：北京、福建、广东、广西、海南、河北、河南、黑龙江、江苏、辽宁、宁夏、山东、上海、新疆、重庆。

② 全民科学素质行动主题网站留言板：http：//www.kxsz.org.cn/guestbook/lypublic.jsp。

表2　"十五省区市案例资料"所涉及的行政区域一览

	"十五省区市案例资料"所涉及的具体行政区域*
河南省	河南省、郑州市、开封市、洛阳市、平顶山市、安阳市、鹤壁市、新乡市、焦作市、济源市、濮阳市、许昌市、漯河市、三门峡市、南阳市、商丘市、信阳市、周口市
重庆市	重庆市、渝中区、沙坪坝区、南岸区、北碚区、渝北区、巴南区、合川区、南川区、綦江县、璧山县、城口县、丰都县、武隆县、开县、云阳县、石柱土家族自治县、彭水苗族土家族自治县
山东省	山东省、济南市、青岛市、淄博市、枣庄市、东营市、烟台市、潍坊市、济宁市、泰安市、威海市、日照市、莱芜市、临沂市、聊城市、滨州市、菏泽市
新疆维吾尔自治区	新疆维吾尔自治区、乌鲁木齐市、克拉玛依市、吐鲁番地区、哈密地区、昌吉回族自治州、博尔塔拉蒙古自治州、巴音郭楞蒙古自治州、阿克苏地区、克孜勒苏柯尔克孜自治州、喀什地区、和田地区、伊犁哈萨克自治州、塔城地区、阿勒泰地区、石河子市
江苏省	江苏省、南京市、无锡市、徐州市、常州市、苏州市、南通市、连云港市、淮安市、盐城市、扬州市、镇江市、泰州市、宿迁市
广西壮族自治区	广西壮族自治区、南宁市、柳州市、桂林市、梧州市、北海市、防城港市、钦州市、贵港市、玉林市、贺州市、河池市、来宾市、崇左市
河北省	河北省、石家庄市、唐山市、秦皇岛市、邯郸市、邢台市、保定市、张家口市、承德市、沧州市、廊坊市、衡水市
北京市	北京市、东城区、西城区、宣武区、朝阳区、丰台区、石景山区、门头沟区、通州区、昌平区、大兴区、延庆区
辽宁省	辽宁省、沈阳市、鞍山市、本溪市、锦州市、营口市、阜新市、辽阳市、铁岭市、朝阳市
福建省	福建省、福州市、厦门市、莆田市、泉州市、漳州市、南平市、龙岩市、宁德市
上海市	上海市、长宁区、闵行区、浦东区、金山区、青浦区、南汇区
广东省	广东省、汕头市、肇庆市、汕尾市、河源市、东莞市、揭阳市
黑龙江省	黑龙江省、哈尔滨市、双鸭山市、大庆市、黑河市、绥化市
海南省	海南省、三亚市、儋州市、澄迈市
宁夏回族自治区	宁夏回族自治区、中卫市、吴忠市、银川市

　　*表中"所涉及的行政区域"中第一个名称与省市名称相同，表明案例是该地区全省（自治区、直辖市）范围内的活动。

2. "十五省、区市案例资料"的地区分布情况

　　所收集的15个省（自治区、直辖市）的1162个案例中来自福建省的案例数相对较多，共205个，占总案例数量的18%，其次是江苏省，共开展了194个科学素质提升活动，占总案例数量的17%。山东省、新疆维吾尔自治区、河北省、宁夏回族自治区开展的案例数量也较多，分别为106个、104个、97个和94个。黑龙江省的案例数量较少，共17个，占总案例数量的1%（见图1）。

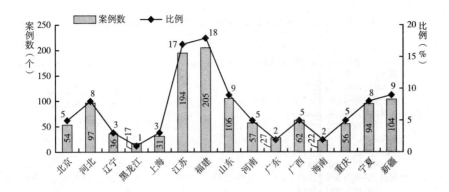

图1 "十五省区市案例资料"的地区分布情况

（二）十五省（自治区、直辖市）实施《科学素质纲要》的整体情况

1. 各地实施《科学素质纲要》以"开展科普活动"为最主要方式

根据各地案例实施的具体内容，我们将所有的1162个案例分为17种类型，分别为"颁布地方条例"，"建立保障措施"，"下发通知文件"，"开展科普活动"，"成立领导小组"，"召开工作会议"，"举办研讨会、报告会"，"建设基础设施"，"编写工作简报、科普图书等"，"建立和开展执法监督"，"举行活动启动仪式"，"政府开展科普工作"，"建立科普传媒"，"开展教育、培训"，"表彰先进单位、个人"，"成立科普团体"，"开展科学素质调查"。

其中，"开展科普活动"为各地开展得最多的科学素质行动实施类型，共有483个，占所有案例类型的42%，远远高于其他案例类型。其次为"召开工作会议"，共有136个案例采取了这种形式，占所有案例类型的12%。"开展教育培训"、"成立领导小组"、"政府开展科普工作"、"建立保障措施"这几种实施类型出现得也较多，分别占总案例类型的8%、8%、5%、5%。而其他几种案例实施类型的数量都在50个以下，其中"开展科学素质调查"和"建立和开展执法监督"为各地最少采用的科学素质行动实施类型，均只有3个案例（见图2）。

2. 地方科协以开展地方性工作为主，部分地区相对较多举办全国性活动

（1）各地方以开展地方性活动为主。在1162个案例中，部分案例的开展范

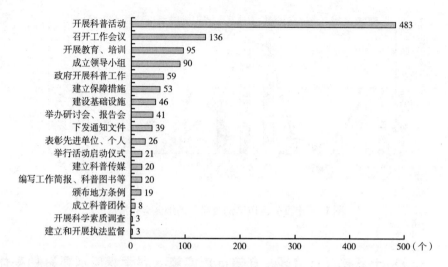

图 2 15 省（自治区、直辖市）实施《科学素质纲要》工作类型分布情况

围是全国性的，而另外一些案例的开展范围仅限于某个地区。由于案例材料来自于 15 个省（自治区、直辖市）级科协，因此 66% 的案例属于地方性活动，但也有其中的 11% 属于由地方发起的全国性活动，另有 23% 的案例材料没有明确说明活动开展的范围（见图 3）。

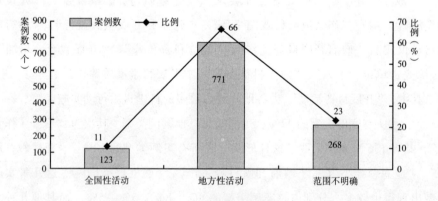

图 3 活动范围分布情况

（2）北京、广东等地开展全国性活动相对较多。将案例开展的范围与实施主体地域进行交互分析，数据显示不同地区开展全国性活动的情况在统计上具有显著差异（$\chi^2 = 103.892$，$df = 14$，$sig. = 0.000$），北京、广东、辽宁、重庆等省市与其他省市地区相比，开展全国性活动的比例相对较高（见表 3）。

表3 案例开展范围与实施主体的地域交互分析

单位：个，%

省（自治区、直辖市）	类 别	是否全国性活动		合计
		是	不是	
北京市	案 例 数	18	36	54
	占 比	14.6	4.7	6.0
河北省	案 例 数	5	20	25
	占 比	4.1	2.6	2.8
辽宁省	案 例 数	12	20	32
	占 比	9.8	2.6	3.6
黑龙江省	案 例 数	4	13	17
	占 比	3.3	1.7	1.9
上海市	案 例 数	6	8	14
	占 比	4.9	1.0	1.6
江苏省	案 例 数	15	117	132
	占 比	12.2	15.2	14.8
福建省	案 例 数	11	194	205
	占 比	8.9	25.2	22.9
山东省	案 例 数	3	65	68
	占 比	2.4	8.4	7.6
河南省	案 例 数	5	20	25
	占 比	4.1	2.6	2.8
广东省	案 例 数	8	7	15
	占 比	6.5	0.9	1.7
广西壮族自治区	案 例 数	3	59	62
	占 比	2.4	7.7	6.9
海南省	案 例 数	4	18	22
	占 比	3.3	2.3	2.5
重庆市	案 例 数	9	16	25
	占 比	7.3	2.1	2.8
宁夏回族自治区	案 例 数	14	80	94
	占 比	11.4	10.4	10.5
新疆维吾尔自治区	案 例 数	6	98	104
	占 比	4.9	12.7	11.6
合　计	案 例 数	123	771	894
	占 比	100.0	100.0	100.0

3. 案例实施主体以科协联合其他成员单位以及科协单独实施为主

通过对1162个案例的实施主体进行分析，发现由科协与《科学素质纲要》其他成员单位联合实施的案例数量最多，为448个，占总案例数量的39%。其次是由科协单独实施的案例，数量为274个，占总案例数量的24%。由地方政府实施的案例数量也较多，为129个，占总案例数量的11%。相比来说，由科协之外成员单位单独或联合实施的案例数量相对较少，分别为108个和67个，分别占总案例数量的9%和6%（见图4）。

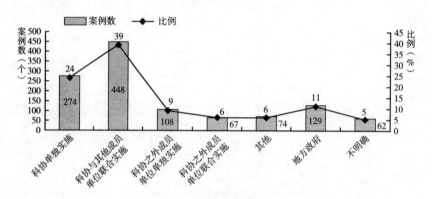

图4 案例实施主体情况

4. 针对领导干部、公务员以及城镇劳动人口开展工作的案例相对较少

《科学素质纲要》重点部署了未成年人、农民、城镇劳动人口、领导干部和公务员等四类重点人群的科学素质行动。在15个省（自治区、直辖市）的科学素质行动实践中，活动所面向的对象类型更为丰富，包括相关政府部门、大学生、妇女和大众等。通过分析我们发现，在1162个案例中，面向非特定一般大众的案例数量最多，占近一半数量；其次由于处于《科学素质纲要》实施的第一阶段，以相关政府部门为对象，围绕科学素质工作颁布、下发相关规章制度或召开会议的活动也较多，共283个，占总案例数的24.1%。在四类重点人群之中，针对农民群体所实施的案例数量最多，为157个，占总案例数量的13.4%，其次则是针对未成年人开展的科学素质行动，为130个，占总案例数量的11.1%。相比来说，针对领导干部和公务员以及城镇劳动人口开展的案例数量较少，分别为40个和15个，分别占总案例数量的3.4%和1.3%（见图5）。

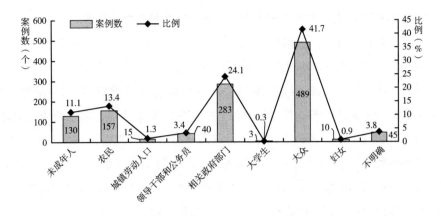

图5 案例面向人群的分布情况

三 从优秀案例评选活动的"参选案例资料"看《科学素质纲要》实施

（一）研究资料说明

2009 年 7 月，中国科协全民科学素质纲要实施办公室为了总结推广《科学素质纲要》颁布实施三年来各地各部门的好做法和经验，树立典型，进一步发挥典型案例的示范引领作用，推动《科学素质纲要》在基层的落实，决定在全国范围内开展实施《科学素质纲要》优秀案例征集评选活动。

该活动要求各地申报的案例的内容包括：能够落实《科学素质纲要》所提出的"四个主要行动"，即未成年人科学素质行动、农民科学素质行动、城镇劳动人口科学素质行动、领导干部和公务员科学素质行动的案例；能够落实《科学素质纲要》所提出的"四项基础工程"，即科学教育与培训工程、科普资源开发与共享工程、大众媒体科技传播能力建设工程、科普基础设施建设工程的案例；从系统或区域整体上推动《科学素质纲要》工作，落实相关保障条件的案例；围绕"节约能源资源、保护生态环境、保障安全健康"等主题活动所开展的案例。

同时，参与征集评选活动的优秀案例还应该充分体现《科学素质纲要》提

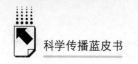

出的"政府推动、全民参与、提升素质、促进和谐"的指导方针,大联合、大协作,工作目标明确、思路清晰、措施具体,实施效果显著,有示范推广价值,对其他地区实施《科学素质纲要》具有学习借鉴作用。

最终,来自37个省部级地区和单位共递交参选案例189个(以下简称"参选案例资料")。这部分案例资料是经过各地方、各部门筛选出来的较为典型、成效较为突出的案例,案例描述也较为详细丰富,具有典型代表性,与"十五省区市案例资料"相比,对于了解各地方、各部门工作开展的重点、成效和经验方面具有独特的价值。案例资料经过课题组进行编码与分析,成为我们对全国实施科学素质行动工作情况进行了解的一项基础资料。

(二) 对"参选案例资料"的分析

1. 参选案例的类型分析,科学教育和培训工程与大众媒体科技传播能力建设工程的案例相对较少

根据参选案例的实施对象以及实施目标的不同,我们将案例分为十种类型:①未成年人科学素质行动;②农民科学素质行动;③城镇劳动人口科学素质行动;④领导干部和公务员科学素质行动;⑤科学教育与培训基础工程;⑥科普资源开发与共享工程;⑦大众媒体科技传播能力建设工程;⑧科普基础设施工程;⑨整体推进/保障措施;⑩其他类型。

通过对各地申报的189个参选案例的类型进行分析,我们发现与农民科学素质行动相关的案例数量最多,为49个,占所有参与评选案例的26%。其次是与未成年人科学素质行动相关的案例,有36个,占所有参与评选案例的19%。区域整体推进/保障措施类型的案例数量也较多,为24个,占所有案例的13%。城镇劳动人口科学素质行动、领导干部和公务员科学素质行动、科普资源开发与共享工程、科普基础设施工程与其他类型的案例数量相对较少,占所有案例的比例为5%~8%。而数量最少的案例类型分别为大众媒体科技传播能力建设工程与科学教育与培训基础工程,其占所有案例的比例低于5%(见图6)。

由此可见,各地在实施全民科学素质纲要时,也有其偏重点。"四个主要行动"中的未成年人科学素质行动与农民科学素质行动受到的关注较多,而城镇劳动人口科学素质行动、领导干部和公务员科学素质行动的案例则较少。在进行"四项基础工程"建设时,相比于科普资源开发与共享工程及科普基础设施工程

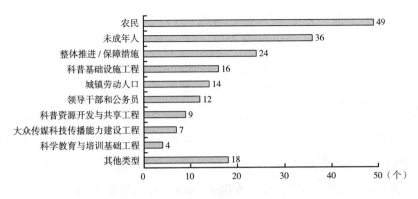

图6 参选案例的类型分布

来说，科学教育与培训基础工程及大众媒体科技传播能力建设工程的案例相对较少，显示这两项基础工程的实施力度与积极性存在一定问题。

2. 各地区参与评选的积极性较高，但除科协之外的成员单位提交案例的数量明显不足

总体来说，除安徽、天津、内蒙古、西藏、香港、澳门、台湾等地区外，全国共有28个省级行政区（含新疆建设兵团）提交了优秀案例参选材料。

由于案例评选活动对省部级地区和单位推荐案例的数量有一定限制，因此各省及行政区的推荐案例数为3~15个不等。相对来说，除科协之外的22个部级成员单位仅有5个单位提交了参选案例，案例数量相对较少。除环保部和全国妇联各推荐2个案例外，其余3个单位各仅推荐了1个案例（见图7）。

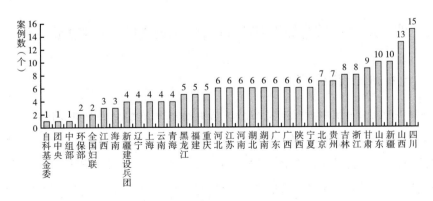

图7 参选案例的省部级推荐单位和地区的分布情况

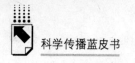

3. 由科协作为实施主体的案例占多数

对 189 个案例的实施主体按照单位性质与联合协作形式进行分类，我们发现绝大多数参选案例（80 个）都是由各地科协单独负责实施的，占参选案例总量的 42.3%。由《科学素质纲要》实施工作办公室或联席会议为实施主体的参选案例数量也较多，共 58 个，占总案例数量的 30.7%。由于大多数纲要办与联席会议主要设在科协，因此此类案例的实施主体也以科协为主。由《科学素质纲要》成员单位单独负责实施的案例共 19 个，占总案例数量的 10.1%，除中央部级成员单位 5 个之外，其余实施主体则属于成员单位的地方分支机构。其他性质的实施主体，如非成员单位单独实施、科协与成员单位联合实施、地方政府主导、成员单位与科协联合实施的案例数量都较少，其案例数量都在 20 以下（见图 8）。

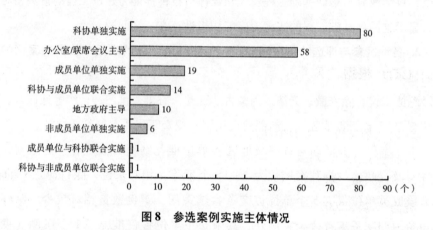

图 8　参选案例实施主体情况

四　从"反馈意见资料"看《科学素质纲要》实施情况

（一）研究资料说明

为了有效地了解《科学素质纲要》在各地的实施情况，促进基层科协工作者与科协决策层的沟通，中国科协在全民科学素质行动网站上专门设立了"留言板"板块。经过几年的发展，"留言板"成为了《科学素质纲要》23 个成员单位以及其他关心全民科学素质工作的单位与个人交流意见、提出建议的公共平台。在此平台上，发言者对《科学素质纲要》实施工作机制的实际运行情况以及实施中存在的问题、实施过程中取得的成果与经验进行了广泛和深入的讨论和沟通。其中，大量来自基层的声音既反映了《科学素质纲要》在各地实施中遇到的实际困难，又提出了提升全民科学素养的进一步建议，值得我们进行深入研究与探讨。

本研究首先将"留言板"中2007年9月1日至2009年9月1日两年期间有关《科学素质纲要》实施的相关内容进行筛选，共收集到339篇留言（以下简称"意见反馈资料"）。课题组以每一篇留言为分析对象，对"意见反馈资料"的内容进行内容分析和编码，编码内容分别为：发言时间、发言人、发言人单位属性、发言人名称属性、发言内容、问题焦点、问题属性等。在内容分析和编码的基础上，对来自各地《科学素质纲要》实施意见情况进行量化与质化分析，从中了解《科学素质纲要》实施的开展情况并从中吸收有价值的意见建议。

（二）根据"意见反馈资料"对《科学素质纲要》实施情况进行的分析

1. 对"留言板"内容的量化分析

（1）留言出现时间分布情况。不同月份《科学素质纲要》相关留言的数量在1~37篇不等，平均每月留言数量为21.8篇。2008年5月和7月留言数量最多，皆为37篇，2009年4月和5月留言数量最少，都只有1篇。在收集留言资料的两年731天的时间段内，共有201天出现了网友的留言，平均每2.16天出现一篇留言，可见留言板功能的进一步发挥还有不少空间（见表4）。

表4 "留言板"《科学素质纲要》相关留言出现时间的分布情况

年份	月份	有留言的天数（天）	发言数量（篇）	占比（%）
2007	9	3	5	1.47
	10	11	20	5.90
	11	16	28	8.26
	12	11	14	4.13
2008	1	11	27	7.96
	2	6	8	2.36
	3	17	27	7.96
	4	13	20	5.90

续表

年份	月份	有留言的天数(天)	发言数量(篇)	占比(%)
	5	18	37	10.91
	6	13	21	6.19
	7	17	37	10.91
2008	8	13	24	7.08
	9	10	14	4.13
	10	5	11	3.24
	11	12	23	6.78
	12	2	2	0.59
	1	2	2	0.59
	3	2	2	0.59
	4	1	1	0.29
	5	1	1	0.29
2009	6	2	2	0.59
	7	8	8	2.36
	8	4	4	1.18
	9	3	3	0.29
总 计		201	341	100.0

对照不同月份留言数量可以发现,《科学素质纲要》实施初期,"留言板"上的内容相对较多,进入 2009 年之后留言数量明显下滑（见图9）。

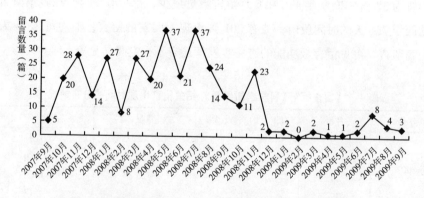

图9　2007 年 9 月至 2009 年 9 月留言数量的月度变化趋势

（2）留言者署名情况。留言人的署名可以分为三大类。一类是使用网络名称,如"科协人"、"关心科普的人"、"温柔一刀"等。这里称为"网名"。一类是明显用自己的真实名称署名。这里称为"实名"。第三类是不署名的，网络系统会显示为"匿名"，这里称为"匿名"。339篇留言中，最多的情况是使用网名，共234篇，占69.0%；其次是匿名发言，共67篇，占19.8%；另有38篇署名为实名，占11.2%。可见，网友们相对喜欢用网名进行交流，这也有利于发表意见和开展讨论的网民打破地区、级别等限制，更为自由地表达真实的想法（见表5）。

表5 "留言板"署名类型

单位：次，%

发言人署名类型	频次	占比	发言人署名类型	频次	占比
实 名	38	11.2	匿 名	68	20.1
网 名	233	68.7	总 计	339	100.0

（3）留言者发言频率情况。对留言者署名情况进行分析可以发现，339次留言中有73次是以匿名发言，其余266次留言均是以网名或者实名表达意见，共计有213位留言者[①]。以相同的网名或实名作为一位留言人，发帖1篇的留言者最多，共103位；发帖2篇的留言者共13位；发帖3篇的留言者共8位；发帖5篇的人数共7位，其余频次的留言者1～2位不等（见表6）。

表6 留言者发表意见的数量分布情况

单位：位，篇

留言数量	留言者数量	留言数量
实名或网名发帖1篇	103	103
实名或网名发帖2篇	13	26
实名或网名发帖3篇	8	24
实名或网名发帖4篇	1	4
实名或网名发帖5篇	7	35
实名或网名发帖6篇	1	6
实名或网名发帖7篇	1	7

---

① 此处不计算同一个人用不同的网名进行发言的情况。

续表

留言数量	留言者数量	留言数量
实名或网名发帖 8 篇	2	16
实名或网名发帖 9 篇	1	9
实名或网名发帖 10 篇	1	10
实名或网名发帖 12 篇	1	12
实名或网名发帖 14 篇	1	14
实名或网名发帖小计	140	266
匿名发帖	73	73
总　　计	213	339

通过对"留言板"留言人与焦点话题的讨论情况进行分析，我们发现在这个小型的网络论坛上存在着一些活跃的发言者，他们往往既有实际工作经验的积累，又对科协工作特点有较深的体会，能够提出比较引人关注的话题并能够引导"留言板"中有关该问题的讨论，可以称得上是"留言板"这个小型信息传播系统中的意见领袖[①]。署名"关心科普的人"的留言人发帖数量最多，共 14 篇，发帖数量在 4 篇以上的留言者署名如表 7 所示。

表 7　积极留言者署名与发帖数量

单位：篇

留言者署名	留言数量	留言者署名	留言数量
关心科普的人	14	基层科协人	5
金声	12	科普人	5
基层科协	10	科协人	5
河北	9	老科协	5
管理员	8	老徐	5
楼伟	8	路人	5
散文	7	温柔一刀	5
科协新兵	6	无奈	4

---

① 意见领袖（Opinion Leader），传播学研究的术语，指在传播系统中经常为他人提供信息，同时对他人施加影响的信息传播的"活跃分子"。

（4）留言者单位属性情况。通过留言内容对留言者所属单位进行分析，资料显示，属于中国科协工作人员的发言共25次，占7.4%，属于地方科协工作人员的发言247次，占72.9%，其他67次仅通过留言和网名无法辨识其所属单位（见表8）。从中可以看出，"留言板"为中国科协、地方科协的工作人员提供了良好的交流平台，尤其对于地方科协的意见反馈和交流尤为宝贵。但相对来说，全民科学素质行动的其他成员单位的参与程度有限。

留言者主要来自基层科协决定了留言内容大多与基层的工作经历有关，"留言板"整体来说主要反映了全民科学素质工作第一线的工作人员的意见。基层科普与老百姓息息相关，是提高全民科学素养的基础，基层的工作情况顺利与否决定了整个《科学素质纲要》实施状况的好坏。这些发言的内容建立在留言者日常工作的体会和理解之上，平实生动，对于《科学素质纲要》工作的开展具有较高的参考借鉴价值。

表8 "留言板"发言人的单位属性

单位：篇，%

单位属性	留言篇数	占比
中国科协工作人员发言	25	7.4
地方科协工作人员发言	248	72.9
无法辨识发言人身份	66	19.8
总　　计	339	100.0

（5）留言者单位属性与署名情况的相互关系。将留言者的单位属性与署名情况进行交互分析，数据显示不同身份的留言者在署名方式上具有显著差异（$\chi^2 = 81.630$，df = 4，sig. = 0.000）。60.0%的中国科协的工作人员以实名的署名方式进行留言，另外40.0%则以网名形式留言，而在留言内容中表示自己中国科协工作人员身份同时又匿名的情况不存在，主要留言内容是对地方科协提出的一些问题进行解答。相比较来说，地方科协的工作人员更多以网名形式（75.0%）留言，实名留言的比例为8.1%，匿名留言的比例也较高，占到16.9%，留言主要内容以提出批评和建议甚至抱怨的情况相对较多。无法辨识单位属性的留言者则更多以网名和匿名的形式进行留言，相对来说留言的批评性内容也较多（见表9）。

表9　留言人单位属性与署名情况的交互分析

单位：人，%

类　别		中国科协工作人员	地方科协工作人员	无法辨识	合计
实名	计数	15	20	3	38
	比例	60.0	8.1	4.4	11.2
网名	计数	10	186	37	233
	比例	40.0	75.0	57.4	68.7
匿名	计数	0	42	26	68
	比例	0.0	16.9	38.2	20.1
合计	计数	25	248	66	339
	比例	100.0	100.0	100.0	100.0

（6）留言内容所涉及主题情况。对留言内容进一步分析发现，339篇留言中以"提出问题"、"建言献策"、"分享经验"以及"展开讨论"等内容为主。其中，针对《科学素质纲要》工作提出疑问与困难的留言最多，共113篇，占总数的33.3%；"为科协发展、纲要实施建言献策"以及"表达个人工作感想或经验"的留言也在50篇以上，分别占总数的18.6%和17.1%；同时也有10.4%的发言属于无实质内容的"发牢骚"，也反映了基层科协工作人员的某些情绪；充分发挥网络论坛特点，留言者经常会针对实施《科学素质纲要》的一些焦点问题展开讨论，这类帖子占总数的9.7%。此外是一些发布通知、中国科协针对工作人员提出问题的回答等，分别占6.8%和4.1%（见表10）。

表10　留言内容分类统计

单位：篇，%

发言内容分类	篇数	占比
提出纲要工作中的疑问与困难	113	33.3
为科协发展、纲要实施建言献策	63	18.6
表达个人工作感想或经验	58	17.1
无实质内容的牢骚抱怨	35	10.4
针对焦点问题展开讨论	33	9.7
发布通知等	23	6.8
解答问题	14	4.1
合　计	339	100.0

（7）留言所反映的主要问题。对提出问题与疑问的留言内容进行分析可以发现，反映最多的主要是"基层科协无职权"、"实施经费有困难（经费问题）"、"地方领导不重视"、"纲要实施缺乏刚性保障措施"等几个问题。还有就是《科学素质纲要》实施初期，如何在与原来的科普工作相衔接基础上开展工作的问题等。针对这些焦点问题，留言者展开了比较坦诚和深入的讨论，对于解决问题理清思路起到了不小的作用（见表11）。

表11　留言所反映的主要问题

单位：次，%

主要问题焦点	频次	占比
基层科协无职权	18	20.5
实施经费有困难（经费问题）	15	17.0
地方领导不重视	12	13.6
纲要实施缺乏刚性保障措施	12	13.6
不知如何开展纲要工作	9	10.2
纲要工作流于形式	6	6.8
科协自身能力建设不足	5	5.7
科协人员不足（编制问题）	4	4.5
其他单位协作不力	4	4.5
科协或科普的基本定位问题	3	3.4
合　　计	88	100.0

对留言所反映的问题做进一步分类可以发现，近六成问题属于科协历史性、体制性的"老"问题，较难在短期内通过改进工作方式加以解决。同时有42.0%的问题属于可以通过经验总结分享、对《科学素质纲要》了解加深、工作能力提升以及工作方式创新等具体措施在短期内加以解决的问题，其中一些问题已经可以看到通过"留言板"的经验分享和讨论等开始加以解决了（见表12）。

表12　留言所反映意见的分类

单位：次，%

反映问题的性质	频次	占比
历史性、体制性问题	51	58.0
能够通过纲要落实经验总结学习加以解决的问题	37	42.0
总　　计	88	100.0

2. 对"留言板"内容的质化分析

（1）树立"大局观"是科学素质工作开创"大联合、大协作"格局的关键。从留言板所反映的问题来看，对于如何开展联合与协作，不少人提出了自己在实际工作中的困惑。《科学素质纲要》任务是由多个成员单位共同承担实施的，其中科协工作人员在实施过程中承担了大量的基础性工作，而且从历史上来看，科协的组织机构性质与其他成员单位有所不同，因此在联合协作过程中，科协工作人员难免会与其他机构的待遇、硬件条件、对待科学素质工作的态度等进行比较，从而产生"不受重视"、"底气不足"、"投入回报不成比例"、"为他人作嫁衣裳"、"成员单位积极性不高"等负面情绪和意见。在不断有人反映意见的同时，"留言板"的意见交流功能为科协工作人员之间的信息沟通发挥了很大的作用，对于理清科学素质工作中开展的思想认识，找到开展纲要工作的有效途径发挥了很大的作用。

如署名"湖北"的留言者在留言中反映整合培训资源工作时所出现的"为他人作嫁衣裳"问题。

今年我们科协按照县委县政府的要求搞资源整合，意思是把各个部门有培训任务、计划的单位整合起来，由科协牵头统一协调规划，避免多头培训，浪费资源，但结果是劳动保障部门、经管部门、劳动就业部门、妇联、统战部门、残联、职校、农业、林业等部门极力反对……我们曾经找经管局支援一点培训计划，经管局说："可以，但是一个只给50元的培训费。"但他们一个人的培训费拨款是350元！你帮他完成任务，他赚300元……

针对"湖北"所反映的问题，署名"河北"的留言者从自己工作的感受和经验出发，提出了相应的意见，其核心是不要过于计较自己部门的利益得失，要认识到我们的工作是以"科学素质提升"为目标，是超越部门利益之上的，也就是在科学素质工作中树立起"大局观"。

回湖北网友：……我也认为，科协或者纲要办来协调其他部门是很困难的，要想整合更是难上加难。我的意思是，正是在这种情况下，我们科协才更要做一些实际的基础性的工作，以前农民培训工作也一样吸引其他部门参与进来。其他部门给50元我认为也可以，不给支持咱们不是还要搞吗？不能怕给别人做嫁衣，我们的目标就是要提高公众素质。相反，要想达到政府部门那种雄厚的经费是不现实的。争取支持来开展工作也是一种途径。

（2）将原有科协工作与《科学素质纲要》、"科学发展观学习实践活动"等相联系，是拓展科协工作局面的有力途径。

许多留言者在实际工作开展中体会到，《科学素质纲要》作为国家层面联合发布的政策性纲领性文件，对于开拓科协工作局面具有提升作用。同样，类似"科学发展观学习实践活动"这样与科学素质工作有较大相关的国家层面的大型活动或方针政策，也是有利于科学素质工作开展联合协作、提升工作意义的重要契机和平台。

如署名"老徐"的留言者通过实践探索，对科协原有工作与《科学素质纲要》工作的关系有了新的认识，意识到把科协原工作置于《科学素质纲要》之中，用《科学素质纲要》统领，更有利于工作开展。

> ……纲要办设在科协，那么二者不要分开，把二者有机地统一融合在一起。一分开，工作难度就大一些。把科协工作置于《科学素质纲要》之中，用《科学素质纲要》统领，这样工作难度就小一些。经过两年的实践，我个人认为是这样。……

又比如署名"温柔一刀"的留言者认为"科学发展观学习实践活动"是提高领导干部科学素质，进而提升科学素质全局工作的重要机会。

> 本来，任何一个地方的经济、社会要大发展，都离不开高素质的公众队伍，这也是任何一级党组织和政府领导人都明白的道理，然而，十分令人遗憾的是，科学素质的提高绝非一两年就可以"吹糠见米"的，这是一项长期的工作。我们不少党政领导尤其是主要领导，几年一换届，要想他们真正下工夫来抓今后才可能见效益的工作，其积极性是可想而知的。为此，当前正在进行的学习实践科学发展观活动，应该是提高领导干部科学素质的一个极好机会，因为一个领导干部不具备必需的科学素质，他就谈不上学好了科

学发展观。只有领导干部的科学素质真正提高了，他才能去想办法提高公众的科学素质。像现在这样普遍开花去抓所有人的科学素质，力量不够，应该想办法有所重点突破。这个重点，我以为就是领导干部，其他人群当然也不能放松，但应当有主次、轻重缓急之分。不知这些看法对否，愿与各位网友探讨。

针对该看法，署名"老徐"的留言者也发表了回应。

温柔一刀网友的"抓领导干部科学素质"问题一直是我县实施《科学素质纲要》工作的重点，这一点很重要，由此可见温柔一刀网友抓《科学素质纲要》实施抓住了要点。历来我就认为《科学素质纲要》是科协工作的主题，是纲领，把科协工作置于《科学素质纲要》的总领下，其他工作开展起来就会得心应手。当前，全党都在学习科学发展观，那么要想把《科学素质纲要》的实施工作落到实处，各级都要把提高领导干部科学素质放在学习科学发展观中去学习，去理解，去提高。要是领导干部不讲素质或素质不高，那他所领导的那个地区或单位各项事业一定是落后于其他地区或单位的。大家一直在讨论的《科学素质纲要》实施难，为什么，关键是我们的领导干部的问题。要想改变这个问题，不是今天，也不是明天就可以解决的，也不是开个会，学习学习那么轻松，说不定要一个世纪或几个世纪，但只要天天在抓，抓总比不抓强，在这个问题上一定要循序渐进……

（3）对科协与科协工作的认识和定位是决定科学素质工作态度、方式和成效的关键点。

第一，"定位"和"地位"是科协基层工作中多数问题的根源。

从留言中我们可以发现，基层科协工作人员对工作的抱怨，大多属于一些"老大难问题"，如"科协"工作底气不足、硬件条件差、经费不足、领导不重视等。如署名"科协人"以及一位"匿名"的留言人的发言具有很强的代表性，反映了基层科协工作的现实情况，其中与其他政府机构的基层组织相比而产生的"不平衡"心态，在基层科协工作人员中具有一定的代表性。

目前我们在下边，常常要为自己的生存和生计去求爷爷告奶奶，做工作都是凭借人际关系，还要看别人的脸色行事，你说可怜不可怜！所以我说加强自身建设仍然是我们的首要任务。基层科协的工作开展都有难度，据我在科协工作的经验，县级科协大量的精力是在为经费、改善工作环境而奔波。我们都在兢兢业业地工作着，待遇差，我们无怨无悔，但上级科协就不能给我们想办法克服一点困难？科协这样一个群众团体，如何担得起"政府推动"的责任？没有经费没有物质资助，基层科协怎么会有能力没钱光做事？你看卫生部，给乡镇卫生院都配车了；司法部门旧车才用两三年，新车就又拨下来了；文化部门连乡镇文化站都在搞建设和配套。再看看我们科协，经费少没车坐、地位低，做工作还硬着头皮求他们？可我们也是在工作呀！因此，建议中国科协为基层科协争取科普经费、配备车辆、改善条件！——科协人

《科学素质纲要》提的高，但在实际操作中，科协这样一个群众团体，如何担得起"政府推动"的责任？国家科协时不时有一些任务安排下来，但没有经费/物质资助，基层科协怎么会有能力没钱光做事？学学卫生部，给乡镇卫生院都配车了，我们呢？可怜的几个项目，还要拿工作实绩去换，不要也罢！——匿名

第二，克服浮躁——踏实的工作积累是科协工作稳步推进的关键。

针对"留言板"上的种种抱怨，一位"匿名"的留言者关于"科协工作是一个期望值的问题"的发言给大家很多启发，留言中关于科协工作需要脚踏实地，依靠一点一滴的积累建立起科协工作"地位"的看法激起了不少人留言表达赞同意见。

科协工作我认为是期望值问题。像科协这样的单位，在县一级人民团体里情况都差不多。妇联、团委也都是两三个人，一两间办公室。为什么人家怨言没有咱们多？我想其中一个原因是我们一些同志期望值太高。一搞科普活动，就想全县人民都来争抢你那点科普资料；一提科学素质，就想书记、县长都要找你科协补课；一办农函大，就想全县农民都成为科协的学生。如果不是这样，就怨天怨地怨自己；或者自暴自弃。所以，我认为科协工作要

有起色，必须从细小的事情做起。如办好一个科普宣传画廊，不要一年换不了几次；搞好一个点，让人家看到科普是什么样子的……假如所有科协的同志都平心静气，都能够日复一日地从事细微的科普工作，那就是科协工作真正有了地位。——匿名

匿名网友的话不多，一下就掐住了我们一些同志的要害：科协工作是一个期望值的问题。做任何事情都有一个期望值，期望值越大浮躁心态就越重。我们的工作只能尽力而为，就说创新也应该有一个范围，不能好高骛远，求胜心切。市县级科协组织的能量毕竟有限，发达地区与贫困地区、东部地区与西部地区毕竟存在差别，但有一条我是坚信的，那就是工作要做，不能老是埋怨这埋怨那，若是这样，相反对科协工作不利。做一件事立一个基本目标，那就是能达到的目标，千万要克服浮躁心理。——老徐

第三，端正心态——加强服务意识是科协工作深入持续开展的基础。

针对科协群团组织而不是政府直接组成部门的机构特征，有些人认为科协推动其他部门参与科学素质工作的难度太大。对于此问题，署名"河北"的留言者认为，科协不要去过多计较合作中的"地位"、"底气"等问题，而应把工作的推动落脚于"服务意识"，这样才能取得切实的工作成效。

各地科协在以往的工作中，都有这样那样的一些亮点。取得这样成绩的原因是什么呢？当然有领导的支持，自身的努力，但有一条是不是咱们以服务的心态和有关部门合作出来的？三下乡有科协，那是因为这项工作是科协最早组织起来的；农民培训、职称评定有科协，也是科协最早实施的；科技周、青少年等都是这种情况。

我个人认为，我们科协作为纲要办还是要加强服务的意识，切实找准其他成员单位最需要做、不屑做、不愿意做的事情，咱们积极参与进去，把相关的工作撮合起来。其实各地科协在这方面还是很有经验的。大家说是不是？

第四，工作成效——基层科协"地位"与"底气"来源。

针对有些留言者反映的基层科协工作缺经费支持、缺领导重视问题，不少留

言者表达了"用实际工作成绩去争取支持与重视"的观点。如署名"河北"的留言者总结自己的工作经验，认为做好基础工作、深入基层为农民群众解决实际问题、工作做出实效，自然会得到越来越多的支持和重视，并吸引更多其他部门共同参与到科学素质工作中来。

> ……要想在众多部门中有一席之地，在领导的日程表上挂上号，我们就要真的干出点成绩来。最重要的是，要为广大群众、农民服好务。我们是人民团体、群众组织嘛。
>
> 不能老想着去号召谁，考核谁……我们不是政府部门，所以我们干好具体的工作是最重要的。抓住一件事，一直干下去，产生点影响和效果来，并不断根据形势的发展进行创新。说实话，我们丢掉的工作太多了。农函大、农技协、农民职称评定、讲比等。是不是很多地方都丢掉了？为什么？因为很多时候，我们也把自己当成政府部门了，不搞研究、不创新、不坚持、不愿干具体的艰苦的工作，都想坐在办公室里指挥怎么行？科协成立的根本还是那些传统的、基础性的工作。
>
> 还是搞好基础的实际的工作吧，真正到田间地头去，到基地去，到社区去，帮助群众解决实际问题比较好。这些工作搞好了，其他部门也会参与进来，落实纲要我看也就不会太难了。——河北

另有署名"遥远"的留言者针对基层科协抱怨经费不足的问题，就科协系统的经费来源作出说明，并指出了"成就"是获得更多经费支持的关键。

> ……地方科协组织经费困难那是地方政府的问题，地方政府重视，你的经费就多。近两年来，中国科协在不断加大对地方的投入，各种项目也在不断增多，这就要看你地方科协在干什么？若是你在不断努力工作，有成就，中国科协肯定会支持你。反过来你要这样想，中国科协它也是群团组织，跟你一样，它的钱也是要不断争取……事实面前不要说假话，中国科协没有忘记我们地方科协。只要我们共同努力，寒冬过去就是春天！——遥远

第五，奋斗精神——艰苦卓绝的精神是基层科协工作开展的灵魂。

针对科协工作的许多"老大难问题"，不少留言者根据自己的工作实践提出了解决方法。如针对不少留言者抱怨科协工作"底气不足"、"地位不高"的问题，署名"金声"的留言者用朴实的语言和身边的案例来说明科协的工作就是要在艰苦的条件下有一种"该撑的还是要撑起来"、"不要抛弃，不要放弃"的精神。

> 诚然，我们的工作条件太艰苦了……但如果因"底气不足"不去"硬撑"，那不就彻底垮了吗！我省约有 20 个县级科协的科普经费包括行政经费，每年不足 5000 元，要按这个"底气"，什么事也干不了，但他们硬是撑起来工作。河间县原来的科协主席上任时，一年里骑自行车跑遍全县乡村，深得老百姓赞誉，也成为全省的先进典型。所以，人是要有一点精神的，若是有钱有权有条件，那就轮不到你了！科协作为"纲要办"，担负的任务十分艰巨，在开创阶段，该撑的还是要撑起来！不要抛弃，不要放弃！

（4）"留言板"上的经验介绍、政策反馈与意见建议。"留言板"利用互联网的特点，为基层科协工作人员提供直接、便利表达意见的平台，包括介绍自己的经验、对中国科协的政策作出评价和反馈以及提出意见和建议等。许多留言都是从实实在在的基层工作出发，使用简单、直白、通俗又感情丰富的语言来表达自己的看法，对于科协工作的完善和提升发挥了积极的作用。以下仅选择一些有代表性的意见进行描述总结。

一是抓住机遇开展科学素质工作的经验介绍。署名"草约"的留言者详细介绍了自己单位在"日全食"期间"抓住机遇搞科普"既节省经费又能够获得良好效果的经验和心得。

> 2009 年日全食，我这里（浙江省一个地级市，并未在日全食带里）开展了十来项活动。我总结了一下，像这一类抢眼球的几百年一遇的科普活动，是不需要花很多钱的，我们科协的同志一定要抓住这个机会，提高科协地位。我的做法：一是在得到上级要求开展天文年活动的文件后，迅速与教

育部门联合开展师资培训，共培训了400多名，培训费用可回单位报销（我们是贴了一点），天文观测仪器会有赞助商免费提供，还会赠送主办方一点的。二是花点小成本，造势。我们制作了两套天文年展板（简易点钱也不会太多），先进校园宣传，再在日全食前一个月连续十来天放在市府大道一侧展出，不由人不热议。再与电视台、报社联系，播出相关知识和我们拟组织的活动。三是交给市场运作。只要社会有热点后，像举办什么杯天文年知识竞赛，邀请天文专家讲课，都不用我们花钱，而且是只要有创意就会有人找上门。四是搞小活动小赠品活跃气氛。几元钱的巴德膜镜买几百上千个送给观看者，再拉来天文器材商观日全食，人们的热情很高，科协在天文科学方面的专家角色深入人心，后续的木星冲日、流星雨活动我们不搞都还不行呢。

二是对中国科协工作动态的意见反馈。全国政协常委、中国科协副主席、书记处书记齐让在政协会议提交了让"科普大篷车"列入"汽车下乡"专项的议案之后，"留言板"上很快有了来自基层的反馈意见。一位"匿名"的留言者对该项活动的价值和意义表达了由衷的感慨。

今日上中国科协网看到全国政协常委、中国科协副主席、书记处书记齐让委员建议，将农技服务科普大篷车列入"汽车下乡"专项，并且已提交相关提案的消息，作为基层科协工作者，我感觉到这个提案非常好，无论有关部门是否采纳，起码都是一个了不起的进步。以前的科普大篷车的确好，就是贵了点，买起来恼火，用起来更恼火，基层钱少啊！说实在话，基层科协在承担实施《全民科学素质行动纲要》的工作中，缺少的就是手段和技术支持，靠那点微薄的科普经费只能是杯水车薪，而上级科协又因为财政体制，不可能给基层更多的钱，所以，基层科协开展技术服务活动就只能是以"赶集"的方式进行，无法建立长效的服务机制。齐让委员将农技服务科普大篷车列入"汽车下乡"专项的提案，可以说这是说到我们心里去了。对此，我作为一名基层科协工作者，坚决拥护和支持齐让委员这个提案，并期盼有关部门研究采纳。谢谢齐主席！

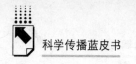

　　三是关于成员单位之间协调合作的意见建议。署名"科协一员"的留言者针对成员单位责任意识淡化的问题，提出可以在《科学素质纲要》成员单位范围内开展培训，促进成员单位之间的联系、沟通与合作交流。

　　　　落实《科学素质纲要》工作应该是政府推动的全社会行为，单凭科协一家的力量，再大的努力也不会收到好效果。现在，国家的和大部分地方的科学素质工作领导机构都撤销了，对纲要办公室协调组织其他单位参与科学素质工作很不利，成员单位这方面的责任意识在淡化，慢慢又得变成科协一家的事。所以，各级纲要办公室与其他成员单位之间的联系、沟通、合作等是必不可少的。应多创造机会组织他们参加与科学素质工作相关的一些活动，使他们对这项工作有更深入的了解。特建议中国科协在每年适当时间组织各地方科学素质工作学习培训、参观交流活动，由各地纲要办组织各成员单位参加。地点可分别选北方和南方城市，由各地自选地点参加。——科协一员

　　四是整合资源开展培训的意见建议。署名"老徐"的留言者针对科学素质的培训工作，介绍了自己所在县开展培训工作的经验，提出了把全县有培训计划和资金的单位整合在一起，制订统一的培训目标和培训计划的建议。

　　　　……整合资源，统一规划是要把全县有培训计划和资金的单位整合在一起，制订统一的培训目标和培训计划，围绕区域经济和社会发展开展培训，围绕新农村建设提高农民素质。为什么统一不起来，关键是科协一无培训计划，二无培训资金，这两点是制约科协职能的瓶颈，其他部门有计划有资金，但在培训中往往与科协开展的培训效果不一样。……（我们县的科学素质工作开展情况有几项支持：一是我们有县委政府的正确领导；二是我们有自己稳定的培训队伍；三是我们有创新的工作思维；四是我们有广大人民群众的支持和信任；五是有一支可靠的科技工作者队伍；六是我们有健全的县乡培训和素质工作机构；七是我们有一批科普示范基地、科普示范户、科普示范村和农村科普带头人；八是我们有农函大分校、少数民族科普工作队、科普志愿者。更重要的一条是"科学素质

工作百分制考核办法",我们就是利用这八个方面的力量开展科学素质工作的）……

五　对"十一五"时期"大联合、大协作"
工作机制建立情况的考察与评估

科学素质工作是一项系统工程和长期的任务，要求高，责任大，涉及的部门多，需要各成员单位和各地党委政府共同努力，由此提出了将"大联合、大协作"作为实施《科学素质纲要》的主要工作机制。在党委、政府的领导和推动下，搭建多部门联合协作、群众广泛参与的社会化平台，才能真正把大家的积极性调动起来，把大家的力量凝聚起来，共同落实《科学素质纲要》的各项任务。全民科学素质行动"十一五"时期，各部门之间联合协作开展活动是非常普遍的。以下我们围绕"大联合、大协作"专题，选取"十一五"时期的典型个案，对联合协作工作开展的实际情况、存在问题等进行分析与评估。

（一）对联合协作主体类型的理论分析

1.《科学素质纲要》主要实施主体的类型分类

根据《科学素质纲要》"十一五"时期的工作开展实践，依照"政府推动、全民参与"以及"大联合、大协作"的工作方针，科学素质行动的主要实施主体，可以按照"机构类型"、"单位级别（中央/地方）"、"单位性质"、"是否成员单位"等分类维度，划分为六种类型。为便于后文对联合协作方式的说明，分别以 A - F 作为六种实施主体类型的编号（见表13）。

2. 实施主体进行"联合协作"的可能类型

在对科学素质行动主要实施主体划分为 A - F 六大类的基础上，根据排列组合原理，六种类型的实施主体共有 63 种联合类型。由于"大联合、大协作"是"政府推动"方针指导下的部门间协调合作的工作机制，因此这里将完全没有政府机构参与的 EE 联合、FF 联合与 EF 联合类型排除，则共有 60 种"联合协作"的可能类型（见表14）。

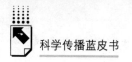

表13　科学素质行动实施主体的类型划分

类型编号	科学素质行动实施主体类型	说　明
A	多部门组成的议事协调机构	跨不同政府部门的临时或常设机构
B	属于《科学素质纲要》成员单位的中央层级党政机关事业单位	即《科学素质纲要》23个成员单位
C	非《科学素质纲要》成员单位的中央层级党政机关事业单位	虽不是《科学素质纲要》成员单位但机构工作职能与内容经常同公众科学素质提升有紧密关系的政府机构，如卫生部、民政局等
D	地方党政机关事业单位	包括各级地方党委政府，以及B、C两类机构的地方分支机构
E	非政府组织	民间组织的非营利性的志愿者组织和基金会等
F	企业	作为市场经济主体的企业，包括国有企业和其他类型企业

表14　科学素质行动实施主体进行"大联合、大协作"的可能类型

编号	联合类型	说　明
1	AA联合	多部门组成的议事协调机构 + 多部门组成的议事协调机构
2	BB联合	《科学素质纲要》中央级成员单位 + 《科学素质纲要》中央级成员单位
3	CC联合	非成员单位中央层级党政机关事业单位 + 非成员单位中央层级党政机关事业单位
4	DD联合	地方党政机关事业单位 + 地方党政机关事业单位
5	AB联合	多部门组成的议事协调机构 + 《科学素质纲要》中央级成员单位
6	AC联合	多部门组成的议事协调机构 + 非成员单位中央层级党政机关事业单位
7	AD联合	多部门组成的议事协调机构 + 地方党政机关事业单位
8	AE联合	多部门组成的议事协调机构 + 非政府组织
9	AF联合	多部门组成的议事协调机构 + 企业
10	BC联合	《科学素质纲要》中央级成员单位 + 非成员单位中央层级党政机关事业单位
11	BD联合	《科学素质纲要》中央级成员单位 + 地方党政机关事业单位
12	BE联合	《科学素质纲要》中央级成员单位 + 非政府组织
13	BF联合	《科学素质纲要》中央级成员单位 + 企业
14	CD联合	非成员单位中央层级党政机关事业单位 + 地方党政机关事业单位
15	CE联合	非成员单位中央层级党政机关事业单位 + 非政府组织
16	CF联合	非成员单位中央层级党政机关事业单位 + 企业
17	DE联合	地方党政机关事业单位 + 非政府组织
18	DF联合	地方党政机关事业单位 + 企业
19	ABC联合	多部门组成的议事协调机构 + 《科学素质纲要》中央级成员单位 + 非成员单位中央层级党政机关事业单位
20	ABD联合	多部门组成的议事协调机构 + 《科学素质纲要》中央级成员单位 + 地方党政机关事业单位
21	ABE联合	多部门组成的议事协调机构 + 《科学素质纲要》中央级成员单位 + 非政府组织
22	ABF联合	多部门组成的议事协调机构 + 《科学素质纲要》中央级成员单位 + 企业
23	ACD联合	多部门组成的议事协调机构 + 非成员单位中央层级党政机关事业单位 + 地方党政机关事业单位

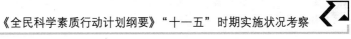

续表

编号	联合类型	说　明
24	ACE 联合	多部门组成的议事协调机构 + 非成员单位中央层级党政机关事业单位 + 非政府组织
25	ACF 联合	多部门组成的议事协调机构 + 非成员单位中央层级党政机关事业单位 + 企业
26	ADE 联合	多部门组成的议事协调机构 + 地方党政机关事业单位 + 非政府组织
27	ADF 联合	多部门组成的议事协调机构 + 地方党政机关事业单位 + 企业
28	AEF 联合	多部门组成的议事协调机构 + 非政府组织 + 企业
29	BCD 联合	《科学素质纲要》中央级成员单位 + 非成员单位中央层级党政机关事业单位 + 地方党政机关事业单位
30	BCE 联合	《科学素质纲要》中央级成员单位 + 非成员单位中央层级党政机关事业单位 + 非政府组织
31	BCF 联合	《科学素质纲要》中央级成员单位 + 非成员单位中央层级党政机关事业单位 + 企业
32	BDE 联合	《科学素质纲要》中央级成员单位 + 地方党政机关事业单位 + 非政府组织
33	BDF 联合	《科学素质纲要》中央级成员单位 + 地方党政机关事业单位 + 企业
34	BEF 联合	《科学素质纲要》中央级成员单位 + 非政府组织 + 企业
35	CDE 联合	非成员单位中央层级党政机关事业单位 + 地方党政机关事业单位 + 非政府组织
36	CDF 联合	非成员单位中央层级党政机关事业单位 + 地方党政机关事业单位 + 企业
37	CEF 联合	非成员单位中央层级党政机关事业单位 + 非政府组织 + 企业
38	DEF 联合	地方党政机关事业单位 + 非政府组织 + 企业
39	ABCD 联合	多部门组成的议事协调机构 + 《科学素质纲要》中央级成员单位 + 非成员单位中央层级党政机关事业单位 + 地方党政机关事业单位
40	ABCE 联合	多部门组成的议事协调机构 + 《科学素质纲要》中央级成员单位 + 非成员单位中央层级党政机关事业单位 + 非政府组织
41	ABCF 联合	多部门组成的议事协调机构 + 《科学素质纲要》中央级成员单位 + 非成员单位中央层级党政机关事业单位 + 企业
42	ABDE 联合	多部门组成的议事协调机构 + 《科学素质纲要》中央级成员单位 + 地方党政机关事业单位 + 非政府组织
43	ABDF 联合	多部门组成的议事协调机构 + 《科学素质纲要》中央级成员单位 + 地方党政机关事业单位 + 企业
44	ABEF 联合	多部门组成的议事协调机构 + 《科学素质纲要》中央级成员单位 + 非政府组织 + 企业
45	ACDE 联合	多部门组成的议事协调机构 + 非成员单位中央层级党政机关事业单位 + 地方党政机关事业单位 + 非政府组织
46	ACDF 联合	多部门组成的议事协调机构 + 非成员单位中央层级党政机关事业单位 + 地方党政机关事业单位 + 企业
47	ACEF 联合	多部门组成的议事协调机构 + 非成员单位中央层级党政机关事业单位 + 非政府组织 + 企业
48	ADEF 联合	多部门组成的议事协调机构 + 地方党政机关事业单位 + 非政府组织 + 企业
49	BCDE 联合	《科学素质纲要》中央级成员单位 + 非成员单位中央层级党政机关事业单位 + 地方党政机关事业单位 + 非政府组织

编号	联合类型	说　明
50	BCDF 联合	《科学素质纲要》中央级成员单位＋非成员单位中央层级党政机关事业单位＋地方党政机关事业单位＋企业
51	BCEF 联合	《科学素质纲要》中央级成员单位＋非成员单位中央层级党政机关事业单位＋非政府组织＋企业
52	BDEF 联合	《科学素质纲要》中央级成员单位＋地方党政机关事业单位＋非政府组织＋企业
53	CDEF 联合	非成员单位中央层级党政机关事业单位＋地方党政机关事业单位＋非政府组织＋企业
54	ABCDE 联合	多部门组成的议事协调机构＋《科学素质纲要》中央级成员单位＋非成员单位中央层级党政机关事业单位＋地方党政机关事业单位＋非政府组织
55	ABCDF 联合	多部门组成的议事协调机构＋《科学素质纲要》中央级成员单位＋非成员单位中央层级党政机关事业单位＋地方党政机关事业单位＋企业
56	ABCEF 联合	多部门组成的议事协调机构＋《科学素质纲要》中央级成员单位＋非成员单位中央层级党政机关事业单位＋非政府组织＋企业
57	ABDEF 联合	多部门组成的议事协调机构＋《科学素质纲要》中央级成员单位＋地方党政机关事业单位＋非政府组织＋企业
58	ACDEF 联合	多部门组成的议事协调机构＋非成员单位中央层级党政机关事业单位＋地方党政机关事业单位＋非政府组织＋企业
59	BCDEF 联合	《科学素质纲要》中央级成员单位＋非成员单位中央层级党政机关事业单位＋地方党政机关事业单位＋非政府组织＋企业
60	ABCDEF 联合	多部门组成的议事协调机构＋《科学素质纲要》中央级成员单位＋非成员单位中央层级党政机关事业单位＋地方党政机关事业单位＋非政府组织＋企业

（二）对"十一五"时期"优秀案例"[①] 实施主体的考察

对"十一五"时期入选《全民科学素质行动优秀案例汇编（2006～1010）》的 64 个[②]优秀案例（以下简称"优秀案例"）所涉及活动实施主体情况考察，可以对各地各部门广泛参与到科学素质行动的情况有一个基本了解。经对资料分析，"优秀案例"活动的实施主体与类型情况如表 15 所示。

---

① "优秀案例"资料来源于 2009 年"实施《科学素质纲要》优秀案例评选"活动中被推荐和最终入选的 51 个案例，以及全民科学素质行动工作办公室在工作开展中所了解到的 13 个优秀案例材料。以上 64 个案例全部收录在中国科学传播研究所负责编辑的"全民科学素质纲要实施工作办公室"内部资料——《全民科学素质行动优秀案例汇编（2006～2010）》。

② 由于部分"优秀案例"是对本地区较长一段时期工作的综合总结，涉及相互联系又独立的多项活动，因此在统计实施主体时，以单独活动的实施主体为准，因此 64 个"优秀案例"材料中明确说明实施主体的活动项目总数为 75 项。

表15 64个案例75项活动的实施主体与类型情况

编号	案例（活动）名称	实施主体与类型
1	上海市未成年人科学教育推广项目	上海市科协(D)、上海市教委(D)
2	河南省青少年科学素质网上知识竞赛	河南省教育厅基础教育处(D)、河南省青少年科技中心(D)、河南省教育厅(D)、共青团河南省委(D)、河南省科协(D)
3	广西青少年科学工作室	中国科协青少年科技中心(B)、广西科技馆(D)、广西青少年科技中心)(D)
4	云南省青少年"节能·减排·环保"主题活动	云南省科协(D)、团委(D)、省教育厅(D)、省委宣传部(D)、省文明办(D)、省少工委(D)
5	绿色校园创建活动	国家环保总局(B)、教育部(B)、中宣部(B)
6	"科技馆活动进校园"项目试点工作	中央文明办(B)、教育部(B)、中国科协(B)
7	农村社区早期儿童发展科普活动案例	中国科协青少年科技中心(B)、15个县科协（县级项目办公室）(D)、各县卫生、医院(D)、妇联(D)、计生(D)、幼教(D)等部门
8	科技馆天文活动走进校园	天津科技馆(D)、宁夏科技馆(D)
9	北京市社区科普益民计划	北京市财政局(D)、北京市科协(D)
10	广东省江门市农业科技人户示范试点工程	江门市农业局(D)、恩平市农业局(D)
11	云南省红河州科普惠农工作	红河州科学技术协会(D)、组织部(D)、人事局(D)、畜牧局(D)、农业局(D)、科技局(D)、教育局(D)、民委(D)、林业局(D)、财政局(D)、劳动与社会保障局(D)、扶贫办(D)、团委(D)、妇联(D)等部门
12	山西农村科技重点工程	山西省科协(D)、山西省财政厅(D)、中国移动通信山西有限公司(D)、山西省妇联(D)
13	黑龙江省绥化农技协"千会带万户"科技创业示范引带工程	绥化市委(D)、市政府(D)、市科协(D)
14	焦作市"巾帼科技星火工程"	焦作市妇女联合会(D)、农业局(D)、林业局(D)、科技局(D)、畜牧局(D)、财政局(D)
15	临沂市到村任职高校毕业生兼任科普活动	中共临沂市委组织部(D)、临沂市科学技术协会(D)
16	四川省藏族地区艾滋病防治知识科普宣传	四川省民族事务委员会(D)、四川省民族研究所(D)、甘孜州民委(D)、道孚、雅江两县政府(D)、县民宗局(D)

续表

编号	案例（活动）名称	实施主体与类型
17	黄石市领导干部和公务员科学素质建设年暨电视大赛活动	湖北省黄石市科学技术协会(A)、市委组织部(D)、市委宣传部(D)、市直机关工委(D)、市人事局(D)、市科协(D)等
18	北京市公务员素质大讲堂	北京市人力资源和社会保障局(D)、北京市科协
19	北京市通州区惠农数字科普图书馆建设	通州区科学技术协会(D)、通州区信息中心(D)、北京市农林科学院农业科技信息研究所(D)
20	上海科普资源开发与共享信息化工程	上海市科学技术协会(D)、上海市科学技术委员会(D)
21	吉林桦甸市流动科技小屋建设工作	桦甸市科协(D)、桦甸市盛世传媒广告公司(F)
22	宁波市社区电子科普画廊建设项目	宁波市科学技术协会(D)、宁波报业集团(D)
23	保护母亲河行动	共青团中央(B)、全国人大环境与资源保护委员会(A)、全国政协人口资源环境委员会(A)、环境保护部(B)、水利部(C)、农业部(B)、国家林业局(B)
24	新疆科普基础设施发展规划编制及协调发布	新疆科协(D)、科技厅(D)、发改委(D)、财政厅(D)、中科院新疆分院(B)
25	宁夏回族新农村信息化建设项目	宁夏回族自治区党委(D)、政府有关部门(D)、科协(D)、电信通信公司(F)
26	贯彻落实国家民委《关于进一步加强少数民族和民族地区科技工作的若干意见》	宁夏回族自治区民委(D)、科技厅(D)、农牧厅(D)、科协(D)
27	江苏未成年人科学教育工作	江苏省教育厅(D)、江苏省科协(D)
28	下发《关于组织中小学生参加"科普宣传周"宣传教育活动的通知》颁发《关于进一步加强中小学科学教育的意见》	江苏省教育厅(D)、省科协(D)
29	"遵义市"大联合、大协作"工作机制探索	遵义市科协(D)、市委宣传部(D)、市直属机关工作委员会(D)、遵义日报社(D)
30	2006年"全国科普日"系列活动	遵义市科协(D)、余庆县政府(D)
31	遵义市青少年科技教师培训	遵义市科协(D)、教育部门(D)
32	"赤天化"杯环保知识竞赛	遵义市"纲要办"(D)、中共遵义市委宣传部(D)、遵义市"双创"办(D)、遵义市环境保护局(D)、遵义市教育局(D)、共青团遵义市委(D)、遵义电视台(D)、遵义日报社(D)
33	制定《农民科学素质教育大纲》	农业部(B)、中国科协(B)、遵义市科协(D)、市农业局(D)、市畜牧局

续表

编号	案例（活动）名称	实施主体与类型
34	湖北省鹤峰县全民科学素质工作目标管理长效机制创新	鹤峰县科协(D)、政府(D)、素质办(D)、县委督察室(D)
35	南京市推动出台《南京市科学技术普及条例》	南京市科协(D)、南京市科技局(D)、南京市人大(D)
36	实施湖北省"科普示范助力新农村行动计划"	湖北省科协(D)、财政厅(D)
37	湖北构筑三大体系深入实施《科学素质纲要》	实施"新型农民科技培训、农业科技入户、阳光工程，大学生村官科学素质创业能力培训、生态家园富民工程"	湖北省科协(D)、省委农办(D)、省农业厅(D)
38		开展青少年科技创新大赛等	湖北省科协(D)、省教育厅(D)、省科技厅(D)
39	江西通过"大联合、大协作"推动全省科学素质工作	举办"全省县级全民科学素质工作领导小组组长培训班"	江西省委组织部(D)、省科协(D)
40		实施"江西省农村科普致富'十百千'示范工程"	江西省委组织部(D)、省科协(D)
41	辽宁省科普传播模式创新工作	下发《关于在全省开展主题科普巡展的通知》	辽宁省科协(D)、省教育厅(D)、团省委(D)
42	福建省领导干部带头重视和支持全民科学素质工作	邀请全国院士专家参加省"中国福建项目成果交易会"	福建省科协(D)、福建省政府(D)
43		对闽委〔2006〕21号文件《关于增强自主创新能力,推进海峡西岸经济区建设的决定》落实情况的督察调研	福建省委省政府办公室(D)、省科协(D)
44	山东省采取项目化管理实现《科学素质纲要》	"节能减排·全民行动"巡展活动	山东省科协(D)、省节能办(D)、省环保局(D)
45		制定实施《山东省科学素质基础设施发展规划》	山东省发改委(D)、科技部门(D)、财政部门(D)
46	石家庄市坚持联合协作开创全民科学素质工作新局面	河北省石家庄市组织部门(D)、人事部门(D)、宣传部门(D)
47	依靠媒体力量推动科普能力建设	《北京科技报》报社(D)
48	新疆"科学与梦想"青少年系列主题活动	新疆科普活动中心(D)
49	浙江舟山"动手学"实验包 让科普活动进家庭	浙江省舟山市普陀区教育局教研室(D)

续表

编号	案例（活动）名称	实施主体与类型
50	全国"双合格"家庭教育实践活动	全国妇联儿童工作部（B）
51	襄樊市科普惠农服务站	湖北省襄樊市科普惠农服务站（D）
52	大学生志愿者千乡万村环保科普行动	中国环境科学学会（E）
53	新疆农民科技素质培训项目	新疆农业科学院（D）
54	沧州市百万农民科学素质培训工程	沧州市科协（D）
55	宁夏石嘴山市现代农业科技示范基地	石嘴山市农业技术推广服务中心（D）
56	青海海东平安县城镇劳动者素质培训活动	青海省东地区平安县就业服务局（D）
57	深圳市妇女读书班科普活动	深圳市龙岗区南澳街道南隆社区（D）
58	"资源节约型、环境友好型社会建设"培训项目	中国浦东干部学院（D）
59	大同市领导干部科学素质培训活动	中共大同市委组织部（D）
60	新疆科技馆建设工作	新疆科技馆（D）
61	利用、开发国家自然科学基金会优质科普资源	国家自然科学基金委员会（B）
62	成都市金牛区党政干部科学素质提升机制创新	成都市金牛区科学技术协会（D）
63	贵州省六盘水市消防教育馆	六盘水市消防教育馆（D）
64	首都科学讲堂	北京市科协（D）
65	江西余江县科技教育培训中心建设工作	江西省余江县科协（D）
66	苏州基层科普设施建设的实践与创新	苏州市科学技术协会（D）
67	重庆市建筑节能宣传活动	重庆市建设技术发展中心（D）
68	成都市社区科普论坛	成都市武侯区科协（D）
69	郑州市社区科普大学	郑州市科协（D）
70	广西海洋科普工程	北海市海城区人民政府（D）
71	浙江省《科学素质纲要》实施工作督察	浙江省政府办公厅（D）
72	广西开展全民科学素质实施情况督察	广西全民科学素质工作领导小组（A）
73	新疆科技兴新素质工程	新疆维吾尔自治区科技兴新办公室（A）
74	福建省实施科普兴村"三个一"工程	福建省农村致富技术函授大学（简称福建省农函大）（D）
75	成都市现代农民素质提升"十百千万"流动课堂培训活动	成都市锦江区科学技术协会（D）

（三）从"十一五"时期"优秀案例"看科学素质工作的联合协作情况

1. 六成以上活动采用联合协作形式开展，"大联合、大协作"工作格局在"十一五"时期已基本形成

对"十一五"时期入选《全民科学素质行动优秀案例汇编（2006～1010）》的64个"优秀案例"所涉及的75项活动实施主体情况的统计可以看到，38.7%的活动由单个部门实施完成，六成以上的活动（61.3%）由一个以上部门通过联合协作实施完成，证明"大联合、大协作"工作机制在"十一五"时期已初步建立。

2. 联合协作的方式不够丰富，"地方党委政府事业单位"之间的联合协作占据主流

如前文所述，理论上科学素质工作开展可能的联合协作方式共计有60种，但从"十一五"时期的"优秀案例"实施主体来看，仅出现了5种联合协作形式（见表16），合作类型还有待丰富。

表16　"优秀案例"中出现的五种联合协作形式

编号	联合类型	说　明
1	DD 联合	地方党政机关事业单位 + 地方党政机关事业单位
2	BD 联合	《科学素质纲要》中央级成员单位 + 地方党政机关事业单位
3	BB 联合	《科学素质纲要》中央级成员单位 + 《科学素质纲要》中央级成员单位
4	ABC 联合	多部门组成的议事协调机构 + 《科学素质纲要》中央级成员单位 + 非成员单位中央层级党政机关事业单位
5	DF 联合	地方党政机关事业单位 + 企业

对各类联合协作形式的数量进一步统计可以发现，DD联合形式（即"地方党政机关事业单位"之间的联合）占了绝大多数，共计37项，占所有活动的49.3%，在46项进行了联合协作的活动中占到了80.3%的比例。其余四种联合形式的数量总计为9项，在数量方面有待进一步开发（见表17）。

（四）五种联合协作方式的典型案例

"农村社区早期儿童发展科普教育"项目是典型的《科学素质纲要》中央级

表17 "优秀案例"的实施主体联合协作情况统计

单位：项，%

实施主体联合协作类型		活动数量	占联合协作活动比例	占总体比例
联合协作活动	DD 联合	37	80.3	49.3
	BD 联合	4	8.6	5.3
	BB 联合	2	4.3	2.7
	ABC 联合	1	2.1	1.3
	DF 联合	2	4.3	2.7
联合协作活动小计		46	100.0	61.3
非联合协作活动		29	—	38.7
合　计		75	—	100.0

成员单位与地方党政事业单位的联合类型（BD联合）。该项目的实施主体包括"中国科协青少年科技中心（B）、15个县科协（县级项目办公室）（D）、各县卫生系统单位和医院（D）、妇联（D）、计生（D）、幼教（D）"等部门。在该项目中，中国科协青少年科技中心负责整个活动在国家级层面的总体协调，项目涵盖的15个县科协（县级项目办公室）负责制订活动计划和组织具体实施等，在实施过程中县科协与各县卫生、医院、妇联、计生、幼教等多部门建立合作。例如，在项目实施地区之一的陕西省丹凤县，丹凤县人口计生局负责组织学员及培训场地，妇联负责联系培训师资，科协负责提供培训资料、培训效果的收集及开展相关活动。

"中国青少年科学素质行动培育计划——上海试点项目"和面向小学、幼儿园的"做中学"项目，是典型的地方党政事业单位之间的联合类型（DD联合）案例。由上海市科协和上海市教委联手牵头，上海市各区县的教育行政部门、科协及有关部门相互协调，并设立了区级的未成年人科学素质项目工作领导小组，配合市级办公室共同管理两个科学教育推广项目在各区县的开展。在实施这个项目之时，多个部门联合，充分调动了科协和教委等部门的资源，并且动员了科技专家、教育专家和一线教师的广泛参与，为推动项目提供充分的政策保障、人力资源和经费支持。

山西省"农村科普重点工程"项目是山西省"科普惠农新村"行动中的重要组成部分，是地方党政事业单位与企业联合的典型案例。为了切实有效地扶持遍布广大农村的农村专业技术协会、科普示范基地和农村科普带头人，带动更多的农民提高科学素质，山西省科协、山西省财政厅、山西省移动公司、山西省联通公司、山西省妇联等部门联合推动项目的开展，形成了一个大联合、大协作、社会化的工作格局，政府部门的影响力与企业的技术和经济优势之间实现了有效的衔接，在互利双赢的基础上推动了全民科学素质的提升，取得了良好的社会效益。

由环保部、教育部与中宣部联合主办的"绿色校园创建活动"是典型的《科学素质纲要》中央级成员单位之间的联合活动。环保部宣传教育中心依据环保部和教育部下发的《全国环境宣传教育行动纲要（1996～2010）》，从2000年起，在全国范围内推动绿色学校创建和表彰工作。从中可以看到，科学素质工作目标与成员单位工作内容的交集是推动中央级成员单位积极参与到《科学素质纲要》工作中来的切入点。

由团中央发起的"保护母亲河活动"充分利用了团中央在青少年活动中的组织协调能力，发动了包括全国人大环境与资源保护委员会（A）、全国政协人口资源环境委员会（A）、环境保护部（B）、水利部（C）、农业部（B）、国家林业局（B）等在内的多个部门参与到活动中来，在全社会引起巨大的反响和社会效益。充分调动成员单位的力量参与全民科学素质提升工作，是决定科学素质工作格局与成效的关键。但这类联合协作形式（ABC联合）的活动案例在"十一五"时期的"优秀案例"中仅此一例，可以在今后工作中将这类活动作为专项重点来抓。

六　研究发现与对策建议

（一）"行动"与"基础工程"的任务内容存在交叉重合

1. 不同任务之间交叉重合的主要表现

这一问题存在于多项"任务"安排中，以《科学素质纲要》"未成年人科学素质行动"（以下简称"未成年人行动"）与"科学教育与培训基础工程"（以下简称"教育培训工程"）的任务交叉重合最为典型。

如"未成年人行动"任务安排中的第2项任务（完善基础教育阶段的科学教育，提高学校科学教育质量）与第3项任务（普及农村义务教育，切实提高农村中小学科学教育质量），从内容表述来说更符合"教育培训工程"的范畴。

这种任务的交叉重合在《未成年人科学素质行动工作实施方案》以及有关"未成年人行动"的"年度工作要点"对任务的细化与分解中表现得更为突出，不仅设定了多项应属于"教育培训工程"范畴的工作任务，还将应属于"科普基础设施工程"的"青少年科学普及设施建设"安排在"未成年人行动"的任务范畴中。

2. 因不同任务之间交叉重合而带来的主要问题

不同任务交叉重合对于具体工作的落实影响相对较小，因为根据分解细化的年度工作要点，各责任部门基本落实了工作任务安排。但任务制定的交叉有损规划文件的严谨性和严肃性，更为重要的则是给《科学素质纲要》工作开展情况的总结与评估带来了较多困扰。

例如，交叉重合最为严重的"未成年人行动"在任务分工中包含了应属于"教育培训工程"的多项工作内容。这样在实际工作开展中我们可以看到，自2007年以来历次向国务院总结汇报《科学素质纲要》工作开展情况时，"科学教育与培训基础工程"一项往往缺失，一般将该项工程当年工作总结与次年的工作要点直接并入了"未成年人行动"。这无疑有损《科学素质纲要》总结工作的严谨性，而对于即将进行的"十一五"时期工作情况的监测评估，也必然会带来诸多困扰。

3. 不同任务之间交叉重合问题出现的原因与对策建议

（1）《科学素质纲要》工作本身具有难度，工作初期缺乏已有经验参考。《科学素质纲要》作为一项跨多部门、涵盖多项任务责任的联合行动，缺少现成的经验可供借鉴，而且在工作开展初期，制定任务方案的经验和执行工作任务的经验都相对不足。例如，我们在调研中发现，《科学素质纲要》实施的责任单位的工作人员对"主要行动"与"基础工程"之间的区别，并没有形成清晰统一的认识。

建议：针对此问题，"十二五"时期工作实施方案出台后，有必要对成员单位主要责任人和实施者集中开展关于落实《科学素质纲要》的培训。

（2）"主要行动"与"基础工程"的区别微妙，在实际工作开展中易出现交叉。"主要行动"与"基础工程"之间的区别本身就比较微妙，某些情况下较难进行明确的拆分。此外，我国的科学普及工作（尤其是面向"未成年人"与"农民"的科学普及工作）在《科学素质纲要》颁布之前已开展多年，具有较好的工作基础，许多科学素质提升行动已形成具有成熟体系的综合型品牌项目，涵盖了《科学素质纲要》的多项工作任务内容，难以根据《科学素质纲要》的

"任务"安排进行简单拆分。

我们认为，《科学素质纲要》"十一五"时期所设定的"主要行动"与"基础工程"相互关联但又有所区别。主要区别点在于："主要行动"是以重点人群为直接工作服务对象，一般采用多样的传播方式和手段，直接面向目标人群开展传播科学的活动，从而达到提升重点人群科学素质的目的。而"基础工程"则主要以创造重点人群科学素质提升的良好基础条件和环境为工作方向与目标，是对"主要行动"的间接支撑，因此一般情况下直接工作服务的对象不是"重点人群"，而是影响"重点人群"科学素质提升的硬件设施、传播人才、配套政策等。

建议：在"十二五"工作实施方案的制定过程中需重点关注"主要行动"与"基础工程"之间的区别，对已经成熟的"科普"品牌项目，具体情况具体分析，但整体工作方案的制定以保证文件的科学严谨为首要标准。

（3）由于"九项任务"的合并带来交叉重合。"九项任务"的产生，是《全民科学素质行动计划纲要工作实施方案》对《科学素质纲要》四项"主要行动"、四项"基础工程"以及"保障条件"三部分内容的合并，因此原本在《科学素质纲要》中不是直接并列的"主要行动"与"基础工程"就难免出现交叉重合的问题。

建议："九项任务"的提法已在《科学素质纲要》实施过程中被各地方各成员单位普遍认知和接受，这种简洁的提法也有利于各地对《科学素质纲要》进行宣传与指导，因此"十二五"规划有必要沿用这一说法。需要注意的是，在"主要行动"与"基础工程"的内容制定中，需严格遵守文件条文制定的"互斥"原则，注意条文措辞，避免出现含混与歧义，对一些交叉重复严重的任务内容进行修改，保证概念界定清晰，层次逻辑合理。

（二）任务内容安排的表述在概念与逻辑方面存在一定问题

1. "未成年人行动"的工作任务内容存在概念层次一致性问题

"未成年人行动"共包含四项具体的工作内容，四项工作任务的主题分别为"青少年可持续发展观念"、"基础教育和学校教育"、"农村基础教育"和"科学活动与实践"。其中"青少年可持续发展观念"（文本中主要指"环境能源"观念）如果是指"未成年人应该具有的科学知识种类"，那就与"安全"、"健康"等知识与观念属于同等层次，而"基础教育和学校教育"是与"职业教育与成人教育"、"高等教育"相并列的概念，"农村基础教育"则应该与"城市基础教育"相对应,"科学活动与实践"可以与"课堂科学教育"相对应。因此,"未成年人行动"的4项工作内容的安排并不属于同一范畴,并且相互之间有交集(如"农村基础教育"实际上包含在"基础教育和学校教育"范畴内)。

建议:由于教育部是"未成年人科学素质行动"的牵头部门和主要实施主体,因此该项任务的制定可考虑更多地遵照教育部工作特点进行安排,这样更有利于责任单位积极参与《科学素质纲要》工作,从而保障"未成年人行动"更为有效地落实和推进。

具体来说,对未成年人所应掌握的科学知识所涵盖的内容,参考教育部对未成年人课堂外科学知识教育的重点,增加健康、安全、环境、能源等方面内容。

充分考虑教育部工作开展的惯例与机构设置,将"未成年人"分为"义务教育阶段"未成年人(属于教育部"基础教育一司"的工作范畴)、"幼儿教育阶段"、"普通高中教育阶段"和"特殊教育"未成年人(以上属于教育部"基础教育二司"的工作范畴)以及"职业高中教育阶段"未成年人(属于教育部"职业教育与成人教育司"工作范畴),分别安排相应的工作任务内容,从而能够将《科学素质纲要》"未成年人行动"工作与教育部不同部门的工作进行对接,更有利于全面、顺利推进未成年人的科学素质提升工作的开展。此外,未成年人科学活动的分类,建议按照教育部的工作惯例,明确分为"校内"与"校外"两部分。

2. 某些"任务"的制定,从《科学素质纲要》的"任务规划"到"年度工作要点"的递进,在内容连贯性方面存在偏差

任务从"《科学素质纲要》任务规划"到"单项任务的工作实施方案"再到"工作要点",理应是对《科学素质纲要》主要工作任务由宏观到具体的分解与明确,但在实际的文件制定中出现了一些偏差,主要表现为部分高层级的目标任务没有在下一层级的目标和任务中出现,或者低层级的工作内容安排超出了高层级工作任务的范围,从而没有对应于《科学素质纲要》的落脚点。这一问题在多项"任务"安排中都存在,但以"大众媒体科技传播能力建设工程"(以下简称"传媒能力工程")表现最为突出和典型。

具体来说,"传媒能力工程"的"年度工作要点"中的任务安排与《科学素质纲要》"任务"部分的内容较为一致,而《科学素质纲要》的"措施"部分内容以及《大众媒体科技传播能力建设工程实施方案》(以下简称《传媒工程实施方案》)中的任务要求则有部分内容超出了《科学素质纲要》的"任务"要求，但这些超出"任务"部分的内容反而更为符合以"能力建设"为目标的"基础工程"建设的本质要求。

文件制定中的些许偏差在实际工作开展过程中难免产生较多问题。比如在对工作落实情况进行评价时，评价标准就会出现混乱，也就是说如果按照较高层级的《科学素质纲要》"任务"要求和较低层级的"年度工作要点"进行评价，显示工作落实情况是好的；但如果以中间层级的《科学素质纲要》"措施"和《传媒工程实施方案》要求来看，则有较多工作要求没有落实到位。反映到实际工作开展方面，则表现为"传媒能力建设工程"基本是以《科学素质纲要》"任务"部分与历年工作要点为评估标准，较为重视媒体对《科学素质纲要》相关的宣传稿件的发布等工作，而相对忽视传媒科技传播能力（包括科学传播者传播能力、科技传媒研究能力、科学传播市场化能力等）基础建设方面的工作。

产生连贯性偏差的主要原因是概念的表述和逻辑关系不够清晰。以"传媒能力工程"为例，《科学素质纲要》将任务表述为"加强科技传播力度"、"打造媒体品牌"、"发挥新媒体作用"三项，宏观概括性不足，而且没能体现出《科学素质纲要》"基础工程"重在"能力"和"基础"建设的主旨和意图。另外，这3项工作内容的设置有违"互斥"等规划文件的基本原则，如第1项工作内容中已包括了加强"科普网站"建设的内容，但在第3项工作内容中又出现了"科普网站"建设的类似表述。此外，第1项工作中"各类媒体传播力度"的含义表述不够清晰，严格来说第2、3项工作（媒体品牌建设、新媒体科技传播）都可以属于"加强各类媒体传播力度"的范畴。这些问题必然会给后续的"工作方案与要点"的制定、工作任务的落实、工作成效的评估等带来困扰。

建议："十二五"时期工作任务的制定需从全局考虑，从宏观到微观、从概括到具体须严格保持概念、逻辑的一致性。在《科学素质纲要》宏观目标制定的同时，对目标进行科学、系统、层次分明的分解，形成每一层目标有上一层级目标指导，同时又能够指导下一层级目标的有机体系。

（三）实际工作中出现一些新情况，超出原有工作任务制定的预期

1. "未成年人"概念与实际工作开展中的"青少年"概念有出入

教育部与共青团中央共同为"未成年人行动"的牵头部门，但通过对实际工作开展情况的考察发现，共青团中央的更多工作是以18岁以上的青年为对象，

严格来说不属于"未成年人"的范畴，而面向 18 岁以上青年的科学素质行动无论是从现实需要还是从社会意义与实际工作成效来看，都具有很强的必要性，因而一般在任务分解与工作总结中也将这些活动纳入到"未成年人行动"范畴。虽然必要，但有失严谨。

建议：有必要在"十二五"工作实施方案的制定中，对未成年人的表述作出一些调整，如将"未成年人"调整为"青少年"。

2. 城镇劳动人口科学素质行动未能涵盖在城镇社区开展的丰富多彩的科普工作

社区是城镇开展科普活动的重要场所，在近 4 年的工作实践中，各地都不同程度地出现了一个较为普遍的现象，就是以城镇社区为平台开展的科学素质提升工作内容丰富、成效突出，但这些活动所面向的人群不仅是城镇劳动人口，还包括了大量的非劳动人口（如离退休老人、家庭主妇等）。这些人群参与科普活动的积极性很高，并能够在自身科学素质提升的同时，通过家庭、社区纽带对其他人群的科学素质提升起到积极的影响和推动作用。而且，在我国进入老龄化社会的背景下，面向老年人的科学素质提升工作对于抵御反科学不良思想对该群体的侵蚀、维护社会稳定、促进家庭和谐更是具有重要的社会意义。但这些成效显著、社会意义重大的科学素质提升工作，却较难纳入到《科学素质纲要》所设定的任何一项工作任务中去。

建议：在"十二五"工作实施方案中明确社区科普活动在全民科学素质行动中的地位，可考虑将"城镇劳动人口科学素质行动"调整为"城镇居民科学素质行动"，从而将工作基础良好、工作效果突出的社区科普活动纳入到《科学素质纲要》工作范畴中来。

（四）《科学素质纲要》与国家大政方针以及成员单位职能工作相契合的程度有待提高

成员单位的积极性与相互之间的协同联合程度是决定《科学素质纲要》工作成效的关键因素。但通过调研我们发现，《科学素质纲要》工作作为国家的一项长期性、基础性工程，并非大多数成员单位首要的职能工作，再加上因国务院机构调整而导致"全民科学素质行动领导小组"不再保留，更为《科学素质纲要》调动各成员单位积极性增加了困难。在调研中我们发现，不少成员单位的责任人对于《科学素质纲要》的内容是比较陌生的，在落实《科学素质纲要》相关任务工作的积极性、主动性、工作成效等方面存在一定问题。

但同时我们也看到，国家各项经济社会建设目标的实现追根究底来自于每一个公民的支持与贡献，人才素质与国家发展建设目标息息相关，而科学素质又是人的各项素质中与国家发展建设关系最为直接的素质。因此，《科学素质纲要》工作完全具有同国家全局目标、各成员单位职能工作进行结合的基础条件，关键在于要找准"大联合、大协作"开展工作的落脚点与抓手。

《科学素质纲要》"十一五"时期工作开展期间，国家在社会经济发展方面提出了几项与全民科学素质提升行动相关度较高的发展重点，包括"科学发展观"、"节能减排"、"创新型国家建设"、"两型社会"、"调结构、保增长"、"应对金融危机"等。通过调研我们发现，《科学素质纲要》工作对这些国家重点发展方向是重视的，在年度的工作要点中有所体现，但一般停留在表面而没有进一步深入到"大联合、大协作"的工作实践当中去，与成员单位的本部门的职能工作方向结合度不够。

如"深入学习实践科学发展观活动"，是新中国成立以来第一次将"科学"纳入到国家最大范围学习实践活动的指导精神当中，并且在全党、全社会提出了在工作中进行贯彻落实的明确要求，自然也是《科学素质纲要》所有成员单位的工作重点。"科学发展观"的内涵十分丰富，与"全民科学素质行动"的关系也十分紧密，是加强"全民科学素质行动"实践意义、构建"大联合、大协作"工作格局的良好契机。在调研中，不少成员单位责任人提出，如果能将《科学素质纲要》任务跟科学发展观学习更紧密地结合起来，他们的工作就更容易开展。整体来说，"十一五"时期《科学素质纲要》工作与"科学发展观"的结合不够深入，局限于在文件中出现"科学发展观"的字眼，缺乏对科学发展观丰富内涵的深入挖掘，没能与《科学素质纲要》的具体工作进行有机结合。

建议：在《科学素质纲要》"十二五"时期工作中，需把握中国国家大政方针出台的规律和特点，密切关注"两会"、"十八大"、"国务院工作会议"、"党中央全会"、"重要领导人讲话"、"重要规划文件"等方面的最新内容，从中总结寻找"十二五"时期国家、各成员单位的发展方向与工作重点，从国家层面寻求成员单位本部门工作与《科学素质纲要》工作的交汇点以及各成员单

位之间协同合作的基点，从而提高成员单位实施《科学素质纲要》工作的积极性。

（五）成员单位及"纲要办公室"组成机构和相关责任人受多种因素影响出现一些变动

在国务院大部制改革的背景下，《科学素质纲要》部分成员单位出现了部门机构调整、职能转变、人事变动等新情况。此外，由于《科学素质纲要》是一项全新的多部门联合开展的工作，一些最初认定的成员单位的接口部门（司局、处室）职能与《科学素质纲要》的工作方向有一定出入。另外，通过调研发现，一些未纳入成员单位的部门，其工作内容与《科学素质纲要》工作有很强的契合度，部门负责人对参与《科学素质纲要》工作有较高的积极性。

如原环保部的《科学素质纲要》工作接口部门为"科技标准司"，国务院机构改革后，环保部增设了"宣传教育司"，通过调研发现，环保部宣教司内设综合处、新闻处、宣传教育处，与《科学素质纲要》相关工作的联系更为紧密。

卫生部的《科学素质纲要》工作接口部门原为"科教司"，但通过调研发现，卫生部"妇幼保健与社区卫生司"内设综合处、社区卫生处、妇女卫生处、儿童卫生处、健康促进与教育处，与《科学素质纲要》相关工作的联系更为紧密。此外，卫生部 2009 年增设"健康教育中心"，专门负责公众的健康素养等方面工作，与《科学素质纲要》有很大的开展合作工作的空间。

另外，调查发现，公安部宣传局、民政部减灾司、水利部水资源司（全国节约用水办公室）等单位，虽然不是《科学素质纲要》成员单位，但承担了大量面向公众的"公共安全"、"减灾救灾"、"水资源利用节约"等方面科学知识的普及教育工作，与《科学素质纲要》工作结合度很高，而且对参与《科学素质纲要》工作有较高的积极性，可以考虑将这些部门在"十二五"时期纳入到《科学素质纲要》成员单位中来。

（六）我国科学传播者的科学素质与传播技能亟待提高

科学传播者主要包括媒体记者、流行文化的创作者（作家、编剧、导演等）、科技工作者、科普工作人员等，他们的科学素质好坏将会对众多人群产生巨大的影响。由于我国科学素质基础薄弱，许多担任着重要科学传播者角色的人员自身科学素质以及科学传播技能存在很大问题。对"十一五"时期的工作开展情况的调研发现，在全民科学素质提升行动中很少关注这些科学传播者的科学素质以及传播技能的培养和提升，而这与国外科学素质行动工作的重点恰恰相反。"十二五"时期需将加强对科学传播者全面能力的提升工作纳入方案，避免科学素质行动开倒车，同时实现全民科学素质的提升达到事半功倍的效果。

建议：要在"十二五"时期高度重视媒体科学传播"能力"建设的工作目标，尤其是科学传播者的科学素质以及传播技能的培养和提升方面的工作，有必要将其更为明确地纳入《科学素质纲要》"十二五"工作实施方案中来。

高层论丛

Deep Monographs

B.4
以扎实有效的宣传教育为生态文明和
环保新道路鼓与呼*

　　摘　要：环境保护靠宣教起家，也要靠宣教发展。环境宣教工作以传播生态文明理念为宗旨，以提高公众环境意识为目标，以广泛动员社会各界积极参与环境保护为目的，在建设生态文明、推进环境保护历史性转变中发挥着重要作用。当前，我国环境保护任务艰巨，新的形势要求我们必须认真总结环境宣传教育的有益经验，牢牢掌握环保宣传工作的主动权，教育、组织和动员广大人民群众积极支持参与环境保护，更好地为建设生态文明、探索环境保护新道路提供舆论支持、思想保证和良好氛围。

　　我国的环境宣传教育工作伴随着环保事业诞生而成长。环保事业经历了一次次环境突发事件的沉痛教训，经历了历史性转变而迈出坚实步伐。在这些严峻挑

---

　　* 作者：陶德田，环境保护部宣传教育司司长。

战面前，宣传教育工作有力配合全局，发挥了先导、基础、监督和推进作用，向社会充分展示了环保事业伟大成就和环保人昂扬向上的环保精神，为环境保护工作应对各种挑战和夺取胜利提供了强大的舆论支持，为环保事业发展营造了良好社会氛围。

一 环境宣教工作始终坚持围绕中心，正面鼓劲，富有实效

2009 年，环境保护部宣传教育部门主动把宣教工作放到环保工作大局中来思考、谋划和推进，努力把系统宣教力量和各媒体资源凝聚到为环保中心工作服务的各项任务上来，在推进污染减排、让江河湖泊休养生息、建设生态文明和探索环保新道路等重点工作的宣传上着力造势，强有力地配合了环保中心工作的顺利推进。

（一）适应新形势新任务要求，及时对环境宣教工作作出部署

为适应新形势下环保事业发展的需要，积极会同中宣部、教育部，于 2009 年上半年联合下发了《关于做好新形势下环境宣传教育工作的意见》（以下简称《意见》），明确提出要加紧构建政府主导、各方配合、运转顺畅、充满活力、富有成效的环境宣教工作大格局，并对新形势下环保宣教工作的目标、任务及保障措施等作了全面部署。2009 年第四季度，组织四个督察调研组，分赴华东、西南、华北、西北等省市进行督察调研，对促进《意见》的贯彻落实起了积极作用。

（二）新闻宣传积极主动，舆论引导能力和水平有新的提高

积极利用中宣部、国新办、"两会"以及国际新闻发布平台等重要宣传平台组织专题新闻发布会，全面介绍污染减排等环保重点工作的进展和成效。充分利用各种新闻报道资源，努力为推进环保事业发展提供舆论支持。据不完全统计，16 家中央主流媒体共刊发、播出环保部相关稿件 855 篇（次），其中《人民日报》89 篇、新华社 162 篇、中央电视台 192 条（次）。加强舆情的收集和研判，积极探索与网民的互动方式，通过人民网发布了《网友向环保部提供环境污染

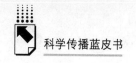

线索　期待查个水落石出》舆情，受到网民的好评，人民网还为此发表了《为网络舆论推动环保进程叫好》的评论。开展新闻业务培训，分两期对全国省级环境新闻发言人和宣传教育处（中心）处长（主任）等共82人进行了培训，邀请外国专家和有关方面的学者、专家授课，提高了大家与媒体打交道的能力。

（三）宣传活动丰富多彩，展示了环保事业发展成就和环保人的精神风貌

有序开展"六·五"世界环境日宣传活动。发布了"六·五"中国主题——"减少污染，行动起来"，在全国范围内组织开展形式多样、内容丰富的宣传活动。联合有关部门共同举办了"六·五"世界环境日纪念暨千名环境友好使者启动仪式，对唤起公众加入到节能减排的行动中起了积极作用。举办了"探索环保新道路——六·五世界环境日特别论坛"，对树立公众的生态文明理念，激发参与环保的热情产生了积极影响。圆满完成了迎接国庆60周年筹展筹办任务，精心组织展出工作，通过50张图片、20件历史实物、两个模型和滚动播放的环保影像资料，向观众展示了新中国成立60年来环境保护事业不断发展壮大的历程，受到中央领导同志和社会各界的高度肯定。承担参加国庆阅兵庆典生态环保彩车的设计任务，认真选拔彩车站位人员，以人与自然和谐相处的完美画卷展示了中国环境保护的美好前景，高水平地接受了祖国和人民的检阅。加强宣教能力建设。在调查研究、摸清地方宣教部门家底的基础上，积极协调发改委和财政部，争取投资达6364万元的专项资金用于地方宣教能力建设，为地方宣教事业的发展提供了有力支持。

（四）期刊、图书出版管理工作得到加强

出台《环境保护部部属期刊指导办法》，首次以规范的形式对环境保护部下属环保期刊的审批、监督指导、审读等做了明确规定。组织召开部署环境期刊座谈会和审读工作研讨会，就如何改进和加强期刊管理、充分发挥期刊的宣传阵地作用进行了深入研究，为期刊资源整合、加快发展奠定了基础。

通过以上工作实践，我们体会到环境宣传教育是推动环境保护工作的重要手段和群众基础，始终是同环保工作大局、同国际国内环保形势的发展紧密联系在一起的。准确把握国际国内的环保形势和发展变化，紧密围绕环保中心开展环境

宣传教育，牢牢掌握环保宣传的主动权，十分重要。2009年的各项工作印证了这个思路，作出了有益尝试。

1. 通过正面宣传环保工作者为改善环境所作出的努力，展示环保工作取得的重要突破

2009年，全国环保系统坚持以探索中国环保新道路为主题，以做好国际金融危机形势下的环保工作为主线，以解决危害群众健康的突出环境问题为重点，污染减排取得明显成效，污染防治稳步推进，关乎群众健康的饮水、空气等环境明显改善。环保宣传围绕这些亮点展开。通过宣传，让环保的声音在社会上有所体现，向全社会展示环保人为促进环境问题的解决所采取的一系列政策措施，展示环保工作取得的重要进步，从而使得全社会更加关注环保、支持环保、参与环保。

2. 通过正面宣传，为"十一五"污染减排的攻坚战凝聚力量、鼓舞斗志

我国把环境保护作为一项基本国策，把实施可持续发展作为一项重大战略，大力实施污染减排，这条路已经超越了发达国家的老路。2009年，全国化学需氧量和二氧化硫排放量继续保持双下降态势，二氧化硫"十一五"减排目标提前一年实现，这是世界上任何一个国家前所未有的。但我们应该认识到，在经济高速发展的同时，实现污染物指标的持续下降，任务艰巨、形势复杂，要通过宣传教育，大力宣传党中央一系列重大决策部署，进一步统一思想，坚定信心，凝聚力量，鼓舞斗志，共同为全面实现"十一五"减排目标贡献力量。

3. 通过正面宣传，赢得公众对环保工作长期性艰巨性的理解与支持

环境问题与公众最基本的生存权息息相关，密不可分。公众正在逐渐意识到环保之于生活的重要性，越来越多的人关注环保问题并不满于现在的环境质量，生存环境面临的种种威胁使得公众对环保的期待也愈来愈高。《中国公众环保民生指数（2007）》调查的数据显示，九个公众关注的热点问题中，环境污染问题排名第二，仅次于物价问题，并与社会治安问题一起成为公众关注的三大热点。当前，环境压力越来越大，环境问题对生态系统、人体健康、经济发展乃至国家安全的影响和风险都在明显加大，环境问题的解决需要一代又一代人的艰苦奋斗。对于环境宣传教育工作来说，能服务环保大局，为环保工作营造良好社会氛围，使得公众理解环保工作的长期性、复杂性和艰巨性，动员公众参与支持环境

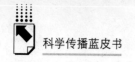

保护，能不能做到这些，既是考验也是环保事业的发展机遇。

4. 通过宣传教育，在全社会逐步树立起生态文明的理念

建设生态文明是科学发展观的主要标志，是环境保护的灵魂所在和目标指向。建设生态文明，必须首先使人类在经济、科技、法律、伦理以及政治等领域建立起一种追求人与自然以及人与人之间和谐的、对环境友好的价值观和道德观，并以生态规律来改革人类的生产和生活方式。生态文明作为与物质文明、精神文明、政治文明相提并论的概念，已经成为国家意识形态系统的基本要素之一，用以指导国家和民族的思想价值体系，融入了博大精深的中国传统文化和哲学智慧。做好环境宣传教育，要求我们必须把思想统一到文化意识工作重要性的认识上来，统一到建设生态文明伦理价值观的迫切要求上来，着力推动生态文明理念在全社会的牢固树立，最大限度凝聚社会共识，将全社会生态文明的共识转变为人民群众的自觉行动，形成民主科学的决策体系。

二 做好环境宣教工作至关重要

2010年是实施环保"十一五"规划的最后一年，做好全年的环境宣教工作至关重要。2010年环保宣教工作的总体要求是全面贯彻党的十七大和十七届四中全会精神，深入贯彻落实科学发展观，坚持围绕中心，服务大局，突出宣传环境保护对于更加注重民生、优化经济发展方式和经济结构的重要作用，突出宣传生态文明理念和探索环保新道路的工作部署，突出宣传推进污染减排的新举措和新成效，着力创新宣传形式和工作机制，善于统筹媒体和公众参与的力量，为推进生态文明建设和环境友好型社会建设营造浓厚舆论氛围和良好的社会环境。

（一）全面总结"十一五"宣教工作，谋划"十二五"全国环境宣传教育规划纲要

总结"十一五"时期全国环保宣教工作的经验，适时召开全国环境保护宣传教育工作会议，谋划"十二五"宣教工作的思路和目标任务，着手编制全国环境宣传教育规划，着眼于适应新形势和新任务的需要，全面谋划宣传教育发展目标。

（二）加强新闻宣传工作，把提高舆论引导能力放在突出位置

抓好环保重要工作和重大决策部署出台、重要节日的新闻宣传策划和宣传报道。做好新闻发布工作，组织新闻发言人培训，完善各级环保部门新闻发言人制度。做好国内环境突发事件的新闻报道，对群众普遍关注的热点问题主动设置议题，积极正面引导社会舆论。重视网络舆论正面引导，探索网络媒体与传统媒体互动配合机制。加大与国内外媒体的协调联系，与主流媒体实现良性互动，主动争取媒体版面和栏目，提高传播能力。

（三）创新形式，打造反映环保主旋律的环保宣教精品力作

做强做大环保主题宣传、环保成就宣传和环保典型宣传。推出一批宣传精品，树立宣传品牌，做好长期宣传。继续推进全民环境宣传教育试点、中国绿色年度人物评选、绿色学校和绿色社区系列环境教育等长期活动。联合宣传、教育、新闻出版、文化部门，积极引导、推动环保宣传品的健康发展，鼓励推出一批反映环保成就，倡导生态文明，高质量、有影响的优秀剧目、优秀图书、优秀影视片、优秀音乐作品以及环保公益广告，营造良好的舆论氛围和社会环境。

（四）加强基层环境宣传教育能力建设和工作水平

健全完善环境宣传教育机构建设，尽快在各地建立完整的环境宣教行政机构，分设行政编制的政府环境宣教机构和社会公益性环境宣教事业单位。加大投入力度，在开展全国省级宣教机构标准化建设项目的基础上，加强全国地市级环境宣教机构能力建设，为基层宣教工作提供阵地、创造条件。加强人才队伍建设，定期开展宣教干部业务培训交流，培养一批基层环境宣传教育骨干，切实提高基层宣教队伍的综合素质和业务能力。

（五）继续开展面向公众的全民环境宣传教育

加强青少年环境教育，进一步加大基础教育、高等教育阶段的环境教育力度。深入开展面向社会的环境教育培训，依托有条件的大专院校承担面向社会的培训任务，分级分类、有针对性地开展环境教育培训，加大对党政领导干部和企业领导干部的环境教育培训力度。以项目带动全国环保宣教资源的整合，遴选一

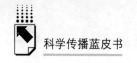

批新的全民环境教育试点省份，建立全民环境教育理论体系，探讨环境宣传教育的特点和规律，建立环境意识评价体系。

三 对今后一段时期环境宣传教育工作的思考

近年来，环保宣教工作不断融入新理念、开拓新领域、迈出新步伐，新闻报道和宣传教育等工作总体开展得平稳有序，环境新闻社会影响力进一步加强，社会宣传突出实效，"六·五"世界环境日等重大宣传活动已形成一定规模和特色。但由于历史原因，随着环境问题的社会化、国际化，以及媒体和公众对环境保护关注度的日益提高，环境宣教工作尚有很大的发展空间。新形势下的环境宣传教育工作一定要高举旗帜，围绕大局，服务人民，改革创新，充分发挥统一思想、坚定信心、凝聚力量、鼓舞斗志的重要作用，为实现推动环境保护与经济发展的高度融合、建设生态文明作出新的贡献。

（一）必须把为环保事业发展提供强大思想舆论保证和舆论支持，作为环境宣传教育的首要任务

今后一段时期，资源、能源消耗持续增长和人民生活水平不断提高，环境的绝对风险和相对风险将相互交织，互相叠加，将使环境问题变得更加复杂，环境保护面临的舆论压力更加沉重，群众对环保的关注度和期望值在不断提高，来自国内国际的各种言论压力加大。环境宣传教育要在关键时刻发挥关键作用，以强势的环境舆论和话语权威，凝聚和营造环境保护的社会意志和社会氛围，激发环境保护的社会监督和社会自觉，形成环境保护的强劲社会声势，动员全社会共同推进环境保护行动。

（二）必须把弘扬生态文明伦理价值观，贯彻于环境宣传教育工作各方面

牢固树立生态文明观念是全方位的社会观念变革，是建设生态文明社会的精神和思想基础。要把生态文明伦理价值观贯穿到环保新闻宣传之中，贯穿到经常性的环境教育之中，贯穿到环保出版物、影视剧宣传品之中，努力推动生态文明理念进入社会舆论主流，形成建设生态文明的浓厚舆论氛围。甚至可以考虑把生

态文明的伦理价值观纳入学校的普及教材中，使之成为学校素质教育的一部分。我们要充分发挥文化部门的优势，在全民中大力开展生态文明和环境文化建设，使生态文明理念成为全社会的共识和奉行的价值观，并成为群众日常工作生活中指导和约束自己的行为准则。

（三）必须把以人为本、推动公众参与作为环境宣传教育的根本目标

公众承担环境责任，建设生态文明，推动环境、经济、社会可持续发展，已经成为全球趋势。环境责任不能仅仅停留在概念上，更多的是要贯穿于人们的生产、生活、习惯和消费意识中。引导动员社会公众参与践行环境责任、承担环境责任，是我们党和各级政府的重要职责。环境宣传教育是让公众产生因新鲜而求知、因受益而参与、因有权利感而发言的动力，也是公众参与最有效和最直接的方式。公众通过参与宣传教育活动，对环保工作充分知情，并参与到环保工作中，去实现自身的环境权益。没有公众参与的环境宣传教育很可能变成一种政策化的宣传，成为政府部门单调的口号，成为报刊媒体上的会议新闻。

（四）必须把对外宣传作为一项紧迫任务，努力维护我国环保大国形象

环境问题是当今国际社会的热点话题。我国化学需氧量、二氧化硫、二氧化碳排放量均居世界前列，承诺国际义务的压力不断增加，酸雨、沙尘暴、海域污染、跨界河流污染开发、跨界野生动物保护等问题引起国际社会的关注，为国外"中国环境威胁论"提供了借口。为维护国家利益，审慎应对国际媒体，并积极发展环境国际合作与环境外交，环境保护对外宣传方面的任务日益繁重。我们要以开放的心态，对国际社会关切的环境问题积极坦诚加以回应，积极组织新闻发布会和安排外国媒体记者采访，着力宣传我国环境保护工作取得的巨大成就，大力宣传中国政府在解决环境问题中表现出的决心和信心，有效影响国际媒体舆论，引导国际社会用发展的、辨证的、建设性的眼光客观看待中国的环境形势。

"天时人事日相催，冬至阳生春又来"，环境宣传教育工作空间广阔，大有可为。我们要紧跟环保事业发展的步伐，围绕中心，与时俱进，适度超前，利用多种手段和平台开展面向社会的宣传，还要积极探索改善宣传效果的方式方法，

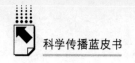

充分体现宣传工作的前瞻性、时效性和长期性，使环境宣传教育成为伴随时代发展和进步的最强音。

参考文献

国家环保总局、中宣部、教育部：《全国环境宣传教育行动纲要（1996～2010年)》。

周生贤：《打好决胜战　谋划新发展　积极探索中国环境保护新道路——在2010年全国环境保护工作会议上的讲话》，2010年1月29日《中国环境报》。

环境保护部、中共中央宣传部、教育部：《关于做好新形势下环境宣传教育工作的意见》（环发〔2009〕60号）。

环境保护部宣传教育司：《做科学发展观的忠实宣传者与积极实践者》，2009年1月24日《中国环境报》。

B.5
扎实推进妇联宣传思想工作
巩固广大妇女共同奋斗的思想基础*

摘　要：妇联宣传思想工作是团结动员广大妇女积极投身夺取全面建设小康社会新胜利的一项基础性工作。按照中央关于宣传思想工作的总体部署和要求，全国妇联围绕中心、服务大局，面向基层、服务妇女，积极开展形式多样、富有特色的宣传思想工作，取得了新的成绩。本文从总结全国妇联过去一年宣传思想工作的成效和经验出发，对妇联宣传思想工作面临的新形势新要求进行深入探讨，对下一步的宣传思想工作提出了规划与展望。

一　坚持"三贴近"、弘扬主旋律，
妇联宣传思想工作成效显著

2009 年是我国发展历史上极不寻常、极不平凡的一年。全国人民在迎来了纪念改革开放 30 周年、庆祝新中国成立 60 周年等重大喜庆节日的时刻，也经历了南方冰雪灾害、国际金融危机冲击等重大考验。在这大事多、喜事多、难事也多的一年中，全国妇联坚持以邓小平理论和"三个代表"重要思想为指导，深入贯彻落实科学发展观，认真学习贯彻党的十七大和十七届三中、四中全会精神，紧密围绕中央关于保增长、保民生、保稳定的重大决策部署，紧密围绕中央关于宣传思想工作的总体部署，紧密结合妇女工作实际与广大妇女和家庭的精神文化需求，以促进社会主义核心价值体系建设为根本，坚持围绕中心、服务大局，面向基层、服务妇女和家庭，解放思想、开拓创新，各项工作取得了新进展。

* 作者：王卫国，全国妇联宣传部部长。

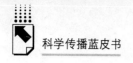
（一）加强宣传引导，妇女思想道德教育深入开展

全国妇联立足于国际国内形势的实际，充分发挥宣传思想工作的优势，团结动员广大妇女与全国人民一道振奋精神、齐心协力、共克时艰。以促进社会主义核心价值体系建设为中心，以新中国成立 60 周年为重大契机，以组织开展"迎国庆、讲文明、树新风"活动为载体，在广大妇女群众中大力开展形势政策宣传教育，针对社会广泛关注特别是关系妇女的重点、难点和热点问题，运用各种宣传阵地和手段，引导妇女正确认识形势，弘扬自尊、自信、自立、自强的精神，以知难而进的勇气迎接挑战、促进发展。加强爱国主义教育，大力唱响共产党好、社会主义好、改革开放好、伟大祖国好、各族人民好的时代主旋律。精心组织、层层开展"爱国歌曲家家唱"活动，在中央电视台连续录播 20 期特别节目和大型主题晚会，在妇联报刊网络上开辟"我与祖国同成长"、"我的家庭变迁"等特色栏目和征文活动，充分展示广大妇女和家庭共唱祖国赞歌、共享国庆喜悦的爱国之情，鼓舞妇女树立自信心、增强自豪感，实现了在妇女和家庭中重温革命历程、激荡爱国热情、启迪美好情操的目的。加强民族团结宣传教育，牢牢把握各民族团结奋斗、共同繁荣发展的主题，在广大妇女儿童和家庭中开展各种生动活泼、丰富多彩的民族团结宣传教育活动，引导和激励各族妇女和亿万家庭不断增强对中华民族的归属感、对中华文化的认同感、对伟大祖国的自豪感，以实际行动促进民族团结和社会稳定。

（二）加强示范带动，妇女典型评选反响强烈

全国妇联充分发挥先进典型的示范引领作用，切实加强对先进妇女典型的评选表彰力度，在新中国 60 华诞前夕，评选表彰了 2000 名全国三八红旗手、1000 个全国三八红旗集体。顺应时势需要，分别授予国家女子桥牌队和云南省检察官杨竹芳全国三八红旗集体和全国三八红旗手荣誉称号。在三八节期间，隆重表彰宣传第七届中国十大女杰。积极参与"100 位为新中国成立作出突出贡献的英雄模范人物"、"100 位新中国成立以来感动中国人物"和第二届全国道德模范的推荐和评选表彰工作，组织拍摄和播放首届全国孝老爱亲模范事迹的电视系列片，充分发挥先进典型的示范引领作用，激励广大妇女和家庭以昂扬的精神和饱满的热情投身和谐社会建设。

（三）加强基础建设，和谐家庭创建扎实推进

全国妇联切实以和谐家庭建设为统领，以夯实基础、强化创建为重要着力点，大力实施"和谐家庭创建行动"。坚持重在建设、稳扎稳打、逐步推进，进一步推动将文明家庭创建纳入群众性精神文明建设工作整体规划、纳入文明城市创建指标体系。以强化调查研究和基础建设为重要着力点，进一步提升和谐家庭创建工作水平。启动实施中国和谐家庭建设状况和对策研究项目，在全国 10 个省区市开展万户家庭入户问卷调查，深入了解当前我国家庭发展的状况，推动建立符合我国国情、适应广大家庭需要的家庭政策。扎实推进各类特色家庭创建活动，发挥好 16 个学习型家庭创建示范城市、300 个示范社区和 2 万多个各级各类"美德在农家"示范点的引领作用，不断扩大学习型家庭创建工作的覆盖面，推进节能减排社区行动和廉政文化进家庭工作的深入开展，促进各类特色家庭创建活动的系列化、规模化发展。充分运用"和谐家庭大课堂"载体和农村妇女现代远程教育平台，在机关、学校、军营和网络广泛传播文明和谐知识，组织拍摄五好文明家庭和学习型家庭的专题片，面向农村家庭播出。进一步加大实施"促进和谐·关爱家庭行动"的力度，认真组织开展 2010 年度"送温暖、三下乡"示范活动，集合资源，切实为困难妇女和家庭办好事、做实事、解难事。

（四）加强指导推动，家庭志愿服务工作蓬勃发展

全国妇联认真贯彻党的十七大和中央文明委《关于深入开展志愿服务活动的意见》精神，切实将深入开展家庭志愿服务作为促进社会志愿服务体系建设的重要切入点，认真调查研究、找准工作定位、创新工作思路、加大指导力度、发展壮大队伍，引导广大家庭成员以社区为载体，以互助为特点，踊跃参与服务社会、服务妇女儿童、服务邻里的各类志愿活动，使家庭志愿工作呈现勃勃的生机与活力。全国妇联专门召开会议，总结交流家庭志愿服务工作的经验，制定下发了《全国妇联关于深入推进家庭志愿服务工作的意见》，探索建立家庭志愿服务的社会化运行模式和长效工作机制，推动家庭志愿服务规范化发展。以"迎国庆、促和谐"为主题，进一步推进面向地震灾区的家庭志愿者"同心牵手"情感关爱行动，组织家庭志愿者积极投身迎接上海世博会的家庭志愿者服务行动。加大指导力度，推动各地妇联创新思路、主动作为，广泛开展各种妇女和家

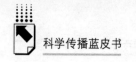

庭能够参与、愿意参与的，以扶贫济困、尊老爱幼、关怀心理、清洁环境、传播文明为主要内容的家庭志愿活动，共同营造喜迎国庆、共促和谐的良好局面，推动了家庭志愿工作的深化，进一步推动形成"奉献、友爱、互助、进步"的社会风尚。

（五）加强联动配合，群众性文体活动高潮迭起

全国妇联以普及文明礼仪和开展文体活动为着力点，提高广大妇女的文明素质。配合迎接上海世博会，在全国大力开展文明礼仪普及活动，组织开展"新生活·新女性礼仪大讲堂"活动，形成了百场讲座进基层、千万市民学礼仪的生动局面。深入贯彻落实《全民健身条例》，在广泛开展妇女群众性健身活动的基础上，与国家体育总局、广东省政府联合成功举办了第四届全国妇女健身活动展示大赛，来自 29 个省区市和新疆生产建设兵团、香港特别行政区、澳门特别行政区的 32 个代表团约 1400 多名运动员参加了本次大赛，成为倡扬文明新风，展示当代中国妇女健康素质和精神风貌的重要窗口。与中央电视台《神州大舞台》栏目合作，大力推进家庭文化建设，全年来自全国各地的 100 余户家庭登上央视舞台展现和谐家庭建设的丰硕成果。

（六）加强舆论引导，新闻宣传工作成效明显

全国妇联围绕中央"三保"大局，坚持正确舆论导向，坚持围绕中心、突出重点，切实加强新闻宣传工作，不断提高引导舆论的能力。以新中国成立 60 周年以及全国妇联建立 60 周年为重点，围绕 2009 年全国妇联的中心工作，围绕小额担保财政贴息贷款、农村妇女"两癌"筛查、农村妇女进村"两委"、女性高层人才成长、推动家庭服务业发展等重点工作，组织中央主流媒体和妇联系统媒体，展开主题鲜明、重点突出、多措并举的大力度宣传，为妇联工作创造了良好的舆论氛围。

二 妇联宣传思想工作实践的经验与启示

妇联宣传思想工作实践使我们深深体会到：

- 只有坚持党的领导，坚持正确的政治方向，坚持弘扬时代主旋律，妇联

宣传思想工作才能准确把握正确的舆论导向，准确把握时代主旋律，更好地凝聚妇女力量、增进妇女共识、引领妇女奋进。

- 只有坚持服务大局、服务妇女、服务基层，妇联宣传思想工作才能找准位置、突出重点、体现需要、富有特色，取得扎实的成效。

- 只有始终站在时代前列，反映时代特点，不断改革创新，妇联宣传思想工作才能始终充满生机，获得源源不断的力量源泉。

- 只有不断加强能力建设、提高综合素质，拓展工作平台，完善工作机制，才能造就一支强大的妇联宣传思想工作人才队伍，更好地担负起时代赋予的使命和责任。

面对新形势、新任务，我们要深刻认识妇联宣传思想工作面临的新形势。当前，妇联宣传思想工作所处的环境错综复杂，面临的任务十分繁重。从国际来看，当今世界正处在大发展大变革大调整时期。世界多极化、经济全球化深入发展，科技进步日新月异，国际金融危机影响深远，各种不稳定不确定因素还在增多，全球思想文化交流交融交锋呈现新特点，所有这些都要求妇联宣传思想工作必须在以更广阔的视野审视形势、更开放的胸怀汲取有益营养的同时，必须始终保持清醒头脑，在应对复杂形势中前进。从国内来看，我国在经历了 60 年的建设后，取得的发展成就前所未有，同时我们面临的发展难题也前所未有。当前，受国际金融危机的影响，我国经济增长下行压力继续加大，利益关系更为复杂，民生问题比较突出，保增长、保民生、保稳定的任务十分艰巨。如何统一妇女思想、凝聚妇女力量，如何发挥妇女作用，应对危机、维护稳定、促进和谐，成为妇联宣传思想工作面临的重要任务。我们要深刻认识妇女宣传思想工作中的新情况新问题。从当前妇女思想状况看，各族各界妇女亲身感受到了改革开放和社会主义现代化建设取得的巨大成就，坚决拥护支持党和政府的路线方针政策，自觉维护安定团结的政治局面；妇女自身的主体意识、发展意识、竞争意识不断增强，追求政治进步、经济独立和文化提高的愿望更加强烈，整体素质显著提高。但也必须看到，由于经济社会的深刻变革，妇女思想观念的独立性、选择性、多变性、差异性明显增加，利益诉求和文化需求的多元化日趋明显。一些妇女特别是留守妇女、流动妇女、失地妇女、老龄妇女等群体的思想文化诉求更加凸显，迫切要求我们立足新的起点，坚持尊重差异、包容多样的原则，进一步转变观念、创新手段，大力倡导一切有利于国家富强、民族振兴、人民幸福、社会和谐

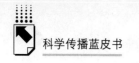

的理念和精神，努力满足妇女多层次、多方面的精神文化需要，为夺取全面建设小康社会新胜利营造良好的思想文化环境。

三 今后妇联宣传思想工作的规划与展望

2010 年是继续应对国际金融危机、保持经济平稳较快发展、加快转变经济发展方式的关键一年，是全面实现"十一五"规划目标，为"十二五"发展打好基础的重要一年，也是全面实现中国妇女十大目标的重要一年。妇联宣传思想工作的总体思路是：高举中国特色社会主义伟大旗帜，以邓小平理论和"三个代表"重要思想为指导，深入贯彻落实科学发展观，认真学习贯彻党的十七大和十七届三中、四中全会精神，按照中央关于宣传思想工作的总体部署和全国妇联全局工作，以促进社会主义核心价值体系建设为中心，以"和谐家庭创建行动"为载体，以凝聚精神、增强信心、鼓舞士气为目标，把握导向、突出重点、务实创新，进一步加强妇女思想道德教育、群众性爱国主义教育和民族团结宣传教育工作，进一步加强和谐家庭建设工作，进一步加强妇联舆论宣传工作，为广大妇女积极投身夺取全面建设小康社会新胜利提供思想保证、舆论支持和文化条件。

（一）要筑牢广大妇女与全国人民团结奋斗的共同思想基础

要将巩固广大妇女与全国人民一道团结奋斗的共同思想基础作为重要职责，通过大力开展深入细致的妇女思想道德教育工作，引导妇女思想、鼓舞妇女斗志、凝聚妇女力量。坚持不懈地依托多种载体，持续开展各种群众性爱国主义教育活动，在广大妇女儿童和家庭中进一步开展"爱国歌曲家家唱"活动，持续在中央电视台《神州大舞台》栏目新推出 10 期"爱国歌曲家家唱"节目。要切实将民族团结宣传教育融入到各种群众性精神文明创建活动之中，尤其是少数民族聚居的省区市妇联要把这项工作作为重点任务，通过组织开展民族团结知识竞赛、民族团结家庭赛歌会和大力宣传少数民族妇女典型等形式，大力推动民族团结宣传教育"进社区、进乡村、进家庭"，坚定各民族妇女儿童和家庭维护稳定、共创和谐的信心。要进一步认真做好 2011 年度"送温暖、三下乡"示范活动以及"促进和谐·关爱家庭行动"，将开展思想道德教育与解决妇女和家庭的实际问题紧密结合起来。

（二）要大力推进和谐家庭建设

深入推进"和谐家庭创建行动"，以家庭的和谐促进社会的文明进步。切实加强和谐家庭建设的理论和实践研究，在实施完成中国和谐家庭建设问卷调查的基础上，在京举办全国和谐家庭建设高峰论坛，发布《中国和谐家庭建设状况调查和对策研究》成果，总结开展和谐家庭建设工作的成绩与经验，创新发展和谐家庭建设的工作机制。提出符合我国国情、适应广大家庭需要的家庭政策建议，深化和持续推进"美德在农家"活动、学习型家庭创建活动。创建廉洁家庭、绿色家庭等特色家庭创建活动。与民政部、文化部、国家广电总局等联合新命名一批全国学习型家庭创建示范城市和社区，开展节能减排示范社区和家庭创建工作，在全国评选 1000 个五好文明家庭、100 个五好文明家庭标兵，努力提高和谐家庭建设的社会影响力。认真贯彻中央有关部署，进一步加强家庭志愿服务工作，积极探索组织引导家庭成员开展家庭志愿服务的新形式、新载体，全面推动家庭志愿服务工作的创新发展。

（三）要大力开展丰富多彩的家庭文化体育活动

以建设和谐文化、培育文明风尚为目标，引导广大妇女群众和家庭积极参与群众性体育文化活动。继续与中央电视台联合办好《半边天》、《神州大舞台》等栏目，认真筹备举办好第五届中国家庭文化艺术节，集中展示家庭文化建设的成果。与国家体育总局联合，重点开展城乡社区妇女健身示范站点建设，分层、分类培训妇女健身辅导员队伍，促进妇女健身活动经常化、制度化。抓住迎接 2010 年上海世博会的重要契机，在广大妇女和家庭中举办"迎世博、讲文明、树新风"文明礼仪知识竞赛，大力推动文明礼仪知识进入千家万户。

（四）要不断提高新闻宣传工作水平

紧紧抓住三八节 100 周年的重要契机，大力创新新闻宣传工作，为妇女发展进步营造更为优化的社会氛围。认真组织完成纪念三八节 100 周年的各项宣传活动，大力表彰全国三八红旗手十大标兵，认真组织落实与中央电视台联合举办的纪念三八节 100 周年专题晚会。进一步加强与中央主流媒体、地方主流媒体以及妇联所属舆论宣传阵地的沟通与联系，加强研究、集思广益，采取多种形式大力宣传 100 年来中国妇女运动和我国妇女事业走过的发展历程和取得的辉煌成就，大力宣传男女平等基本国策，大力宣传各级妇联服务大局、服务妇女、服务基层的突出业绩，大力宣传具有时代特点的妇女先进典型，以生动有力的宣传营造声势浩大的舆论氛围。要逐步建立妇联系统新闻信息资源库，推动建立妇联新闻宣传工作的长效发展机制，努力提高运用和引导舆论的能力。要充分认识当前舆论宣传的新形势，针对当前社会和妇女群众广泛关注的热点、难点问题，切实提高舆论引导能力。

（五）要将宣传部建设成为学习型、创新型、服务型部门

按照建设学习型、创新型、服务型妇联组织的总体要求，切实加强宣传思想工作的能力建设，以能力的提高促进工作水平的提高。要紧跟时代发展，加强科学理论的学习，切实把科学发展观的根本要求转化为指导工作的正确思路。及时更新思想观念和知识结构，敏锐洞察经济社会发展的深刻变化，不断加强新闻传播学、社会学、心理学、管理学知识及网络技术的学习，努力提高做好宣传思想工作的本领。要不断改进工作作风，努力做到深入基层、深入妇女群众，认真研究宣传思想工作中出现的新情况、新问题，了解妇女的真实意愿，在抓落实和解决问题上下工夫，真正把宣传部的干部培养成一支政治坚定，思想创新，作风过硬，业务精通，能打硬仗的干部队伍，把宣传部建设成为一个勤于学习、勇于创新、善于服务、富于战斗力的部门。

B.6
中国健康传播工作回顾与展望[*]

摘　要： 本文简要回顾总结了我国过去一年来健康传播工作开展的情况，完成的主要工作有：实施重大健康教育项目，包括"中国公民健康素养促进行动"，"中国烟草控制大众传播活动"，甲型 H1N1 流感防控、艾滋病、丙肝、结核病等重大疾病的预防和宣传活动，中国健康知识传播激励计划等；指导全国健康传播工作，包括组织召开"第二届中国健康教育与健康促进大会"，召开"第四届中国健康传播大会"等。展望未来健康传播工作，一要继续积极策划并推进重点业务工作，二要不断加强健康传播的政策与技术研究，三要加强健康教育体系建设，四要加强人才队伍建设。

2009 年 4 月，中共中央、国务院印发《关于深化医药卫生体制改革的意见》及近期重点实施方案，提出了我国医药卫生体制改革的目标、原则和政策措施，医改工作全面启动。健康教育是新医改中公共卫生服务体系改革的重要组成部分，在新医改中具有极其重要的地位和作用。健康传播是健康教育的基本策略和手段，通过各种渠道，运用各种传播媒介和方法收集、制作、传递、分享健康信息，使公众自觉地采纳有益于健康的行为和生活方式，消除或减轻影响健康的危险因素，维护和促进公众的健康，提高生活质量。2009 年是中国健康教育中心正式组建成立的第一年，对健康传播工作而言，既是很好的发展机遇，同时也面临严峻的挑战。一年来，中国健康教育中心紧紧围绕卫生部的中心任务组织实施重大健康传播项目，加强对全国健康传播工作的指导，积极传播卫生与健康知识，努力营造良好舆论环境，健康传播工作取得明显成效。

---

[*] 作者：毛群安，中国健康教育中心主任。

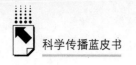

一 过去一年来健康传播工作回顾

（一）组织实施重大健康传播项目

1. 组织实施"中国公民健康素养促进行动"

健康素养是健康素质的重要组成部分，指的是个人获取和理解基本健康信息和服务，并运用这些信息和服务作出正确判断，以维护和促进自身健康的能力。提高我国公民健康素养，是贯彻落实科学发展观、全面建设小康社会和构建社会主义和谐社会的重要任务。2007 年我国正式启动健康素养工作。根据我国国情，卫生部组织医疗卫生系统各领域专家多次研讨，提出了现阶段我国公民应具备的66 项基本健康知识和理念、健康生活方式与行为和基本技能作为中国公民健康素养的基本内容，并委托中国健康教育中心等单位组织起草《中国公民健康素养——基本知识和技能》、编写完成《中国公民健康素养促进行动工作方案（2008～2010）》，为我国全面开展健康素养促进工作奠定了坚实的基础。

为了全面了解我国居民健康素养水平及健康影响因素，为今后制定医疗卫生服务政策提供科学依据，卫生部组织开展了全国范围的调查。中国健康教育中心作为技术指导、管理和实施单位，指导全国各地的健康素养调查和质量控制等。2009 年中国健康教育中心完成了《首次中国公民健康素养调查报告》，并于 12月 18 日向全社会发布了首次中国公民健康素养调查结果。结果显示，我国居民健康素养的总体水平为 6.48%，即 6.48% 的居民能够了解基本的健康知识和理念，熟悉掌握健康生活方式和行为内容并且具备基本的健康技能。这表明我国居民健康素养现状不容乐观。专家建议我国应大力推进健康教育与健康促进工作，提高全民健康素养水平。首次公布中国公民健康素养调查结果被评选为 2009 年度十大卫生新闻之一。

2. 组织开展"中国烟草控制大众传播活动"

烟草危害是当今世界最严重的公共卫生问题之一，也是人类健康面临的严重而又可以预防的危险因素。我国是烟草生产和消费大国，烟草危害十分严重，因而我国政府高度重视控烟工作。2008 年卫生部启动了"中国烟草控制大众传播活动"，这是我国第一次由政府部门主办的控烟宣传媒体倡导与激励活动，旨在动员、激励媒体积极参与中国的控烟宣传工作，推出更多、更好的控烟新闻报道和科普作品，营造有利于烟草控制的支持性社会环境，推动我国控烟履约工作的进程。

2008～2009年度的大众活动通过控烟宣传作品的征集和评选，组织媒体从业人员培训和交流研讨，在网络、报刊等媒体上发布活动信息、开设控烟专栏，发起网络调查和辩论，制作发放各类控烟传播材料，协调广播、电视播放控烟公益广告等系列活动，激发了广大媒体工作者参与控烟履约宣传报道的热情，加强了卫生部门和媒体间的沟通与合作，提高了公众对控烟工作的关注度。

在2008～2009年度的"中国烟草控制大众传播活动"中，通过作者自荐、专家推荐以及网络检索等途径，共征集到自2008年3月1日至2009年2月28日期间的控烟宣传报道作品2400余篇，覆盖400多家媒体。经过初筛、初评、终评和复议等多轮次评审，最终评选出文字、影视、广播三大类获奖作品35部，并评出媒体控烟宣传贡献奖15个和个人控烟报道贡献奖7个。2009年7月31日，卫生部在北京隆重召开"中国烟草控制大众传播活动2008～2009年度总结表彰暨2009～2010年度启动会"，首次表彰了在控烟宣传报道工作中突出的媒体个人和单位。

2009年世界无烟日前夕，中国健康教育中心组织专家筛选了5部优秀控烟公益广告，协调中央电视台和广电总局电影频道，于世界无烟日期间在相关8个频道滚动播出8天，累计141次，并制作成专业播出带和DVD光盘，发放到全国31个省、自治区、直辖市和新疆生产建设兵团以及5个计划单列市的卫生厅（局）和健康教育机构。卫生部妇社司高度重视公益广告的制播工作，发文要求各地积极协调当地主流媒体在世界无烟日期间组织播放，并要求对各省落实情况进行调查。中国健康教育中心采用问卷的方式对省级机构进行了调查。结果显示，有28个省级电视媒体累计播出公益广告4458次，220个地市级媒体累计播出公益广告7823次，713个县级媒体累计播出公益广告28594次，许多地区还选择在公共移动媒体上播出公益广告。

为进一步动员媒体宣传、监督全国医疗卫生系统全面禁烟工作的落实，营造支持性社会环境，推动控烟履约工作，卫生部决定继续启动"2009～2010年度中国烟草控制大众传播活动"。新一轮"中国烟草控制大众传播活动"的工作内容和形式在总结上一年度活动经验的基础上，结合当前形势，力求创新，不断扩大活动的覆盖面和影响力。要动员和鼓励更多的媒体刊播并报送控烟作品参加评奖；组织开展全国控烟十大新闻事件评选活动；围绕医疗卫生系统全面禁烟等重点工作，加大媒体合作力度，开展更大范围的媒体培训与动员。同时强化省级控烟机构在控烟媒体传播活动中的作用，掀起控烟宣传的新高潮。

"中国烟草控制大众传播活动"是一项长期的、可持续的，将新闻宣传与健康教育有机融合的媒体传播活动，在控烟工作者、媒体以及公众之间搭建了有效的沟通平台，在帮助媒体消除报道误区、通俗而准确地传播控烟知识方面起了积极作用。

3. 组织开展艾滋病、丙肝、结核病等重大疾病预防和宣传活动

中国健康教育中心参与策划并承办由国务院防治艾滋病工作委员会办公室和卫生部共同主办的"2009 年世界艾滋病日主题宣传暨艾滋病反歧视纪录片开拍仪式"。会上，卫生部尹力副部长出席活动作重要讲话，中国健康教育中心毛群安主任介绍了反歧视纪录片的背景和意义，艾滋病反歧视纪录片导演顾长卫介绍了该片创作设想和拍摄计划。主办、承办、支持单位领导及代表，"国艾办"有关成员单位代表，国际组织代表，彭丽媛、蒋雯丽、李丹阳等预防艾滋病宣传员以及艾滋病防治专家，反歧视纪录片主创人员，艾滋病患者及医护人员，青年志愿者代表，媒体记者等 300 余人参加了仪式。

为扩大预防艾滋病宣传教育效果，发挥名人效应，中国健康教育中心策划、协调预防艾滋病宣传员到基层开展宣传教育活动。2009 年 11～12 月，协调预防艾滋病宣传员彭丽媛 2009 年 12 月赴云南，濮存昕 2009 年 11 月赴广西参加防治艾滋病健康传播活动。组织开展了预防艾滋病青少年爱心大使健康传播活动。

为了提高公众对丙肝的认知和防护意识，受卫生部委托，中国健康教育中心开展丙肝知识知晓现状及健康传播需求调研，组织专家编写《丙型肝炎防治知识要点》工作，协调卫生部聘请著名歌手蔡国庆作为肝炎防治宣传大使，并制作了宣传海报、挂图等传播材料下发各省。在四川成都召开"在一起　为明天"全国丙型肝炎防治媒体沟通会，就我国丙肝流行现状、防治等若干问题与媒体进行了广泛深入的交流讨论。

为加强结核病防治健康传播工作力度，邀请全国结核病防治形象大使彭丽媛参与拍摄制作"3·24"世界结核病日主题海报，并赴广东东莞参加结核病日现场宣传活动。制作结核病防治公益广告 1 部，协调央视等媒体，在 CCTV—1、2、

3、4、6、7、少儿等 7 个频道，累计播出 100 次。

在预防接种日前夕，以"全国免疫规划宣传形象大使"鞠萍的形象，设计主题为"及时接种疫苗 人人享有健康"的宣传海报，将海报印刷品和电子模板（VCD 光盘）寄发各省、自治区、直辖市，保证了各地预防接种宣传日活动期间的使用。改编制作了两部主题公益广告（鞠萍版和动画版），协调中央电视台和广电总局电影频道播出并将专业播出带寄发到各省。据统计，于 2009 年 4 月 18 日至 5 月 11 日在 CCTV-1、2、3、4、7、少儿频道、音乐频道、电影频道等 8 个频道，连续滚动播出 23 天共 271 次。为确保宣传效果，对各地海报的发放张贴情况和公益广告的播出落实情况进行调查。调查结果显示，主题海报主要张贴场所包括：村医室、社区卫生服务中心、流动人口集中场所、医院、托幼机构、学校、"4·25"宣传咨询点等。海报张贴覆盖行政村 462073 个，覆盖人口 125383.121 万人。2009 年，全国省级电视媒体累计播出预防接种日公益广告 636 次。落实 2009 年预防接种日公益广告电视播出的地/市数量累计 297 个，地/市级累计播出 4290 次。落实公益广告电视播出的县/区数量累计 1949 个，县/区级累计播出 26888 次。

4. 防控甲型 H1N1 流感健康教育与风险沟通工作

在甲型 H1N1 流感疫情防控工作中，中国健康教育中心按照部领导指示，坚持"及时发布、正确引导、积极宣传"的原则，积极主动地开展了防控甲型 H1N1 流感健康教育与风险沟通工作。利用中国健康教育网、《中国卫生画报》和《健康教育与卫生新闻宣传通讯》等自办媒体，及时传递有关疫情和工作进展、解读相关政策、发布工作动态和宣传提示等。采取媒体采访和媒体培训方式传播甲型 H1N1 流感防控知识；根据疫情变化趋势，专题设计分别面向媒体和公众的核心信息；突破既往健康传播工作模式，设计开发了多种传播材料，挂在网上，提供下载服务，独立或与其他机构合作开发了十余种视频短片及公益广告片，在中央电视台、各地电视台及公共场所和移动媒体上播出，充分利用各类媒介特点开展公众甲型 H1N1 流感防控知识传播；与中影集团新农村数字电影放映公司合作启动"农村电影放映工程·卫生公益宣传项目"，利用农村数字电影放映工程，在电影放映前播放卫生公益宣传片，向农民普及健康知识，中心特别制作了以预防甲型 H1N1 流感内容为主的公益宣传片，受到了农村居民的欢迎。

为了配合甲流疫苗接种工作，将甲型 H1N1 流感疫苗研究开发工作作为亮点制作专题片，在中央电视台《科技博览》等栏目播出。2009 年 8 月举办了防控甲型 H1N1 流感倡议活动，以"高度重视，积极防控，科学应对"为主题，向全社会发出倡议，号召公众团结一致，积极配合国家各项防控措施，打赢防控甲型 H1N1 流感的攻坚战。2009 年 10 月，在流感流行高峰来临之际，在"世界洗手日"组织开展了以"正确洗手，预防甲流"为主题的宣传活动，以提高公众对甲型 H1N1 流感的防范意识，建立良好行为习惯，有效控制甲型 H1N1 流感在我国的流行与传播。

5. 继续开展中国健康知识传播激励计划

为普及健康知识，提高国民身体素质，卫生部疾病预防控制局、卫生部新闻办公室和中国记协新闻发展中心从 2005 年起联合推出"中国健康知识传播激励计划"，确定每年选定一个威胁大众健康的主要疾病为主题，传播疾病防治知识。"中国健康知识传播激励计划"在 2005 年、2006 年、2007 年及 2008 年获得了极大的成功，媒体对高血压、癌症、血脂异常及糖尿病等疾病知识的报道比往年增加了 5～6 倍。"中国健康知识传播激励计划"是一个创举，它广泛调动了新闻记者、专家学者、公众和社会力量参与健康知识传播的积极性，在专家学者和公众之间搭建了相互沟通的桥梁，在帮助媒体消除报道误区、通俗而准确地传播健康知识方面收到了显著成效，并对表现突出的记者、专家学者和参与公众给予奖励，大大地提高了社会各界的参与意识。

2009 年"中国健康知识传播激励计划"的主题确定为"保持健康体重"，旨在通过系列活动，积极有效地传播"均衡饮食、适量运动"等核心传播信息，澄清大众对肥胖的认识误区和偏见，让更多的人掌握健康的生活方式，保持健康体重，享受美好生活。开展的主要工作包括，组织中国著名专家研究制定《保持健康体重知识要点》和《保持健康体重媒体实用手册》，在北京、杭州、大连、长沙、郑州等地举办"保持健康体重知识专家/媒体共享会"，邀请中国健康知识传播激励计划（健康体重·2009）健康知识宣传员（中央电视台著名节目主持人白岩松）制作健康知识宣传海报等，对传播保持健康体重知识作出贡献的记者、专家、学者、公众和社会各界人士进行激励评选，给予奖励。

（二）指导全国健康传播工作

1. 组织召开"第二届中国健康教育与健康促进大会"

2009年9月由中国健康教育中心、深圳市卫生和人口计划生育委员会等9家单位联合主办主题为"动员社会参与，促进全民健康"的"第二届中国健康教育与健康促进大会"。来自全国三十多个省市、自治区的健康教育与健康促进行业的专家、学者和专业工作者，包括来自中国香港、澳门、台湾的代表以及来自澳洲的代表共500多人参加了本次大会。会议组织各地健康教育专业人员认真总结和交流健康教育与健康促进工作取得的成绩和经验，共同探索和研究在新医改形势下中国健康教育与健康促进发展的机遇和对策，促进我国健康教育与健康促进事业科学发展。为促进全国各地开展健康教育与健康促进工作交流，大会向全国各地征集论文，并由大会组委会组织专家评委评选出20篇优秀论文并给予了表彰。大会还特别组织了9场主题讲座，分别从控制烟草危害、特区健康教育与健康促进事业发展、健康城市建设和发展规划、全民健康生活方式、城乡老年健康教育、行为干预、风险沟通等不同角度，介绍国际国内健康教育与健康促进的新理论、新方法、新进展，阐述新医改给健康教育与健康促进事业带来的发展机遇和对策。

2. 组织召开"第四届中国健康传播大会"

中国健康传播大会由卫生部与清华大学于2006年共同发起，每年一届，至今已成功举办三届。为了推动健康传播和风险沟通的研究和技术推广工作，2009年11月，召开了以"公共卫生与风险沟通"为主题的"第四届中国健康传播大会"，围绕突发公共卫生事件的风险沟通、重大传染病防治中的社会责任、慢性病健康传播与激励计划、艾滋病防治倡导等专题展开讨论。卫生部、中宣部、国务院新闻办公室等政府部门领导，中国疾病预防控制中心、全国各大医疗机构相关专家和健康传播工作者约150人出席大会，与会者围绕大会主题展开了充分的交流和讨论。

卫生部新闻发言人毛群安宣读了卫生部部长陈竺的书面发言。发言概括了"健康传播"的重要性，介绍了我国在"健康传播"中所做的新的尝试，如广泛的健康教育和行为干预，有效地预防控制了艾滋病、结核病、人禽流感等疾病，在农村开展"全国亿万农民健康促进活动"，努力增长社区居民的健康知识和健

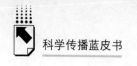

康行为的形成率，努力增长广大公众的基本卫生知识和提高自我保健能力等。并特别指出，健康传播是一个复杂的系统工程，需要动员全社会的力量，形成协作大联盟。

清华大学常务副校长陈吉宁，中华预防医学会会长、原卫生部副部长王陇德，中国医药卫生事业发展基金会理事长王彦峰也分别进行了大会致辞。本届大会还颁发了"第四届中国健康传播大会十佳论文奖"、"2009 年度中国健康报道好作品奖"、"揭露烟草业营销优秀摄影作品奖"，来自新闻媒体、新闻传播院校、卫生疾控部门的近 80 人获奖。在为期一天的会议中，来自中国记协、卫生部、中国人口宣教中心、美国疾控中心、比尔及梅琳达·盖茨基金会北京代表处、康奈尔大学、清华大学、北京大学等单位的参会代表结合大会议题做了演讲。

会议对于促进我国风险沟通的实践与研究，提升健康传播的手段与效果具有重要意义。

二 下一步健康传播工作展望

健康教育与健康传播工作任重道远，在 2009 年工作的基础上，2010 年要围绕卫生部中心工作，结合新医改，继续积极策划并推进重点业务工作。同时，需要不断加强健康传播的政策与技术研究，加强队伍建设和健康教育体系建设，以传播健康知识和倡导健康理念为重点，动员全社会的力量，不断加大健康传播工作的广度和深度，营造有益于健康传播的环境，维护和促进公众健康。

（一）积极策划并组织实施重点业务工作

2010 年中国健康教育中心计划策划、组织实施一系列健康传播活动。①启动全国健康咨询服务平台并逐步完善，为公众提供权威、科学、实用、便捷的卫生、健康资讯。②充分利用"全国亿万农民健康促进行动"品牌，针对农民工的健康需求，制定健康教育工作方案，积极参与农民工健康教育工作。③加强防控艾滋病、乙肝、结核病等重大传染病大众健康教育工作，力争在形式上开拓创新，有所突破。④做好突发公共卫生事件的应急健康教育工作。⑤与世界卫生组织合作，建设全球健康城市资源中心网站，推进健康城市工作的开展。⑥策划、实施以"合理用药"、"食品安全"、"心理健康"等不同主题的宣传活动。

（二）加强政策与理论探索以及适宜技术的研究和推广

要规范、科学、高效地开展工作，相关法律法规和政策性文件的指导和规范必不可少。目前我国没有国家层面的健康教育法律法规，没有部级单位颁布的全国健康教育工作规范、标准以及绩效考核标准。为保障健康教育工作又好又快地发展，需要加强健康教育法律法规的建设，尽快出台全国健康教育与健康促进工作规范及绩效考核标准。要不断加强政策与理论探索和研究，借鉴国内外先进经验，总结并推广适宜技术。2010 年拟出台《全国健康促进与健康教育工作规范》。

（三）加强健康教育体系建设

目前我国各省健康教育专业机构的隶属关系和上级主管部门千差万别。省级健康教育机构约 1/3 属于独立法人机构，约 2/3 属于非独立机构，并为省级疾病预防控制中心的内设机构；约 2/5 的省级健康教育机构的上级业务主管部门为省爱卫办，约 1/3 为省卫生厅妇社处，约 1/5 为省卫生厅疾控处。健康教育专业机构的管理现状影响了机构的统一设置和人员编制管理规范化，在某些程度上影响了工作效率的提高。因此，今后很重要的一项任务是逐步完善和理顺健康教育专业机构的管理体制，特别是要建立健全健康教育专业机构、人员以及健康信息传播的资格审查和准入政策及机制的研究。

（四）加强人才队伍建设

健康传播工作内容范围广，涉及学科多，如传播学、教育学、基础医学、临床医学、预防医学、行为学、社会科学等领域，这就给健康传播人才队伍建设提出了更高的要求。健康传播人才队伍的状况决定着我国健康教育工作的水平和能力，决定着我国健康教育事业发展的未来和方向。目前，我国健康教育工作与人民群众的健康需求存在差距，高素质的健康传播人才队伍相对薄弱和不足。要紧紧抓住新医改这一新机遇，积极应对挑战，制定战略规划，加大培养力度，进一步整合人力资源，努力使人才队伍建设工作迈上新的台阶。2010 年中国健康教育中心将启动全国健康教育培训规划项目，不断提高全国健康教育工作者的能力。

B.7
中医药文化建设报告[*]

　　摘　要：中医药文化已成为国家文化软实力的"热点"。中医药文化、中医药文化价值的感召力，实际上是从思想观念、精神道德的层面揭示并反映中医药事业的凝聚力、创造力和生命力。过去一年，中医药文化建设的四项主题活动通过不同内容、规模、渠道、方式、受众展开，成效显著。结果提示：中医药文化建设工作的主题活动必须从实际出发，要着眼于群众的需求，坚持"以人为本"；中医药文化建设要有自己的品牌；引导群众对中医药文化有所了解，对中医药的价值取向、思维方式、行为准则有所认识，并逐渐予以认同，是中医药文化建设的首要任务。

一　概况

（一）中医药文化——国家文化软实力的"热点"

　　中医药文化是中医药事业的重要组成部分。《国务院关于扶持和促进中医药事业发展的若干意见》（国发〔2009〕22号）（以下简称《意见》）明确提出，繁荣发展中医药文化，将中医药文化建设纳入国家文化发展规划。《意见》强调，加强中医药文化建设，有益于提高公众对中医药的理解，有益于弘扬中华优秀传统文化，有益于通过文化价值感召力产生的影响，提高我国文化软实力，提升我国在国际上的地位和影响。当今世界，对于一个国家来说，软实力在综合国力竞争中的地位越来越突出。文化价值的感召力作为软实力的构成要素，具有独特的扩张性和传导性。文化及其无形的影响已成为衡量国家综合国力的重要标

---

　　* 作者：闫树江，原国家中医药管理局办公室主任、新闻发言人，现西宁市市委常委。

志。从这个意义上讲，中医药文化已成为国家文化软实力的"热点"。

中医药文化价值的感召力，实际上是从思想观念、精神道德的层面揭示并反映中医药事业的凝聚力、创造力和生命力。作为实体存在的中医药，之所以历经五千年传承和发展，至今仍在造福于人类的健康事业与社会生活，根本原因是其植根于富饶厚重的中国传统文化沃土，并以此为基础，形成了独特的中医药文化。显而易见，中医药文化是中医药事业发展的灵魂，加强中医药文化建设已成为提升民族科学精神、提升全民科学素质的重要途径。

（二）中医药文化的实质

中医药是中华民族的瑰宝，蕴涵着丰富的哲学思想和人文精神。中医药所容纳的知识、实践、药物、方法、技艺及其思想、观念，形成了独特的中医药文化现象，不仅反映了医学领域更宽广的文化信仰和自然环境知识，而且密切了与其他领域和传统之间固有的联系，推进了保存和维持生物多样性的社会生活方式。中医药蕴涵的哲学思想和人文精神，不但体现于中医药的发展历史、思想理论、技术方法、临证药物与道德规范，同样也凝聚在绚丽多彩的中医药文物遗存、文献图册、人事遗迹、遗址和典故传说之中。

中医药文化天地一体、天人合一、天地人和、合而不同的思想基础，整体观、系统论、辨证论的指导原则，以人为本、大医精诚的核心价值，不仅体现了中医药的本质与特色，而且体现了中华民族的认知方式和价值取向，具有超前性和先进性。对中医药文化的认知程度，反映了社会及世人对中医药价值的认识、理解、态度与原则。中医药的发展历史证明：中医药的科学价值、中医药文化的博大精深、中医药文化价值感召力及其影响，已愈来愈得到世人的关注和认同。

（三）过去一年中医药文化建设的"四项主题"

2009 年是中医药文化建设成效卓著的一年。6 月 25 日，国家中医药管理局成立"中医药文化建设与科学普及专家委员会"，积极整合中医药文化资源，研究制定工作标准、规范、计划及方案，探索中医药文化建设的有效机制。

我们将 2009 年中医药文化建设的主题设定为"中医药服务人民 六十年成就辉煌"（中医药主题展）、"中医中药中国行"（大型科普宣传活动）、"中医药文化宣传教育基地"、"中医药知识宣传普及项目"四大项，使中医药文化建设通过不同的内容、规模、渠道、方式、受众得以顺利进行，取得了一定的成效。

1. 中医药主题展

国家中医药管理局承办的以"中医药服务人民　六十年成就辉煌"为主题的中医药展，以典型生动的事例、翔实丰富的内容、个性鲜明的形式、通俗易懂的讲解，成为新中国成立60周年展览活动的一大亮点，群众反响热烈，参观者达70万人次，起到了良好的宣传效果。

2. "中医中药中国行"

（1）活动宗旨与目的。"中医中药中国行"是由国家中医药管理局与中宣部、卫生部等23个部委共同主办的大型科普宣传活动。该项主题活动始于2007年，以"传承中医国粹、传播优秀文化、共享健康和谐"为宗旨。活动始终强调"政府支持、全国联动、企业参与、专业化运作、公益科普"。通过举办科普宣传活动、现场义诊咨询、健康讲座、学习培训，中医大篷车进乡村、进社区、进厂矿，为群众送医送药等方式，宣传展示中医药的悠久历史、科学理论、独特方法、良好疗效，让全社会了解中医药的重要地位和作用，使人民群众了解中医、认识中医、感受中医，真正做到"认清中医的门、听懂中医的话、看明中医的活"，以达到"面向基层、服务农村、惠及百姓"的目的。

（2）活动内容与效果。有如下五种形式。

现场科普宣传。利用省会城市、地级城市所在地的广场，举行分站启动仪式；发放科普资料（一地10000份），发放并收集"中医药相关情况调查表"（一地3000份）；通过中医药科普宣传百米长廊展示、中医文化体育表演、中医义诊咨询、"弘扬国粹、爱我国医"签名墙签名等形式，组织受众现场参与、互动，使中医药文化及科普知识深入人心。

2009年主题活动在天津、内蒙古、福建、江西、海南、四川、重庆、贵州、云南、西藏、河南等11个省（自治区、直辖市），以及总后卫生部所属军队系统开展。全年共举办地市级以上主题活动69场，直接参加现场活动的群众达30多万人。自2007年至今，已在30个省（自治区、直辖市）和香港、澳门特别行政区成功举办，参加现场活动的群众达160多万人，培训城乡基层中医药人员近8.8万名，组织面向市民的健康讲座320场。

社区健康服务。向社区医院中医师赠书,组织以社区医生为主要对象的培训讲座;为社区居民开办健康讲座、调查健康状况、提供健康咨询、发放科普资料;提供中医特色的便民服务,为贫困人员提供义务医疗咨询和健康体检;在《中国中医药报》上组织《我与中医药》的征文等活动,使中医药走进百家社区。2009年共组织社区医生培训69场、乡村医生培训50场,接受培训的中医药人员1.8万名;组织面向市民的健康讲座60场,现场受益群众上万人。

中医大篷车万里行。组织中医大篷车队,携带简易舞台、科普资料、捐赠物资、医疗和宣传人员,走进农村、山区、厂矿、油田、学校、边防哨所开展义诊咨询、赠送书籍、科普讲座、技能培训。中医大篷车队成为主题活动中一支流动的宣传队。以送技术、送文化、送健康为主旨的中医大篷车先后奔赴50个活动点,总行程2万余公里,随车义诊专家共计200多人次,接待群众4万人,发放中医药科普资料6万份,访问因病致贫户36个,赠送药品价值40余万元。

赠书及资料。"中医中药中国行"主题活动发送《乡村中医实用技术》、《社区中药实用技术》、《中医药知识普及读本》和科普知识读本近20万册,近300万册科普小册子、3000万张宣传单页、500万份《中国中医药报》。《中国中医药报》社还编辑出版反映不同省市中医药资源和中医药成就的特刊(11期,总印数为40万份)。

物资捐赠。全国组委会赠送价值181万元的中医药科普图书、2260万元的医疗物资。甚至在分发的团扇、扑克牌等小礼品上,印制健康养生方法及常用中草药图片,便于群众了解中医中药。向乡村卫生院和农村居民捐赠价值2000万元的医疗物资、生活物资,把党和政府的关怀和温暖带到基层,带给群众。

(3)活动的亮点。本次主题活动的最大亮点是"中医大篷车万里行"。中医大篷车队由8辆车组成,一路风尘,辗转两万余公里。中医大篷车走进革命老区西柏坡、走进山西煤矿、走进大寨的新农村、走进大庆的大油田、走进东北老工业基地,受到了老区军烈属、煤矿工人、油田工人、大寨农民、老工业基地职工、抗联老战士及其家属的热烈欢迎。群众说,中医大篷车带来党和政府的殷切关怀,带来中医药人的真诚问候,带来中医药科普知识,带来便捷、实用、价廉的中医中药。中医大篷车队走进兵营,与部队战士共度八一建军节;走进香港,宣传中医药在保障香港市民健康中的重要作用。所到之处,赢得群众的一片赞誉声,成为主题活动一道亮丽的中医风景线。

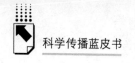
3. "中医药文化宣传教育基地"

（1）"中医药文化宣传教育基地"建设的意义。2005年9月，国家中医药管理局发出了《关于开展"中医药文化宣传教育基地"（以下简称"中医药文化基地"）建设工作的通知》。这是一项关系中医药文化传承和中医药申报"非物质文化遗产"的基础性工作。

一段时期以来，海内外的不少有识之士始终在大声疾呼：强调保护和利用好中医药"非物质文化遗产"，主张弘扬中医药文化传统，并将新观念和新思想融入中医药文化。如今，中医药在世界"回归自然"的趋势中已经显示出强大的生命力和发展前景。随着中国的针灸、推拿、皮下渗透术为西方认识之后，神奇的中医诊疗技术、中国植物药，甚至中医药的一些理论、观点、理念、思想也逐渐被接受和借鉴，中医药正在叩开世界主流医学的大门。在这一进程中，越来越多的人期望了解中医药的奥秘，了解中医药文化传承的内涵与基础。加强"中医药文化基地"建设，不仅是向世人展示中医药文化传承的历史与经验，更是中医药学与世界主流医学之间的深层次交流和融合。因此，从中医药继承发展的历史经验和现实需要来说，建设"中医药文化基地"，无疑是为中医药"非物质文化遗产"提供重要载体，是对中医药非物质文化遗产最直接的保护，是展示和推进中医药文化传承的最好场所。

（2）"中医药文化基地"建设的要求。《关于开展"中医药文化宣传教育基地"建设工作的通知》（以下简称《通知》）对"中医药文化基地"建设的目标、内容、要求、申报的基本条件及程序作出了相应的规定与说明。《通知》将"中医药文化基地"分为三大类：一是保存并体现中医药文化传承的历史（人物）遗址、遗迹、遗存；二是集中展示中医药文物、文献的专业博物馆（陈列室）；三是突出反映当今中医药文化传承新特点的实体。第一、第二两类，是以实物为表现形态的传统意义上的文化场所；第三类强调的是中医药文化的发展与创新，并不囿于对象的文化基地概念及其展示形式。

《通知》强调，无论哪一类，只要申报成为"基地"，必须具备相应的规模与代表性，并承担发挥应有的文化基地的功能与作用。因此，"中医药文化基地"应当区别于一般的中医药文化遗迹或旅游景点，必须按规定的程序，通过申报、考察、建设、审核、验收，直至正式批准与授牌。

（3）"中医药文化基地"建设的进展。2009年新确定了"北京御生堂博物馆"、"广西药用植物园"、山东"中国阿胶博物馆"、河南"中华医圣苑"、广州"神农草堂"，以及"青海藏医药文化博物馆"等6个单位为全国中医药（民族医药）文化宣传教育基地。至此，通过验收的"全国中医药（民族医药）文化宣传教育基地"已有10个，已确定的建设单位有3个。

2009年确立的"中医药文化基地"有个明显的特点，即中医药企业对弘扬中医药文化的关注与参与。如东阿阿胶股份有限公司的"中国阿胶博物馆"，以单品种中药材为主题，通过介绍"阿胶文化"的形成、传承和发展，着眼于中医药文化的宣传普及，努力实现企业核心理念与中医药的结合。"御生堂"是国内首家民营中医药博物馆，其前身是一家老字号中药铺。南阳宛西制药打造的"中华医圣苑"，立足于医圣故里的中医药地域优势、文化优势、资源优势、中药现代化优势，形成独具特色的仲景文化。"青海藏医药文化博物馆"坚持将藏医药专业知识与藏文化紧密、协调地结合起来，不仅扩大了观众范围，而且使参观者在藏文化的熏陶中，自然而然地接受了藏医药的理念。

通过开展全国"中医药文化基地"建设工作，中医药行业的文化意识、宣传意识和科普意识得到较大提高，有力地促进了中医药文物古迹和文化遗产的挖掘、保护和开发利用。

4. "中医药知识宣传普及项目"

（1）"中医药知识宣传普及项目"的基本情况。"中医药知识宣传普及项目"是中医药文化建设的重要专项，由国家中医药管理局负责项目的宏观管理与总体评估，全国31个省（自治区、直辖市）中医药管理部门负责组织实施，执行时间为2008～2009年。

该项目包括两个方面（不含中医医院文化建设）：一是开展中医药宣传活动。要求各省（自治区、直辖市）选择5个以上的县（市），采取讲座、义诊、健身方法演示、知识竞赛等方式，宣传中医药的方针政策、历史发展以及基本理念，使群众掌握一些中医药的知识，学会一些常见的防病治病方法，从而进一步认识中医药，了解中医药，热爱中医药。二是普及中医药知识。要求各省（自治区、直辖市）组织编写、出版中医药文化及科普宣传品，印制发放中医药知识材料，并协调当地主流媒体开设中医药知识和科普宣传栏目或专题介绍中医药知识。

（2）"中医药知识宣传普及项目"进展情况。2008年中央财政安排"中医药知识宣传普及项目"专项资金 2480 万元（不含中医医院文化建设），每省（自治区、直辖市）按照 80 万元标准给予项目资金补助，其中 50 万元用于组织开展中医药宣传活动，30 万元用于中医药科普知识宣传。

截至 2009 年 12 月 31 日，包括北京、河北、山西、辽宁、黑龙江、广东、山东、安徽、甘肃、陕西、上海、浙江、湖北、湖南、广西、江苏、四川、天津、福建、云南在内的全国大部分省（自治区、直辖市）已完成本项目，达到预定目标。

（3）"中医药知识宣传普及项目"取得的成效，有如下三个方面。

第一，扩大了中医药影响，树立了中医药形象，加深了群众对中医药的理解和认识，满足了群众对中医药医疗保健知识和科普文化的需求。在北京举办的"北京中医药文化宣传周暨首届地坛中医药健康文化节"，设有中医名家讲坛、中医义诊、中医药精品图书、中药鉴别及中药文化展示、中医传统及现代诊疗技术方法与体验等活动。广西药用植物园举办"南宁首届养生保健旅游节"，推出千人共品药膳汤、药膳小吃、药膳作品展示，让游客体验中医药文化的魅力。

第二，拓展了中医药知识宣传普及渠道，为中医药发展创造良好社会和舆论环境。广东省东莞市卫生行政部门利用移动资讯开发的医讯通平台，使公益性医疗机构通过语音 12580、互联网和手机短信三位一体的模式，为用户提供预约、体检、患者随访、医患互动等信息化服务。河南洛阳市正骨医院投资拍摄的电视连续剧《大国医》，重现了平乐正骨 200 年传奇历史，介绍中医药历史文化，在央视热播后引起强烈反响，并获全国"五个一工程"奖。辽宁省与当地电视台搭建《沈视早早报》中医药宣传平台，截至 2009 年底，共举办讲座 277 次，涉及重大疾病、疑难病、慢性病防治及预防和养生保健知识等，深受百姓欢迎，已整理出版讲座丛书 10000 册，制作光盘 10000 张，已全部发放到百姓手中。湖南省以中医药为主题，开展"三湘农民健康行"活动，邀请省内外 18 家新闻媒体深入全省，开展集中采访活动，深入报道中医名院、名科、名医，中医药的特色优势和中医药服务群众、服务农村的生动事例。陕西、广东等省借助"国医大师"表彰会，大力弘扬祖国传统医学，取得了良好的社会反响。

第三，加强了中医药文化科普宣传人才队伍的建设。北京启动"薪火传承 3＋3 工程"，以名老中医"两室一站"为主要基地，培养优秀中医科普传承人才。举办"上工杯"中医药知识竞赛，提升了北京地区中医药学术交流和科学普及的水平。河北组织对通迅员进行业务知识培训。陕西召开全省中医药信息宣传工作暨信息宣传员培训会议，对来自全省市级以上卫生行政部门、中医药机构的领导和信息宣传员160多人进行宣传政策、新闻写作等专题培训。

二 总结

2009年的中医药文化建设，通过成立"中医药文化建设与科学普及专家委员会"，开展中医药文化核心价值与内容专项研究，实施"中医药知识宣传普及项目"，组织"中医中药中国行"大型科普宣传活动，新增文化宣传教育基地等举措，得以全面推进。一年来，体会最深的是，中医药文化建设主题活动的顺利进展，对于夯实中医药的群众基础，提高中医药的社会影响，引导全社会认同中医药文化价值，理解、支持中医药事业，起到了积极的作用。

第一，中医药文化建设工作千头万绪，主题活动必须从实际出发，要着眼于受众的需求，坚持"以人为本"。对于确定的文化建设项目要摆上议事日程，切实加强领导，只有形成"领导重视、政府牵头、部门参与、齐抓共管"的工作格局，才能真正收到成效。

第二，中医药文化建设要有自己的品牌。首次由政府组织的中医药大型公益科普活动"中医中药中国行"，形式多样、内容丰富、互动性强，受到社会各界的关注和欢迎。其规格高、规模大、范围广、行程长、受众多，已成为中医药文化建设的知名品牌。群众誉之为"爱国行动、科普行动、联合行动、惠民行动"。不仅达到了弘扬中医药文化、普及中医药知识的目的，还起到了锻炼队伍、凝聚人心、树立信心、积累经验，提升能力和水平，营造良好的中医药文化氛围和环境的作用。

第三，中医药文化建设的首要任务，是引导群众对中医药文化的传承及发展有所了解，对中医药的价值取向、思维方式、行为准则有所认识，并通过中医药文化价值的感召力，逐渐予以认同，并融为自觉的行动。2009年实施的四项主题活动，虽然传播内容、规模、方式、渠道各不相同，但是都有自己的鲜明特点。如国庆60周年的中医药主题展，坚持以"全面、丰富、生动、简明"作为整体风格；"中医中药中国行"，强调营造良好的中医药文化氛围；"中医药知识宣传普及项目"，以课题形式展开，重在人才队伍的建设；"中医药文化基地"

建设，要求保护和利用并举，当前尤需重视对"中医药非物质文化遗产"的保护。由于按照不同需求加强引导，使不同主题对中医药知识的普及程度、中医药文化内涵的揭示层面，能有所区别或侧重，使专题活动收到了很好的效果。

第四，在项目实施过程中仍然存在一些不足。主要是：主题活动缺乏整体规划和设计；手段单一，大多仍局限于传统的方式；资金的投入力度不大；强调科学知识的普及，忽视了科学精神、科学思想、科学方法的传播。

三　展望

2010 年是全面推进深化医药卫生体制改革和贯彻落实《意见》的关键一年，也是"十一五"规划的最后一年。2010 年中医药文化建设的主要任务，是不断开辟新途径，满足人民群众对中医药的新需求。

首先，认真总结"中医中药中国行"活动的好经验、好做法，进一步打造"中医中药中国行"这一品牌，并以此为基础，开拓思路，研究中医药文化建设的新方法、新途径、新平台，探索建立中医药文化建设的长效机制。

其次，研究制定《中医药文化建设与科学普及五年规划》，提出将中医药文化建设纳入国家文化发展规划的具体建议。坚持"以人为本"，加强中医药文化内涵研究，开发中医药文化资源。

再次，深入开展中医药文化建设"五个一"工程，组织实施好"中医药知识宣传普及项目"，建立一支中医药文化科普人才队伍，建设一批门类相对齐全、布局比较合理的中医药文化宣传教育基地，开展一批内容丰富、形式多样的中医药文化科普宣传活动，开发一批科学、规范、普及性强的中医药文化科普创意产品。

最后，需研究、推进中医药机构的文化建设。

B.8

加大宣传力度　服务安全发展
扎实推进"安全生产年"目标任务落实[*]

摘　要： 安全生产事关我国改革开放和社会稳定大局，事关人民群众最关心最直接的根本利益。党中央、国务院历来高度重视，并相继采取了一系列重大政策措施加强安全生产工作。近年来，在党中央、国务院的坚强领导下，通过各地区、各部门、各单位的共同努力，安全生产工作取得了明显成效，全国安全生产工作取得了持续稳定好转的发展态势，事故总起数、死亡人数连续七年实现"双下降"。在国际金融危机给我国经济社会发展带来严重冲击的形势下，党中央、国务院把加强安全生产作为保增长、保民生、保稳定的重点工作之一，及时作出了一系列重要决策部署，保证了全国安全生产形势的继续稳定和好转。

一　过去一年来安全生产宣教工作开展情况

2009 年初，国务院办公厅发布了《关于全国深入开展"安全生产年"活动的通知》（以下简称《通知》）。按照《通知》精神，我们扎实开展了安全生产"三项行动"（执法行动、治理行动和宣传教育行动），积极推进了安全生产"三项建设"（法制体制机制建设、保障能力建设、安全监管监察队伍建设），多措并举、标本兼治。全国安全生产总体形势继续保持稳定好转的态势，事故总量、较大事故和重特大事故出现"三个较大幅度下降"，特别是全国事故死亡人数在 2008 年降到 10 万人以下的基础上，2009 年又降到 9 万人以下，重特大事故起数和死亡人数同比分别下降 30.2% 和 42.8%，亿元 GDP 生产安全事故死亡率

---

[*] 作者：黄毅，国家安全监管总局党组成员、总工程师兼新闻发言人。

同比下降16.7%。绝大多数地区安全生产形势稳定好转，重点行业领域安全生产状况进一步改善，全国安全生产形势继续保持总体稳定、趋向好转的发展态势。

安全生产宣传工作方面：在安全监管总局党组的关心和支持下，我们制定下发了《宣教行动实施方案》；召开了宣传工作会议，进行了再部署；组织开展了对贵州、江苏两省安全生产宣教行动的专项督察；召开专题会议，分析进展情况，研究部署下阶段安排；2009年底召开专题汇报交流会，进行了总结交流。回顾2009年的宣传教育工作情况，主要有以下几个方面。

（一）深入推进安全生产宣教行动，进一步强化宣传效果

宣教行动是"安全生产年"活动中"三项行动"的主题内容之一。总局党组多次专题研究部署，宣传工作领导小组专门制定了实施方案，并以国务院安委会名义印发，同时组织开展专项督察，先后多次召开专题会，深化推进。中宣部就各地宣传部门配合开展宣教行动专门作出安排。广电总局要求全国广播电视系统加大力度、全面加强安全生产法制宣传教育。公安部、教育部、司法部和总局共同召开宣教工作专题现场推进会。各地区相继对开展宣教行动作出具体安排部署，明确工作重点、组织形式和内容，积极采取论坛、研讨会、演讲会、公开课、大讲堂等多种形式，深入开展宣教行动。据不完全统计，全国各地、各部门和单位（包括企业、社区）共组织开展各类宣传教育活动60多万场次，直接受教育人数超过2亿人次。

（二）深入开展安全生产月系列活动，不断创新宣教内容和手段

安全生产月期间，国家六部委和北京市联合举办了宣传咨询日活动，在福建、江西、浙江三省开展了"安全生产万里行"活动。一些地区和安全监管监察机构积极开展了安全生产三晋行、三湘行、贵州行、渝州行、燕赵行、天山行，在政府门户网站、地方电台和电视台开设安全生产专题栏目，安全宣传领域广、声势大。覆盖全国的"安全伴我行"演讲比赛得到各地的积极响应，30个省（自治区、直辖市）和20个中央企业的广大职工踊跃参与。相关部委共同开展的第四届安全发展高层论坛，总局与最高人民检察院联合举办的"安全发展与安全法制"论坛，得到社会各界的广泛关注。以"科技兴安，安全发展"为

主题的安全科技周活动，推动了安全科技进企业、入社区。与此同时，参赛企业
10 万多家、参赛职工 4000 多万人的安全知识竞赛，以及涉及各地区和重点行业
领域的"安康杯"、"青年安全示范岗"竞赛，广泛传播和普及安全生产知识和
应急处置技能。通过各方面的共同努力，全国第八个安全生产月活动积极而富有
成效。

（三）深入推进安全文化建设，进一步增强文艺宣传效果

积极稳妥推进安全生产新闻出版体制改革，方案已获中央部委新闻出版体
制改革领导小组办公室审批。深化安全生产诚信企业创建活动，全国各省（自
治区、直辖市）和新疆生产建设兵团启动了试点和创建工作，涉及企业 41200
多家；总局、煤矿安监局联合印发《煤矿企业安全诚信建设的指导意见》。扎
实推进安全社区建设，承办了亚洲安全社区大会，成立了安全社区工作委员
会，发布了《安全社区评定细则》，全国共命名了 124 家安全社区，其中 23 家
为国际安全社区。进一步扩大了安全生产文艺宣传效果，总局支持拍摄的电视
剧《平安是福》获"飞天奖"二等奖；以煤矿安全为主题的电视剧《矿哥矿
嫂的幸福生活》已完成拍摄，并获得广电总局审查通过，很快将与观众见面；
中国煤矿文工团（安全生产艺术团）组织在全国各地和各企业巡回公益演出
205 场（次），活动贴近生活、贴近群众，深受基层的欢迎，促进了安全发展
理念日益深入人心。

（四）深入推进舆论引导工作，大力营造有利于安全生产工作的舆论氛围

认真总结宣传安全生产工作具有带动示范效应的地区、企业和人物。《人
民日报》、新华网和总局主管媒体集中宣传了一批化工、非煤矿山企业的先进
做法，安全生产 1000 天以上的煤矿典型：重庆、武汉、大连、长治等创建安
全发展城市，江苏淮安"1+3"安全监管，河南平煤集团"白国周"班组管
理等开创性的经验；深度报道宣传了青岛市安监局监察专员李适、安徽省肥
东县撮镇安监办主任吴刚、河南煤监局豫东分局原局长丁安等先进人物事迹，
大力弘扬他们扎根基层、敢抓敢管的奉献精神，在社会上产生了广泛影响。
同时，多层次、广范围地公开安全生产信息，接受社会和群众监督，促进问

题整改。先后 4 次以新华社通稿的方式，向社会公布了 11 起特别重大事故的调查处理结果，加强警示教育；在《人民日报》上发布了 2009 年全国安全生产控制指标实施情况、重特大生产安全事故责任企业单位名单。进一步健全新闻发布制度，各地区召开信息发布会、记者座谈会、新闻通气会和主动邀请记者采访等累计 25569 场（次），地市以上报刊、电台、电视台刊发报道 41 万多条，起到了通报形势、阐释政策、沟通信息、引导舆论的重要作用，有力推进了安全生产各项重点工作的落实。一年来，中央和总局主管的新闻单位以及相关社会文化团体，紧紧围绕安全生产工作大局，深入宣传党和国家的安全生产方针和政策措施，共同谋划实施有利于推进安全生产的重大活动，热情讴歌安全生产先进典型事迹，深刻剖析重特大事故的血的教训，深度揭露安全生产重大非法违法行为，有力有序有效地营造全社会关爱生命、安全发展的舆论氛围。

二 过去一年来安全生产宣传教育工作的经验总结与启示

2009 年宣传教育行动取得了显著成效，积累了一些经验，主要有以下几个方面。

（一）进一步认识到加强安全宣传工作是推进安全发展的内在要求

十六届五中全会以来，安全发展作为加强安全生产的重大理论和实践创新，在构建社会主义和谐社会、推进全面建设小康社会的伟大进程中，发挥了十分重要的思想先导和推动作用。在多次重要会议上，胡锦涛总书记、温家宝总理、张德江副总理等中央领导同志，从贯彻落实科学观、构建社会主义和谐社会、转变经济发展方式、推进实现可持续发展的高度，对安全生产的极端重要性、对安全发展的科学内涵作了深刻精辟的阐述。这既为我们加强安全生产奠定了丰富系统的思想基础、提供了强大的理论支撑，同时也要求我们要通过多种方式和途径，广泛宣传安全发展理念，在全社会唱响安全发展的主旋律，形成"关注安全、关爱生命"的深厚舆论氛围，大力推进科学发展、安全发展。

（二）进一步认识到加强安全宣传工作是推进党的思想文化建设的重要组成部分、是抓好安全生产的重要举措

2010年全国宣传部长会议提出，要做好突发事件等热点问题的应对指导，不断提高突发事件新闻报道的快速反应能力。中央文明办将开展安全生产宣传教育、创建安全保障型城市和安全文化建设纳入精神文明建设工作体系。国务院在连续两年部署开展"安全生产年"活动中，都将安全宣传教育纳入重点工作，2009年作为"三个行动"、2010年作为"三个加强"的内容之一。做好安全宣传工作，要从服务安全生产大局角度谋划宣传工作思路和措施，抓好"三个突出"和"三个加强"，进一步深化"三项行动"和"三项建设"，确保全国各项重点工作顺利推进。

（三）进一步认识到加强安全宣传工作是推进解决安全生产突出矛盾和问题的迫切需要

2010年以来，通过各地区、各部门和各单位的共同努力，全国安全生产形势保持了总体稳定、趋于好转的发展态势。但是，形势依然十分严峻，全国一次死亡10人以上的重特大事故起数和死亡人数分别上升35.3%和53.7%。特别是2010年以来发生的4起特别重大事故，充分暴露出一些地区和企业单位安全管理机构不健全、隐患治理不认真、主体责任不落实、监管责任不到位，漠视安全而非法违法生产，轻视安全而盲目抢时间、争进度、超强度组织生产，对国家相关安全生产法令、制度和政策措施、标准规程了解不深、掌握不全、执行不严，甚至对人民群众生命安全漠不关心、置若罔闻。归根结底，还是一些地区和企业单位安全意识淡薄，没有摆正安全与生产、安全与改革、安全与效益的关系，没有很好地落实安全生产方针和相关政策措施。这就需要进一步加强安全宣传教育，推进强化安全发展意识，对安全生产工作做到思想上高度重视，行动上严格落实，效果上真正体现。

当然，在总结经验的同时，我们也发现了一些普遍存在的问题。一是思想认识不到位。一些地区和单位在安全宣传工作上存有一定认识上的误区，片面地认为执法监察、事故查处工作是"硬"任务，安全宣教、意识形态工作是"软"任务，可抓可不抓，抓与不抓作用不明显，致使安全宣传工作积极性不高、主动

性不强。二是与安全生产中心工作结合不紧。一些地区和单位在安全宣传上，形式单一、效果不突出，相对于国家作出的决策部署、出台的法规制度，宣传上有一定滞后性，有的仅停留在会议上、喊在口头上，贯彻落实不得力。相关措施要求没有在基层和企业得到落实。三是正确舆论引导不够。一些地区和单位对在工作实践中创造的好经验、好做法、好典型不介绍、不宣传，对发生的事故往往采取"躲"和"拖"的办法，正面宣传不足、应对能力不强、舆论引导不够，以至于外界对安全监管监察工作产生一些误解，甚至出现忽略工作进展、只关注生产安全事故的倾向。四是社会资源运用不充分。随着全社会对安全生产的关注度不断增强，安全文化产业迅速发展，新闻媒体、行业协会、科研院所、文艺团体、中介机构、文化公司等参与安全文化事业的积极性普遍提高。但一些地区和单位组织、指导和协调不够，制度不完善、工作主动性不强，致使这些社会资源的作用没有得到充分发挥，安全宣传教育广度和深度有一定欠缺。

三 安全生产年宣教工作规划与展望

2010 年，全国安全生产宣传教育工作的总要求是，认真学习贯彻党的十七大和十七届三中、四中全会精神，以邓小平理论和"三个代表"重要思想为指导，深入贯彻落实科学发展观，坚持安全发展的科学理念，坚持"三贴近"原则，以继续深入开展"安全生产年"活动为主线，以"预防为主、加强监管、落实责任"为重点，以"安全发展、预防为主"为主题，以安全文化建设为主抓手，进一步优化宣传资源、拓展宣传方式，创新宣传机制、加大宣传力度，为扎实推进实现全国安全生产状况持续稳定好转提供有力思想保证，创造良好舆论氛围。要突出抓好以下几项重点工作。

（一）立足基层、突出企业，大力推进安全生产工作的重要决策部署的宣传贯彻，强化安全发展理念

要把地方县乡政府、有关部门和企业作为重点宣传对象，充分利用各种方式，调动各方力量，形成有利于安全生产工作的舆论氛围。一要进一步拓展宣传方式，坚持安全宣传日常化与重要时段、重点活动相结合，适应现代媒体格局的新变化，以群众喜闻乐见的形式，综合运用多种宣传手段，切实增强宣传教育工

作的吸引力、感染力。要重点宣传贯彻安全生产法律法规、安全发展的科学内涵和安全生产理论体系，着力在凝聚安全发展共识，推进安全生产与经济社会协调发展上迈出新步伐。二要针对 2010 年安全生产工作"三个突出"、"三个加强"的具体要求，联系工作实际，做好全国安全生产电视电话会议和国办 15 号《通知》明确的安全生产新制度、新措施的专题宣传贯彻工作，加强组织指导和监督检查，着力在超前防范事故、打击非法违法生产、强化监管监察等重点工作上取得新进展。三要切实抓住煤矿、交通运输、建筑施工等年事故死亡人数超过千人的 7 个行业领域，在建技改、改制重组等生产建设经营不稳定的企业，以及事故多发地区和单位，通过下基层、进企业，办学习班、开专题课等形式，做好广泛深入的宣传教育工作，着力在提高对安全生产的思想认识、完善工作措施、推进问题整改上取得新成效。四要加大对新出台法律法规、规章标准的宣传贯彻力度，深入企业、社区、学校、乡镇等基层单位，普及应急处置和防范知识，着力在推动全社会特别是基层群众和企业员工遵章守法，提高自主保安能力上见到新效果。

（二）明确载体、科学组织，大力推进安全文化建设

加快推进《"十一五"安全文化建设纲要》重点工作落实，认真做好实施情况总结评估。在此基础上，要组织拟定《"十二五"安全文化建设纲要》，争取 2010 年上半年发布实施。各地区要结合实际，积极调研，起草发布本地区"十二五"安全文化建设的实施意见或规划纲要。安全文化建设要做实，真正发挥其对安全生产的推进作用，必须以具体有效的载体作支撑。当前要抓紧推进"4＋1"（四个创建、一个创作）安全文化建设体系：一是创建安全文化示范企业（工程）。各地安全监管监察机构要按照总局通知要求，明确实施程序，严格申建条件，严把审查标准，积极抓好组织推动，真正形成涉及领域广、参与面大、富有社会影响力、扎实推进安全生产工作的"品牌"效应。二是创建安全发展示范城市。进一步总结有关地区创建"本质安全型城市"、"安全保障型城市"，以及一些地区创建"安全社区"的经验做法，加快形成指导意见，争取尽早实施。三是创建安全教育基地。借鉴、推广福建龙岩地区建设中小学生安全教育基地、开展安全教育和体验活动的做法，在条件成熟的地区、城市、企业、乡镇，推进重点行业（领域）安全警示教育基地、场馆建设，鼓励

各地建立安全主题公园、主题街道,营造关爱生命、关注安全的文化氛围。四是创建安全诚信企业。将这一活动与打击非法违法生产、深化重点行业领域隐患排查治理、落实企业安全生产主体责任紧密结合起来,明确承诺内容,完善创建制度,选树并定期发布一批安全生产诚信守诺的企业,促进高危、重点行业(领域)企业全面履行安全生产法定义务和社会责任。五是繁荣安全文艺创作。支持、鼓励各类文化团体、文学艺术工作者,围绕安全发展、安全监管监察等主题,深入基层,深入一线,深度挖掘,丰富创作题材和内容;积极推动有关文艺团体开展安全生产文艺演出等活动;完善重特大事故音像资料库,组织拍摄、制作事故案例电视片。加快将可读可视性强、冲击力大、教育深刻、影响广泛的安全文化产品搬上屏幕、出版图书,走进千家万户。同时,积极稳妥抓好新闻出版体制改革方案实施,推进转换文化事业单位管理机制,提高服务水平。

(三)加强协调、优化资源,大力推进安全生产舆论引导

要充分发挥各类媒体的舆论引导作用,做到善待媒体、善用媒体、善管媒体,牢牢把握正确舆论导向,掌握安全生产舆论话语权和主动权。一要加强与中央和相关媒体的沟通协调。坚持及时准确、公开透明、有序开放、有效组织、正确引导的原则,主动公开重大信息、主动介绍工作进展、主动提供采访方便,通过组织专题报道、深度报道、系列报道、跟踪报道等形式,充分发挥它们安全生产新闻宣传的主导作用。二要加强主管宣传阵地建设。认真组织总局主管报刊的审读工作,提高报刊质量。加快以总局政府网站为龙头的安全生产网站群建设,实现与传统媒体优势互补。探索建立主管报刊(网站)联动发稿机制,完善安全生产信息发布机制,建立网络评论员制度,不断提高舆论引导能力,做到在重大问题上不缺位、在关键时刻不失语,抢占舆论制高点,形成正面舆论强势。三要加强安全生产和安全监管监察成果的宣传。要进一步深入宣传以河南煤矿安监局豫东分局原局长丁安同志为代表的一批不辱使命、执法为民、勇于奉献的"安全发展忠诚卫士"的先进事迹。组织开展国家安全生产监管体制创新十周年系列宣传活动,宣传加强安全生产工作的重大进展和成效。宣传加强安全生产基层基础建设的管理经验,充分展示一线职工、优秀班组长的风采,推进提高安全管理水平。四要加强突发公共事件新闻报道工作。在华晋焦煤公司王家岭矿"3·28"透水事故抢险救援中,国家和地方宣传部门与新闻媒体有效对接,加大新闻

发布密度，组织主流媒体全过程参加指挥部的会议，既客观报道了事故的真实情况，又突出宣传了党和政府组织抢险救援的工作措施，对抢险救援工作给予了大力支持，引起了社会广泛共鸣，树立了党和政府的良好形象。要不断总结经验做法，进一步贯彻落实《突发公共事件新闻报道应急办法》，加强与相关媒体和单位的组织配合，坚持快速发布事故情况、积极报道救援进展、谨慎涉及事故原因、关注舆情正面引导的原则，切实做好突发生产安全事故相关舆论工作。

（四）广开渠道、广泛发动，大力强化安全宣传社会化

要扎实推进安全生产的综合治理。要紧紧依靠地方各级党委、政府的支持，积极做好深入细致的宣传、解释和沟通工作，凝聚有关方面的力量，达到广泛共识，做到"四个纳入"。把安全生产工作和宣传教育工作纳入本地区社会主义精神文明建设体系之中，结合全国文明城市、文明村镇创建，将安全成果作为文明建设重要标志和考量指标；把安全生产工作和宣传教育工作纳入党风廉政建设体系之中，加强安全执法和安全管理的监督约束，治理安全生产过程中的不法行为，严肃查处事故背后的腐败问题；把安全生产工作和宣传教育工作纳入社会治安综合治理体系之中，突出预防为主，及时排查治理事故隐患，进一步推进构建安全稳定的和谐社会；把安全生产工作和宣传教育工作纳入各级领导干部政绩业绩考核体系之中，实行重大责任事故"一票否决"。

进一步加强社会监督。各级安全监管监察机构要完善安全生产控制指标体系，积极做好控制指标实施情况的月通报、季公布、年考核工作，并通过当地媒体向社会公开发布；进一步完善奖惩制度，激发人们做好安全生产工作的动力、信心和决心。要继续严格执行安全生产"黑名单"制度，对因非法违法生产经营行为导致重特大责任事故的单位和个人，以及重特大事故查处结果，要及时公布，接受社会监督，引导全社会吸取教训，举一反三，督促完善整改措施，推动安全生产工作。要抓紧完善社会监督网络，力争到2010年底，"12350"安全生产事故和隐患举报电话覆盖面达到90%以上，完善落实举报奖励制度，鼓励群众和新闻媒体对安全生产领域存在的非法违法现象和重大事故隐患进行监督、举报。

（五）加强指导、有序实施，大力强化第九个安全生产月系列宣传活动

2010年的安全生产月活动适逢举世瞩目的上海世博会举办期。在宣传内容上，要围绕"安全发展、预防为主"这一主题，要突出以人为本、安全发展；突出"安全第一，预防为主，综合治理"安全生产方针的宣传，增强防微杜渐、防患于未然、有效防范事故的共识，促进"安全生产年"的各项政策措施的落实。同时也要进一步扩大对外宣传，充分展示我国安全生产的理念，党和政府为之作出的努力和取得的重大成效。

各地区要切实抓好工作指导、组织协调，有序推进各项活动的实施。2010年的安全月宣传活动，由中宣部、安监总局、广电总局、全国总工会、团中央和中华全国妇女联合会共同举办，期间在广西和黑龙江开展安全生产万里行活动。同时要举办安全咨询日、安全科技周、应急预案演练周、第五届安全发展论坛，并继续开展"安康杯"竞赛、"青年安全示范岗"和安全生产应急知识竞赛。上海世博会、广州亚运会、汛期等重要时段的宣传工作，要切实抓好，增强安全防范意识，扩大宣传效果。一段时间内，相关活动集中开展，各地区和各有关部门要统筹做好工作安排，承办单位要科学组织，保证各项活动有保障措施、有宣传声势、有积极效果。同时，结合安全生产大检查，组织有关媒体对非法违法、违规违章以及各类重大隐患治理不及时、整治不彻底的企业和单位进行公开曝光，加强新闻舆论监督，促进落实整改措施，有效保证安全生产。

（六）加强领导、完善机制，大力强化安全宣教队伍建设

各级安全监管监察机构领导要注意学习领会中央有关新闻宣传方面重要文件和工作部署要求，提高思想认识，切实把加强安全宣传工作作为推动安全生产、加强安全监管监察的重要措施和手段，调动和发挥各相关安全宣传机构的积极性，明确职责分工，加强工作指导，抓好措施落实，在安全宣传上做到组织领导有人管、具体工作有人抓、相关事项有人做，确保安全生产宣传工作与整体工作统筹协调推进，有效解决"一手硬一手软"的问题。一要加强安全宣传制度建设。健全完善与各地宣传机构、新闻媒体等的沟通联络机制、重大事故快速报道

机制、月度安全宣传重点拟定制度、重大宣传活动会商制度，加强安全宣传工作日常化、规范化建设。二要进一步加大宣传教育培训力度。积极组织举办和参加相关业务培训，提高安全宣传工作水平，增强运用媒体引导社会舆论、推进安全生产工作的能力。三要加强宣传工作规范化管理。做好对主管新闻单位的业务指导，充分运用社会资源，依法依规加强对各类安全文化中介和安全文化单位等有关机构的管理，规范合作行为，创新合作内容，为安全生产宣传事业健康发展营造良好环境。

B.9
气象信息与知识的传播及应用*

摘　要：现代气象服务是以气象基本业务为依托，利用现代科技成果，为推动经济发展、社会进步、保障民生和国家安全提供气象信息、技术与知识的活动。在现代气象服务过程中，气象信息与知识的科学传播及应用对做好应对气候变化和气象防灾减灾工作、推动经济社会发展、保障人民安康福祉具有重要意义，也是提高公众对气象服务信息与知识的理解和判断能力，增强公众抵御气象灾害能力的重要途径。同时，气象部门还通过多种方式与公众开展交流和沟通，了解公众对气象信息与知识的需求，进一步提高气象服务的实用性和针对性，树立气象部门优良的公共形象。

气象事业是科技型、基础性社会公益事业，是一项关系国计民生的事业，在我国经济社会发展的全局中占有重要地位。气象服务是气象事业的立业之本，是气象工作的出发点和归宿，是连接气象工作与经济社会的重要桥梁。面对频发的气象灾害、突发公共事件以及重大社会活动的需求，气象部门切实加强气象监测预警、预报服务工作，提前部署、严密监视、滚动预报、主动服务，为各级党委、政府和有关部门组织提供气象决策依据，为广大社会公众提供气象预警预报，同时加强气象科普知识宣传，努力建设完善"政府主导、部门联动、社会参与"的气象防灾减灾体系，有效提高应对气候变化和气象防灾减灾能力。

＊ 作者：孙健，中国气象局公共气象服务中心主任，高级工程师；裴顺强，中国气象局公共气象服务中心办公室秘书。

一 气象信息与知识传播工作

气象信息是百姓日常生活须臾不可离开的重要信息，也是经济社会活动不可缺少的重要信息。目前我国气象信息产品不断丰富，信息发布渠道从传统的广播电视、报纸、电话进一步向网络、移动通信、户外媒体等方面拓展，气象信息与知识的传播手段不断增多，已经建立了包括电视、广播、中国气象频道、电话、手机、网络、电子显示屏、报纸杂志、IPTV、海洋预警电台、气象警报系统以及气象信息员等在内的多种渠道，及时、准确地将气象信息与知识提供给决策者、社会公众和专业用户，形成了广覆盖、多频次、形式多样的气象信息与知识传播格局。

（一）气象信息产品不断丰富

随着经济社会的发展和人民需求的增加，气象服务信息已经由单一向多元化发展，信息产品不断丰富，满足决策、公众、专业专项等各类气象服务需求。决策气象服务主要是向党中央、国务院和地方各级党委、政府报送重要天气气候信息和防灾减灾信息，并根据天气气候实况及趋势预测进行综合分析，提供重大事件咨询和防灾减灾、应对气候变化等重大对策建议，通常分为天气信息类、气候评价类和农业气象类等产品。公众气象服务主要是及时向公众提供高质量灾害性天气、气象灾害预警预报服务，提供覆盖面广的公众生活工作、出行、医疗健康等多样化服务，开展公众关心的重大天气气候事件和实况监测资讯服务，为提高公众气象意识及防灾减灾知识服务，一般包括天气监测预报警报、气象灾害监测预警、气候服务、农业气象服务、环境质量预报以及气象科普等。专业气象服务主要针对专业用户的精细化和特殊需求，不断探索国民经济各行业的不同生产过程对气象条件的特殊要求，努力为各行各业提供多元化的、针对性强的、适用的各类专业服务产品，如为专业用户提供其所需要的温度、降水、风速、风向等气象实况监测产品，气象卫星、天气雷达、闪电定位等监测产品，以及台风、暴雨、暴雪、雷电、冰雹、大风等灾害的种类、出现地点、时间和强度的图示性描述等产品等。专项气象服务是指针对经济社会发展而产生的特定服务需求，面向专门项目或特定用户所提供的具有个性化用途的专门气象服务，主要包括为重大活动、重大工程建设、国防安全和军事等专项气象保障提供服务信息和为人工影

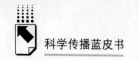

响天气、雷电防护和气候资源开发利用等专项技术服务提供信息等。此外，随着信息技术的不断发展和新媒体的不断普及，气象部门充分利用包括气象监测、气象预报、气候预测、灾害性天气警报以及其他气象资料在内的气象信息，制作适合广播、电视、报纸、网络、电话、手机和电子显示屏等媒体使用的图形、图像、视频、音频、文字等多种形式的气象信息产品，进一步提高服务产品的针对性、通俗性和个性化。

（二）气象信息传播覆盖面迅速扩大

近年来，气象部门服务系统建设不断完善，气象信息传播覆盖面迅速扩大。建成了决策气象服务系统，完善了国家级和省级决策气象服务中心"小实体、大网络"的运作方式。国家级气象灾害预警手机服务平台、社会媒体气象信息联动预警平台和气象服务热线电话平台投入业务运行。中国天气网（www.weather.com.cn）影响越来越大，北京、山西等 10 个中国天气网省级站上线运行，日访问量超过 1000 万人次，在国内服务类网站中排名第一，在国际气象服务类网站中排名第三；与中央人民政府网、新华网等数十家大型网站开展密切的战略性合作，共同打造天气频道；推出数十种中英文插件和个性化插件，有2000 多家中小型网站使用中国天气网天气插件传播气象信息。中国气象频道（China Weather TV）在 30 个省（自治区、直辖市）的 207 个地级以上（含地级）城市落地，覆盖数字用户数突破 2800 万户，18 个省（自治区、直辖市）实现全辖区基本覆盖，15 个省（自治区、直辖市）实现本地节目插播。中央电视台的 10 个频道、旅游卫视、中国教育电视台、凤凰卫视、中华卫视、阳光卫视、新华社中国电视台以及中央人民广播电台经济之声、中国之声等社会公共媒体相继开播了电视广播节目。全国各省（自治区、直辖市）气象局建立手机短信服务平台，服务用户突破 1 亿户。建成乡村气象信息服务站 1.5 万余个、预警喇叭近 8 万个、气象电子显示屏 4.3 万余块。中国兴农网已覆盖 31 个省（自治区、直辖市）的 1300 多个县。浙江舟山、山东石岛、广东茂名等海洋气象广播电台建设进展顺利，基本实现业务运行。

（三）气象知识科普促进公众对气象信息的理解和正确使用

气象部门通过多种渠道，全方位加强气象科普宣传工作，帮助公众了解气象的科技水平和能力，正确理解和运用气象信息。利用"3·23"世界气象日、"5·12"防灾减灾日、科技周等组织气象科普开放日活动。中国天气网气象科普频道开设了热点话题、灾害防御等10余个栏目，内容丰富，形式活泼。《气象知识》以"弘扬科学精神，普及气象科学知识"为己任，坚持科学的态度，本着科学的原则，既用科学的语言阐述气象科学原理，又用通俗的语言深入浅出地解释生涩的气象难题，为普及气象科学知识，增强全社会防灾减灾意识作出了重要的贡献，深受读者的欢迎，入选新闻出版总署"农家书屋重点报纸期刊推荐目录"。在应对气候变化科普宣传方面，全面报道和广泛宣传气候变化科学知识、国家政策和应对气候变化工作以及应对气候变化国际行动。在新中国成立60周年成就展期间，中央政治局有六位常委参观了气象成就展，累计向100多万观众进行了气象科普宣传。先后制作防灾减灾和应对气候变化科普专题电视节目490集，在国内外媒体上播放。中国气象局还专门设立气象科技展厅，通过外投球幕展示系统、多媒体天气现象综合显示、预警信号游戏墙、气象应急监测指挥车模型、卫星模型、火箭发射架等多项高科技科普展项，让观众直接参与其中，领略气象科技的奥妙。

（四）搭建与公众沟通交流的平台

随着公众参与社会公共事务的意识日渐增强，气象部门也积极通过网络、电话、科普公益活动等形式，搭建与公众沟通交流的平台，在促进社会公众关注和参与气象服务方面发挥越来越重要的作用。中国天气网高度重视和网友的互动，"天气社区"是其与网友的一个互动平台，同时通过举办专家在线答疑、天气摄影比赛等网上大型活动（见表1）吸引了24.7万网民参与。通过与网友的互动，中国天气网得到了更多来自网友的意见和建议，不断认清自身的缺陷和不足，不断改进服务。2008年12月26日，中国气象局气象服务热线400-6000-121开通试运行，成为气象部门宣传气象、答疑解惑、需求了解、服务社会的平台，也是社会公众了解气象知识、业务咨询、效果反馈、意见建议表达的窗口。2009年，气象服务热线共受理业务1.5万余次，及时反馈用户意见、建议和纠错等近500次，解决用户投诉96次，请专家解答专业咨询100余次，向有关单位反馈意见40多项，用户满意率达99.8%。中国气象局根据用户意见建议，对气象服务进行了435次改进。2009年，中国气象频道举办的"气候变化 中国在行动"全国科普公益活动在北京、上海、湖北、重庆、云南、陕西、广西等地共举办了

23 场，涉及政府机关、大中院校、农村、社区、行业协会，参与人数近 4 万人。"2009 年气象防灾减灾宣传志愿者中国行"活动是中国气象事业发展史上参与人数最多、活动地域最广、规模最大、最专业、影响最大的一次气象防灾减灾志愿者宣传活动。2000 多名志愿者和气象专家分成 200 个小分队，携带 70 万份资料，前往全国 31 个省（自治区、直辖市），深入农村、中小学校、厂矿企业等防灾薄弱地区，将气象防灾减灾和应对气候变化的科普知识传播到千家万户，以增强全社会的气象防灾减灾意识，提高公众防灾减灾能力。

表1   2009 年中国天气网部分网上活动情况

活动名称	活动时间	参与/点击人数（人）	收到作品
网上"3·23"在线问答	3 月 22 ~ 27 日	2161	205 条
中国天气网 2009 年春季摄影大赛	4 月 15 日至 5 月 31 日	83101	1543 组
美丽湿地，我来拍	5 ~ 11 月	28561	100 余组
夏至　有奖征集"立竿不见影"	6 月 21 日至 7 月 6 日	3804	55 组
中国天气网 2009 年夏季摄影大赛	7 月 1 日至 9 月 10 日	15277	1236 组
7 月 22 日　拍下你所看见的日全食	7 月 22 日	24441	44 组
【七夕活动】爱的阴晴雨雪	8 月 24 日	2622	17 篇
中国天气网 2009 年秋季摄影大赛	9 月 24 日至 11 月 15 日	12133	1017 组
国庆一日摄影	10 月 1 日	4316	41 组

二　气象信息服务效益显著

在各级党委、政府和有关部门的大力支持下，各级气象部门做到"一年四季不放松，每个过程不放过"，坚持"以人为本，无微不至，无所不在"的气象服务理念，将气象信息传播服务融入到气象防灾减灾工作中，融入到百姓日常的生产生活中，产生了巨大的社会经济效益。2009 年，各省（自治区、直辖市）人民政府对气象工作的满意率达 95%，社会公众对气象服务的满意率达 85.6%。

（一）气象预警信息发布为气象灾害防御作出重要贡献

2009 年，面对区域性极端暴雨、阶段性严重干旱、局地性强风飑线、高频次登陆台风以及初冬季节华北暴雪等重大天气过程，中国气象局启动应急响应

16 次，各级气象部门共发布警报 3640 次、预警信号 2737 次，通过手机短信接收预警信息超过 9 亿人次。中国天气网制作台风、暴雨（雪）、强冷空气、寒潮、高温、干旱、沙尘暴及地质灾害防灾专题 57 个，累计服务受众达 3169 万人次。遇有灾害性、转折性、关键性天气实现直播连线常态化，中国气象频道全年重大直播 64 次，与中央电视台等公共频道直播连线 25 次，实现了与各级气象部门和社会媒体的联合报道。建设完成气象预警信息共享服务平台，与新华网、央视国际等 16 家大型网站签署合作协议，建立了气象灾害预警信息联动播发机制，全年共发布各种灾害预警信息 2031 条，新华网、新浪网等各大媒体转载发布预警信息及相关新闻资讯 11.2 万次。2009 年，在各地区和各部门的共同努力下，气象防灾减灾成效显著，全年因气象灾害造成的死亡人数，特别是台风灾害在沿海各地造成人员死亡为历年最低。

（二）为公众生活提供优质气象信息服务

2009 年，中国气象局华风气象影视信息集团制作的气象节目在中央电视台、中央人民广播电台等社会公共媒体播出，平均每天播出的节目总时长近 7 小时。200 多个省级电视频道、300 多个地市级电视频道、1700 多个县级电视频道每天播出 3000 余套气象节目。120 多个省级广播频道、400 多个地市级广播频道和近1000 个县级广播频道每天播出 3500 余档广播气象节目。中国天气网服务的直接受众达 2.3 亿人次，点击量达 21.85 亿次；根据百姓生活需要，研发推出全国生活气象指数落区图、户外活动天气小助手、出生日天气等服务产品，总点击量达2500 万人次；为公众深度解读气象事件，推出专家访谈 168 期，地方电话连线上千次。气象部门针对重大天气过程研发各种气象要素的图形显示产品，通过中国天气网、CMA 网站、中国气象频道向社会发布，被多家媒体广泛引用。据统计，每天超过 10 亿人次的社会公众通过各种方式接收到气象服务信息。

（三）气象服务为"三农"服务取得新成效

气象部门始终坚持把为农服务作为气象服务的重中之重，坚持面向民生，更加重视以人为本和保障农民的根本利益，把气象防灾减灾和确保农民生命安全作为首要任务；坚持面向生产，更加重视保障农业农村经济的平稳增长，把为稳定现代农业生产和保障主要农产品有效供给服务作为工作重点；坚持面向决策，更加重视保障国家粮食安全服务，把应对气候变化和气候资源开发利用作为战略任务；坚持需求牵引，更加重视拓展服务领域，把农民农村需求放在优先位置，把农民农村满意作为根本标准。2009年，各级气象部门认真贯彻全国农业气象工作会议精神，重视和加强关键农时季节、重要农事活动和重大农业气象灾害的气象服务。气象部门创办十年的中国兴农网受到农民和涉农网站的欢迎，发表原创文章2000多篇，发布各类相关信息共123万多条。与农业部信息中心联合推进气象农业信息服务，创建气象农业频道，社会反响良好。中国兴农网连续六年荣获"全国农业网站百强"称号，被誉为"农村防灾的千里眼、农业生产的顺风耳、农民致富的好帮手"。

（四）各项重大气象服务保障有力

2009年是重大气象服务保障任务繁重的一年。在总参、空军、公安、民航等部门的大力配合和支持下，圆满完成了新中国成立60周年首都庆祝活动的气象服务保障任务，得到中央领导同志的充分肯定和社会各界的高度赞扬。圆满完成了哈尔滨第24届世界大学生冬季运动会、济南第十一届全国运动会、海军建军60周年庆典、汶川特大地震周年纪念、亚丁湾护航、2009年国家海上搜救演习、"长城6号"反恐怖演习等一系列重大活动的气象服务保障。重视和加强面向各行各业和重大工程建设的气象服务，交通、水利、能源、电力、旅游、卫生等关系民生的气象服务得到有力推进。中国天气网、中国气象频道为新中国成立60周年、世界大学生冬季运动会、环青海湖公路自行车赛、全运会等重大活动提供气象服务，对重大气象事件进行直播报道，深受社会各界欢迎。

三　气象信息与知识传播工作的基本经验

2009年是新中国成立60周年，也是中国气象局成立60周年。60年来，气象工作始终坚持把做好气象服务作为根本宗旨，为国防和国民经济建设以及保障人民生命财产安全提供全方位的服务，服务领域不断拓宽，服务手段不断改善，服务效益显著提高。我们建立了包括决策气象服务、公众气象服务、专业专项气象服务和气象科技服务在内的具有中国特色的气象服务体系，气象防灾减灾、应对气候变化和各项气象服务取得了显著的经济社会效益，气象信息与知识传播工作积累了如下的宝贵经验。

（一）只有坚持需求牵引，才能真正提高气象信息产品的针对性

气象信息服务是气象部门对外开展的范围最广、内容最多、难度最大的一类服务工作。开展气象信息服务必须全面了解服务对象的服务需求，才能开展针对性的服务。各级气象部门始终坚持把不断满足经济社会发展和人民安康福祉对气象信息日益增长的需求作为气象信息传播的出发点和落脚点，面向防御和减轻自然灾害、适应和减缓气候变化等方面的需求，提高气象信息服务的针对性。近年来，中国气象局以全面透彻了解用户需求和气象服务满意度为重点，通过长期收集分析研究各类用户对气象服务的需求情况，开展了气象服务质量和用户满意度调查，对社会公众获取、使用气象信息和了解新的气象信息所存在的问题进行科学分析，为进一步提高公共气象服务水平提供指导。2009 年，中国气象局与国家统计局首次合作完成了全国公众气象服务调查评估工作，今后还要将其作为一项基本业务持之以恒地抓好。

（二）只有坚持多种手段并举，才能有效提高气象信息传播的及时性

气象信息的时效性很强，一旦制作完成，必须及时分发到用户手中，才能取得服务效益。目前，没有任何一种传播渠道能够单独满足在有限时间内将气象信息（特别是气象灾害预警信息）传递到所有需要者手中。因此，必须多种手段并举。气象部门已经开展了积极探索，建立了包括广播、电视、电话、手机、网络、电子显示屏、报纸杂志、海洋预警电台等多种传播手段在内的气象信息发布平台，气象信息覆盖面显著提高，气象信息的作用得到有效发挥。

（三）只有坚持不懈地开展科学普及，才能切实增强气象信息的效用

气象信息服务能否发挥效益，不仅取决于我们的服务水平，还取决于服务对象对气象信息和相关科学知识的理解和判断能力。气象部门始终坚持把气象科普工作作为一项长期任务抓实抓好，紧密围绕气象防灾减灾和应对气候变化，坚持贴近社会、贴近生活、贴近百姓，坚持科学性、通俗性和趣味性有机统一，面向社会大众，宣传普及气象防灾减灾知识和气象科学知识，帮助社会公众提升对气

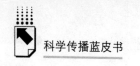
象信息与知识的理解和认知能力，从而正确运用气象信息，增强气象信息的效用，促进公众气象防灾减灾意识不断增强，促进公众避险、避灾、自救、互救、应急能力的提升，最大限度地减轻气象灾害造成的损失，保障人民群众的安全福祉。

四　气象信息与知识传播工作的突出问题

在总结经验的同时，我们也清醒地认识到，面对人民群众的期盼，气象信息与知识的传播工作与社会公众的需求之间还存在一定的差距，主要表现在以下几个方面。

（一）气象信息传递的于"最后一公里"问题尚未完全解决

虽然我们已经建立了比较现代化的综合信息分发平台，但是当气象信息发出去后，由于农村气象组织网络不完善、信息渠道不畅通等因素，使得气象信息往往受阻于"最后一公里"，不能到达用户手中。我国东、西部地区以及城乡之间在气象信息发布手段建设上很不平衡；人员密集场所、道路交通、旅游景区等人们需要实时掌握天气变化的地方，气象信息发布渠道不完善；偏远山区、牧区、海上等气象灾害的脆弱区域，气象信息发布渠道不畅，气象预警信息难以有效到达，成为气象灾害防御的薄弱环节。

（二）气象信息产品的针对性不足

气象数据信息是气象服务的核心，气象部门虽然拥有并积累了大量的气象数据信息，但是数据信息的组织和分发方式比较零散。同时，多领域、多层面的基本气象业务产品的深加工能力不高，服务的产品还不够丰富，服务的广度和深度不够，精细化水平有待提高。随着社会行业的多样化和社会经济结构的日益复杂化，不同的行业、不同的人群对气象信息的需求差异越来越大，所要求的服务内容各不相同，越来越多的用户将不再仅仅满足气象部门面向社会和广大公众提供的气象信息，而是需要将气象信息与经济、社会、人文等社会信息相结合，提供更具针对性的气象服务产品。这就需要我们充分考虑用户的需求，广泛地与用户的生产结合起来，提高气象信息服务产品的深加工能力，努力实现公众服务通俗易懂，贴近大众生活；专业服务基本覆盖各行业，服务产品科技含量高，准确性增加，专业服务能力增强；特定用户定制的个性服务产品适用性强。

（三）气象信息的发布秩序比较混乱

依据《中华人民共和国气象法》等法律法规的要求，向公众发布气象信息必须获得气象部门允许，所发布的气象信息来源必须明确，时效及时，内容准确。但是随着社会经济的发展，气象信息发布机构日趋增多，一些网站、媒体和手机短信服务商未经授权，擅自向公众播发天气预报信息。这些信息无信息来源，内容存在失真、夸大等问题，有些甚至是过时信息。另外，一些县级电台、电视台发布气象信息时无规律，有时播，有时不播，较为混乱。一些宾馆的信息发布屏幕上挂的气象信息不按时更新，有些显示的竟是数日前的气象资料。气象信息直接影响着工农业生产和公众生活，一旦失真，很可能造成严重的后果，甚至导致社会秩序混乱，这就需要加强气象信息发布管理，规范发布气象信息的行为，确保发布的气象信息及时、准确。另外，由于气象部门发布的信息更新不及时，也会引起公众的误解，这也需要我们加快建立气象信息发布监控平台，实现服务产品更新后，网站、手机短信、电话、电子显示屏等渠道发布的信息同步更新，确保对外服务的一致性。

五　气象信息与知识传播工作的开展

站在新的历史起点上，气象工作从来没有像今天这样受到各级党政领导的高度重视，从来没有像今天这样受到社会各界的高度关切，从来没有像今天这样受到人民群众的高度关心，从来没有像今天这样受到国际社会的高度关注。今后的气象信息与知识传播工作，还应继续坚持面向决策，面向生产，面向民生，以社会需求为导向，逐步完善各种服务手段综合运用、覆盖城乡社区、立体化的现代化气象综合信息分发平台，提升气象信息发布能力；增强与公众沟通和交流，气象信息服务的主动性、敏感性、针对性显著提高；努力创新气象科普的工作形式、内容和手段，加强气象科普能力建设，为提高全民科学素质、增强气象信息应用能力、维护人民群众的安全福祉作出应有的贡献。

（一）进一步强化气象防灾减灾工作，发挥"消息树"作用

做好《气象灾害防御条例》、《国家气象灾害防御规划（2009～2020年）》、

《国家气象灾害应急预案》的宣传和落实工作。组织做好气象灾害预警发布系统建设，显著提升气象灾害预警发布能力。加强气象信息员队伍的建设和管理，推进气象信息服务站和综合信息服务站的建设，推进基层气象灾害防御认证制度的建立。建立多部门联动的气象灾害应急响应机制，进一步完善"政府主导、部门联动、社会参与"的气象防灾减灾机制，建立和完善多灾种的监测预警应急机制，充分发挥自然灾害防御中气象预警信息的先导作用，加强向各级政府的防灾减灾决策信息报送工作。

（二）进一步提高气象预报准确率和精细化水平，增强实用性

强化短时临近预报业务能力建设，努力提高定量降水预报业务能力，进一步提升暴雨、台风、雷电、冰雹、强对流天气等突发气象灾害的监测预报预警能力，特别是在台风风雨影响、强风半径、最大可能登陆地点时间等方面改进监测、预报工作。继续做好中短期预报工作，确保重大天气过程的预报不错不漏。加强数值预报产品的研发和改进，提高数值预报支撑能力。改进和完善短期气候预测业务，加强短期气候预测的滚动订正，为政府及相关部门提供可靠的决策依据。加强重大天气过程的预报预测技术的分析和总结，不断提高预报人员的能力和水平。

（三）进一步扩大气象预警预报信息的覆盖面，提高时效性

不断完善多种手段综合运用、覆盖城乡、立体化的气象信息发布系统，提高气象信息特别是灾害预警信息的时效性和覆盖率。继续大力推进广播、电视、网络、手机短信、电话、电子显示屏、农村大喇叭等气象信息发布手段建设。推进中国天气网省级站建设和中国气象频道落地、插播工作。建设完善覆盖沿海地区的海洋气象广播电台。着力解决偏远山区、农村、学校等防灾减灾薄弱区的气象预警信息发布问题。继续推进推动国家突发公共事件预警信息发布系统的立项审批工作，探索建立各类突发公共事件预警信息发布的常态化工作机制。

（四）进一步加强部门联动和专项气象保障，提升服务效益

本着开放、合作、共赢的原则，建立健全与水利、民政、国土资源、交通运输、农业、地震、卫生、安全监管、林业、旅游、电力、航空、部队等部门和单位的气象应急联动机制。坚持面向民生、面向生产、面向决策，深入研究各行

业、领域对气象服务的具体需求，开展针对性服务。开展部门之间的深层次合作，推动信息实时交换和资源有效共享，联合研发专项气象服务产品。完善部门间常态化联系机制，组织召开气象灾害防御服务部际座谈会。认真总结新中国成立60周年庆典活动、第十一届全运会开幕式气象保障服务经验，加强监测、预报、服务、科研、团队以及部门联动等方面的经验和成果的推广，为2010年上海世博会、2010年广州亚运会气象保障服务提供借鉴，进一步提升重大活动专项气象保障服务能力。

（五）进一步提高全民气象科技素质，更好发挥气象信息效用

充分发挥社会力量，利用气象、教育、新闻等资源，建设气象科普教育基地，加强对全社会尤其是对农民、中小学生的宣传教育，扩大气象科普宣传和普及工作。将灾害防御等科技知识纳入国民教育，纳入文化、科技、卫生"三下乡"活动，纳入全社会科普宣传活动，努力提高全民防灾减灾的意识和避险、自救互助能力。加强社会舆论引导，充分发挥媒体作用，做好相关科学解释和说明工作，增强公众抗御各类气象灾害的能力。不断提升气象信息员队伍素质，帮助其了解气象科普知识，掌握防御气象灾害的基本技能，提高气象灾害防御的组织能力和水平。

参考文献

郑国光：《总结经验 开拓创新 进一步推动气象事业实现更大发展》，《2010年全国气象局长会议工作报告》，2010。

孙健：《团结一致 再接再厉 推动公共气象服务实现新的跨越》，《2010年中国气象局公共气象服务中心年度工作会议报告》，2010。

石永怡：《围绕大局 改革创新 开拓进取 努力开创气象影视服务新局面》，《2010年中国气象局华风气象影视信息集团工作会议报告》，2010。

许小峰等：《现代气象服务》，气象出版社，2010。

郑国光等：《中国气象现代化60年》，气象出版社，2009。

马鹤年、沈国权、阮水根等：《气象服务学基础》，气象出版社，2001。

年度报告
Annual Report

B.10
公众对科学及科学家的
认知与态度调查

　　摘　要：本研究采用电话调查方式对全国 18 个城市公众进行随机调查访问，考察了公众对科学家的认知与评价以及对科学的认知与态度情况。研究显示，公众对科学家的评价相对水平较高绝对水平较低，对科学表达了支持与肯定的态度，同时公众对科学常识表现出认知不明等特点。

一　研究设计

　　为了解我国公众对科学及科学家的认知与态度，我们针对公众对科学的信任程度、对科学家社会责任的认知、对科学家创新能力的信心，以及公众对科学认知情况等设计了问卷，并通过 CATI 电话调查系统，对来自全国 18 个城市的居民进行了随机访问。

　　调查采用分层抽样方法，首先按照第五次全国人口普查数据，选择 18 个代表不同经济发展程度与文化区域特点的城市作为调查对象，进而通过 CATI 电话调查系统，对 18 个城市居民进行电话随机抽样，通过电话访员对住户进行电话访问获得调查数据。调查于 2010 年 7 月 15～26 日实施完成，共获得有效样本1000 份，样本的地域分布情况详见表 1。

表 1　样本区域分布情况

单位：份

编号	城　市	有效样本数量	编号	城　市	有效样本数量
1	北　京	60	11	西　宁	56
2	成　都	55	12	曲　靖	56
3	广　州	54	13	阜　阳	56
4	杭　州	53	14	满洲里	56
5	上　海	60	15	都江堰	55
6	沈　阳	55	16	汾　阳	55
7	武　汉	55	17	北　流	55
8	西　安	54	18	双　城	55
9	郑　州	54	合　计		1000
10	泉　州	56			

二　公众对科学家的认知与评价

（一）公众对"科技界"的信任程度处于相对较高水平

1. "科技界"信任度的测量方法与主要参照数据

为了解人们对"科学界"的信任程度，我们请被访者依据自己的印象和感觉用 0～10 分进行信任度评分，0 分代表"完全不信任"，10 分代表完全信任，6 分表示信任度及格。

为对信任度水平的高低提供比较参照，本次研究除科技界之外还调查了"军队"、"新闻媒体"、"公安机关"等其他机构或部门，以进行横向比较。在纵向历史性比较方面，我们将调查结果与 2006 年"中国大众媒介公信力测评研究"的类似调查数据进行了比较。另外，也将部分数据与美国科学工程指标中的类似调查结果进行了国际比较。

2. 中国公众对国家机构或部门的信任度整体处于中等偏低水平

从本次调查所涉及的 14 个机构、部门或团体的整体信任度调查结果来看，

187

信任度评价最低为5.82分，最高为7.88分，平均为6.59分，处于中等偏下水平，与2005年的调查结果（6.52分）大体相当。可以说中国社会整体处于一个较低信任度的状态（见表2）。

表2　公众对国家机构或部门的信任程度评分

调查对象	评价人数（人）	回答比例（%）	2010年信任度得分	2010年排名	标准差	2005年信任度得分	2005年排名	信任度变化
军队	909	90.8	7.88	1	1.82	7.00	2	+0.88
科技界	905	90.4	7.50	2	1.667	—	—	+7.50
新闻媒体	969	96.8	6.78	3	1.99	6.64	6	+0.14
教育界	982	98.1	6.78	4	1.947	6.74	4	+0.04
学术界	799	79.8	6.72	5	1.873	7.05	1	-0.33
人民代表大会	902	90.1	6.63	6	2.294	6.92	3	-0.29
大企业	894	89.3	6.60	7	1.78	6.18	9	+0.42
法院	912	91.1	6.44	8	2.246	6.69	5	-0.25
检察机关	901	90.0	6.42	9	2.149	—	—	+6.42
政协	836	83.5	6.37	10	2.287	6.36	8	+0.01
医疗界	987	98.6	6.13	11	2.201	6.10	11	+0.03
公安机关	964	96.3	6.13	12	2.271	6.16	10	-0.03
宗教界	733	73.2	6.07	13	2.474	5.94	12	+0.13
政府机关	977	97.6	5.82	14	2.087	6.49	7	-0.67
平均	—	—	6.59	—	—	6.52	—	+0.07

3. 公众对"科技界"的绝对信任度较低，相对信任度较高

从公众评分的绝对值来看，本次调查的"科技界"信任度得分为7.50分，处于中等略偏上水平。与"科技界"有较多联系的"教育界"和"学术界"的信任度得分为6.78分和6.72分。从绝对得分来看，信任度水平并不高。

从信任度的相对水平来看，与其他调查对象相比，中国公众对"科技界"的信任程度又处于相对比较高的水平：在14个调查对象中，得分仅次于"军队"（7.88分）排第二位，其余调查对象的信任度得分均不足7分，与"军队"和"科技界"相比具有较大差距。

与科技界相关的另外两个部门——"教育界"和"学术界"也分别排第四

位和第五位，排位虽落后于"科技界"，但与其他所调查的机构或部门相比，相对信任度水平也是比较高的。

4. 中国公众对"科技界"的相对信任程度与美国类似

美国全国社会调查自 1973 年以来，有过类似的信任度调查，追踪公众对不同行业领导人的信任程度，其中包括科技界的领袖人物（也就是科学家）。调查方式为要求被调查者回答他们是否"非常信任""有些信任""几乎不信任"不同行业中的领袖。在公众信任度排名中，科技界通常排名第二或者第三，在军队和医学界之后。从趋势来看，多年来包括医学界在内的其他机构信任度普遍呈现下降趋势，与此情况形成对比的是公众对于科技界的高信任度一直未曾有明显下降，因此 30 年前公众对医药行业的信任度要高于科技界，但是自 2002 年以来，科技界开始与医药行业并驾齐驱并逐渐高于医药行业，仅次于军事机构的信任度，排名第二，而那些表示"几乎不信任"科技界的人口比例要比其他机构或行业都低。[①] 这一点与本次调查结果相类似，公众对"科技界"的信任水平仅次于"军队"，所不同的是中国公众对"医疗界"的信任程度远没有美国公众的评价高，信任度得分为 6.13 分，低于 14 个调查对象的平均信任度水平（6.59分），排在第 11 位。

5. 中国公众对"科技界"信任程度的历时性变化情况

由于 2005 年没有对"科技界"做信任度调查，无法直接进行历时性比较，我们选择观察与"科技界"关系比较密切的"学术界"的信任度变化情况来侧面了解科技界在近几年里的信任度历史性变化情况。

2010 年公众对"学术界"的信任度水平与 2005 年相比，信任度绝对得分下降了 0.33 分；而从相对信任度水平来看，2005 年"学术界"在 12 个被调查对象中是排在第一位的，甚至高于"军队"的信任度得分，五年后的调查显示"军队"的绝对信任度得分提高了 0.88 分，这样信任度排名也就发生了很大的改变，"军队"上升为信任度排名第一位，"学术界"则下降为第五位。这大概与近期"学术抄袭"、"学历造假"等学术不端事件频频被曝光以及"汶川地震"等灾害过程中军队的出色表现有一定的关系。

---

① 美国科学委员会（National Science Board）：《美国科学与工程指标》（*Science and Engineering Indicators*），2007，载于 http://www.nsf.gov/statistics/seind10/。

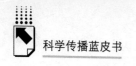

（二）公众对科学家责任（角色）的认知和期待

1. 公众对科学家评价的主要依据并不是其"基础理论研究"成就，这与科学共同体内部"为科学而科学"的观念反差较大

当被问到"个人认为当前科学家从事哪种类型的科研工作最能获得您的好评"时，44.9%的受访者选择了"技术应用"，40.5%的受访者选择了"教学或人才培养"，只有8.5%的受访者选择了"基础理论研究"。这也说明，公众相对来说不会用科学家从事基础理论研究的成就作为评价科学家声誉的标准，反映了绝大多数公众不了解"为科学而科学"的基础理论研究理念，相对更为认同以能看到实际"效益"的科研行为作为判断科学家成就的标准（见表3）。

表3　公众对科学家声誉评价标准的选择

单位：位，%

公众对科学家声誉的评价标准	选择人数	占比
技术应用	449	44.9
教学或人才培养	405	40.5
基础理论研究	85	8.5
其他	14	1.4
不清楚	39	3.9
拒答	8	0.8
合　　计	1000	100

2. 公众对科学家的应然形象认知（对科学家的角色期待）

公众对科学家的"应然"形象的认知，简单地说就是公众心目中所认为的科学家"应该"是什么样子。

随着科学的职业化和社会化，科学家需要满足来自政府、公众、社会及科学共同体内部等不同主体的期待，也就是需要面向不同主体扮演不同的"角色"。而不同主体出于自身利益的考虑，对科学家期待方向和重点又有所不同，即对科学家有着不同的"角色期待"，这种"角色期待"也正反映了不同主体对科学家"应然"形象的要求。

本次调查主要了解公众对于科学家各种角色的期待情况，设计了一组5分量表，来考察公众对于科学家"应然"形象的态度。这种"态度"在本研究中量化为公众对科学家不同角色的"期待值"。问卷请公众对"科学家最重要的工作就是进行科学技术的研究、应用于开发等"，"科学家除从事科研教学等专业工作外，应该承担向公众普及科学技术知识、提供科学建议等科学传播的责任"，"科学家除从事科研教学等专业工作外，应该承担向政府提供政策参考和建议的责任"，"科学家除从事科研教学等专业工作外，应该承担参与社会公共事务的责任"，"遵守学术道德是科学家最重要的行为准则"，"科学家不仅应该专业能力强，也应该是个人道德品质高尚的人"，"科学家应该是为了科学研究淡泊功名利禄的人"，"科学家不应该担任行政职务"等7种说法给出"同意与否"的评价，评价分为"非常同意"、"同意"、"不同意也不反对"、"反对"、"非常反对"5个等级，分别赋值为5分、4分、3分、2分、1分。

（1）公众对科学家"道德"方面的期待值最高，显示科学家在公众心目中首先应该是"道德楷模"。在我们的调查中发现，除了科技专业工作之外，公众对科学家"道德"方面的期待值最高，对科学家"学术道德"甚至"个人道德品质"的期待值均达到了4.27分（满分5分）（见表4）。

表4　公众对科学家不同角色的期待情况

单位：人，分

公众对科学家不同方面的期待	评价人数	最小值	最大值	科学家角色期待值	标准差
科技专业工作能力的期待	998	1	5	4.39	—
道德品质的期待	998	1	5	4.27	0.689
遵守学术道德的期待	985	1	5	4.27	0.654
面向公众进行科学传播的期待	988	1	5	4.04	0.662
向政府提供政策参考和建议的期待	987	1	5	3.96	0.671
参与社会公共事务的期待	977	1	5	3.71	0.865
对科学家淡泊名利的期待	980	1	5	3.64	0.990
科学家担任行政职务的期待	974	1	5	2.87	1.059

当被问及"您是否同意：'科学家不仅应该专业能力强，也应该是个人道德品质高尚的人'"时，表示"同意"和"非常同意"的比例为94.1%（见图1）。

当被问及"您是否同意：'遵守学术道德是科学家最重要的行为准则'"时，表示"同意"和"非常同意"的比例高达95.9%（见图2）。

可见，公众对科学家无论是在"学术道德"方面还是"个人道德"方面，是有着非同一般的要求的，科学家不是一个只需完成科研工作的职业，他们也普遍被视为

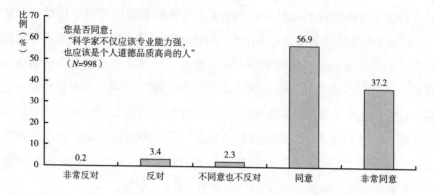

图1　公众对科学家"个人道德"的态度

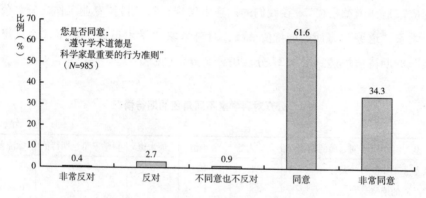

图2　公众对科学家"遵守学术道德"的态度

社会的道德楷模。

（2）公众对科学家"从政"期待值最低，但也没有对科学家担任行政职务表达明确和强烈的反对态度。针对近期媒体批判较多的"院士'院仕'化"、"科学家要职务不要科研"的问题，本研究试图通过抽样调查来了解公众对于科学家担任行政职务的态度。

当被问及"您是否同意：'科学家不应该担任行政职务'"时，表示"同意"和"非常同意"的比例为49.4%；表示"反对"和"非常反对"的比例为42.3%，期待值为2.87分（反向问题的期待值赋值已经过处理）。从期待值来看，在各项科学家可能担任的角色或承担的责任中，公众对科学家"担任行政职务"的期待值是最低的（见表4）。但具体分析公众的意见可以发现，表示同意和反对的人数比例大致相当，也就是说，公众并没有对科学家担任行政职务表达明确和强烈的反对态度，对"学而优则仕"的科学家职业发展路径，媒体与公共知识分子的担忧和反对比一般公众要更为强烈（见图3）。

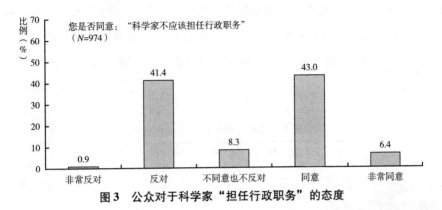

您是否同意："科学家不应该担任行政职务"（N=974）

图3　公众对于科学家"担任行政职务"的态度

（3）公众认为科学家在完成科研教学等本职工作之外，最重要的责任首先是"向公众传播科学"。当被问及"您是否同意：'科学家除从事科研教学等专业工作外，应该承担向公众普及科学技术知识、提供科学建议等科学传播的责任'"时，表示"同意"和"非常同意"的比例达到92.4%；对于科学家"为政府提供决策参考建议"，表示"同意"和"非常同意"的比例也达到了90.1%，可知对于科学家履行"为国家服务"的责任，公众的认可度也比较高；而对于"科学家应该承担社会公共事务的责任"，表示"同意"和"完全同意"的比例明显较低，为79.0%，表示"反对"意见的比例也相对较高（16.8%）（见表5）。

表5　公众对科学家是否应该履行不同责任的态度

单位：%，分

科学家责任	非常反对	反对	不同意也不反对	同意	非常同意	科学家角色期待值
向公众传播科学	0.5	4.9	2.2	74.7	17.7	4.04
为政府提供决策参考建议	0.3	6.9	2.8	77.3	12.8	3.96
承担社会公共事务	0.3	16.8	3.9	69.6	9.4	3.71

（三）公众对科学家声誉的评价

1. 公众对科学家形象的评价处于中等偏上水平

公众对科学家整体形象的感知为3.88分，介于"不好也不坏"（3分）与

"比较好"（4分）之间，处于中等略偏上水平。

具体到科学家形象评价的六个维度，美誉度得分为3.36～3.81分。公众对科学家"专业能力"方面的表现相对比较满意（美誉度得分为3.81分）；对科学家"个人道德"表现的评价高于其"学术道德"表现的评价；而对"参与国家决策"、"行政管理能力"和"参与社会事务"几方面表现的评价相对较低（见表6）。

表6　公众对科学家声誉的评价

科学家形象评价维度	评价人数（人）	最小值（分）	最大值（分）	科学家美誉度（分）	标准差
整体形象评价	955	1	5	3.88	0.727
专业能力表现评价	901	1	5	3.81	0.772
个人道德表现评价	843	1	5	3.77	0.768
学术道德表现评价	879	1	5	3.64	0.861
参与国家决策表现评价	832	1	5	3.59	0.914
行政管理能力表现评价	795	1	5	3.57	0.919
参与社会事务表现评价	855	1	5	3.36	0.983

2. 科学家的公众美誉度与媒体美誉度评价的比较

将科学家的公众美誉度与媒体美誉度①进行比较可知，在"个人道德"与"学术道德"评价方面公众与媒体的评价基本一致。但"参与国家决策"、"行政管理能力"和"参与社会事务"三方面的公众评价都远低于媒体美誉度评价（见图4）。

（四）公众对科学家的期待与认知差异比较

比较公众对科学家的期待与实际表现的评价，可以发现，除了"担任行政职务"方面之外，公众对科学家在其余方面的期待值均超过了对科学家实际表现的评价，显示目前科学家的表现与公众的期待之间还有一定差距，尤其是在科学家学术道德方面，期待与评价落差最大。

---

① 媒体美誉度数据来源于2009年我国主要新闻媒体对科学家的美誉度评价，详见本书"年度报告"部分的《中国科学家媒介形象呈现分析》一文。

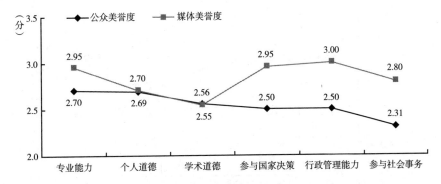

图 4　科学家的公众美誉度与媒体美誉度评价的比较

* 说明：为便于比较将公众评价调整为与媒体评价一致的 3 分评价方式，即"非常差"与"比较差"赋值为 1 分；"不好也不坏"赋值为 2 分；"比较好"与"非常好"赋值为 3 分。

（五）不同类型公众对科学家声誉评价的差异分析

1. 不同年龄公众对科学家声誉评价大多具有显著差异

交互分析与声誉评价均值差异的 ANOVA 检验显示，不同年龄公众对科学家声誉的整体情况以及声誉的六项指标的评价差异大多达到显著水平。其中，26 ~ 35 岁年龄层公众对科学家声誉的评价相对最低，55 岁以上年龄层公众的评价相对最高（见表 7、图 5）。

表 7　不同年龄公众对科学家声誉评价的差异性检验

科学家声誉指标＼统计检验数据		整体声誉	专业能力	学术道德	参与国家决策	参与社会事务	个人道德	行政管理能力
交互分析(χ^2)	df = 16	52.662***	31.042**	45.046***	33.241***	43.964***	51.436***	39.817***
ANOVA(F)	df = 4	4.328**	1.798	3.725**	2.034	3.821**	7.133***	2.427**
相关性度量(R)	—	0.107	0.060	−0.052	0.050	0.066	−0.019	−0.010

说明：*** 表示 $p < 0.001$，** 表示 $p < 0.05$，无 * 表示 $p > 0.05$。

2. 不同学历公众对科学家声誉评价具有显著差异

交互分析与声誉评价均值差异的 ANOVA 检验显示，不同学历公众对科学家声誉的整体情况以及声誉的六项指标的评价差异均达到显著水平。基本呈现学历越低对科学家声誉评价越高的趋势（见表 8、图 6）。

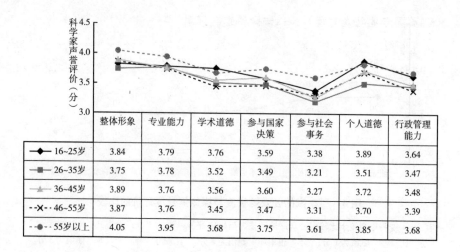

图5 不同年龄公众对科学家声誉评价的比较

表8 不同学历公众对科学家声誉评价的差异性检验

科学家声誉指标 统计检验数据		整体声誉	专业能力	学术道德	参与国家决策	参与社会事务	个人道德	行政管理能力
交互分析(χ^2)	df = 16	43.814 ***	41.708 ***	59.473 ***	49.710 ***	45.677 ***	32.968 **	31.155 **
ANOVA(F)	df = 4	6.068 ***	5.951 ***	12.952 ***	10.549 ***	9.104 ***	3.430 ***	5.670 ***
相关性度量(R)	—	-0.143	-0.148	-0.228	-0.218	-0.193	-0.115	-0.151

说明：*** 表示 $p < 0.001$，** 表示 $p < 0.05$，无 * 表示 $p > 0.05$。

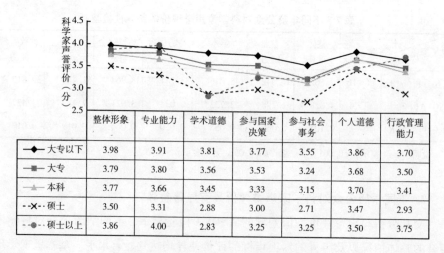

图6 不同学历公众对科学家声誉评价的比较

3. 不同专业公众对科学家声誉评价差异显著

交互分析与声誉评价均值差异的 ANOVA 检验显示，不同专业公众对科学家声誉的整体情况以及声誉的六项指标的评价差异大多达到显著水平。专业的科学性越强，则对科学家声誉的评价越低（见表9、图7）。

表9　不同专业公众对科学家声誉评价的差异性检验

科学家声誉指标　　统计检验数据		整体声誉	专业能力	学术道德	参与国家决策	参与社会事务	个人道德	行政管理能力
交互分析(χ^2)	df = 8	13. 64	18. 659 **	16. 116 **	38. 295 ***	26. 059 ***	15. 322	22. 067 **
ANOVA(F)	df = 2	4. 903 **	4. 901 **	6. 735 ***	10. 401 ***	7. 991 ***	4. 466 **	9. 537 ***
相关性度量(R)	—	-0. 094	-0. 138	-0. 169	-0. 193	-0. 137	-0. 101	-0. 179

说明：*** 表示 $p < 0.001$，** 表示 $p < 0.05$，无 * 表示 $p > 0.05$。

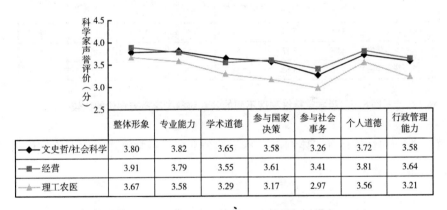

	整体形象	专业能力	学术道德	参与国家决策	参与社会事务	个人道德	行政管理能力
◆ 文史哲/社会科学	3.80	3.82	3.65	3.58	3.26	3.72	3.58
■ 经营	3.91	3.79	3.55	3.61	3.41	3.81	3.64
▲ 理工农医	3.67	3.58	3.29	3.17	2.97	3.56	3.21

图7　不同专业公众对科学家声誉评价的比较

4. 与科学家接触程度不同的公众对科学家声誉评价差异显著

交互分析与声誉评价均值差异的 ANOVA 检验显示，与科学家接触程度不同的公众对科学家声誉的整体情况以及声誉的六项指标的评价差异均达到了显著水平。与科学家接触越密切的公众，对科学家声誉的评价越低（见表10、图8）。

5. 不同职业属性公众对科学家声誉评价差异显著

交互分析与声誉评价均值差异的 ANOVA 检验显示，不同职业属性的公众对科学家声誉的整体情况以及声誉的六项指标的评价差异均达到了显著水平。整体

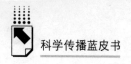

表 10　与科学家接触程度不同的公众对科学家声誉评价的差异性检验

科学家声誉指标　统计检验数据		整体声誉	专业能力	学术道德	参与国家决策	参与社会事务	人个道德	行政管理能力
交互分析(χ^2)	df = 8	13.065	36.891 ***	28.437 ***	23.135 **	21.974 **	24.511 **	20.219 **
ANOVA(F)	df = 2	3.322 **	7.101 **	10.961 ***	3.912 **	3.265 **	5.936 **	4.972 **
相关性度量(R)	—	−0.083	−0.124	−0.156	−0.097	−0.087	−0.112	−0.109

说明：*** 表示 $p < 0.001$，** 表示 $p < 0.05$，无 * 表示 $p > 0.05$。

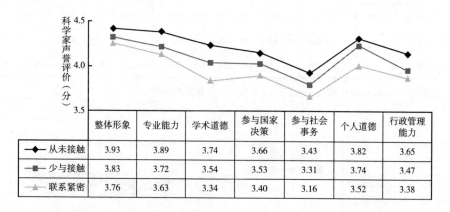

	整体形象	专业能力	学术道德	参与国家决策	参与社会事务	个人道德	行政管理能力
◆ 从未接触	3.93	3.89	3.74	3.66	3.43	3.82	3.65
■ 少与接触	3.83	3.72	3.54	3.53	3.31	3.74	3.47
▲ 联系紧密	3.76	3.63	3.34	3.40	3.16	3.52	3.38

图 8　与科学家接触程度不同的公众对科学家声誉评价的比较

来看，职业属性越具有"体制内"特征的公众，对科学家声誉的评价越低（见表 11、图 9）。

表 11　不同职业属性公众对科学家声誉评价的差异性检验

科学家声誉指标　统计检验数据		整体声誉	专业能力	学术道德	参与国家决策	参与社会事务	个人道德	行政管理能力
交互分析(χ^2)	df = 16	38.157 **	32.437 **	48.606 ***	30.108 **	31.682 **	34.091 **	38.157 **
ANOVA(F)	df = 4	2.311	3.941 **	8.113 ***	4.278 **	4.050 **	5.460 ***	2.311
相关性度量(R)	—	0.046	0.076	0.159	0.073	0.065	0.0130	0.046

说明：*** 表示 $p < 0.001$，** 表示 $p < 0.05$，无 * 表示 $p > 0.05$。

6. 不同性别公众对科学家声誉评价差异显著

交互分析与声誉评价均值差异的独立样本 T 检验显示，不同性别的公众对科学

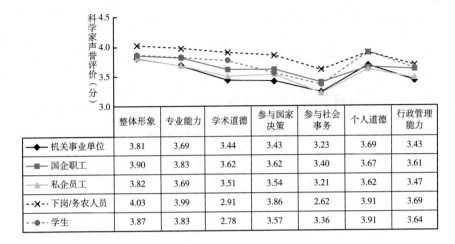

	整体形象	专业能力	学术道德	参与国家决策	参与社会事务	个人道德	行政管理能力
机关事业单位	3.81	3.69	3.44	3.43	3.23	3.69	3.43
国企职工	3.90	3.83	3.62	3.62	3.40	3.67	3.61
私企员工	3.82	3.69	3.51	3.54	3.21	3.62	3.47
下岗/务农人员	4.03	3.99	2.91	3.86	2.62	3.91	3.69
学生	3.87	3.83	2.78	3.57	3.36	3.91	3.64

图9　不同职业属性公众对科学家声誉评价的比较

家声誉的"专业能力"、"学术道德"、"参与国家决策"、"参与社会事务"四方面的评价差异达到了显著水平。女性对科学家声誉的评价相对较高（见表12、图10）。

表12　不同性别公众对科学家声誉评价的差异性检验

科学家声誉指标 \ 统计检验数据		整体声誉	专业能力	学术道德	参与国家决策	参与社会事务	人个道德	行政管理能力
交互分析(χ^2)	df = 4	6.424	11.646**	21.024***	10.616**	10.954**	7.617	3.376
独立样本 T 检验(T)	—	-1.359	-2.359**	-3.983***	-0.890	-2.057**	-1.397	-1.539

说明：*** 表示 $p < 0.001$，** 表示 $p < 0.05$，无 * 表示 $p > 0.05$。

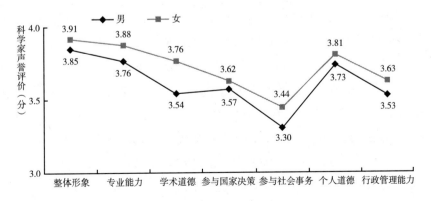

图10　不同性别公众对科学家声誉评价的比较

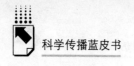

三　公众对科学的认知与态度

（一）公众对科学的了解与支持情况

1. 八成以上的公众认同科学家是帮助解决人们面临重大问题时的重要力量

公众普遍同意科学家是帮助解决人类面临的能源资源、生态环境、自然灾害、人口健康等问题的最重要的力量，其中有 86.2% 的公众表示"非常同意"和"同意"，表示"非常反对"和"反对"的比例为 10.5%（见图11）。

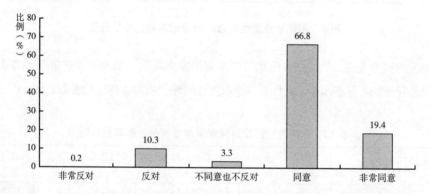

图11　公众对"科学家是帮助解决人类重大问题的重要力量"的态度

2. 大多数公众认为科学研究成果对人类社会的贡献远大于产生的负面后果

当被问及"是否同意科学家的科学研究成果对人类社会的贡献远大于产生的负面后果"时，七成以上的公众持肯定态度，其中 7.70% 的公众表示非常同意，64.4% 的公众表示同意；8.40% 的公众持中立态度；也有 19.5% 的公众持反对态度，仅有 0.5% 的公众表示非常反对这一说法（见图12）。

3. 公众对中国高层次科学创新人才的出现表示了足够的信心

近七成（69.7%）的公众认为 50 年之内，中国人（中国籍华人）有可能获得科学方面的诺贝尔奖；20.8% 的公众认为"能够获得但需要更长的时间"，有 2.8% 的公众认为"永远不可能"获得。可以看出公众对我国培养出高层次的科学人才表现出了足够的信心，同时这也意味着公众的期望值很高（见图13）。

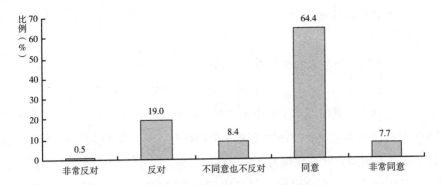

图 12 公众对"科学研究成果对人类社会的贡献远大于产生的负面后果"的态度

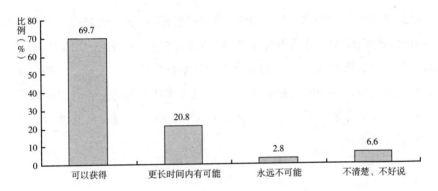

图 13 公众对"我国科学家能否在 50 年内获得科学方面的诺贝尔奖"的态度

4. 公众对科学和技术的关系和区别的认知并不是很明确

本研究通过考察公众对"是否了解中国科学院与工程院的区别"、"对科学家与发明家是否能作出区分"、"是否意识到科学与技术有所区别"3 个知识点的理解程度，来测试公众对于"科学"与"技术"之间差异的认知情况。问卷中问题设计为：

• 您认为"杂交水稻之父"袁隆平先生只被评为中国工程院院士，但没有被评为中国科学院院士，这是否合理？

（1）不合理；（2）合理；（3）不知道袁隆平是谁；（4）对院士制度不了解；（88）不清楚；（99）拒答。

• 您认为爱迪生是科学家吗？

（1）不算是科学家；（2）是科学家；（3）不知道爱迪生是谁；（88）不清楚；（99）拒答。

• 您认为科学与技术的含义有区别吗？

（1）没什么区别；（2）含义不同；（88）不清楚；（99）拒答。

（1）六成以上被访者不了解中国"科学院院士"与"工程院院士"的区别。2008年"袁隆平为何没有被评为中国科学院院士"成为媒体和网络热议的话题，这次争议一方面使袁隆平教授为更多公众所认识，另一方面对公众进行了一场关于科学研究的"基础理论研究"与"应用技术研究"、中国"科学院院士"和"工程院院士"之间区别的"科普"。因此本研究借此来了解公众对科学与技术区别的认知情况。

对于"'杂交水稻之父'袁隆平先生只被评为中国工程院院士，但没有被评为中国科学院院士，这是否合理？"的回答，有35.5%的公众认为是合理的，同时几乎有与之相当的34.8%的公众认为是不合理的；另有13.2%的公众表示不了解院士制度，14.6%的公众表示不清楚，无法作答；还有1.9%的公众表示不知道袁隆平是谁。说明很多公众无法判别应用技术研究和基础科学研究之间的区别（见图14）。

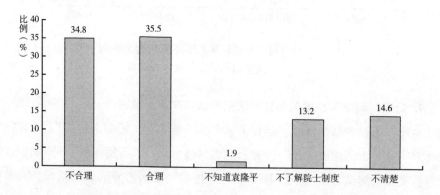

图14 公众对"袁隆平未被评为中国科学院院士"的态度

（2）八成以上被访者没有认识到"科学家"与"发明家"之间的区别。由于爱迪生是中国学校教育中发明家的典型，具有很高的知名度，而且爱迪生一生主要从事技术发明，而非科学研究，其并非科学家的身份比较明确。因此我们通过考察公众是否认为爱迪生是科学家，来判断在公众的意识中对于"科学家"

定义的理解程度。

调查显示，八成以上（80.2%）公众认为爱迪生是科学家，仅有14.0%的公众表示爱迪生不是科学家，另有3.8%的公众表示不清楚，还有2.0%的公众表示不知道爱迪生是谁。说明大多数公众对于科学家职业的准确含义是比较模糊的，也从侧面反映出我国学校教育对于"科学家"、"发明家"、"工程师"这些科学技术相关职业之间的区别缺乏重视，从而造成我国公众甚至整个社会文化中对"科学家"概念的认识不清，这不应是一个科学技术高度发达的社会所应有的文化现象（见图15）。

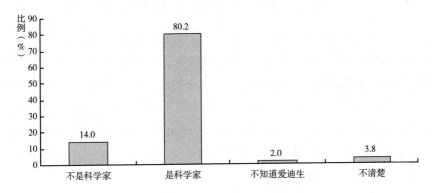

图15 公众对"爱迪生是否是科学家"的认知

（3）七成以上被访者能意识到"科学"与"技术"的含义是有区别的，但具体什么区别并不十分清楚。当被问及科学和技术含义的区别时，73.9%的公众表示两者的含义是不同的，也有20.7%的公众认为是没有区别的，还有5.4%的公众表示不清楚（见图16）。虽然大多数被访者能够意识到"科学"与"技术"是有区别的，但经交互分析，结果显示，"是否认为科学与技术是有区别的"与"能否区分中国两院院士的区别"以及"能否区分科学家与发明家"之间并没有显著相关性，也就是说，绝大多数人即使意识到科学与技术之间有区别，但具体有什么样的区别也并不是十分清楚。

（二）公众对科学技术人才队伍建设的支持情况

近一半的公众认为当前国家建设最需要的是"专业技术人才"和"高技能人才"，显示公众对科学技术人才发展的社会支持度较高。

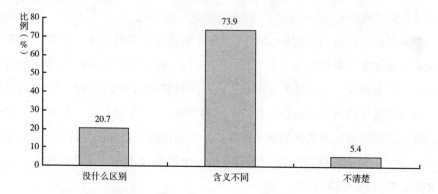

图16　公众对"科学"和"技术"的含义有无区别的认知

2010 年 6 月出台的《国家中长期人才发展规划纲要（2010～2020 年)》在"人才队伍建设主要任务"中提出，要突出培养造就创新型科技人才，大力开发经济社会发展重点领域急需紧缺专门人才，统筹推进包括党政人才队伍、企业经营管理人才队伍、专业技术人才队伍、高技能人才队伍、农村实用人才队伍、社会工作人才队伍在内的各类人才队伍建设。[①] 从中可以看出，与科学技术有关的人才（包括创新型科技人才、专业技术人才、高技能人才等）在国家的中长期人才队伍建设中占据了重要的地位。

依据国家人才发展的需求，我们通过抽样调查对公众对各类人才发展认知和意愿进行了了解。

当被问到"以下哪类人才是当前国家建设最需要的人才？"时，有 29.0% 的公众把"专业技术人才"作为了第一选择，23.9% 的公众把"高技能人才"作为第一选择；同时有 20.9% 的公众把"企业经营管理人才"作为第一选择。相对地，把"党政人才"、"农村实用人才"和"社会工作人才"作为当前最需要人才的较少，分别为 10.3%、9.2%、6.7%（见图 17）。

在第二顺位选择中，有 24.3% 的公众选择了"高技能人才"，21.9% 的公众选择了"专业技术人才"；同时有 20.0% 的公众选择了"企业经营管理人才"。第二位选择"农村实用人才"、"社会工作人才"和"党政人才"的分别为 13.2%、12.2%、8.5%（见图 18）。

---

① 《国家中长期人才发展规划纲要（2010～2020 年)》，2010 年 6 月 7 日第 14、15 版《人民日报》。

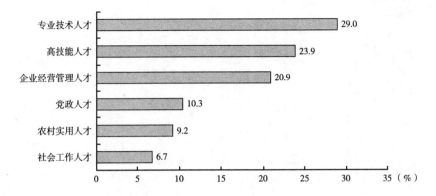

图 17　公众认知的当前国家建设的人才需求情况（第一顺位选择）

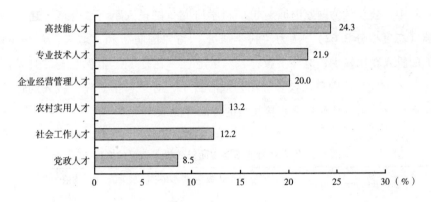

图 18　公众认知的当前国家建设的人才需求情况（第二顺位选译）

将上述选择综合加权①后发现，公众普遍认为国家当前最需要的人才是"专业技术人才"、"高技能人才"和"企业经营管理人才"，其中"专业技术人才"的需要程度被认为是最高的，显示科学技术人才队伍的建设具有良好的公众支持作为基础（见图19）。

（三）从财政投入态度看公众对科学研究的支持度

调查数据显示，公众对我们所调查的八项主要的公共事业的财政投入的态度得分介于2.07～2.92分之间，也就是处于"比较少"和"基本合适"之间，整体上不认为哪一项公共投入达到了"比较多"和"过多"的水平。

---

① 被选为第一重要的赋值2分，被选为第二重要的赋值1分。

205

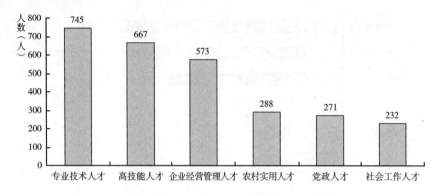

图19 公众对六类重点人才的国家需要程度的认知

其中，公众认为国家财政对于"科学研究"的投入距离"合适"还有一定距离（态度得分2.62），认为"科学研究"与"国防"和"航天、太空探索"方面的投入相比较少，但与"教育"、"养老"、"医疗"、"低保"与"环境污染治理"五方面相比则投入较多。在公众心目中，对"科学研究"投入的迫切性还是低于这些与老百姓生活直接相关的方面（见表13）。

表13 公众对目前不同方面财政投入情况的态度

公共财政投入方向	评价人数（人）	极小值（分）	极大值（分）	均值（分）	标准差
"国防"方面的公共财政投入	785	1	5	2.92	0.868
"航天、太空探索"方面的公共财政投入	769	1	5	2.89	0.949
"科学研究"方面的公共财政投入	817	1	5	2.62	0.888
"教育"方面的公共财政投入	970	1	5	2.52	0.945
"养老保障"方面的公共财政投入	950	1	5	2.26	0.878
"医疗保健"方面的公共财政投入	968	1	5	2.23	0.885
"最低生活保障"方面的公共财政投入	935	1	5	2.22	0.844
"环境污染治理"方面的公共财政投入	964	1	5	2.07	0.945

注：1分表示"过少"；2分表示"比较少"；3分表示"基本合适"；4分表示"比较多"；5分表示"过多"。

B.11
中国科学家媒介形象呈现分析

摘　要：本部分从传统媒体和网络媒体两个视角出发，分析热点科学事件报道中的科学家形象。研究发现，传统媒体和网络媒体对科学家的"专业能力"、"参与社会事务"都给予了较多关注。传统媒体基本上是以中性倾向、客观告知和正面呈现的方式建构科学家形象；新闻报道更为正式和专业，倾向于反映科学家的活动，以及对科学家进行深入的专题采访报道。而在网络论坛中，尽管也以中性倾向和正面评价为主，但负面倾向的报道和评价明显比传统媒体多，更侧重于科学家的言论、私人活动及科学家消息。两类媒体的负面呈现都主要集中在对少数科学家学术道德和个人品德的质疑上。

一　研究背景

（一）科学家形象研究的意义

改革开放以来，从家庭联产承包责任制的实施到市场经济的发展，从世界贸易组织地加入到北京奥运会、上海世博会的举办，短短 30 余年中，我国经济社会发生了重大变革。在这一历史性的转型时期，风云变幻的全球形势，激烈变迁的国际竞争格局，已对我国的经济发展模式、国家创新能力、科学技术人才提出了更高的要求。

科学技术是第一生产力。作为专门从事科学研究工作的科学家，在推动经济发展、促进科技进步的过程中将起着最为关键的作用。然而，科学家也需要社会的人文关怀。承载着民族复兴、大国崛起的光荣使命的科学家，其形象在媒体上的呈现，深切影响到科学家的集体荣誉感，左右社会对科学和科学家的认知和导向。因此，时刻关注科学家在大众媒体中的形象，依据其走势实施恰当的科学政

策，将对未来中国科学技术的长足发展和进步产生重大影响。

在我国科学技术取得重大进展的同时，我们也应清醒地认识到，我国市民社会的科学文化氛围、公民整体的科学素质水平与欧美先进国家相比，还有较大差距。公众对于科学家和科学工作的认知和理解是公众理解科学的重要组成部分，媒体对科学家形象的正确塑造，对于公民对科学家及科学工作的认知具有重大作用。崇尚科学的文化氛围的形成，公民整体科学素质的提高，也将在此过程中迈出重要的一步。

科学家作为一种身份，其在大众媒体上呈现的形象，反映了公众对科学家外在形象、行为规范、道德水平的看法或期待。对科学家媒介形象呈现的分析，将有助于科学家个人正确地把握科学家身份在社会中的定位，了解民众的期待和看法，明确自身的历史责任，规范自己的行为，最后达成民众与科学家之间的良性互动循环。

因此，分析科学家的媒介形象呈现，既可以探知科学家在过去一年中在公众面前的整体形象及其变化趋势，发现科学界中，或者是公众对科学家及其工作的认知中存在的一些问题，为新一轮科技政策的制定提供参考依据；同时，它亦可以分析出传媒对科学家形象塑造的导向规律，以及民众对科学家行为规范的期待，对其道德水平的诉求等，这将引起我们对如何高效营造重视知识、重视科学、重视人才的社会氛围的思考。

（二）科学家概念的界定

科学家，英文名称为 Scientist，源于中世纪拉丁文 Scientia，原意为"学"、"知"，最初用以指称与广义的哲学家、学者和知识分子不同的、以经验为根据寻找自然界规律的人，即从事实验科学工作的人。最早使用 Scientist 这一术语的是英国哲学家威廉·惠威尔。1834 年，在"英国科学促进协会"成立大会上，惠威尔在报告中说，需要一个一般性的词汇来说明和称呼协会所接纳的成员，而"哲学家"（Philosopher）这个传统词汇又显得"太广泛太崇高"，因此提出一个新词——"科学家"。[①]

当代汉语的"科学"一词译自英文或法文的 Science。在旧中国，"科学"

———————

① 〔英〕J. D. 贝尔纳著《历史上的科学》，伍况甫译，科学出版社，1959，第 7 页。

起初被译为"格致",后来受日本影响,改译为"科学"。当时的日本人用"科学"这个词表示西方分科的学问,与中国不分科的儒学相对应,这个理解为19世纪末20世纪初的中国知识界所接受。1897年,康有为在其《日本书目志》中引进了这个词,正式将其定调。

今天的科学已经不局限于自然科学领域之内,如《辞海》对"科学"的定义是"运用范畴、定理、定律等思维形式反映现实世界各种现象的本质和规律的知识体系。按研究对象的不同,可分为自然科学、社会科学和思维科学,以及总括和贯穿于三个领域的哲学与数学等"[①]。因此,科学家这个术语也可指称自然科学和社会科学领域中各类专门的研究者。事实上,欧洲的其他文字中没有与英语 Scientist 含义完全相同的词,法语中的 Savant,意大利语中的 Scienziato,德语中的 Wissenschaft 等词,除适用于自然科学家外,也适用于哲学家、历史学家和其他学科的学者。

当代社会的科学家并不是孤立的个人,而是共处于非实体的社会联系之中,即科学共同体。"科学共同体"的概念出现于20世纪40年代,英国物理化学家波朗依在与贝尔纳的论战中,抨击计划科学的观点,力主学术自由、科学自由,进而提出"科学共同体"的概念。在波朗依看来,今天的科学家不能孤立地实践他的使命,他必须在各种体制的结构中占据一个位置,每个人都属于专门化了的科学家的一个特定集团,即科学共同体。

20世纪60年代,托马斯·库恩(Thomas S. Kuhn)对科学共同体作了一个详细定义,认为科学共同体由一些学有专长的实际工作者所组成,他们由于所受教育和训练中的共同因素而结合在一起,而且自认为也被认为是专门探索一些共同的目标,包括培养自己的接班人。这些共同体内部交流比较充分,专业方面的看法也比较一致。同一共同体成员很大程度上吸收同样的文献,引出类似的教训,不同的共同体总是注意不同的问题,所以超出集团范围进行业务交流就很困难,常常引起误会,勉强进行还会造成严重分歧。

因此,本文将"科学家"界定为那些处于科学共同体(如中国科学院和中国工程院)之内的,在自然科学领域从事实验科学工作的人,不包含社会科学和思维科学等领域的专家学者。

---

① 《辞海》,上海辞书出版社,第1980页。

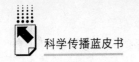

科学家媒体形象指大众媒体对新闻信息中所呈现的科学家个人及其行为表现的评价。在本报告中，2009 年科学家媒体形象具体界定为，2009 年 1 月 1 日至 12 月 31 日期间，《人民日报》、《南方周末》、《华西都市报》、《京华时报》、"天涯杂谈"中所有有关科学家的新闻信息所呈现的科学家形象。

科学家形象作为一个多维度的概念，在本报告中主要对媒体所呈现的科学家的"专业能力"、"学术道德"、"参与国家决策"、"参与社会事务"、"个人道德"、"行政管理能力"等六方面行为表现进行考察，并使用"正面评价"、"中性评价"与"负面评价"对媒体评价进行倾向性考察，从而对科学家在 2009 年的媒体形象进行量化描述与分析。

（三）研究设计

1. 监测媒体样本的选择

本次研究选择四家报纸和一家网络论坛作为监测媒体样本。这些报纸和网络论坛分别是《人民日报》、《华西都市报》、《京华时报》、《南方周末》和"天涯社区"中以新闻时事消息为主题的"天涯杂谈"论坛。

《人民日报》是中央直属的全国性综合日报，是最高级别、最具权威性的党委机关报。《南方周末》则是南方报业集团旗下全国发行的周报，具有深度报道和舆论监督的特点。《华西都市报》是四川省内一份综合性日报，隶属四川报业集团，主要发行范围是四川省内各市以及重庆市等地，它是我国报业市场发展较早、发展程度较高的一份报刊。《京华时报》是中国首都北京市内发行的一份综合性日报。《华西都市报》和《京华时报》这两份报纸都是市场经济体制下发展起来的都市报。不过，《京华时报》受北京人文环境影响，读者大多是文化程度较高的人群；《华西都市报》受成都、重庆的"茶馆"、"摆龙门阵"的市民文化氛围影响，更具"小报"特点。以上四份在定位与内容方面皆有所不同的报纸，在本报告中被作为"传统媒体"的样本。

"天涯社区"创办于 1999 年 3 月，是目前国内发展最早、最具影响力的网络论坛之一，其中的"天涯杂谈"板块以发表时事新闻为主，是国内网民发表、讨论时事新闻的最具影响力和代表性的新闻论坛。它是本报告"网络论坛"的检测样本。

在我国，由于其权威性和广泛的受众群，传统媒体目前依然是大多数公众获取信息的主要渠道。网络论坛作为网络新闻信息的集散地，成为网民发布信息、发表看法的主要场所。由此看来，本报告中选取的四份报纸与天涯网络论坛作为媒体样本，覆盖了公众作为信息接收者、发布者和讨论者的三种角色。因此，本研究中媒体样本的选择具有一定的代表性和典型性。

2. 科学家新闻信息的选择

"科学家新闻"指的是本报告所监测媒体中与我国科学家有关的所有新闻信息。新闻的筛选以该新闻信息对于阅读的受众来说会对其科学家形象评价产生影响为准则。也就是说，假如新闻信息中出现人物为科学家，但整个新闻信息中没有提及该人的科学家身份，我们假定一般读者是难以将其科学家身份辨识出来的，因此该信息不会纳入"科学家新闻"的范畴。

新闻抽取的具体操作方式是综合利用软件 Windbell 2.0 和人工筛选两种方法，对检测媒体进行信息抽取。软件 Windbell 2.0 以"科学家"作为关键词搜索出相应新闻篇目，然后我们以人工筛选方式剔除那些与中国科学家的形象无关的新闻报道或帖子。在所有搜集到的样本中，我们将每一则新闻视为一个分析单位。

3. 科学家新闻编码表与主要变量

（1）新闻基本属性，分如下六个方面。

A. 新闻标题

科学家新闻的标题（由 Windbell 软件操作自动完成）

B. 发布日期

新闻信息发布的日期（由 Windbell 软件操作自动完成）

C. 新闻作者

新闻信息发布的作者实名或昵称（由 Windbell 软件操作自动完成）

D. 新闻篇幅

每篇科学家新闻的字符数（由 Windbell 软件操作自动完成）

E. 所处版面

新闻所在报纸版面，天涯新闻无此项（由 Windbell 软件操作自动完成）

报道媒体：

1 =《人民日报》；2 =《华西都市报》；3 =《京华时报》；4 =《南方周末》；5 ="天涯杂谈"

（由 Windbell 软件操作自动完成）

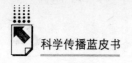

F. 回帖数量

只有天涯新闻有此项信息。

1 = 10 篇以下；2 = 11 ~ 50 篇；3 = 51 ~ 100 篇；4 = 101 篇以上

（由 Windbell 软件操作自动完成）

（2）新闻内容分类。以科学家在新闻中所呈现行为的形式作为主要分类标准，将媒体中所呈现的科学家新闻分为 13 类，具体分类标准和编码规则详见表1。

表1　依据媒体所呈现科学家行为类型的科学家新闻内容分类与编码

科学家新闻分类指标与编码		
以科学家为主题的新闻	呈现科学家行为	A. 呈现科学家科研活动
		B. 呈现科学家行政活动
		C. 呈现科学家社会活动
		D. 呈现科学家私人活动
	呈现科学家言论	E. 呈现科学家科研有关言论
		F. 呈现科学家行政职务有关言论
		G. 呈现科学家公共话题有关言论
	同时呈现言论与行为	H. 呈现科学家参加社会活动并发表言论
	策划宣传	I. 集中宣传
		J. 策划专题
	消息发布	K. 任命讣闻等消息发布
科学家在其他主题新闻中被提及	—	L. 科学家言论成果等被机构引用
		M. 科学家言论成果等被其他人引用

（3）新闻中具体科学家的信息，分如下四个方面。

A. 是否提及具体科学家　　1 = 是；2 = 否

B. 国籍　　　　　　　　　1 = 中国；2 = 外国；3 = 没提或都有

C. 性别　　　　　　　　　1 = 男；2 = 女；3 = 没提或都有

D. 研究领域　　　　　　　1 = 数学；2 = 物理；3 = 化学、能源；4 = 生物学、生命科学与医学；5 = 地学和气象学；6 = 电子、信息技术；7 = 土木、机械工程；8 = 天文、太空、航天技术；9 = 考古与人类学；10 = 农学；11 = 其他

（4）新闻倾向与评价，分如下六个方面。

A. 对科学家专业能力的评价　1 = 负面评价；2 = 中性评价；3 = 正面评价

（由编码员对新闻内容进行分析判断）

B. 媒体对科学家学术道德的评价　1＝负面评价；2＝中性评价；3＝正面评价

（由编码员对新闻内容进行分析判断）

C. 媒体对科学家参与国家决策的评价　1＝负面评价；2＝中性评价；3＝正面评价

（由编码员对新闻内容进行分析判断）

D. 媒体对科学家参与社会事务的评价　1＝负面评价；2＝中性评价；3＝正面评价

（由编码员对新闻内容进行分析判断）

E. 媒体对科学家个人道德的评价　1＝负面评价；2＝中性评价；3＝正面评价

（由编码员对新闻内容进行分析判断）

F. 媒体对科学家管理能力的评价　1＝负面评价；2＝中性评价；3＝正面评价

（由编码员对新闻内容进行分析判断）

二　2009 年科学家新闻数量的变化趋势

（一）传统媒体与网络论坛科学家新闻的变化趋势与集中议题

1. 传统媒体与网络论坛科学家新闻的日变化趋势与集中议题

在本研究所检测的传统媒体与网络论坛样本媒体中，2009 年共有 47 天没有出现与科学家有关的新闻信息。

科学家新闻数量单日最高峰出现于 2009 年 11 月 1 日，共出现 32 篇，其主要原因是著名科学家钱学森院士于 2009 年 10 月 31 日逝世，消息传开之后，许多媒体进行了报道，网民也在论坛中进行各种纪念和讨论活动。2009 年 11 月 6日，钱学森遗体火化，国家领导人亲自前往参加追悼会和遗体告别仪式，再次掀起公众和新闻媒体的关注，出现了同一议题的第二个新闻高潮。此外，在 2009年 10 月 7～10 日，由于被称为"光纤之父"的华裔科学家高锟获得诺贝尔物理学奖，引发新闻媒体的广泛报道与反思，公众亦在网络论坛里积极传诵与讨论，科学家主题的新闻数量出现井喷式增长。除这三个新闻高潮外，其余单日新闻也没有集中的议题，出现的原始新闻数量也较少，均没有超过 15 篇（见图 1）。

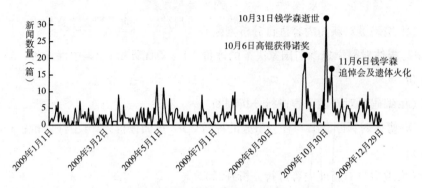

图 1　2009 年科学家新闻数量日变化趋势

2. 传统媒体与网络论坛科学家新闻的周变化趋势与集中议题

以周为单位观察科学家新闻的数量变化趋势，科学家新闻数量高峰值出现在第 44 周，也就是在 2009 年 10 月 29 日至 11 月 4 日。这一周共出现科学家新闻 109 篇，主要议题是钱学森逝世。另外，第 41 周，也就是 2009 年 10 月 8～14 日期间，科学家新闻也出现了一段小井喷，主要的议题是诺贝尔奖。事隔多年，华人再度获得诺贝尔奖，但遗憾的是大陆本土尚无人获得此奖，这一状况引起许多国人思考和讨论。

其余科学家新闻数量有一定集中度的周，新闻主题都较为分散，并未形成集中的议题（见图 2）。

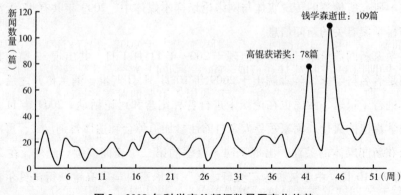

图 2　2009 年科学家总新闻数量周变化趋势

（二）传统媒体出现科学家新闻数量总体变化趋势

1. 传统媒体科学家新闻的日变化趋势与集中议题

在本研究所检测的四家传统媒体样本中，2009年共有102天没有出现与科学家有关的新闻信息。

2009年科学家在传统媒体上单日新闻数量最高峰，出现于11月1日和7日这两天，为每天12篇，其所围绕的事件主题是钱学森逝世。这些新闻除去有关钱学森逝世的事件报道之外，还包括对钱学森一生的主要经历、功绩等进行的回顾总结等。2009年科学家新闻的第二小高潮发生在10月7日前后几天，其论题主要是10月6日华裔科学家高锟获得了诺贝尔奖，大部分新闻对该事件进行了报道，小部分媒体通过这一事件对我国人才培养进行了评论和反思。此外，全年中的3月18日科学家新闻也达到了一个小顶峰，达到8篇，不过当日涉及的议题很分散，如"'嫦娥一号'的最后时刻"，"中国青年施静艺获女科学家奖学金"，"加科学家将赴北极'夺岛'"，"谷歌地球发现千年前捕鱼场"等；7月21～23日的情况亦是如此。其余单日，科学家新闻数量少，也未形成集中的议题（见图3）。

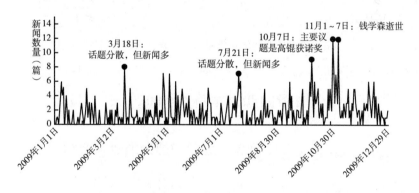

图3　2009年传统媒体中科学家新闻数量日变化趋势

2. 传统媒体科学家新闻的周变化趋势与集中议题

以周为单位考察传统媒体中科学家新闻的变化趋势。从图4中可知，2009年，传统媒体中科学家新闻数量的最高峰值出现在第44周，也就是2009年10月29日至11月4日期间，为39篇。这一时期，传统媒体中有关科学家的新闻主要是围绕"钱学森逝世"展开的。第45周在传统媒体出现的26篇新闻报道中，大部分也与钱学森逝世的主题有关。

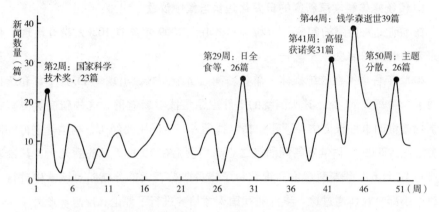

图4 2009年传统媒体中科学家新闻数量周变化趋势

此外，四大传统媒体在全年的第2周、第29周、第41周及第50周也分别出现了有关科学家新闻报道的峰值。其中第41周（10月8～14日）出现了31篇与科学家相关的新闻，议题围绕英籍华人科学家高锟（中科院外籍院士）获得诺贝尔奖展开，由此新闻引申出"中国离诺贝尔奖还有多远"等焦点话题。第50周（12月10～16日）出现科学家新闻数量26篇，主题较为分散，有人对"钱学森"回忆，有"大熊猫基因精细图完成"，有"高锟获诺贝尔奖"的余音，有"美发射卫星探测碰撞威胁"等。第2周（1月8～14日）在传统媒体中出现的科学家新闻有23篇，多数与"国家科学技术奖"有关。第29周（7月16～22日）出现的科学家新闻较多，为26篇，部分新闻与"日全食"景象有关。

（三）网络论坛出现科学家新闻数量总体变化趋势

1. 网络论坛科学家新闻的日变化趋势与集中议题

在本研究所检测的传统媒体与网络论坛样本媒体中，2009年共有141天没有出现与科学家有关的新闻信息。

与传统媒体相比，网络论坛的新闻主体数量庞大而多样，新闻发表操作简单、更新速度快，新闻参与者水平参差不齐，易受同质性较强的网络新闻的影响，因而网络论坛新闻具有涨落性大的特点。与传统媒体中科学家新闻的日变化趋势相比，网络论坛里科学家单日新闻量最低为0篇，最高则为23篇，日变化幅度较大。

2009年，网络论坛里有关科学家新闻出现过两个高峰期，其中2009年10月31日单日出现23篇新闻，为全年最高。10月31至11月7日这8天时间，是2009年网络论坛里科学家新闻出现最为集中的一段时期，此间网络论坛里的新闻主要是围绕钱学森逝世展开的，意在表达对科学家钱学森的哀悼，回顾介绍钱学森的生平、成就，从科学家钱学森身上反思人才的培养、爱国奉献精神等。10月7～10日四天，有关华裔学者高锟获诺贝尔物理学奖的新闻在网络论坛中层出不穷，出现了2009年度科学家新闻的第二波小高潮。这一时期的网络新闻主题是高锟获奖以及由此引发的对中国学术与教育的反思。除了这两段高潮以外，全年其余时间里科学家新闻数量有限，未形成集中议题（见图5）。

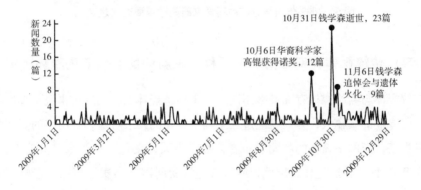

图5　2009年网络媒体中科学家新闻数量日变化趋势

2. 网络论坛科学家新闻的周变化趋势与集中议题

以周为单位考察传统媒体中科学家新闻的变化趋势。从图6看，网络论坛中科学家新闻的峰值点很鲜明，体现出网络论坛新闻数量具有涨落性大的特点。

纵观2009年52周，网络论坛中科学家新闻数量最多的是第44周（2009年10月29日至11月4日期间），为70篇。这一时期，网络论坛中有关科学家的新闻也都是围绕"钱学森逝世"展开的。公众在论坛里传播有关钱学森逝世的消息，对钱学森表示哀悼，回忆钱学森的为人处世及爱国奉献精神，反思当下中国的学术与教育，等等。

网络论坛中科学家新闻数量在第41周（10月8～14日）也出现了井喷，为

47 篇，其主题绝大多数与"诺贝尔奖"有关。这些新闻是从 10 月 6 日华裔科学家高锟获诺贝尔奖引发出来的，包含着对国内学术教育的反思，对诺贝尔奖本身的评价，以及有关袁隆平能不能获诺贝尔奖的争论。

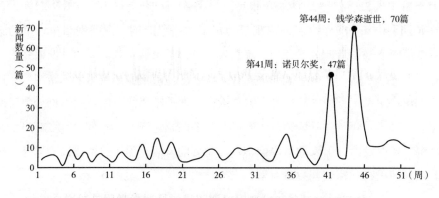

图 6　2009 年网络论坛中科学家新闻数量周变化趋势

（四）传统媒体与网络论坛出现科学家新闻的数量变化趋势比较

传统媒体与网络媒体存在许多不同。对于传统媒体的新闻发布来说，其作者是实名的专业的撰稿人，并需要经过一系列组织化的发表程序，对内容的真实性等负有责任；而网络媒体的新闻发布者，数量庞大，文化与专业水平参差不齐，有较大匿名性，且他/她作为网民，所得信息易受同网络同质性新闻的影响。另外，网络媒体的新闻具有易于修改、转载，故而传播的速度较快，撰写的事实的根据基础较差等特点。因此，在同一社会事件发生时，网络媒体与传统媒体的表现可能会有所不同。

从图 7 中可以看出，2009 年"传统媒体"与"网络论坛"科学家新闻报道数量变化在总体趋势上是一致（同降落）的。如在第 41 周和第 44 周期间，网络媒体与传统媒体的科学家新闻都在"诺贝尔奖"和"钱学森逝世"两个主题上表现了急切的关注，呈现了峰值。

然而，"传统媒体"与"网络论坛"在科学家新闻报道数量趋势上也有两大不同之处。

首先是变化的幅度。整体上讲，"传统媒体"对科学家新闻的关注较为持续，新闻报道数量较为平稳，除非科学界遇到极为特殊的重大事件，如钱学森逝世、国家科技奖颁发、诺贝尔奖颁发等，科学家报道数量才会急剧上升。综观全年，以周为单位计算，传统媒体在科学家新闻报道上差值最大为37篇（最高是第44周，为39篇；最低为第4周，只有2篇）。与之形成强烈对比，网络论坛在科学家新闻数量中全年的差值最大为69篇（最高是第44周，为70篇；最低为第4周，只有1篇）。因此，与"传统媒体"相比，"网络论坛"在科学家新闻报道数量上涨落更大。

其次是时间敏感性。"网络论坛"因新闻易于操作转载，发布流程相对简单，因而它比"传统媒体"在对待科学家事件中要及时、迅速得多。如图7所示，在第11～16周，以及第33～37周，明显可以看出代表传统媒体的实线要比代表网络论坛的虚线慢"半拍"。这是由媒体的时效性差别导致的。

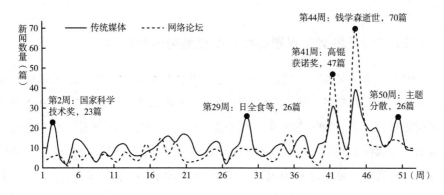

图7　传统媒体与网络论坛出现科学家新闻数量变化趋势比较

三　2009年科学家新闻议题分析

（一）2009年形成议题的科学家新闻

综观2009年传统媒体与网络媒体下的科学家新闻，可以归纳出以下几项焦点议题。

- 南极科考：雪龙号、南极长城站等见闻，约25篇；
- 院士增选：约31篇；
- 甲型H1N1流感的爆发与预防：约42篇；
- 诺贝尔奖：约86篇；

- 钱学森（逝世）：约 143 篇；
- 气候变化及温室气体减排：约 25 篇。

上述议题皆展现出较强的时效性特点。有关南极科考的新闻报道大多出现于传统媒体上，并且集中在 1 月和 2 月两个月份中。甲型 H1N1 流感的爆发与预防新闻也类似，主要集中于上半年，4 月、5 月两月最多。诺贝尔奖议题、钱学森逝世议题以及气候变化议题则相对集中于下半年，10 月是诺贝尔奖议题新闻量爆发的主要月份；11 月科学家新闻则较多围绕钱学森逝世而展开；12 月议题较为分散，有关全球变暖、气候变化的议题集中出现于这个月。有关院士增选的新闻在时间上分布最为均匀，全年各月都会有一两篇有关院士及院士增选的议题出现，基本贯穿全年。不过相对来讲，12 月的院士增选新闻数量要比其他月份多一些。

（二）"诺贝尔奖"议题的数量变化趋势分析

2009 年，在本研究中所选取的网络论坛及传统媒体中，以"诺贝尔奖"为主题的科学家新闻数量达到了近 86 篇之多，"诺贝尔奖"因而也是 2009 年科学家新闻数量仅次于"钱学森逝世"的主题。然而从日期分布来看，在本研究所选取的传统媒体及网络论坛中，2009 年只有 26 天出现了与"诺贝尔奖"有关的新闻，这些新闻主要出现于 10 月（70 篇），特别是在 10 月 7~9 日这三天，"诺贝尔奖"议题的单日新闻数量均维持在 13 篇以上，远远超过 2009 年其他日期的诺贝尔奖新闻数。因此，从时间上看，2009 年诺贝尔奖议题的新闻有明显的集中趋势（见图 8）。

诺贝尔奖议题新闻的集中趋势与一年一度的诺贝尔奖项评选的周期活动有关系。根据诺贝尔奖的评奖流程，每年的 12 月 10 日至次年的 10 月都是诺贝尔奖的提名、调研、表决时期，这些活动一般都在媒体视线背后进行，只有到了 10 月获奖名单公布以及 12 月 10 日举行颁奖仪式时，整个诺贝尔奖活动才会在媒体中大量曝光。

（三）"诺贝尔奖"议题相关新闻报道内容

在 2009 年 1 月 1 日至 10 月 1 日之间，"诺贝尔奖"议题的新闻数量总共仅 9 篇，这些新闻大多是从其他主题的内容联想到诺贝尔奖，由一些偶然事件引起

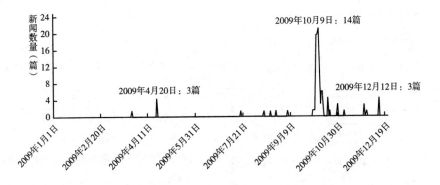

图8　2009年诺贝尔奖议题的总数量趋势变化

的，并未形成真正的"诺贝尔奖"议题。如《杨振宁：大陆科学家20年内必定拿诺贝尔奖（转）》（"天涯杂谈"，2009年4月20日），它是由杨振宁做客扬州大学回答学生的提问时所引发的新闻；《人民日报》刊载的《与诺贝尔奖得主面对面》（2009年8月11日）和《寻找"诺贝尔奖"大师的基因》（2009年8月18日）则是报道中国博士生参加德国林岛诺贝尔奖获得者大会的情形；帖子《诺贝尔奖为什么与我们绝缘?》（"天涯杂谈"，2009年9月5日）则主要是抨击中国教育存在的问题，诺贝尔奖只是其反思的一个引子。

从2009年10月开始，有关"诺贝尔奖"的新闻渐渐转为以"诺贝尔奖"本身为焦点议题，或报道告知有关诺贝尔奖新近的新闻，或是争论诺贝尔奖的公正性，或是从诺贝尔奖引发对体制及教育的反思，或是批评国人对诺贝尔奖过分推崇的态度，等等。具体信息内容如表2所示。

表2　有关"诺贝尔奖"的新闻报道内容标题

议题类型	发表日期	媒体	标　题
新闻报道型	20090420	《南方周末》	《杨振宁称中国本土20年内肯定产生诺贝尔奖》
	20090420	"天涯杂谈"	《杨振宁:大陆科学家20年内必定拿诺贝尔奖(转)》
	20090420	"天涯杂谈"	《杨振宁称中国科学家20年内必拿诺贝尔奖》
	20090718	"天涯杂谈"	《中国人(纯中国籍,非外籍华裔)获得诺贝尔奖》
	20090811	《人民日报》	《与诺贝尔奖得主面对面》
	20091003	《华西都市报》	《胸罩幻变防毒面具——医学博士获"另类诺贝尔奖"》
	20091004	《华西都市报》	《2009年度诺贝尔奖明天揭晓》
	20091006	《人民日报》	《诺贝尔生理学或医学奖揭晓》

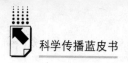

续表

议题类型	发表日期	媒体	标 题
新闻报道型	20091006	《京华时报》	《2009 年诺贝尔奖揭晓拉开序幕　染色体研究获诺贝尔医学奖》
	20091006	《华西都市报》	《研究"不老之谜"　3 美国人获诺奖》
	20091006	《华西都市报》	《揭开衰老与癌症奥秘　三人分享诺贝尔奖》
	20091007	《人民日报》	《华裔科学家高锟获诺贝尔物理学奖》
	20091007	《京华时报》	《华裔科学家获物理学奖　另有两名美国科学家同获殊荣》
	20091007	《京华时报》	《华裔科学家高锟分享物理学诺贝尔奖》
	20091007	《华西都市报》	《"光纤之父"华人高锟获诺贝尔物理学奖》
	20091007	《华西都市报》	《"光纤之父"华人高锟摘诺贝尔奖》
	20091007	"天涯杂谈"	《喜悦骄傲中科院外籍院士高锟勇夺诺贝尔奖(图)》
	20091007	"天涯杂谈"	《又一华人喜获诺贝尔奖桂冠,让国人再次扬眉吐气》
	20091008	《华西都市报》	《她是以色列"居里夫人"》
	20091008	《京华时报》	《美以科学家获化学奖》
	20091008	《华西都市报》	《以色列"居里夫人"摘走诺贝尔化学奖》
	20091008	"天涯杂谈"	诺贝尔物理奖颁给发明数码相机感光器件的科学家,不知道天涯上哪些喜欢研究相对论之类
	20091009	《华西都市报》	《"光纤之父"华人高锟捧得诺贝尔奖》
	20091009	《人民日报》	《"光纤之父"拉近世界距离(热点解读·人物)》
	20091013	《京华时报》	诺贝尔经济学奖首现女性得主两位美国经济学家分享2009 年度奖项至此诺贝尔奖所有奖项均已开出
	20091019	"天涯杂谈"	《大智高锟》
	20091126	《华西都市报》	《目标"诺贝尔奖"得主川大悄然启动"珠峰计划"》
	20091212	《华西都市报》	《诺奖庆典会高锟夫妇舞翩翩》
	20091212	《京华时报》	《诺贝尔奖颁奖典礼巾帼闪耀》
理性反思型	20090325	"天涯杂谈"	《中国没有诺贝尔的必然性》
	20090818	《人民日报》	《寻找"诺贝尔奖"大师的基因》
	20090905	"天涯杂谈"	《诺贝尔奖为什么与我们绝缘?》
	20091007	"天涯杂谈"	《诺贝尔奖获得者的坐冷板凳精神》
	20091007	"天涯杂谈"	《高锟:中科院外籍院士获诺贝尔物理学奖》
	20091007	"天涯杂谈"	《华裔科学家高锟获 2009 年诺贝尔物理奖折射中国教育科研环境彻底失败!》
	20091007	"天涯杂谈"	《为何又是华裔???》
	20091007	"天涯杂谈"	《孙锡良:中国人现在没有资格获"诺贝尔奖"》
	20091008	"天涯杂谈"	《从评价体系看中国与诺贝尔奖的距离》

续表

议题类型	发表日期	媒体	标题
理性反思型	20091008	"天涯杂谈"	《今天才知道袁隆平老先生确实不能获得诺贝尔奖……》
	20091008	"天涯杂谈"	《诺贝尔奖和国籍的问题》
	20091008	"天涯杂谈"	《如果给中国一个名额,你觉得诺贝尔奖颁给谁?》
	20091008	"天涯杂谈"	《袁隆平凭什么能获诺贝尔奖?》
	20091008	"天涯杂谈"	《这300年来,中国到底对世界有什么贡献?》
	20091009	《京华时报》	《华裔获奖者教育背景耐人寻味》
	20091009	"天涯杂谈"	《从高锟获诺贝尔奖看亚洲教育体制》
	20091009	"天涯杂谈"	《论中国为什么二十年内不太可能获得诺贝尔奖》
	20091009	"天涯杂谈"	《分析8位华人诺奖获得者的教育背景反思中国教育》
	20091009	《人民日报》	《诺贝尔奖离我们有多远(人民时评)》
	20091009	"天涯杂谈"	《无缘诺贝尔奖,别拿经费说事》
	20091010	"天涯杂谈"	《天大谬论:不能获诺贝尔奖源自中国传统文化》
	20091010	"天涯杂谈"	《华裔诺贝尔奖,又一次中国式手淫》
	20091010	《京华时报》	《诺贝尔奖离我们有多远》
	20091011	"天涯杂谈"	《中国为什么与诺贝尔奖无缘?》
	20091012	"天涯杂谈"	《从得奖者年龄看诺贝尔奖》
	20091012	"天涯杂谈"	《斯文扫地与诺贝尔奖的距离》
	20091012	"天涯杂谈"	《中国未来十年内如果不获诺贝尔奖,以后四十年则绝对无望》
	20091013	"天涯杂谈"	《从诺贝尔奖看美国》
	20091013	"天涯杂谈"	《诺贝尔奖,还要让国人徒叹多少年》
	20091013	"天涯杂谈"	《国人获诺贝尔为何如此艰难?》
	20091014	"天涯杂谈"	《高锟的感谢信与杨振宁的爱国主义》
	20091021	"天涯杂谈"	《中国离诺贝尔奖有多远》
	20091029	"天涯杂谈"	《中国媒体请注意:外籍华人并不是中国人》
	20091126	"天涯杂谈"	《关于中央政府设立中国的诺贝尔奖——"钱学森奖"的建议信》
	20091129	"天涯杂谈"	《袁隆平和诺贝尔》

议题类型	发表日期	媒体	标　　题
	20090824	"天涯杂谈"	《诺贝尔文学奖:一个二流作家为主的大奖》
	20091005	"天涯杂谈"	《下一个甲子中国的大学能培养出诺贝尔科学家吗?》
	20091007	"天涯杂谈"	《难道只有中国籍的获奖才应该值得高兴吗?》
	20091008	"天涯杂谈"	《诺贝尔奖真的没有中国人吗? ——从高锟获奖谈起》
	20091008	"天涯杂谈"	《袁隆平为什么没有得到诺贝尔奖?》
	20091009	"天涯杂谈"	《不要神化诺贝尔奖》
	20091009	"天涯杂谈"	《诺贝尔奖的评审完全被西方人把持?》
	20091009	"天涯杂谈"	《从现在开始为"预言家"杨振宁倒计时》
质疑反思型	20091009	"天涯杂谈"	《中国需要华而不实的诺贝尔奖,还是需要朴实的赤脚医生?》
	20091009	"天涯杂谈"	《没有诺贝尔奖的中国,你不需要抱怨!》
	20091010	"天涯杂谈"	《反感某些人拿诺贝尔奖来说事,来抨击中国教育》
	20091010	"天涯杂谈"	《忠言:关于诺贝尔奖崇拜综合症(原创)》
	20091011	"天涯杂谈"	《中国人拒绝诺贝尔奖从我做起》
	20091012	"天涯杂谈"	《完美的中国根本不需要诺贝尔奖》
	20091019	"天涯杂谈"	《高锟是光纤之父吗?》
	20091029	"天涯杂谈"	《中国终获高于诺贝尔的科技奖项》
	20091105	"天涯杂谈"	《瑞典的遗憾:钱学森大师没得诺贝尔奖》

（四）议题呈现的情况与特点

1. 新闻报道型的议题特征

新闻报道型的"诺贝尔奖"新闻大多是报道诺贝尔奖的获奖情况的最新动向，披露诺贝尔奖获得者的信息，发布诺贝尔奖活动的情况等，其最大的特征是不带感情色彩的客观性。如《研究"不老之谜" 3美国人获诺奖》（《华西都市报》，2009年10月6日，国际版），其内容就是披露两名女性科学家布莱克本和格雷德同时获诺贝尔奖的消息，同时介绍了她们的获奖感言、生平事迹、主要成就等；《诺奖庆典会高锟夫妇舞翩翩》（《华西都市报》，2009年12月12日，要闻版）则报道高锟夫妇参加诺贝尔奖颁奖仪式的情况。

2. 理性反思型的议题特征

2009年，华裔科学家高锟获得诺贝尔物理学奖，但是回顾历史，从来没有具有中国国籍的科学家获此殊荣。中国的国际地位与诺贝尔奖的零纪录形成强烈反差，引发了国人对体制、社会、教育方法等多方面的深入思考。绝大多数理性反思型的"诺贝尔奖"议题因此具有很强的思辨性的特征。如《华裔获奖者教育背景耐人寻味》(《京华时报》,2009年10月9日,第002版),从"我国内地教育在杰出人才培养上存在不足"这一基本事实出发,客观分析了华裔诺贝尔奖获得者的教育背景,最终认为我国在"基础教育的创新思维、创新意识培养","高等教育的通识教育与学术规范训练","良好的用人制度"三方面皆有所缺失,由此阻碍了顶尖人才的产生;《斯文扫地与诺贝尔奖的距离》("天涯杂谈",2009年10月12日)则从我国某些高校贪腐事件出发进行分析,认为在现行的高等教育体制下,权力制约和监督有缺陷,容易导致贪腐,教学科研人员中存在"权术重于学术"的价值观,致使剽窃成风的学术腐败,从而导致中国大陆至今无人"斩获"诺贝尔奖。

3. 质疑反思型的议题特征

质疑反思型的"诺贝尔奖"新闻主要是质疑诺贝尔奖的公正性、科学性和全面性,反思、批评国人对诺贝尔奖的狂热推崇。这一类议题皆出自网络论坛,其特点是对国人对诺贝尔奖主流态度进行强烈的批判。如《袁隆平为什么没有得到诺贝尔奖?》("天涯杂谈",2009年10月8日)列举了诺贝尔遗嘱的全文,认为诺贝尔奖项覆盖面不全,设置不合理,造成对不同学科科学家的严重不公,从而导致对世界作出巨大贡献的我国著名科学家袁隆平未能获诺贝尔奖;《中国需要华而不实的诺贝尔奖,还是需要朴实的赤脚医生?》("天涯杂谈",2009年10月9日)则认为我国虽然没有获得诺贝尔奖的本土科学家,但是成功的科技政策却使得中国迅速成长为工业强国,在诸如航天、核能一类的产业当中,中国目前已走在世界的前列,因此中国并不需要华而不实的诺贝尔奖。

(五) 议题在传统媒体和网络论坛上的表现异同

对比传统媒体与网络论坛有关2009年诺贝尔奖议题的数量变化趋势图,可以很鲜明地看出传统媒体与网络论坛的差异。总体来讲,网络论坛中诺贝尔奖议题的新闻数量(59篇)要比传统媒体的新闻数量(27篇)多出近一倍,不过,两种媒体在诺贝尔奖议题上的数量走势大致是一致的(见图9)。结合新闻内容分析,可以进一步发现,2009年传统媒体在"诺贝尔奖"议题报道型新闻数量的比例上面,要远高于网络论坛的比例;但是理性反思型的"诺贝尔奖"新闻,传统媒体仅贡献4篇,远远低于网络论坛的33篇;质疑反思型的"诺贝尔奖"新闻甚至全部是从网络论坛中得来。也就是说,"诺贝尔奖"议题呈现在传统媒体上的大部分是中性客观的事件报道，在网络论坛中呈现出来的"诺贝尔奖"议题新闻则大多数是批判性反思的檄文。

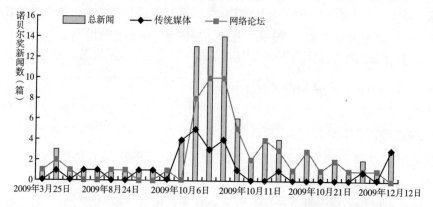

图9　2009年传统媒体与网络论坛有关诺贝尔奖新闻的数量变化趋势比较

四　2009年科学家新闻类型分析

（一）科学家新闻类型

1. 2009年科学家新闻类型的数量分布情况

在本研究所监测的传统媒体与网络论坛样本中，2009年共出现1171篇有关科学家的新闻信息，其中有46篇的报道类型较为特殊，无法进行归类，因此科学家新闻分类之后实际有效的新闻数量为1125篇。

关注这些有效报道，1125篇中共有947篇是以科学家为报道主题的新闻，其数量占了全部有效报道的84.2%；其他新闻则属于科学家在其中但并未构成主题和焦点，只是被引用或被提及的新闻，这类科学家新闻的数量为178篇，占了全部有效记录的15.8%。

在以科学家为主题的新闻中，对科学家行为或言论的报道的数量是最多的，共有691篇，占据科学家新闻有效记录的61.4%；对科学家任命讣闻等消息的发布，要少很多，仅有154篇，占了科学家新闻有效记录的13.7%；对科学家进行专题采访的报道数量是最少的，为102篇，只占科学家新闻有效记录的9.1%（见表3）。

表3　科学家相关新闻类型的分布情况

单位：篇，%

科学家新闻类型		报道数量	占比
以科学家为主题的新闻	对科学家行为或言论的报道	691	61.4
	对科学家的宣传报道	102	9.1
	任命讣闻等消息发布	154	13.7
科学家在其他主题新闻中被提及		178	15.8
总　　计		1125	100.0

对科学家新闻按照内容类型进一步细分。在以科学家为主题的新闻中，呈现科学家科研活动的新闻数量最多，为387篇，占了全部新闻有效记录的34.4%；其次是呈现科学家科研有关言论的报道，共有168篇新闻，约占科学家新闻中15%的有效比例。从这两方面的信息来看，科学家在新闻媒体中呈现出来的形象更多与"学术科研"本职活动有关。

在以科学家为主题的新闻中，有关科学家任命讣闻等消息的数量也不低，达154篇之多，约占科学家新闻中14%的有效比例。2009年科学家任命讣闻等消息数量走高与本年度发生的特殊事件有关，比如两年一次的中国两院院士增选，以及科学家钱学森的逝世。这个高数据表明，科学家，特别是大科学家，其重要的生命历程事件在社会中所得到的反响还是很大的（见表4）。

2. 2009年科学家新闻的主要类型说明

在本研究的五大样本媒体中，科学家主题的新闻以呈现科学家科研活动方面的新闻数量最多，其中正面评价和中性论述的新闻信息以介绍科学家所从事的科研活动和取得的科研成果为主。如《我科学家成功克隆人类胚胎　不为制造克隆人》（《南方周末》，2009年2月3日）、《辽宁出土最早霸王龙化石比此前发现的同类化石早5000多万年》（《京华时报》，2009年9月14日，第021版）、《我国分离出首株甲型H1N1病毒与墨西哥流感病毒同源未变异为研制疫苗提供基础》（《京华时报》，2009年5月19日，第004版）等都是反映科学家科研活动的代表性文章。呈现科学家科研活动的负面新闻较少，仅有9篇，主要反映科学家在学术科研中的造假、抄袭行为，如《为抄袭狡辩比抄袭更可耻》（《京华时报》，2009年8月6日，第002版）、《"学术造假"震惊科学界》（《京华时

表4 科学家新闻细分类型分布情况

单位：篇，%

科学家新闻类型			报道数量	占比
以科学家为主题的新闻	呈现科学家行为	呈现科学家科研活动	387	34.4
		呈现科学家行政活动	7	0.6
		呈现科学家社会活动	41	3.6
		呈现科学家私人活动	32	2.8
	呈现科学家言论	呈现科学家科研有关言论	168	14.9
		呈现科学家行政职务有关言论	1	0.1
		呈现科学家公共话题有关言论	39	3.5
	同时呈现言论与行为	呈现科学家参加社会活动并发表言论	16	1.4
	策划宣传	集中宣传	79	7.0
		专访专题	23	2.0
	消息发布	任命讣闻等消息发布	154	13.7
科学家在其他主题新闻中被提及	科学家言论成果等被机构引用		21	1.9
	科学家言论成果等被个人引用		157	14.0
总　　计			1125	100.0

报》，2009年10月27日，第027版）、《中国科学家成功克隆人类胚胎遭质疑》（《华西都市报》，2009年2月27日，第005版）。

呈现科学家科研有关言论的报道数量为168篇，仅次于科学家科研活动的报道数量。科学家科研有关言论的新闻较多出现于网络论坛（93篇），较少出现于传统媒体（75篇）。科学家科研言论类型新闻主要是指科学家在报道中解释说明新近科研成果发现或者是利用科学家专业知识为某一观点辩护，而不是就科研工作发表意见看法。如《世卫专家：流感病毒并非来自实验室》（《南方周末》，2009年5月15日）、《防甲型流感传统疫苗证实无效》（《华西都市报》，2009年5月23日，要闻版）、《中华文明的源头究竟在哪里（文化脉动）》（《人民日报》，2009年11月13日，第17版）、《听：总设计师叶培建为你详解嫦娥一号撞月台前幕后》（"天涯杂谈"，2009年3月5日）、《气候变暖是个科学骗局》（"天涯杂谈"，2009年11月27日）。

（二）传统媒体科学家新闻类型的组成情况

1. 2009 年传统媒体科学家新闻类型的数量分布情况

本研究所监测传统媒体样本中，2009 年共出现可归类科学家的新闻信息 611 篇，其中 91.7% 是以科学家为报道主题的新闻，共 560 篇；其余 8.3% 的新闻则属于科学家在其中但并未构成主体和焦点，只是被引用或被提及的新闻，共 51 篇。

2009 年，传统媒体里以科学家为主题的新闻中，对科学家行为或言论的报道居多，共有 396 篇，占据了 64.8% 的比例份额；针对科学家做的主题报道要低很多，仅有 89 篇，占 14.6% 的比重；科学家的任命讣闻等消息则最少，只有 75 篇，约占传统媒体中所有科学家新闻中 12% 的比例（见表5）。

表5　传统媒体中科学家相关新闻类型的分布情况

单位：篇，%

科学家新闻类型		报道数量	占比
以科学家为主题的新闻	对科学家行为或言论的报道	396	64.8
	对科学家的主题报道	89	14.6
	任命讣闻等消息发布	75	12.3
科学家在其他主题新闻中被提及		51	8.3
总　　计		611	100.0

对传统媒体中的科学家新闻按照内容类型进一步细分。在传统媒体以科学家为主题的新闻当中，呈现科学家科研活动的报道数量在所有项目类别当中遥遥领先，共有 251 篇之多，占据了 41.1% 的比例。其余类别的新闻数量稍多一些的是呈现科学家科研有关言论的新闻报道以及任命讣闻等消息的发布，两种类型的新闻数量均为 75 篇，各占传统媒体中以科学家为主题的新闻数量的 12.3%。除此以外，传统媒体中对科学家集中宣传的报道数量也较为可观，共有 66 篇，占有 10.8% 的比例。

在科学家被提及的新闻中，科学家言论成果等被机构引用发生次数是 20 次，被个人引用的发生次数则为 31 次，整体来说，二者相差不大（见表6）。

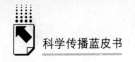

表6　传统媒体中科学家新闻细分类型分布情况

单位：篇，%

科学家新闻类型			报道数量	占比
以科学家为主题的新闻	呈现科学家行为	呈现科学家科研活动	251	41.1
		呈现科学家行政活动	5	0.8
		呈现科学家社会活动	30	4.9
		呈现科学家私人活动	11	1.8
	呈现科学家言论	呈现科学家科研有关言论	75	12.3
		呈现科学家行政职务有关言论	1	0.2
		呈现科学家公共话题有关言论	7	1.1
	同时呈现言论与行为	呈现科学家参加社会活动并发表言论	16	2.6
	策划宣传	集中宣传	66	10.8
		专访专题	23	3.8
	消息发布	任命讣闻等消息发布	75	12.3
科学家在其他主题新闻中被提及	科学家言论成果等被机构引用		20	3.3
	科学家言论成果等被个人引用		31	5.1
总　　计			611	100.0

2. 2009 年传统媒体科学家新闻的主要类型说明

在传统媒体中，报道最多的科学家新闻类型是与科学家科研有关的行为和言论，共326篇。科学家在科研方面发表的言论包括科学家向公众传播本专业的科研活动进展，如《卡介苗对预防成年肺结核失效　新型疫苗进入临床试验》（《京华时报》，2009年1月9日，第005版）；或者科学家告知新事件的发生，如《强震让新西兰向澳大利亚靠近30厘米》（《华西都市报》，2009年7月23日，国际版）；或者从科学的角度对公众感兴趣的话题作出解释，如《大熊猫为啥不爱吃肉？基因"失活"》（《华西都市报》，2009年12月15日，要闻版）。科学家参与科研活动的报道既包括正面的科学家参加本专业的科学研究活动，也包括负面的有关科学家在科研活动中的学术不端行为，如《学术会议上查出问题论文　武汉理工大校长涉抄袭事件》（《京华时报》，2009年8月5日，第019版）、《"学术造假"震惊科学界》（《京华时报》，2009年10月27日，第027版）。不过，更多的新闻是呈现科学家科研活动的最新成果与发现，如《干细胞研究的突破（科技大观）》（《人民日报》，2009年1月30日，第03版）、《北京正负电子对撞机改造通过测试每秒可碰撞 1 亿多次是世界纪录的 4 倍》（《京华时报》，2009 年 5 月 20 日，第 010 版）。

在以科学家为主题的新闻中，任命讣闻等消息发布的新闻也比较多。在这些新闻中，科学家由于其巨大的学术成就及个人品德，在社会上产生重大影响。比如《王忠诚、徐光宪获 2008 年度国家最高科学技术奖》（《南方周末》，2009 年 1 月 9 日）、《"光纤之父"华人高锟获诺贝尔物理学奖》（《华西都市报》，2009 年 10 月 7 日，要闻版）和《钱学森同志逝世》（《人民日报》，2009 年 11 月 1 日，第 01 版）。

（三）网络论坛新闻类型

1. 2009 年网络论坛科学家新闻类型的数量分布情况

本研究所监测的传统媒体样本中，2009 年共出现可归类的科学家的新闻信息 514 篇，其中 75.3% 是以科学家为报道主题的新闻，共 387 篇；其余 24.7% 的新闻则属于科学家在其中但并未构成主题和焦点，只是被引用或被提及的新闻，共 127 篇。

2009 年，网络论坛里以科学家为主题的新闻中，对科学家行为或言论的报道居多，共有 295 篇，占据了 57.4% 的比例份额；有关科学家的任命讣闻等消息要少得多，只有 79 篇，占网络论坛中所有科学家新闻中 15.4% 的比例；针对科学家做的主题报道数量则最少，仅有区区 13 篇，占 2.5% 的比重（见表 7）。

表 7　网络论坛中科学家相关新闻类型的分布情况

单位：篇，%

科学家新闻类型		报道数量	占比
以科学家为主题的新闻	对科学家行为或言论的报道	295	57.4
	对科学家的专题报道	13	2.5
	任命讣闻等消息发布	79	15.4
科学家在其他主题新闻中被提及		127	24.7
总　　计		514	100.0

对网络论坛中的科学家新闻按照内容类型进一步细分。在网络论坛里以科学家为主题的新闻当中，呈现科学家科研活动的报道数量在所有项目类别当中遥遥

领先，共有 136 篇之多，占据了 26.5% 的比例。呈现科学家科研有关言论的新闻报道数量则居于其次，共有 93 篇，在网络论坛中有关科学家新闻中所占的比例为 18.1%。此外，网络媒体有关科学家任命讣闻等消息发布的数量也不少，共有 79 篇，占 15.4%。

在科学家被提及的新闻中，科学家言论成果等被机构引用的次数是 1 次；与之形成鲜明对比的是，科学家言论成果等被个人引用的次数达 126 次（见表 8）。

表 8　网络论坛中科学家新闻细分类型分布情况

单位：篇，%

科学家新闻类型			报道数量	占比
以科学家为主题的新闻	呈现科学家行为	呈现科学家科研活动	136	26.5
		呈现科学家行政活动	2	0.4
		呈现科学家社会活动	11	2.1
		呈现科学家私人活动	21	4.1
	呈现科学家言论	呈现科学家科研有关言论	93	18.1
		呈现科学家行政职务有关言论	0	0
		呈现科学家公共话题有关言论	32	6.2
	同时呈现言论与行为	呈现科学家参加社会活动并发表言论	0	0
	策划宣传	集中宣传	13	2.5
		专访专题	0	0
	消息发布	任命讣闻等消息发布	79	15.4
科学家在其他主题新闻中被提及	科学家言论成果等被机构引用		1	0.2
	科学家言论成果等被个人引用		126	24.5
总　　计			514	100.0

2. 2009 年网络论坛科学家新闻的主要类型说明

在 2009 年网络论坛中，科学家新闻数量最多的是有关科学家科研活动的信息。这类信息包括了有关科学家科研成果展现的信息，如《嫦娥一号卫星成功撞击月球》（"天涯杂谈"，2009 年 3 月 2 日）、《长江黄河确定新源头》（"天涯杂谈"，2009 年 7 月 18 日）和《致使地球升温的主因》（"天涯杂谈"，2009 年 9 月 22 日）等。科学家在科研活动中的学术不端行为，如《"3·15 出击"山东"周老虎"现形，谁应为山东农科院杨庆利博士学位造假买单!》（"天涯杂谈"，2009 年 4 月 15 日）和《曾呈奎院士死后剽窃官司仍不断》（"天涯杂谈"，2009

年6月19日），这些新闻大多是网民非正式地转载其他媒体、个人或科学家的研究成果或科学家消息而得来的。

与此同时，有关科学家新闻消息发布的文章也相对较多，这主要与2009年高锟获得诺贝尔物理学奖以及钱学森的去世有关。这一类事件型新闻往往在网络论坛掀起两股新闻潮流。第一股是客观消息的呈现，如《高锟：中科院外籍院士获诺贝尔物理学奖》（"天涯杂谈"，2009年10月7日）和《沉痛悼念钱老：中国航天之父钱学森今日在京逝世，享年98岁》（"天涯杂谈"，2009年10月31日）。第二股是由事件本身引发的公众对教育学术的思考，如《分析8位华人诺奖获得者的教育背景反思中国教育》（"天涯杂谈"，2009年10月9日）、《沉痛悼念钱学森，深刻反思中国教育》（"天涯杂谈"，2009年10月31日）和《中国呼唤大科学家——写在送别钱学森之际》（"天涯杂谈"，2009年11月6日）等。

事件型的科学家新闻在网络论坛的呈现大致遵循着"消息发布—情感流露—理性反思—感性批判（混乱状态）—理性反思—尘埃落定"这样一个过程。以科学家钱学森逝世为例，大科学家钱学森逝世之后，悼念的文章呈现井喷状态。10月31日当天，网络论坛中最先两篇新闻是消息发布型的，《沉痛悼念钱老：中国航天之父钱学森今日在京逝世，享年98岁》（"天涯杂谈"，2009年10月31日）和《中国航天之父钱学森逝世，送送钱老》（"天涯杂谈"，2009年10月31日）。接着是情感流露型的新闻帖子，如《沉痛悼念钱学森！深切怀恋（念）钱学森！》（"天涯杂谈"，2009年10月31日）和《钱老悼念帖……大家进来表达下哀思吧……》（"天涯杂谈"，2009年10月31日）。另一方面，科学大师的离去也带来了许多理性的思考，如《沉痛悼念钱学森，深刻反思中国教育》（"天涯杂谈"，2009年10月31日）和《钱学森之死想到屈原之死》（"天涯杂谈"，2009年10月31日）；思考之后，是感性的批判，如《杨振宁，邓稼先，钱学森，谁才是中国的骄傲?!》（"天涯杂谈"，2009年11月1日）和《不要拿汤非凡来说钱学森》（"天涯杂谈"，2009年11月1日）；感性的批判之后，发表对意见产生理性的反思，以及期望又来临，如《中国呼唤大科学家——写在送别钱学森之际》（"天涯杂谈"，2009年11月6日）等。最后，随着时间的流逝，公众对事件渐渐遗忘。

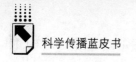

（四）传统媒体与网络论坛对科学家的关注视角的异同

传统媒体和网络论坛对科学家关注的视角有些相似的地方，如科学家行政方面的活动或言论，在传统媒体和网络论坛都极少出现，而在科研活动及科研言论，以及任命讣闻的消息传播方面，传统媒体和网络论坛都呈现高度关注的态势。

传统媒体和网络论坛对科学家关注的视角也有不同。传统媒体在科学家的科研活动、社会活动、集中宣传以及专访专题方面的新闻数量比例，较网络论坛要高得多，而在科学家的私人活动、科研言论、公共话题言论、任命讣闻等新闻上面，网络论坛的数量比例要比传统媒体高出一截。可见，网络论坛中的科学家新闻更侧重于科学家的言论、私人活动及科学家消息，而传统媒体更为正式和专业，倾向于反映科学家的活动，以及对科学家进行深入的专题采访。

传统媒体与网络论坛在关注视角上的差别，与两类媒体本身的特点不无关系。

首先从时效上来说，传统报刊由于其本身固有的一套发行流程，其新闻发布的时间往往要滞后网络论坛一到两天时间。许多传统媒体已经渐渐认识到自身的时效劣势，纷纷转向从新闻的深度及可信程度等方面来获取战胜网络新媒体的法宝。在这种情况下，传统媒体在科学家的集中宣传以及专访专题等具有新闻深度方面的新闻数量比例要比网络论坛高得多，在"言论"、"消息"等快速传播的新闻信息方面则比网络论坛要少。

其次是参与主体的变化。对于传统媒体来说，信息传播是单向的，受众无法直接参与新闻传播，只能通过受访、新闻报料等间接对新闻产生影响。传统媒体新闻的传统主体通常也局限于大众媒体内的专业人员，他们接受过大众传播的专业教育，以媒体的价值观对新闻价值作出判断，以一定的视角从事信息的采写与编辑。在中国，新闻媒体有"正面宣传为主，唱响主旋律，打好主动仗，更加自觉主动地为人民服务、为社会主义服务、为党和国家工作大局服务"[①] 的岗位要求。然而，在网络媒体（网络论坛）中，受众可以主动选择自己感兴趣的新闻，可以匿名对新闻作及时的评论、讨论，甚至制作和发布新闻。此外，网民数量的庞大性，以及信息发布的匿名性，使得网络媒体更少受到传统媒体在新闻传播上所受的政治社会约束。从这个角度进行思考，传统媒体在科学家的科研

---

① 《胡锦涛在人民日报社考察工作时的讲话》，2008 年 6 月 21 日《人民日报》。

活动、社会活动方面新闻数量更多，而网络论坛在呈现科学家的私人活动、任命讣闻、话语新闻方面较传统媒体更具优势，也就不足为奇。具体数据如图 10 所示。

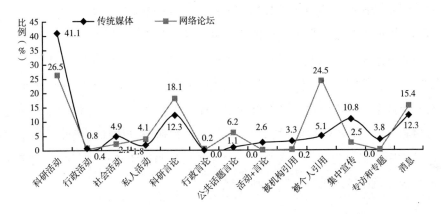

图 10　传统媒体与网络论坛对不同类型科学家新闻的关注度比较

五　2009 年科学家媒体形象分析

本研究将媒体对科学家的评价分为六个维度，分别为"科学家的科学技术专业能力"、"科学家参与国家决策方面的行为表现"、"科学家学术道德行为表现"、"科学家参与社会事务方面的行为表现"、"科学家个人道德"以及"科学家的管理能力"六方面共同构成媒体对科学家的形象评价。

2009 年媒体对科学家形象的评价分析主要从科学家形象的"媒体关注情况"（即"关注度"）与"媒体评价情况"两个角度来进行，其中"媒体评价情况"又由"评价倾向"与"美誉度"两个指标来反映。

科学家形象"关注度"：指科学家不同方面行为在所有科学家新闻中被提及的比例。如"科学家专业能力关注度" ＝"科学家专业能力报道出现的频数"／"科学家新闻总篇数"。科学家形象"关注度"依据所统计媒体的类型，可分为"媒体关注度（含传统媒体与网络论坛）"、"传统媒体关注度"及"网络论坛关注度"三种类型。

科学家形象"评价倾向"：指媒体对科学家不同方面行为"正面"、"中性"

与"负面"评价的比例。如"科学家专业能力评价倾向"通过"科学家专业能力正面评价出现的频数"、"科学家专业能力中性评价出现的频数"、"科学家专业能力负面评价出现的频数"三个方面来体现。依据所统计媒体的类型,科学家形象"评价倾向"可分为"媒体评价倾向(含传统媒体与网络论坛)"、"传统媒体评价倾向"及"网络论坛评价倾向"三种类型。

科学家形象"美誉度":指将媒体对科学家形象的"正面"、"中性"与"负面"评价分别赋值为3分、2分和1分,经算术平均得到科学家六方面行为表现在媒体上的评价分数。如"科学家专业能力美誉度"="科学家专业能力评分总和"/"科学家新闻总篇数"。同样,依据所统计媒体的类型,科学家形象"美誉度"又分为"媒体美誉度(含传统媒体与网络论坛)"、"传统媒体美誉度"及"网络论坛美誉度"三种类型。

(一)科学家形象分析

1. 科学家形象关注度情况

从数据中可以看出,在本研究所抽取的2009年传统媒体与网络论坛所刊登的科学家新闻中,有关"科学家专业能力"的新闻报道数量最多,有595篇,关注度超过了50%。"科学家参与社会事务"的科学家新闻排在了第二位,有272篇,媒体关注度为23.2%。此外,科学家的个人道德、学术道德以及国家决策参与方面的新闻数量相对较少,文章数量分别为118篇、115篇和86篇,媒体关注度分别为10.1%、9.8%和7.3%。新闻媒体和网络论坛对"科学家的管理能力"关注得最少,提到这方面内容的新闻只有8篇,所占比例不足1%(见图11)。

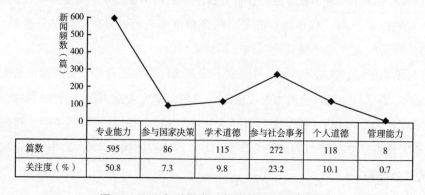

	专业能力	参与国家决策	学术道德	参与社会事务	个人道德	管理能力
篇数	595	86	115	272	118	8
关注度(%)	50.8	7.3	9.8	23.2	10.1	0.7

图11　2009年科学家形象的媒体关注度情况

2. 科学家形象的评价倾向

从测量科学家形象的六个维度来看，正面呈现科学家形象的发生次数要远远高于中性呈现和负面呈现，如科学家"专业能力"的新闻呈现方面，正面呈现的次数为 579 次，而中性呈现和负面呈现的次数之和仅为 16 次。因此，总体来说，2009 年媒体和论坛所呈现的科学家形象是正面的。然而，从数据中也可以看到，有关科学家"学术道德"、"个人道德"、"参与社会事务"、"专业能力"方面也有不少负面的新闻。如 2009 年 8 月 6 日《京华时报》上的《为抄袭狡辩比抄袭更可耻》报道武汉某大学校长、中国科学院 2009 年科学家候选人于"第二届全国智能制造学术会议"发表抄袭论文，被发现之后，迅速从正式论文集中删除论文的做法。这些负面新闻的呈现一方面表明，公众和媒体对科学家职业伦理期待有增无减，另一方面它也提示出中国科学家共同体须进一步整肃业界伦理规范，部分中国科学家在学术道德和个人道德方面尚须进一步严格要求自己。具体数据详见图12。

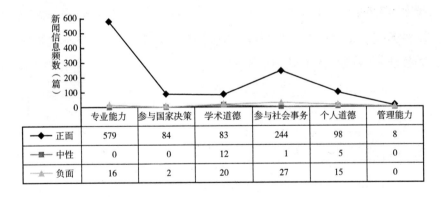

新闻信息频数（篇）	专业能力	参与国家决策	学术道德	参与社会事务	个人道德	管理能力
正面	579	84	83	244	98	8
中性	0	0	12	1	5	0
负面	16	2	20	27	15	0

图 12　2009 年科学家形象的媒体评价倾向情况

3. 科学家形象的美誉度

2009 年科学家在传统媒体和网络论坛中呈现的美誉度约为 2.825 分（其中 3 分是最高分，1 分是最低分）。从整体上讲，2009 年科学家在媒体论坛中呈现的形象是优良的，美誉度比较高。但是，如同形象评价倾向中分析的那样，科学家"学术道德"和"个人道德"方面的新闻美誉度并不是很高，分别得 2.55 分、2.7 分，仅处于中等偏上水平（见图 13）。

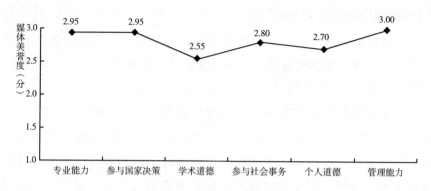

图 13　2009 年科学家形象的媒体美誉度情况

4. 传统媒体与网络论坛科学家形象的媒体关注度与美誉度综合分析

综合分析媒体论坛中科学家形象的关注度和美誉度情况可以发现，科学家的"专业能力"在媒体论坛中既有较高的关注度，又有很高的美誉度；而科学家的"管理能力"和"参与国家决策"的关注度虽然不高，但美誉度很好。对比起来，科学家"学术道德"、"个人道德"及"参与社会事务"所受的关注度较高，但美誉度却相对较低，特别是科学家的"学术道德"与"个人道德"，美誉度较差。这两项可能是 2009 年影响科学家媒体形象的最重要因素，未来一段时间它也可能对科学家媒体形象产生负面影响。

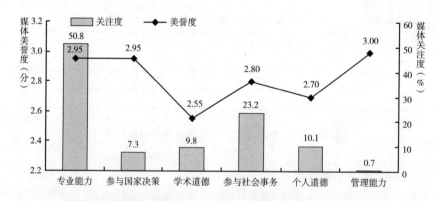

图 14　2009 年科学家形象的媒体关注度与美誉度综合分析

5. 科学家媒体形象评价与科学家新闻报道内容的关系

（1）科学家在以下类型的新闻中较多获得媒体的正面评价，如下：

● 在所关注的科学技术领域作出系统的、创造性的成就和重大贡献，如

《科学家绘制出银河系旋臂完整图》（《人民日报》，2009 年 1 月 7 日，第 06 版）；

● 学风正派、业绩突出，恪守学术道德，如《感念大师》（《人民日报》，2009 年 6 月 15 日，第 16 版）；

● 严谨、践行科学发展观，尊重科学、遵循规律、注重实证、勇于创新，如《青海破解制约发展的科技瓶颈》（《人民日报》，2009 年 3 月 24 日，第 01 版）；

● 具有创新精神，参与新发明、新产品的研究和开发工作，尤其是对关乎国计民生的重点项目和重点领域的研究，如《袁隆平：我的禾下乘凉梦》（《京华时报》，2009 年 10 月 4 日，第 009 版）；

● 对其所在领域的重大国家项目或者工程作出科学的判断和评价，如《钱学森：中国航天之父》（《京华时报》，2009 年 10 月 7 日，第 008 版）；

● 参与国家发展战略的研究工作，牵头开展地域性发展战略研究工作，如《青海破解制约发展的科技瓶颈》（《人民日报》，2009 年 3 月 24 日，第 01 版）；

● 具有爱国情操、爱国心和奉献精神，有为科学付出的精神，如《钱学森的"争"与"让"》（《人民日报》，2009 年 11 月 10 日，第 04 版）；

● 向公众宣布最新的科学研究动态和进展，普及科学知识，为公众的生活提出一些小建议，帮助公众更好地适应周边环境，如《特殊人群防流感攻略》（《京华时报》，2009 年 5 月 20 日）；

● 为国家科学事业作出巨大贡献，重视青年学者，支持和关怀科学人才，如《最年长中科院院士贝时璋迎来 106 岁寿辰　刘延东登门祝贺》（《人民日报》，2009 年 10 月 10 日，第 02 版）；

● 对本国的教育事业发表适当的观点，促进科教文卫事业的发展，如《创新呼唤领军人才（专访）——访中国科学院常务副院长白春礼院士》（《人民日报》，2009 年 9 月 29 日，第 07 版）；

● 以专业科学知识，为公众预测自然灾害，如《今年南方闹雪灾可能性不大》（《华西都市报》，2009 年 10 月 14 日，第 003 版）和《甲流最高峰可能今冬到来》（《华西都市报》，2009 年 10 月 30 日，第 011 版）；

● 对中国目前科技发生的瓶颈提出意见和建议，促进中国科学事业的发展，如《邓中翰：走出中国式创新之路（文化讲坛）》（《人民日报》，2009 年 12 月

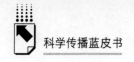
17 日，第 11 版）；

- 做好技术决策，促进科学技术与市场的结合，走出一条产学研一体化的道路，如《发挥中国工程院之优势推动产业结构优化升级》（《人民日报》，2009年 11 月 5 日，第 01 版）；

- 具有虚怀若谷、不耻下问、学而不倦的精神，严谨谦和，不自夸，如《斯人已去风范长存》（《人民日报》，2009 年 11 月 1 日，第 07 版）。

（2）科学家在以下类型的新闻中往往引发争议，如下：

- 学术不端行为，尤其是论文抄袭、学术剽窃引发社会的广泛批评，如《中国科学家成功克隆人类胚胎遭质疑》（《华西都市报》，2009 年 2 月 27 日，第005 版）；

- 新增科学家简历中大多有行政职务头衔，引发对学术官僚化现象的讨论，如《院士变"院仕" 8 成新增院士为官员引质疑》（《华西都市报》，2009 年 12 月 18 日，第 017 版）；

- 科学家不注重教学管理，没有为青年学者创造学术空间，以及结党拉派等问题，如《李连达，你还要害多少学生?》（"天涯杂谈"，2009 年 1 月 2 日）；

- 科学家违背法律与科学家道德，谋取经济利益，如《曝河南省农科院招标黑幕》（"天涯杂谈"，2009 年 7 月 21 日）；

- 科学家在社会公共事件之中回答问题模糊，刻意制造和谐局面，如《国家首席甲流疾控专家曾光——你能否直接回答网友的疑问?》（"天涯杂谈"，2009 年 10 月 28 日）；

- 科学家学术腐败，如《铲除学术界科技界腐败毒瘤（转载）》（"天涯杂谈"，2009 年 12 月 13 日）。

（二）传统媒体科学家形象分析

1. 传统媒体科学家形象关注度情况

从图 15 所展示的数据可以看出，传统媒体中最受关注的是科学家在"专业能力"方面的表现，在 652 份新闻当中有 400 份新闻是关于这个主题的，占据传统媒体里科学家新闻总量的 61.3%。关注度仅次于"专业能力"的是科学家"参与社会事务"的行为，此类新闻共发生 202 次，占传统媒体科学家新闻总量的 31%。科学家"学术道德"、"参与国家决策"以及"个人道德"相对来说受关注的程度不高，其新闻呈现次数仅徘徊在 80 ~ 100 篇之间，关注度均不超过 15%。此外，科学家的"管理能力"是最受传统媒体忽视的，此类新闻在 652 次报道中仅出现 8 次，关注度仅为 1.2%（见图 15）。

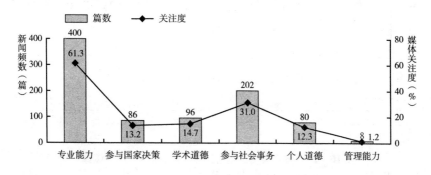

图 15 2009 年科学家形象的关注度情况——传统媒体

2. 传统媒体对科学家形象的评价倾向

总体来说，2009 年传统媒体对科学家形象的评价倾向以正面为主。在衡量科学家形象的六项指标当中，传统媒体进行正面呈现的数量要远超出中性呈现和负面呈现的数量之和，如科学家"专业能力"方面，传统媒体进行正面呈现的次数为 393 次，而中性呈现和负面呈现的次数之和仅为 7 次。总体来说，2009 年科学家在传统媒体中呈现出的形象基本是正面的。

然而，从数据中也可以看到，科学家"参与社会事务"、"个人道德"方面的负面新闻比例较高，分别为 5.79%、5.63%；科学家"参与国家决策"及"学术道德"方面的负面新闻比例相对较低，分别为 2.38%、2.44%；负面新闻比例最低，在传统媒体上获得的评价倾向最好的是科学家的"专业能力"和"管理能力"，负面新闻比例分别仅为 1.75%、0%。

3. 传统媒体对科学家形象的美誉度

数据显示，2009 年，科学家在传统媒体中获得的媒体美誉度在六方面的综合得分为 2.9133 分，美誉度水平较高。但是，科学家在"学术道德"及"个人道德"方面的媒体美誉度较低，得分分别仅为 2.83 分及 2.84 分，是媒体评价最差的两方面。这两个因素可能是影响 2009 年整个年度传统媒体上科学家形象呈现的关键因素。不过，科学家在其他方面的表现都获得了很高的媒体美誉度评价，其中，科学家"专业能力"、"参与国家决策"、"管理能力"方面的媒体美誉度得分都高于或等于2.95分，只有"参与社会事务"的美誉度略差一些，但也接近于2.9分的水平（见图16）。

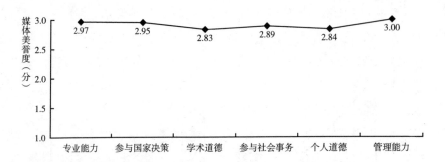

图16　2009年科学家形象的美誉度情况——传统媒体

4. 传统媒体对科学家形象的关注度与美誉度综合分析

综合分析传统媒体中科学家形象的关注度和美誉度情况，不难发现，2009年科学家"专业能力"在传统媒体中既有较高的关注度，又有很高的美誉度；科学家"参与社会事务"的传统媒体关注度与美誉度皆低于科学家"专业能力"方面的数据，但也处于较高水平；科学家的"管理能力"和"参与国家决策"方面关注度虽然较低，但美誉度却都很好。对比起来，科学家"学术道德"、"个人道德"所受的关注度不低，但美誉度却相对很差（见图17）。

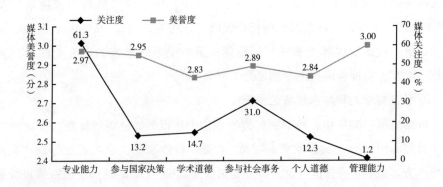

图17　传统媒体对科学家形象的关注度与美誉度综合分析

（三）网络论坛对科学家形象的评价

1. 网络论坛对科学家形象的关注度情况

2009 年从网络论坛中搜集到的科学家新闻帖子共 519 篇。网络论坛中新闻帖子对科学家的关注情况从图 18 的数据可以看出。在网络论坛中，有关科学家"专业能力"方面表现的新闻呈现次数最多，共有 195 篇，关注度为 37.6%。科学家"参与社会事务"的关注度也不低，有 13.5%。科学家"学术道德"及"个人道德"方面在网络论坛当中虽然也备受关注，但均小于 10%。关于科学家"管理能力"和"参与国家决策"的新闻帖子在网络论坛中更是销声匿迹，其关注度为 0。不过，总体来说，网络论坛中对科学家形象的关注度并不是很高，519 篇新闻帖子中仅有 322 篇归类到呈现了科学家形象的类别中，也就是说网络论坛中只有 62% 的科学家新闻反映了科学家形象。

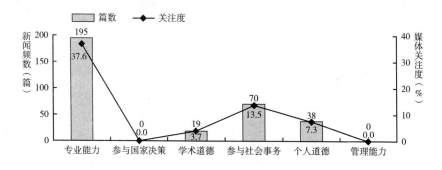

图 18　2009 年科学家形象关注度情况——网络论坛

2. 网络论坛对科学家形象的评价倾向

2009 年网络论坛对科学家形象的评价倾向较为复杂，呈两极分化的态势，仅有正面评价和负面评价，中性评价数量为零。其中，在正、负两方面评价中，正面评价总体数量要比负面评价数量多。在反映科学家形象的六项指标中，专业能力所获得的正面评价比例最高，达到 95.38%；其次是"参与社会事务"方面，好评率达到 77.14%；"个人道德"方面的好评率略低一些，为 71.05%。评价倾向表现最为不佳的是科学家的"学术道德"，好评率仅仅为 5.26%，也就是说，其恶评率高达 94.74%。至于科学家的"参与国家决策"和"管理能力"方面，可能是由于网民不了解，或者因为没有兴趣，抑或是发言不合适而被版务

"删除",从我们所采集的数据来看,2009 年的"天涯杂谈"上没有对科学家这两方面的行为发表任何议论和评价。

3. 网络论坛对科学家形象的美誉度

2009 年网络论坛对科学家形象的美誉度在六方面的综合得分仅为 2.245 分,美誉度为中等稍微偏上水平。如图 19 所示,网络论坛中科学家美誉度唯一较高的项目是科学家的"专业能力",其值为 2.91 分。科学家"参与社会事务"及"个人道德"在网络论坛中所获得的美誉度表现平平,分别仅为 2.54 分、2.42 分,属中等偏上水平。科学家在"学术道德"方面所获得的媒体美誉度最差,仅为 1.11 分,接近最差水平(1 分),几乎没有美誉度可言,这也是网络论坛意见倾向往往较为鲜明和极端特点的体现。至于科学家的"参与国家决策"和"管理能力"方面,网民或者因为不了解,或者因为没有兴趣,也可能是因为发言不合适而被版务"删除",从报告所采集的数据来看,2009 年的"天涯杂谈"上没有对科学家这两方面的行为发表任何议论和评价。

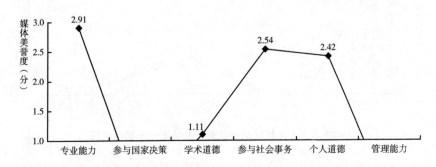

图 19 2009 年网络论坛对科学家形象的美誉度

4. 网络论坛对科学家形象的关注度与美誉度综合分析

综合分析网络论坛中科学家形象的关注度和美誉度情况可以发现,科学家"专业能力"在媒体论坛中既有较高的关注度(37.6%),又有较高的美誉度(2.91 分)。对比起来,科学家"参与社会事务"、"学术道德"、"个人道德"所受的关注度不算太低,但美誉度却相对较差,特别是科学家"学术道德"的美誉度最差(1.11 分)。科学家的"管理能力"和"参与国家决策"方面,公众或者因为不了解,或者因为没有兴趣,也可能是因发言不合适而被版务"删除"，从我们所采集的数据来看，网络论坛对其没有关注，无法分析。具体数据如图20所示。

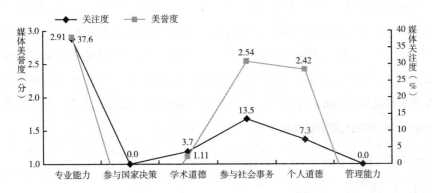

图20　2009年网络论坛对科学家的关注度与美誉度综合分析

（四）传统媒体与网络论坛科学家形象评价比较

1. 传统媒体与网络论坛科学家形象关注度情况比较

对媒体类型与是否反映科学家形象的指标变量进行交叉分析，所得的卡方值及检验如表9所示。可以看出，在所有反映科学家形象关注度的六个指标中，传统媒体与网络论坛所表现出来的差异都是显著的（$p < 0.05$）。因此，传统媒体与网络论坛对六个领域中的科学家形象的关注程度是不一样的，其视角有显著差异。

表9　传统媒体与网络论坛对科学家形象关注度差异分析

单位：篇，%

科学家形象	传统媒体关注度		网络论坛关注度		χ^2	df	p
	数量	占比	数量	占比			
专业能力	400	61.3	195	37.6	65.368	1	0.000
参与国家决策	86	13.2	0	0.0	73.883	1	0.000
学术道德	96	14.7	19	3.7	39.935	1	0.000
参与社会事务	202	31.0	70	13.5	49.594	1	0.000
个人道德	80	12.3	38	7.3	7.808	1	0.005
管理能力	8	1.20	0	0.0	6.412	1	0.011

从图 21 来看，传统媒体与网络论坛对"科学家"的关注度总体分布上是相似的，两者都对科学家的"专业能力"、"参与社会事务"给予了较多关注，极少涉及科学家的管理能力的消息。然而，在反映"科学家"主题的六个指标上，传统媒体都要比网络论坛表现出更高的关注度，其中差别最大的是对科学家"专业能力"的关注。值得注意的是，从已有的数据看，网络论坛从来没有出现过有关科学家管理以及科学家参与国家决策的新闻帖子，2009 年所有这类型的新闻消息都是从传统媒体中得来的。因而传统媒体与网络论坛在有关科学家管理方面的新闻仍然有显著的视角差异。

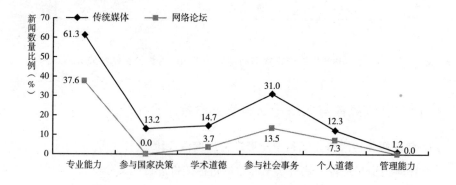

图 21　传统媒体与网络论坛科学家形象关注度情况比较

2. 传统媒体与网络论坛对科学家形象的评价倾向比较

对媒体类型与反映科学家形象的指标变量进行交叉分析，所得的卡方值及检验如表 10 所示。可以看出，在数据可及的领域之内（专业能力、学术道德、参与社会事务、个人道德），传统媒体与网络论坛对科学家形象呈现倾向的差异均是显著的（$p < 0.05$）。

比较传统媒体与网络论坛对科学家形象进行"正面"与"负面"呈现的比例可以发现，在具有可比性的科学家形象指标中，传统媒体的"正面评价"比例均高于网络论坛，数值为 85% 以上；在负面评价方面，网络论坛的新闻比例则比传统媒体高，其负面比例的百分数数值也不再如传统媒体那样停留于个位数水平，在科学家"学术道德"方面，负面评价的比例甚至高达 94.7%。因此，2009 年，科学家新闻形象在传统媒体和网络论坛上的呈现存在显著差异，科学家形象在传统媒体上面往往能够得到正面呈现，但在网络论坛中却不一定如此。

表10 传统媒体与网络论坛对科学家形象评价倾向的差异情况

单位：篇，%

科学家形象	媒体性质	负面评价		中性评价		正面评价		χ^2	df	p
		数量	占比	数量	占比	数量	占比			
专业能力	网络论坛	9	4.6	0	0.0	186	95.4	4.113	1	0.043
	传统媒体	7	1.8	0	0.0	393	98.2			
参与国家决策	网络论坛	—	—	—	—	—	—	—		
	传统媒体	2	2.3	0	0.0	84	97.7			
学术道德	网络论坛	18	94.7	0	0.0	1	5.3	94.786	2	0.000
	传统媒体	2	2.1	12	12.5	82	85.4			
参与社会事务	网络论坛	16	22.9	0	0.0	54	77.1	17.882	2	0.000
	传统媒体	11	5.4	1	0.5	190	94.1			
个人道德	网络论坛	11	28.9	0	0.0	27	71.1	14.969	2	0.001
	传统媒体	4	5	5	6.2	71	88.8			
管理能力	网络论坛	—	—	—	—	—	—	—		
	传统媒体	0	0.0	0	0.0	8	100			

在网络论坛中，科学家形象的呈现可能完全是负面的，如2009年科学家的"学术道德"方面的呈现，几乎全部是负面的，其媒体美誉度仅为1.11分，接近于最差水平（见图22、图23）。

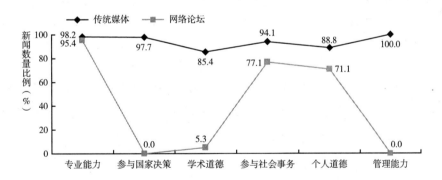

图22 传统媒体与网络论坛对科学家形象"正面评价"倾向的差异情况

3. 传统媒体与网络论坛对科学家形象的美誉度比较

比较传统媒体与网络论坛的科学家美誉度得分可以看到，在有数据可考的领域内，两类媒体对科学家形象的评价趋势大致相同，对科学家"专业能力"的评价都最高，对"学术道德"和"个人道德"给分最低。但与传统媒体对科学家形象的美誉度相比，网络论坛的美誉度评价要严格得多，后者对科学家形象的

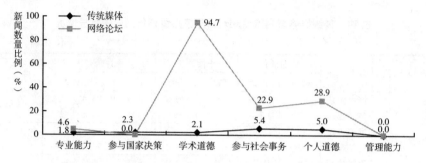

图23 传统媒体与网络论坛对科学家形象"负面评价"倾向的差异情况

美誉度要比前者平均低0.6362分。

分别对传统媒体与网络论坛在各个指标上呈现的差异进行独立样本T检验，结果显示，除了"参与国家决策"和"管理能力"因没有数据无法评判之外，网络论坛与传统媒体在呈现科学家"学术道德"、"参与社会事务"和"个人道德"三方面形象时都表现出显著的差异，其中在"学术道德"上两者展现出的美誉度差异最大，达到1.728分。但在科学家"专业能力"的呈现上面，网络论坛与传统媒体的差异不显著（$p > 0.05$）。也就是说，网络论坛与传统媒体在呈现反映科学家形象的不同指标内容上，其效果是有差异的。在科学家的"学术道德"、"个人道德"和"参与社会事务"形象呈现上，两类媒体表现出了显著的差别，而在科学家"专业能力"的呈现上，两类媒体的呈现结果相差不大（见表11、图12）。

表11 传统媒体与网络论坛科学家美誉度差异分析

科学家形象	媒体性质	美誉度得分	美誉度差异 （网络论坛 – 传统媒体）	T	Sig.	df
专业能力	网络论坛 传统媒体	2.9077 2.9650	– 0.0573	1.744	0.082	269.942
参与国家决策	网络论坛 传统媒体	— 2.9535	—	—	—	—
学术道德	网络论坛 传统媒体	1.1053 2.8333	– 1.728	15.918	0.000	113
参与社会事务	网络论坛 传统媒体	2.5429 2.8861	– 0.3432	3.234	0.002	83.513
个人道德	网络论坛 传统媒体	2.4211 2.8375	– 0.4164	2.622	0.012	47.215
管理能力	网络论坛 传统媒体	— 3	—	—	—	—
平均		2.6452	– 0.6362			

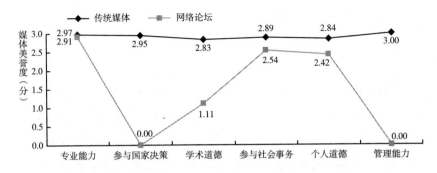

图24　传统媒体与网络论坛对科学家形象的美誉度比较

六　总结

（一）2009 年科学家新闻呈现结果

1. 2009 年科学家新闻数量分布情况

研究结果显示，在本文所抽取的传统媒体和网络论坛样本中，2009 年有 47 天没有出现与科学家有关的新闻信息。整体上讲，科学家新闻较集中出现于年末的 10 月、11 月及 12 月。

全年科学家新闻数量单日最高峰出现于 2009 年 11 月 1 日（32 篇）前后，2009 年 11 月 7 日（17 篇）前后出现第二个峰值。这两大新闻高潮与大科学家钱学森院士于 2009 年 10 月 31 日逝世有关。此外，2009 年 10 月 7～10 日，科学家主题的新闻数量也出现了一次井喷，这次科学新闻爆发与"光纤之父"华裔科学家高锟获得诺贝尔物理学奖有关。除这三个新闻高潮以外，其余单日新闻也没有集中的议题，出现的原始新闻数量也较少，均没有超过 15 篇

以周为单位观察科学家新闻的数量变化趋势。科学家新闻数量高峰值出现在第 44 周，也就是 2009 年 10 月 29 日至 11 月 4 日，这一周共出现科学家新闻 109 篇，主要议题是钱学森逝世。另外，第 41 周，也就是 2009 年 10 月 8～14 日，科学家新闻也出现了一段小井喷，主要的议题是诺贝尔奖。其他周次，科学家新闻的主题都较为分散，未形成集中的议题。

2. 2009 年科学家新闻议题分布情况

2009 年科学家新闻主要集中于"钱学森（逝世）"议题（约 143 篇）、"诺

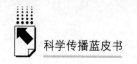
贝尔奖"议题（约86篇）、"甲型H1N1流感的爆发与预防"议题（约42篇）、"院士增选"议题（约31篇）、"气候变化及温室气体减排"议题（约25篇）以及"南极科考"议题（约25篇）。

这些议题皆展现出较强的时效性特点。有关南极科考的新闻报道大多出现在传统媒体上，并且集中在1月和2月两个月中。甲型H1N1流感的爆发与预防新闻也类似，主要集中于上半年，4月、5月两月最多。诺贝尔奖议题、钱学森逝世议题以及气候变化议题则相对集中于下半年，10月是诺贝尔奖议题新闻爆发的主要月份；11月科学家新闻则较多围绕钱学森逝世而展开；12月议题较为分散，有关全球变暖、气候变化的议题集中出现于这个月。有关院士增选的新闻在时间上分布最为均匀，全年各月都会有一两篇有关院士及院士增选的议题出现，基本贯穿全年，不过相对来讲，12月的院士增选新闻数量要比其他月份多一些。

3. 2009年科学家新闻类型分布情况

2009年的科学家新闻中，绝大部分（84.2%）新闻以科学家为报道主题。在以科学家为主题的新闻中，对科学家行为或言论的报道的数量是最多的（691篇，61.4%）。对这些新闻按照内容类型进一步细分，在以科学家为主题的新闻中，呈现科学家科研活动的新闻数量最多（387篇，34.4%），其次是呈现科学家科研有关言论的报道（168篇，14.9%）。因此，2009年科学家在新闻媒体中呈现的形象更多是与"学术科研"本职活动有关。

科学家任命讣闻等消息类新闻也较高（154篇，13.7%）。2009年科学家任命讣闻等消息数量的走高与本年度发生的特殊事件有关，比如两年一次的中国两院院士增选，以及科学家钱学森的逝世。相比之下，对科学家进行专题采访的报道数量最少（102篇，9%）。

4. 2009年科学家媒体形象的分布情况

首先是关注度。2009年，有关"科学家专业能力"的新闻报道数量最多（595篇，关注度为50.81%），"科学家参与社会事务"的科学家新闻居于其次（272篇，关注度为23.23%）。新闻媒体对科学家的个人道德（118篇，10.08%）、学术道德（115篇，9.82%）以及国家决策参与（86篇，7.34%）的新闻报道数量相对较少关注。对"科学家的管理能力"的关注最少（8篇，0.68%）。

其次是科学家形象。总体来说，2009年媒体和论坛所呈现的科学家形象是正面的，媒体正面呈现科学家形象的发生次数要远远高于中性呈现和负面呈现的次数，如科学家"专业能力"的新闻呈现方面，正面呈现的次数为579次，而中性呈现和负面呈现的次数之和仅为16次。然而，2009年的媒体呈现中也有不少有关科学家"学术道德"、"个人道德"、"参与社会事务"、"专业能力"的负面新闻，这些负面新闻主要与学术抄袭、院士官僚化等有关。

最后是科学家美誉度。总体来说，2009年科学家呈现的媒体形象是优良的，科学家在传统媒体和网络论坛中呈现的美誉度较高（2.825分，其中3分是满分，1分是最低分）。但是，如同形象评价倾向中分析的那样，科学家在"学术道德"（2.55分）和"个人道德"（2.7分）方面的新闻美誉度并不是很高，仅处于中等偏上水平。

综合分析科学家形象的关注度和美誉度，2009年度媒体"高关注、高赞誉"的是科学家的"专业能力"。科学家"学术道德"、"个人道德"及"参与社会事务"方面，媒体较为关注，但缺少赞誉，特别是科学家的"学术道德"与"个人道德"，媒体的反映结果普遍较差。然而，在科学家的"管理能力"和"参与国家决策"方面，2009年媒体的关注度虽然不高，但美誉度很好。

（二）传统媒体与网络论坛的新闻呈现比较

1. 传统媒体与网络论坛的区别

从时效上来说，传统媒体由于其本身固有的一套发行流程，其新闻发布的时间往往要滞后网络论坛一到两天时间。但从新闻的纵深程度来说，传统媒体则较具优势。

传统媒体与网络论坛最重要的区别是新闻主体的差异。传统媒体中的信息传播是单向的，受众无法直接参与新闻传播，只能通过受访、新闻报料等方式间接对新闻产生影响。但在网络媒体（网络论坛）中，受众可以主动选择自己感兴趣的新闻，可以匿名对新闻作及时的评论、讨论，甚至制作和发布新闻。

传统媒体的新闻主体通常也局限于大众媒介内的专业人员，他们接受过大众传播的专业教育，以媒体的价值观对新闻价值作出判断，以一定的视角从事信息的采写与编辑。在中国，新闻媒体有"坚持团结稳定鼓劲，正面宣传为主，唱响主旋律，打好主动仗，更加自觉主动地为人民服务、为社会主义服务、为党和国家工作大局服务"[1]的岗位要求。但在网络媒体（网络论坛）中，网民数量的

---

[1] 《胡锦涛在人民日报社考察工作时的讲话》，人民网，2008年6月21日。

庞大性，以及信息发布的匿名性，使得网络媒体更少受到传统媒体在新闻传播上所受的政治社会约束。

2. 传统媒体与网络论坛的新闻呈现异同

（1）传统媒体与网络论坛在新闻数量趋势上的异同。2009年传统媒体与网络论坛在科学家新闻报道数量变化总体趋势上是一致（同降落）的，然而，传统媒体与网络论坛的科学家新闻在数量涨落上差异明显。

总体来说，传统媒体对科学家新闻的关注较为持续，新闻报道数量较为平稳，除非科学界遇到极为特殊的重大事件，而网络论坛的科学家新闻报道数量涨落较大。综观全年，以周为单位计算，传统媒体在科学家新闻报道上差值最大为37篇（最高是第44周，为39篇；最低为第4周，只有2篇）。与之形成强烈对比，网络论坛在科学家新闻数量中全年的差值最大为69篇（最高是第44周，为70篇；最低为第4周，只有1篇）。

（2）传统媒体与网络论坛在科学家新闻议题上的异同。2009年，相似的科学议题在传统媒体与网络论坛上都会有所呈现，随着时间的推移，两类媒体对同一事件的关注热度都呈指数递减态势。

从时效上看，网络论坛比传统媒体的反应要更为迅速。总体来说，在事件发生之后，网络论坛能当日发出报道，而传统媒体需要隔一两天才能有所反映。传统媒体的聚焦时间总比网络论坛晚一至两天时间。然而，针对同一议题，传统媒体往往比网络论坛的关注更有深度，较有计划，也更为持续；网络论坛对科学家事件型报道的关注，突发性较强，持续性较差，具有大起大落的特点。

（3）传统媒体与网络论坛在科学家新闻类型上的异同。2009年，网络论坛与传统媒体在科学家新闻类型的呈现方面有相同的地方。传统媒体和网络论坛都较少呈现科学家行政方面的活动或言论，而在科学家"科研活动"及"科研言论"，以及任命讣闻的消息发布方面，传统媒体和网络论坛都呈现高度关注的态势。

网络论坛与传统媒体的科学家新闻类型呈现在某些方面也有所不同。2009年，传统媒体在科学家的科研活动、社会活动、集中宣传以及专访专题方面的新闻数量比例要比网络论坛高很多，但在科学家的私人活动、科研言论、公共话题言论、任命讣闻等新闻上面，传统媒体的新闻数量比例则比网络论坛的要少。

因此，总体来说，2009年网络论坛所呈现的科学家新闻类型更侧重于科学家的言论、私人活动及科学家消息，而传统媒体的呈现显得更为正式和专业，倾向于反映科学家的活动，以及对科学家进行深入的专题采访。

（4）传统媒体与网络论坛在科学家媒体形象上的异同。有如下四个方面。

首先是关注度。2009年，传统媒体与网络论坛对"科学家"的关注度总体分布上是相似的，两者都对科学家"专业能力"、"参与社会事务"给予了较多关注，极少涉及科学家的"管理能力"。然而，在反映"科学家"主题的六个指标上，传统媒体都要比网络论坛表现出更高的关注度，其中差别最大的是对科学家"参与国家决策"的关注及对科学家"专业能力"的关注。科学家的管理能力在两类媒体中都较少呈现，但从已有的数据看，网络论坛从来没有出现过有关科学家管理能力及科学家参与国家决策的新闻帖子，2009年所有这类型的新闻消息都是从传统媒体中得来的。因此，2009年传统媒体与网络论坛在有关科学家管理能力方面的呈现是有显著的视角差异的。

其次是科学家评价倾向。2009年度，传统媒体"正面评价"科学家的比例要高于网络论坛正面评价科学家的比例。在负面评价科学家方面，传统媒体的新闻比例要低于网络论坛。因此，2009年科学家新闻形象在传统媒体和网络论坛上的呈现存在显著差异，科学家形象在传统媒体中往往能够得到正面呈现，但在网络论坛中却并不一定如此，在网络论坛中，科学家形象的呈现甚至可能完全是负面的。

再次是科学家美誉度得分。2009年度，传统媒体和网络论坛对科学家形象的评价趋势大致相同，都对科学家"专业能力"评价最高，对"学术道德"和"个人道德"评价最低。但是从整体上说，网络论坛对科学家形象呈现的结果更为负面，如对科学家形象美誉度评价，网络论坛新闻对科学家的美誉度呈现要比传统媒体平均低 0.6362 分。

最后是科学家形象呈现效果差别的显著性。2009年度，网络论坛与传统媒体对科学家的"学术道德"、"个人道德"和"参与社会事务"形象呈现效果有显著差别，传统媒体的美誉度要比网络论坛高。然而在科学家"专业能力"的呈现上，两类媒体呈现效果的差别并不显著，也就是说，传统媒体与网络论坛对科学家"专业能力"的呈现效果是一致的，美誉度都很高（≥2.9 分）。

B.12

流行文化中的科学家形象

——以热门电影为例

摘　要：本部分以我国热门电影为分析文本，以此来观察科学家在流行文化中的角色形象，并进一步比较了科学家形象呈现的变化以及中美科学家形象的差异性。通过分析发现，电影中的科学家形象呈现方式更加多样，但总体上并无根本性变化。中国热门电影中的科学家形象普遍被符号化、平面化甚至忽视，这与发达国家尤其是美国电影中丰满、多样、生动的科学家形象形成了较大反差。

一　理论框架和研究设计

（一）理论框架

1. 电影中的科学家形象是人们了解科学家的重要途径

李普曼（Lippmann）在《自由与新闻》、《舆论学》等著作中提出，现代人与"客观信息环境"隔绝，主要通过大众媒体去了解外部世界，并以此作为自己行为的依据。

依据施拉姆（Schramm）的分类，传播媒介可分为大众（mass media）及个人（personal media）两种①，人们与科学家接触的主要渠道是大众媒体和亲身接触。但科学家并不是普通民众可以经常直接接触的人群，因此对科学家群体的了解更多依赖大众媒体中的形象呈现。多项研究显示，大众媒体尤其是流行娱乐媒体中的科学家形象呈现与形象的塑造有显著关联性。②

① Schramm W. Men, *Message and Media*, New York: Harper & Row, 1973，第34页。
② Fishman, J. A., "An Examination of the Process and Function of Social Stereotyping," *The Journal of Social Psychology*, 43, 1956.

"刻板印象"（Stereotype）指人们由于生活在比较狭小的某一角落，对该环境中生活的某一类人或发生的某一类事会形成固定、概括、笼统的看法。① 刻板印象是人们对特定事物所持有的固定化、简单化的观念和印象，很大程度上左右着人们对该事物的价值评价和好恶感情。拟态环境中的形象不是对现实"镜子式"的映射，而是与现实形象存在一定偏离。但同时拟态环境中的形象并非与现实完全割裂，而是以现实形象为原始蓝本的。因此，大众媒体中的科学家形象是人们对科学家"刻板印象"的反映，同时也影响人们对科学家以及科学的印象和态度。

2. 影视剧中的科学家形象是科学家所扮演的社会角色的现实反映

美国社会心理学家米德认为，个人（或自我）是各种角色的总和，个人在社会生活中总是在扮演一定的角色，它代表对占有一定社会地位的人所期望的行为。后来芝加哥学派开始大量使用这个概念。他们认为，每个人多少总会意识到自己扮演的角色，人们之间互相的沟通了解正是通过这些角色的互动达到的，因此，角色为理解人们的态度和行为提供了一个基础。②

社会角色是一个与社会体制、规范和价值体系相联系的概念，是由一定的社会地位所决定的、符合一定社会期望的行为模式。而所谓的角色期待就是指社会对某一角色的行为模式的期望和要求。

根据上述社会学理论，科学家已经成为了一种特定的概念，而且是现代社会中不可缺少的角色。因此，在影视剧中，科学家的行为模式、社会地位，正是当前社会对科学家社会角色的戏剧化表现，同时也可以看出一个社会对于科学家的态度和评价。

3. 国外大众媒体中科学家形象从"英雄"到"疯子"再到"偶像"的变化过程

国内很少有针对科学家形象的专门研究，但国外对科学家形象的研究自 19世纪 50 年代就已经开始。

Hirsch Walter 分析了 1926 ~ 1950 年的科幻杂志上刊载的 300 部科幻小说。研究发现，以科学家作为主人公的小说数量在持续下降，大部分科学家被描绘为

---

① 李普曼著《舆论学》，林珊译，华夏出版社，1989，第 82 页。
② 何亚平主编《科学社会教程》，浙江大学出版社，1990，第 167 页。

"人际交往能力很差"的形象，从 20 年代至 50 年代呈现出由"英雄"向"疯子"转变的过程。①

2004 年，Lucy 挑选了 20 世纪 90 年代中期三本著名的科幻杂志作为研究文本，同时选择 50 年代的科幻小说作为对照组，从科学家作为主人公的数量和比例、性质（负面的还是正面的）、形象（年龄、种族）、性格特点等方面对科学家的形象进行定性分析。其结论是，与 50 年代科幻小说中的科学家角色相比，90 年代中期的杂志中科学家作为主人公的比例要高一些，而且科学家形象更为多样、真实，不再是刻板印象中的疯子形象。②

1978 年，有人研究了电影和电视栏目中的科学家形象，其主要研究方法是对特定电影的文本进行定性分析。由于美国电影有着反精英的倾向，因此在电影中，尤其是 20 世纪 30 年代和 40 年代的恐怖片以及 50 年代的科幻电影中，科学家常常被塑造成危险分子，常常因为泄漏事故或者危险的发明创造而给社会带来巨大的灾难。70 年代的电影中，科学家的形象相比以前出现了一些改观，但是在大部分电影制片人的眼中，科学家仍然是麻烦的代名词。在他们看来，为了完成自己的研究，科学家可以不惜一切代价。③

自 20 世纪 80 年代以来，随着科学技术的高速发展以及科学对社会广泛而深入的渗透，在西方发达国家（尤其是美国），科学家不但成为政府决策的重要影响者，而且一改以往不善言辞、不修边幅、不问世事的传统形象，以"明星科学家"的姿态走入普通民众的视野。他们既有很高的学术地位，又有迷人的形象和高超的语言表达能力，并擅长与媒体打交道，积极利用大众媒体向公众传播自己的学术主张，从而成为民众追捧的"偶像"。在这样的社会背景下，越来越多的影视节目以科学和科学家为主线，影视节目中科学家的形象更加丰富。他们大多不仅具有神乎其神的专业技能，而且具有悲天悯人的人文情怀，外表与个性鲜明，魅力十足。总之，对科学的崇拜压倒了对科学的反思和批判，影视作品中的科学和科学家呈现夸张和"偶像化"的趋势。

① Hirsch Walter, "The Image of the Scientist in Science Fiction: A Content Analysis", *American Journal of Sociology*, Volume 63, 1958.
② Lucy A. Snyder, "The Portrayal of Scientists in Science Fiction", 24 May, 2004.
③ Garfield, E., "Scientists' Image in Movies and TV Programs", *Essays of an Information Scientist*, Vol 2, 1977－1978.

而国内也有人认为，目前，电视剧屏幕上的知识分子形象不够鲜活。[①] 这里的知识分子，包含了科技工作者在内。研究者认为，目前的电视剧作品更多地展现了知识分子作为普通人的情感世界和命运沉浮，使其中的知识分子形象更具有普通人打动人心的情感力量。但总的来看，有力度的知识分子形象还是太少。究其原因，文章认为，电视剧受众群体的整体文化程度不高，将知识分子表现为普通人更能获得受众群体的情感认同。同时，荧幕语言自身局限性较大，创作者在表现知识分子的时候受到知识、专业上的限制等，在塑造知识分子形象时更多地从历史文化层面、社会时代的症结角度加以反思和表现。

（二）研究设计

1. 研究对象与科学家定义

本研究的对象是 2009 年热门电影中的科学家角色。

在我国，狭义的科学家是指大科学家，即中国科学院与中国工程院的院士。从广义上讲，除了院士以外，科学家还包括发明家、专家和科技工作者。根据中国科协的定义，科技工作者是指在自然科学领域掌握相关专业的系统知识，从事科学技术的研究、传播、推广、应用，以及专门从事科技工作管理等方面的人员。主要包括工程技术人员、农业技术人员、科学研究人员、卫生技术人员和自然科学教学人员这五大类。

工程技术人员：指在企事业单位中从事工程技术工作的自然科学技术专业人员，包括高级工程师、工程师、助理工程师、技术员和未评定职称的技术人员。

农业技术人员：指在企事业单位中从事农业技术工作的自然科学技术专业人员，包括高级农艺师、农艺师、助理农艺师、技术员和未评定职称的技术人员。

科学研究人员：指在企事业单位中从事科学技术活动的自然科学技术专业人员，包括正副研究员、助理研究员、研究实习员、技术员和未评定职称的技术人员。

卫生技术人员：指在企事业单位中从事卫生医务工作的自然科学技术专业人员，包括正副主任医师、主治医师、医师、医（护）士和未评定职称的技术人员。

---

① 《让知识分子形象鲜活起来》，2010 年 3 月 25 日《人民日报》。

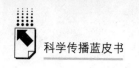

自然科学教学人员：指在企事业单位中从事自然科学技术教学活动的专业人员，包括正副教授、讲师、助教、教师和在中学从事自然科学技术教学活动的人员。

以下研究中所使用的科学家主要依照中国科协对于科学家的定义。在特定的分析中也有采用狭义的科学家定义，将在文中作具体说明。

2. 分析框架（分析量表设计依据）

根据研究需要，我们将科学家形象分成人口统计特征、角色相关特征、职业相关特征、社会经济地位以及性格特征这五大方面，再加上影视剧本身的基本信息，构成本研究的整体分析框架。其中，电影基本信息包括主角姓名、电影名称、类型和产地。

科学家人口统计特征包括科学家角色在电影中的年龄、性别、婚姻状况、专业等方面。

角色相关特征包括科学家角色的外形、科学作用、角色地位、在剧中的结局和正负面倾向状况。其中，结局指的是科学家角色在电影中的结果，包括好、坏和中性或不涉及这三种。根据以前的研究，本研究将在电影中得偿所愿的科学家的结局设定为好结局，在电影中失去了重要的东西、目的没有达到的结局设定为坏结局。

科学作用指的是科学家在电影中所起到的作用（与科学相关），包括传播科学知识、从事科学实践、科学思想或精神、仅作为科学符号出现（无明显/主动的科学行为）、不以明显的科学家身份出现五种。

角色正负面倾向分为正面、负面和复杂三种。其中，复杂形象指的是科学家在电影中的人物性格比较复杂，不能简单用正面或者负面来界定。

职业相关信息包括职业、职业能力、职业呈现方式以及剧情和科学家职业身份的关联程度。其中，职业能力指的是在电影中，科学家角色所展现出来的职业能力的高低状况。角色地位指的是在电影中科学家角色在剧情中出现的长度，包括贯穿全剧（主角）、贯穿一半情节（一般是主角或者重要角色）、只出现在一段情节中（一般是配角）和只出现 1 次（一般是不起眼的小角色或者龙套）四个选项。

社会经济地位包括教育水平、收入水平和职业地位等三方面。其中教育水平以角色的最高学历作为评判标准；收入水平和职业地位都以角色所在的社会作为基本环境，以角色在当时环境下的收入和地位高低作为评判标准。在这里，将是否有房、是否有车都纳入评判标准，如果有车、有房则被认定为收入水平较高。

性格特征方面的分析借用"大五人格"理论（The Big Five Factor），将人格分为外倾性（Extraversion）、神经质（Neuroticism）、开放性（Openness）、随和性（Agreeableness）以及尽责性（Conscientiousness）五个维度，对电影中的科学家性格进行立体刻画。

（三）热门电影样本与科学家分析样本的选取

本研究根据 2009 年国内电影的票房排行，最终确定以 2009 年度票房排行前 50 部电影作为样本（电影列表详见附录 2）。

热门电影中科学家角色的确定主要采取以下两个步骤。

第一步，直接观看电影，初步确定哪些角色是科学家，同时进行科学家角色的多角度解读，依据剧情所呈现的职业特点进行多角度解读。

第二步，由于许多科学家的角色仅在影片中出场几分钟甚至几秒钟，而且没有台词，根据第一步中初步确定的科学家名单，对照电影结束后的演员表进一步确认。只有演员表中出现了角色姓名和演员姓名的角色才被纳入分析的样本框。

二　科学家群体在电影中的形象呈现

电影是流行文化的重要组成部分之一。本部分主要讨论科学家群体在 2009 年热门电影中的形象呈现。

（一）2009 年热门电影中科学家角色的基本情况

1. 26.0％的热门电影中出现了科学家角色（广义），其中 70.4％来自欧美电影，14.8％来自中国内地电影

在国内上映的 50 部热门电影中，有 13 部出现了科学家角色，占 50 部电影的 26.0％；这 13 部电影中，共有科学家角色 27 个，平均每部 2.08 个。

国内上映的电影中的科学家角色，70.4％来自欧美电影，14.8％来自中国内地电影，港台电影中科学家角色也占 14.8％，日韩电影中没有出现科学家角色。其中，欧美电影中科学家形象不仅绝对数量最多，而且平均每部电影中出现的科学家数也最多，达 2.7 人，远远超过其他产地的电影。较之 2008 年，中国内地电影中科学家角色的数量和比例都有所下降，而港台电影中科学家角色的数量和比例都有较大幅度增加（见表 1）。

表 1   电影产地与科学家数量分布

产　　地	影片数量（部）		出现科学家人数（人）		占　　比（%）		平均每部出现科学家人数（人）	
	2008 年	2009 年	2008 年	2009 年	2008 年	2009 年	2008 年	2009 年
中国内地	7	4	12	4	27.3	14.8	1.7	1.0
港　　台	2	2	2	4	4.5	14.8	1.0	2.0
欧　　美	11	7	30	19	68.2	70.4	2.7	2.7
合　　计	20	13	44	27	100.0	100.0	2.2	2.1

为了集中研究中国和欧美这两类电影中科学家形象的异同，我们在下面的分析中，将港台电影和中国内地电影统称中国电影进行考察。

2. 与 2008 年相比，2009 年剧情片、动画片和喜剧片电影中科学家角色比例大幅增加

如表 2 所示，2009 年各种类型的热门电影中，33.3% 的科学家角色出现在剧情片中，22.2% 的科学家角色出现在动画片中，还有 18.5% 的科学家角色出现在科幻片中，14.8% 的科学家角色出现在灾难片中。和 2008 年相比，2009 年科幻片和爱情片中出现的科学家角色下降比例较大，剧情片、动画片和喜剧片中科学家角色比例均有较大幅度上升。

表 2   不同类型电影中科学家角色的数量分布

类型	影片数量（部）		出现科学家人数（人）		比例（%）	
	2008 年	2009 年	2008 年	2009 年	2008 年	2009 年
科幻	3	2	12	5	27.3	18.5
爱情	5	1	10	1	22.7	3.7
灾难	2	1	8	4	18.2	14.8
喜剧	0	2	0	2	0	7.4
动画	0	3	0	6	0	22.2
剧情	1	4	1	9	2.3	33.3
其他	9	0	13	0	29.5	0
合计	20	13	44	27	100	100

3. 2009 年，热门电影中的科学家角色男性居多，和 2008 年相似

2009 年，在 27 个科学家角色中，22 个为男性，仅有 5 个科学家角色是女性。而在欧美电影中男性科学家角色比例更高，欧美和中国电影中科学家角色的性别分布差异并不显著。数据显示，中国电影中的科学家角色男性占 75.0%，而欧美电影中 84.2% 的科学家角色是男性（见表 3）。

表 3 不同国家和地区的电影中科学家的性别分布

单位：%

产地	性别呈现		产地	性别呈现	
	男	女		男	女
中国	75.0	25.0	合计	81.5	18.5
欧美	84.2	15.8			

在年龄方面，电影中无法判断科学家角色年龄的比较多；可判断年龄的，30～39 岁年龄段的科学家角色比例最高，占 37.0%。

对电影产地和科学家角色的年龄进行相关分析，结果显示，欧美和中国电影中科学家角色的年龄分布差异不显著。但 2008 年的数据显示，欧美和中国电影中科学家角色的年龄分布存在显著差异，欧美电影中科学家角色中老年较多，中国电影中科学家角色青年较多。

4. 热门电影中的科学家以科学研究人员和工程技术人员为主，专业分布非常广泛

在总体职业分布方面，科学研究人员占了近一半，工程技术人员占了超过1/4，没有出现农业技术人员。国产和欧美电影中的科学家角色在职业方面存在一定差异，欧美电影中的工程技术和科学研究职业比例较高，国产电影中卫生技术人员比例突出（见表 4）。

表 4 热门电影中科学家的职业分布

单位：%

产地	工程技术人员 (2008/2009)	科学研究人员 (2008/2009)	卫生技术人员 (2008/2009)	自然科学教学人员 (2008/2009)
中国	14.3/25.0	0/37.5	78.6/25.0	7.1/12.5
欧美	43.3/26.3	26.7/52.6	13.3/10.5	16.7/10.5
合计	34.1/25.9	18.2/48.1	34.1/14.8	13.6/11.1

与 2008 年相比，2009 年电影中的科学研究人员的比例从 18.2% 上升到了 48.1%，卫生技术人员的比例从 34.1% 下降到了 14.8%。具体到产地，国产电影中，工程技术人员和科学研究人员的比例大幅上升，而卫生技术人员的比例则大幅下降。

在总体专业方面，27 个科学家角色中，医学和物理学各占 14.8%，另外还出现了 3 个发明家和 3 个地质学家，其余专业还包括考古、通信、生物、人工智能等，专业分布较为广泛。

（二）2009 年热门电影中科学家角色的外表、性格与职业能力特征

1. 2009 年热门电影中科学家外表与 2008 年较为一致，以中庸和保守为主，但与 2008 年相比，科学家的职业能力有所提升

2009 年热门电影中，85.2% 的科学家角色的外表普遍较为中庸，7.4% 的外表时尚。与 2008 年 25% 的科学家外表保守相比，保守程度有所下降，但幅度不大。

2009 年热门电影中，85.2% 的科学家角色的职业能力高，与 2008 年 59.1% 的数据相比，职业能力高的科学家角色在电影中的比例有了较大幅度提升。

2. 科学家角色在电影中的社会地位

在 27 个角色中，其中有 63% 的角色的收入并没有在剧中体现出来，能够判断收入状况的有 11.1% 的高收入和 3.7% 的低收入。如果算上中等偏下和中等偏上，那么，中等收入水平以上的占 29.6%，中等收入水平以下的占 16.7%。

在职业地位方面，62.8% 的科学家角色受人尊敬，受到轻视的只占 7.4%。

在教育水平方面，剧情显示，有 17 个科学家角色拥有博士学位，占了 27 个科学家角色的 63%，还有 1/3 的科学家角色的最高学历无法判断。

3. 热门电影中科学家角色呈现三种性格类型

从整体来看，27 个科学家在性格的五个方面整体平均得分分别为：外倾性 3.26 分，神经质 3.33 分，开放性 3.68 分，随和性 3.44 分，尽责性 3.70 分，得分均超过理论平均值 3 分。

通过聚类分析，将 2009 年热门电影中这 27 个科学家的性格分为四种类型：第一类，共 6 人，各项都大幅超过平均值，接近完美。第二类，共 9 人，显著特征是开放性非常高。第三类，共 2 人，显著特征是情绪非常不稳定，非常孤僻。第四类，10 人，各项都接近平均值，和普通人差不多（见表 5）。

表5　电影中科学家性格分类

单位：个，%

性格五维度	第一类	第二类	第三类	第四类
外倾性	3.48	3.67	2.43	2.94
神经质	4.70	3.31	1.20	2.94
开放性	3.53	4.30	3.17	3.32
随和性	4.03	3.73	1.40	3.24
尽责性	4.15	3.80	3.89	3.31
数　量	6	9	2	10
占　比	22.2	33.3	7.4	37.0

（三）2009年热门电影中科学家角色的职业和情节安排特征

在2009年热门电影中，70.4%的科学家角色在电影中作为主角贯穿全剧，电影情节围绕科学家身份而展开；25.9%的科学家身份与剧情关联度一般，电影中出现了一些科学家角色利用职业技能和专业知识解决问题的场景；其余的仅有3.7%的科学家身份与剧情几乎完全不相关，在电影中几乎没有出现科学家发挥职业作用的情节和场景。与2008年相比，科学家角色中相关程度高的比例从31.8%上升到了70.4%，而基本不涉及的比例从45.5%下降到了3.7%。可见，热门电影中科学家角色的身份特征与剧情的关联度明显增加（见表6）。

表6　科学家在电影中的职业和剧情的相关程度

单位：个，%

职业和剧情相关程度	数量		所占比率	
	2008年	2009年	2008年	2009年
基本不涉及	20	1	45.5	3.7
一　般	10	7	22.7	25.9
相关程度高	14	19	31.8	70.4
合　计	44	27	100	100

进一步比较不同产地电影的剧情安排与剧中科学家身份的相关度，交互分析结果显示，87.5%出现在国产电影中的科学家身份特征与剧情无关，这和2008年92.9%的数据是接近的。而出现在欧美电影中的科学家角色大部分都具有特

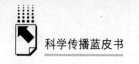

定的科学家气质或特征，因此其科学家身份是剧情的重要构成元素，与剧情关系紧密的科学家的比例从 2008 年的 46.7% 上升到了 63.2%（见表 7）。

表 7　不同产地的电影中科学家角色的身份特征与剧情相关度

单位：%

产　地	科学家身份与剧情相关度		
	基本不涉及（2008/2009）	一般（2008/2009）	紧密（2008/2009）
中　国	92.9/87.5	7.1/0	0/12.5
欧　美	23.3/0	30.0/36.8	46.7/63.2
合　计	45.5/70.4	22.7/25.9	31.8/3.7

（四）典型案例分析：中美电影中科学家形象差异巨大

对热门电影中科学家形象进行统计分析后，接下来针对典型个案进行案例分析。

1. 科学家的典型正面形象——阿德里安和茶水博士

利用自己的科学家身份所掌握的知识、资源、能力，在面对危机的时候，掌控制胜关键，并最终战胜邪恶、造福或拯救人类的科学家形象，在热门电影中非常典型，而且比比皆是。

灾难片《2012》中的阿德里安博士就是这种典型正面形象。通过自己在地质领域的专业知识，阿德里安发现地球即将在 2012 年遭遇毁灭性的灾难，继而通过一系列努力带领部分人类躲过了灾难。在这部电影中，阿德里安被塑造成一个善良、尽责、兴趣广泛、人性化、乐观、在强权面前坚持正义的形象，并和另一位博士产生了一段感情。可以说，阿德里安是年轻一辈正面科学家的典型代表。

而《阿童木》中的茶水博士则是小老头式正面科学家的典型形象。茶水博士在电影中表现为一个穿着白大褂、矮个子、秃顶的小老头。在孩子面前，茶水博士表现出了慈爱、宽厚的一面。而在邪恶政治家面前，茶水博士为了不让自己的科研成果被用来做坏事，面对强权和威胁，表现出了正义、坚定、果断、不畏权贵的一面。

在职业能力方面，茶水博士研究出了能量巨大的两种物质，一种是正面的物质，可以为人类所控制，一种是负面而极端邪恶的物质，难以控制。茶水博士将正面的物质赋予了阿童木，给予了阿童木生命。最后，阿童木利用正面物质的力量，战胜了邪恶力量，给了影片一个大团圆式结局。

从阿德里安与茶水博士这两个不同年龄段的科学家身上，可以看到一脉相承的科学家精神：正义、坚定、勇敢、积极等。同时，在这两部电影中，科学家工作的场景、工具、仪器、专业术语都得到了生动而集中的呈现。

2. 科学家的典型负面形象——《特种部队：眼镜蛇的崛起》中的邪恶科学家

科学的进步一直伴随着对科学自身审慎的反思与批判，电影艺术向来富有批判精神，因此负面的科学家形象也一直活跃在电影尤其是科幻电影中。2009 年美国剧情片《特种部队：眼镜蛇的崛起》就塑造了一个鲜明的负面科学家角色。

Rex 曾经是一个海军陆战队队员，在一次执行任务的过程中，Rex 遇到了一个用活人做实验的邪恶科学家，见识到了科学强大而可怕的力量。于是，Rex 变成了一个邪恶科学家。在影片中，Rex 变成邪恶科学家后，半边脸戴着怪异的面具和眼镜，穿着奇怪的工作服，一直在堆满了各种机器和设备的实验室里做研究。做实验的时候，Rex 从笑声和语调中充分透露出自己对科研的热爱和对自己研究成果的满意。但其基本人性扭曲，利用科研成果做了很多坏事，损害了国家的利益，最终走向了毁灭。

Rex 被塑造成极端的邪恶科学家形象，和一般的科学家形象相比，其科研的目的是为了满足一己私欲，并不是为了造福大众。

3. 国产电影中科学家的典型荒诞角色——《大内密探零零狗》里的男主角阿狗

在 2009 年热门的国产电影中，《倔强的萝卜》和《大内密探零零狗》的男主角都是发明家。这两位男主角成天鼓捣各种大小发明，希望这些发明能够为自己服务。

在《大内密探零零狗》中，男主角阿狗天天钻研火药、机械原理，并最终研究出了威力强大的武器，从而打败了坏人，保护了皇帝。在研究的过程中，阿狗常常被自己的发明弄得灰头土脸，也常常利用各种小发明帮助人。从整部电影来看，阿狗被塑造成了一个充满想象力和创造力、聪明、兴趣广泛、敢于尝试、不屈不挠、勤奋努力的科学家角色。虽然《大内密探零零狗》是一部古装喜剧片，不乏搞笑、荒诞的成分，但剧情通过凸显这些发明的重要作用，让观众对阿狗科学家的形象印象深刻。

在国产电影中，也有一些相对严肃的科学家角色，比如《风声》中负责情报工作的李宁玉，《铁人》中的心理医生吴夏梦。但国产电影更多的是通过搞笑和荒诞这两种方式来凸显科学家的性格特征，从某种程度上来说，这是科学家角色在国产电影中的主要呈现形式。在国产电影中，科学家的性格特征、个人命运成为剧情的主线，其科学家身份反而成为一种符号或背景。这一点和欧美电影中科学家角色的呈现是相反的，不利于科学家形象深入人心。

（五）对我国电影中科学家形象的思考

1. 与我国电视剧情况相似，国产热门电影中缺乏真实、丰满的科学家形象

国产电影很少专门针对科学家展开故事情节，科学家往往以荒诞的形象出现。在《倔强的萝卜》和《大内密探零零狗》这两部以科学家作为主人公的电影中，虽然对科学家的工作场景、职业能力有所展示，但电影荒诞而调侃的表现手法和剧情，给人以闹剧一般的感知和印象，无法展示真实的科学家形象。而在其他国产电影中，以医生、情报工作人员、科研机构负责人身份出现的科学家角色，其科学家身份和职业能力虽然也得到了一定程度的展现，但却往往被角色强烈的性格刻画湮灭，也并未传达科学精神和科学家特有的高于普通人的职业规范和素养。因此，整体上，国产电影中缺乏真实、丰满的科学家形象。

2. 荧幕上国内外科学家形象的巨大反差极易加深我国民众对中国科学家的负面印象和对科学的疏离感

前面的分析显示，欧美电影中的科学家形象无论是出现频率、在剧情中的重要程度，还是科学家形象塑造的生动性都远高于国产电影。

各国电影自然以呈现本国科学家形象为主，当人们走进电影院时，频频看到的是无所不能、人格完美的欧美科学家形象，而我国电影中的中国科学家形象，不仅对国内科学家形象的塑造没有正面作用，反而有负面效果，对比之下，更容易使受众对国内科技水平与科学家产生负面印象。这一现象已经在许多大学生盲目的"学术崇洋"上有所体现。

三 结论和对策

通过上述分析，我们可以看到，2009 年热门电影中，科学家角色的形象整体上开始呈现多元化和立体化的趋势。不管是从电影类型还是从情节安排来看，

科学家角色的数量都比 2008 年有了一定增加，其重要程度也比 2008 年有了提升。不过，相比国外影视作品，中国热门电影中的科学家形象还有很多需要提升的地方。

（一）改善流行文化中的科学家形象具有重要的现实意义

对当前流行文化中的科学家形象加以改进，对于我国在新阶段建设创新型国家、提高全民科学素质具有重要意义。

建设创新型国家要求科技成果不仅为广大科技工作者所掌握，还应当为全社会所掌握和应用，才能发挥出科学技术推动社会发展进步的最大力量和最大效用。[1] 这就要求科学技术的普及和全民科学素质的提高，这项工作也是科技工作者的重要社会责任之一。科技工作者需要常常参与科普活动，进行科普创作，向公众介绍科学研究的最新成果。因此，科技工作者在公众心目中的正面形象和权威性十分有助于科普工作的开展。只有公众承认传播者的正面形象，接受其权威性，科学传播才能取得良好效果。而根据上文分析，科学家形象在很大程度上是通过流行文化传达到公众的，但在我国当前的流行文化中，科学家形象的缺失和不足，不利于科学家正面形象和权威性的树立，因此亟须提升。

（二）提升流行文化中科学家形象的社会地位

社会地位包括经济状况、教育状况、职业状况和社会评价这些方面。一方面，有了社会经济地位，科学家才能挺直腰杆，掌控发言权，在这个基础上建立良好的社会声誉，让社会大众对这个群体肃然起敬。另一方面，经济地位提高了，才能吸引更多的年轻人投身科技工作者队伍。不过，在目前的流行文化呈现中，科学家形象并没有展现出很高的社会经济地位，仅仅展示出较高的职业能力和科技素养。而且，在多部电影作品中，科学家角色的社会经济地位并不高，往往都面临着巨大的经济压力，也缺乏职业自豪感和成就感。因此，要大力提升流行文化中科学家形象的社会经济地位，在全社会形成尊敬科学家的风气。

---

① 胡锦涛：《在纪念中国科协成立 50 周年大会上的讲话》，2009 年 12 月 15 日，载于 http：// news. xinhuanet. com/newscenter/2009 – 12/15/content_ 10509648. htm。

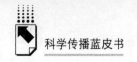
（三）围绕高新科技领域为电影题材生产流行文化作品

准确把握我国的国情，了解我国社会发展中亟待解决的问题，在此基础上"坚定地担负起发展第一生产力的历史重任"①，进行科学研究，破解社会发展的难题，服务于国家经济社会发展，为社会主义建设的伟大事业作出更大贡献，是党和国家对科学家的又一个重要角色期望。

不同的国情下，科学家的主要任务是不同的。在新中国成立初期，我们在国际上遭受西方国家的封锁，国内工农业基础薄弱。因此，争取在工业、国防科技上有所突破，是全党和全国人民对科学家的共同期望。

近些年来，以胡锦涛为总书记的党中央始终要求我国广大科技人员在"解决经济社会发展中急需解决的科技问题上发挥重大作用"，为国家经济社会的"全面、协调、可持续发展提供强有力的科技支撑"②。国务委员刘延东指出，科学家要"坚持为经济发展服务、为人民服务的方向，加强资源能源开发与集约利用、生态环境保护与污染治理、应对气候变化、重大装备制造、农业增产、重大疾病防治、防灾减灾等领域重点项目科研，努力突破制约经济社会发展的关键技术"③。

从这个角度出发，流行文化作品也应该围绕一些高新领域，比如航空、国防、防灾减灾、生态环保等，创作一些影视作品。通过这些影视作品中的科学家形象，让受众切实感受到当前历史条件下，科学家的历史使命和责任。

（四）塑造科学家积极参与社会公众生活的形象

传播和普及科学知识，提高全民族的科学文化素质，既是科学家的一项义务，也是社会和国家对科学家群体的重要角色期望。而要满足这种角色期望，科学家就必须摆脱"书呆子"的刻板形象，积极参与社会公共生活。

近些年来，以胡锦涛为总书记的党中央，把传播科学知识，提高社会公

① 李岚清：《坚定地担负起发展第一生产力的历史重任》，2000。
② 胡锦涛：《在两院院士大会上的讲话》，2004。
③ 刘延东：《坚定不移地走中国特色自主创新道路，为全面建设小康社会提供强大科技支撑》，2008。

众的科学文化素质提到了一个新的高度，把它与建设创新型国家和实现人的全面发展联系起来。2004 年，国务院总理温家宝在对"两院"院士提希望时也指出，院士们要"积极参与科普活动，为提高全民的科学素质多作贡献"①。

由此，科学家应该积极参与社会公众生活。其实现实生活中很多科学家在社会公共事件中都发挥了很大的作用，比如在抗击 SARS 行动中的钟南山院士，这都有必要通过影视作品表现出来，以塑造更为完整的科学家形象，提高科学家声誉。

（五）充当政府决策的"外脑"，塑造科学家推动决策科学化、民主化的形象

科学家参与政府决策是现代政府决策的客观需要。随着社会分工的精细化和专业化，决策不再是政治家们的专属事务，在决策中借用"外脑"已经成为政策制定者们的明智选择。科学家参与政府决策就是这种选择的体现。

当前，以胡锦涛为总书记的党中央殷切"希望我国广大科技工作者大力加强决策咨询，积极为推进决策科学化、民主化作出新贡献"。同时，他还指出，深入贯彻落实科学发展观，迫切需要科学家们为"治国理政提供良策"②，使党和政府决策能够科学化、民主化。

鉴于此，科学家推动决策科学化、民主化的形象也应该在电影作品中得到体现。

附录

附录1　科学家群体在电影中的形象呈现状况

1. 电影基本信息

q1 主角姓名：

---

① 温家宝：《温家宝院士大会作报告，希望院士为政府出谋划策》，2004。
② 胡锦涛：《在纪念中国科协成立 50 周年大会上的讲话》，2008。

q2 电影名称：

q3 产地：1. 中国内地　2. 港台　3. 日韩　4. 欧美

q4 电影类型：1. 爱情　2. 动作　3. 悬疑惊悚　4. 犯罪　5. 动画　6. 科幻　7. 灾难　8. 音乐　9. 战争　10. 传记　11. 剧情　12. 喜剧　13. 纪录片　14. 恐怖　15. 探险冒险

2. 电影基本信息

q5 科学家在电影中角色地位：1. 贯穿全剧　2. 贯穿一半情节　3. 只出现在一段情节中　4. 只出现1次

q6 年龄段：1. 30岁以下　2. 30~39岁　3. 40~49岁　4. 50岁及以上　5. 无法判断

q7 性别：1. 男　2. 女

q8 职业：1. 工程技术人员　2. 农业技术人员　3. 科学研究人员　4. 卫生技术人员　5. 自然科学教学人员

q9 婚姻状况：1. 未婚　2. 第一次婚姻　3. 离异　4. 再婚　5. 剧情未涉及

q10 专业：（如计算机、物流、生物等）

q11 科学家在电影中形象正负：1. 正面形象　2. 负面形象　3. 复杂形象

q12 科学家职业和剧情的相关度：1. 紧密　2. 一般　3. 基本不涉及

q13 科学家在电影中的结局：1. 好（得偿所愿，拯救了人类）2. 坏（没有得逞、死亡、失去一切等）3. 中性

q14 科学家群体在电影中的科学作用：

1. 科学知识的传播者或解释者

2. 科学实践的行动者

3. 科学思想或精神的倡导者

4. 仅作为科学符号出现（无明显/主动的意图及行为）

5. 不以明显的科学家身份出现

q15. 科学家在电影中的外表　1. 时尚　2. 一般　3. 保守

q16. 科学家在电影中的职业能力　1. 高　2. 一般　3. 低　4. 没有提及

q17~q21 科学家在电影中的性格特征量表（1、5代表两个极端，2、4次之，3代表中性或者没有剧情特别表现。当有明显剧情表现出某项特征时则选择极端值1、2或者4、5，没有明显剧情或者性格中性时则选择3）

性格特征量表

一级指标	二级指标	5	4	3	2	1	性格特征	选项
外倾性 q17	q17a 热情						冷漠	（　）
	q17b 社交						孤僻	（　）
	q17c 健谈						寡言	（　）
	q17d 果断						优柔寡断	（　）
	q17e 活跃						沉闷	（　）
	q17f 冒险						踏实	（　）
	q17g 乐观						悲观	（　）
神经质 & 情绪稳定性 q18	q18a 温顺						暴躁	（　）
	q18b 少情绪化						情绪化	（　）
	q18c 非自我						自我	（　）
	q18d 安全						不安全	（　）
	q18e 随和						倔犟	（　）
开放性 q19	q19a 情感丰富						情感单一	（　）
	q19b 想象						实际	（　）
	q19c 兴趣广泛						兴趣少	（　）
	q19d 追求差异性						追求统一	（　）
	q19e 具有创造力						缺乏创造力	（　）
	q19f 智慧						愚蠢	（　）
随和性 q20	q20a 信任						多疑	（　）
	q20b 助人为乐						自私自利	（　）
	q20c 直率						隐晦	（　）
	q20d 谦虚						自大	（　）
	q20e 移情能力强						缺乏移情能力	（　）
尽责性 q21	q21a 胜任						无能	（　）
	q21b 公正						偏私	（　）
	q21c 可靠						不可靠	（　）
	q21d 勤奋						懒散	（　）
	q21e 条理						混乱	（　）
	q21f 尽职						失职	（　）
	q21g 细心						粗心	（　）
	q21h 谨慎						大意	（　）
	q21i 克制						纵容	（　）

q22 收入水平（剧中如果没有准确信息，根据消费情况进行预估）：1. 低 2. 中等偏下　3. 中等　4. 中等偏上　5. 高　6. 无法根据剧情判断

q23 教育水平（最高学历）：1. 高中及以下　2. 中专　3. 大专　4. 本科
5. 硕士研究生　6. 博士研究生　7. 无法根据剧情判断

　　q24 职业地位（在当时的社会情况下）：1. 受人尊敬　2. 平常对待　3. 受到轻视　4. 无法根据剧情判断

附录 2　2009 年 50 部热门电影列表

2009 年 50 部热门电影							
1	《2012》	14	《疯狂的赛车》	27	《玩命快递 3》	40	《地铁惊魂》
2	《变形金刚 2》	15	《游龙戏凤》	28	《行动目标希特勒》	41	《豚鼠特工队》
3	《建国大业》	16	《大内密探零零狗》	29	《贫民富翁》	42	《东邪西毒》
4	《赤壁（下）》	17	《非常完美》	30	《风云 2》	43	《时空穿越者》
5	《三枪拍案惊奇》	18	《飞屋环游记》	31	《机器侠》	44	《铁人》
6	《风声》	19	《金刚狼》	32	《就是这样》	45	《逃亡鳄鱼岛》
7	《十月围城》	20	《窃听风云》	33	《阿童木》	46	《白银帝国》
8	《南京！南京！》	21	《花木兰》	34	《气喘吁吁》	47	《倔强的萝卜》
9	《冰川时代 3》	22	《牛气冲天》	35	《家有喜事 2009》	48	《超级女特工》
10	《哈利·波特 6》	23	《麦兜响当当》	36	《马达加斯加 2》	49	《窈窕绅士》
11	《特种部队》	24	《七龙珠》	37	《大战外星人》	50	《熊猫大侠》
12	《博物馆奇妙夜 2》	25	《刺陵》	38	《神秘代码》		
13	《终结者 2018》	26	《星际迷航》	39	《赛车风云》		

B.13
中国政府机构公共形象研究综述

摘　要：本研究试图从文本和受众两个层面对政府机构的公共形象展开研究。文本层面主要选取的是传统媒体和网络论坛有关政府机构的报道和话题，采取内容分析的方法研究媒体所呈现的政府机构公共形象；在受众层面，采取电话调查的方式，在全国范围内询问1000名调查者对政府机构的印象评价，以期了解公众心目中的政府机构形象。综合这两个层面的研究结果，得出我国政府机构的总体形象及其传播状况。研究发现，政府机构总体的知名度较高，但部分机构的美誉度水平不够理想。政府机构对热点难点事件的参与、政府机构人员形象，都对政府机构在媒体上的公共形象建构有显著影响。为了构建良好的政府机构公共形象，我们建议，政府机构应围绕中心工作，主动做系统宣传，全面展示政府形象；做好危机预案，积极妥善处理热点突发事件；适应信息时代，搭建平等、互动的网络传播平台。

一　研究背景和意义

2009年，是新中国成立60周年，也是我们应对国际国内环境重大挑战、推动党和国家事业实现新发展的关键一年。由美国次贷危机引发的国际金融危机，对我国经济发展产生重大影响，在异常困难的情况下，全国各族人民在中国共产党的坚强领导下，坚定信心、迎难而上，在世界范围内率先实现经济回升向好；甲型H1N1流感疫情在全球肆虐，进而蔓延到我国，我国政府科学防控，救治患者，最大限度减轻了疫情对人民群众生产生活的影响；汶川地震灾区重建工作有序推进；7月乌鲁木齐发生打砸抢烧严重暴力犯罪事件，政府迅速采取行动，使局势逐步得到稳定；成功举办60周年国庆阅兵和群众游行活动，向全世界展现

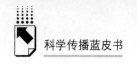
了中国改革开放 30 多年的伟大成果。所有这些，在世人面前共同构建了一个坚强、有力、负责、开放的中国政府形象。

（一）什么是政府形象

根据《辞海》的定义，"政府即国家行政机关"①，是一个国家政权体系中依法享有行政权力的组织体系。按管辖范围分，单一制国家有中央政府和地方政府，联邦政府国家有联邦政府和邦（州）政府。在我国，中华人民共和国国务院即中央人民政府，是最高国家权力机关的执行机关，是最高国家行政机关。

政府形象，是指政府通过自己的管理行为展现在社会公众面前的一种风貌和姿态，是政府在社会公众中获得的总体印象和综合评价。从传播学角度看，形象是个体对客观世界主观再现的结果，因此，形象实际上是个人的主观意识，并非事物的真实内容，它要根据个人获得的信息而确定。同时形象也不是固定不变的，存在着从信息到形象的动态关系，新增加的信息会改变既有的刻板印象。这也在某种程度上说明，政府形象是可以通过一定的途径和行为构建的。这个途径指的就是政府传播。

人与人之间的交往也就是传播形成了社会，而构成传播的核心在于媒体。印刷媒体时代开启了人类的智慧之门，使得知识不再是少数人的专利。也正是由于印刷媒体的出现，使得知识可以进行远距离的传递和交流。这一时期的媒体主要是纸质媒体，报纸、杂志、图书成为这一时代的标志。电子媒体时代进一步使得人们能够实现远距离实时通信，进一步打破时间和空间的限制。在电影、电视、广播、摄影等的帮助下，人们通过直观的图像和声音而不是抽象的概念来认知世界、理解世界，这也就改变了人类的思维方式，事故、自然灾害、暴动和战争通过图像的传播影响到世界的每一个角落，而以往很容易被忘却的记忆通过图像保留在了民族记忆的深处。到了数字媒体时代，信息传播的瞬时性、信息来源的多样性和针对信息反映的即时互动性都带来了与以往完全不同的革命性变化。搜索引擎和宽带技术大幅提高了信息传递的速度和流量；博客、论坛改变了网络信息的提供方式，公众可以在公共领域自由表达意见；手机的移动通信方式使人们摆脱了固定电话机的缺陷……人类社会正在构建一个信息迅速流

---

① 夏征农、陈至立主编《辞海》，上海辞书出版社，2009，第 2927 页。

通、互动的巨大网络。

当前的政府传播就是在这一时代背景下进行的，能否顺利实现政府形象塑造并达到预期的效果，关键要看其自身影响媒体（包括传统媒体和新兴媒体）力量的大小，即是否对媒体并通过媒体报道形成吸引力、说服力和感召力。这涉及传播学的两个经典理论：一是"拟态环境"说，二是"议程设置"说。

1. "拟态环境"说

所谓拟态环境，就是我们所说的信息环境，它并不是现实环境的镜子式再现，而是传播媒体通过对象征性事件或信息进行选择和加工、重新加以结构化以后向人们提示的环境。绝大多数人只能通过"新闻供给机构"，也就是媒体去了解身外世界，人的行为已经不再是对客观环境及其变化作出的反应，而是对新闻机构提示的某种"拟态环境"的反应，产生脑海图景。

20世纪20年代，李普曼在《舆论学》一书中论及拟态环境问题。他认为，在大众传播极为发达的现代社会，人们的行为与三种意义上的"现实"发生着密切的联系：一是实际存在着的不以人的意志为转移的"客观现实"；二是传播媒体经过有选择地加工后提示的"象征性现实"（即拟态环境）；三是存在于人们意识中的"关于外部世界的图像"，即"主观现实"。人们的"主观现实"是在他们对客观现实认识的基础上形成的，而这种认识在很大程度上需要经过媒体搭建的"象征性现实"的中介。经过这种中介后形成的"主观现实"，已经不可能是对客观现实作"镜子式"的反映，而是产生了一定的偏移，成了一种"拟态"的现实。

从这个意义上说，政府形象也可以视为政府各种因素在媒体载体上的综合象征体系，它是关于想象的意义归纳。但必须注意的是，这只是实际状况的部分真切反映，媒体构建的政府形象和真实的政府状况之间并不总是一致，部分扭曲的政府机构形象就是来源于此。

2. "议程设置"说

"议程设置"作为一种理论假说，最早见于美国传播学者 M. E. 麦库姆斯和 D. L. 肖于1972年发表的论文《大众传播的议程设置功能》。1968年，麦库姆斯和肖对总统大选进行了调查，看媒体议程对公众议程有多大的影响。1972年，他们提出了议程设置理论：大众传播具有一种为公众设置"议事日程"的功能，传媒的新闻报道和信息传达活动以赋予各种"议题"不同程度的显著性的方式，影响着人们对周围世界的"大事"及其重要性的判断。换句话说，大众传播往往不能决定人们对某一事件或意见的具体看法，但可以通过提供信息和安排相关的议题来有效地左右人们关注哪些事实和意见及他们谈论的先后顺序。大众传播可能无法影响人们怎么想，却可以影响人们去想什么。媒体的议程设置（Agenda Setting）功能就是指媒体的这样一种能力：通过反复播出某类新闻报道，强化该话题在公众心目中的重要程度。

研究证明，传统媒体对公众议程的影响在一定程度上是潜移默化的，却又是强大的。随着互联网的飞速发展，网络作为新媒体已经成为信息传播的重要载体。由于网络传播相对于传统媒体而言，有着很强的互动性，网络受众可以自由地选择信息和表达观点，既是传播者又是接受者；同时，以头版或头条形式出现的传统媒体的议程设置功能在网络上也不再那么明显；再者，网络上的信息量是传统媒体所不能比拟的。因此，在网络传播中媒体的议程设置功能可能会弱化，甚至不再存在。

（二）媒体和公众对政府形象的影响

在相当长的一段时间里，政府行政命令的发布、与民众的相关信息交流都是建立在媒体的基础之上的。也正因为如此，从新中国成立到20世纪80年代中期，我国的媒体一直处于政府的严格控制管理之下，媒体是党和政府的喉舌，是政府进行政治宣传的工具，而当时的政府形象也是在这种信息不透明的情况下形成的。

随着改革开放的不断深入，市场经济体制的逐步建立，政治体制改革的不断发展，中国与世界的交流越来越频繁，社会结构发生了重大变化，媒体功能也由原来主要作为政治宣传工具转变为为大众经济、文化、社会、教育、娱乐生活提供服务的公共机构，当然，政治宣传功能仍然在发挥着不可或缺的作用。媒体确立了自身的经济属性，大多数媒体成了独立的经济实体，拥有了比过去更多的自主权，于是更多地想要表达自己的立场，同时为了赢得更多市场取得更大经济效益，媒体开始越来越多地关注公众的所需所求。于是，公众有机会并且开始尝试发出自己的声音，特别是第四媒体互联网的兴起，更是为公众提供了表达自我的广阔平台。在这一背景下，政府的行政命令、所作所为可以很快地通过互联网与公众分享，政府与民众之间不但可以打破以往的信息黑幕，两者之间还得以建立频繁的互动关系。在信息网络营造的虚拟空间里，公众参与政治的积极性空前提高；

同时，政府也通过信息网络的平等空间收集到最直接的第一手材料。这种新的互动关系直接导致政府形象的构建和变化速度更快了，民众也开始参与到政府形象构建的过程中来。个人之间的历史恩怨、与民众日常生活相关的议题、领导人的亲民形象甚至八卦逸事等以往不受重视的因素都可能在政府形象构建中起到重要作用。

当然，影响政府形象构建最终效果的关键因素还是政府实际的施政行为和效果，这一点任何时候都不能忽视。必须指出的是，我们所进行的政府形象构建的研究，是从媒体的可能功效出发作出的相关分析，报道的多寡和评价的好坏与传播效果之间没有必然的直接联系。因此，我们还必须结合公众对政府的实际评价来考察。

（三）社会发展对政府形象塑造提出的新要求

1. 政府形象塑造是建设服务型政府的客观需要

在市场经济逐步完善、经济全球化日趋加深的大背景下，政府与社会、政府与群众、政府与市场的关系发生了明显而深刻的变化，传统意义上的政府已经越来越不适应形势发展的需要。2010 年 3 月 5 日，温家宝总理在第十一届全国人民代表大会第三次会议上作政府工作报告时首次把"努力建设人民满意的服务型政府"作为工作重点提出，提出"要以转变职能为核心，深化行政管理体制改革，大力推进服务型政府建设，努力为各类市场主体创造公平的发展环境，为人民群众提供良好的公共服务，维护社会公平正义"①。包括要全面正确履行政府职能，更加重视公共服务和社会管理；适应新形势，推进社会管理体制改革和创新，合理调节社会利益关系；努力提高执行力和公信力；把反腐倡廉建设摆在重要位置。

政府职能转变带来的最大变化是政府角色的转换。服务型政府的定位是公众的服务者而不仅仅是管理者，它的核心要求是以民为本、为民服务；同时，公众是政府工作的监督者、检验者和评价者。政府的权威性、公信力不是自己规定的，也不仅仅是宪法和法律所赋予的，只有得到公众的肯定和认同才真正有效。因此，政府必须树立起形象塑造的意识。良好的政府形象就是通过必要的、科学的、合理的行政措施和行政行为向社会公众表明自己的发展理念，指明发展的方向。只有拥有良好的形象，才能赢得公众衷心的拥戴和支持，才能获得人所共仰

---

① 《温家宝在十一届全国人大三次会议上的政府工作报告》，2010 年 3 月 6 日《人民日报》第 4 版。

的威信。只有一个有威信的政府才能使社会公众产生对政府决策高度的情感认同和行为服从，才能显著提高自身行政的有效性，从而使其政策得以顺利地贯彻执行，使其政令达到"有令则行、令行禁止"的效果。政府形象可以代表一种声誉和信用，可以影响到公众对政府所提供的服务的态度，不良的政府形象会增加政策的沟通成本，进而影响施政效果。政府形象还是一种"软权力"，良好的政府形象能够影响和带动人们聚精会神搞建设、一心一意谋发展，是争取社会公众认同与支持、实现政府战略目标的必备条件。

2. 政府形象塑造成为全球化传播时代的必然要求

全球化是一个正在发生的历史进程。在全球化传播时代里，政府的执政环境发生了深刻的变化。电子通信、卫星和互联网等新媒体技术的发展把人类的传播范围扩展到整个世界，只要有传播者，信息尤其是各种各样关于政府的负面信息可以几乎与事件同步的速度传遍地球的各个角落。

在传统媒体中，"把关人"发挥着强大的作用，政府对事关自身的信息的审查力度更大。而在全球化的传播环境下，网络为公众开辟了一个自由和畅通的言论渠道，不光信息传播的速度变快了，范围变广了，传播者也变得更加平等和自由。网络的开放性还让信息有了更细微、更敏锐的触角，即使是社会中细小的变动也能在网络中迅速地传播开来，甚至得到国外媒体的迅速关注。全球化传播的现实使受众获取信息的渠道更加多样，获得的信息更加丰富、更加深入，信息的立场、态度更加多元。这不但会影响他们对新闻事实的认定，还会影响到他们对事实意义、价值的判断，包括对政府形象的认知。因此，网络传播变成了一种政府难以管理和控制的行为。

对于过去习惯于信息垄断、信息控制的政府来说，这是一个前所未有的考验。任何"坏消息"都是捂不住的。如果政府信息缺失，"坏消息"便会呈放大效应，愈演愈烈，一些流言和谣言也会乘虚而入，加剧公众的恐慌心理和猜疑心理，从而降低政府的权威和信誉。所以，遇到突发事件或者危机事件，政府必须第一时间发出自己的声音并努力让公众相信。政府还需要加强应对新媒体舆论的能力，因为新媒体的特性使得它们并不总以一种不偏不倚的中立态度或者以一种政府的立场来报道事实，它们对事实的报道往往带有自己强烈的情感、意见乃至偏见，而公众对于政府形象的认知却正与它们构建的"事实"密切相关。

全球化传播是一把双刃剑，政府也可以积极地利用它为塑造自身良好形象服务。胡锦涛 2008 年 6 月 20 日在《人民日报》社考察工作时指出："互联网已成为思想文化信息的集散地和社会舆论的放大器，我们要充分认识以互联网为代表的新兴媒体的社会影响力，高度重视互联网的建设、运用、管理，努力使互联网成为传播社会主义先进文化的前沿阵地、提供公共文化服务的有效平台、促进人们精神生活健康发展的广阔空间。"① 事实上，我国政府早已意识到网络媒体在信息社会中的重要作用，并于 2006 年 1 月 1 日开通了中华人民共和国中央人民政府门户网站（简称"中国政府网"，网址：http：//www. gov. cn/）。国务院各部门和各级人民政府也建立了自己的官方网站，用以发布政府信息、宣传政府的主张、沟通社情民意，从而树立起政府务实、开放、透明的正面形象。

二 研究设计

（一）研究框架

本研究试图从文本和受众两个层面对政府机构的公共形象展开研究。文本层面主要选取的是传统媒体和网络论坛有关政府机构的报道和话题，采取内容分析的方法研究媒体所呈现的政府机构公共形象；在受众层面，采取电话调查的方式，在全国范围内询问 1000 名调查者对政府机构的印象评价，以期了解公众心目中的政府机构形象。综合这两个层面的研究结果，得出我国政府机构的总体形象，并从传播策略的角度对进一步改进政府形象提出对策和建议。

（二）研究对象的界定

本文的研究对象是中央政府机构②。在文本分析部分，选择了在媒体上出现频率较高的 19 个政府机构作为研究对象，包括 11 个国务院组成部门（外交部、

---

① 引自胡锦涛 2008 年 6 月 20 日在《人民日报》社考察工作时的讲话。来源：http：//politics. people. com. cn/GB/1025/9486611. html。

② 中华人民共和国国务院，即中央人民政府，是最高国家行政机关，由总理、副总理、国务委员、各部部长、各委员会主任、审计长、秘书长组成。国务院设立办公厅，另外还包括 27 个组成部门、1 个直属特设机构、16 个直属机构、4 个办事机构、17 个直属事业单位、22 个由部委管理的国家局，以及 29 个议事协调机构。来源：http：//www. gov. cn/gjjg/2005 - 08/01/content_ 18608. htm。

教育部、工业和信息化部、公安部、民政部、人力资源和社会保障部、国土资源部、环境保护部、铁道部、商务部、卫生部）、1 个直属特设机构（国有资产监督管理委员会）、1 个直属机构（国家质量监督检验检疫总局）、5 个直属事业单位（中国科学院、中国国家气象局、中国银行业监督管理委员会、中国证券监督管理委员会、中国保险监督管理委员会）、1 个部委管理的国家局（国家食品药品监督管理局）。在电话调查环节，为了便于和 2008 年的研究数据进行比较，在前面 19 个政府机构的基础上，减去了人力资源和社会保障部，增加了 3 个国务院组成部门（科技部、水利部、国家人口和计划生育委员会）、2 个直属机构（国家林业局、国家知识产权局）、2 个直属事业单位（中国工程院、中国地震局）、1 个部委管理的国家局（国家航天局），以及中国科学技术协会。

（三）研究方法

1. 文本分析

本研究主要采取文本分析的方法对传统媒体和网络论坛上的信息进行解读，通过对内容倾向、报道时间、所关注事件、媒体来源以及关于政府某个方面的评价等的分析，试图勾勒出媒体所呈现的我国政府机构形象。时间范围限定为 2009 年 1 月 1 日至 12 月 31 日。

选取四家报纸作为传统媒体文本分析材料的来源，具体研究其 2009 年度报道对政府机构的形象呈现。其中《人民日报》为中共中央机关报，承担着每天向全国和世界传播中国共产党和中国政府的方针、政策及主张的重任，特点是权威、严肃、大气、全面；《京华时报》是由《人民日报》社主管主办的面向市场的都市报，每日刊发市民最为关注的新闻，提供市民最为关心的资讯，荟萃市民最为欣赏的娱乐，特点是可读性强、信息丰富、内容实用；《南方周末》是由南方报业传媒集团主办，以"反映社会，服务改革，贴近生活，激浊扬清"为特色，兼具思想性、知识性、趣味性，是中国深具公信力的严肃大报和发行量最大的新闻类周报；《华西都市报》是中国第一份按照市场规律办报的都市类报纸，首次提出"市民生活报"的定位，报纸信息量大，可读性强，全方位报道市民关心的政治、经济、社会、文化、体育等多个领域的内容，目前是中国西部地区发行量最大的综合性日报。

选取天涯社区的"天涯杂谈"作为网络文本分析材料的来源范围。天涯社区是我国最有影响力的公共论坛之一，其主题都是由网民发起创造的，与经过专业媒体机构设置议程和加工的新闻报道相比，更为接近一般公众的立场和观点。

2. 问卷调查

政府形象在公众心目中的反映具体体现为政府的知名度和美誉度。尤其美誉度是衡量政府施政质量和评价政府形象的重要指标，它体现了一个政府赢得社会公众信任、赞誉的程度以及政府形象在社会公众心目中的美丑好坏。为调查政府在公众中的知名度和美誉度，本研究在全国18个城市进行了随机电话抽样问卷调查，询问其对政府机构的印象评价情况。最终获得1002个有效样本，平均每个城市55～60个受访者。

在本研究中，政府机构的知名度就是被访者知道该机构的比例，美誉度就是被访者对该机构的印象评价。在分析时我们采用里克特量表，将"印象非常差"赋值为1分，"印象比较差"赋值为2分，"印象一般"赋值为3分，"印象比较好"赋值为4分，"印象非常好"赋值为5分，印象评价的均值即为该机构的美誉度。除了单一机构的知名度和美誉度之外，本研究还将调查所涉及的27个政府机构作为"政府机构总体"，将知道单个被调查机构的被访者对该机构的知名度赋值为1分，"没有印象"的被访者对该机构的知名度赋值为0分，所有政府机构知名度的均值为该被访者对"政府机构总体"的知名度评价，即政府机构总体的知名度；政府机构总体的美誉度由27个被调查机构美誉度均值来表示，作为被访者对政府机构总体的美誉度评价。

三 媒体文本所呈现的政府机构公共形象

（一）基于传统媒体的政府机构形象

我们以19个政府机构的全称和简称作为关键词，在四家传统媒体2009年1月1日至12月31日间的报纸上共搜索到报道20606篇①，经过内容分析过滤掉实际与该政府机构无关的报道，最终获得报道17054篇，有效率为82.76%，作

---

① 此数字是对19个政府机构在四家传统媒体上有关各自报道的加总。由于搜索是分部门进行的，当多个政府机构同时出现在同一篇报道中时，该报道可能会出现在多个政府机构的数据库中，造成重复计算。但这种情况发生极少，故忽略不计。

为研究所使用的分析资料。在这些报道中，70.1%的新闻主体就是政府机构，29.9%为仅提及政府机构。

1. 不同政府机构受传统媒体的关注度有较大差别

媒体有关某个政府机构的报道数量越多，就意味着该政府机构受媒体的关注越多。政府机构所受的关注度，用与该机构有关的报道占所有报道的比例来表示。如表1所示，2009年度传统媒体关注最多的是卫生部（12.01%），其次是教育部（10.56%）、公安部（9.82%）、中国证券监督管理委员会（9.2%）、外

表1　19个政府机构在传统媒体中所受的关注度

政府机构	报道频数（次）	关注度（%）	不同媒体占该机构所有报道的比例（%）			
			《华西都市报》	《京华时报》	《南方周末》	《人民日报》
中国保险监督管理委员会	295	1.73	22.70	50.80	4.10	22.30
工业和信息化部	812	4.76	31.20	30.50	10.50	27.80
公安部	1674	9.82	28.40	25.90	17.60	28.10
国土资源部	389	2.28	26.70	19.80	20.30	33.20
国有资产监督管理委员会	526	3.08	27.00	36.10	16.50	20.30
环境保护部	594	3.48	16.70	23.40	20.70	39.20
教育部	1801	10.56	26.70	25.90	11.60	36.30
民政部	838	4.91	25.20	26.10	11.20	37.50
中国气象局	303	1.78	40.30	19.50	4.00	36.30
人力资源和社会保障部	552	3.24	13.80	15.80	20.30	50.20
商务部	1324	7.76	25.10	34.60	10.50	29.80
铁道部	403	2.36	23.10	28.50	15.60	32.80
外交部	1495	8.77	14.90	14.30	17.40	53.40
卫生部	2049	12.01	21.30	39.60	14.50	24.50
国家食品药品监督管理局	496	2.91	20.80	50.80	13.10	15.30
中国银行业监督管理委员会	663	3.89	34.50	32.40	11.80	21.30
中国证券监督管理委员会	1569	9.20	35.90	45.40	12.40	6.20
国家质量监督检验检疫总局	445	2.61	19.30	43.40	16.90	20.40
中国科学院	826	4.84	22.00	18.80	15.40	43.80
总　体	17054	100.00	25.01	30.61	13.92	30.46

交部（8.77%）。受关注最少的中国保险监督管理委员会（1.73%），报道量仅约为卫生部的1/7。从不同媒体来看，《南方周末》对政府机构的报道量最少，仅占四家媒体有关政府报道的13.92%。

考虑到政府机构也会主动选择媒体发布新闻，因此会有一定的媒体偏好。从表1可以看出，《人民日报》是政府机构发布新闻的首选媒体，在外交部、人力资源和社会保障部、中国科学院等8个机构的报道中所占比例都最高；《京华时报》在对中国保险监督管理委员会、国家食品药品监督管理局、中国证券监督管理委员会、国家质量监督检验检疫总局的报道中，也具有较大优势；《华西都市报》则在对中国气象局和中国银行业监督管理委员会的报道中，表现较为突出。

2. 传统媒体对政府机构的报道以正面和中性报道为主，但负面报道比例相对于 2008 年度有所上升

在有关政府机构的17054篇报道中，正面和中性报道占到了89.32%，说明我国政府在传统媒体中的形象还是较好的。其中正面报道（46.78%）相对于2008年度（30.7%）[1] 有较大幅度的增加，但负面报道的比例（8.88%）相对于2008年度（3.8%）[2] 也有所上升。如表2所示，在19个政府机构中，正面报道比例最高的是国家食品药品监督管理局（72.8%）、公安部（64.8%）、民政部（60.5%）；而负面报道比例最高的是环境保护部（24.1%）、国土资源部（22.1%）和教育部（17.4%）。对于负面报道较多的政府机构来说，有必要认真查找负面报道产生的原因，以改善在传统媒体上的形象。在与国有资产监督管理委员会和中国保险监督管理委员会有关的报道中，有超过5%属于"既有正面又有负面"的报道，说明其目前确实存在不足，但也有改善形象的契机，需要化"危"为"机"。

正面报道能够提升政府形象，负面报道会对政府在媒体上的形象产生损害，必须综合考虑各种内容倾向的报道，最终得出政府机构在媒体上的形象评分。我们以不同内容倾向的加权平均值来表示。对内容倾向为正面的报道赋值为5分，中性和既有正面又有负面的报道均赋值为3分，负面报道赋值为1分，其加权

---

① 詹正茂、靳一著《中国科学传播报告（2009）》，社会科学文献出版社，2009，第235页。

② 詹正茂、靳一著《中国科学传播报告（2009）》，社会科学文献出版社，2009，第235页。

表2 19个政府机构在传统媒体中的报道倾向与形象得分

政府机构	报道频数（次）	形象评分（分）	不同内容倾向报道的比例（%）			
			正面	负面	中性	既有正面又有负面
中国保险监督管理委员会	295	3.79	48.10	8.70	38.10	5.20
工业和信息化部	812	4.01	58.00	7.50	33.70	0.70
公安部	1674	4.09	64.80	10.50	21.20	3.50
国土资源部	389	3.02	23.10	22.10	53.70	1.00
国有资产监督管理委员会	526	3.42	29.70	8.60	54.90	6.80
环境保护部	594	3.07	27.40	24.10	47.80	0.70
教育部	1801	3.13	24.10	17.40	56.40	2.10
民政部	838	4.02	60.50	9.30	29.70	0.50
中国气象局	303	3.90	46.50	1.70	50.80	1.00
人力资源和社会保障部	552	4.13	58.20	1.60	38.80	1.40
商务部	1324	4.15	58.80	1.40	38.50	1.30
铁道部	403	3.99	58.30	8.90	30.30	2.50
外交部	1495	4.04	52.60	0.60	46.20	0.50
卫生部	2049	3.98	54.00	5.00	38.80	2.10
国家食品药品监督管理局	496	4.32	72.80	6.90	19.60	0.80
中国银行业监督管理委员会	663	3.94	55.80	8.70	34.70	0.80
中国证券监督管理委员会	1569	3.38	31.60	12.50	53.00	2.90
国家质量监督检验检疫总局	445	3.05	13.50	10.80	75.70	0.00
中国科学院	826	3.97	51.10	2.40	46.40	0.10
总 体	17054	3.76	46.78	8.88	42.54	1.78

平均值即为该机构的形象评分。由表2可以看出，我国"政府机构总体"在传统媒体上的形象评分为3.76分，介于"中性"与"正面"之间。在媒体报道中形象最好的政府机构是国家食品药品监督管理局（4.32分）、商务部（4.15分）、人力资源和社会保障部（4.13分），而形象评分最低的国土资源部（3.02分）、国家质量监督检验检疫总局（3.05分）、环境保护部（3.07分）的媒体形象已经处于较危险的境地。

3. 传统媒体对我国政府机构在管理能力上的评价较好，不同部门之间存在较大差异

管理是政府机构重要的施政行为，包括宏观管理和微观管理两个方面。媒体有关政府机构的报道一般都涉及对政府机构管理能力的评价。对负面评价赋值为1分，中性评价赋值为3分，正面评价赋值为5分，对这三者的加权平均值即为政府机构管理能力的评分。相关分析结果显示，媒体形象评分和媒体对机构宏观管理能力的评价之间存在正相关关系（$r = 0.928$，$p < 0.01$），呈高度相关；媒体形象评分和媒体对机构微观管理能力的评价存在正相关（$r = 0.861$，$p < 0.01$），呈高度相关；传统媒体对机构宏观管理能力的评价和对微观管理能力的评价之间存在正相关（$r = 0.861$，$p < 0.01$）关系，呈高度相关。

根据内容分析的结果，我国政府机构总体在宏观管理能力方面的评分为3.97分，在微观管理能力方面的评分为3.94分，均为介于"中性"和"正面"之间。分部门来看，在宏观管理能力方面，媒体评价最高的3个政府机构分别为中国银行业监督管理委员会（4.61分）、国家食品药品监督管理局（4.43分）和中国科学院（4.40分），评价最差的是国土资源部，仅有3.12分；而在微观管理能力方面，媒体评价最高的是工业和信息化部（4.61分）、中国银行业监督管理委员会（4.51分）和国家食品药品监督管理局（4.43分），评价最差的也是国土资源部（3.09分）（见表3）。

4. 政府机构新闻发言人在传统媒体上出现的频率较低

根据内容分析的结果，我国政府机构新闻发言人在传统媒体报道中出现的频率较低，仅有6.74%。如图1所示，从不同部门来看，外交部新闻发言人在传统媒体上出现的比例最高，占40.3%，这可能与外交部在我国政府机构中最早设立新闻发言人、有关新闻发布制度最为完善有关。商务部（13.4%）和国家食品药品监督管理局（12.3%）的新闻发言人出现比例也较高。新闻发言人在媒体上出现最少的是中国科学院（1.5%）。

（二）基于网络论坛的政府机构公共形象

我们以19个政府机构的全称或简称为关键词，在"天涯杂谈"2009年1月1日至12月31日所发表的话题中进行抽取，共获得20085篇话题①，与前面的

---

① 话题由主帖和回复帖共同组成，若在主帖中没有出现关键词，而是在回复帖中出现，且回复内容与整个话题无关，一律视为无效信息。与传统媒体相似的是，此处同样存在重复统计的情况。

表3 传统媒体对19个政府机构在宏观管理能力和微观管理能力上的评价得分

政府机构	报道频数（次）	宏观管理能力评分	宏观评价所占比例（%）			微观管理能力评分（分）	微观评价所占比例（%）		
			正面	负面	中性		正面	负面	中性
中国保险监督管理委员会	295	4.07	57.30	3.90	38.80	3.86	53.50	10.30	36.20
工业和信息化部	812	4.08	59.90	5.90	34.20	4.61	84.00	3.40	12.60
公安部	1674	4.39	74.80	5.50	19.80	4.13	67.80	11.40	20.80
国土资源部	389	3.12	20.50	14.30	65.20	3.09	30.00	25.50	44.50
国有资产监督管理委员会	526	3.57	36.10	7.80	56.10	3.21	20.40	9.60	69.90
环境保护部	594	3.53	33.70	7.10	59.20	3.83	59.20	17.70	23.00
教育部	1801	3.19	22.90	13.50	63.60	3.30	49.20	34.00	16.80
民政部	838	4.18	65.10	6.20	28.70	4.14	67.00	10.20	22.80
中国气象局	303	4.13	59.00	2.60	38.40	3.81	44.90	4.50	50.70
人力资源和社会保障部	552	4.17	60.20	1.90	37.90	4.13	58.20	1.60	40.10
商务部	1324	4.42	72.60	1.40	26.00	4.02	53.10	2.10	44.80
铁道部	403	4.29	71.60	6.90	21.50	4.14	68.90	11.70	19.30
外交部	1495	4.17	59.50	0.90	39.60	4.17	59.20	0.90	39.90
卫生部	2049	3.95	51.70	4.30	44.10	3.98	53.40	4.20	42.40
国家食品药品监督管理局	496	4.43	75.30	4.20	20.60	4.43	75.30	4.20	20.60
中国银行业监督管理委员会	663	4.61	81.60	0.90	17.40	4.51	76.80	1.10	22.10
中国证券监督管理委员会	1569	3.71	37.50	1.90	60.60	3.61	31.70	1.40	66.90
国家质量监督检验检疫总局	445	3.06	13.50	10.50	76.00	3.45	32.90	10.40	56.80
中国科学院	826	4.40	70.40	0.50	29.00	4.41	73.30	3.00	23.70
总　　体	17054	3.97	53.85	5.27	40.88	3.94	55.72	8.80	35.47

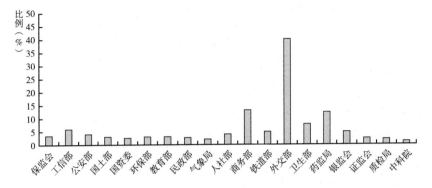

图1　政府机构新闻发言人在媒体报道中出现的比例

四家传统媒体同期发表的新闻报道总量规模相差不大。经内容分析过滤，最终获得有效信息9897条，有效率为49.28%。

1. 与传统媒体相比，网络论坛对不同政府机构的关注度差异更明显

将有关某一政府机构的话题数占所有政府机构的比例，作为该政府机构在"天涯杂谈"上的受关注程度，发现网络论坛上政府机构的受关注程度差异比传统媒体更为明显。关注度最高的政府机构为公安部（22.35%）、教育部（20.18%）、卫生部（15.48%）；最低的是中国气象局，仅为0.72%，约为公安部的1/31。在9897条信息中，直接以政府机构作为新闻主体的话题比例仅为57.82%，低于传统媒体（70.1%）。国有资产监督管理委员会、中国气象局、教育部、中国银行业监督管理委员会、中国证券监督管理委员会、中国保险监督管理委员会等作为被提及的政府机构的情况较多（见表4）。

2. 公众更容易在有关气象、外交、人力资源和社会保障、民政、公安、卫生、食品药品监督管理等方面形成热点议题

话题数量反映了公众对有关政府机构的关注程度，而回帖反映的是公众对话题的热衷程度或主动参与程度。回帖数目越多，说明该话题引起各方的关注越多，公众对话题的参与越深入。回帖数目达到100篇以上的（一般是20条回复翻一页，整个话题已经累积5页以上）基本可以判断，该话题已经成为热点议题。在"天涯杂谈"上，我国政府机构总体的有关话题回帖达到100篇以上的比例为8.26%。对不同回帖数目进行赋值，10篇以下的赋值1分，10~99篇的赋值3分，对100篇以上的赋值5分，求加权平均值，可以得出公众对该政府机构

表4 19个政府机构在"天涯杂谈"上的受关注程度

政府机构	话题频数（次）	关注度（%）	机构作为话题主体的比例（%）	
			机构是主体	机构仅被提及
中国保险监督管理委员会	102	1.03	33.30	66.70
工业和信息化部	571	5.77	85.40	14.60
公安部	2212	22.35	80.20	19.80
国土资源部	312	3.15	78.10	21.90
国有资产监督管理委员会	134	1.35	25.40	74.60
环境保护部	300	3.03	83.20	16.80
教育部	1997	20.18	31.00	69.00
民政部	390	3.94	68.20	31.80
中国气象局	71	0.72	29.60	70.40
人力资源和社会保障部	133	1.34	82.00	18.00
商务部	187	1.89	70.10	29.90
铁道部	651	6.58	52.80	47.20
外交部	188	1.90	71.30	28.70
卫生部	1532	15.48	74.30	25.70
国家食品药品监督管理局	295	2.98	67.80	32.20
中国银行业监督管理委员会	96	0.97	31.20	68.80
中国证券监督管理委员会	149	1.51	32.90	67.10
国家质量监督检验检疫总局	238	2.40	48.10	51.90
中国科学院	339	3.43	53.70	46.30
总　　体	9897	100.00	57.82	42.18

有关话题的参与度。由表5不难看出，公众对"天涯杂谈"上有关政府机构的话题参与度不高，评分仅为2.13分，说明平均回帖数目在10～99篇。分部门来看，有关中国气象局、外交部、人力资源和社会保障部、国土资源部、民政部、公安部、卫生部、国家食品药品监督管理局的话题更容易形成热点议题（回帖100篇以上的话题占有关该机构话题数量的10%以上）。关注度高的政府机构，不一定就能形成热点议题。教育部的关注度虽然高，但是回帖100篇以上的话题比例并不高。

表5　网络论坛有关19个政府机构话题的回帖情况

政府机构	话题频数（次）	参与度评分（分）	回帖数目不同的话题所占比例（%）		
			10篇以下	10~99篇	100篇以上
中国保险监督管理委员会	102	2.14	47.10	49.00	3.90
工业和信息化部	571	2.37	40.50	50.40	9.10
公安部	2212	2.42	39.40	50.40	10.30
国土资源部	312	2.23	50.30	37.80	11.90
国有资产监督管理委员会	134	2.06	54.50	38.10	7.50
环境保护部	300	2.07	54.50	37.00	8.30
教育部	1997	2.24	46.60	44.60	8.80
民政部	390	2.27	47.40	41.50	11.00
中国气象局	71	2.30	49.30	36.60	14.10
人力资源和社会保障部	133	2.10	57.10	30.80	12.00
商务部	187	1.91	61.50	31.60	7.00
铁道部	651	2.25	42.50	52.20	5.20
外交部	188	2.22	52.70	33.50	13.80
卫生部	1532	2.27	46.90	42.80	10.30
国家食品药品监督管理局	295	2.02	59.00	30.80	10.20
中国银行业监督管理委员会	96	1.71	64.60	35.40	0.00
中国证券监督管理委员会	149	1.77	64.20	33.10	2.70
国家质量监督检验检疫总局	238	2.04	50.00	47.90	2.10
中国科学院	339	2.10	54.00	37.20	8.80
总　　体	9897	2.13	51.68	40.04	8.26

3. 在"天涯杂谈"上有关政府机构的话题以负面信息为主，形象评价普遍低于传统媒体

　　内容分析结果显示，2009年度在"天涯杂谈"上有关政府机构的9897个话题中，62.29%为负面倾向，较2008年（39.4%）[1] 有大幅增长的趋势（见表6）。内容总体倾向为正面的话题仅占所有话题的14.84%，与2008年度（14.5%）[2] 相比基本持平，略有增长。从部门来看，负面信息最多的是教育部

---

[1]　詹正茂、靳一著《中国科学传播报告（2009）》，社会科学文献出版社，2009，第223页。

[2]　詹正茂、靳一著《中国科学传播报告（2009）》，社会科学文献出版社，2009，第223页。

（88.9%）、国土资源部（88.8%）、环境保护部（86.3%）；负面信息最少的是商务部（11.8%）、中国科学院（22.1%）和外交部（23.4%）。

表6 网络论坛上19个政府机构有关信息的内容倾向与形象评分

政府机构	报道频数（次）	形象评分（分）	不同内容倾向报道的比例（%）			
			正面	负面	中性	既有正面又有负面
中国保险监督管理委员会	102	1.43	3.90	82.40	6.90	6.90
工业和信息化部	571	1.76	13.70	75.70	10.50	0.20
公安部	2212	1.80	13.30	73.10	6.40	7.20
国土资源部	312	1.27	2.20	88.80	9.00	0.00
国有资产监督管理委员会	134	1.40	5.20	85.10	3.70	6.00
环境保护部	300	1.35	4.30	86.30	8.70	0.30
教育部	1997	1.29	3.10	88.90	7.40	0.70
民政部	390	1.83	11.00	69.70	19.00	0.30
中国气象局	71	2.16	11.30	53.50	28.20	7.00
人力资源和社会保障部	133	3.31	41.40	26.30	25.60	6.80
商务部	187	3.71	47.30	11.80	36.00	4.80
铁道部	651	1.84	6.60	64.70	22.70	6.00
外交部	188	3.24	35.60	23.40	37.80	3.20
卫生部	1532	2.14	10.70	53.70	31.40	4.20
国家食品药品监督管理局	295	1.50	2.00	76.90	20.70	0.30
中国银行业监督管理委员会	96	1.56	7.30	79.20	13.50	0.00
中国证券监督管理委员会	149	1.67	9.40	75.80	13.40	1.30
国家质量监督检验检疫总局	238	2.29	10.50	46.20	41.20	2.10
中国科学院	339	3.42	43.10	22.10	28.00	6.80
总　　体	9897	2.05	14.84	62.29	19.48	3.37

对话题的不同内容倾向进行赋值，"正面"信息赋值为5分，"中性"信息和"既有正面又有负面"信息赋值为3分，"负面"信息赋值为1分，加权平均后得到政府机构的综合形象评分。从表6不难看出，网络论坛对我国政府机构总体的形象评分仅有2.05分，介于负面和中性之间，远低于传统媒体对其的形象评分（3.76分）。从部门来看，在网络论坛上评价最高的是商务部（3.71分）、中国科学院（3.42分）、人力资源和社会保障部（3.31分）；评价最差的是国土

资源部（1.27 分）、教育部（1.29 分）、环境保护部（1.35 分）。

4. 网络论坛对我国政府机构在管理能力上的评价较差，不同部门之间存在较大差异

从机构管理能力方面对"天涯杂谈"有关政府机构的话题进行内容分析。对负面评价赋值为 1 分，中性评价赋值为 3 分，正面评价赋值为 5 分，对这三者的加权平均值即为政府机构管理能力的评分。如表 7 所示，我国政府机构总体在宏观管理能力方面的评分为 2.47 分，低于传统媒体（3.97 分）；在微观管理能力方面的评分为 2.25 分，低于传统媒体（3.94 分），均介于"负面"和"中性"之间。分部门来看，在宏观管理能力方面，媒体评价最高的 3 个政府机构分别为商务部（4.1 分）、人力资源和社会保障部（3.63 分）和中国科学院（3.62 分），评价最差的是教育部，仅有 1.35 分；而在微观管理能力方面，媒体评价最高的是中国气象局（3.68 分）、商务部（3.62 分）和人力资源和社会保障部（3.54 分），评价最差的是国有资产监督管理委员会（1.15 分）。

5. 政府机构新闻发言人在网络论坛上出现的频率较低，但略高于传统媒体

根据内容分析的结果，我国政府机构新闻发言人在"天涯杂谈"话题中出现的频率较低，仅有 7.54%，但略高于传统媒体（6.74%）。如图 2 所示，从不同部门来看，外交部新闻发言人出现的比例最高，占 37.2%；其次是人力资源和社会保障部（12.8%）、铁道部（10%）。新闻发言人在"天涯杂谈"话题中出现最少的是中国科学院（1.8%）。

（三）小结

传统媒体对于政府机构的文本呈现是新闻传播机构在一定价值框架下对政府形象的一种勾勒，直接或间接地影响公众对于政府形象的评价；网络论坛中的内容则可以视为网民（个人传播者）对政府机构感受、理解、期望、评价等的综合呈现，其他网民在浏览或者回复话题的时候，也会影响到自身和他人对政府形象的评价。在对政府机构的形象呈现上，传统媒体与网络论坛也存在较大差异，具体表现在以下五个方面。

1. 传统媒体和网络论坛对政府机构的关注度呈正相关，网络论坛更为关注与人民生活密切相关的机构

政府机构在媒体上被报道的比例代表了该机构的受关注度。相关分析结果显

表 7 "天涯杂谈" 对 19 个政府机构在宏观/微观管理能力上的评价得分

政府机构	话题频数（次）	宏观管理能力评分	宏观评价所占比例（%）			微观管理能力评分（分）	微观评价所占比例（%）		
			正面	负面	中性		正面	负面	中性
中国保险监督管理委员会	102	2.13	13.30	56.70	30.00	1.48	5.50	81.30	13.20
工业和信息化部	571	2.02	20.50	69.70	9.80	1.26	5.40	92.60	2.00
公安部	2212	2.85	41.00	48.70	10.30	1.82	15.80	74.60	9.60
国土资源部	312	2.15	2.80	45.40	51.80	1.32	3.50	87.70	8.80
国有资产监督管理委员会	134	1.22	2.50	91.60	5.90	1.15	0.80	93.20	5.90
环境保护部	300	2.10	7.00	52.10	40.80	1.38	3.40	84.30	12.30
教育部	1997	1.35	2.00	84.60	13.40	1.35	1.90	84.50	13.60
民政部	390	2.08	6.90	52.80	40.30	1.87	11.70	68.10	20.20
中国气象局	71	2.58	11.50	32.70	55.80	3.68	54.70	20.80	24.50
人力资源和社会保障部	133	3.63	51.40	20.30	28.40	3.54	53.60	26.80	19.60
商务部	187	4.10	60.50	5.30	34.20	3.62	41.80	11.00	47.30
铁道部	651	1.93	11.90	65.00	23.10	1.76	8.30	70.10	21.60
外交部	188	3.26	38.60	25.50	35.90	3.27	38.70	25.40	35.90
卫生部	1532	2.51	18.80	43.60	37.50	2.25	17.00	54.50	28.50
国家食品药品监督管理局	295	2.22	3.50	42.70	53.80	1.77	6.20	67.80	26.00
中国银行业监督管理委员会	96	1.98	9.80	60.90	29.30	2.00	10.60	60.60	28.70
中国证券监督管理委员会	149	2.47	17.00	43.80	39.30	2.63	20.00	38.60	41.40
国家质量监督检验检疫总局	238	2.72	19.10	33.00	47.80	3.02	33.60	32.80	33.60
中国科学院	339	3.62	53.50	22.50	23.90	3.51	52.70	27.30	20.00
总　　体	9897	2.47	20.61	47.21	32.17	2.25	20.27	58.00	21.72

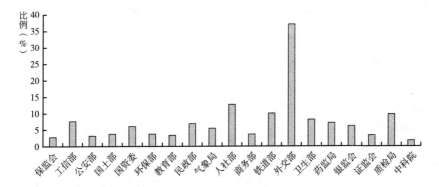

图 2　政府机构新闻发言人在"天涯杂谈"话题中出现的比例

示，19 个政府机构在传统媒体和网络论坛上的受关注度之间存在正相关（$r =$ 0.683，$p < 0.01$），即随着传统媒体对政府机构的关注度增加，网络论坛对该机构的关注度也会提升，反之亦然（见图 3）。

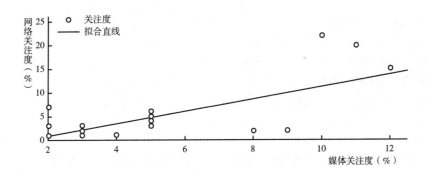

图 3　传统媒体和网络论坛对政府机构的关注度之间的相关示意图

为了比较某个具体政府机构在这两类媒体上的关注程度差异，我们将政府机构在网络论坛上的关注度除以传统媒体对其的关注度，得到该机构在两类媒体上的关注度差异指数。指数越接近于 1，表示在两类媒体上的关注程度越没有差异；指数大于 1，表示该机构受网络论坛更多的关注；指数小于 1，表示该机构在传统媒体上更受关注。

如表 8 所示，两类媒体对 19 个政府机构关注度差异指数的平均值为 0.94，说明从总体来看，传统媒体对政府机构的关注度更高，与前文分析的传统媒体更倾向于报道政府机构的结论相一致。

表8 传统媒体和网络论坛对19个政府机构关注度的差异

单位：%

政府机构	传统媒体关注度	网络论坛关注度	关注度差异指数
中国保险监督管理委员会	1.73	1.03	0.60
工业和信息化部	4.76	5.77	1.21
公安部	9.82	22.35	2.28
国土资源部	2.28	3.15	1.38
国有资产监督管理委员会	3.08	1.35	0.44
环境保护部	3.48	3.03	0.87
教育部	10.56	20.18	1.91
民政部	4.91	3.94	0.80
中国气象局	1.78	0.72	0.40
人力资源和社会保障部	3.24	1.34	0.42
商务部	7.76	1.89	0.24
铁道部	2.36	6.58	2.78
外交部	8.77	1.90	0.22
卫生部	12.01	15.48	1.29
国家食品药品监督管理局	2.91	2.98	1.02
中国银行业监督管理委员会	3.89	0.97	0.25
中国证券监督管理委员会	9.20	1.51	0.16
国家质量监督检验检疫总局	2.61	2.40	0.92
中国科学院	4.84	3.43	0.71
均　值	—	—	0.94

　　由表8看出，与传统媒体相比，网络论坛对铁道部（2.78）、公安部（2.28）、教育部（1.91）、卫生部（1.29）等政府机构表现出更高的关注度。这些机构的共同特征是：与民生关系密切，2009年均出现了突发热点事件。例如，铁道部主抓的春运工作就事关老百姓生活，尤其是在网络流传"北京站内部大量出票视频"之后更是达到高潮；平息"7·5"新疆乌鲁木齐打砸抢烧严重暴力犯罪事件与公安部的职能息息相关；而教育部在2009年出现了"罗彩霞被冒名上大学事件"；等等。

　　而中国证券监督管理委员会（0.16）、外交部（0.22）、商务部（0.24）、中国银行业监督管理委员会（0.25）等机构，与普通人生活之间存在一定距离，但是对于国家政治、经济发展和国际往来具有重大战略意义，所以传统媒体给予了较多的关注，这与"把关人"在选择新闻时所遵循的重要性原则一致。

第三类是专业性较强的政府机构，如民政部（0.8）、环境保护部（0.87）、国家质量监督检验检疫总局（0.92）、国家食品药品监督管理局（1.02）、工业和信息化部（1.21）等部门，网络论坛和传统媒体给予的关注度没有明显差别。偶尔有网络论坛关注度增加，多是因为该机构管辖范围内出现了突发事件，如工业和信息化部在2009年就遭遇了"强制安装绿坝上网过滤软件"事件，导致媒体报道和网络信息在短期内急剧增加。

2. 网络论坛对政府机构的综合形象评分普遍低于传统媒体

研究发现，传统媒体对政府机构的形象评分和网络论坛对政府机构的形象评分之间存在正相关关系（$r = 0.467$，$p < 0.05$），呈低度相关。与传统媒体对政府机构所呈现的形象相比，网络论坛上由公众自由表达的对政府机构的形象评分普遍要低许多。由图4不难看出，除了商务部、中国科学院、国家质量监督检验检疫总局、外交部、人力资源和社会保障部在传统媒体和网络论坛上的形象评分较为接近外，其他机构在这二者中所呈现的形象评分差距均在1.7分以上。其中，传统媒体和网络论坛对商务部、中国科学院、外交部、人力资源和社会保障部的形象呈现皆比较好，而国家质量监督检验检疫总局则属于传统媒体和网络论坛对其评价皆比较差的情况。

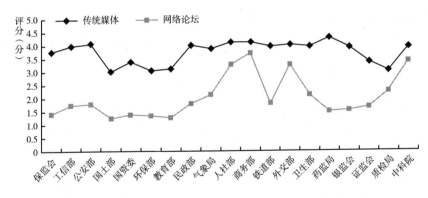

图4 传统媒体和网络论坛对19个政府机构形象评分的差异

3. 网络论坛对于政府机构管理能力的评价普遍低于传统媒体，尤其是在微观管理能力方面差异更明显

分析显示，网络论坛对政府机构在管理能力方面的评价得分普遍低于传统媒体。如图5所示，在宏观管理能力评价方面，网络论坛和传统媒体之间差距最明显的是中国银行业监督管理委员会、国有资产监督管理委员会和国家食品药品监督管理局，而在两类媒体上评价最接近的政府机构则是商务部、国家质量监督检验检疫总局、人力资源和社会保障部。

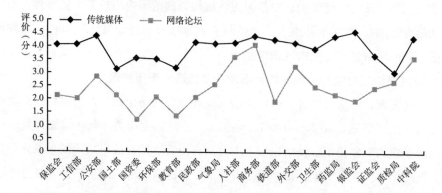

图5　传统媒体和网络论坛对19个政府机构宏观管理能力评价的差异

在微观管理能力评价方面，传统媒体和网络媒体之间差距较大的是工业和信息化部、国家食品药品监督管理局、中国银行业监督管理委员会；差距最小的是中国气象局、商务部、国家质量监督检验检疫总局（见图6）。

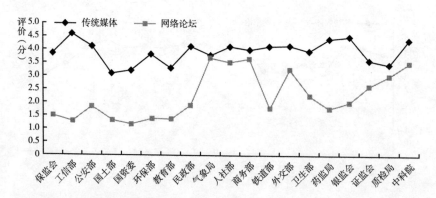

图6　传统媒体和网络论坛对19个政府机构微观管理能力评价的差异

4. 政府机构新闻发言人在传统媒体和网络论坛中出现的比例都较低

如图7所示，在大多数政府机构中，新闻发言人在网络论坛话题中出现的比例要比传统媒体报道中出现的高，但在商务部、国家食品药品监督管理局、外交部、公安部等机构，还是传统媒体出现新闻发言人的比例较高。这与这些部门的新闻发言人设立较早、与传统媒体的关系处理已经相对熟稔有关。

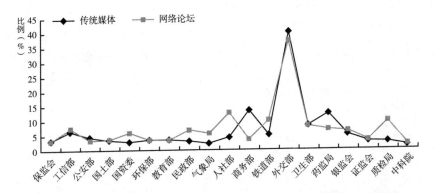

图7　19个政府机构新闻发言人在传统媒体和网络论坛话题中出现的比例

5. 从具体内容来看，传统媒体对重大事件比较敏感，对于常态事件也保持一定的报道量；而网络论坛更关注与公众切身相关的事件，遇到突发热点事件容易出现井喷现象

这一特点在工业和信息化部和铁道部等部门表现得尤为明显。在图8中，横轴代表月份，纵轴代表每月有关工业和信息化部的报道数量或者话题数量。由图不难看出，2009年度传统媒体对工业和信息化部的报道规模一直较为稳定，保持在每月60篇左右；而网络论坛平时关注工业和信息化部的话题较少，每月在30篇左右浮动，但在6月由于爆发"强制安装绿坝上网过滤软件"风波，"天涯杂谈"上有关工业和信息化部的话题激增到149篇，是平时的4～5倍。

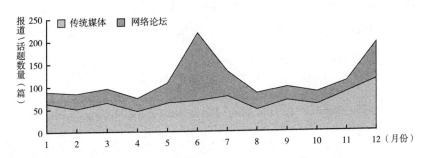

图8　传统媒体和网络论坛发布有关工业和信息化部信息的频次比较

铁道部也出现了类似情形。传统媒体在 2009 年度对铁道部的月报道规模一般维持在 30 篇左右，春运期间（1月）最高达到 63 篇，略有上升；但在网络论坛上，由于春运与广大群众的生活密切相关，1 月发表的有关铁道部的话题达到 316 篇，相当于"天涯杂谈"2009 年有关铁道部全部话题的近一半。春运过后，有关铁道部的话题又迅速沉寂了下来，直到年底时（12月）才再度攀升（见图 9）。

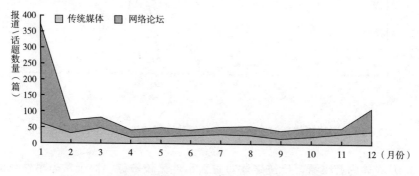

图9 传统媒体和网络论坛发布有关铁道部信息的频次比较

四 公众对政府机构公共形象的评价

政府形象，是政府机构及其工作人员的行为表现在公众心目中的反映。因此，我们用公众对政府机构的印象评价作为考察政府机构公共形象的指标，分为知名度和美誉度两个方面。知名度衡量的是公众对政府机构的知晓程度，即"有无印象"；美誉度衡量的是公众对政府机构的印象好坏，分为"印象很差"、"印象比较差"、"印象一般"、"印象比较好"、"印象很好"五个等级。通过对全国 18 个城市①电话随机抽样进行问卷调查，询问人们对 27 个政府机构②的印象和评价，最终获得 1002 个有效样本，平均每个城市 55~60 个受访者。

---

① 18 个城市包括：浙江杭州、广东广州、广西北流、上海、河南郑州、四川都江堰、辽宁沈阳、陕西西安、内蒙古满洲里、福建泉州、北京、四川成都、山西汾阳、安徽阜阳、云南曲靖、黑龙江双城、湖北武汉、青海西宁，除成都和都江堰属于四川省外，其他城市均处于不同的省级行政区域。

② 在文本分析中所选取的 19 个政府机构基础上，减去了人力资源和社会保障部，增加了中国工程院、国家林业局、中国科学技术协会、中国地震局、国家航天局、水利部、国家知识产权局、科技部、国家人口和计划生育委员会。

（一）受访人群的人口统计学特征

1. 年龄结构

在1002名受访者中，16～25岁的人群所占比例最高（31.7%），其次是55岁以上的人群（22.8%），26～35岁的人群占15.8%，36～45岁的人群占13.7%，46～55岁的人群占11.6%，另外还有0.4%的受访者拒绝透露年龄。考虑到行为能力和对政府机构有关情况的了解程度，此次调查没有涉及0～15岁的人群。

2. 学历情况

学历代表了受访者的受教育程度，在某种程度上反映了其对知识的掌握和对世界的认知程度。在本调查中，大专以下学历（含小学、初中、高中、中专）占了56.5%，大专学历占20.8%，本科学历占20.7%，硕士及以上学历占1.5%。

3. 职业分布

我们用所在单位的属性来判断职业。在1002名受访者中，占比重最大的是脱产在读学生（20.2%），其次是退休人员（19.4%）、民营私营企业工作人员（16.5%）、下岗待业失业人员（11.2%）、事业单位工作人员（9.8%）、国有企业工作人员（9.5%）、务农人员（5.3%）、个体工商户（3%）、国家行政部门工作人员（2.4%）、外资企业工作人员（2.1%），还有0.8%拒绝透露自己的职业状况。

4. 政治面貌

约有一半受访者是中共党员（22.8%）和共青团员（27.4%），群众占48.9%，民主党派成员占0.3%。

（二）基于电话调查的公众对政府机构公共形象的评价

1. 我国政府机构的知名度都较高，部分机构处于高知名度、低美誉度的危险状况

在本研究中，政府机构的知名度就是被访者知道该机构的比例，美誉度就是被访者对该机构的印象评价。在实际调查中，我们采用里克特量表，将"印象非常差"定义为1分，"印象比较差"定义为2分，"印象一般"定义为3分，"印象比较好"定义为4分，"印象非常好"定义为5分，加权平均后得出该机构的美誉度。除了单一机构的知名度和美誉度之外，本研究还将调查所涉

及的 27 个机构作为"政府机构总体"，将知道单个被调查机构的被访者对该机构的知名度赋值为 1 分，"没有印象"的赋值为 0 分，所有政府机构知名度的均值为该被访者对"政府机构总体"的知晓度，即政府机构总体的知名度；政府机构总体的美誉度由 27 个被调查机构美誉度均值来表示，作为被访者对政府机构总体的美誉度评价。

据统计，27 个政府机构的平均知名度为 94.80%，且大多数政府机构的知名度均在 90% 以上，但也有三个部门的知名度低于 90%，分别为中国工程院（85.4%）、中国科学院（85.7%）、中国证券监督管理委员会（86.5%），平均每 100 个受访者中有 14～15 个人对这三个政府机构"没有印象"；美誉度为 3.43 分，介于"印象一般"和"印象较好"之间，偏向于"印象一般"。

在图 10 中，横轴代表知名度，纵轴代表美誉度，原点为"政府机构总体"的知名度和美誉度，即我们对不同政府机构依据知名度和美誉度进行聚类。27个政府机构大致可分为 5 类：A 类为知名度高、美誉度高的部门；B 类为知名度低、美誉度高的部门；C 类为知名度中、美誉度中的部门；D 类为知名度低、美誉度低的部门；E 类为知名度高、美誉度低的部门。

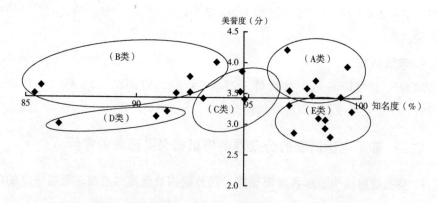

图 10　电话调查对 27 个政府机构知名度和美誉度的聚类分析结果

如表 9 所示，国家航天局、中国气象局、铁道部、水利部、民政部、国家人口和计划生育委员会、公安部属于知名度高美誉度也较高的类别，知名度大于96.7%，美誉度处于 3.45～4.2 分，介于"印象一般"和"印象很好"之间，偏向于"印象较好"。其中国家航天局和中国气象局的形象是比较良好的，尤其是

表9　电话调查得出的27个政府机构公共形象结果

政府机构	知名度(%)	美誉度(分)	公共形象类型
国家航天局	96.70	4.20	A类： 知名度高 美誉度高
中国气象局	99.40	3.94	
铁道部	98.00	3.72	
水利部	97.60	3.59	
民政部	96.80	3.54	
国家人口和计划生育委员会	97.80	3.47	
公安部	99.10	3.45	
外交部	93.60	4.00	B类： 知名度低 美誉度高
中国科学技术协会	92.40	3.76	
中国科学院	85.70	3.62	
商务部	92.40	3.52	
中国工程院	85.40	3.50	
工业和信息化部	91.80	3.49	
科技部	94.70	3.85	C类： 知名度中 美誉度中
国家林业局	94.60	3.53	
国家知识产权局	93.00	3.42	
中国银行业监督管理委员会	94.80	3.40	
中国保险监督管理委员会	91.40	3.20	D类： 知名度低 美誉度低
国有资产监督管理委员会	90.90	3.12	
中国证券监督管理委员会	86.50	3.01	
中国地震局	96.80	3.31	E类： 知名度高 美誉度低
教育部	99.60	3.21	
环境保护部	98.10	3.11	
卫生部	98.40	3.08	
国家质量监督检验检疫总局	98.40	2.94	
国土资源部	97.00	2.86	
国家食品药品监督管理局	98.60	2.80	
总　　体	94.80	3.43	知名度中、美誉度中

国家航天局，美誉度达到4.2分，这与我国航天事业不断取得令人瞩目的成就以及较大的成果宣传力度有关；中国气象局由于与人们的日常生活密切相关，因此知名度非常高（99.4%）。

外交部、中国科学技术协会、中国科学院、商务部、工业和信息化部、中国工程院属于知名度较低但美誉度较高的类别。知名度在93.6%以下，美誉度

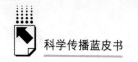

为 3.49 ~ 4 分，处于"印象一般"和"印象较好"之间，偏向于"印象较好"。其中，中国科学院和中国工程院的知名度最低，均不到 86%。这一类别的政府机构目前面临的主要问题是要做好信息发布和机构形象宣传，提升知名度。

科技部、国家林业局、国家知识产权局、中国银行业监督管理委员会属于知名度和美誉度均处于中等水平的类别。知名度在 93% ~ 94.8%，美誉度介于 3.4 ~ 3.85 分，处于"印象一般"和"印象较好"之间，偏向于"印象一般"。

中国保险监督管理委员会、国有资产监督管理委员会、中国证券监督管理委员会属于知名度和美誉度均较低的类别。知名度低于 91.4%，美誉度为 3.01 ~ 3.2 分，处于"印象一般"和"印象较好"之间，偏向于"印象一般"。这一类别的政府机构形象处于较危险的状态，知名度和美誉度都亟待提升。

中国地震局、教育部、环境保护部、卫生部、国家质量监督检验检疫总局、国土资源部、国家食品药品监督管理局属于知名度较高但美誉度较低的类别。这个类别，知名度在 96.8% 以上，但美誉度在 2.8 ~ 3.31 分，处于"印象较差"和"印象较好"之间，偏向于"印象一般"。

2. 26 ~ 35 岁的人群对政府机构的美誉度评价最低

由图 11 可知，在年龄越大的人群中，政府机构的知名度越低。而美誉度在不同年龄人群中呈现 U 形曲线，26 ~ 35 岁的人群对政府机构的美誉度评价最低，仅有 3.29 分，介于"印象一般"和"印象比较好"之间，偏向于"印象一般"。这个发现和 2008 年的调查结果[1]基本一致。

3. 硕士以上学历人群对政府的知名度评价较低，大专学历人群对政府机构的美誉度评价最低

学历是指人们在教育机构中接受科学、文化知识训练的学习经历。不同学历程度的人对政府机构的公共形象评价不同。由图 12 不难看出，在硕士及以下学历（含硕士）人群中，有一个较明显的趋势：学历越高，对政府机构的知名度评价越高，硕士学历人群对政府机构的知名度评价达到 100%。但硕士以上学历

---

① 詹正茂、靳一著《中国科学传播报告（2009）》，社会科学文献出版社，2009，第 218 页。

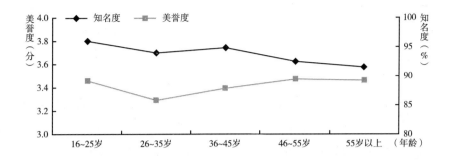

图11　年龄对政府机构知名度和美誉度评价的影响

（主要指博士）人群对政府的知名度评价急剧下降，只有 83.33%。而美誉度则呈现两头高、中间低的 U 形结构，大专学历人群对政府的美誉度评价最低，在大专以上学历人群中，学历越高对政府机构的美誉度评价越高。

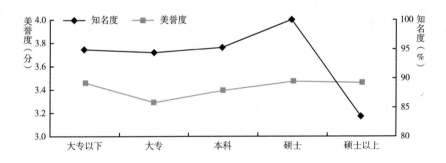

图12　学历对政府机构知名度和美誉度评价的影响

4. 不同政治面貌人群对政府机构知名度和美誉度评价存在较大差别

政治面貌，表明了一个人在政治上的归属，是一个人的政治身份最直接的反映，是指一个人所参加的政党、政治团体；间接表明本人的思想倾向、政治立场和政治观点。政治面貌分为 4 类：中共党员、共青团员、民主党派成员、群众（没有加入过政治团体）。如图 13 所示，共青团员对政府机构的知名度和美誉度评价较高，民主党派成员对政府机构的知名度和美誉度评价最低。

5. 不同职业人群对政府机构形象的美誉度评价存在显著差别

本研究按照所属单位的性质来划分职业，可以大体区分出各种社会网络。由

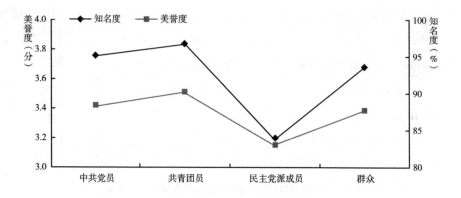

图13 政治面貌对政府机构知名度和美誉度评价的影响

图 14 可以看出，从事不同职业的人群对政府机构的知名度评价没有显著差别。但是，在美誉度评价方面存在较大差别：外资企业人员对政府机构的美誉度评价最低，仅有 3.05 分；务农人员对政府机构的美誉度评价最高（3.63 分），这可能与近几年我国政府取消农业税以及一系列增收减负政策的出台有关，让农民感受到了实惠，对政府的评价较高。

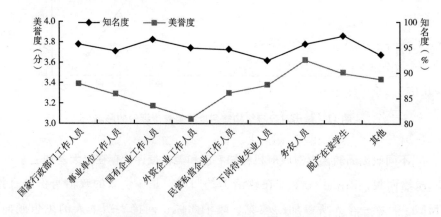

图14 不同职业人群对政府机构知名度和美誉度评价的差异

（三）小结

为进一步研究各种因素对政府机构公共形象的影响，在前面描述统计的基础上，本研究对传统媒体关注度、网络论坛关注度、网民对话题的参与度、传统媒体的形象评分、网络论坛的形象评分、传统媒体对机构宏观管理能力的评价、传统媒体对机构微观管理能力的评价、网络论坛对机构宏观管理能力的评价、网络论坛对机构微观管理能力的评价、公众对政府机构的知名度、公众对政府机构的美誉度等 11 个变量进行两两相关分析，经皮尔逊检验得出以下 13 对相关关系。

（1）媒体关注度和网络关注度之间存在正相关关系（$r = 0.683$，$p < 0.01$），呈中度相关。

（2）媒体形象评分和媒体对机构宏观管理能力的评价之间存在正相关关系（$r = 0.928$，$p < 0.01$），呈高度相关。

（3）媒体形象评分和媒体对机构微观管理能力的评价之间存在正相关关系（$r = 0.861$，$p < 0.01$），呈高度相关。

（4）媒体形象评分和网络形象评分之间存在正相关关系（$r = 0.467$，$p < 0.05$），呈低度相关。

（5）媒体形象评分和机构美誉度之间存在正相关关系（$r = 0.516$，$p < 0.05$），呈中度相关。

（6）媒体对机构宏观管理能力的评价和媒体对机构微观管理能力的评价之间存在正相关关系（$r = 0.861$，$p < 0.01$），呈高度相关。

（7）媒体对机构宏观管理能力的评价和机构美誉度之间存在正相关关系（$r = 0.544$，$p < 0.05$），呈中度相关。

（8）网络关注度和网民对话题的参与度之间存在正相关关系（$r = 0.530$，$p < 0.05$），呈中度相关。

（9）网络形象评分和网络对机构宏观管理能力的评价之间存在正相关关系（$r = 0.912$，$p < 0.01$），呈高度相关。

（10）网络形象评分和网络对机构微观管理能力的评价之间存在正相关关系（$r = 0.867$，$p < 0.01$），呈高度相关。

（11）网络形象评分和机构美誉度之间存在正相关关系（$r = 0.551$，$p < 0.05$），呈中度相关。

（12）网络对机构宏观管理能力的评价和网络对机构微观管理能力的评价之间存在正相关关系（$r = 0.847$，$p < 0.01$），呈高度相关。

（13）网络对机构微观管理能力的评价和机构美誉度之间存在正相关关系（$r = 0.488$，$p < 0.05$），呈低度相关。

由上我们基本可以判断，政府机构的知名度和美誉度是两个相对独立的变量，不存在相关关系。直接影响政府机构形象美誉度的因素主要有媒体形象评分、网络形象评分、媒体对机构宏观管理能力的评价、网络对机构微观管理能力的评价等。进一步回归分析的结果显示出以下特征。

1. 政府机构美誉度受媒体中所呈现形象的显著影响

方差分析显示，公众对政府机构的美誉度评价受媒体对其评价的显著影响（$F = 5.796$，$p < 0.03$）。进一步回归分析结果，媒体中所呈现的政府机构形象评分每增加 1 分，可以带来公众对政府机构美誉度 0.423 分的提升（见图 15）。

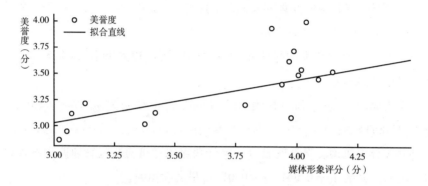

图 15　媒体中所呈现的政府形象对政府机构美誉度的影响

2. 政府机构美誉度受网络论坛形象评分的显著影响

方差分析显示，公众对政府机构的美誉度评价受网络论坛中所呈现形象的显著影响（$F = 6.976$，$p < 0.02$）。进一步回归分析结果，网络论坛所呈现的政府机构形象评分每增加 1 分，可以带来公众对政府机构美誉度 0.261 分的提升（见图 16）。

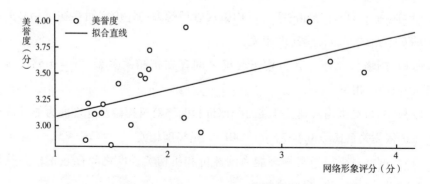

图 16　网络论坛所呈现的政府形象对政府机构美誉度的影响

3. 政府机构的美誉度受传统媒体对其宏观管理能力的评价、网络论坛对其微观管理能力的评价的综合影响

由于传统媒体对政府机构宏观管理能力的评价和网络论坛对政府机构微观管理能力的评价是相互独立的两个变量，故对其进行综合分析。方差分析显示，政府机构的美誉度受这两个变量的显著影响（$F = 5.308$，$p < 0.02$）。进一步回归分析结果得出，传统媒体对政府机构宏观管理能力的评价每增加 1 分，能带来政府机构美誉度 0.32 分的提升；而网络论坛对政府机构微观管理能力的评价每增加 1 分，能带来政府机构美誉度 0.144 分的提升。

五 构建良好的政府机构公共形象的对策与建议

本研究通过对政府机构在传统媒体和网络论坛上的文本呈现进行内容分析，并结合公众电话调查所获得的对政府机构的综合印象评价，得到我国政府机构在 2009 年度的公共形象及其传播状况。通过分析可以看到，政府机构的公共形象是受多方面因素影响的，特别是与其媒体传播状况密切相关。

2010 年是"继续应对国际金融危机、保持经济平稳较快发展、加快转变经济发展方式的关键一年，是全面实现'十一五'规划目标、为'十二五'发展打好基础的重要一年"①。随着《国家中长期教育改革和发展规划纲要（2010～2020 年）》等一系列纲领性政策颁布实施，《关于深化医药卫生体制改革的意见》进入贯彻落实阶段，"十一五"节能减排目标迎来最后决战，2010 年上海世界博览会举办，以及应对西南持续特大干旱、青海玉树 7.1 级地震灾害、甘肃舟曲特大山洪泥石流等突如其来的自然灾害和组织灾后重建工作，都对我国政府的执政能力和履职水平提出了新的要求，建设务实、高效、廉洁、透明的服务型政府成为改革发展的必然。但是也应看到，我国政府机构当前的公共形象不容乐观，部分机构处在知名度高而美誉度较低的公共关系状态中，与人民群众的期望之间还存在差距。在前面分析的基础上，我们就如何更好地塑造政府形象、建设人民满意的政府提出如下建议。

---

① 《温家宝在十一届全国人大三次会议上的政府工作报告》，2010 年 3 月 6 日《人民日报》第 4 版。

（一）围绕中心工作，做好主动宣传，全面展示政府形象

政府形象塑造的主体是政府，基本模式是"政府行为＋政府行为解释＝政府形象塑造"。也就是说，要完成政府形象塑造的整个过程，首先要存在一定的政府行为，包括政府的制度安排、行政决策、行政实施、行政绩效等。这是政府行为解释的基础，也是政府形象的客观来源。其次才是对政府行为的解释。这个解释的过程就是运用公关的手段，借助媒体、网络等载体对政府行为进行解释、说明、宣传，从而使社会公众对政府产生良好的主观印象。因此，必须围绕中心工作，做好主动宣传。这也是一种基本的行政管理行为，它强调政府与公众的相互理解、信任及合作。

1. 强化公关意识，制定公关宣传战略

提高政府工作人员公关意识，开展全员公关活动是进行政府宣传的前提。每一个工作人员都必须自觉、主动承担起塑造和维护政府形象的义务和责任。树立公关意识是政府工作人员必需的素质，搞好政府公关是政府义不容辞的责任，运用政府公关塑造政府形象更是迫在眉睫。

政府公共关系的研究在我国起步较晚。部分政府官员的公关意识极为淡薄，不仅没有充分认识到政府公关的重大作用，更没有把其视为政府的一项基本职能而纳入到日常体系中去。具体表现在：部分政府官员官本位思想依然根深蒂固，政府部门"门难进"、"事难办"、"互相踢皮球"的现象时常可见，"执政为民，以人为本"只见于口号，不见于行动；缺乏利用媒体塑造政府形象的理念，在危机事件中，不是在第一时间公布真相，积极进行危机公关，化危机为转机，反而千方百计阻挠记者了解真相；政务公开仍停留于表面，各项政策的制定少有与百姓的双向互动。

在这种情况下，政府一方面应加强自身建设，提高行政能力；另一方面，还要了解利益相关方和目标受众的认知状况以及他们对政府的期待，制定科学的公关战略。政府公关战略必须服务于我国的政治和经济改革，具体到各个政府机构也就是部门的中心工作；要协调所有具有政府公共关系职能的部门和机构，统一制定政府形象改进的目标和传播策略；必要时可引入专业公共关系服务资源作为补充。

2. 深化新闻发言人制度，做好信息发布

建设服务型政府的突破口在于行政公开。行政公开的目的是全面展示良好的政府形象。政府应按照公众的需要，适时公开各方面的信息，提高政府的透明度。要通过公开的途径和透明的形式，尽可能让公众知道政府在干什么，在筹划什么，尤其是那些与公众利益息息相关的信息。面对重大突发事件，以及人民群众反映强烈及关心的焦点、热点、难点问题，公众更想知道政府的态度，因此，必须积极行动，健全自身的信息发布制度，因为充分的、客观的、真实的信息只能由政府来提供。倘若政府忽视向公众和媒体及时公开政务信息，忽视对事关自身的社会舆论进行适当引导，公众就不可能从公开的渠道获得足以形成正确政府形象的资讯，当然也就无法对政府的活动与行为作出切合实际的评价。信息公开的形式多种多样，比如，引导媒体的新闻报道；通过召开新闻发布会、进行电视讲话等方式增强政府与民众之间的沟通；开辟政府领导人热线电话，就一些民众关注的热点问题作出解释和回答；定期召开听证会，与民众面对面交流讨论等。其中，最为规范、效果较好的还是新闻发言人的设立。

我国新闻发言人制度起始于20世纪80年代。1983年4月23日，中国记者协会首次向中外记者介绍国务院各部委和人民团体的新闻发言人，正式宣布我国建立新闻发言人制度。这一制度通过政府主动向媒体提供信息的方式来巧妙地影响和引导媒体与社会舆论，为媒体和舆论设置议程，为自身塑造形象。新闻发言人制度的建立是政府向政务公开迈出的积极一步。新闻发言人制度是建设服务型政府、推进政务信息公开的重要举措。

目前，我国中央政府机构都设立了新闻发言人，形成了比较固定的新闻发布形式。但是从前面对传统媒体和网络论坛的文本分析可以看出，我国政府机构新闻发言人在建立政府和公众的双向沟通机制、加强双方的联系和互动方面做得还不够。新闻发言人制度包括新闻发布制度和新闻通气制度、新闻宣传统筹协调制度、突发事件新闻报道制度。在发布新闻时，新闻发言人发布的、媒体关注的、公众关心的，也就是政策议程、媒体议程、公众议程要有效结合起来，不能只开成简单的新闻通气会、工作布置会、政策传达会。同时，还要注意按照新闻规律，根据发布题材的特点，兼顾媒体需求，采取不同类型的发布，让政府发布同时具备重要性、针对性和趣味性，更加符合媒体的传播方式和公众的接受方式，在网络公示、政府公告、会议公开等多种信息公开并存的渠道中，体现出鲜明的

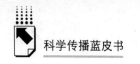

互动性和政策解读的权威性，表现出政府信息服务的主动性，方便媒体与公众对政府信息的需求，体现传播日益增强的影响力和社会效应。

3. 处理好与媒体的关系

政府形象塑造的手段是多样的，如新闻发布会、领导人热线电话、听证会等。但是要让政府的行为让普遍的社会公众知晓，形象传播要达到更广泛的效应，还必须借助媒体的影响力和传播力。本研究的重要发现之一即为媒体对于政府机构的形象呈现与公众对政府机构的美誉度评价之间密切相关，媒体所呈现的正面信息越多，评价越好，公众对该机构的美誉度评价就会更高。因此，利用媒体进行正面报道是塑造政府形象最常用也最传统的手段。

在我国，传统媒体包括报纸、杂志、广播、电视等。由前文对我国传统媒体有关政府机构报道的分析可知，传统媒体在平时的报道中还是坚持"以正面宣传为主"的方针，即使是负面报道最多的《南方周末》，正面和中性新闻也占了一半以上，坚持了报道的平衡原则，对政府"帮忙不添乱"。媒体有一种"社会安全阀"的功能，它能够使社会公众累积的一些负面情绪和冲突发泄出来，反而有利于社会的稳定。如果面对这类事故麻木不仁，姑息养奸，对某些不良现象、危机事件，一味采取打压封锁的手段，结果只能是激化矛盾，给政府形象造成致命的损害，甚至造成社会的不稳定。因此，政府应注意改善与媒体的关系，主动接受大众媒体的舆论监督，以此促进政府机构工作效率的提高和办事程序的透明化，在公众心目中树立政府的良好形象。

对于知名度较低的政府机构，政府要借助媒体与市民沟通，使得政府议程与媒体议程同构化，并且使得政府议程能直接与公共议程在媒体平台上发生交流互动，提高两者融合的可能性。一方面，要加强政府与新闻媒体之间的协调沟通，及时传递政府机构的发展思路和重大决策，努力争取媒体舆论的支持；另一方面，要加大策划力度，变被动管理为主动引导，尤其对于一些重大的选题，政府的精密策划使得记者能够发现其中的报道价值，从而将记者的注意力、媒体的重要版面和时段都能主动集中到正面宣传上来。

在现代社会的议程建构中，政府、公众、媒体之间是相辅相成的关系。大众媒体传达给公众的信息来自两方面：政府和公众。信息反馈不仅沿着公众到政府的线路，或从公众到媒体的线路发生，而且还能够沿着从媒体到政府的线路发生。政府向公众传递信息，同时也需要从公众、媒体那里得到信息反馈，以保障自身的管理顺利进行。三者之间不断地进行信息的交换，以维持社会系统的正常运行。在这个过程中，媒体处于政府和公众之间，其需要扮演两种角色：政府守门人和公众代言人。政府必须要认识到自己在传播中与媒体、公众之间的关系，不再是居高临下的主从关系，而是平等的双向交流关系。要塑造自身良好形象，政府必须重视与公众、媒体之间的有效沟通和良好关系。这就要求政府必须尊重公众、媒体的知情权，完善其沟通机制，疏通沟通渠道，加强政府与公众之间的联系。在互联网时代，网络的信息传播速度往往比大众媒体更快捷，影响更广泛，因此，政府还必须学会根据不同信息的性质，不同的传播目的，组合多元的传播模式。

4. 加强作风修养建设，打造高素质的公务员队伍

现代化的实质是人的现代化，而人的现代化既是社会现代化的起源，也是其终点。要构建全新的、为公众满意、称颂的政府形象，行政公务人员的素质提高是关键。这是因为，公务员即代表政府形象，每个公务员的一举一动都直接影响到公众对政府的评价。信息化技术的发展，给政府公务员带来了挑战，对他们的思想观念、行为倾向、知识结构、知识水平、应用能力、适应能力等都提出了很高的要求。尤其是在新媒体环境下，每个普通民众都有作为公共观察员的条件和能力，官员的言行举止也成为公众关注的对象。近年来，某些党员干部醉驾撞人、车祸逃逸或其他不当行为等经过媒体和网络曝光后，很快由个人行为扩大为公共事件，最终不仅影响了个人形象，也损害了所在机构的公共形象。如"北京站员工大量内部出票视频"在网络上的疯传，进而导致对铁道部形象的极大损害，就是活生生的例子。

公务员必须通过不断学习、培训来更新自己的知识结构，扩大知识存量，开阔视野，提高判断、分析、解决问题的能力，提高对现代办公方式、工作方法的适应性，接受信息化带来的各种挑战；同时还必须更新传统观念，树立效率观、创新观、服务观、竞争观、民主观、法治观，为良好政府形象的构建作出应有的贡献，履行自己的义务。

（二）做好危机预案，积极稳妥处理好突发热点事件

在研究中发现，突发热点事件是媒体和公众最为关注的内容，政府机构在热点事件中的表现，会直接影响公众对政府形象的评价。随着我国改革的不断深

入，影响社会稳定的因素也逐渐增多，各种矛盾和难点问题不断凸显，出现了一些较为敏感的问题。在平常，政府形象往往很容易被人忽视，但每当非常时刻，又会被人们强烈地感觉到。突发公共事件就是这样一个分水岭。根据我国 2007 年 11 月 1 日起施行的《中华人民共和国突发事件应对法》规定，突发事件，是指"突然发生，造成或者可能造成严重社会危害，需要采取应急处置措施予以应对的自然灾害、事故灾难、公共卫生事件和社会安全事件"。相对于政府常规性决策环境来说，突发事件是一种非常态的社会情境，政府部门所履行的不再仅仅是驾轻就熟的常规职责，由于面对的情况错综复杂，政府部门的行为会出现很大变化，根据不同的应急能力采取诸多"恰当"或"不恰当"的非常措施，从而使公众对政府部门的认识也面临极大变化。伴随而来的就是，政府形象会一改常态下对时间的惰性，可能在有限时间内发生剧烈变化。在突发公共事件中，如果政府部门采取了妥善的处理措施，政府形象会向着公众所期望的方向提升，但如果处理不当，就可能造成可怕的后果。

1. 树立居安思危意识，做好危机预案

在突发事件没有发生时，就要从构建和谐社会的基本宗旨出发，强调从政策行为、部门行为和公务员个体行为等多方面体现政府以人为本的执政理念，构建公众对政府的信任感，奠定良好的政府形象基础。同时，政府也应该树立居安思危意识，建立完备的法规和应急预警制度，以助于减少突发公共事件发生的可能性，在不可避免时降低其发生后的危害性。我国已经颁布了《中华人民共和国突发事件应对法》、《突发公共卫生事件应急条例》等法律法规和《国家突发公共事件总体应急预案》、《国家突发公共卫生事件应急预案》、《国家突发公共事件医疗卫生救援应急预案》、《国家自然灾害救助应急预案》、《国家防汛抗旱急预案》、《国家地震应急预案》、《国家突发地质灾害应急预案》等预案。这些法律法规和预案的颁行，有效地提升了政府在应对各类突发事件方面负责和专业的形象。

2. 建立快速、专业的反应机制

应对突发事件具有紧迫的时间压力，政府决策的时间很短，快速反应可以迅速组织救援，并减轻突发公共事件的危害，也可向公众传递政府负责任的讯号，从而提升政府形象。事实证明，在热点事件中的科学参与不仅能切实解决广大人民群众的实际困难，满足群众的需要，而且有利于政府机构公共形象的构建。快速、专业的反应机制包括应急过程的合理抉择、明细的领导职责权限、流畅联动的应急队伍、切实有效的应急措施等。

2009年，面对全球范围爆发的甲型H1N1流感疫情，卫生部在第一时间启动应急预案，颁发《卫生部应对流感大流行准备计划与应急预案（试行）》、《甲型H1N1流感预防控制技术指南（试行）》、《甲型H1N1流感诊疗方案》等一系列文件，组织部署各级部门做好科学防控，针对不同疫情阶段，从防输入到缓扩散再到减危害，不断调整防控策略和措施，争分夺秒研发疫苗，组织救治工作，组织大规模甲流疫苗接种并取得良好的效果。相对于2003年非典时期的表现，卫生部的公共形象得到了较大的提升。

3. 保持与公众之间及时有效的沟通

政府机构必须紧扣热点难点问题和突发事件，做好解释和化解矛盾工作。对于各类群体性事件、突发事件、恶性案件、重大安全事故，要把握好舆论监督报道的导向。对于已经报道出来的负面新闻，要冷静而积极地应对，努力化解危机。对于部分媒体刊播的片面性错误报道，要组织更有影响力的新闻媒体进行深入客观、公正的报道，给予有力回应，挽回已经造成的不良影响。对于确实存在的问题，要积极改正，妥善解决。同时还要引导媒体形成舆论监督的反馈机制，让媒体对报道的事件进行跟踪回访，从而让公众看到政府对媒体批评的积极回应和采取的整改措施。

要注意各行各业意见领袖的作用，充分发挥人际传播的优势，减少传播渠道的中间环节，实现公众与政府之间的直接双向交流。比如对许多公众普遍关心的问题，可以组织适当的公众传播活动，安排有关政府部门级官员与公众见面，既让公众有面对面了解、咨询的机会，亦使政府有面对面解释、引导的机会，从而实现政府与公众之间公开化的双向交流。

（三）适应信息时代，搭建平等、互动的互联网平台

信息技术在近几十年爆发出难以置信的强大功能，深刻地影响了社会生活的各方面，并且在广度与深度上继续迅猛发展。随着社会不断发展、人们要求的提高以及媒体传播的快捷，特别是网络发展的迅猛，使媒体原来只是单向的传播转变为双向的传播，让更多的人有发言权，一个非主流的话题都可能会迅速引起关注，像"我去打酱油"也会成为一句网络语言而风靡全国。在研究中发现，对

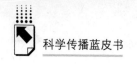
我国政府机构形象造成负面影响的信息主要来源于网络。

但是另一方面我们也必须看到，对于政府形象构建来说，信息技术的运用为其提供了无限的弹性空间。这是因为信息技术的运用打破了政府与公众行政地位之间的不平等性，为公众参与政治、与政府建立良性互动关系提供了前提，也为政府形象的构建提供了良机。公众通过电脑的交互界面可直接与政府上层进行直接的交流沟通。在信息网络营造的虚拟空间里，公众参与政治的积极性空前提高，公众可以自由发表意见，表达自己的意愿与利益要求。同时，政府也通过信息网络的平等空间收集到最直接的第一手材料，为使政府能更全面地了解民意、提高政府决策科学性提供了信息保障。在信息社会，政府由权力行政转变为服务行政，公众的意愿和利益要求即是政府行政的出发点。信息网络营造的开放、自主的虚拟空间为改革传统的、封闭的、不自主的、等级的集权体制提供了现实的空间，而这又为提高公众对政府的合法性认同、提高政府行为有效性、提高政府民主化程度，提供了难得的机遇。

只有适应当前信息化技术的飞速发展，利用网络媒体搭建平等、自由、高效的互联网传播平台，才能促进公众与政府之间的平等交流互动，提高公众对政府的合法性认同、有效性认可、民主化参与，以此构建全新、理性、法治、民主、高效的良好政府形象。要搭建好这一平台，首先要更新政府观念。政府与公众网上平等交流的实现是基于彼此平等这样一个前提。很明显，这是与传统模式相冲突的，要求政府彻底地摆脱传统行政观念的束缚，真正做到与公众之间的平等对话，才能有助于更好实现政府形象构建的目标。

1. 进一步健全网络舆情预警机制

网络飞速发展的今天，社会关注的程度从网络上更加能得到体现。网络普及以后，各个阶层所想反映的意愿可以不加筛选地反映出来。而这些反映，在没有得到正确引导的情况下，引起一股股激动的潮流。网络舆情是指由于各种事件的刺激而产生的通过互联网传播的人们对于该事件的所有认知、态度、情感和行为倾向的集合。网络舆情形成迅速，对社会影响巨大。随着因特网在全球范围内的飞速发展，网络媒体已被公认为是继报纸、广播、电视之后的"第四媒体"，网络成为反映社会舆情的主要载体之一。网络环境下的舆情信息的主要来源有：新闻评论、BBS、博客、聚合新闻（RSS）。本研究在对天涯论坛的话题分析中发现，网络舆论的形成往往非常迅速，一个热点事件的存在加上一种情绪化的意见，就可以成为点燃一片舆论的导火索。而且由于发言者身份隐蔽，并且缺少规则限制和有效监督，网民的意见表达会带有一定的偏差性，如在现实生活中遇到的挫折、对社会问题的片面认识等，都会利用网络加以宣泄。这也是网络论坛上的话题大部分为负面新闻的原因之一。

建立完善网络舆情预警机制是指从危机事件的征兆出现到危机开始造成可感知的损失这段时间内，化解和应对危机所采取的必要、有效行动，包括制定危机预警方案、密切关注事态发展、及时制定应对策略、迅速传递沟通信息等多个环节。不同政府机构要针对本部门职责范围内可能发生的各类危机事件，制定详尽的判断标准和预警方案，一旦危机出现便有章可循、对症下药。同时，要保持对事态的第一时间获知权，加强监测力度，必要时可采取舆情监控系统之类的技术，大量采集、汇总各种互联网上的信息。由于公共事件一般可能涉及多个部门，因此相关部门要保持紧密沟通，建立信息沟通和联动机制，各部门协同作战、相互配合、共同商议，判断危机走向，适当修正和调整应对策略，以符合实际所需。

网络舆情预警机制能及早发现危机的苗头，及早对可能产生的现实危机的走向、规模进行判断，及早通知各有关职能部门共同做好应对危机的准备。危机预警能力的高低，主要体现在能否从每天海量的网络言论中敏锐地发现潜在危机的苗头，以及准确判断这种发现与危机可能爆发之间的时间差。这个时间差越大，政府机构越有充裕的时间来准备，为下一阶段危机的有效应对赢得宝贵的时间。

2. 高度重视政府网站建设

以中国政府网上线为代表的"政府上网"工程，是我国政府利用新兴媒体推动自身与公众直接交流的积极举措，是政治文明的一个重要进步。政府网站的建设有利于树立政府机构在互联网上的形象，提高政府工作的透明度，减少了信息传播的中间环节，加快了信息流动的速度，提供了信息交流的渠道，有利于勤政、廉政建设。尤其对于知名度还不够高的政府机构来说，政府网站建设将从整体上提升其网络宣传能力和服务公众水平。

政府上网后，可以在网上公布政府部门的名称、职能、机构组成、工作章程以及各种资料、文档等，并公开政府部门的各项活动，为公众与政府打交道提供方便，同时也接受公众的民主监督，提高公众的参政议政意识。在政府内部，各部门之间也可以通过互联网联系，各级领导可以在网上向各部门作出各项批示与指导，从而既提高了办事效率，又节省了政府开支。与此同时，由于 Internet 是跨国界的，我国政府上网将能够让世界更好地了解中国，加强我国与世界各国的交流，从而树立起面向 21 世纪的良好形象。2009 年 10 月，中国科学院上线由 270 余个中科院下属各单位新版中英文网站组成的中科院网站群，为在国际学术界扩大影响提供了新的平台。

政府网站，是推进政府管理方式创新、建设服务型政府的重要举措，对于促进政务公开、改进公共服务、提高行政效能，便于公众知情、参与和监督，具有重要意义。政府上网改变了整个社会信息流通的格局，能够变过去政府到公众的单向传输为政府和公众的平等双向传播——公众可以通过网络了解政府发布的最新权威信息，而政府也能够快速获取公众的信息反馈，促进了政府办事效率的提高。但遗憾的是，目前有些政府网站还是流于形式，虽然有技术方面的因素影响，但其根本原因是对政府上网的意义缺乏深入认识。

在整个社会的信息化程度不断提高的今天，网络平台不但是公众关注和监督政府行为的重要渠道，也是政府用来全面展示形象的窗口。政府机构应该正视网络媒体的影响和力量，管好舆情，用好平台，主动"搭台唱戏"，建好政府网站，确保信息发布的权威性和时效性，以增加政府的公信力，同时积极利用网站收集公众的反馈信息，提高自身的行政能力。

总而言之，政府行政的公开化、效率化、制度化、服务化、参与化，将直接影响到开放型、效能型、法治型、服务型、参与型政府形象的构建。只有增强公众对政府的认同，取得良好评价，实现政府形象构建的革命性突破，才能适应我国政府向服务型政府职能转变的需要，服务于经济和社会发展的大局。

B.14
中华人民共和国教育部的公共形象

摘　要：本部分通过对传统媒体和网络论坛 2009 年度有关教育部新闻报道的内容分析，发现教育部的公共形象呈现知名度高而美誉度较低的特点，在传统媒体和网络论坛上的负面新闻比例均高于被监测政府机构的平均水平；在 19 个被监测政府机构中，传统媒体对教育部的宏观管理能力和微观管理能力评价偏低；在网络论坛上教育部的负面消息比例最高，但是对教育部官员的评价却是以正面为主的。对全国 18 个城市的市民电话调查结果进一步显示，2009 年度教育部的总体印象评价为知名度高但美誉度低，与传统媒体的呈现结果一致；受访者的性别、年龄、职业、政治面貌等对教育部的美誉度没有显著影响；教育事业较发达地区的市民对教育部的美誉度评价偏低。本文建议，以新一轮教育改革为契机，重塑教育部形象；注重对先进典型的宣传；积极解决热点难点问题；加强新闻发言人队伍建设；对特殊地区要展开专题调研，发现并解决问题。

中华人民共和国教育部（简称教育部）是管理中国教育事业的最高行政机构，负责贯彻国家制定的有关法律、法规和方针、政策，制定教育工作的具体政策，统筹整个教育事业的发展，协调全国各部门有关教育的工作，统一部署和指导教育体制的改革。[1] 现任部长是袁贵仁。

"教育是民族振兴、社会进步的基石，是提高国民素质、促进人的全面发展的根本途径，寄托着亿万家庭对美好生活的期盼。"[2] 随着社会主义民主法制不断完善和公民权利意识的不断增强，人民群众对教育公平的关注、对教育质量的

---

[1]　摘自教育部网站，来源：http://www.moe.edu.cn/edoas/website18/09/info4009.htm。

[2]　引自 2010 年 7 月 29 日颁布的《国家中长期教育改革和发展规划纲要（2010～2020 年）》，来源：http://www.moe.edu.cn/edoas/website18/30/info1280446539090830.htm。

要求以及对个性化教育的需求前所未有地增加。2009 年，教育部在促进教育公平、优化教育结构、规范教师队伍建设、发展素质教育、改善办学条件等方面不断取得新进展，新出台的一系列政策和规定引来社会公众的频频关注。良好的公共形象是政府推行政策、实现国家战略目标时的重要资源，是减少政策执行阻力、提高政策效力、降低政策运行成本的可靠保证；反之，不良的形象也会降低公众对政府的认同感和信任度。因此，教育部要特别重视自身形象的构建和传播工作，为《国家中长期教育改革和发展规划纲要（2010～2020 年)》的顺利实施营造良好的社会环境。

一 教育部在传统媒体中的形象呈现

2009 年度，本研究选取了四家传统媒体（《人民日报》、《京华时报》、《南方周末》、《华西都市报》）进行内容监测，共获取有关教育部的新闻 1801 篇，占 19 个被调查机构相关新闻总数的 10.56%，远高于理论上的新闻平均数量（896 篇），仅次于卫生部。研究还发现，不同取向的媒体对教育部的报道量存在差别：政治取向媒体《人民日报》有关教育部的新闻数量多于其他几家市场化媒体，占四家媒体报道教育部总量的 36.3%，新闻专业取向媒体《南方周末》有关教育部的新闻最少（11.6%)，如图 1 所示。

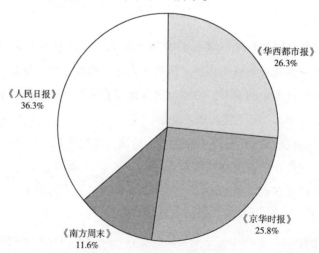

图 1 四家传统媒体有关教育部新闻的分布

（一）从新闻的总体倾向来看，传统媒体在报道教育部有关新闻时以中性报道为主，正面报道偏少

在对 2009 年度传统媒体有关教育部的新闻进行内容分析时发现，中性报道的比例达到 56.4%，高于 19 个被监测机构的平均水平（42.54%），而正面报道的比例（24.1%）远低于平均水平（46.78%）。但也要注意的是，不同取向的媒体对于教育部的形象呈现有较大差异，如图 2 所示，政治取向媒体《人民日报》以正面和中性报道为主，新闻专业取向媒体《南方周末》大多数为负面和中性报道，大众取向媒体《京华时报》和《华西都市报》则以中性报道为主。

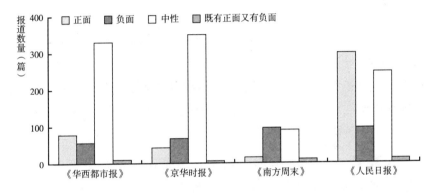

图 2　四家传统媒体关于教育部新闻的报道倾向

2009 年度，传统媒体对教育部的报道中出现负面新闻的比例高达 17.4%，仅次于环保部（24.1%）和国土资源部（22.1%）。从具体内容来看，负面新闻主要出现在"罗彩霞被冒名顶替上大学"、"教育改革"、"学术不端"、"河南百余学生吃过期面包中毒"、"教育乱收费"、"高考加分"、"部门审计出问题"、"武汉大学副校长副书记受贿"等方面。

（二）从时间跨度来看，传统媒体对教育部的报道一直较为密集，基本覆盖了教育部 2009 年度的工作重点

2009 年传统媒体有关教育部的新闻除年初外的其他时段都非常密集。如图 3 所示，全年报道量的最高峰出现在 4 月 15 日"高考招生咨询开始"，28 篇报道

中有 17 篇是关于招生学校及政策的介绍；第二峰值出现在 10 月 27 日"教育部出台有关高校毕业生入伍、就业等多个政策或政策解读"时；其他的几个报道高峰时段分别出现在 11 月 18 日"教育部开始整顿学术不端"、7 月 7 日"高考录取工作开始"以及 6 月 3 日"高考前最后备战"。

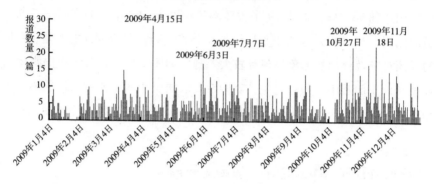

图 3   传统媒体有关教育部报道的时间分布

从具体内容来看，传统媒体对教育部的报道基本覆盖了 2009 年度的工作重点，报道形式多样化，有消息，有通讯，有深度报道，有专题，教育改革、招生就业是媒体长期关注的焦点。

（三）在 19 个被调查政府机构中，传统媒体对教育部的"宏观管理能力"的正面评价偏少，对"微观管理能力"的负面评价较多

对与教育部有关的报道内容进行具体分析，直接把教育部作为新闻主体的报道（85.4%）偏少，高于 19 个被调查政府机构的平均水平（70.12%），而在另外 14.6% 的报道中教育部仅仅是被提及。在把教育部作为新闻主体的报道中，教育部大多（98.6%）是以机构整体的形象出现的，其中 71.1% 为中央机构（即国家教育部），26.9% 为地方机构（即地方各级教育行政部门）或直属事业单位（以教育部直属高校为主）。

从具体内容来看，传统媒体对教育部的宏观管理能力给予正面评价的新闻报道的比例（22.9%），远低于 19 个被监测机构的平均水平（53.85%）。在微观管理能力方面，给予正面评价的报道比例（49.2%）也低于 19 个被监测机构的平均水平（55.72%）。特别要引起重视的是，34% 的媒体报道对教育部的微观管理能力给予了负面评价，这在 19 个被调查政府机构中是最高的，如图 4 所示。

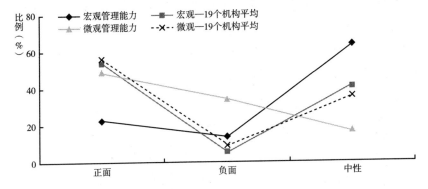

图4 传统媒体关于教育部"管理能力"的评价情况

（四）教育部人员在媒体中的曝光率较低

在把教育部作为新闻主体的报道中，教育部人员作为主体出现的频率较低，仅有 2.7%。但是两任教育部部长（周济和袁贵仁）被提及的频率较高（5.55%）。新闻发言人在报道中出现的比例也较低（3.5%），低于 19 个政府机构的平均水平（6.74%）。

二 教育部在网络论坛上的形象呈现

在研究网络媒体对教育部的形象呈现时，本研究选取了"天涯杂谈"中有关教育部的帖子进行了内容分析。2009 年度"天涯杂谈"有关教育部的帖子共出现 1997 条，占 19 个被监测机构新闻总量的 20.18%，远高于理论上的平均数量（约 521 条）。

（一）从内容倾向来看，在 19 个被监测政府机构中，教育部在"天涯杂谈"上的负面信息比例最高

通过对"天涯杂谈"上 1997 条有关教育部的帖子进行内容分析发现，其中内容总体倾向为负面的帖子占到了 88.9%，远高于 19 个被监测政府机构的平均水平（62.29%），这一比例在所有政府机构中是最高的。而正面倾向的帖子只占到了报道总量的 3.1%，大幅低于 2009 年度监测的 19 家政府机构的平均水平

（14.84%）（见图5）。从内容总体倾向来看，网络论坛所呈现的教育部形象已经处于相当危险的状态。

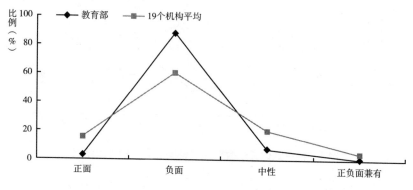

图 5 "天涯杂谈"中有关教育部信息的倾向性分布

经内容分析显示，2009 年度"天涯杂谈"上有关教育部的负面帖子涉及范围较广，如"罗彩霞事件"、"教材改革"、"学术腐败"、"湖南学校踩踏事故"、"代课教师清退"、"重庆高考加分门"、"松原高考集体舞弊案"、"武汉大学官场大地震"、"北外香水女生退学"等，大部分事件由地方引起，但批评者的矛头直指教育部，对教育部的形象造成了损害。

（二）从具体内容来看，2009 年度"天涯杂谈"的关注点与传统媒体有较大差异，受关注较多的以负面消息为主

如图 6 所示，"天涯杂谈"上关于教育部的发帖最高峰出现在 2009 年 8 月 24 日"教育部出台规定教师有权批评学生"和"教育部就汉字调整方案广征意见"。第二峰值出现在 7 月 3～4 日高招录取工作开始后，爆发"重庆状元加分造假被北大拒录"的消息，12 月 9 日又因为"湖南某中学踩踏事故"而发帖量激增。与传统媒体有关教育部较全面的报道相比，不难发现，网络论坛的帖子在短期内议题更集中，而且一般都是在教育部政策出台后对政策的热议。还有一类帖子值得注意，以"致教育部前部长周济或新任部长袁贵仁的一封信"的形式频繁出现在网络论坛上，综合反馈了公众对教育部的诸多质疑，这种形式在有关其他政府机构的信息中很少出现。

由于网络论坛可以实时互动的特点，因此回帖数目越多的帖子表示该议题的受关注程度越高。重点考察回帖数超过 100 篇的帖子。据统计，2009 年度"天

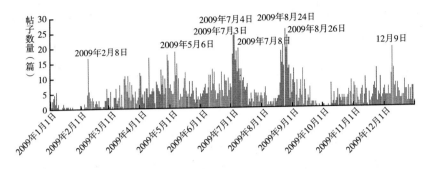

图6 "天涯杂谈"上有关教育部帖子的时间分布

涯杂谈"上有关教育部的帖子中,回帖数目超过100篇的帖子大概占8.8%,与19家被监测政府机构的平均水平(8.26%)基本持平;回帖数目10篇以下的帖子(46.6%)低于平均水平(51.68%)。说明有关教育部的消息受关注程度还是较高的。2009年度受关注最多的是"罗彩霞事件"、"教改"、"重庆高考加分"、"学术造假"等。

(三) 相对于传统媒体的评价,"天涯杂谈"对教育部的负面评价较多,也高于19个政府机构的平均水平

对与教育部有关的帖子内容进行具体分析,直接把教育部作为话题主角的帖子(31%)偏少,低于19个被调查政府机构的平均水平(57.82%),而在另外69%的报道中教育部仅仅是被提及。在把教育部作为话题主角的帖子中,教育部大多(98.6%)是以机构整体的形象出现的。其中,59.3%为中央机构(即国家教育部),37.5%为地方机构(即地方各级教育行政部门)或直属事业单位(以教育部直属高校为主)。

对"天涯杂谈"上有关教育部的帖子进行内容分析发现,对教育部"宏观管理能力"给予正面评价的帖子只占所有帖子的2%,远低于传统媒体对"机构宏观管理能力"给予正面评价的比例(22.9%),也低于19个被监测机构的平均水平(20.61%);在"微观管理能力"方面教育部得到的正面评价(1.9%)也低于19个被监测机构的平均水平(20.27%),远低于传统媒体的正面评价比例(49.2%)。

在有关教育部的帖子中,教育部人员出现的比例较低(2.6%),低于19个政府机构的人员在"天涯杂谈"帖子中出现的比例(11.29%)。值得注意的是,

网络论坛中有关教育部的帖子中，新闻发言人出现的比例（3.4%）远低于19个被监测政府机构的平均水平（7.54%）。

三 教育部在市民调查中的形象呈现

本研究还采取随机抽样的方法在全国范围内展开电话调查，直接询问市民对27个政府机构的总体印象评价，共获得有效样本1002个。其中，受访者的男女比例约为5∶4，年龄层次从16～25岁（31.7%）、26～35岁（15.8%）、36～45岁（13.7%）、46～55岁（11.6%）到55岁以上（22.8%）不等，其中大专以下学历占56.5%，大专学历占20.8%，本科学历占20.7%，硕士及以上学历占1.5%，涉及各种职业人群。

（一）在27个被调查政府机构中，教育部知名度高但美誉度极低

在对全国18个城市的随机抽样电话调查中，教育部的知名度达到了99.6%，是27个被调查政府机构中最高的。美誉度（3.2分）略低于平均水平（3.43分），介于"印象一般"和"印象较好"之间，偏向于"印象一般"（见图7）。

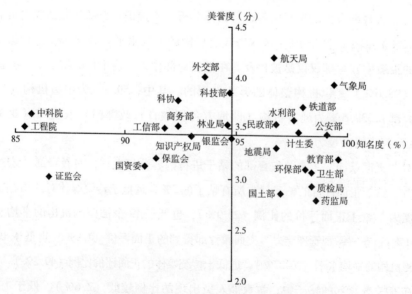

图7　市民调查中政府机构的知名度和美誉度分布

（二）市民对教育部的形象评价不受人口学特征的影响

不同性别的人群对教育部的形象评价没有显著差别（$F = 0.064$，$p > 0.8$）。但与其他政府机构不同的是，教育部在女性受访者中的形象要好些。男性受访者对教育部的知名度（99.46%）评价略低于女性受访者（99.55%），美誉度（3.15 分）评价也低于女性（3.27 分）。

教育部在不同年龄、学历、政治面貌、职业人群中的形象评价也没有显著差别。方差分析显示，年龄对教育部的形象评价没有显著影响（$F = 0.419$，$p > 0.5$），不同学历人群对教育部的形象评价没有显著差别（$F = 0.003$，$p > 0.9$），职业对人们对教育部的评价也没有显著影响（$F = 1.158$，$p > 0.2$），不同政治面貌的人群对教育部的美誉度评价也没有显著差别（$F = 0.129$，$p > 0.7$）。

（三）教育事业发达地区的公众对教育部的美誉度评价比不发达地区的低

本研究调查的受访者分布在全国不同地区，包括发达地区和欠发达地区、东部沿海城市和中西部城市。在被调查的 18 个城市中有 13 个城市对教育部的知名度评价都达到了 100%，知名度评价最低的杭州也达到了 98.11%，因此地区差异不明显。但是在美誉度方面，调查发现地区差异还是比较明显的。结果发现，在基础教育较为发达、高等院校集中的城市，公众对教育部的美誉度评价反而比教育事业较不发达的城市低。其中，成都、广州、上海、沈阳的美誉度评价都低于 3 分，介于"印象较差"和"印象一般"之间。而北京、杭州、武汉、西安、郑州也都位于平均线以下（见图 8）。

（四）受访者对"教育中长期发展规划"的接触情况对其对教育部的美誉度评价没有显著影响

方差分析显示，对"教育中长期发展规划"的接触情况与对教育部的美誉度评价之间没有显著关系（$F = 0.026$，$p > 0.8$）。如图 9 所示，除拒绝回答接触情况的人外，对教育中长期发展规划"接触较多"的人对教育部的评价最低，"没有接触"、"很少接触"或"接触很多"的人评价更高。

但是，认为"教育中长期发展规划"与"科学发展观"有关却会显著影响

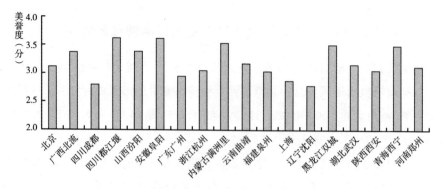

图8 不同地区对教育部美誉度的评价分布

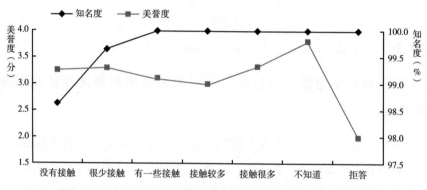

图9 对"教育中长期发展规划"的接触情况对美誉度的影响

其对教育部的美誉度评价（$F = 18.486$，$p < 0.001$）。认为"教育中长期发展规划"与"科学发展观"有关的受访者对教育部的美誉度（3.22分）评价比认为无关的人给予的评价（2.98分）要高，如图10所示。

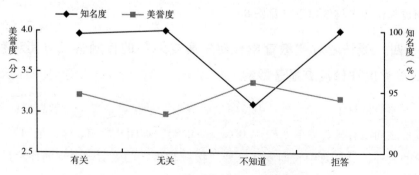

**图10 认为"教育中长期发展规划"与"科学发展观"
有关对教育部美誉度的影响**

四 小结

从传统媒体、网络论坛对教育部形象的呈现内容来看，2009 年度教育部的媒体报道数量较多，无论是媒体还是公众都对教育部给予了较多关注，但是公众电话调查的结果显示，实际上教育部的形象处于知名度高但美誉度低的不理想状态。

（一）教改和教育公平是媒体和公众共同关注的内容，2009 年教育部在这方面问题频发，对其公共形象带来较多负面影响

2009 年，媒体先后曝光的"罗彩霞被冒名顶替上大学"、"重庆文科状元民族成分造假加分"、"北大招生试行中学校长推荐制"等事件，在网络论坛上也引起了广泛关注。问题虽然由地方引起，但是最终矛头都指向了教育部，因为从更深层面来看都提到了教育公平的问题，反映了公民权利意识的普遍觉醒，对于公平正义的诉求越来越强。教育公平是实现社会公平正义的重要基础，能够为教育改革发展创造良好环境，为全社会的和谐稳定作出积极贡献。总体来看，传统媒体在议程设置上起到了主导作用。

（二）媒体和公众对教育部"管理能力"方面的负面评价较多，主要来源于"乱收费"、"中小学教材改革"、"教师绩效工资改革"等热点难点问题

近年来，社会公众对在教育领域掀起重大改革的愿望越来越强烈，政府也在教育体制改革方面进行了不懈的努力，但是改革非一日之功。目前媒体对教育部在微观管理能力上的负面评价是 19 个被调查政府机构中最多的，宏观管理能力方面的负面评价也不少，热点问题包括"教育乱收费"、"中小学教材改革"、"教师绩效工资改革"、"减轻中小学生课业负担"、"义务教育阶段的择校问题"、"进城务工人员子女升学"、"高考改革"以及"教育行政化"等。但是对于落后地区教育发展不均衡以及农村教师队伍建设等问题关注不够。

（三）教育事业发展较好的地区对教育部的美誉度评价普遍低于平均水平

方差分析结果显示，不同年龄、性别、学历、职业、政治面貌人群对教育部

的美誉度评价没有显著区别。但是需要引起重视的是，在经济发展迅速、教育事业较为发达的城市，对教育部的美誉度评价比一些欠发达和边远城市要低。结合我国目前城乡之间、区域之间教育发展不协调、教育资源配置不均衡问题突出的现状，这一现象值得关注。

五　构建良好的教育部公共形象的对策建议

"当前，我国教育改革和发展正处在关键时期。应该肯定，新中国成立 60 年来我国教育事业有了很大发展，无论是在学生的就学率还是在教育质量上，都取得了巨大成绩，这些成绩是不可磨灭的。但是，为什么社会上还有那么多人对教育有许多担心和意见？应该清醒地看到，我们的教育还不适应经济社会发展的要求，不适应国家对人才培养的要求。"[①] 中国实行的是以政府办学为主体、社会各界共同办学的体制。在现阶段，基础教育以地方政府办学为主；高等教育实行以中央、省（自治区、直辖市）两级政府办学为主，社会各界广泛参与办学的体制；职业教育和成人教育实行在政府统筹管理下，主要依靠行业、企业、事业单位办学和社会各方面联合办学。在这一教育行政体制下，教育部承担着多重职能，既是"教练员"，又是"裁判员"，有时还要充当"运动员"。

通过前面对 2009 年度传统媒体、网络论坛有关教育部的内容分析和对公众电话调查的结果可以看出，教育部公共形象的总体特征是知名度高美誉度较低。教育部在媒体报道和网络上出现的频率较高，尤其是网络上流传的大量负面消息对教育部的形象造成了损害。本文建议，要改进教育部的公共形象，除了要深化教育体制改革、加大对先进典型的宣传力度外，还要加强对舆论的监测，积极化解热点难点问题，发现问题要主动调研，寻求解决之道。

（一）深化教育体制改革，做好政策宣传和解释

2010 年 7 月，《国家中长期教育改革和发展规划纲要（2010～2020 年)》（以下简称《发展规划纲要》）的颁布实施，掀开了中国教育改革发展的新篇章。

---

① 引自温家宝 2009 年 9 月 4 日在北京市三十五中调研时与北京市教师代表座谈时的讲话，来源：http：//news. xinhuanet. com/politics/2009－10/11/content_ 12212108. htm。

教育系统各级部门要坚持改革创新，加强科学谋划，狠抓工作落实，着力推动教育事业的科学发展、优先发展。教育改革也是一项系统而复杂的工程，特别是在开展重点工作、完成重大任务时，需要多个部门联动，完善利用、协调和整合各种资源的有效模式，更好地发挥社会各方面的积极性，推动形成全社会共同参与和支持教育的强大合力。学习宣传和贯彻落实好《发展规划纲要》，成为教育系统当前和今后一段时期的中心工作。要开展广泛深入的宣传活动，形成全党全社会重视、关心、支持教育发展的良好氛围。

（二）加强对先进典型的宣传

从教育部网站新闻和教育部 2009 年工作总结可以看到，2009 年，教育系统涌现出一批先进典型。如长江大学 15 名大学生见义勇为、舍己救人的英雄事迹，诠释了当代青年学生强烈的社会责任感和高尚的价值追求。还有一批扎根基层、默默耕耘的先进教师典型，集中体现了当代教师爱岗敬业、无私奉献的崇高师德和良好风范。要重视典型的宣传工作，配合创先争优活动选树典型，开展事迹报告活动集中宣传，充分利用报刊、电视、广播、网络等新闻媒体扩大影响力，使典型人物的先进事迹和美德为社会公众所熟知，让社会公众感动，树立教育系统的正面形象。

（三）积极化解热点难点问题

教育事关国家发展、民族未来，而且涉及千家万户，关乎人民群众的切身利益、每家每户的利益。近年来，一直备受社会各界关注的热点、难点问题包括：减轻中小学生课业负担、进城务工人员子女接受义务教育问题、义务教育阶段的择校问题、高考改革问题、大学生就业问题、创新人才的培养问题、高校行政化问题、财政性教育经费占 GDP 比例问题等。解决这些热点难点问题，及时排查和化解矛盾纠纷，提升人民群众对教育的满意度，对于重塑教育部的良好形象有着极为重要的意义。

除了要抓紧解决问题外，还要重视对问题解决成效的宣传。以公众反映强烈的教育"乱收费"问题为例，要重视对治理工作的宣传，动员社会力量，争取社会支持，形成治理合力，为治理工作营造良好氛围；同时还要广泛宣传教育收费政策和治理教育乱收费工作成效，及时曝光严重违纪违规收费案件，接受社会监督，形成治理教育乱收费的良好态势。

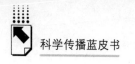
（四）健全完善新闻发言人制度，处理好和媒体的关系

"当前，我国正处在社会转型、改革攻坚、实现科学发展的关键时期，全社会对教育问题的关注度、敏感度、期望值空前提高，教育工作的外部环境日益复杂，办好让人民满意的教育任务繁重艰巨。"① 在这一背景下，必须建立一个和媒体、公众沟通的窗口，避免小道消息影响社会公众的正确判断。目前我国大多数省市及以上教育部门都设立了新闻发言人，但是新闻发言人在媒体上出现的频率还不高。

下一步，要着力建设好教育新闻发布制度和新闻通气制度、教育新闻宣传统筹协调制度、教育突发事件新闻报道制度。新闻发言人要积极主动地做好教育方针政策的宣传工作，做好教育热点问题的释疑解惑工作，做好社会舆论的引导工作。要善待媒体、善用媒体、善管媒体，努力提高同媒体打交道的能力。同时，要加强教育宣传阵地建设，充分发挥教育媒体的主导作用。

（五）针对教育事业发达地区对教育部美誉度评价低的现状，要做专题调研，发现并解决问题

在教育事业发展较好的地区，实际上人民群众能享受的教育资源更多，教育基础设施条件更好，政策更向这些地方倾斜。但是，在研究中发现，部分教育事业较发达地区的市民对教育部的美誉度评价反而偏低。有必要对这种情况进行重点研究，详细了解社会各方面的意见和建议，从而有的放矢地进行解决。

随着中国教育改革与发展的进一步深化，社会舆论对中国教育的关注度也在不断提高，改进教育部的公共形象，认真做好教育新闻宣传工作，及时有效地引导社会各界形成有利于促进教育改革与发展的良好社会氛围和舆论氛围，对于做好教育工作、保证教育改革与发展的顺利进行具有十分重要的意义。

---

① 引自 2010 年 1 月 10 日袁贵仁部长在教育部 2010 年度工作会议上的讲话，来源：http://www.moe.gov.cn/edoas/website18/26/info1265768900660826.htm。

𝔹 . 15

中华人民共和国工业和
信息化部的公共形象

摘　要：本部分通过对传统媒体和网络论坛 2009 年度有关工信部新闻报道的内容分析以及全国 18 个城市的市民电话调查，发现 2009 年度工信部的形象总体评价为知名度较低而美誉度一般。工信部在传统媒体上的呈现以正面为主，但在网络论坛上负面消息较多，尤其是"绿坝"事件使得其在网络上受到较多质疑，对工信部的政府形象造成了一定程度的损害；部分传统工业基地和电子信息产业发达地区的市民对工信部的美誉度评价偏低。本文建议，应总结"绿坝"事件中的教训，系统制定面向未来的公关战略；加大对工业行业及高新技术行业发展成就等方面的宣传力度；加强科学和科学家的参与，提高政府形象和政策的合理合法性；积极利用网络媒介进行舆论预警，及时发现问题并寻求解决；深化信息公开制度，注重新闻发言人的作用。

中华人民共和国工业和信息化部（简称工信部）根据第十一届全国人民代表大会第一次会议批准的国务院机构改革方案和《国务院关于机构设置的通知》（国发〔2008〕11 号）设立，为国务院组成部门。新组建的工业和信息化部的主要职责是拟订并组织实施工业行业规划、产业政策和标准，监测工业行业日常运行，推动重大技术装备发展和自主创新，管理通信业，指导推进信息化建设，协调维护国家信息安全等。① 这是我国政府推行"大部制改革"的结果，整合了国家发改委工业行业管理有关职责、国防科工委员会核电管理以外的职责、信息产

---

① 摘自《工业和信息化部主要职责内设机构和人员编制规定》，来源：http：//www. miit. gov. cn/
n11293472/n11459606/11606790. html。

业部和国信办的职责。此外，新组建国家国防科技工业局和国家烟草专卖局，都由工业和信息化部管理。现任部长是李毅中。

2009 年，是进入新世纪以来我国经济社会发展最为困难的一年，也是工信部在逆境中砥砺奋进、经受严峻考验的一年。"国际金融危机迅速扩散蔓延，世界经济深度衰退，我国经济受到严重冲击，产品出口骤然下降，企业生产经营困难，工业经济增速大幅下滑。在党中央国务院的正确领导下，工业和信息化系统紧紧围绕'扩内需、保增长、调结构、惠民生'的目标，坚定信心，迎难而上，狠抓落实，实现工业经济回升向好，为经济平稳较快发展作出了突出贡献。"①

一　工信部在传统媒体中的形象呈现

2009 年度，本研究选取了四家传统媒体（《人民日报》、《京华时报》、《南方周末》、《华西都市报》）进行内容监测，共获取有关工信部的新闻 812 篇，占 19 个被调查机构相关新闻总数的 4.76%，略低于理论上的新闻平均数量（896 篇）。研究还发现，不同媒体对工信部的报道量存在差别：《华西都市报》和《京华时报》有关工信部的新闻数量较多，《南方周末》的数量最少，如图 1 所示。

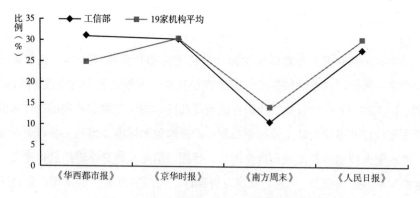

图 1　四家传统媒体有关工信部新闻的分布

---

① 引自 2009 年 12 月 23 日李毅中在全国工业和信息化工作会议上的工作报告。

（一）从新闻的总体倾向来看，传统媒体在报道工信部有关新闻时以正面和中性报道为主，负面新闻较少

在对 2009 年度传统媒体有关工信部的新闻进行内容分析时发现，正面和中性报道的比例达到 91.7%，略高于 19 个被监测机构的平均水平（89.33%），说明工信部在传统媒体上的形象是良好的。其中正面报道的比例（58%）高于平均水平（46.78%）。但也要注意的是，不同媒体对于工信部的形象呈现有较大差异，如图 2 所示，《华西都市报》以正面和中性报道为主，《京华时报》和《人民日报》以正面报道为主，也有一些负面报道，《南方周末》较为均衡，正面报道和负面报道的比例差不多。

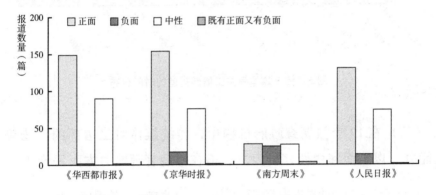

图 2　四家传统媒体关于工信部新闻的报道倾向

2009 年度，传统媒体对工信部的报道中出现负面新闻的比例仅有 7.5%，略低于 19 家政府机构的平均水平。但对工信部来说，也造成了公共形象的损害。从具体内容来看，负面新闻主要出现在"强制安装绿坝互联网过滤软件——花季护航软件"、"手机资费标准过高"、"运营商是垃圾短信源头"、"BT 中国联盟被关闭"、"手机黄祸泛滥"、"钢铁产能过剩"、"油耗管理规定操作性不强"等方面。

（二）从内容分布来看，传统媒体对工信部的报道比较均匀，以关注政策为主

从时间分布来看，2009 年度传统媒体对于工信部的报道比较均匀，峰值出现在 2009 年 1 月 7 日 "联通网通完成合并，3G 牌照开始发放"；3 月 11 日 "两会期间李毅中部长答记者问"；6 月 10 日 "工信部规定 7 月 1 日起新售电脑必须预装绿色上网过滤软件"；11 月 25 日前后的热点新闻是 "工信部和发改委联合发布通知固话资费将设上限" 和 "九部委联合启动新一轮打击整治手机淫秽色情网站行动"。

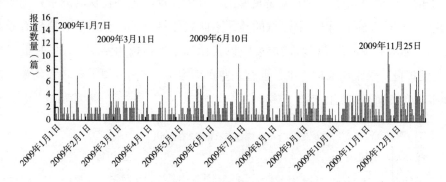

图 3　传统媒体有关工信部报道的时间分布

（三）在 19 个被调查政府机构中，传统媒体对工信部的 "宏观管理能力" 以正面和中性评价为主，但在微观管理能力方面评价较低

对与工信部有关的报道内容进行具体分析，直接把工信部作为新闻主体的报道（79.6%）偏少，高于 19 个被调查政府机构的平均水平（70.12%），而在另外 20.4% 的报道中工信部仅仅是被提及。在把工信部作为新闻主体的报道中，工信部大多（90.8%）是以机构整体的形象出现的。其中，88.2% 为中央机构（即工信部），7.9% 为地方机构或直属事业单位。91.3% 的新闻事件由中央引发，地方跟进；而由地方引发的事件比例（8.7%），远低于 19 个政府机构的平均水平（25.99%）。

从具体内容来看，传统媒体对工信部的宏观管理能力给予正面评价的新闻报道的比例（59.9%），略高于 19 个被监测机构的平均水平（53.85%）。但值得注意的是，在微观管理能力方面，给予工信部正面评价的报道比例（49.2%）就低于平均水平（55.72%）；34% 的媒体报道对工信部的微观管理能力给予了负面评价，远高于平均水平（8.8%）（见图4）。

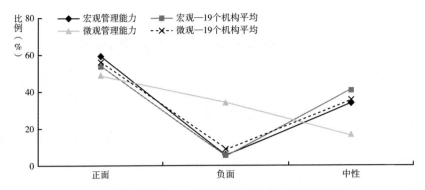

图4　传统媒体关于工信部"管理能力"的评价情况

（四）工信部人员在新闻报道中出现较多，政治素质和专业能力方面颇受肯定

在2009年度有关工信部的新闻报道中，21.4%的报道主体是工信部的人员，这一比例高于19个政府机构人员出现在报道中的平均水平（8.93%）。根据内容分析的结果，工信部人员在传统媒体中的形象绝大多数是正面的，尤其是在"政治素质"、"业务能力"方面获得的几乎都是正面评价，说明在我国传统媒体中，工信部人员呈现的形象是正面的。

但值得注意的是，在2009年度传统媒体有关工信部的新闻报道中，新闻发言人在媒体报道中出现的比例是6.3%，虽然低于19个政府机构的平均水平（6.74%），但考虑到大多数部委的新闻发言人在媒体报道中出现的比例都偏低，工信部的这一比例还是高于大多数政府机构的，在19个被调查政府机构中排在第五位（见图5）。

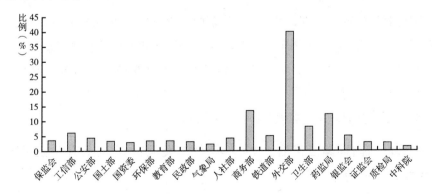

图5　政府机构新闻发言人在媒体报道中出现的比例

二 工信部在网络论坛上的形象呈现

在研究网络媒体对工信部的形象呈现时，本研究选取了"天涯杂谈"中有关工信部的帖子进行了内容分析。2009 年度"天涯杂谈"有关工信部的帖子共出现 571 条，占 19 个被监测机构新闻总量的 5.77%，略高于理论上的平均数量（521 条）。

（一）从内容倾向来看，工信部在"天涯杂谈"上以负面信息为主

通过对"天涯杂谈"上的 571 条有关工信部的帖子进行内容分析发现，其中内容总体倾向为负面的帖子占到了 75.7%，高于 19 个被监测政府机构的平均水平（62.29%）。正面倾向的帖子比例（13.7%），也低于 2009 年度监测的 19 家政府机构的平均水平（14.84%），如图 6 所示。说明工信部在网络论坛上的形象是较为负面的。

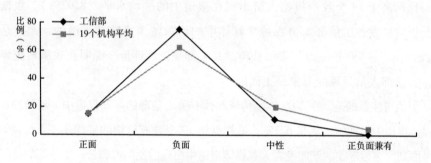

图 6 "天涯杂谈"中有关工信部信息的倾向性分布

经内容分析显示，2009 年度"天涯杂谈"上有关工信部的负面帖子主要集中在"宝马入围政府公务用车采购单"、"新出厂电脑预安装绿坝过滤软件——花季护航软件"、"移动/网通/电信乱扣费"、"谷歌事件"、"手机上网资费过高"、"手机扫黄粗暴执法"、"小灵通退市"、"BT 网站被关停"、"杭州网络实名新政"、"电动自行车推出国家标准"等方面。

（二）从时间跨度来看，2009 年度"天涯杂谈"上有关工信部的信息发布比较分散

从全年来看，"天涯杂谈"上有关工信部的信息出现频率并不高，平均每天

1～2篇。全年的最高峰出现在2009年6月10日，起因于工信部于前一天发布通知"7月1日起新出厂电脑应预安装绿坝上网过滤软件"，共有26篇有关帖子，和传统媒体上的报道热点以及时间基本一致（见图7）。

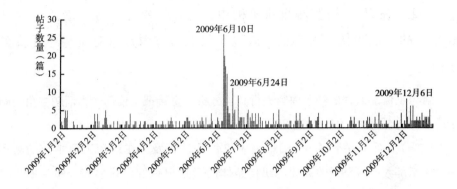

图7　"天涯杂谈"上有关工信部帖子的时间分布

（三）2009年"天涯杂谈"上有关工信部的帖子受关注度普遍较高

由于网络论坛的互动性特征，我们重点考察了回帖数超过100篇的帖子。据统计，2009年度"天涯杂谈"上有关工信部的帖子中，回帖数目超过100篇的帖子大概占9.1%，高于19家被监测政府机构的平均水平（8.26%）；回帖数目为10～99篇的帖子（50.4%）也高于平均水平（40.04%），充分说明了在网络论坛上，有关工信部的内容受关注程度普遍较高（见图8）。从具体内容来看，其中受关注最多的是"绿坝上网过滤软件"、"北京移动上网GPRS流量

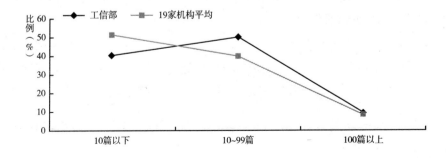

图8　"天涯杂谈"有关工信部帖子的回帖情况

计费单出错"、"谷歌中国被暂停境外网页搜索和联想词搜索"、"整治互联网低俗之风行动"、"电脑下乡海尔装的是盗版系统"、"网络实名制"、"5·20 南方网络大瘫痪"、"中国电信用天翼手机赚取暴利"等话题。

（四）在 19 个被监测政府机构中，"天涯杂谈"对工信部"管理能力"的评价较低，尤其是在微观管理能力方面是所有机构中评价最差的

对与工信部有关的帖子内容进行具体分析，直接把工信部作为话题主角的帖子，在所有帖子中的比例达 85.4%，高于 19 个被调查政府机构的平均水平（57.82%），而在另外 14.6% 的报道中仅仅是被提及。在作为话题主角的帖子中，工信部大多（89.7%）是以机构整体的形象出现的。其中 72.3% 为中央机构（即工信部），20.9% 为其他机构，以接受工信部行业管理的电信运营商和家电厂商为主。

对"天涯杂谈"上有关工信部的帖子进行内容分析发现，对工信部"宏观管理能力"给予正面评价的帖子占所有帖子的 20.5%，与 19 个被监测机构的平均水平（20.61%）基本持平，但负面评价的帖子比例（69.7%），远高于平均水平（47.21%）；在"微观管理能力"方面，工信部得到负面评价的帖子比例高达 92.6%，远高于 19 个被监测机构的平均水平（58%），而正面评价的比例仅为 5.4%，远低于平均水平（20.27%）。说明工信部在管理能力方面受质疑较多，尤其是在微观管理方面在所有被监测机构中是最差的，如图 9 所示。

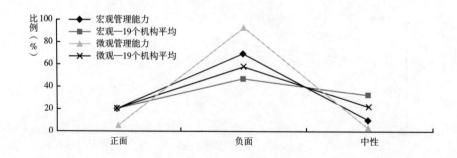

图 9　网络论坛对工信部"管理能力"的评价

（五）工信部人员在网络论坛上出现的频率较低，新闻发言人的出现频率处于平均水平

在"天涯杂谈"上有关工信部的帖子中，人员作为新闻主体出现的帖子只有 4.9%，远低于 19 个被监测政府机构的平均水平（11.29%）。但是，新闻发言人出现的频率（7.7%）略高于 19 个被监测政府机构的平均水平（7.54%），说明工信部较为重视机构整体形象的对外宣传。

三　工信部在市民调查中的形象呈现

本研究还采取随机抽样的方法在全国范围内展开电话调查，直接询问市民对 27 个政府机构的总体印象评价，共获得有效样本 1002 个。其中，受访者的男女比例约为 5∶4，年龄层次从 16～25 岁（31.7%）、26～35 岁（15.8%）、36～45 岁（13.7%）、46～55 岁（11.6%）到 55 岁以上（22.8%）不等，其中大专以下学历占 56.5%，大专学历占 20.8%，本科学历占 20.7%，硕士及以上学历占 1.5%，涉及各种职业人群。

（一）在 27 个被调查政府机构中，工信部知名度较低，但美誉度处于平均水平

在对全国 18 个城市的随机抽样电话调查中，工信部的知名度较低，仅达到 91.82%，低于 27 个被调查政府机构的平均水平（94.81%）。美誉度（3.49 分）略高于平均水平（3.43 分），介于"印象一般"和"印象较好"之间，如图 10 所示。

（二）市民对工信部的形象评价不受人口学特征的影响

方差分析显示，不同性别的人群对工信部的形象评价没有显著差别（$F = 0.001$，$p > 0.9$），不同政治面貌的人群对工信部的美誉度评价没有显著差别（$F = 0.007$，$p > 0.9$）。年龄对工信部的形象评价也没有显著影响（$F = 0.040$，$p > 0.8$）。

不同学历人群对工信部的形象评价没有显著差别（$F = 0.231$，$p > 0.6$）。但

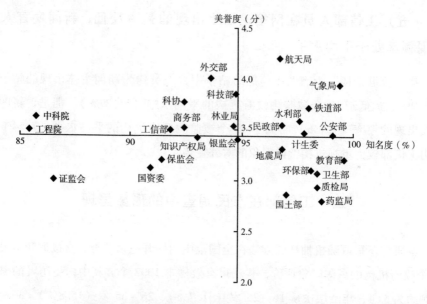

图10　市民调查中政府机构的知名度和美誉度分布

是在本科以上学历人群中有一个较明显的趋势，对工信部的美誉度评价随着学历的增加，美誉度评价越低，如图11所示。

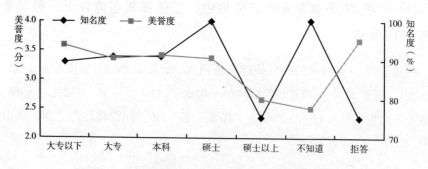

图11　不同学历人群对工信部的知名度和美誉度评价

方差分析显示，职业对人们对工信部的评价也没有显著影响（$F = 0.063$，$p > 0.8$）。逐个分析发现，务农人员、国家行政工作人员和脱产在读学生对工信部的知名度和美誉度评价都较高；而下岗待业失业人员和事业单位工作人员对工信部的知名度和美誉度评价都较低；国有企业和外资企业工作人员对工信部的知名度评价较高，但美誉度评价较低，如图12所示。

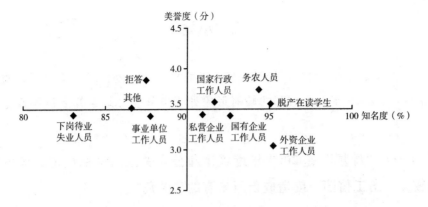

图12 不同职业人群对工信部知名度和美誉度评价的分布

（三）不同地区市民对工信部的认知度和美誉度评价差异较大

本研究调查的受访者分布在全国不同地区，包括发达地区和欠发达地区、东部沿海城市和中西部城市。调查发现，不同地区对工信部的认知度和美誉度评价存在较大差异。在图13中，纵轴代表美誉度，横轴代表知名度。值得注意的是，在知名度和美誉度都低的象限内，有东北老工业基地沈阳、电子信息产业发达地区杭州、西部电子信息产业重镇西安和成都；工信部在北京的知名度虽然高，但是美誉度较低（3.27分）。

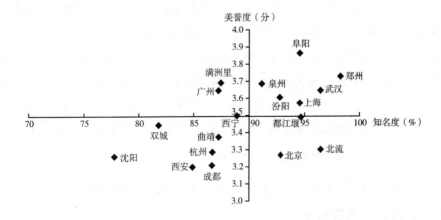

图13 不同地区对工信部知名度和美誉度的评价分布

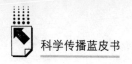

四　小结

结合传统媒体、网络论坛对工信部的媒体形象呈现以及公众电话调查的结果分析，2009年度工信部的政府形象处于美誉度一般但知名度不高的状态。

（一）"绿坝"是2009年度媒体和公众关注最多的内容，各方质疑较多，给工信部一度造成前所未有的公关危机

工信部是专业性相对较高的政府行政管理部门，在"绿坝"事件爆发之前与媒体一直处于"相安无事"的状态，较少受到常态化的批评监督，但也是这种状态助长了政府机构消极的媒体关系处理态度和能力。2009年6月9日，工信部发出通知"7月1日起新出厂电脑应预安装绿坝互联网过滤软件"（由于文件落款日期为5月19日，也被称为5·19通知），在短时间内引起社会各界前所未有的关注。在互联网上首先开始掀起一轮讨论高潮，批评、抗议此项政策侵犯个人权利，甚至讽刺绿坝应改名叫"绿霸"，矛头直指工信部。传统媒体也由最初简单的政策发布报道，转为"为花季护航献计"、"绿坝遭遇海外麻烦"等"正负面内容兼有"的报道。由政府出资提供过滤软件供社会免费使用是国际通行做法，但是"强制安装"的合理性受到普遍的质疑。

从"天涯杂谈"关于"强制安装绿坝互联网过滤软件"事件的发帖频数走势来看，从6月9日工信部正式发文之后，迅速引发全国性讨论，导致天涯论坛有关"绿坝"相关信息显著增加，到6月30日工信部以"答记者问"形式宣布"推迟安装时间"，论坛上关于"绿坝"再度掀起热议，但是帖子数量较6月初已明显减少，到7月10日左右渐趋平静。至于8月13日李毅中在新闻发布会上明确宣布"不强制要求安装绿坝"，也只有传统媒体发了2篇新闻通稿，在网络论坛上再也没有激起半点波澜。

（二）对工信部关于通信业管理方面的职能较为关注，但对工业行业管理的呈现不充分

无论是在大众媒体还是在天涯论坛上，"强制预安装绿坝上网过滤软

件"、"整治互联网低俗之风"、"手机扫黄"、"家电下乡"、"电信运营商乱扣费或资费过高"都是热点事件，引发两面论点的争论也较多。但是对于工信部的其他职能——工业行业管理、无线电管理、国际合作等方面的行为呈现较少，除了"钢铁行业产能过剩"、"电动自行车出台国家标准"等引起少量关注外，其他如高新技术产业、装备制造业等行业规划和协调的职能基本没有提及。

（三）传统媒体以常态报道为主，而公众更为关心的是突发事件和热点问题

媒体较为注重工信部在行业管理方面的报道，以常态报道为主，包括工信部履行行业管理职能的各个方面新闻事件；而天涯论坛对于"绿坝"事件中工信部的参与行为以及长期以来"电信运营商乱扣费"导致的用户投诉问题极为关注。

（四）人口学特征对工信部2009年的形象评价没有显著影响，但不同地区的市民对工信部的知名度和美誉度评价存在较大差异

研究结果显示，不同年龄、性别、学历、职业、政治面貌人群对工信部形象评价没有显著区别。但是在本科以上学历人群中，出现了学历越高对工信部美誉度评价越低的趋势。还有一个值得注意的现象是，在工业和电子信息产业发达的几个城市，对工信部的知名度和美誉度评价反而较低。

五 构建良好的工信部公共形象的对策建议

李毅中在2010年全国工业和信息化工作会议上明确提出2010年的总体要求："全面贯彻党的十七大、十七届三中、四中全会和中央经济工作会议精神，以邓小平理论和"三个代表"重要思想为指导，深入贯彻落实科学发展观，坚持走中国特色新型工业化道路，以结构调整和发展方式转变为主线，切实提高工业增长的质量和效益，突出抓好技术改造和自主创新，突出抓好推进节能减排、淘汰落后和兼并重组，突出抓好培育发展战略性新兴产业，突出抓好信息化与工业化融合、军民结合，努力实现工业通信业平稳较

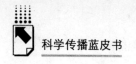

快发展。"①

通过前面对 2009 年度传统媒体、网络论坛有关工信部的内容分析和对公众调查的结果可以看出，工信部公共形象的总体特征是知名度较低，美誉度（3.49分）介于"印象一般"和"印象较好"之间。但是，网络论坛上对工信部的负面新闻较多，尤其是"新出厂电脑预安装绿坝互联网过滤软件——花季护航软件"这一政策引来诸多质疑，对工信部的形象造成了损害，也在一定程度上影响了工信部职能工作的开展，安装"绿坝"的时间先是推迟，最终宣布"不强制安装"。同时也应该看到，除了工信部本身工作需要改进外，工信部的宣传工作不充分、应急处理不及时、传播行为呈现上不够科学，也是造成负面评价的重要原因。因此，我们提出如下改进建议和对策。

（一）总结"绿坝"事件的教训，制定面向未来的公关战略

2009 年的"绿坝"事件对工信部的公共形象产生了极大的影响，这一事件值得相关部门进行反思和进一步开展专题研究。"公众对于工信部的形象认知是否已经存在了扭曲？""形象如何挽回？""'绿坝'事件中工信部的相关报道和信息对哪些人群产生了最大的作用？"这些都是值得深入探讨的问题。只有对事件的全过程、媒体呈现、各方力量的参与、对工信部的后续影响等问题进行深入剖析，才能很好地总结经验，并对未来工信部的公关策略以及工作规划的顺利展开提供科学依据。

回顾"绿坝"事件从爆发到最终平静的两个多月，工信部的"绿坝"推行时间、公告发布顺序都受到广泛质疑。有媒体称，相关消息最早是由外资厂家披露给《华尔街日报》的。工信部如果提前做好危机预案，把每个工作环节都清楚地发布出来，这些乱七八糟的猜测无须辟谣就不攻自破了。可惜新闻都出来了才发布文件；被指为"绿霸"，就强调客户有卸载权利；被指涉嫌盗版，于是强调自有知识产权……事事走在了舆论后面，无论是宣布"推迟安装时间"，还是明确"不强制安装"，工信部一直都陷于被动局面。归根结底还是媒体关系处理经验不够，没有准确预估自己管辖范围的舆论力量，也远远低估了"绿坝"这个议题的可参与性和传播性。

---

① 引自 2009 年 12 月 21 日全国工业和信息化工作会议报告，来源：http://www.miit.gov.cn/
n11293472/n11293877/n12860691/n12860747/12905592.html。

（二）加大对工业行业、高新技术产业发展成就以及工信部其他职能工作的宣传力度

随着金融危机的影响逐渐过去，我国工业经济企稳向好，这是振奋人心的利好消息，在这个过程中工信部的指导协调功不可没，应加大宣传力度。同时，还要加强工信部对其他行业管理工作的宣传力度，如新能源、新材料、生物医药等有关战略性新兴产业的进展。此外，工信部承担着"工业、通信业的能源节约和资源综合利用、清洁生产"方面的重大职责，还要关注节能减排、低碳经济等方面的宣传，这也是目前媒体和公众关注的热点之一。加强这方面的宣传，更容易引起公众的关注，获得更好的宣传效果。

（三）加强科学和科学家的参与，提升部门形象和政策的合理合法性

通过对工信部负面新闻的分析可以看出，负面信息产生的重要原因就在于质疑工信部相关举措的合理性与效果。判断政府行为合理性的重要标准就是看其是否符合科学发展观，以及能否满足广大人民群众的需求。科学家往往在公众中拥有较高的权威性和公信力。在政策制定和发布过程中引入科学家的参与，能够提高工信部的专业形象，保证工信部的政策法规、施政行为的合理合法性，从而获得更广泛的支持，保证政府目标的顺利完成。

（四）积极利用网络媒介实现舆论预警，及时发现问题并寻求解决

2009 年度对工信部形象造成负面影响的事件主要来源于网络论坛。网络信息的传播速度极快，如果不及时发现并采取有效措施，就可能对工信部的形象造成大的伤害。因此，必须加强对互联网信息的监测，尤其是在政策发布前和初期这一段敏感时间，务必要建立网络舆情预警机制，第一时间发现问题，迅速进行认真研判，提出有效的应对方案。若是属于政策误读，就要第一时间通过传统媒体和网络平台进行全方位的解释，澄清公众的疑惑；若是政策制定确实存在问题，则要迅速作出反应，寻找深层次原因，必要时出台书面说明作为补充。网络上的信息还具有实时互动和易复制的特点，这使得利用网络打好"自卫反击战"成为可能。

（五）深化信息公开制度，注重新闻发言人的作用

随着我国经济的不断发展，法律法规相继建立和完善，促进了政务公开和政府信息公开化进程。在当今社会，公众对信息的知情权需求越来越强烈，同时，政府也需要通过公布信息的制度化和规范化对社会舆论施加影响，提高政府的决策水平、管理水平和工作效率，并借此改善政府形象。信息公开的重要途径之一就是建立新闻发言人制度。工信部新闻发言人相比于其他机构在新闻中的出现比例较高，但应该看到绝对数量仍然不足，而且事后说明多过事前交代，不利于公共关系的制度化。新闻发言人的工作必须常态化，以促进工业和信息化方面政策措施的贯彻落实为新闻宣传内容，以部门中心工作为新闻宣传重点，以行业发展阶段性工作目标为指导制订新闻宣传阶段性计划。

塑造健康的机构形象，关键在于制定和实施正确的传播策略。对于工信部而言，目前不仅要提升知名度，还要提高美誉度。进一步提高对做好新闻宣传工作重要性的认识，在工作中不断强化宣传意识，努力提高做好新闻宣传工作的自觉性和主动性，自觉运用各种宣传舆论工具，主动开展新闻宣传工作，使新闻宣传工作更有效地为工信部的重点工作和中心工作服务，为改革发展的大局服务。

B.16

中华人民共和国铁道部的公共形象

摘 要：本部分通过对传统媒体和网络论坛 2009 年度有关铁道部新闻报道的内容分析，发现铁道部在传统媒体上的曝光率低于 19 个被调查政府机构的平均水平，但以正面报道为主；对铁道部的机构管理能力和人员均以正面评价为主，负面消息较少，但是对铁道部 2009 年的工作重点报道不够全面。对全国 18 个城市的市民电话调查结果进一步显示，2009 年度铁道部的形象总体评价为知名度和美誉度都较高，与传统媒体的呈现结果存在差异；铁路交通枢纽地区的市民对铁道部的美誉度评价偏低。本文建议除提高铁路运输能力，打好春运大会战外，还要加强对运力紧张等客观情况的说明和解释；推进铁路系统基层新闻发言人队伍建设，提高媒体关系处理能力；建立网络舆论监督预警机制，做好互联网上的主动宣传；注意在铁路交通枢纽地区的宣传，及时发现问题、化解矛盾，营造良好的地方舆论环境。

中华人民共和国铁道部（简称铁道部）是主管铁路工作的国务院组成部门。其主要职能是：拟定铁路行业发展战略、方针、政策和法规，制定国家铁路统一的规章制度并监督执行；拟定铁路行业的发展规划，编制国家铁路各项年度计划并组织指导实施；负责铁路建设的行业管理，组织管理大中型铁路建设项目的有关工作；拟定铁路行业的技术政策、标准和管理法规，组织重大新技术、新产品的研究和成果鉴定；推动和指导铁路改革；统一管理全国铁路调度指挥工作，监督、检查全行业安全生产和路风建设等。①

---

① 摘引自铁道部网站，来源：http：//www.china-mor.gov.cn/tdgk/tdgk_2009.html。

2009 年在党中央、国务院的正确领导下，铁道部党组带领全国铁路干部职工深入贯彻落实科学发展观，全面落实中央"扩内需、保增长、调结构、惠民生"的决策部署，以"高标准、讲科学、不懈怠"的精神和作风，积极应对国际金融危机的不利影响，迎难而上，开拓奋进，夺取了和谐铁路建设的新胜利，为经济社会又好又快发展作出了积极贡献。①

一 铁道部在传统媒体中的形象呈现

2009 年度，本研究选取了四家传统媒体（《人民日报》、《京华时报》、《南方周末》、《华西都市报》）进行内容监测，共获取有关铁道部的新闻 403 篇，占 19 个被调查机构相关新闻总数的 2.36%，低于理论上的新闻平均数量（896 篇），相对于其他政府机构而言，媒体关注偏少。研究还发现，不同媒体对铁道部的报道量存在差别：《人民日报》有关铁道部的新闻数量最多（32.8%），《南方周末》最少（15.6%），如图 1 所示。

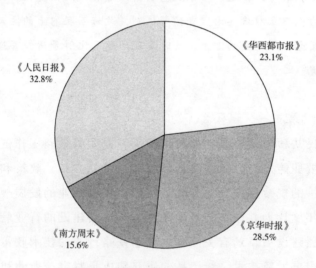

图1 四家传统媒体有关铁道部新闻的分布

---

① 引自铁道部统计中心 2010 年 3 月 25 日发布的《2009 年铁道统计公报》，来源：http://www.china-mor.gov.cn/zwgk/gongbao2009.html。

（一）从新闻的总体倾向来看，铁道部在传统媒体上以正面报道为主

在对 2009 年度传统媒体有关铁道部的新闻进行内容分析时发现，正面报道的比例达到 58.3%，高于 19 个被监测机构的平均水平（46.78%），负面报道的比例（8.9%）和平均水平基本持平（8.88%），中性报道（30.3%）低于平均水平（42.54%），说明铁道部在传统媒体上的形象较为鲜明，以单面论点为主（见图 2）。

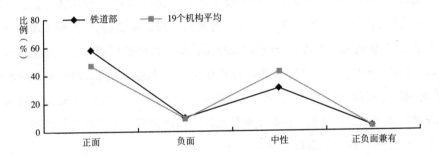

图 2　传统媒体上有关铁道部的新闻总体倾向分布

值得注意的是，不同传统媒体对于铁道部的形象呈现有较大差异，如图 3 所示，《人民日报》和《华西都市报》以正面报道为主，而《京华时报》的中性报道偏多，《南方周末》关于铁道部的报道数量较少，但其中负面报道的比重最大，超过了中性和正面报道的比例。

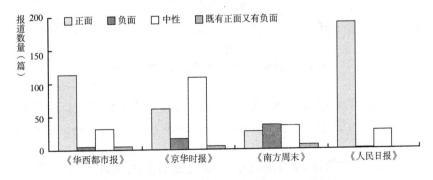

图 3　四家传统媒体关于铁道部新闻的报道倾向

2009 年度，传统媒体对铁道部的报道中出现负面新闻的比例为 8.9%。从具体内容来看，负面新闻主要出现在"2009 年度审计结果公布铁道部挪用扩内需资金"、"武广高铁沿线列车减少逼旅客坐高价车"、"铁道部政治部原主任何洪达受贿案"、"郴州 6·29 列车相撞事故"、"武汉火车站施工存安全隐患"、"买票难火车站内部出票"等方面，对铁道部的形象造成了损害。

（二）从时间跨度来看，传统媒体对铁道部的报道较为分散，但单个新闻事件在不同媒体上同时出现的频率较高

从时间跨度来看，2009 年传统媒体有关铁道部新闻的报道比较分散。2009 年春节期间是全年有关铁道部报道比较密集的时段。最高峰值出现在 2009 年 1 月 16 日，而铁道部于 1 月 15 日就"北京站内部大量出票视频"公开道歉引来众多媒体关注。3 月 17 日"铁道部出台短途空闲火车卧铺折扣政策"；8 月 5 日"铁路司法即将移交地方"也有不少媒体报道（见图 4）。总体看来，铁道部在传统媒体上的报道数量偏少，各个媒体在同一时段报道单个新闻事件的情况经常发生，社会舆论的关注点较为集中。

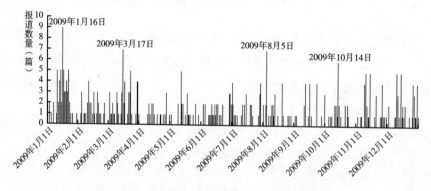

图 4 传统媒体有关铁道部报道的时间分布

此外，2009 年度媒体较为关注的内容还有：试行实名制购票、高铁票价偏高、雪灾影响春运、4 月 1 日试行新的列车运行图、郴州 6·29 火车相撞事故等。

（三）在有关铁道部的报道中，由地方引发的新闻事件较多

对与铁道部有关的报道内容进行具体分析，直接把铁道部作为新闻主体的报

道（82.6%）偏少，高于19个被调查政府机构的平均水平（70.12%），而在另外17.4%的报道中铁道部仅仅是被提及。在把铁道部作为新闻主体的报道中，铁道部大多（96.3%）是以机构整体的形象出现的。其中71.3%为中央机构（即铁道部），4.5%为地方机构（即地方铁路部门）或直属事业单位，17.8%为中央和地方共同作为主体。54.9%的新闻事件由中央引发，地方跟进；而由地方引发的事件比例（34%），高于19个政府机构的平均水平（25.99%）。

（四）对铁道部"管理能力"给予正面评价的报道比例高于19个政府机构的平均水平，但负面评价也不少

从具体内容来看，传统媒体对铁道部的宏观管理能力给予正面评价的新闻报道的比例（71.6%），高于19个被监测机构的平均水平（53.85%）。在微观管理能力方面，给予正面评价的报道比例（68.9%）也高于平均水平（55.72%）；特别要引起重视的是，11.7%的媒体报道对铁道部的微观管理能力给予了负面评价，高于平均水平（8.8%）。

2009年度传统媒体有关铁道部的新闻报道中，以人员作为新闻主体的报道仅占6.7%。新闻发言人在媒体报道中出现的比例也只有5%，低于19个政府机构的平均水平（6.74%）。

二　铁道部在网络论坛上的形象呈现

在研究网络媒体对铁道部的形象呈现时，本研究选取了"天涯杂谈"中有关铁道部的帖子进行了内容分析。2009年度"天涯杂谈"有关铁道部的帖子共出现651条，占19个被监测机构新闻总量的6.58%，略高于理论上的平均数量（约521条）。

（一）从内容倾向来看，铁道部在"天涯杂谈"上以负面信息为主，正面信息很少，接近于19家政府机构的平均水平

通过对"天涯杂谈"上的651条有关铁道部的帖子进行内容分析发现，其中内容总体倾向为负面的帖子占到了64.7%，略高于2009年度监测的19个被监测政府机构的平均水平（62.29%）；而正面倾向的帖子比例（6.6%），略低于

19 个政府机构的平均水平（14.84%）。总体而言，铁道部在网络论坛上的内容评价与 19 个政府机构的平均水平比较接近，如图 5 所示。

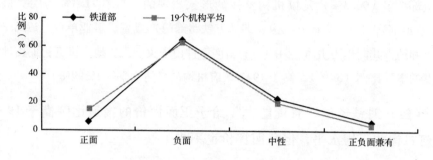

图 5　"天涯杂谈"中有关铁道部信息的倾向性分布

内容分析显示，2009 年度"天涯杂谈"上有关铁道部的负面帖子主要集中在"春运买票难"、"火车站内部出票视频曝光"、"实行新的铁路运行图后票价调高"、"6·29 郴州列车相撞"、"铁路工作人员粗暴对待旅客"等方面，还有铁路内部职工对部分客运段领导不当行为的披露，所有这些都对铁道部的形象造成了一定程度的损害。

（二）从具体内容来看，2009 年度"天涯杂谈"有关铁道部的信息主要集中在春节前后时段，其中最受关注的话题就是铁路客运高峰买票难问题

"天涯杂谈"上有关铁道部的信息在春节前后出现井喷现象，其余时段的信息明显减少，且时间间隔较长。全年的发帖量最高点（45 篇）出现在 2009 年 1 月 14 日，全部是关于买票难问题。由图 6 不难看出，帖子数量是从 1 月 11 日开始猛增的，这一天正好是春运高峰的第一天，而且此前两天"北京站售票员内部出票视频"在网上开始流传，由此引发天涯网民热议。而在 1 月 15 日铁道部举行新闻发布会公开致歉并就"火车票实名制"作出说明后，网络上的热点转向"实名制购票"的利弊讨论，帖子数量也逐渐减少，到 1 月 22 日，已经恢复到较正常的水平。

由于网络论坛的互动性特征，我们重点考察了回帖数超过 100 篇的帖子。据统计，2009 年度"天涯杂谈"上有关铁道部的帖子中，回帖数目超过 100 篇的

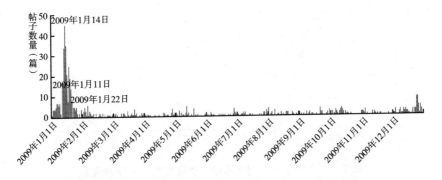

图6 "天涯杂谈"上有关铁道部帖子的时间分布

帖子大概占5.2%，低于19家被监测政府机构的平均水平（8.26%）；但回帖数目为10～99篇的帖子（52.2%）高于平均水平（40.04%）。其中受关注最多的是"春运火车票发售首日排在第二位买不到票"、"铁路购票实名制"、"郑州铁路局隐瞒谎报事故真相"、"铁路人员服务差"、"武广高铁票价过高"、"列车因紧急救人临时停车"等话题。

（三）相对于传统媒体的评价，网络论坛对铁道部的宏观与微观管理能力评价偏低，在19个被调查机构中处于平均水平之下

对与铁道部有关的帖子内容进行具体分析，直接把铁道部作为话题主角的帖子（52.8%）略低于19个被调查政府机构的平均水平（57.82%），而在另外47.2%的报道中铁道部仅仅是被提及。在作为话题主角的帖子中，铁道部大多（92.3%）是以机构整体的形象出现的。其中59.4%为中央机构（即铁道部），37%为地方机构（即铁路系统各级部门）或直属事业单位。

对"天涯杂谈"上有关铁道部的帖子进行内容分析发现，对铁道部"宏观管理能力"给予正面评价的帖子只占所有帖子的11.8%，远低于传统媒体给予正面评价的报道比例（71.6%），也低于19个被监测机构的平均水平（20.61%）。与此相反的是，负面评价的帖子比例却高达65%，远高于平均水平（47.21%）。在"微观管理能力"方面铁道部得到的正面评价（8.3%）也低于19个被监测机构的平均水平（20.27%），远低于传统媒体的正面评价比例（68.9%）；负面评价的帖子比例达到70.1%，远高于平均水平（58%），如图7所示。

值得注意的是，在"天涯杂谈"上，铁道部新闻发言人出现的比例（10%）

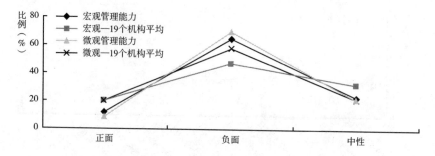

图7 "天涯杂谈"对铁道部"管理能力"的评价情况

高于平均水平（6.74%），仅次于外交部（37.2%）、人力资源和社会保障部（12.8%），也高于传统媒体中铁道部新闻发言人出现的比例（5%）。

三 铁道部在市民调查中的形象呈现

本研究还采取随机抽样的方法在全国范围内展开电话调查，直接询问市民对27个政府机构的总体印象评价，共获得有效样本1002个。其中，受访者的男女比例约为5∶4，年龄层次从16～25岁（31.7%）、26～35岁（15.8%）、36～45岁（13.7%）、46～55岁（11.6%）到55岁以上（22.8%）不等，其中大专以下学历占56.5%，大专学历占20.8%，本科学历占20.7%，硕士及以上学历占1.5%，涉及各种职业人群。

（一）在27个被调查政府机构中，铁道部的美誉度较高但知名度极低

在对全国18个城市的随机抽样电话调查中，铁道部的知名度较高（98%），高于27个被调查政府机构的平均水平（94.81%）。美誉度（3.72分）高于平均水平（3.43分），介于"印象一般"和"印象较好"之间，偏向于"印象较好"，如图8所示。

（二）市民对铁道部的形象评价不受人口学特征的影响

铁道部在不同性别、年龄、学历、政治面貌、职业人群中的形象评价并无显著差别。方差分析显示，不同性别的人群对铁道部的形象评价没有显著差别

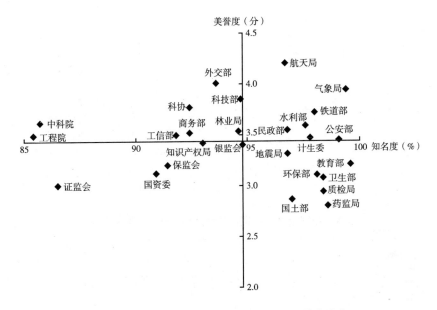

图8 市民调查中政府机构的知名度和美誉度分布

（$F = 0.851$，$p > 0.3$）；年龄对铁道部的形象评价没有显著影响（$F = 0.638$，$p > 0.4$）；不同学历人群对铁道部的形象评价没有显著差别（$F = 0.008$，$p > 0.9$）；职业对人们对铁道部的评价也没有显著影响（$F = 0.387$，$p > 0.5$）；不同政治面貌的人群对卫生部的美誉度评价也没有显著差别（$F = 0.041$，$p > 0.8$）。

（三）不同地区市民对铁道部的知名度和美誉度评价差异较大

本研究调查的受访者分布在全国不同地区，包括发达地区和欠发达地区、东部沿海城市和中西部城市。调查发现，不同地区对铁道部的知名度和美誉度评价存在较大差异。在图9中，纵轴代表美誉度，横轴代表知名度。值得注意的是，在知名度和美誉度都低的象限内，有杭州、广州、北流、上海。其中知名度最低的是杭州（88.68%），远低于18个城市的平均水平（97.9%），美誉度最低的上海（3.33分）也远低于平均水平（3.72分）。沈阳、泉州、郑州、北京、成都这几个铁路交通枢纽城市均位于知名度较高但美誉度较低的象限内。都江堰、满洲里、西安、双城、阜阳、曲靖、汾阳、武汉等城市的知名度和美誉度评价均较高。

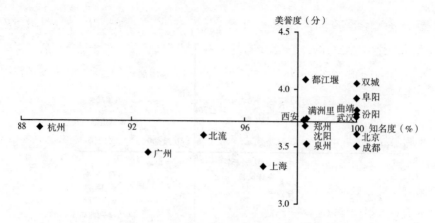

图9　不同地区对铁道部知名度和美誉度的评价分布

四　小结

从传统媒体、网络论坛对铁道部形象的呈现内容来看，2009 年度铁道部的媒体报道数量不多，但通过网络媒体传播的负面消息较多。结合公众电话调查的结果显示，在 19 个被调查政府机构中，铁道部的公共形象较好，知名度和美誉度都高于平均水平。

（一）春运是媒体和公众最关注的话题，也是铁道部负面新闻的主要来源

春运是我国所特有的，在中国的传统节日中，春节是最重要的节日。由于人口流动的量越来越大，我国的春节人口流动量使铁路越来越不堪重负，春运的难度也随之增大。春运买火车票难问题被媒体称为"世界级难题"。2009 年春运期间，媒体和公众对铁道部的关注因"北京站内部出票视频曝光"事件的发生而更加集中。"北京站内部出票视频"在 YouTube 上公开流传后，公众因长期买票难而积压的愤懑情绪开始以网络发帖的形式加以传播，天涯论坛上的有关帖子一度形成井喷现象。虽然铁道部及时召开新闻发布会对事件作出了解释，并公开致歉，但是这一事件还是给铁道部的公共形象造成了很大的损害。为解决买票问题，铁道部采取了一些打击票贩的措施，并在部分地区试行了"实名制购票"，但因为具体操作过程中的一

些问题，公众对此的评价褒贬不一。不过总体看来，公众在某种程度上对铁道部及时出台政策的行为是认可的，"实名制购票在部分地区试行"消息传播出来后，公众对于"买票难"问题的负面评价也开始减少，对扭转铁道部的形象起到了一定的作用。

（二）由地方引发的负面新闻在媒体上占了较大比例

铁路运输是一个巨大的联运机构式的运作，中国铁路承担的运输任务非常繁重。本研究发现，铁道部的地方机构（即地方铁路局或公司）的新闻所占比重较大。在传统媒体上有关铁道部的新闻34%是由地方直接引发的；而在网络论坛上，37%的话题主角是地方机构。这必须结合铁道部的管理体制来看，我国铁路运输系统实行铁道部、铁路局（公司）、基层站段三级管理体制。铁道部既是行业管理部门，也是具体执行部门。各铁路局作为基本管理部门，对下设的各个专业站段进行管理。专业站段的职能分工较细，有车务、机务、车辆、工务、电务、供电等单位。研究发现，自改革开放以来，铁道部在搞活运输企业、转换经营机制、实施主辅分离等方面做了不懈的努力，然而由于"一票否决"效应的存在，铁道部得到的负面评价还是较多。

（三）新闻发言人的宣传效果明显，但是对传统媒体的利用还不够

"北京站内部大量出票视频"在网络曝光导致铁道部在传统媒体和网络论坛上的形象急速下降，但在2009年1月15日铁道部召开新闻发布会后公众的负面评价日益减少，新闻发言人发挥了较大的作用。虽然在网络论坛上出现新闻发言人的帖子比例超过了19家政府机构的平均水平，但在传统媒体上铁道部新闻发言人的出现频率还不高。

（四）人口学特征对铁道部2009年的形象评价没有显著影响，但不同地区的市民对铁道部的知名度和美誉度评价存在较大差异

方差分析结果显示，不同年龄、性别、学历、职业、政治面貌人群对铁道部的形象评价没有显著区别。但是需要引起重视的是，在部分铁路交通枢纽城市，铁道部的美誉度评价甚至低于一些欠发达和边远城市。

五 构建良好的铁道部公共形象的对策建议

铁路一直以来是人们出远门的主要交通工具。新中国成立以来，我国铁路在

很多方面有了翻天覆地的变化，完成铁路六次大提速，运输能力有所提高，并且无论在设备上、组织上还是服务质量上都有很大的进步，像动车组列车开行、高速铁路建设达到世界先进水平等，但是供需矛盾仍然十分突出，不能满足人民群众日益增长的出行需要。随着经济发展水平的提高，客运量不断增加，铁路受社会关注的程度也与时俱进，逐年增加，由于"买票难"等问题引起的批评声此起彼伏，对铁道部的形象造成了消极的影响。

通过前面对 2009 年度传统媒体、网络论坛有关铁道部新闻的内容分析和对公众调查的结果可以看出，铁道部公共形象的总体特征是知名度和美誉度都较高。但是相对于其他政府机构而言，铁道部在大众媒体上的报道比例偏低，网络论坛上有关铁道部的负面信息较多，以及媒体和公众共同关注的"春运买票难"问题，都对铁道部的形象造成了一定程度的损害。因此我们建议，要改进铁道部的公共形象，除了要切实解决春运难题，还要提高铁路系统的日常工作效率和服务态度，同时在媒体上加大宣传力度，主要包括以下几个方面。

（一）打好春运大会战，加大对运力紧张原因的宣传

春运是我国运输系统对春节前后繁忙乃至超负荷旅客运输的简称，它体现了我国独特的民俗民风和亲情文化。铁路春运的重要性不仅仅在于它是民工流、学生流、旅游流、探亲流的"四流合一"所形成的客流高峰，更重要的是它涉及亿万人民群众的切身利益，成为社会舆论的焦点，具有很强的政治性和社会性。2009 年 1 月 14 日，中共中央总书记胡锦涛在有关春运火车"买票难"问题的信息上作出重要批示，要求铁道部要开动脑筋，研究采取若干便民、利民措施，并公布于众，以化解矛盾，确保春运任务顺利完成。

由于铁路具有经济、安全、便利、舒适、准时等特点，因此，春运期间旅客在选择出行方式上多以火车为首选，尤其是遇上雨雪大风等恶劣天气时，公路和航运都会受到很大的影响，而铁路受影响的程度最低。这些原因都决定了铁路在春运中占据重要地位，也导致它受社会的关注程度远比其他交通运输高。但是，铁路所提供的运能已远远不能满足旅客的所需，春运的矛盾便凸显出来。从网络论坛上可以看出，春运期间火车票供求矛盾十分突出，尽管铁道部在很多方面作出了很多的努力，甚至对紧缺的春运车票不涨价，试行实名制购票等，但还是没有得到理解，这和人们对铁路的期望以及

对铁路运输的不理解有关。

要化解春运问题对铁道部形象造成的不良影响，根本出路在于提高铁路的运输能力，归根到底是铁道部目前实施的跨越式发展战略。"到2012年，我国铁路营业里程将达到11万公里以上，其中新建高速铁路将达到1.3万公里。邻近省会城市将形成1~2小时交通圈、省会与周边城市形成半小时至1小时交通圈，北京到全国绝大部分省会城市将形成8小时以内交通圈。"① 在媒体宣传上，要对目前还难以解决的问题作出详细说明和解释，加大对铁道部付出努力和取得进展的宣传，以人性化的服务取得社会的理解和支持。

（二）加强基层新闻发言人制度的建立健全，提高媒体关系处理能力

研究发现，地方铁路局（或公司）引发的负面报道和信息是影响铁道部形象的重要原因。基层单位对媒体负面报道的突发性、危害性认识不足，存有麻痹、侥幸、推诿、无所谓等思想；不能及时掌握负面报道的相关信息，不能主动与媒体开展良好合作，丧失了处置的最佳时机；对负面报道缺乏积极的态度和有效的措施，不善于与媒体和记者打交道，导致引导不够及时，控制不够有力，有的甚至因处置失当导致炒作升级，事态扩大。

在这种情况下，除了要在铁路系统内部进一步强调新闻宣传纪律外，建立健全基层新闻发言人制度，也是改善地方舆论环境的有效途径。提高铁路局甚至客运段层面与媒体主动合作的意识，加强新闻发布工作业务培训，把握好新闻发布的节奏和技巧，精心策划、认真筹备每次新闻发布活动，确保新闻发布质量，切实把新闻发布工作建设成为代表铁路系统对外发布权威消息的权威渠道。同时，还要加强与报刊、电视台等主流媒体、以互联网为代表的新兴媒体的合作，积极向社会各新闻单位提供宣传信息和采访线索，热情主动地为媒体和记者提供服务，建立起与新闻媒体互信、互助、互动的和谐关系。要建立与媒体的良性沟通互动机制，适时举办新闻发布会、媒体联谊会、记者恳谈会、集中报道等活动，加强沟通理解，扩大共识，通过他们的视角来正面报道铁路发展成就，通过他们

---

① 引自2010年3月13日铁道部副部长王志国在两会期间答记者提问。来源：http：//www.gov.cn/2010lh/content_ 1554925.htm。

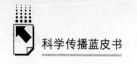

的感受来正面评价铁路部门的工作，实现与媒体的良好合作、互惠双赢。要切实加强同媒体"打交道"能力的培训。

（三）建立网络舆情预警机制，积极化解热点难点问题

在网络飞速发展的今天，社会关注的程度从网络更加能得到体现。而且网络普及以后，各个阶层所想反映的意愿可以不加筛选地反映出来。这些反映，在没有得到正确引导的情况下，就容易衍变为舆情危机。2009年度对铁道部形象造成负面影响的消息就主要来源于网络论坛。网络信息的传播速度极快，如果不及时发现并采取有效措施，就可能对铁道部的形象造成大的伤害。因此，必须加大网络舆情的监测和预警，一旦发现负面信息，要在第一时间查清问题和原因，在第一时间提出应对建议，在第一时间发布权威信息，及时通过新闻媒体公开报道处理结果和后续整改措施，主动引导舆论朝有利于铁路工作的方向发展，赢得媒体和公众的理解与支持，把握先机和主动，有效避免事件的扩展放大。

此外，铁道部还应利用网络平台加大对自身重大成就的主动宣传。

（四）要特别注意铁路交通枢纽地区的新闻宣传，树立正面形象

铁道部在铁路交通枢纽地区美誉度偏低的问题，需要特别注意。在铁路交通枢纽地区，一般客货流量都较大，不可避免会造成火车站周边的交通比较拥堵，在铁路沿线火车日常经过产生的噪声污染较大，以及火车站施工和铁路基础设施建设对当地居民生活都可能造成影响。在这些地区要改进铁道部的公共形象，除了合理规划切实改善周边交通环境，减少对当地居民生活的干扰外，还要多多宣传铁路运输对区域社会发展和经济增长的拉动效应，铁路能为区域带来快速、便捷的运输服务，促进人员、物资的快速流动，有利于加快产业结构调整、促进产业结构升级。同时，铁路也是社会公共服务体系和应急救援体系的重要组成部分，在南方冰雪灾害、西南抗旱救灾以及玉树赈灾行动中，铁路都发挥了不可替代的重要作用。铁路还是国家战略资源和国防基础设施。争取当地群众的理解和支持，为枢纽地区的铁路事业顺利开展营造良好的社会环境。

总而言之，公众对政府的认识和评价与政府对公众的信息传播与沟通有

关，如果沟通不畅、信息传播不力，公众就不能获得正确的认知，公众利益也不能得到有效的表达，就可能得出错误的评价，从而影响政府形象。刘志军部长在 2010 年铁路工作会议上对各级铁路部门提出明确要求，要"加强新闻宣传和舆论引导，为铁路发展营造良好社会舆论环境"，① 正是充分认识到了这一点。

① 引自刘志军在 2010 年全国铁路工作会议上的工作报告，来源：2010 年 1 月 8 日《人民铁道》第 2 版。

B.17
中华人民共和国卫生部的公共形象

摘　要：本部分通过对传统媒体和网络论坛 2009 年度有关卫生部新闻报道的内容分析，以及对全国 18 个省（自治区、直辖市）的市民电话调查，发现 2009 年度卫生部的公共形象处于知名度高而美誉度偏低的危险状态。相对于 2008 年，卫生部在传统媒体上的形象有所改善，但是在网络媒体上的负面消息比例有所上升，对公共卫生突发事件、职业安全等方面的质疑较多；媒体中有关农村、社区、妇幼卫生工作的呈现仍然不充分；不同学历、职业人群对卫生部的美誉度评价存在显著差异。为此，本文建议，应抓住新医改的契机，重新塑造卫生部的正面形象；加强对农村、社区、妇幼等方面的卫生工作宣传力度；进一步做好对外信息发布工作，加强新闻发言人队伍建设；借助突发公共事件的机会，扭转公众对政府机构的成见；积极利用网络媒介，建立平等、直接、快速的传播平台。

卫生部是主管我国卫生工作的最高行政机构，贯彻国家制定的有关法律、法规和方针、政策，制定卫生工作的具体政策，统筹整个卫生事业的发展，组织制定并实施农村、社区、妇幼卫生发展规划和政策措施，协调全国各部门有关卫生的工作，包括疾病预防控制、卫生应急，统一部署和指导医药卫生体制的改革。国家食品药品监督管理局、中医药管理局也归口卫生部管理。① 现任部长是陈竺。

2009 年对于卫生部来说，是战胜困难迎接挑战的一年，也是公共形象不断改善的一年。首先，全面启动了医改工作。医改的成效直接关系到我国的国际形象和中国特色社会主义的国际影响，标志性事件是 2009 年 4 月中共中央、国务院印发《关于深化医药卫生体制改革的意见》（以下简称《医改意见》）及近期

---

① 根据第十一届全国人民代表大会第一次会议批准的《国务院机构改革方案》和《国务院关于机构设置的通知》（国发〔2008〕11 号）。

重点实施方案。其次，积极防控甲型 H1N1 流感疫情，在世界上率先大规模接种甲流疫苗并取得较好效果，为保增长、保民生、保稳定作出了贡献。再次，颁布实施《食品安全法》，健全食品安全工作机制，开展了一系列食品安全整顿，一定程度上消弭了 2008 年三鹿奶粉事件带来的恶劣影响。此外，新型农村合作医疗制度（简称新农合）也在不断完善，给 8.33 亿农民带来了实惠。

卫生工作是"国家强盛之基，民族复兴之本"①，更与人民群众的切身利益息息相关。胡锦涛总书记在党的十七大报告中提出"健康是人全面发展的基础，关系千家万户幸福"的重要论断，深刻揭示了医疗卫生工作与经济社会发展的内在关系。随着卫生工作在全面建设小康社会进程中的地位和作用越来越突出，卫生部作为政策的主要制定者和传播者，其公共形象的塑造和传播将直接影响政策宣传和施政的效果。

一 卫生部在传统媒体中的形象呈现

2009 年度，本研究选取了四家传统媒体（《人民日报》、《京华时报》、《南方周末》、《华西都市报》）进行内容监测（见图 1），共获取有关卫生部的新闻 2049 篇，占 19 个被调查政府机构相关新闻总数的 12%，远高于理论上的新闻平均数量（约 896 篇），相对于 2008 年度的监测结果（437 篇，占被调查机构的 7.5%）② 来说，2009 年度传统媒体对卫生部给予了更多的关注。

（一）从新闻的总体倾向来看，有关卫生部的新闻以正面报道和中性报道为主

在对 2009 年度传统媒体有关卫生部的新闻进行内容分析时发现，正面报道和中性报道达到了 92.8%，相对于 2008 年的监测结果（90.2%）比例有所上升，其中正面报道的比例（54%）高于 19 个被监测政府机构的平均水平（46.78%），而 2008 年度仅为 15.8%。③ 经过一年的努力，卫生部在传统媒体上的形象有所提升。

---

① 摘自陈竺在 2010 年全国卫生工作会议上的讲话。
② 詹正茂、靳一著《中国科学传播报告（2009）》，社会科学文献出版社，2009，第 278 页。
③ 2008 年度数据参见詹正茂、靳一著《中国科学传播报告（2009）》，社会科学文献出版社，2009，第 279 页。

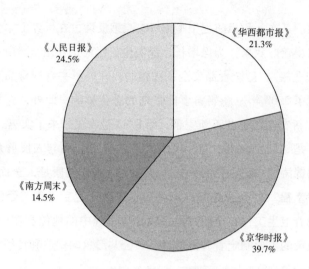

图1　四家传统媒体有关卫生部新闻的分布

但也要注意的是，不同传统媒体对于卫生部的形象呈现有较大差异，市场化媒体刊登负面新闻较多。如图2所示，《南方周末》关于卫生部的新闻数量最少，但负面新闻比例最高（17.85%），远高于四家传统媒体刊载有关卫生部负面新闻的平均比例（5.03%），并且它还有9.09%的报道倾向为"既有正面又有负面"。

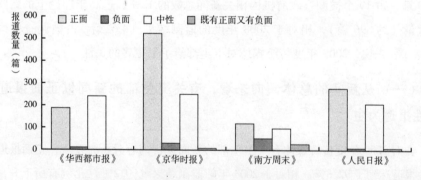

图2　四家传统媒体关于卫生部新闻的报道倾向

（二）从报道范围来看，2009 年度传统媒体的新闻覆盖了卫生部的部分工作重点

2009 年传统媒体有关卫生部新闻的报道重点主要集中在公共卫生安全方面。由图3不难看出，全年有关卫生部的报道高峰主要出现在4月、5月和11月，而

这分别是甲流在世界范围内蔓延、内地发现首例确诊病例和卫生部组织疫苗接种的时间。1月初到3月中旬，四家媒体关注的还是禽流感，报道量不多，议题较为分散；而从4月开始，甲流成为媒体报道中出现频率最高的关键词，从4月26日出现第1篇有关甲流的报道起，到4月29日有关新闻已达15篇，媒体反应极其迅速。但是，我们也发现传统媒体报道和新闻事件发生之间存在一定时延，5月11日成都发现我国首例确诊病例，但到5月14日媒体报道量才达到最高点。5月18日首例甲流患者治愈出院，又引来一次报道高峰，最高点出现在5月20日。

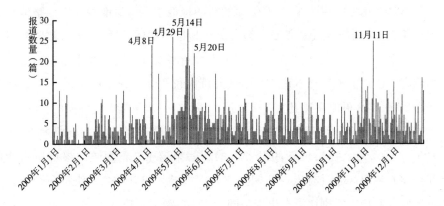

图3 传统媒体有关卫生部报道的时间分布

除了甲流之外，卫生部2009年的主要新闻还包括新医改、食品安全、职业卫生等方面。在食品安全方面重点曝光了王老吉饮料添加剂、蒙牛牛奶含致癌物、农夫山泉"砒霜门"等事件；职业卫生方面持续关注了"开胸验肺"事件、乙肝歧视等；还有从网络热点议题转化而来的北大医院非法行医、南京儿童医院婴儿死亡事件也一度成为传统媒体关注的热点；等等。但是总体看来，对于农村卫生工作的开展尤其是近年来卫生部的工作重点——新型农村合作医疗制度的完善和推广方面的报道偏少，对于国家基本药物制度的建设、公立医院改革试点、中医药事业的发展基本没有提及。

（三）在19个被调查政府机构中，传统媒体对卫生部的"管理能力"评价偏低

从媒体报道的具体内容来看，虽然半数以上的新闻报道（51.7%）对卫生部"机构宏观管理能力"给予了正面评价，但这个比例仍低于19个被监测政府

机构的平均水平（53.85%），在19个政府机构中排第13位；53.4%的新闻报道对"机构微观管理能力"给予了正面评价，但也低于平均水平（55.72%）。不过，对"机构宏观管理能力"和"微观管理能力"给予中性评价的报道较高，分别为44.1%和42.4%。

（四）卫生部新闻发言人在传统媒体上得到了较多的呈现，新闻发言人会影响新闻报道的总体倾向

在2009年度传统媒体有关卫生部的新闻报道中，卫生部多以机构整体形象出现，仅有4%的新闻报道把卫生部官员作为报道主体，低于19个被监测机构的平均水平（8.93%）。但与此同时，卫生部新闻发言人在媒体报道中出现的比例却较高，达到了8.2%，高于19个政府机构的平均水平（6.74%），这说明卫生部在2009年度更加重视卫生宣传工作，并积极寻求掌握舆论导向的主动权。

方差分析显示，出现新闻发言人会显著影响新闻报道的总体倾向（$F = 4.038$，$p < 0.05$）。在出现新闻发言人的新闻报道中，正面倾向报道所占比例（63.47%）明显高于没有出现新闻发言人的报道（53.14%），而负面倾向报道所占比例（4.19%）则比没有出现新闻发言人的新闻报道（5.1%）要低。

二 卫生部在网络论坛上的形象呈现

在研究网络媒体对卫生部的形象呈现时，本研究选取了天涯社区中有关卫生部的帖子进行了内容分析。2009年度"天涯杂谈"有关卫生部的帖子共出现1532条，占19个被监测机构新闻总量的15.48%，远高于理论上的平均数量（约521条），与2008年度的监测结果（153条，占18个被监测政府机构的4.3%）[1] 相比，2009年度网络媒体对卫生部的关注明显增加。

（一）从内容倾向来看，卫生部在"天涯杂谈"上以负面信息为主，较2008年度比例有所上升

通过对"天涯杂谈"上的1532条有关卫生部的帖子进行内容分析发现，其

---

[1] 詹正茂、靳一著《中国科学传播报告（2009）》，社会科学文献出版社，2009，第275页。

中内容总体倾向为负面的帖子占到了 53.7%，略低于 19 个被监测政府机构的平均水平（62.29%），但是相对于 2008 年度的统计数据（45.1%）[1] 来说，卫生部的负面信息比例实际上有所上升。正面倾向的帖子比例（10.7%）与 2008 年度的统计数据（10.5%）[2] 基本持平，但仍低于 2009 年度监测的 19 家政府机构的平均水平（14.84%），如图 4 所示。

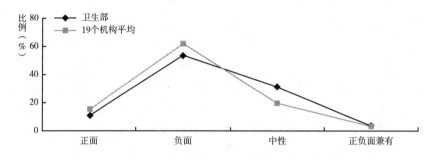

图 4　"天涯杂谈"中有关卫生部信息的倾向性分布

负面信息主要集中在职业卫生和公共卫生安全方面，如"开胸验肺"、"乙肝歧视"、"甲流疫苗接种"、"吉林化纤千人中毒"、"南京汤山特大投毒事件"、"南京儿童医院婴儿死亡事件"等；"电休克疗法治疗网瘾"因为与网民自身的贴近性在网民中引起较大共鸣；此外，医患关系也是负面消息的来源之一，如"北大医院非法行医"、"被艾滋"等事件在一段时间内成为热点。值得注意的是，"神木免费医疗"作为新医改的案例之一在"天涯杂谈"上受到较多正面追捧。

（二）从时间跨度来看，2009 年度"天涯杂谈"上有关卫生部的议题较为分散，高峰期出现在 8 月

在网络论坛发帖的网民具有匿名和分散的特点，网民可以自由表达自己的意见，因此 2009 年度"天涯杂谈"上有关卫生部的议题较为分散。从时间分布来看，发帖数量的最高点出现在 8 月 3 日"卫生部辟谣没有出台取消乙肝检测政策"后，第二峰值出现在 8 月 14 日，热点议题为"开胸验肺"事件，另一个引

① 詹正茂、靳一著《中国科学传播报告（2009）》，社会科学文献出版社，2009，第 276 页。
② 詹正茂、靳一著《中国科学传播报告（2009）》，社会科学文献出版社，2009，第 276 页。

发热议的是 5 月 14 日的 "王老吉添加剂" 事件（见图5）。对这三个时间前后发布的天涯帖子进行内容分析发现，网民发帖内容有扎堆和跟风的特点，在 8 月 3 日的 31 篇帖子中有 26 篇帖子的内容均与 "取消乙肝检测" 有关，而 8 月 14 日的 28 篇帖子中的 23 篇全部与 "开胸验肺" 事件有关。

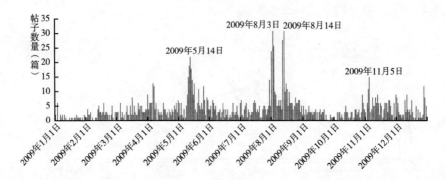

图5 "天涯杂谈" 上有关卫生部帖子的时间分布

（三）从受关注度来看，公众互动较多的有 "乙肝歧视"、"开胸验肺" 事件

网络论坛具有互动性强的特征，回帖数越多的帖子，说明该议题赢得了越多的网民关注。2009 年度 "天涯杂谈" 上有关卫生部的帖子得到了网民更多的关注。据统计，回帖数目超过 100 篇的帖子达到了 10.3%，高于 19 家被监测政府机构的平均水平（8.26%）；回帖数目为 10～99 篇的帖子（42.8%）也高于平均水平（40.04%）。其中受关注最多的话题是 "乙肝歧视"、"治疗网瘾"、"王老吉" 事件、"新医改"、"加碘盐"、"医院纠纷" 等，如 "北京协和医院门口一女孩被车撞后 40 分钟救护车未到"，在短时间内就获得了近 100 条回复。在最初发帖时有些话题本身与卫生部没有直接关系，但是网民在讨论过程中或者剖析原因时会牵涉到卫生部制定的有关政策、医疗制度，进而将矛头指向卫生部，形成对卫生部形象不利的负面信息。

（四）相对于传统媒体的评价，"天涯杂谈" 对卫生部 "管理能力" 的正面评价更少

对 "天涯杂谈" 上有关卫生部的帖子进行内容分析发现，对 "机构宏观管

理能力"给予正面评价的帖子仅占所有帖子的 18.9%，低于 19 个机构的平均水平（20.61%），远低于传统媒体对机构"宏观管理能力"的正面评价比例（51.7%）；在"微观管理能力"方面卫生部得到的正面评价更少，仅占 17%，比平均水平低 3.27 个百分点，远低于传统媒体的正面评价比例（53.4%），如图6 所示。

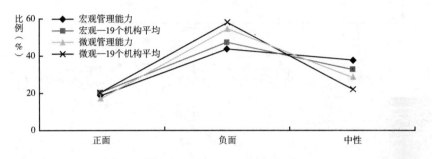

图6 "天涯杂谈"对卫生部"管理能力"的评价

三 卫生部在市民调查中的形象呈现

本研究还采取随机抽样的方法在全国范围内展开电话调查，直接询问市民对 27 个政府机构的总体印象评价，共获得有效样本 1002 个。其中，受访者的男女比例约为 5∶4，年龄层次从 16~25 岁（31.7%）、26~35 岁（15.8%）、36~45 岁（13.7%）、46~55 岁（11.6%）到 55 岁以上（22.8%）不等，其中大专以下学历占 56.5%，大专学历占 20.8%，本科学历占 20.7%，硕士及以上学历占 1.5%，涉及各种职业人群。

（一）在 27 个被调查政府机构中，卫生部知名度很高，但美誉度较低

在对全国 18 个城市的随机抽样电话调查中，卫生部的知名度较高，达到 98.4%，远高于 27 个被调查政府机构的平均水平（94.8%），仅次于教育部、气象局、公安部和药监局。但是美誉度较低，只有 3.08 分，低于平均水平（3.43 分），介于"印象一般"和"印象比较好"之间，更偏向"印象一般"，如图7 所示。

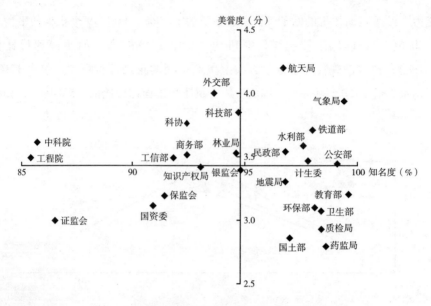

图7　市民调查中政府机构的知名度和美誉度分布

（二）市民对卫生部的形象评价受人口学特征影响

1. 学历程度与对卫生部的美誉度评价之间呈 U 形关系，两头高，中间低

学历水平代表了受访者的受教育程度，在一定程度上反映了其科学知识的掌握水平。从统计结果来看，卫生部在硕士及以上学历人群中的知名度达到了100%，但是在硕士以下人群中却呈现学历程度越高、知名度越低的趋势，其中本科学历人群表示对卫生部"没有印象"的比例达到了2.42%。

在大专以下学历人群中，表示对卫生部"印象很好"或"印象比较好"的比例最高，而硕士以上学历程度人群对卫生部的美誉度评价最高，达到了3.25分。但是由于受访者中的硕士以上学历只有4人，样本太小不具有统计学意义，因此我们重点关注大专以下、大专、本科、硕士学历。如图8所示，只有大专以下学历程度人群对卫生部的美誉度评价高于"印象一般"（3.17分），其他学历人群均介于"印象比较差"和"印象一般"之间，评价最低的是大专学历和硕士学历人群，均只有2.82分。

2. 不同职业的人群对卫生部的形象评价有显著差别

调查结果显示，卫生部在国家行政部门工作人员、外资企业工作人员、农民

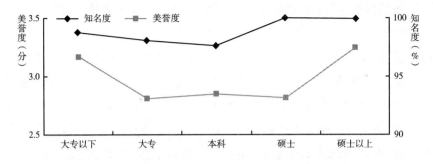

图8　学历程度对卫生部知名度和美誉度评价的影响

这三个群体中的知名度达到了100%，而在下岗待业失业人员中的知名度最低，表示对卫生部"没有印象"的比例达到了3.57%。方差分析显示，卫生部在不同职业人群中的形象评价有显著差别（$F = 6.527$，$p < 0.02$）。如图9所示，用横轴表示知名度，纵轴表示美誉度，原点坐标设为（98.4%，3.03分），将不同职业人群划分成4个象限。卫生部在农民和脱产在读学生中的知名度高、美誉度也高，其中农民对卫生部的美誉度评价达到3.43分，但仍低于27个机构的平均水平（4.43分）；下岗待业失业人员和民营私营企业工作人员对卫生部的知名度评价低，但美誉度评价较高；事业单位工作人员和其他人员对卫生部的知名度评价低美誉度评价也较低；值得注意的是，国家行政部门工作人员、外资企业工作人员以及国有企业工作人员对卫生部的知名度评价较高，但美誉度评价均没有达到3分，也就是说介于"印象比较差"和"印象一般"之间。

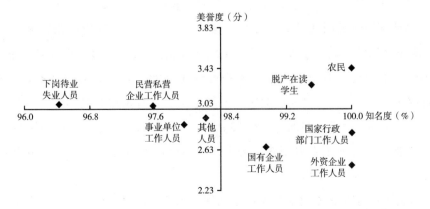

图9　不同职业人群对卫生部的知名度和美誉度评价的分布

3. 不同性别、年龄和政治面貌的市民对卫生部的形象评价没有显著差别

方差分析显示，性别对卫生部的形象评价没有显著影响（$F = 2.247$，$p > 0.1$）。卫生部在男性受访者中的知名度（98.56%）略高于女性受访者（98.21%），但美誉度（2.99 分）略低于女性受访者（3.08），如图 10 所示。男性受访者对卫生部的印象差异偏大，约有 21.84% 对卫生部"印象较好"，但同时也有 19.68% 的人表示对卫生部"印象比较差"；女性的意见则以"印象一般"为主（45.98%），远高于男性受访者表示"印象一般"的比例（32.85%）。

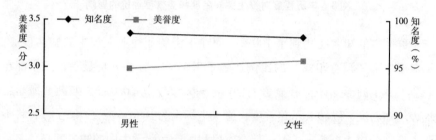

图 10 性别对卫生部知名度和美誉度评价没有显著影响

方差分析显示，年龄对卫生部的形象评价没有显著影响（$F = 0.847$，$p > 0.3$），不同政治面貌的人群对卫生部的美誉度评价也没有显著差别（$F = 0.472$，$p > 0.4$）。

（三）对"保障安全健康"和医疗卫生体制改革的接触情况，对卫生部的美誉度评价没有显著影响

本研究同时还调查了受访者对"保障安全健康"信息的接触情况以及对"保障安全健康"与科学发展观关系的认识，结果发现，对"保障安全健康"信息的接触情况与其对卫生部的美誉度评价之间没有显著关系（$F = 0.182$，$p > 0.6$），而认为"保障安全健康"与科学发展观有关却对卫生部的美誉度评价有显著影响（$F = 6.279$，$p < 0.15$）。进一步回归分析显示，越是认为"保障安全健康"与科学发展观有关的人，对卫生部的美誉度可能给予更高的评价。

对"医疗卫生体制改革"的接触情况对卫生部的美誉度评价也没有显著影响（$F = 1.219$，$p > 0.2$）。

四　小结

2009 年度卫生部 "把保障群众生命安全和增进人民健康作为卫生工作的出发点和落脚点"[①]，深化医药卫生体制改革，加大了对民生的关注力度。从传统媒体、网络论坛对卫生部形象的呈现内容来看，2009 年度卫生部在媒体上的曝光率大幅提升，但是传播效果不理想，或者说公众对于卫生部形象存在一定程度的误读。公众电话调查的结果显示，卫生部的知名度高，但美誉度偏低。相对于 2008 年度来说，卫生部的知名度有所提高，但美誉度却有所下降，公共形象处于危机状态，主要表现在以下几个方面。

（一）传统媒体加大了正面报道的力度，但是网络媒体上关于卫生部的负面新闻有增多的趋势，并影响了传统媒体的议程设置

2009 年度，无论是传统媒体还是网络媒体都加大了对卫生部的新闻报道，其中传统媒体关于卫生部的正面新闻比例比 2008 年度显著增加，但网络论坛上对于卫生部的负面消息却有增多的趋势。网络上的部分负面新闻也影响了传统媒体的议程设置，如 "北大医院实习医生"、"开胸验肺" 等事件首先在网络论坛上得以热炒，随后也成为传统媒体关注的对象。

（二）公共卫生安全是媒体和公众关注的主要方面，各方面质疑较多，给卫生部公共形象带来较多负面影响

2009 年甲流蔓延是公共卫生领域最受关注的事件，虽然卫生部积极进行了防控，也通过新闻发言人加大了舆论引导力度，但是在网络上流传的各种负面消息，如瞒报死亡人数、疫苗接种的风险问题，仍然给卫生部的形象造成了损害。此外，由地方引发的 "开胸验肺" 事件，虽然与卫生部没有直接关系，但是河南省卫生厅的措施不得力使得事态扩大，给卫生部的形象也带来了消极影响。

---

① 摘自陈竺 2009 年 1 月 8 日在 2009 年全国卫生工作会议上的工作报告。

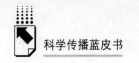
（三）传统媒体较为关注卫生部在政策制定、防控甲流方面的报道，而公众更加关心的是卫生部在各类突发热点事件中的参与行为

传统媒体较为关注的内容如新医改的出台以及《食品安全法》的颁布实施，在网络论坛上没有引起足够的关注。网民更关注的是新医改政策实施过程中资源分配的公平性问题，以及在食品安全事故如"农夫山泉砒霜门"、"蒙牛牛奶含致癌物"等事件中卫生部的参与行为。"开胸验肺"事件发生后，公众在网络论坛上表现了极大的关注，且以质疑卫生部门不作为的声音为主。

（四）学历"中间层"对卫生部的美誉度评价较差，卫生部在国家行政部门、事业单位和外企工作人员中的知名度高但美誉度低

与2008年度调查的结果相比，2009年高学历人群对卫生部的评价有所改善。2009年度对卫生部评价最低的主要是拥有大专或本科学历的人群，这是造成卫生部公共形象评价较差的主要原因。而在国家行政部门、事业单位和外企工作人员中，卫生部的形象已经处于较危险的状态，知名度最高，但美誉度最低，需要积极寻找造成这一状况的原因，谋求解决之道。

五 构建良好的卫生部公共形象的对策建议

新中国成立60年来，特别是改革开放以来，中国卫生事业取得了显著成就，我国卫生部门在其中发挥了积极的主导作用，功不可没。但是从实际来看，我国卫生事业还是滞后于经济社会发展，特别是近年来医疗改革工作推进不顺，加上突发的公共卫生安全事故，使得其与人民群众的期望之间尚有较大差距。卫生部部长陈竺在2010年度全国卫生工作会议上明确提出，"2010年是全面推进医药卫生体制改革承上启下的关键一年"，要"紧紧围绕中心，服务大局，全面贯彻落实《医改意见》和中央经济工作会议精神，将深化医药卫生体制改革作为卫生系统的中心工作，积极推进卫生事业科学发展"①，确保人民群众共享卫生改革发展的成果。

---

① 摘自陈竺2010年1月5日在2010年全国卫生工作会议上的工作报告。

通过前面对 2009 年度传统媒体、网络论坛有关卫生部新闻的内容分析和对公众调查的结果可以看出，我国卫生部的公共形象不容乐观，知名度高而美誉度偏低。与 2008 年度相比，知名度有所提升，但美誉度却在下降，公众对其评价偏向于"印象一般"。通过对传统媒体和网络论坛的比较分析，发现网络媒体的负面消息比例大大高于传统媒体，而且许多未经证实的消息如"瞒报甲流死亡人数"在网络媒体上广泛传播并引起较多关注，即使事后经传统媒体辟谣，但已经对卫生部的形象造成了消极的影响。要知道，公众对政府的认识和评价与政府对公众的信息传播与沟通直接相关。因此我们建议，要改进卫生部的公共形象，除了卫生部本身工作需要改进外，还要特别注意改进宣传策略，调整宣传重点，主要包括以下几个方面。

（一）抓住新医改的契机，塑造卫生部正面良好的公共形象

医改是卫生部 2010 年度的中心工作，它与人民群众的利益切身相关。用三年时间在五项重点领域取得突破，让群众得到"看得见、摸得着"的实惠，是医改的短期目标；从长期来看，医改成败与否，将直接关系到建设中国特色社会主义总体布局。但是，也正因为它的任务重，意义大，使得公众的注意力前所未有地向卫生部集中，使得我们有可能通过这个机会改变人们对卫生部的刻板成见，打个漂亮的"翻身仗"。

在政策颁布前，我们要加强理论宣传与论证工作的宣传，适当时可引入科学家的参与以保证政策的科学性，为政策的顺利出台做好舆论铺垫；在政策颁布后要做好政策宣传解释，减少不必要的误读，并充分重视政策执行初始状态的塑造，做到取信于民。在医改实施过程中，要大力宣传各地卫生工作特别是医改的成功经验和典型做法，赢得社会各界和最广泛人民群众的理解和支持；同时，还应加强对广大卫生工作者救死扶伤、爱岗敬业、默默奉献的高尚品德和精神面貌的宣传，为医改营造良好的社会舆论环境。在医改取得阶段性成果时，要及时进行政策效果评估和宣传，加深广大群众对医改好处的感受。在医改实施过程中，2009 年度对于神木医改经验的宣传是一个成功的案例，但是对于卫生部的参与行为宣传还不够。

在进行宣传时，我们还要摆脱政府传统行政观念的束缚，做到与公众之间的平等对话。传播应该是双向的，包括政策宣传和公众反馈两个环节，但是我们当

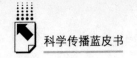

前的重点仍在政策宣传上，对于公众反馈的意见宣传不够。公众的意见反馈不但是卫生部门了解群众需求、进一步完善医疗制度的依据，而且可以作为政策效果宣传的有力论据。

（二）加强对关系民生的几项重点工作如农村、社区、妇幼等方面的宣传

从我国卫生事业发展的实际来看，卫生资源分布仍不合理，在城乡之间、地区之间和不同人群之间存在明显差异。农村医疗、社区医疗和妇幼保健是传统的薄弱环节。近年来，随着我国新农合制度的建设和推广，基层医疗服务体系持续改进，这些方面都得到了明显改善，但是在媒体议题中呈现得并不多，我们要加强引导，主动宣传，增加对农村卫生医疗、社区妇幼卫生方面的报道。对于媒体和公众在理解上的一些误区，要及时进行纠正和引导。有关传播效果的实验证明，双面论点比单面论点更具有说服力。在一定范围内，我们可以适时采用正反面结合的宣传手段，要相信受众的判断力。

（三）进一步做好对外信息发布工作，加强新闻发言人队伍建设

要加强卫生系统新闻宣传机构和人员队伍建设，特别是基层新闻发言人队伍建设。必须看到，在基层，还缺乏舆论引导能力，没有主动宣传的意识。2009 年度就有多次由地方引起的问题没有得到及时妥善处理，基层新闻发言人缺位，对外宣传的口径前后不一，导致公众对卫生部门的不信任，并最终造成对卫生部整体形象的损害，这是非常不应该的。新闻发言人在发布信息时，首先要对内容进行严格把关，没有把握的情报，适当的时候可以借助权威机构和科学家的参与，确保信息的准确度；同时也要讲究效率，争取公众能够在第一时间通过可靠渠道获知有关信息，避免其他信源对公众造成先入为主的误导。

（四）要善于借助突发公共事件的机会，扭转公众对政府机构的成见

在卫生领域，近年来突发公共事件频发。突发公共事件是指"突然发生，造成或者可能造成重大人员伤亡、财产损失、生态环境破坏和严重社会危害、危

及公共安全的紧急事件"①，是相对于政府常规性决策环境的一种非常态的社会情境。在常态下，政府部门的主要任务是维持社会的正常运转，政府形象是缓慢渐变和相对稳定的，然而在突发事件中，政府形象的变动也由于常态稳定性的对比而变得非常醒目。在这一背景下，建立快速、专业与有效沟通的反应机制，可迅速组织或减轻突发事件的危害，也可向公众传递政府负责任的讯号，从而提升政府形象。因此，突发性事件对于政府形象塑造来说是危机，也是转机。在宣传时要注意加强对卫生部参与力度的报道，尤其是在参与过程中积极解释，善于利用科学进行宣传。

（五）积极利用网络媒介，建立平等、直接、快速的传播平台

媒体是社会的瞭望者，往往能最灵敏、最及时地感知问题。在互联网时代，网络把这一功能进一步放大，为公众提供了更为广阔的表达意见的平台。而政府不可能再像过去那样可以轻易地设置议程，必须积极调整传播策略，变单向发布为双向互动。面对舆论监督，作为政府部门不能讳疾忌医，而应该利用媒体这一"社会安全阀"的功能，把社会公众累积的一些冲突情绪通过网络发泄出来。在通过网络平台和公众进行互动沟通的过程中，属于沟通不畅造成误读的要进行必要的解释，消除误会；确实存在问题的，要对照媒体揭示的问题，积极查找原因，寻求解决路径，并及时将解决结果通报给公众，形成良性循环。实践证明，主动接受舆论监督往往能更好地发挥对媒体和公众的引导作用，提升公共形象。

总而言之，随着行政公开和信息透明的发展，公众对政府的要求越来越高，政府形象的好坏作为其可信度强弱和公信力高低的标志，事关一个国家或者机构能否赢得公众支持，能否顺利履行政府职能和实现国家战略目标。要建立健康的政府形象，关键还在于制定和实施正确的政府传播策略。对于卫生部而言，知名度已经不是问题，关键在于提升美誉度，扭转广大群众对政府的刻板成见。主动进行卫生新闻宣传，正确引导舆论，创造有利的改革发展氛围，这对于卫生部的形象塑造以及进一步做好卫生工作，具有十分重要的意义。

---

① 参见《国家突发公共事件总体应急预案》，来源：http://www.gov.cn/yjgl/2005 – 08/31/content_ 27872. htm。

B.18

中国科学院的公共形象

摘　要：本部分通过对传统媒体和网络论坛 2009 年度有关中科院新闻报道的内容分析发现，相对于 2008 年，中科院在传统媒体和网络论坛上的曝光增加了，但仍低于政府机构的平均水平；对中科院整体和人员均以正面评价为主，负面消息较少，但是对中科院 2009 年的工作重点报道还不够全面。对全国 18 个城市的市民电话调查结果进一步显示，2009 年度中科院的形象总体评价为美誉度较高但知名度低，与传统媒体的呈现结果一致；部分经济发达地区的市民对中科院的知名度和美誉度评价偏低。本文建议，中科院要以学风作风建设为抓手，从根本上减少或杜绝负面消息的产生；加强新闻发言人队伍建设，做好对外信息发布工作；加强对科学家公关技能的培养，提升媒体关系处理能力；积极利用网络媒介，建立平等、直接、快速的传播平台。

胡锦涛在 2010 年第十五次中国科学院院士大会上发表讲话指出："在加快转变经济发展方式的进程中，我国科技界肩负着重大使命。"① 作为我国科技的国家队，聚集了全中国最优秀科学家的研究机构，中国科学院（简称中科院）理应发挥"火车头"作用，成为国家和人民可信赖、可依靠的战略科技力量，引领和支持我国可持续发展。

2009 年，中科院在基础前沿研究、战略新技术和国家战略咨询方面取得一系列创新成果。如在世界上首次证明 iPS 细胞的全能性，极大提高了量子信息存储时间；在传感网、物联网关键技术研发和示范性应用方面取得突破，北京正负电子对撞机重大改造工程通过国家验收，建成国际上第一个国家级地貌数据库共享系统；发布《创新 2050：科学技术与中国的未来》系列研究报告，从中国国

---

① 摘自胡锦涛 2010 年 6 月 7 日在中科院工程院两院院士大会上的讲话，来源：http://www.gov.cn/ldhd/2010－06/07/content_ 1622343. htm。

情出发制定了重要领域科技发展路线图，为国家宏观战略决策和科技发展战略提供了科学依据；在应对甲型 H1N1 流感等危急时刻挺身而出，起到了应有的科技支撑作用。作为承载我国创新型国家建设战略实现的重要主体之一，中科院不仅要在科学研究上不断取得突破，而且也应发挥其在专业上的优势，向大众传播更多科学的理念、知识和成果。良好的公共形象能够促进公众对中科院的了解和支持，为研究工作的开展提供有利的舆论环境；反之，不良的形象可能导致公众对中科院的漠视，甚至误解，会直接影响其研究在公众中的认可度，阻碍成果转移转化和推广应用。

一　中科院在传统媒体中的形象呈现

2009 年度，本研究选取了四家传统媒体（《人民日报》、《京华时报》、《南方周末》、《华西都市报》）进行内容监测，共获取有关中科院的新闻826篇，占19 个被调查机构相关新闻总数的 4.84%，略低于理论上的新闻平均数量（约896 篇）。相对于 2008 年度的监测结果（627 篇，占被调查机构的 10.8%）[1] 来说，2009 年度中科院在传统媒体上曝光的频率增加，但是相对于其他政府机构而言曝光率还不够。研究还发现，不同取向的媒体对中科院的报道量存在差别：《人民日报》有关中科院的新闻数量远多于其他几家市场化媒体，占四家媒体报道中科院新闻总量的 43.83%（见图 1）。

（一）从新闻的总体倾向来看，传统媒体在报道中科院有关新闻时以正面和中性报道为主，负面新闻很少

在对 2009 年度传统媒体有关中科院的新闻进行内容分析时发现，正面和中性报道的比例达到97.6%，高于 19 个被监测机构的平均水平（91.12%），说明中科院在传统媒体上的形象是良好的。其中正面报道的比例（51.1%）高于平均水平（46.78%），相对于 2008 年度的比例（33%）有大幅提升。[2] 但也要注意，不同传统媒体对于中科院的形象呈现有较大差异，如图 2 所示，市场化媒体

---

① 詹正茂、靳一著《中国科学传播报告（2009）》，社会科学文献出版社，2009，第264~265 页。
② 詹正茂、靳一著《中国科学传播报告（2009）》，社会科学文献出版社，2009，第265 页。

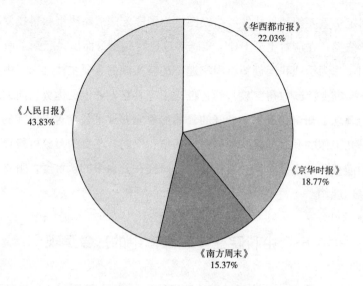

图1　四家传统媒体有关中科院新闻的分布

《京华时报》和《南方周末》以刊登正面报道为主，《人民日报》和《华西都市报》则以中性报道为主，除《京华时报》有1篇"既有正面又有负面"的报道外，关于中科院的报道都是单面论点。

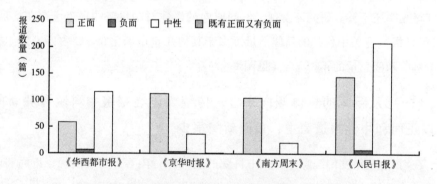

图2　四家传统媒体关于中科院新闻的报道倾向

2009年度，传统媒体对中科院的报道中出现负面新闻的比例仅有2.4%。虽然数量不多，但对中科院来说，也造成了公共形象的损害。从具体内容来看，负面新闻主要出现在"学术腐败"、"论文抄袭"、"科研成果造假"、"院士兼职"、"2008年度审计结果公布，中科院存在问题"、"增选院士名单泄露"等方面，数量不多，主要涉及的是院士个人。

**（二）从具体内容来看，传统媒体对中科院的报道比较分散，2009
年的工作没有被全面反映**

2009 年传统媒体有关中科院新闻的报道比较分散。报道量的峰值出现在 7
月 20 日和 21 日公布入选百名感动中国人物中有关中科院院士的名单时，分别达
到 25 篇和 20 篇，其次是 10 月 14 日外籍院士高锟获诺贝尔学奖前后，以及 11
月 1 日钱学森逝世第二天（有关钱学森的消息达 12 篇，并在此后两个月中一直
是媒体关注的焦点）。像 1 月的科学技术大会、2 月美俄卫星相撞碎片风波、5 月
甲流部署科技攻关、7 月季羡林和任继愈逝世与日全食、12 月增选院士的媒体报
道规模基本都在 10 篇以内。总体看来，传统媒体有关中科院的新闻较少形成连
续性报道，除有关钱学森的报道持续时间较长外，其他重要新闻的持续关注时间
都很短，即使是日全食新闻也就是从 7 月 14 日开始，19 日观测点介绍，20 日天
气预报，到 7 月 21～23 日出现日全食期间一共 12 篇（见图 3）。

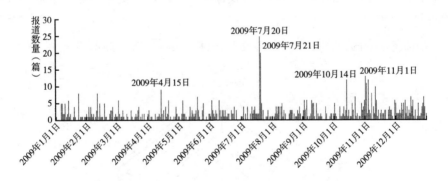

图 3　传统媒体有关中科院报道的时间分布

从具体内容来看，传统媒体对中科院的工作重点覆盖不够。根据中科院网站
2009 年专题中列举的重大事件，除缅怀钱学森、贝时璋院士外，还有中国科研
信息化论坛、第六届国际数字地球会议、中科院 2009 年度工作会议、哥本哈根
热点问题探讨、庆祝中科院成立 60 周年、发布《中国现代化报告（2009）》、
"中科院战略研究系列报告"、中科院科技创新专项行动计划等重大事件，但这
些在本研究监测的四家传统媒体中出现频率较低，部分仅以新闻通稿的形式出现
过一次，没有相关的深度报道。

（三）在19个被调查政府机构中，传统媒体对中科院的"管理能力"以正面评价为主，中科院人员的总体形象较好

在57.3%的报道中，中科院是以机构整体的形象出现的。其中，70.4%的新闻报道对中科院的"宏观管理能力"给予了正面评价，远高于19个被监测机构的平均水平（53.85%），在19个政府机构中排第6位；73.3%的新闻报道对"微观管理能力"给予了正面评价，远高于平均水平（55.72%）。

和本研究监测的其他18个机构不同的是，中科院人员在新闻报道中出现的频率较高，40.9%的报道提及了中科院的人员，特别是院士。这可能与院士是我国科技界的领军人物，享有崇高的社会地位，并一直备受社会关注有关。根据内容分析的结果，中科院人员在传统媒体中的形象绝大多数是正面的，如图4所示，中科院人员在道德品行、政治素质、业务能力、廉洁水平、贴近人民等五个方面，获得的正面评价都比19个被监测机构的平均水平要高，而负面评价的比例都低于平均水平，说明在我国传统媒体中，中科院人员呈现的形象是正面健康的。

但值得注意的是，在2009年度传统媒体有关中科院的新闻报道中，新闻发

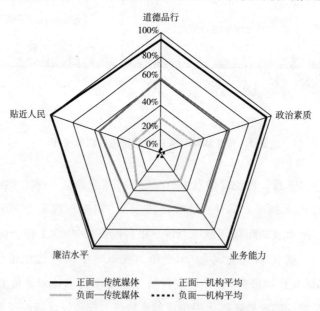

图4 传统媒体关于中科院人员形象的评价情况

言人在媒体报道中出现的比例较低，只有 1.5%，远低于 19 个政府机构的平均水平（6.74%）。

二 中科院在网络论坛上的形象呈现

在研究网络媒体对中科院的形象呈现时，本研究选取了"天涯杂谈"中有关中科院的帖子进行了内容分析。2009 年度"天涯杂谈"有关中科院的帖子共出现339 条，占 19 个被监测机构新闻总量的 3.42%，低于理论上的平均数量（约 521条）。与 2008 年度的监测结果（193 条，占 18 个被监测政府机构的 5.5%）[①] 相比，2009 年度网络媒体对中科院的关注绝对数量增加了，但是曝光率还是不够。

（一）从内容倾向来看，中科院在"天涯杂谈"上以正面信息为主，较 2008 年度比例有所上升

通过对"天涯杂谈"上的 339 条有关中科院的帖子进行内容分析发现，其中内容总体倾向为正面的帖子占到了 43.1%，高于 19 个被监测政府机构的平均水平（14.84%），相对于 2008 年度的统计数据（22.8%）[②] 来说，这一比例也有所上升。负面倾向的帖子比例（22.1%），大幅低于 2009 年度监测的 19 个政府机构的平均水平（62.29%），比 2008 年度（34.2%）[③] 也明显减少（见图 5）。

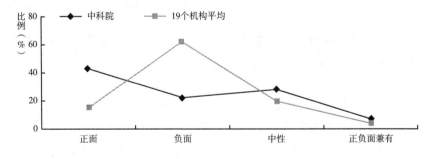

图 5 "天涯杂谈"中有关中科院信息的倾向性分布

---

① 詹正茂、靳一著《中国科学传播报告（2009）》，社会科学文献出版社，2009，第 260 页。
② 詹正茂、靳一著《中国科学传播报告（2009）》，社会科学文献出版社，2009，第 261 页。
③ 詹正茂、靳一著《中国科学传播报告（2009）》，社会科学文献出版社，2009，第 261 页。

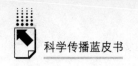

经内容分析显示，2009 年度"天涯杂谈"上有关中科院的负面帖子主要集中在"院士选举仕途化"、"院士论文抄袭"、"山东农科院博士造假"等方面，中科院下属或相关企业如"龙芯"的生产厂商、联想等在商业中的一些不当行为也对中科院的形象造成了一定程度的损害。

（二）从具体内容来看，2009 年度"天涯杂谈"上有关中科院的议题与传统媒体有较大差异，受关注较多的以负面消息为主

"天涯杂谈"上有关中科院的信息出现频率并不高，平均每天 1~2 篇，峰值出现在 10 月 31 日钱学森逝世当天，有 11 篇帖子，由于网络的快捷性，这一消息比传统媒体的报道早了一天。除此之外，其他时段的议题都是极其分散的。结合前面对同一时间段传统媒体的内容分析，网络论坛基本没有对传统媒体有关中科院的议程设置产生影响。

由于网络论坛的互动性特征，我们重点考察了回帖数超过 100 篇的帖子。据统计，2009 年度"天涯杂谈"上有关中科院的帖子中，回帖数目超过 100 篇的帖子大概占 8.8%，与 19 个被监测政府机构的平均水平（8.26%）基本持平；回帖数目为 10 篇以下的帖子（54%）高于平均水平（51.68%）。其中受关注最多的是"浙大院士研究所管理内幕"、"中科院南极科考队请菩萨"、"盘点 2008 年砖家雷死人语录"、"日全食"、"呼吁清除邪恶网络游戏"、"高锟获诺贝尔奖"、"气候变暖是个科学骗局"、"BT 网站关闭、视频网站清退"等话题。

（三）相对于传统媒体的评价，"天涯杂谈"对中科院的评价较低，但是高于对其他 18 个政府机构的平均水平

对"天涯杂谈"上有关中科院的帖子进行内容分析发现，对中科院"宏观管理能力"给予正面评价的帖子占所有帖子的 53.5%，低于传统媒体对机构"宏观管理能力"的正面评价比例（70.4%），但远高于 19 个被监测机构的平均水平（20.61%）；在"微观管理能力"方面中科院得到的正面评价为 52.7%，低于传统媒体的正面评价比例（73.3%），但高于 19 个被监测机构的平均水平（20.27%）。

对人员的评价也是有关中科院帖子的重要方面。在"天涯杂谈"中对中科院人员道德品行、政治素质、业务能力、廉洁水平、贴近人民等五个方面给予正面评价的帖子比例，都要低于传统媒体，但要高于19个被监测机构的平均水平；而负面评价的帖子，都要高于传统媒体，但都要低于19个被监测机构的平均水平。说明与传统媒体相比，网络论坛上更有利于负面信息传播，但在所有政府机构中，中科院人员形象处于较好的水平（见图6）。

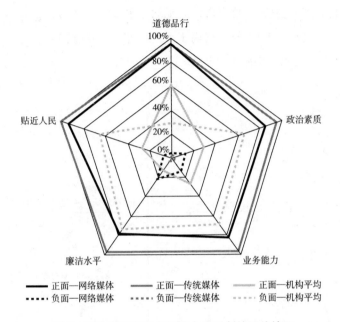

图6　网络论坛关于中科院人员形象的评价情况

值得注意的是，网络论坛中有关中科院的帖子中，新闻发言人出现的频率还是过低，仅有1.8%，远低于19个被监测政府机构的平均水平（7.54%）。

三　中科院在市民调查中的形象呈现

本研究还采取随机抽样的方法在全国范围内展开电话调查，直接询问市民对27个政府机构的总体印象评价，共获得有效样本1002个。其中，受访者的男女比例约为5∶4，年龄层次从16～25岁（31.7%）、26～35岁（15.8%）、36～45岁（13.7%）、46～55岁（11.6%）到55岁以上（22.8%）不等，其中大专以下学历占56.5%，大专学历占20.8%，本科学历占20.7%，硕士及以上学历占1.5%，涉及各种职业人群。

（一）在 27 个被调查政府机构中，中科院美誉度较高但知名度极低

在对全国 18 个城市的随机抽样电话调查中，中科院的知名度较低，仅达到 85.73%，低于 27 个被调查政府机构的平均水平（94.81%），仅高于中国工程院（85.43%）。美誉度（3.62 分）略高于平均水平（3.43 分），介于"印象一般"和"印象较好"之间，偏向于"印象较好"（见图7）。

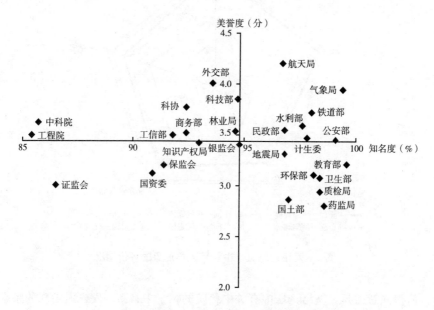

图7 市民调查中政府机构的知名度和美誉度分布

（二）市民对中科院的形象评价不受人口学特征的影响

方差分析显示，性别、年龄、学历、政治面貌、职业等变量对中科院的美誉度评价影响均不显著。

不同性别的人群对中科院的形象评价没有显著差别（$F = 1.128$，$p > 0.2$）。中科院在男性受访者中的知名度（84.84%）略高于女性受访者（83.26%），美誉度（3.64 分）也高于女性受访者（3.59 分）（见图8）。女性受访者对于中科院的印象差异更大一些。

中科院在不同年龄、学历、政治面貌、职业人群中的形象评价并无显著差

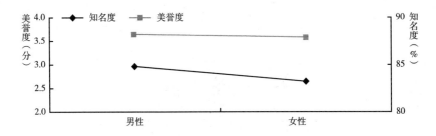

图8　性别对卫生部知名度和美誉度评价的影响不显著

别。方差分析显示，年龄对中科院的形象评价没有显著影响（$F = 0.015$，$p > 0.9$），不同学历人群对中科院的形象评价没有显著差别（$F = 0.231$，$p > 0.6$），职业对人们对中科院的评价也没有显著影响（$F = 0.063$，$p > 0.8$），不同政治面貌的人群对中科院的美誉度评价也没有显著差别（$F = 0.007$，$p > 0.9$）。

（三）不同地区市民对中科院的知名度和美誉度评价差异较大

本研究调查的受访者分布在全国不同地区，包括发达地区和欠发达地区、东部沿海城市和中西部城市。调查发现，不同地区对中科院的知名度和美誉度评价存在较大差异。在图9中，纵轴代表美誉度，横轴代表知名度。值得注意的是，在知名度和美誉度都低的象限内，均为经济较为发达的城市（2009 年全国城市 GDP 排名在前 23 名①）。其中知名度最低的广州（57.41%）远低于 18 个城市的平均水平（85.73%），美誉度最低的上海（3.25 分）远低于平均水平（3.62 分）。在我国的科研和文化政治中心北京，市民对中科院的知名度和美誉度评价也低于平均水平。而在知名度和美誉度都较高的 6 个城市中，除西安进入 2009 年 GDP 前 30 名外，其他均为经济发展较为落后的地区。

在 2008 年的调查中也出现了在经济发达城市中科院知名度和美誉度"双低"的情况，但是由于本次调查的地区样本较少，不同经济发达程度的地区对中科院的知名度和美誉度评价差异未达到统计显著水平，因此还不能直接得出二者之间的关系。

———————————

① 根据国家统计局数据。

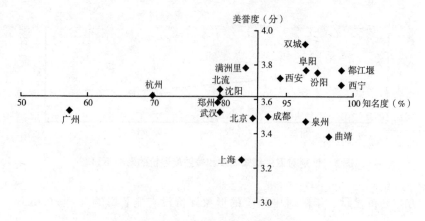

图9 不同地区对中科院知名度和美誉度的评价分布

四 小结

从传统媒体、网络论坛对中科院形象的呈现内容来看，2009 年度关于中科院的媒体报道数量有所增加，但是从传播效果来说，公众电话调查的结果显示，虽然美誉度较高，但知名度还是不理想。

（一）传统媒体和网络论坛上呈现的有关中科院的报道较为小众化、碎片化

2009 年度，中科院在媒体上的形象包含两个方面：一是机构形象，传播效果限于小众范围内；二是人员（科学家）形象，宣传具有碎片化的特点。由于重大科研成果或发现往往涉及科技前沿的"高、精、尖"内容，媒体在解读这些方面的时候存在难度，受众范围有限，市场取向媒体就会选择回避这类选题，以至于如发布未来 50 年科技发展路线图这类重大科研支撑成果，都没有得到足够的呈现，仅在《人民日报》上以新闻通稿形式出现，没有追踪报道和深度解读，在网络论坛上更是没有引起任何关注。院士（科学家）是中科院最受关注的群体，但目前的报道集中在院士逝世之类的消息，而对于院士（科学家）日常的行为特别是科学传播行为呈现不足，不利于科学家群体的形象塑造。

（二）负面新闻主要出现在"学术不端"、"论文抄袭"、"学历造假"等方面，科学家的科学传播类行为较少出现负面消息

近年来，媒体对"学术不端"、"学术腐败"行为关注力度加大，中科院院士（教授/研究员）作为科技界、学术界的领军人物，时刻处在舆论的风口浪尖上。网络上流传的各种真假难辨的负面消息，给中科院的形象造成了极大的损害，"山东省农科院博士学历造假"等事件虽然和中科院没有直接关系，但是由于有关机构没有及时澄清，也被记在了中科院名下。

传统媒体和网络论坛上对科学家的科学传播类行为以正面评价为主，如科研成果发布和推广、科学家为国家宏观决策提供咨询建议、对重大科技问题发表学术见解等方面均很少出现负面报道。

（三）传统媒体主要关注中科院取得的科技成就，公众更为关心的是我国和发达国家的技术差距、人才培养等

传统媒体对中科院在自主创新能力建设方面取得的成就以及科学家的贡献关注度较高，但是公众更多的是对我国与发达国家之间的差距表示忧虑，以及现阶段科研人才培养中存在的问题。有些议题虽然同时在传统媒体和网络媒体中出现，但报道方式、受关注的程度也存在差异。如在传统媒体上出现频率较高的有关钱学森的报道，在天涯论坛上的帖子数目也很多，但是回帖数目均没有超过100篇的；而在传统媒体上，关于诺贝尔奖的报道量远少于钱学森的有关报道，但在高锟获得诺贝尔奖后，"天涯杂谈"上有关的帖子就有3个回帖数目超过了100篇，并且在庆贺中科院外籍院士获奖的同时，更多地反思了我国科研体制存在的问题，反映了公众对我国科学发展的关注。

（四）人口学特征对中科院2009年的形象评价没有显著影响，但不同地区的市民对中科院的知名度和美誉度评价存在较大差异

与2008年度调查的结果相比，我们发现，不同年龄、性别、学历、职业、政治面貌人群对中科院形象评价没有显著区别。但是需要引起重视的是，在经济发达、高科技产业发展迅速的城市，中科院的知名度和美誉度评价甚至低于一些欠发达和边远城市。

五 构建良好的中科院公共形象的对策建议

建院 60 多年来，中科院服务于国家战略需求和经济社会发展，取得了诸如"两弹一星"等一系列重大科研成果，在我国科技事业发展中发挥了先导和主力军的作用。但是一个不争的事实是，我国科技事业自主创新能力还不强，总体上经济发展技术含量不高，很多关键技术和核心技术受制于人，先导性战略高技术领域科技力量薄弱，重要产业对外技术依赖程度仍然较高。路甬祥在中科院 2010 年度工作会议上提出，当前，世界正处在科技重大创新突破和新科技革命的前夜，一些重要的科学问题和关键核心技术发生革命性突破的先兆已日益显现。中国在向全面建设小康社会、基本实现现代化的宏伟目标迈进的过程中，同时面临着能源资源、生态环境、人口健康、传统与非传统安全等诸多方面的严峻挑战，只有依靠科技创新，才能顺利实现产业结构升级，推动发展方式转变。作为我国在科学技术方面的最高学术机构和全国自然科学与高新技术的综合研究与发展中心，中科院有必要发挥"火车头"的作用。[1]

通过前面对 2009 年度传统媒体、网络论坛有关中科院新闻的内容分析和对公众调查的结果可以看出，中科院公共形象的总体特征是知名度低，美誉度较高。与 2008 年度相比，虽然传统媒体和网络论坛有关中科院的新闻绝对数量增加了，但是相对于其他政府机构报道比例仍较低。中科院人员在有关新闻报道中出现的频率较高，但也产生了一些负面消息，对中科院的形象造成了损害。因此我们建议，要改进中科院的公共形象，除了要继续做好本职工作、加强人员队伍的学风作风建设外，还要加大新闻宣传的力度，培养科学家的媒体关系处理能力，主要包括以下几个方面。

（一）以学风作风建设为抓手，从根源上减少或杜绝负面消息的产生

人员形象是中科院公共形象的重要组成部分。近年来，个别院士科学道德失

---

① 摘自路甬祥在中科院 2010 年度工作会议上的讲话，来源：http：//www.cas.cn/zt/hyzt/ 2010ygzhy/2010yw/201001/t20100126_ 2735453.html。

范的现象不同程度发生，受到社会各方面的关注。中科院作为我国科学技术方面的最高咨询机构和自然科学方面的最高学术评议团体，不仅要在弘扬科学精神、维护科学尊严等方面作出努力和贡献，在做人做事做学问等方面也应该为全社会树立典范。自律是人员队伍思想建设的核心，要进一步强化科学家的社会责任意识。其次要进一步完善自我约束机制和工作规范。对社会反响强烈、影响院士声誉的院士兼职、学术不端等问题要展开调研，求真求实，细化道德规范和行为准则，规范违背科学道德行为的处理办法。此外还要进一步严格增选工作纪律，坚决反对和抵制一切不正之风和不正当行为。

（二）进一步做好新闻宣传工作，发挥新闻发言人的作用

中科院作为我国重要的国家思想库和智囊团，公众对其社会角色的期待非常高。在信息时代，中科院在积极参与国家建设的同时，必须要加强与各界的沟通。必须看到，目前中科院还缺乏舆论引导能力，部分科研院所"重研究轻宣传"，在信息发布时"重发布而轻解读"，导致中科院的真正价值和贡献不为大众所了解。因此，必须加强整体形象策划，做好新闻宣传工作。首先要系统地向公众宣传自身的定位和理念，必要时可定期采取"开放日"、新闻发布会的形式；其次是在发布重大科研成果时要注重传播技巧，尽量把专业术语转化为公众在最大限度可以接受的日常语言。

在新闻宣传的过程中，新闻发言人的作用不可忽视。目前中科院设立了院新闻发言人，但是在媒体上出现的频率并不高。加强新闻发言人队伍建设的目的在于建立一个和媒体、公众沟通的窗口，有利于人们看到权威性的言论，避免小道消息影响社会公众的正确判断。要把握好报道的度和时机，正确引导社会舆论，对外树立良好的社会形象，赢得公众的理解和支持；对内凝聚队伍，振奋精神，为中科院改革与发展创造良好的环境和氛围。

（三）提高科学家的媒体关系处理能力，塑造真正的"意见领袖"

科学家往往在公众中拥有较高的权威性和公信力，但如果缺乏和媒体打交道的经验，也容易被媒体误读。因此，必须注重对科研人员进行有关媒介素养和传播技能的培训。科学家有必要同媒体建立积极的关系，正确科学地用好媒体特别是科学媒体，从而进一步普及科学知识、促进科技交流，推介科技成果与科技人

才，更好地推进科技实践、服务社会、服务人民。和媒体打交道时，要保持平等、合作、互利的良好互动关系；要主动帮助记者找到他们想要的信息；要诚实、准确，这是在媒体面前保持可信度和美誉度的基础；及时纠正错误，在最短时间内消除疑惑。

（四）积极利用网络媒介，扩大中科院网站群的影响

2009 年度对中科院形象造成负面影响的事件主要来源于网络论坛。网络信息的传播速度极快，如果不及时发现并采取有效措施，就可能对中科院的形象造成大的伤害。同时，网络上的信息还具有实时互动和易复制的特点，这使得利用网络打好"自卫反击战"成为可能。除了在负面消息出现后进行积极干预、澄清解释外，中科院还应利用网络平台加大对自身重大成就的主动宣传。2009 年 10 月，由 270 余个中科院属各单位新版中英文网站组成的中科院网站群正式上线，从整体上提升了中科院的网络宣传能力和服务公众水平。但是目前中科院网站群对公众的辐射面还不够宽，需要加大对网站本身的宣传力度。

（五）针对部分地区知名度和美誉度均低的现状，加大对院地合作经验的宣传

院地合作是中科院加快科技成果转移转化、服务国家经济建设和社会发展的重要途径。然而，在研究中发现，部分经济较发达地区的市民对中科院呈现知名度和美誉度均低的危险状态。实际上，在经济较发达的地区，院地合作、院企合作的机会往往更多，但是院地合作的成果没有在大众媒体上得到有效传播。因此，在这些地区要改进中科院的公共形象，除了继续稳步推进与地方政府、企业共建研究院所和技术转移转化平台，实施面向对方科技需求的专项工程，加强人员交流和培养之外，还必须加大对院地合作经验的宣传，为院地合作营造良好的环境和氛围。

塑造健康的机构形象，关键还在于制定和实施正确的传播策略。对于中科院而言，目前的关键在于提升知名度，维护好美誉度。主动进行新闻宣传，正确引导舆论，塑造良好的中科院以及科学家形象，对于中科院工作的开展，具有十分现实的意义。

ℬ.19
中国气象局公共形象及其传播策略研究

摘　要：本研究试图从受众和文本两个层面对中国气象局的公共形象展开研究。首先，在受众层面，采取随机电话抽样问卷调查的方式，询问全国18个城市1002名调查者对中国气象局的综合印象评价，以期了解公众心目中的政府形象；由于现代媒介在政府传播过程中的重要作用，我们还选取了四家传统媒体（《人民日报》、《京华时报》、《华西都市报》、《南方周末》）和天涯论坛作为研究对象，对其2009年1月1日至12月31日间有关中国气象局的所有报道和帖子，采取内容分析的方法通过对报道内容倾向、报道时间、所关注事件、媒体来源以及关于政府宏观和微观管理能力的评价展开分析，试图勾勒出媒体所呈现的气象局形象。综合这两个层面的研究结果，我们不但了解到中国气象局公共形象的形成过程，并能够从传播策略的角度对其进一步改进政府形象提出对策和建议。

作为国务院直属事业单位，中国气象局承担着我国气象工作的政府行政管理职能，负责全国气象工作的组织管理。在我国，气象事业服务于国民经济建设和社会发展与国家安全各个领域，是科技型、基础性社会公益事业，关系国计民生。在深入贯彻落实科学发展观的过程中，中国气象局把握转变气象事业发展方式的新形势和新要求，提出"公共气象、安全气象、资源气象"的发展理念和"以人为本、无微不至、无所不在"的服务宗旨。随着气候变化对人类生存和发展的影响日益显著，气象工作的作用日益突出，任务更加繁重，各方面的期望值和要求也越来越高。2009年，中国气象局不但做好了天气预报、气候预测、人工影响天气等公共气象服务，还圆满完成了防汛抗旱气象服务以及新中国成立60周年庆典活动、第十一届全国运动会、第24届世界大学生冬季运动会等重大活动的气象保障任务，受到社会的更多关注和好评。在未来，中国气象局不仅要

增强气象业务服务能力，更要进一步提升宣传工作能力，向大众传播更多有关气象事业的科学理念、知识和成果。实践证明，良好的公共形象能够促进公众对中国气象局的了解和支持，为气象工作的开展提供有利的舆论环境；反之，不良的形象可能导致公众对气象局的漠视，甚至误解，会直接影响其在公众中的认可度，阻碍气象事业的发展。

一　中国气象局在公众调查中的政府形象

政府形象，是指政府机构通过自己的管理行为展现在社会公众面前的一种风貌和姿态，是政府机构在社会公众中获得的总体印象和综合评价，具体体现为政府的知晓度和美誉度。尤其美誉度是衡量施政质量和评价政府形象的重要指标，它体现了一个政府机构赢得社会公众信任、赞誉的程度。为调查中国气象局在公众中的知名度和美誉度，我们在全国 18 个城市进行了随机电话抽样问卷调查，询问其对政府机构的印象评价情况。共获得有效样本 1002 个，平均每个城市 55～60 个受访者。其中，受访者的男女比例约为 5：4，年龄层次从 16～25 岁（31.7%）、26～35 岁（15.8%）、36～45 岁（13.7%）、45～55 岁（11.6%）到 55 岁以上（22.8%）不等，其中大专以下学历占 56.5%，大专学历占 20.8%，本科学历占 20.7%，硕士及以上学历占 1.5%，涉及各种职业人群。

在本研究中，政府机构的知名度就是被访者知道该机构的比例，美誉度就是被访者对该机构的印象评价。在分析时我们采用里克特量表，将"印象非常差"赋值为 1 分，"印象比较差"赋值为 2 分，"印象一般"赋值为 3 分，"印象比较好"赋值为 4 分，"印象非常好"赋值为 5 分，印象评价的均值即为该机构的美誉度。除了中国气象局外，我们还选取了国务院直属的其他 26 个中央政府机构作为参照系，将知道该政府机构的被访者对其的知名度赋值为 1 分，"没有印象"的被访者对其的知名度赋值为 0 分，27 个被调查机构知名度的均值则为政府机构总体的知名度；政府机构总体的美誉度则由 27 个被调查机构的美誉度均值来表示。

（一）从公众调查的结果来看，气象局属于知名度高美誉度也较高的类别

据统计，27 个政府机构的平均知名度为 94.80%，美誉度为 3.43 分，介于

"印象一般"和"印象较好"之间，偏向于"印象一般"。其中，中国气象局的知名度高达99.4%，仅次于教育部，美誉度为3.94分，介于"印象一般"和"印象很好"之间，偏向于"印象较好"，如表1所示。

表1 电话调查得出的27个政府机构公共形象

政府机构	知名度（%）	美誉度（分）	公共形象类型
国家航天局	96.70	4.20	
中国气象局	99.40	3.94	
铁道部	98.00	3.72	A类：
水利部	97.60	3.59	知名度高
民政部	96.80	3.54	美誉度高
国家人口和计划生育委员会	97.80	3.47	
公安部	99.10	3.45	
外交部	93.60	4.00	
中国科学技术协会	92.40	3.76	
中国科学院	85.70	3.62	B类：
商务部	92.40	3.52	知名度低
中国工程院	85.40	3.50	美誉度高
工业和信息化部	91.80	3.49	
科技部	94.70	3.85	
国家林业局	94.60	3.53	C类：
国家知识产权局	93.00	3.42	知名度中
中国银行业监督管理委员会	94.80	3.40	美誉度中
中国保险监督管理委员会	91.40	3.20	D类：
国有资产监督管理委员会	90.90	3.12	知名度低
中国证券监督管理委员会	86.50	3.01	美誉度低
中国地震局	96.80	3.31	
教育部	99.60	3.21	
环境保护部	98.10	3.11	E类：
卫生部	98.40	3.08	知名度高
国家质量监督检验检疫总局	98.40	2.94	美誉度低
国土资源部	97.00	2.86	
国家食品药品监督管理局	98.60	2.80	
总　　体	94.80	3.43	知名度中、美誉度中

从图1中的聚类分析结果来看，横轴代表知名度，纵轴代表美誉度。中国气象局属于知名度高美誉度也较高的类别。

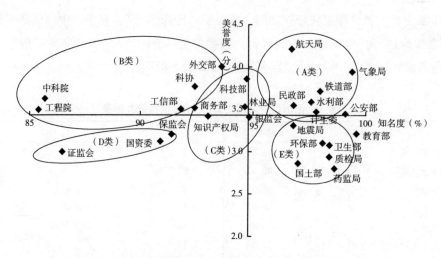

图1　公众调查中政府机构知名度和美誉度的聚类分析结果

（二）从调查人群的性别分布来看，男性对气象局的美誉度评价略高于女性

如图2所示，男性对中国气象局的美誉度评价（3.93分）与女性（3.20分）相比，更接近于"印象较好"水平；但知名度（99.11%）比女性（99.7%）稍低。

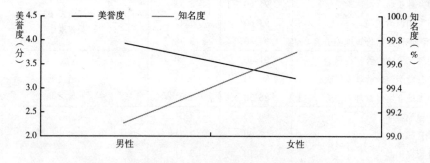

图2　不同性别人群对气象局的知名度和美誉度评价

（三）从调查人群的年龄分布来看，气象局在36～55岁人群中知名度稍低

随着被调查对象年龄的增长，其对中国气象局的美誉度评价呈现平缓上升趋势；知名度在36～55岁之间的人群中评价较低，如图3所示。

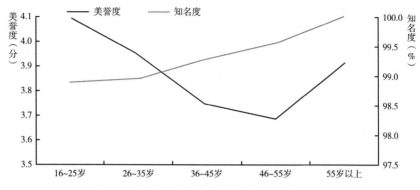

图3　不同年龄人群对气象局的知名度和美誉度评价

（四）从调查人群的学历分布来看，受教育程度越高者对气象局的美誉度越低

如图4所示，随着受教育程度的增加，被调查者对中国气象局的美誉度评价呈现下降趋势，但硕士以上学历对气象局的美誉度评价（3.75分）略高于硕士（3.64分）；知名度则是随着被调查对象学历的提升越来越高。

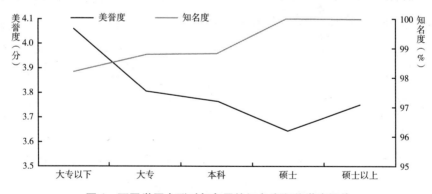

图4　不同学历人群对气象局的知名度和美誉度评价

（五）从调查人群的职业分布来看，外资企业人员对气象局的美誉度最低

外资企业工作人员对气象局的美誉度评价最低（3.67分），事业单位（3.81分）和国有企业工作人员（3.79分）对气象局的美誉度评价也较低；值得注意

的是，在国家行政部门工作人员（95.83%）和下岗待业失业人员（96.43%）中，气象局的知名度偏低（见图5）。

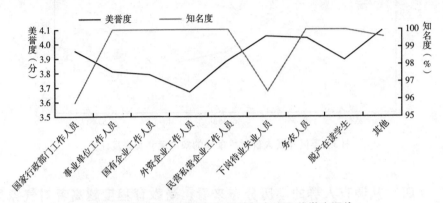

图5　不同职业人群对气象局的知名度和美誉度评价

（六）从调查人群的政治面貌来看，民主党派成员对气象局的美誉度评价偏低

如图6所示，民主党派成员对气象局的美誉度最低，而知名度最高；在普通群众中的知名度最低，但美誉度较高。

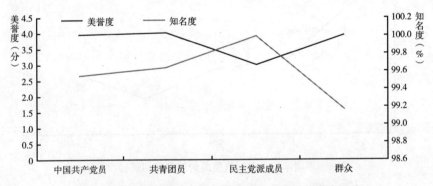

图6　不同政治面貌人群对气象局的知名度和美誉度评价

（七）从调查人群的地域分布来看，气象局在部分城市的知名度和美誉度呈现较大差异

如图7所示，辽宁沈阳对中国气象局的知名度最低（92.59%），远低于其

他地区平均水平（99.29%），其美誉度也仅为 3.78 分，低于平均水平（3.94分）。而在四川成都、广西北流、浙江杭州等城市，中国气象局处于知名度较高美誉度偏低的状态，从公共关系的角度来看，这一状态较为危险。

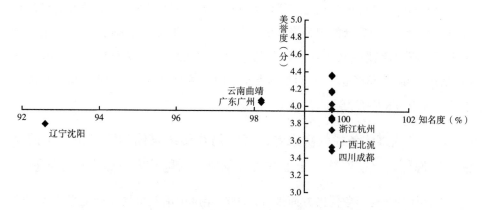

图7　不同城市人群对气象局的知名度和美誉度评价

二　中国气象局在传统媒体和网络论坛中的形象

从传播学角度看，形象是个体对客观世界主观再现的结果。李普曼在《舆论学》一书中提出，在大众传播极为发达的现代社会，绝大多数人只能通过"新闻供给机构"也就是媒体去了解身外世界，人的行为已经不再是对客观环境及其变化作出的反应，而是对新闻机构提示的某种"拟态环境"的反应。因此，形象实际上是个人的主观意识，并非事物的真实内容，它要根据个人获得的信息而确定。同时形象也不是固定不变的，存在着从信息到形象的动态关系，新增加的信息会改变既有的刻板印象。这在某种程度上说明，政府形象是可以通过一定的途径和行为构建的。而这个途径指的就是政府传播，构成传播的核心在于媒体。报纸、杂志、图书等印刷媒体使得知识可以进行远距离的传递和交流。电影、电视、广播、摄影等电子媒体的发展使得人们能够通过声音图像的传播实时了解到世界每一个角落正在发生的事故、自然灾害、暴动和战争。到了数字媒体时代，信息传播的瞬时性、信息来源的多样性和针对信息反映的即时互动性都带来了与以往完全不同的革命性变化。搜索引擎和宽带技术大幅提高了信息传递的速度和流量；博客、论坛改变了网络信息的提供方式，公众可以在公共领域自由表达意见；手机的移动通信方式使人们摆脱了固定电话的缺陷……人类社会正在构成一个信息迅速流通、互动的巨大网络。

当前的政府传播就是在这一背景下进行的，在相当长的一段时间里，政府行政命令的发布、与民众的相关信息交流也都是建立在媒体的基础之上的。能否顺利实现政府形象塑造并达到所预期的效果，很大程度上要看其自身影响媒体（包括传统媒体和新兴媒体）力量的大小，即是否对媒体并通过媒体报道形成吸引力、说服力和感召力。

（一） 从媒体传播频次来看，气象局在传统媒体和网络论坛上的关注度都偏低，但在网络论坛上有关气象局的话题较容易形成热点话题

从媒体的政府形象传播方面来看，2009 年度中国气象局在传统媒体和网络论坛上的关注度都较低，尤其是在网络论坛上的关注度位居所有被考察政府机构的最末（见表 2 和表 3）。但是从网络回帖数量来看，有关中国气象局的话题更容易形成热点话题，在某种程度上反映了网民对有关气象话题的热衷程度或主动参与度还是比较高的。

表 2　气象局受传统媒体的关注度在政府机构中的排名

政府机构	报道频数（次）	关注度（%）	不同媒体占该机构所有报道的比例（%）			
			《华西都市报》	《京华时报》	《南方周末》	《人民日报》
卫生部	2049	12.01	21.30	39.60	14.50	24.50
教育部	1801	10.56	26.30	25.80	11.60	36.30
公安部	1674	9.82	28.40	25.90	17.60	28.10
中国证券监督管理委员会	1569	9.20	35.90	45.40	12.40	6.20
外交部	1495	8.77	14.90	14.30	17.40	53.40
商务部	1324	7.76	25.10	34.60	10.50	29.80
民政部	838	4.91	25.20	26.10	11.20	37.50
中国科学院	826	4.84	22.00	18.80	15.40	43.80
工业和信息化部	812	4.76	31.20	30.50	10.50	27.80
中国银行业监督管理委员会	663	3.89	34.50	32.40	11.80	21.30
环境保护部	594	3.48	16.70	23.40	20.70	39.20
人力资源和社会保障部	552	3.24	13.80	15.80	20.30	50.20
国有资产监督管理委员会	526	3.08	27.00	36.10	16.50	20.30

续表

政府机构	报道频数（次）	关注度（%）	不同媒体占该机构所有报道的比例（%）			
			《华西都市报》	《京华时报》	《南方周末》	《人民日报》
国家食品药品监督管理局	496	2.91	20.80	50.80	13.10	15.30
国家质量监督检验检疫总局	445	2.61	19.30	43.40	16.90	20.40
铁道部	403	2.36	23.10	28.50	15.60	32.80
国土资源部	389	2.28	26.70	19.80	20.30	33.20
中国气象局	303	1.78	40.30	19.50	4.00	36.30
中国保险监督管理委员会	295	1.73	22.70	50.80	4.10	22.40
总　体	17054	100.00	25.01	30.61	13.92	30.46

表3　气象局受"天涯杂谈"的关注度在政府机构中的排名

政府机构	话题频数（次）	关注度（%）	机构作为话题主体的比例（%）	
			机构是主体	机构仅被提及
公安部	2212	22.35	80.20	19.80
教育部	1997	20.18	31.00	69.00
卫生部	1532	15.48	74.30	25.70
铁道部	651	6.58	52.80	47.20
工业和信息化部	571	5.77	85.40	14.60
民政部	390	3.94	68.20	31.80
中国科学院	339	3.43	53.70	46.30
国土资源部	312	3.15	78.10	21.90
环境保护部	300	3.03	83.20	16.80
国家食品药品监督管理局	295	2.98	67.80	32.20
国家质量监督检验检疫总局	238	2.40	48.10	51.90
外交部	188	1.90	71.30	28.70
商务部	187	1.89	70.10	29.90
中国证券监督管理委员会	149	1.51	32.90	67.10
国有资产监督管理委员会	134	1.35	25.40	74.60
人力资源和社会保障部	133	1.34	82.00	18.00
中国保险监督管理委员会	102	1.03	33.30	66.70
中国银行业监督管理委员会	96	0.97	31.20	68.80
中国气象局	71	0.72	29.60	70.40
总　体	9897	100.00	57.82	42.18

政府机构所受的关注度，用该机构有关报道占所有政府机构报道中的比例来表示。媒体上有关某个政府机构的报道数量越多，就意味着该政府机构受媒体的

关注越多。如表 2 所示,2009 年度四家报纸上有关中国气象局的报道仅占所有被考察政府机构的报道总数(17054 篇)的 1.78%,略高于关注度最低的中国保险监督管理委员会(1.73%)。《华西都市报》(40.3%)和《人民日报》(36.3%)对中国气象局的关注度相对较高。

网络论坛上政府机构的受关注程度差异比传统媒体更为明显。中国气象局是所有政府机构中受关注程度最低的,仅为 0.72%,约为关注度最高的公安部(22.35%)的 1/31。在有关中国气象局的 71 条话题中,直接以气象局作为新闻主体的话题比例仅为 29.6%,远低于气象局在传统媒体中作为新闻主体出现的比例(67.3%)。

话题数量反映了公众对有关政府机构的关注程度,而回帖反映的是公众对话题的热衷程度或主动参与程度。回帖数目越多,说明该话题引起各方的关注越多,公众对话题的参与越深入。回帖数目达到 100 篇以上的(一般是 20 条回复翻一页,整个话题已经累积 5 页以上)基本可以判断,该话题已经成为热点议题。如表 4 所示,公众对"天涯杂谈"上有关政府机构的话题参与度不高,回帖达到 100 篇以上的比例仅为 8.26%。但有关中国气象局话题中回帖 100 篇以上的话题占到了其话题总数的 14.1%。对不同回帖数目进行赋值,10 篇以下的赋值 1分,10~99 篇的赋值 3 分,对 100 篇以上的赋值 5 分,求加权平均值,可以得出公众对气象局有关话题的参与度,为 2.3 分,高于政府机构的平均水平(2.13 分)。

表 4　有关气象局的网络话题在政府机构中的回帖排名

政府机构	话题频数（次）	参与度（分）	回帖数目不同的话题所占比例（%）		
			10 篇以下	10~99 篇	100 篇以上
公安部	2212	2.42	39.40	50.40	10.30
工业和信息化部	571	2.37	40.50	50.40	9.10
中国气象局	71	2.30	49.30	36.60	14.10
民政部	390	2.27	47.40	41.50	11.00
卫生部	1532	2.27	46.90	42.80	10.30
铁道部	651	2.25	42.50	52.20	5.20
教育部	1997	2.24	46.60	44.60	8.80
国土资源部	312	2.23	50.30	37.80	11.90
外交部	188	2.22	52.70	33.50	13.80
中国保险监督管理委员会	102	2.14	47.10	49.00	3.90
人力资源和社会保障部	133	2.10	57.10	30.90	12.00
中国科学院	339	2.10	54.00	37.20	8.80
环境保护部	300	2.07	54.30	37.00	8.30
国有资产监督管理委员会	134	2.06	54.50	38.10	7.50

政府机构	话题频数（次）	参与度（分）	回帖数目不同的话题所占比例（%）		
			10篇以下	10~99篇	100篇以上
国家质量监督检验检疫总局	238	2.04	50.00	47.90	2.10
国家食品药品监督管理局	295	2.02	59.00	30.80	10.20
商务部	187	1.91	61.50	31.60	7.00
中国证券监督管理委员会	149	1.77	64.20	33.10	2.70
中国银行业监督管理委员会	96	1.71	64.60	35.40	0.00
总　　体	9897	2.13	51.68	40.04	8.26

（二）从报道内容的倾向来看，2009年度中国气象局在传统媒体上还是以正面和中性报道为主的，但在网络论坛上负面话题较多

如表5所示，从报道内容的倾向来看，2009年度传统媒体有关气象局的报道以正面和中性报道为主（97.3%），高于政府机构的平均水平（89.32%），负面报道仅占1.7%。综合形象评分在所有机构中居于较高的水平（3.90分）。仅有的5篇负面报道主要内容集中在地方气象局工作人员开会迟到、打手机、上开心网等现象方面。

表5　气象局的传统媒体形象在政府机构中的排名

政府机构	报道频数（次）	形象评分（分）	不同内容倾向报道的比例（%）			
			正面	负面	中性	既有正面又有负面
国家食品药品监督管理局	496	4.32	72.80	6.90	19.60	0.80
商务部	1324	4.15	58.80	1.40	38.50	1.30
人力资源和社会保障部	552	4.13	58.20	1.60	38.80	1.40
公安部	1674	4.09	64.80	10.50	21.20	3.50
外交部	1495	4.04	52.60	0.60	46.20	0.50
民政部	838	4.02	60.50	9.30	29.70	0.50
工业和信息化部	812	4.01	58.00	7.50	33.70	0.70
铁道部	403	3.99	58.30	8.90	30.30	2.50
卫生部	2049	3.98	54.00	5.00	38.80	2.10
中国科学院	826	3.97	51.10	2.40	46.40	0.10
中国银行业监督管理委员会	663	3.94	55.80	8.70	34.70	0.80
中国气象局	303	3.90	46.50	1.70	50.80	1.00
中国保险监督管理委员会	295	3.79	48.10	8.70	38.10	5.20

续表

政府机构	报道频数（次）	形象评分（分）	不同内容倾向报道的比例（%）			
			正面	负面	中性	既有正面又有负面
国有资产监督管理委员会	526	3.42	29.70	8.60	54.90	6.80
中国证券监督管理委员会	1569	3.38	31.60	12.50	53.00	2.90
教育部	1801	3.13	24.10	17.40	56.40	2.10
环境保护部	594	3.07	27.40	24.10	47.80	0.70
国家质量监督检验检疫总局	445	3.05	13.50	10.80	75.70	0.00
国土资源部	389	3.02	23.10	22.10	53.70	1.00
总　　体	17054	3.76	46.78	8.88	42.54	1.78

在网络论坛上，中国气象局的负面话题比例高达53.5%，不过仍低于政府机构负面话题比例的均值（62.29%）。从具体内容来看，负面话题主要出现在"石家庄雷击塌楼事件"、天气预报不准、地方气象局某些人员违法乱纪行为等方面。

表6　气象局的网络形象在政府机构中的排名

政府机构	话题频数（次）	形象评分（分）	不同内容倾向报道的比例（%）			
			正面	负面	中性	既有正面又有负面
中国保险监督管理委员会	102	1.43	3.90	82.40	6.90	6.90
工业和信息化部	571	1.76	13.70	75.70	10.50	0.20
公安部	2212	1.80	13.30	73.10	6.40	7.20
国土资源部	312	1.27	2.20	88.80	9.00	0.00
国有资产监督管理委员会	134	1.40	5.20	85.10	3.70	6.00
环境保护部	300	1.35	4.30	86.30	8.70	0.30
教育部	1997	1.29	3.10	88.90	7.40	0.70
民政部	390	1.83	11.00	69.70	19.00	0.30
中国气象局	71	2.16	11.30	53.50	28.20	7.00
人力资源和社会保障部	133	3.31	41.40	26.30	25.60	6.80
商务部	187	3.71	47.30	11.80	36.00	4.90
铁道部	651	1.84	6.60	64.70	22.70	6.00
外交部	188	3.24	35.60	23.40	37.80	3.20
卫生部	1532	2.14	10.70	53.50	31.60	4.20
国家食品药品监督管理局	295	1.50	2.00	76.90	20.70	0.30
中国银行业监督管理委员会	96	1.56	7.30	79.20	13.50	0.00
中国证券监督管理委员会	149	1.67	9.40	75.80	13.40	1.30
国家质量监督检验检疫总局	238	2.29	10.50	46.20	41.20	2.10
中国科学院	339	3.42	43.10	22.10	28.00	6.80
总　　体	9897	2.05	14.84	62.29	19.48	3.37

（三）从内容分析的结果来看，传统媒体对气象局在宏观管理能力方面的评价较好，但对其微观管理能力评价较差

根据内容分析的结果，我们考察了四家报纸对于政府机构宏观管理能力和微观管理能力的描述，对负面评价赋值为 1 分，中性评价赋值为 3 分，正面评价赋值为 5 分，对这三者的加权平均值即为政府机构管理能力的评分。分析发现，中国气象局在宏观管理能力方面评价较好（4.13 分），高于平均水平（3.97 分）；微观管理能力略差（3.81 分），低于平均水平（3.94 分），如表 7 所示。

表 7　传统媒体对气象局的宏观和微观管理能力评价在政府机构中的排名

政府机构	报道频数（次）	宏观管理能力评分（分）	宏观评价所占比例（%）			微观管理能力评分（分）	微观评价所占比例（%）		
			正面	负面	中性		正面	负面	中性
中国银行业监督管理委员会	663	4.61	81.60	0.90	17.40	4.51	76.80	1.10	22.10
国家食品药品监督管理局	496	4.43	75.30	4.20	20.60	4.43	75.30	4.20	20.60
商务部	1324	4.42	72.60	1.40	26.00	4.02	53.10	2.10	44.80
中国科学院	826	4.40	70.40	0.50	29.00	4.41	73.30	3.00	23.70
公安部	1674	4.39	74.80	5.50	19.80	4.13	67.80	11.40	20.80
铁道部	403	4.29	71.60	6.90	21.50	4.14	68.90	11.70	19.30
民政部	838	4.18	65.10	6.20	28.70	4.14	67.00	10.20	22.80
人力资源和社会保障部	552	4.17	60.20	1.90	37.90	4.13	58.20	1.60	40.10
外交部	1495	4.17	59.50	0.90	39.60	4.17	59.20	0.90	39.90
中国气象局	303	4.13	59.00	2.60	38.40	3.81	44.80	4.50	50.70
工业和信息化部	812	4.08	59.90	5.90	34.20	4.61	84.00	3.40	12.60
中国保险监督管理委员会	295	4.07	57.30	3.90	38.80	3.86	53.50	10.30	36.20
卫生部	2049	3.95	51.70	4.30	44.10	3.98	53.40	4.20	42.40
中国证券监督管理委员会	1569	3.71	37.50	1.90	60.60	3.61	31.70	1.40	66.90
国有资产监督管理委员会	526	3.57	36.10	7.80	56.10	3.21	20.40	9.60	69.90
环境保护部	594	3.53	33.70	7.10	59.20	3.83	59.20	17.70	23.00
教育部	1801	3.19	22.90	13.60	63.60	3.30	49.20	34.00	16.80
国土资源部	389	3.12	20.50	14.30	65.20	3.09	30.00	25.50	44.50
国家质量监督检验检疫总局	445	3.06	13.50	10.50	76.00	3.45	32.90	10.40	56.80
总体	17054	3.97	53.85	5.27	40.88	3.94	55.72	8.80	35.47

在网络论坛上，对于中国气象局在宏观管理能力方面的评价（2.58 分）略高于平均水平（2.47 分），但远低于传统媒体对其的评价（4.13 分）。值得注意

的是，网络论坛对中国气象局在微观管理能力方面的评价（3.68 分）是所有被调查机构中最好的，甚至接近于传统媒体对其微观管理能力的评价（3.81 分），如表 8 所示。

表8　网络论坛对气象局的宏观和微观管理能力评价在政府机构中的排名

政府机构	括题频数（次）	宏观管理能力评分(分)	宏观评价所占比例(%)			微观管理能力评分(分)	微观评价所占比例(%)		
			正面	负面	中性		正面	负面	中性
商务部	187	4.10	60.50	5.30	34.20	3.62	41.80	11.00	47.30
人力资源和社会保障部	133	3.63	51.40	20.30	28.40	3.54	53.60	26.80	19.60
中国科学院	339	3.62	53.50	22.50	23.90	3.51	52.70	27.30	20.00
外交部	188	3.26	38.60	25.50	35.90	3.27	38.70	25.50	35.90
公安部	2212	2.85	41.00	48.70	10.30	1.82	15.80	74.60	9.60
国家质量监督检验检疫总局	238	2.72	19.10	33.00	47.80	3.02	33.60	32.80	33.60
中国气象局	71	2.58	11.50	32.70	55.80	3.68	54.70	20.80	24.50
卫生部	1532	2.51	18.90	43.60	37.50	2.25	17.00	54.50	28.50
中国证券监督管理委员会	149	2.47	17.00	43.80	39.30	2.63	20.00	38.60	41.40
国家食品药品监督管理局	295	2.22	3.50	42.70	53.80	1.77	6.20	67.80	26.00
国土资源部	312	2.15	2.80	45.40	51.80	1.32	3.50	87.70	8.80
中国保险监督管理委员会	102	2.13	13.30	56.70	30.00	1.48	5.50	81.30	13.20
环境保护部	300	2.10	7.00	52.10	40.80	1.38	3.40	84.30	12.30
民政部	390	2.08	6.90	52.80	40.30	1.87	11.70	68.10	20.20
工业和信息化部	571	2.02	20.50	69.70	9.80	1.26	5.40	92.60	2.00
中国银行业监督管理委员会	96	1.98	9.80	60.90	29.30	2.00	10.60	60.60	28.70
铁道部	651	1.93	11.80	65.00	23.10	1.76	8.30	70.10	21.60
教育部	1997	1.35	2.00	84.60	13.40	1.35	1.90	84.50	13.60
国有资产监督管理委员会	134	1.22	2.50	91.60	5.90	1.15	0.80	93.20	5.90
总　　体	9897	2.47	20.61	47.21	32.17	2.25	20.27	58.00	21.72

（四）气象局新闻发言人在传统媒体报道中出现的比例偏低，网络论坛上的出现频率也不高

如图 8 所示，中国气象局新闻发言人在传统媒体中出现的比例偏低（2.3%），仅高于中科院（1.5%），远低于平均水平（6.74%）。而在网络论坛的有关话题中，中国气象局新闻发言人的出现频率也不高（5.6%），低于平均水平（7.54%），如图 9 所示。

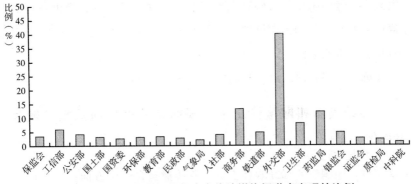

图8 政府机构新闻发言人在传统媒体报道中出现的比例

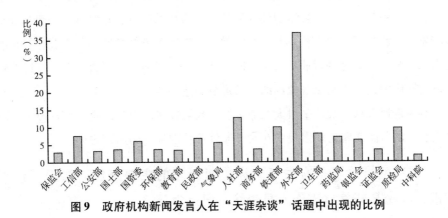

图9 政府机构新闻发言人在"天涯杂谈"话题中出现的比例

三 气象局在传统媒体和网络呈现中存在的问题

从前述传统媒体、网络论坛对中国气象局的传播内容来看，2009年度中国气象局的媒体关注度虽然不高，但是结合公众电话调查的结果，显示其知名度较高，美誉度也较好。不过值得注意的是，网络论坛上关于中国气象局的负面话题较多，而且传统媒体上也有关于气象局某些工作人员的批评报道，这些都对气象局的公共形象造成了较大的损害。

（一）不同人口学特征的人群对气象局2009年的形象评价存在较大差别

与2008年度调查的结果相比，我们发现，女性对气象局的美誉度评价较低，

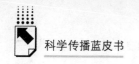

但知名度较高。年龄越低的人群对气象局的美誉度评价越低；但值得注意的是，学历越高的人群对气象局的评价越低，不过在硕士以上学历的人群中有较小的提升。外资企业、事业单位、国有企业工作人员对气象局的美誉度评价偏低。辽宁沈阳、浙江杭州等部分地区对气象局的美誉度评价较低。

（二）传统媒体和网络论坛上呈现的有关气象局的报道较为小众化、碎片化

2009 年度，中国气象局在媒体上的形象传播包含两个方面：一是机构形象，传播效果限于小众范围内；二是人员形象，宣传具有碎片化的特点。由于气象事业涉及的领域较为专业，传统媒体在解读有关信息的时候存在难度，一般都是直接转发气象台的新闻稿，特别是一些涉及农工渔牧等方面的专门气象服务，它的受众也就限于从事这些行业的人士。除非涉及重大新闻事件，否则较少进行追踪报道或深度解读，不利于气象局的公共形象塑造。

对于普通大众来说，平时大众通过媒体接触较多的内容还是天气预报，在网络论坛上的负面话题也较多集中在对于天气预报准确性的质疑方面。

（三）网络论坛是有关气象局负面新闻的主要来源，如天气预报不准、曝光某些气象工作人员违法乱纪行为等

2009 年度网络论坛上一半左右有关气象的话题都涉及天气预报预测不准等，由于与人们日常生活密切相关，这一话题的受关注程度相对较高。此外，地方气象局某些公职人员渎职甚至涉嫌刑事犯罪、工作时间上网偷菜、开会迟到打手机等违规行为也成为网络论坛上曝光的主要内容。各种真假难辨的负面消息，如"石家庄塌楼"事件，就在一段时间内成为热点，有网民质疑气象专家有关雷击导致楼塌的解释，对气象从业人员和气象机构的专业形象造成了较大的损害。

（四）传统媒体的信息传播和公众的认知上存在"剪刀差"

传统媒体上关于气象局的报道较多以各类气象信息发布的形式出现，尤其是一些灾害天气预警的报道较 2008 年有明显增多，客观上是由于这两年极端天气和气象灾害频发，但在某种程度上也反映气象局加强了信息服务的力度。但是从

网络论坛上同一时间的话题发布情况来看，传统媒体的这些报道对于公众的影响并不明显。在网络论坛上，较多的话题集中在气象局工作人员渎职乱纪以及天气预报预测不准等方面，另外，对于气象局在频发的灾害天气面前"胡乱作为"也有零星的抱怨。

（五）在气象局的有关媒体报道中，新闻发言人经常性"缺位"

新闻发言人经常性"缺位"是有关气象局的媒体报道和网络论坛上有关话题的共同特点。在某种程度上，这也暴露了气象局对于主动的新闻宣传没有充分重视，自动放弃了舆论引导的主动权。

四 构建良好的气象局公共形象的对策建议

新中国成立以来，我国气象事业从无到有，已初步形成了门类比较齐全、布局基本合理的现代化大气综合观测系统；基本组成了由天气预报、气候预测、人工影响天气、干旱监测与预报、雷电防御、农业气象与生态、气候资源开发利用等构成的气象服务体系，气象服务领域涉及工业、农业、渔业、商业、能源、交通、运输、建筑、林业、水利、国土资源、海洋、盐业、环保、旅游、航空、邮电、保险、消防等多个行业和部门。近年来，随着科学技术和经济社会的发展，大气成分分析与预警预报、空间天气预警、沙尘暴天气监测与预报、防雷装置检测和工程专业设计、健康和医疗气象、突发公共事件紧急响应等气象保障业务和服务也迅速发展。目前，气象服务已基本覆盖了国民经济建设和社会发展与国家安全各个领域，气象服务的社会经济效益投入与产出比达到了1：40。

通过前面对公众调查的结果和对2009年度传统媒体、网络论坛有关气象局的内容分析可以看出，中国气象局公共形象的总体特征是知名度高美誉度也较高。与2008年度相比，虽然传统媒体和网络论坛有关的新闻绝对数量有所增加，但是相对于其他政府机构报道比例仍偏低。地方气象局某些工作人员的负面报道较多，对中国气象局的形象造成了损害。因此我们建议，要改进中国气象局的公共形象，除了要继续加强中国气象局的气象服务能力外，还要加大正面新闻宣传的力度，整肃气象从业人员队伍纪律，提升媒体关系处理能力，主要包括以下几个方面。

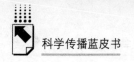

（一）做好主动的新闻宣传工作，发挥新闻发言人的作用

气象事业是科技型、基础性社会公益事业，随着近年来极端天气和各类气象灾害的频发，直接影响广大人民群众的生命和财产安全，公众对于中国气象局的期望和要求也就日益提高。在信息时代，中国气象局在积极做好各类气象信息服务的同时，必须要加强与各界的沟通。必须看到，目前中国气象局还缺乏对主流媒体和新兴媒体的舆论引导能力，各级气象台"重发布轻宣传"，在发布有关气象信息时"重发布而轻解读"，导致中国气象局的真正价值和贡献不为大众所了解。因此，必须加强整体形象策划，做好主动的新闻宣传。首先要系统地向公众普及有关气象专业的科学理念和知识；其次是在发布重大消息时要注重传播技巧，尽量把专业术语转化为公众可以接受的日常语言。

在新闻宣传的过程中，新闻发言人的作用不可忽视。目前中国气象局设立了院新闻发言人，但是在媒体上出现的频率并不高。加强新闻发言人队伍建设的目的在于建立一个和媒体、公众沟通的窗口，有利于人们看到权威性的言论，避免小道消息影响社会公众的正确判断。要把握好报道的度和时机，正确引导社会舆论，对外树立良好的社会形象，赢得公众的理解和支持；对内凝聚队伍，振奋精神，为我国气象事业发展创造良好的环境和氛围。

（二）以整肃从业人员纪律为抓手，从根源上减少或杜绝负面消息的产生

人员形象是政府机构形象的重要组成部分。近年来，某些地方气象局工作人员存在违法乱纪等行为的报道接连曝光，受到社会各方面的关注，对整个气象局系统的形象造成了极坏的影响。作为国家公职人员，要进一步完善自我约束机制和工作规范。自律是人员队伍思想建设的核心，要进一步强化气象从业人员的社会责任意识。对社会反响强烈的问题要深入调查，求真求实，细化道德规范和行为准则，经查涉嫌触犯法律的事件，应提请公安检察机关介入处理。此外还要进一步严肃工作纪律，坚决反对和抵制一切不正之风和不正当行为。

（三）提高媒体关系处理能力，塑造真正的"意见领袖"

气象事业具有较强的专业性，如果缺乏和媒体打交道的经验，也容易被媒体

误读。因此，必须注重对气象从业人员进行有关媒介素养和传播技能的培训。气象局有必要同媒体建立积极的关系，正确科学地用好媒体特别是科学媒体，从而进一步普及气象知识，推介发展成果与专家人才，促进气象服务水平的提升。和媒体打交道时，要保持平等、合作、互利的良好互动关系：要主动帮助记者找到他们想要的信息；要诚实、准确，这是在媒体面前保持可信度和美誉度的基础；及时纠正错误，在最短时间内消除疑惑。

（四）积极利用气象台和新兴的网络媒介，扩大中国气象局的影响

2009 年度对气象局形象造成负面影响的事件主要来源于网络论坛。网络信息的传播速度极快，如果不及时发现并采取有效措施，就可能对气象局的形象造成大的伤害。同时，网络上的信息还具有实时互动和易复制的特点，这使得利用网络打好"自卫反击战"成为可能。除了在负面消息出现后进行积极干预、澄清解释外，气象局还应利用自己特有的宣传平台如气象台和网站加大对自身的主动宣传，从整体上提升新闻宣传能力和服务公众水平。

（五）针对部分人群和地区美誉度较低的情况，应做进一步专题调研和针对性的宣传

在研究中发现，对气象局的美誉度评价较低的人群主要有几类：女性、较年轻的人群、高学历人群、外企事业单位和国企工作人员；此外，在部分地区如辽宁沈阳、浙江杭州、四川成都等对气象局的评价也较差。对于这些特殊人群和地区，有必要展开进一步专题调研，了解造成其对气象局评价较差的原因，有的放矢，制定针对性的宣传方案，改善气象局在这些人群和地区中的形象。

塑造健康的机构形象，关键还在于制定和实施正确的传播策略。对于中国气象局而言，目前的关键在于加大对负面消息的预警和处理，主动进行新闻宣传，正确引导舆论，塑造良好的气象局形象，对于我国气象事业的科学发展，具有十分现实的意义。

附　　录

Appendix

B.20
中国科学传播研究动态

　　摘　要： 本部分主要通过对我国学术期刊 2009 年刊载的有关"科学传播"研究的文章进行内容分析，来了解我国科学传播研究的现状、趋势与不足。着重分析 2009 年我国科学传播的研究内容和研究方法，并逐例说明。分析发现，有关科学传播方法和途径等领域更受研究者关注。研究方法以案例分析为主，定量研究和理论分析的运用不足。

一　研究设计

　　要对"科学传播"的研究现状进行准确的描述，最行之有效的方式就是对某段时期专业期刊所发表的关于科学传播研究的文献进行内容分析，以总结这段时间学术研究的发展状况以及进一步研究的方向。在我国，由于科学传播学科发展还处于起步阶段，目前在学术影响力方面并没有能得到广泛认可的科学传播专业期刊，科学传播论文的刊载期刊较为庞杂，难以简单指定。因此，我们首先借助中国知网的"中国学术期刊网络出版总库"① 对刊载科学传播论文的期刊进行筛选，再对筛选出的期刊上的科学传播论文进行内容分析。

（一）对刊载科学传播论文的期刊的确定

首先，在中国知网的"中国学术期刊网络出版总库"以"科学传播"为关键词进行全文检索，检索时间跨度为 1915～2010 年，共获得论文 3135 篇。然后，将所有论文按照与搜索关键词的相关度进行排序②，选取 3135 篇论文中相关度排在前 1000 位的论文，并统计刊载这 1000 篇论文的学术期刊。经统计，1000 篇论文共来源于 451 种学术期刊。

（二）对科学传播重点期刊的选择标准

为了让分析更加集中，我们通过"权威性"和"相关度"两个指标对期刊进行了再次筛选。"权威性"指该学术期刊的学术地位，以该期刊是否属于"CSSCI 来源期刊"或者"北大中文核心期刊目录"作为判断标准③；"相关度"指学术期刊对"科学传播"类论文的关注程度，具体以该期刊所刊载的"科学传播"相关的论文数量进行衡量。

具体的赋值标准如下：

---

① 中国学术期刊网络出版总库（China Academic Journal Network Publishing Database，简称 CAJD），是目前世界上最大的连续动态更新的中国学术期刊全文数据库，收录了 1915 年至今的国内 7000 多种学术期刊，内容覆盖自然科学、工程技术、农业、哲学、医学、人文社会科学等各个领域，全文文献总量 2200 多万篇。其下分为 10 个专业文献总库，168 个专题数据库。

② 相关度排序功能是"中国知网"数据库检索自设功能。

③ CSSCI 即中文社会科学引文索引（Chinese Social Sciences Citation Index），受教育部委托由南京大学中国社会科学研究评价中心开发研制，是中文人文社会科学文献信息查询与评价的重要工具，两年发布一次。CSSCI 来源期刊的数量确定主要参照美国《科学引文索引》（SCI）选用期刊占世界科技期刊总量的比例，遵循文献计量学规律，采取定量与定性评价相结合的方法从中文人文社会科学学术性期刊中精选出学术性强、编辑规范的期刊作为来源期刊。经过 10 余年的使用，在促进期刊提升学术质量、规范办刊行为、改进学术评价、促进哲学社会科学研究管理创新等方面具有重要的推动意义，已成为国内人文社会科学成果三大权威评价系统之一。

"北大中文核心期刊目录"是北京大学图书馆联合众多学术界权威专家鉴定遴选的权威期刊目录，目前受到了学术界的广泛认同。从影响力来讲，其等级属同类划分中最权威的一种。按照惯例，北大核心期刊每四年由北大图书馆评定一次，并出版《北大核心期刊目录要览》一书。该目录为全国各大专院校进行职称评定的重要参考依据。目前最新版为 2008 年版。

（1）权威性：属于 CSSCI 来源期刊但不属于北大中文核心期刊赋值得分为 2 分，不属于 CSSCI 来源期刊但属于北大中文核心期刊的赋值得分为 1 分，既属于 CSSCI 来源期刊又属于北大中文核心期刊的赋值得分为 3 分，既不属于 CSSCI 来源期刊又不属于北大中文核心期刊的赋值得分为 0 分。

（2）相关度：刊载"科学传播"相关文章 1～3 篇，相关度得分为 0 分，3～5 篇，相关度得分为 1 分，6～10 篇的得分为 2 分，11～15 篇的得分为 3 分，16～20 篇的得分为 4 分，21～25 篇的得分为 5 分，26～30 篇的得分为 6 分，31～35 篇的得分为 7 分，36 篇以上的得分为 8 分。

每本期刊的最终得分由其"权威性"得分和"相关度"得分相加而成。

（三）最终研究文献的确定

经过对 451 种期刊进行"权威性"和"相关度"两方面的量化比较以后，我们筛选出了 11 种得分靠前的期刊，分别为《自然辩证法研究》、《科普研究》、《自然辩证法通讯》、《科学学研究》、《科学技术与辩证法》、《中国科技论坛》、《编辑学报》、《科技管理研究》、《编辑学刊》、《浙江社会科学》和《社会科学》（按得分从高到低排序）。相应地，所选定的研究文献范围也集中在这 11 种期刊上刊登的、包含有"科学传播"关键词的 219 篇文章上。

经过初步的浏览后，我们剔除了人物访谈和生平介绍 8 篇、简讯 41 篇、工作动态 1 篇、会议发言和讲话 4 篇、书评 3 篇、学术随笔和讨论 15 篇，最终选定的研究对象是 147 篇文章。

二 选定研究文献概述

（一）选定研究文献的分布

入选文章共 147 篇，其中来自《科普研究》67 篇，来自《编辑学报》40 篇，来自《中国科技论坛》13 篇，来自《科技管理研究》8 篇，来自《自然辩证法研究》7 篇，来自《自然辩证法通讯》4 篇，来自《科学学研究》3 篇，来自《社会科学》2 篇，来自《科学技术与辩证法》1 篇，来自《编辑学刊》1 篇，来自《浙江社会科学》1 篇。

（二） 选定研究文献的受资助情况

有 38 篇文章得到了资助，或者是某个研究项目的一部分，占全部文章的 25% 左右。其中有 5 篇文章得到了国家自然科学基金或国家社会科学基金等国家级基金的资助，它们是《学术期刊评价方法体系构建及相关问题研究》①、《科技政策制定中的公众和谐参与模式研究》②、《关于构建我国农民专业合作社教育体系的思考》③、《关于科技资源科普化的思考》④ 和 《〈学艺〉和〈科学〉扶持华罗庚典型个案研究》⑤。得到省部级基金资助的文章有 30 篇（包括与国家级基金共同资助的文章），参与资助科学传播研究的部级机构主要是中国科学技术协会和教育部，分别资助了 15 篇和 3 篇文章。另外，由各省参与资助的文章共 13 篇，涉的省份和直辖市包括湖南、陕西、广东、上海、重庆、河南、北京、安徽和四川。由大学及其下属研究机构参与资助的文章共 3 篇。由于我们无法了解这些资助的具体规模，以及它们是否对项目的选题和实施有决定性的影响，所以无法讨论经济支持在科学传播研究中的作用。但是我们可以看到，获得资助与采用研究成本较高的方法之间存在着某种联系——在 38 篇获得资助的文章中，有 13 篇采用了问卷调查、定量分析、案例研究等研究成本较高的研究方法，占全部 38 篇文章的 34%；而就入选的所有 147 篇文章而言，这个比例是 27%——尽管我们不能证明这种联系是因果关系。

（三） 选定研究文献第一作者所属研究机构

在 147 篇文章中，有 58 篇文章的第一作者来自高等院校；40 篇文章的第一作者来自中科院、中国科普研究所等科研单位；35 篇文章的第一作者来自媒体，其中 15 位作者供职于大学的学报，1 位作者来自出版公司，其余 19 位则来自其

---

① 文章资助来源：国家"十一五"支撑计划项目和国家自然科学基金资助项目，《编辑学报》2009 年第 6 期。

② 文章资助来源：国家社会科学基金项目，《科普研究》2009 年第 12 期。

③ 文章资助来源：国家软科学研究计划，《中国科技论坛》2009 年第 3 期。

④ 文章资助来源：国家科技基础条件平台建设项目和中国科协科普资源共建共享项目，《科普研究》2009 年第 6 期。

⑤ 文章资助来源：国家社科基金资助项目和陕西省教育厅科研基金资助项目，《编辑学报》2009 年第 12 期。

他杂志社，主要是与自然科学相关的杂志社；有 12 篇文章的第一作者来自科技馆、动物园、博物馆等与科普活动相关的单位；而令人印象深刻的是，有一位作者来自江苏海门的一所小学，他的两篇文章介绍了自己在小学科学教育中的经验，从实践的角度为科普工作和科普研究提供了新鲜的视角和观点。①

三　研究内容广泛，以研究科学传播方法和途径为主

由于"科学"的外延十分广泛，传播科学的手段和方式又多种多样，因而对于科学传播的研究几乎可以是无所不包的。对入选的 147 篇文章分析发现，其涵盖的主题众多，下面我们分析其中受到关注较多的研究内容。

（一）关于科学传播主体的研究

1. 对我国科学传播主体现状的分析

科普工作者是科学传播的主体，包括科学家、基层科技工作者和相关媒体从业者。郑念的《我国科普人才队伍发展的历程和取得的成绩》和《我国科普人才队伍存在的问题及对策研究》② 两篇文章对我国科普工作主体进行了比较全面的分析；詹正茂等的《院士媒介素养调查》③ 用数据说明了我国高端知识分子在媒介素养上的问题，以及对科学传播工作参与的不足；万群等的《中部地区高校科普人才培养研究》④ 通过调查我国中部地区高校科普活动及人才培养现状，分析了高校科普人才培养的基本特点和存在的问题，并提出了加强高校科普人才培养的建议。

2. 科学家和科普先行者的思想或学术观点介绍

科普史和科普工作者的思想和实践是备受关注的一个研究领域。刘霁堂的《贝尔纳的公民科学教育观》⑤ 介绍了科学学创始人、物理学家贝尔纳在学校科学教育和社会普及科学教育两方面的公民科学教育思想，并得出了公民科学教育

---

① 《谈科学教育中的"科学记录"》，《科普研究》2009 年第 8 期；《小学〈科学〉课中的实验教学及策略研究》，《科普研究》2009 年第 6 期。

② 分别见《科普研究》2009 年第 8 期和第 4 期。

③ 见《科学学研究》2009 年第 6 期。

④ 见《科普研究》2009 年第 6 期。

⑤ 见《科普研究》2008 年第 11 期。

是全员教育、终身教育、能力教育和双向能动性教育，公民科学教育的发展是社会改革的直接成果的结论。

杨晶等的《美国 19 世纪的科学传播者——爱德华·尤曼斯》① 则通过对尤曼斯一生中编写化学教科书、科学演讲、传播进化论、策划"国际科学丛书"、创办《大众科学月刊》等主要工作经历的研究梳理，展示了一个不为人所关注的科学传播工作者的历程，同时反映出当时美国的科学传播情况。

刘树勇等的《高士其的科普创作思想》② 介绍了我国著名科普作家高士其的生平和创作特点。张昀京的《对中国科普历史界定的探讨》③、乐爱国的《朱熹传播科学知识的途径》④、李艳丽的《清末科学小说与世纪末思潮》⑤ 和高建明等的《晚清科技传播的分期及变迁特点》⑥ 则介绍了我国历史上不同时期的科学传播活动。

（二）关于科学传播过程和效果的研究

1. 对科学传播途径和方法的研究

科学工作者可以选择哪些途径和方法向公众传播科学，传播的效率和效果如何，如何改进这些途径和方法，是科学传播研究者关注较为集中的领域。

科技类期刊是科学传播的重要途径之一，因此出现了《学术期刊读者与作者互动的表现形式》、《论医学科普文本的易读性》和《医学学术期刊应加强医学新闻报道》⑦ 等文章。

大学不仅仅向在校的学生传授知识和科学的方法，也是科学和技术的重要生产场所，还承担着对所在社区进行科学传播的职能，因此出现了《大学向社会开放开展科普活动现状分析》⑧、《把科技传播给公众：MIT 案例分析》⑨ 和《当

---

① 见《自然辩证法通讯》2009 年第 5 期。
② 见《科普研究》2009 年第 8 期。
③ 见《科普研究》2009 年第 12 期。
④ 见《科普研究》2009 年第 4 期。
⑤ 见《社会科学》2009 年第 2 期。
⑥ 见《自然辩证法通讯》2009 年第 6 期。
⑦ 均见《编辑学报》2009 年第 6 期。
⑧ 见《科技管理研究》2009 年第 10 期。
⑨ 见《科普研究》2009 年第 6 期。

代大学科普发展战略研究》① 这些讨论大学科普职能的文章。

《科学传播的三种模型与三个阶段》②、《科学家肖像画与科学传播研究》③、《用艺术展示技术文明》④ 等文章都对不同的科学传播途径进行了讨论，而司尚奇等的《我国技术转移机构服务项目与比较研究》⑤ 则把研究重点放在了具有中介性质的技术转移机构上。该文将首批国家 76 家技术转移示范机构分成了技术类服务机构、信息类服务机构、金融类服务机构和管理类服务机构四大类，对它们的服务内容进行了统计分析，并提出了通过构建技术转移联盟等措施提高技术转移服务项目的全面性和系统性，为全国范围内其他技术转移机构建设提供借鉴，同时为国家培育技术转移机构提供政策依据。

2. 对科普基础设施建设情况和管理的研究

科普基础设施建设是国家科普能力建设的基础性工作，而科普场馆是科普基础设施中重要的硬件。因此，在各期的《科普研究》中，都有一些文章与科普场馆有关。

其中，令人印象比较深刻的是"科普场馆教育专栏"中刊登的系列文章，包括《植物园》、《中国的地质博物馆》、《中国的动物园》、《中国的科技馆与科学中心》、《中国的水族馆》、《中国的专业科技类博物馆》、《中国的自然博物馆》和《中国天文馆的发展与探索》等。这些文章分别介绍了我国几类主要科普场馆的发展历程、作用、现状、存在的问题和未来发展的方向，内容翔实，对读者了解我国的主要科普场馆有很大帮助。

除了这一系列介绍性文章之外，还有几位学者撰文讨论了科普场所的设计和利用等问题。例如《科技博物馆公共空间利用初探》、《关于科技博物馆教育活动开发的若干思考》、《科技馆对社会公众实行免费开放的思考》和《科技博物馆展示设计的探索》⑥ 等。此外，《我国科技类博物馆现状调研报告》⑦ 从宏观的角度介绍了我国科技类博物馆的发展现状；《科协系统科普场所发挥未成年人

① 见《科普研究》2009 年第 6 期。
② 见《科普研究》2009 年第 4 期。
③ 见《科普研究》2009 年第 8 期。
④ 见《科普研究》2009 年第 2 期。
⑤ 见《中国科技论坛》2009 年第 8 期。
⑥ 前 3 篇见《科普研究》2009 年第 6 期；最后一篇见《科普研究》2009 年第 2 期。
⑦ 见《科普研究》2009 年第 8 期。

校外科技教育作用的现状及对策研究》① 和《浅议科技馆教育活动如何实现对公众科学素质的培养》② 分析了科技场馆在科学传播过程中的作用；而《改善我国科普基础设施管理运行机制的几点政策建议》③、《关于科技资源科普化的思考》④、《国外科普场馆的运行机制对中国的启示和借鉴意义》⑤ 和《公民科学素质建设背景下的科技馆发展研究》⑥ 等文章则从不同的角度对我国科普场馆的建设和管理提出了建议。

3. 对科学传播效果的研究

科学传播是否会对受众产生影响，影响的机制和程度是什么，如何引导这种影响向良性的方向发展，也是科学传播研究的重点内容。

王华的《论公众海洋意识的觉醒》⑦ 介绍了海洋意识的内涵，描述了我国公众海洋意识的现状，并对如何唤醒公众的海洋意识提出了建议。

张志敏的《对我国大型科普活动社会宣传作用的相关思考》⑧ 讨论了我国大型科普活动的特点及其发挥的社会宣传平台作用，分析了此类活动在宣传、监测评估、持续效应等三方面存在的一些问题，并有针对性地提出促进大型科普活动发挥社会宣传作用的相关建议。

董丽丽的《科普与达尔文在中国的传播》⑨ 分析了 19 世纪末到 20 世纪初达尔文在中国广泛传播的原因，包括社会变革等外部原因和进化论以及《天演论》自身的特点等内在原因。通过对这些因素的考察，作者得出对当前科普工作的几点启示。

欧阳菁的《论医学学术期刊的健康传播作用》⑩ 指出医学学术期刊是健康传播的一种方式，肯定了其在传播和交流学术思想、沟通情报信息、推动医学学科的发展等方面的重要意义，也指出了其信息的选择方式较传统、出版时滞长、表

---

① 见《科普研究》2009 年第 12 期。
② 见《科普研究》2009 年第 10 期。
③ 见《科普研究》2009 年第 2 期。
④ 见《科普研究》2009 年第 6 期。
⑤ 见《科普研究》2009 年第 6 期。
⑥ 见《科普研究》2009 年第 12 期。
⑦ 见《科技管理研究》2009 年第 8 期。
⑧ 见《科普研究》2009 年第 8 期。
⑨ 见《科普研究》2009 年第 10 期。
⑩ 见《编辑学报》2009 年第 6 期。

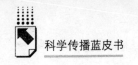

现形式单一和受众面相对小等问题，并为医学编辑专业素养的改进提出了建议。

4. 对科技期刊经营和管理的研究

科技期刊既是向普通公众传播科学知识的重要途径，也是科学工作者相互沟通和交流的平台，因此科技期刊的经营和管理成为研究者颇为关注的一个领域。

有 24 篇文章与科技期刊的经营管理有关，涉及的内容涵盖如下几方面。

● 科技期刊的选稿标准和学术影响力——例如《编辑学报》2009 年 6 月刊的《国外医学期刊的审稿标准》和《科技期刊专家审稿意见的有效性分析》、2009 年 10 月刊的《科技学术期刊学术质量影响因素分析》和 2009 年 4 月刊的《学术期刊的公信力分析》等。

● 科技期刊的经营理念——例如《编辑学报》2009 年 8 月刊的《近 30 年我国科技期刊编辑办刊理念的变化与启示》、2009 年 10 月刊的《一般科技期刊必须走特色发展之路》和 2009 年 6 月刊的《论科技期刊学术目标与经济目标的冲突与协调》等。

● 科技期刊的广告和品牌经营——例如《编辑学报》2009 年 12 月刊的《基于社会责任的科技期刊品牌影响力的提升策略》、2009 年 10 月刊的《科技期刊与广告客户的博弈行为分析》和 2009 年 8 月刊的《技术类期刊的广告经营及对策》等。

● 科技期刊的栏目设置和选题——例如《编辑学报》2009 年 12 月刊的《运用德尔菲法预测期刊特色栏目》、2009 年 6 月刊的《科技期刊选题策划的社会热点切入式》和 2009 年 6 月刊的《中外医学期刊栏目比较》等。

● 科技期刊的读者定位——例如《编辑学报》2009 年 6 月刊的《论网络时代高校科技期刊的读者定位》和 2009 年 12 月刊的《农业科普期刊要以特色服务"三农"》等。

5. 基于案例的科学传播经验总结和交流

什么样的途径更有利于科学传播，又如何让这些途径和方法最有效地发挥作用，国内外有哪些先进的经验可供借鉴，这是我国现阶段的科学传播研究迫切需要解决的课题，因此也成为许多学者关注的焦点。

《〈学艺〉和〈科学〉扶持华罗庚典型个案研究》①、《搭建科学与大众的桥

---

① 见《编辑学报》2009 年第 12 期。

梁——谈科技期刊与大众媒体的新闻报道合作实践》①和《〈新华日报〉太行版对科技传播的贡献研究》②等作品介绍了期刊和报纸等平面媒体在科学传播中的作用及经验；《科普片的创作与受众认知规律的和谐性研究》③和《巧选动画片培养儿童创造力》④分别以科普片《数字化农业》和动画片《小熊维尼与跳跳虎》为例，论述了影视作品对受众科学素养及创造力的影响；《科学商店社区行》⑤和《"公众科学日"科普展板视觉效果分析》⑥则分别以案例来说明科学商店和展板这两种特殊形式在科学传播活动中的运作方式和效果。

另一篇值得重点关注的文章是刘长波的《论科普的公益性特征与产业化发展道路》⑦，这是唯一一篇涉及科普产业化发展问题的文章。该文首先指出了科普的公益性特征以及由此带来的投入困境，随后提出了通过产业化方式发展科普事业的设想，包括产业化的投入机制、产业化的运行机制、产业化的激励和约束机制等几个方面。

（三）关于科学传播受众的研究

1. 对公众科学素养的研究

在讨论科学传播活动的受众（公众）时，许多研究者将重点放在了如何衡量公众的科学素养上。如张超等的《科学素质研究中国实践解读》⑧、孔燕等的《基于项目反应理论的中国公民科学素质测评方法研究》⑨、陈发俊的《美国米勒公民科学素养测评指标体系的形成与演变》⑩、《公众科学素养测度的困难》⑪和《我国公众科学素养测评存在的问题与对策》⑫，以及刘小玲等的《中国公众科学

---

① 见《编辑学报》2009 年第 8 期。
② 见《自然辩证法研究》2009 年第 3 期。
③ 见《科普研究》2009 年第 2 期。
④ 见《科普研究》2009 年第 6 期。
⑤ 见《科普研究》2009 年第 4 期。
⑥ 见《科普研究》2009 年第 8 期。
⑦ 见《科普研究》2009 年第 8 期。
⑧ 见《科普研究》2009 年第 10 期。
⑨ 见《科技管理研究》2009 年第 4 期。
⑩ 见《科普研究》2009 年第 4 期。
⑪ 见《自然辩证法研究》2009 年第 3 期。
⑫ 见《中国科技论坛》2009 年第 5 期。

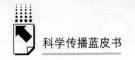

素质基准体系的可行性和科学性研究》① 等文章，都从不同角度对公众科学素养测评的问题进行了讨论。

2. 对特定受众的研究

在针对特定人群的科学传播活动中，针对农村群众和中小学生的科学传播活动及其效果受到了较多的关注。陈秀兰等的《农业科研人员技术推广行为研究》②、孟鹤等的《北京地区农业科技资源供给现状与发展对策研究》③ 和刘冬梅的《我国农村专业技术协会的未来发展方向及政策需求分析》④ 等文章都讨论了针对农民和农业的科技资源供给现状和未来发展趋势，而齐超等的《农村科普宣传栏传播效果研究》⑤ 则讨论了特定传播手段在农村科学传播中的效果。针对中小学生的科学传播活动也是受关注的重点之一，徐杰的《小学〈科学〉课中的实验教学及策略研究》⑥ 和季容等的《新疆少数民族地区师范类高校面向中小学生实施科普教育的实践和思考》⑦ 是这些文章中的典型代表。

3. 对公众互动参与的研究

科学传播不是一个单向的过程，其也涉及公众对科学界的反馈。曹昱的《科学传播"民主模型"的现实意义——公众参与科技决策的理论研究》⑧ 就讨论了这个问题。"民主模型"是一种重要的科学传播模型，它强调公众通过参与科学技术决策与科学家、政府进行平等的对话，从而实现科学传播。该文介绍了这种模型的思想基础、实践前提、实践目标和实践方案，为"民主模型"在实践中的应用提供了理论准备。

《公众盛赞科学，科学家责备公众和媒体》⑨ 是为数不多的讨论公众与科学家关系的文章，用数据说明了美国公众对待科学及科学家的看法，以及公众和科学家对待科学问题有哪些相同和不同的观点。令人遗憾的是，这是一篇编译的文

---

① 见《中国科技论坛》2009 年第 11 期。
② 见《科技管理研究》2009 年第 12 期。
③ 见《中国科技论坛》2009 年第 12 期。
④ 见《中国科技论坛》2009 年第 8 期。
⑤ 见《科普研究》2009 年第 10 期。
⑥ 见《科普研究》2009 年第 6 期。
⑦ 见《科普研究》2009 年第 6 期。
⑧ 见《科学技术与辩证法》2009 年第 4 期。
⑨ 见《科普研究》2009 年第 12 期。

章，不是出自中国作者之手，讨论的也不是中国的情况。这也许可以作为我国学者今后考虑的一个研究方向。

（四）关于科技政策的研究

虽然在所有的入选文章中只有一篇文章讨论了与科技政策有关的问题，但是它代表了科学传播研究中的一个重要领域和方向，所以我们在这里也将它列举出来。

刘立等的《科技政策制定中的公众和谐参与模式研究》[①] 说明了公众参与科技政策的必要性，并从法律、文化等方面提出了公众参与科技政策制定的和谐模式。文章指出，公众对科技事务的参与，主要表现在参与科技政策以及含有科技内容的公共政策的制定上，其次才表现为参与科技知识的生产。

四 研究方法以案例研究为主，定量和理论分析不足

（一）案例研究

以案例来说明自己的观点，或者通过案例分析总结出可供借鉴的经验和值得吸取的教训，是研究者们较为常用的一种研究方法。

闫蓓等的《搭建科学与大众的桥梁——谈科技期刊与大众媒体的新闻报道合作实践》一文以《中国科学》杂志为例，探讨了科技期刊与大众媒体开展新闻报道合作的问题，论述了合作的意义，介绍了国内开展这类合作的现状，总结了《中国科学》杂志社的实践经验和问题，并展望了这类合作的发展方向。

饶芳等的《重大科技新闻事件的议程设置分析》[②] 进行了中外案例的对比分析，主要以《科技日报》为例，介绍了媒体在重大科技新闻报道的题材上固有的议程设置，以及这种议程设置如何体现了我国政府在科技政策上的指导方针，体现了普及和增强科学素养、引导民众提高科学素养、培养正确的科技观等主流

---

① 见《科普研究》2009 年第 12 期。
② 见《科普研究》2009 年第 10 期。

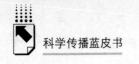

价值观点。

王雄军的《焦点事件与政策间断》① 通过对《人民日报》头版的公共卫生政策议题进行内容分析，指出焦点事件在政策议程设置过程中具有明显的作用，并指出正是在一系列焦点事件的影响下，中国的公共卫生政策呈现间断性的变迁特征，并持续推进深层次的制度建设和政策调整。

李福鹏等的《科学传播中科学家缺席的原因探析》② 则结合 2007 年海南的"蕉癌"事件，对科学家在科学传播中缺席的原因进行分析和探讨，继而提出构建科学家参与科学传播的若干可行性思路，以适应当代科学传播发展的需要。

以案例为基础展开论述的文章还有很多，如上文已经提到过的《运用德尔菲法预测期刊特色栏目》等，这里就不一一列举了。

（二）历史研究法

探讨科学传播或科普历史发展进程的文章大多使用历史研究法。

许玲等的《透过三个植物园探索中国植物园科普发展历程》③ 调查收集了南京中山植物园、中科院华南植物园和中科院西双版纳热带植物园三个典型植物园科普演变历史的相关资料，归纳出了中国植物园科普发展的三个主要阶段——早期起步阶段、中期成长阶段和发展成熟阶段。

张晶的《科学史教育的历史考察：将科学史引入科学教育的历程》④ 介绍了科学史从自然哲学副产品身份发展为科学教育核心的 4 个主要阶段：孔德的通识教育使科学史走入课堂；萨顿使科学史成为一种社会建制；库恩的新科学史观开始了科学教育的人文主义倾向；HPS 教育使科学史与科学哲学成为科学教育的方法论指导。

任胜利等的《2003～2007 年中外科技期刊载文与被引的趋势分析》⑤ 则是一篇文献综述性的文章。该文回顾了 2003～2007 年 Thomson Reuters 和中国科学技术信息研究所历年发布的 *Journal Citation Reports*（*JCR*）及《中国科技期刊引证

---

① 见《社会科学》2009 年第 1 期。
② 见《自然辩证法研究》2009 年第 6 期。
③ 见《科普研究》2009 年第 10 期。
④ 见《自然辩证法通讯》2009 年第 1 期。
⑤ 见《编辑学报》2009 年第 10 期。

报告》（*CJCR*），比较分析了中外科技期刊载文数、总被引频次、影响因子、即年指标、被引半衰期等各项文献计量指标的变化趋势。分析结果表明，国内外科技期刊的平均载文量和总体学术影响力近年来一直在稳步上升，我国科技期刊近年来的发展速度要高于世界总体水平。

（三）调查法

相比其他方法，通过调查获取数据并在此基础上进行分析的文章相对较少。这些研究主要采用的调查方法包括问卷调查、电话调查和实地调查等。

刘智元的《提高农民文化程度　促进农业科技转化》[①] 以江苏省 28 个县部分农民学习行为的调查为基础，用分类统计的方法分析了不同文化程度的农民在关注农业技术程度、学习习惯、学习方法、学习自信力、学习态度等方面的差别。发现农民文化程度越高，其对农业科技越关注，越有学习积极性、学习习惯和学习信心，对知识的掌握程度就越高。在这些发现的基础上，作者提出要促进农业科技成果转化，必须全面提高农民文化程度。

刘兵等的《谁是中高端科普图书的读者?》[②] 以上海科技教育出版社出版的科普图书为研究对象，根据该社中高端科普图书的有关邮购数据进行统计，并设计相应问卷。基于对回收问卷的分析，得出了"民间科学家"是我国中高端科普图书的重要受众的结论。

王德海等的《农村科技协调员的岗位现状与需求分析》[③] 分别于 2008 年 4 月和 7 月在北京几个郊区县开展了两次农村科技协调员的科技需求调查，揭示了北京农村科技协调员目前的工作状态、自我认识、信息获取渠道、绩效考核标准、工作中存在的问题和培训需求。在此基础上分析了科技协调员的人力资源管理和岗位规范，对进一步完善农村科技协调员队伍建设，构建首都农村科技推广服务体系提出了建议。

李苓等的《"农家书屋"发挥作用了吗》[④] 对四川省阿坝藏族羌族自治州的茂县和绵阳市北川羌族自治县进行了实地调查，分析了汶川地震后这两个地区的

① 见《科技管理研究》2009 年第 5 期。
② 见《科普研究》2009 年第 2 期。
③ 见《中国科技论坛》2009 年第 8 期。
④ 见《编辑学刊》2009 年第 5 期。

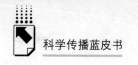

"农家书屋"的建设和使用情况，在调查分析的基础上指出了"农家书屋"在建设和使用中存在的问题，并提出了解决这些问题的建议。

同样使用自主调查方式获得第一手资料，并以此为基础开展论述的文章还有赵蕾等的《科学家肖像画与科学传播研究》①、王磊等的《基于农民视角的农业科技推广行为：形式和内容孰轻孰重》②、陈秀兰等的《农业科研人员技术推广行为研究》和詹正茂等的《院士媒介素养调查》等文章。

（四）定量分析法

定量分析是对社会现象的数量特征、数量关系与数量变化的分析，在研究科学传播问题时，有些研究者也采用了定量分析的方法。

苏婧等的《中国科协科技期刊2006~2007年度发展状况》③对中国科协及其全国学会主办和参与主办的898种期刊进行了统计，并利用数据说明了这些科技期刊在学术地位、出版发行、经营管理等方面取得的进展。

孟鹤等的《北京地区农业科技资源供给现状与发展对策研究》④用数据说明了北京地区农业科技机构、科研基础设施、科技人员、科技经费、科技成果和科技推广体系等方面的现状，分析了北京地区农业科技资源供给的优势和问题，并提出了发展建议。

朱大明的《基金论文与非基金论文作者自引对比分析》⑤对基金论文与非基金论文作者自引量进行了随机抽样统计分析，并得出了"基金论文的自引篇率和自引率明显高于非基金论文，作者自引量与期刊论文质量存在一定的正相关性"的结论。

孔燕等的《基于项目反应理论的中国公民科学素质测评方法研究》⑥则在单纯引用数据的基础上更进了一步，提出了用项目反应理论测度公民科学素质的模型，并利用安徽省公民科学素质调查中的数据，检验了该模型的拟合程度，对模

---

① 见《科普研究》2009年第8期。
② 见《中国科技论坛》2009年第10期。
③ 见《编辑学报》2009年第3期。
④ 见《中国科技论坛》2009年第12期。
⑤ 见《编辑学报》2009年第6期。
⑥ 见《科技管理研究》2009年第4期。

型进行了优化。这是入选的 147 篇文章中唯一涉及模型分析的文章。

除了以上提到的几篇文章之外，还有一些文章在分析和论述的过程中列举了数据作为论据，但是基本上只是简单的引用，而不涉及对数据的加工和处理，但更多的文章，则完全没有引用数据。定量分析法使用的不足，似乎可以看做是我国科学传播研究中一个较为普遍的现象。

（五）理论分析

谭笑等的《科学文本研究中的修辞分析》[①] 将研究重点放在了科学文本研究这个交叉学科的领域。文章首先说明了科学文本研究的意义，以及它在观念和方法上与一般的文学研究之间的差异，然后通过对达尔文作品的分析，进一步解释了这种差异。

张超等的《科学素质与科学素质调查的意义》[②] 从国际上最新的公民科学素质调查入手，分析了跨文化背景下的世界各国（地区）对科学素质的理解，在此基础上展示了当前的学者在理解科学素质上的一些趋势。

钱贵晴的《"科普环境信息场"理论研究》[③] 综合应用脑科学及创新教育理论等多学科的相关理论对科普进行研究，提出了"科普环境信息场"理论，从中国国情出发，在科学发展观思想的指导下，围绕以人为本的宗旨来理解科普，并从这一新视角对科普的定义、内涵、属性特征等进行了阐述。

147 篇入选文章所采取的研究方法和途径是多种多样的，既有定量的分析，也有定性的分析；既有基于案例的经验总结，也有基于数据的规律探寻，还有纯理论的讨论。但是总的来看，定性分析远远多于定量分析。而且，还有许多文章没有采用上文中提及的任何一种分析方法，甚至可以说，没有采用任何一种规范的研究方法。它们只是简单罗列作者的观点，没有进行深入的阐述，也没有解释为什么作者会持这样的观点。

例如一篇讨论影响因素的文章，作者只是简单地列举了他认为的影响因素，却没有说明这些影响因素为什么会产生影响，影响的程度如何，如何衡量这些影

---

① 见《科学学研究》2009 年第 8 期。
② 见《自然辩证法研究》2009 年第 5 期。
③ 见《科普研究》2009 年第 8 期。

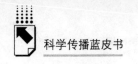

响因素本身以及这些影响因素与被影响因素之间的关系。

还有一篇关于发展战略的文章，作者只是说明了某项活动的概念和重要性，却没有对这项活动的现状、面临的机遇和挑战进行任何分析，更没有对未来的发展方向和发展战略进行任何阐述。

如果说关于科学传播的研究文献数量较少已经从一定程度上说明了我国科学传播研究的不足，那么这种论证不充分、偏离主题或研究不深入现象的普遍存在，则进一步暴露了这一领域研究的不足。

五　科学传播研究现阶段的特点和存在的不足

入选的 147 篇文章涉及的领域众多，探讨的问题相当广泛，但是仍然可以从文章篇幅、格式、结构和内容等方面总结出一些共性的特点。之所以呈现这些特点，与我国科学传播研究目前所处的发展阶段是密切相关的；而有些特点，则反映我国目前相关研究所普遍存在的不足。

（一）篇幅较短，但涉及面广，导致论述不深入

在入选的 147 篇文章中，3000 字左右的 48 篇，3000～5000 字的 71 篇，5000～10000 字的 25 篇，10000～15000 字的 3 篇；其中，5000 字以下的占所有文章的 80% 以上。无论篇幅长短，大部分作者都倾向于在自己的文章中包含更多的角度或者要素，从而使讨论每个角度或要素的篇幅显得更短，难以得到充分的论述。

以一篇介绍评价期刊学术影响力的新方法的文章为例，全文共 2000 余字，包含了引言、问题的提出、理论依据、具体的处理方式以及结语等几个部分，甚至还涉及简单的数据分析。这种"麻雀虽小，五脏俱全"的分析结构，反而造成无法就其中任何一个问题进行充分的讨论。在问题的提出部分，读者可能会想知道，如何定义期刊的学术影响力，目前的衡量方式是什么样的，这些方式有怎样的优点和弊端；在理论依据部分，也应该说明作者推荐的新方法的具体含义，它的优缺点，以及作者提出这种构想的理由；在具体的处理方式部分，应该详细说明具体的衡量指标是什么，是通过什么计算方式得到的，基础数据是什么，这种处理方式的适用范围如何，在其他情况下应该如何调整等。这是一个宏大的题

目，难以囊括在不足 3000 字的篇幅之内。如果不想大幅度扩展篇幅，应该将讨论重点放在某一方面去深入分析，而不是试图做到面面俱到。

（二）相对于"是什么"和"为什么"，更加关注"怎么办"

很多文章都遵循下述模式展开："现状—问题—解决办法"，"问题—原因—解决办法"，"现状—经验—借鉴意义"，或者"现状—发展趋势—应对措施"。

虽然从某种意义上说，描述现状、明确问题、分析问题背后的原因或事件发展的趋势，似乎更加符合专业学术研究的定位，但是目前所普遍呈现出的这种文章结构可能更是对我国科学传播实践需要的反映，有其存在的价值和必然性。

但是如上文所述的篇幅因素，这种分析结构和模式很可能存在论述不充分的问题。这些文章大体可以分为两类：一类是以现状和问题（或经验）为研究重点，而在分析的最后简略地提出解决问题的方法，或者推广经验的建议。这一类文章可能出现的问题是，对建议或解决方案的论述不充分，使其只能具有结构上的作用，不具备可操作性和实际的借鉴价值。另一类则是以解决问题或者推广先进经验为重点，而以简单地介绍现状和分析问题为铺垫。这一类文章可能出现的问题则是对现状的描述不充分，或者对问题的原因分析不充分，从而导致在此基础上提出的改进建议或解决方案失去说服力。

（三）更关注实际操作，而不是理论分析

现有科学传播研究文章的选题更倾向于总结经验和推广最优的实践方法，而不是分析某种方法的理论基础、发展历程、适用范围、优劣比较或实践效果。

例如，《搭建科学与大众的桥梁———谈科技期刊与大众媒体的新闻报道合作实践》[①]、《基于社会责任的科技期刊品牌影响力的提升策略》[②]、《改善我国科普基础设施管理运行机制的几点政策建议》[③]、《关于少儿气象科普创作的理念探索和建议》[④]、《新疆少数民族地区师范类高校面向中小学生实施科普教育的实践

---

① 见《编辑学报》2009 年第 8 期。
② 见《编辑学报》2009 年第 12 期。
③ 见《科普研究》2009 年第 2 期。
④ 见《科普研究》2009 年第 10 期。

和思考》①，等等。不能说这样的现象是好还是不好，但在一定程度上反映出我国的科学传播实践工作仍然处于不成熟的阶段，相比于理论上的认识，科学传播工作者更加需要能够直接借鉴的经验和指导，更加渴望同行之间的交流和讨论。随着我国科学传播实践工作的日益成熟，需要更深刻的理论作为指导，相关的研究重点也需逐步向理论倾斜。

（四）定性分析较多，而定量分析较少；案例分析较多，而文字说理较少

"定性分析较多，而定量分析较少"，是当前科学传播研究中较为普遍的现象。出现这种情况主要有两点原因：一是定量分析首先需要准确和公开的信息来源，这正是我国目前所缺乏的，而每位作者自行收集数据的成本又太高。基础数据来源是任何学科的研究所必不可少的，建立有关科学传播的数据库是完善我国科学传播研究当前亟须解决的问题。二是因为定量分析需要使用数学或统计知识和工具，而我国目前从事科学传播研究的人员多为文史类专业出身，专业分科导致这方面的技能较为不足，这就要求研究人员不断自我充实，提高研究水平。

"案例分析较多，而文字说理较少"，指在现有研究文章中作者更倾向于用案例来证明自己的观点，而不是通过理论论证来证明自己的观点。这样的论证方式较为简便，但不够严谨。读者可能会质疑作者提出的观点仅仅适用于某个具体情况的特例，而不是一种普遍规律，不具有推广意义。

这两点在上文分析具体研究内容和研究方法的时候已经有所提及，这里不再赘述。总之，分析方法的不足，在一定程度上反映了现有研究水平还较低，现阶段我国科学传播研究的发展处于起步阶段，需要更多的研究投入、积累和研究者的加入。

---

① 见《科普研究》2009 年第 6 期。

B·21
国际科学传播研究动态

摘　要：本部分主要通过对《科学传播》杂志所刊文章进行内容分析和文本解读，进而了解 2009 年度国际科学传播研究的最新动态和关注重点。本部分还逐例分析了所刊文章采用的研究方法。2009 年国际科学传播研究涉及主题范围较广、研究深入，较多研究得到了公立基金会的支持，其研究成果对政府、科学传播组织、科学家和企业合理运用传播策略有着重要的现实意义。

《科学传播》（*Science Communication*）是国际科学传播研究领域最具代表性和权威性的期刊之一。2009 年，《科学传播》杂志共刊登文章 38 篇，其中研究型文章 26 篇，书评、评论和编辑评论 12 篇。这些文章紧紧扣住最热门的政治话题和社会问题，观点独到，论证深入，充分代表了国际科学传播研究领域的最新发展水平。本文将通过对《科学传播》杂志 2009 年刊登文章的分析，了解国际科学传播研究在 2009 年的发展动态和研究重点。

本报告首先对 26 篇研究型文章进行总结（见文后附表），涉及研究内容、涉及的科学领域、研究方法、主体与受众、作者隶属的机构、资助者等多个维度。

一　研究内容以传播效果和传播方法为主，具有一定的现实指导意义

传播学先驱拉斯韦尔于 1948 年提出一个 5W 公式，来描述传播过程，即"Who is talking what to whom in what channel with what effect"，也就是"谁通过什么渠道向谁传播什么，并达到了什么效果"。因此，传播学研究的内容通常可以分为五大领域，即传播者研究、内容研究、媒介研究、受众研究和效果研究。

本文将这一公式进一步扩展，补充两个因素，即影响整个传播过程的"传播环境"和传播过程中所用的"传播方法"，并对此做了研究分析。从附表中可以看到，在26篇研究型文章中，研究"传播效果"的文章有11篇，占全部文章的42.3%；研究"传播方法"的文章有8篇，占全部文章的30.8%；研究"传播媒介"的文章有6篇，占全部文章的23.1%；研究"传播主体"的文章1篇，占全部文章的3.8%。没有出现研究"传播内容"和"传播受众"的相关文章。

传播效果研究，主要是研究科学界和媒体界对于某个科学主题的传播究竟能够发挥多大作用，是否加深了受众尤其是普通公众对于该主题的了解，是否对受众处理相关问题有所帮助，或是否促使受众采取了相应的行动。

布鲁尔（Paul R. Brewer）等人的"Media Use and Public Perceptions of DNA Evidence"就是一篇研究传播效果的文章。该文采用实证研究考察了不同媒体使用与公众对于DNA证据认知的关系，即媒体是否使公众更加了解有关DNA的知识，认为DNA证据是可靠的，是否使陪审团更加看重DNA证据的作用，以及是否更加支持建立全国DNA数据库。

而关于"传播方法"的研究，则侧重于考察某种特定的传播方法是否能够达到预期的传播目的；在传播某个特定的主题时，哪种传播方法能达到更好的效果；或者传播某个特定主题时，该采用什么样的传播策略。

在研究传播方法的8篇文章中，有3篇讨论了不同类型的信息在传播过程中的使用，以及对于传播效果的影响。例如，Nelya Koteyko等人的"From Carbon Markets to Carbon Morality: Creative Compounds as Framing Devices in Online Discourses on Climate Change Mitigation"一文主要考察了"碳足迹"、"碳金融"、"低碳生活"等包含"碳"的新兴复合词在传播气候变化信息过程中的大量应用，尤其是在网络传播中的大量应用。作者通过定性和定量的分析发现，从20世纪90年代至今，开始涌现出众多与"碳"相关的复合词，这些词大体可以分为金融、生活方式和态度三种类型，均得到了较为广泛的传播使用。

二　研究涉及的主题广泛，与环境问题
相关的研究相对集中

2009年的《科学传播》上发表的26篇研究型文章，涉及环保、医疗保健、

食品安全、纳米技术和生物技术等多个科学领域。但是与 2008 年相比，2009 年的研究所涉及的领域更加集中，有 10 篇文章与环境保护有关，其中与气候变化相关的有 9 篇。

在研究科学传播问题的文章中，具体科学领域的研究可分为两种情况。一种情况是，文章研究的是科学传播中的普遍规律或策略，但是以某个具体科学领域作为案例，这样的研究结果通常具有一定的普遍性，因而有较高的可推广性，或者说，至少作者的本意是让研究结果具有一定的推广价值。另一种情况是，作者希望基于某种特定科学主题的特点，提出该科学主题在传播过程中的特点以及应采取的传播策略。作者认为，涉及不同的科学主题具有不同的特点，受众对其关注程度、认知程度和认知方式也呈现不同的特点，这些不同特征将进一步影响特定科学主题的传播方式以及所产生的传播效果。

以有关气候变化的 9 篇文章为例，有 4 篇属于第一种情况，另外 5 篇则属于第二种情况。

邦德（Andrew R. Binder）的 "Routes to Attention or Shortcuts to Apathy? Exploring Domain-Specific Communication Pathways and Their Implications for Public Perceptions of Controversial Science" 一文就属于第一种情况。关于传播的研究多强调在媒体影响受众的过程中，人际的讨论可能起到一种中介的作用。邦德为了探讨这一理论的合理性，建立了一个模型，来了解公众对于科学的认知程度，然后以有关气候变化的传播过程为例，验证模型的效果，演示人际讨论在气候变化这个主题中发挥的作用。结果显示，人际讨论对于加强媒体传播的效果有显著的影响。而且，两种不同的传播主题——其一是以政策为焦点，其二是以科学为焦点——对于传播效果有不同的影响。在这项研究中，气候变化这个特定主题仅仅是以样本或者说案例的形式出现，文章的结论可以推广到对其他主题的传播研究。

而斯威策尔（Sarah Schweizer）等人的 "Strategies for Communicating about Climate Change Impacts on Public Lands" 一文则属于第二种情况。该研究完全是针对气候变化这一特定主题提出相应的传播策略。文章讨论了在气候变化对公地的影响过程中，学者、媒介从业人员与政府三者有哪些共识，什么样的传播原则有助于相关主体创立更有效的传播策略，以及怎样更好地向受众传达气候变化对公地的影响这一科学主题的复杂性以及对人类生活的影响。在理论分析和研讨的

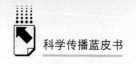

基础上，斯威策尔等人提出，要在公地管理的过程中有效传播关于气候变化的信息，必须向受众传达九大关键信息，并遵循十项传播原则。显然，这篇文章的讨论具有很强的针对性，其目的是为特定科学相关主题的传播提供建议。

三　研究方法多样，定量研究成为主流

在《科学传播》2009 年刊登的研究型文章中，采用了文献研究法、模型研究法、案例研究法等多种不同的研究方法，并且绝大多数研究都涉及定量研究。

（一）文献研究法

克伟尔（David Ockwell）等人的 "Reorienting Climate Change Communication for Effective Mitigation Forcing People to Be Green or Fostering Grass-Roots Engagement?" 一文采用了文献研究法。如在讨论 "传播活动在改变人们的行为时会遇到哪些障碍"、"如何促使人们的行为更加符合环保标准"、"如何促使草根阶层广泛参与公共事务"、"如何促进关于气候变化的立法"、"传播在这个过程中的作用是什么" 这些问题时，该文广泛地参考和借鉴了前人的研究，最终得出结论：自上而下的法制和政策能够改变人们的行为，但为了让制度和政策持续有效地发挥作用，必须让人们真正地参与到环保活动中来，而在这个过程中，传播能够发挥积极的作用。

同样，尼斯比特（Matthew C. Nisbet）等人的 "A Two-Step Flow of Influence? Opinion-Leader Campaigns on Climate Change" 一文也采取了文献研究法。该文将过去的研究分成了六大类，分别是自然形成的意见领袖、与身份有关的具体问题、招募、培训、信息开发和协调。通过对历史文献的分析，作者指出，虽然意见领袖不能完全代替草根阶层的活动和传统的媒体宣传，但是其作用也不容忽视。而在与气候变化有关的活动中，自然形成意见领袖是一种最符合成本效益的方法。

（二）实证研究

奥尼尔（Saffron O'Neill）等人的 "'Fear Won't Do It' Promoting Positive Engagement with Climate Change through Visual and Iconic Representations" 一文采取了文献研究与实证研究相结合的方法。作者首先通过文献研究论证了气候变化

与个人的低碳生活之间的关系，公众在气候变化问题中的参与程度，公众产生恐惧心理的原因，以及恐惧心理对公众改变行为方式的作用。随后，作者通过两个调查验证了恐惧心理对行为方式改变的作用。其中一项研究在英国诺维奇进行，考察了虚拟的气候变化信息与公众对气候变化问题的了解和关注程度之间的关系，共有30名参与者接受了半结构化访谈等三个阶段的调查。另一项研究则采用焦点小组访谈和在线调查的方法，试图发现用什么样的方式传播气候变化信息，能够使受众通过自己的感知和价值观改变来参与有关气候变化的问题。这两项调查的结果表明，让人感觉恐惧的信息确实会吸引人们关注气候变化，并出现下意识的反应，但是对于促使人们对相关活动的参与，恐惧并不是一种有效的工具，能够把个人情感与这种宏观环境问题联系起来的不具有威胁性的形象和图像往往是最有吸引力的。

（三）建立模型

卡洛（LeeAnn Kahlor）等人在 "If We Seek, do We Learn? Predicting Knowledge of Global Warming" 一文中，旨在单独识别出一些因素，来预测公众对于全球变暖的了解。

文章首先在充分参考以往文献的基础上提出了包含正相关和负相关系列因素的一系列假设。一是部分因素与人们对全球变暖的知识了解正相关。包括阅读报纸；通过互联网了解新闻；受教育程度；认为气候变化与自己相关；担心气候变暖；感觉到社会压力和行为控制（要求当事人去了解全球变暖的信息）；对相关信息的价值态度（即认为这些信息是否有用）经验和能力；由于过去的搜寻信息行为而对相关信息有所了解；自称为收集相关信息而付出的努力；收集信息使用的信息来源数量。二是通过电视了解新闻与人们对全球变暖的知识了解负相关。接着，卡洛等人向某大学一个在线研究论坛的20000名会员发送电子邮件进行问卷调查，最终收到有效问卷828份。在问卷分析的基础上，作者利用危机信息搜寻和处理模型（Risk Information Seeking and Processing Model，简称RISP模型）来检验最初提出的假设。文章采用了几个参数来描述对全球变暖知识的了解程度，分别为掌握相关知识的复杂程度、准确性、编码信度等。

模型分析的结果显示，阅读报纸与了解全球变暖的知识是负相关的；通过网络了解新闻、认为气候变化与自己相关、担心气候变暖、感觉到社会压力、过去

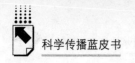
的行为等因素，均与了解全球变暖的知识无关。

在 13 个因素之间，存在着很多联系。如通过三个因素可以比较准确地预测公众关于全球变暖信息的了解，这三个因素分别是介绍全球变暖信息的媒体数量、公众搜寻信息所花费的精力，以及普遍的受教育程度。与大多数人的预期相反，信息的主观规范与知识之间呈反向相关。

（四）人类学研究

在 "Making Space for the 'Nuances of Truth': Communication and Uncertainty at an Environmental Journalists' Workshop" 一文中，施奈德（Jen Schneider）采用人类学研究的方法考察了环保记者研讨会的内容及其对参与者的影响力。他最初决定选择这种研究方法，是因为资助研究的组织非常擅长组织类似的研讨会；为期六天的研讨会也不会显得过于冗长，并且便于观察与会记者的观点。作者以一个不带有任何个人色彩的观察者或信息记录者的身份参加了这次研讨会。

在这个研讨会上，既有科学家也有从事科学报道的记者，作者对双方进行了观察和深入访谈，了解这两个群体内部的关系，以及他们彼此之间的关系。作者发现，这样的研讨会对于参与的记者来说是很有用的。研讨会的报告者认为，他们让参与者更好地了解了科学方法和科学的不确定性。但是这项研究也表明，"元传播"——也就是关于传播的传播——与科学渗入活动是同等重要的。参与研讨会的科研工作者不仅应该以科学家的身份参与"元传播"活动，为记者提供科学方面的建议，还应该以职业代言人的身份参与其中，努力改进科学界与媒体界之间的沟通。

（五）案例研究

科研成果通过大众媒体向公众传播，已经成为科学研究过程的一个重要组成部分。但是在关于癌症等复杂主题的传播过程中，新闻媒体往往被认为起到了负面的作用，不是减少传播的难度，而是使传播问题更加复杂化。史密斯（Katherine Clegg Smith）等人的 "Getting Cancer Research into the News: A Communication Case Study Centered on One U.S. Comprehensive Cancer Center" 一文就采取案例研究的方法验证了这一说法。

作者首先对一些个体进行了深入访谈，这些人都是美国全国癌症研究协会进行的某项研究的利益相关者，或者是与这些研究的沟通有关的人。案例研究围绕一个综合癌症研究中心展开，受访者都在传播该中心研究成果的过程中扮演了某种角色，但并不一定是该中心的成员。文章考察了在沟通有关癌症的主题时，各方利益相关者的目标、沟通的过程，以及表现出这样的沟通过程的原因。

文章分析的结论是，如果不能清晰地阐明一个各方共同的目标，沟通行为就不能有效地促进公众参与或有效地推动癌症的预防。

（六）批判话语分析

斯塔姆（Anastasia G. Stamou）等人的"The Discourse of Environmental Information Representations of Nature and Forms of Rhetoric in the Information Center of a Greek Reserve"一文就用批判话语分析的方法考察了 Dadia 森林保护中心在信息传播过程中使用的文字材料。这种分析方法把环保信息视为一个"披露"的过程，一种社会实践方式的理论框架。不同的利益群体希望如何管理和使用自然资源，都能够通过这样的实践方式得以体现。

环保信息的披露有两种表达方式，即自然科学的表达方式和人文科学的表达方式。该文重点考察了两种表达方式是如何在信息传播的过程中相辅相成的，以及各自的效果如何。

四 一半的论文第一作者隶属于美国的研究机构

《科学传播》杂志 2009 年度发表的 26 篇研究型论文中，有 13 篇论文的第一作者隶属于美国的大学或科研机构，占全部文章的 50%。其余文章的作者则来自英国、加拿大、希腊、荷兰、德国、西班牙和意大利等国家，16 篇文章的第一作者隶属的研究机构来自英语国家（见图 1）。

五 绝大多数研究者更加关心如何向科学界以外的
公众传播科学信息

根据《科学传播》的办刊宗旨，其刊登的文章会涉及三个广泛而相互关联的主题的研究：科学研究界内部的沟通和传播；向大众传播科技信息；科技传播

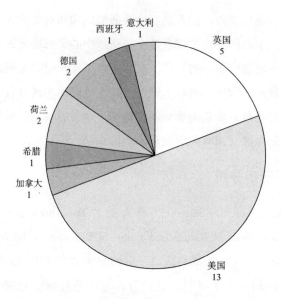

图1 论文第一作者所属研究机构的国家分布

政策。但是从 2009 年度发表的文章来看，绝大多数文章都在探讨如何向科学界以外的公众传播科学信息，仅有两篇文章涉及科学界内部的传播，以及科学家与媒体从业人员之间的沟通。

除了上文已经分析过的施奈德（Jen Schneider）的"Making Space for the 'Nuances of Truth'：Communication and Uncertainty at an Environmental Journalists' Workshop"这篇文章以外，另一篇讨论科学界人士与媒体之间互动的文章也是以研讨会为背景的。

迈勒尔（Steve Miller）等人的"Can Science Communication Workshops Train Scientists for Reflexive Public Engagement? The ESConet（European Science Communication Network）Experience"一文探讨了欧洲科学传播网络在 2005 ~ 2008 年间创办的传播培训讲习班的效果。这些讲习班培训了 170 多位研究者，主要是一些刚刚开始从事科学研究工作的人士，使他们能够在不同的传播情境中灵活地参与公共活动。这项活动为科学传播设计了 12 项原创的教学模块，不仅着眼于技能培训，包括面向普通受众的写作技能和接受媒体访问的技能，还培养科研人员在危机情况下进行沟通的技能，通过日常对话传播科学知识的技能，以及面对科学界内部争论的技能等。

六　资助者以公立基金会为主

在 26 篇研究型论文中，有 8 篇论文的研究得到了公立基金会的资助，6 项研究得到了大学研究基金的资助，3 项研究得到了政府部门的资助，3 项研究得到了私立基金会的资助，还有 8 项研究没有资助者或者未说明资助者（因为有些研究项目的资助部门不止一个，所以以上各项相加之和大于 26）。

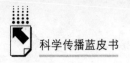

附表 2009 年《科学传播》所刊文章分类

文章标题	研究内容	涉及的科学领域	研究方法	主体与受众	作者隶属机构	资助者
Reorienting Climate Change Communication for Effective Mitigation Forcing People to Be Green or Fostering Grass-Roots Engagement?	效果研究	气候变化	文献研究	向科技界以外的受众传播	英国大学	ESRC（经济与社会研究协会）
A Two-Step Flow of Influence? Opinion-Leader Campaigns on Climate Change	方法研究	气候变化	文献研究	向科技界以外的受众传播	美国大学，科研机构	部分来自大学的教研基金
"Fear Won't Do It" Promoting Positive Engagement with Climate Change through Visual and Iconic Representations	方法研究	气候变化	实证研究与文献研究相结合	向科技界以外的受众传播	英国大学，科研机构	ESRC 和大学的奖学金项目
If We Seek, do We Learn? Predicting Knowledge of Global Warming	效果研究	气候变化	模型分析	向科技界以外的受众传播	美国大学	部分来自大学的教研基金
Making Space for the "Nuances of Truth": Communication and Uncertainty at an Environmental Journalists' Workshop	媒介研究	气候变化	人类学研究	向其他领域的专业人员（媒体从业人员）传播科学信息	美国大学	匿名其余部分来自大学的教研基金
Getting Cancer Research into the News: A Communication Case Study Centered on One U. S. Comprehensive Cancer Center	效果研究	医疗保健	案例研究	向科技界以外的受众传播	美国大学	大学和相关科研机构的私人资助
Routes to Attention or Shortcuts to Apathy? Exploring Domain-Specific Communication Pathways and Their Implications for Public Perceptions of Controversial Science	媒介研究	气候变化	模型分析	向科技界以外的受众传播	美国大学	私人资助，私立基金大学研究基金
Social Representations of Risk in the Food Irradiation Debate in Canada, 1986 - 2002	方法研究	食品安全	实证研究	向科技界以外的受众传播	加拿大科研机构	加拿大科研机构的博士项目

续表

文章标题	研究内容	涉及的科学领域	研究方法	主体与受众	作者隶属的机构	资助者
The Context (s) of Precaution: Ideological and Instrumental Appeals to the Precautionary Principle	效果研究	—	实证研究	向科技界以外的受众传播	西班牙大学	西班牙科学与教育部
Media Use and Public Perceptions of DNA Evidence	效果研究	生物技术	实证研究	向科技界以外的受众传播	美国大学	无
From Carbon Markets to Carbon Morality: Creative Compounds as Framing Devices in Online Discourses on Climate Change Mitigation	方法研究	气候变化	实证研究与文献研究相结合	向科技界以外的受众传播	英国科研机构，大学	ESRC
Searching for a Frame: News Media Tell the Story of Technological Progress, Risk, and Regulation	方法研究	纳米技术	模型分析	向科技界以外的受众传播	美国大学	美国国家科学基金
"Teach the Controversy" The Relationship Between Sources and Frames in Reporting the Intelligent Design Debate	效果研究	—	模型分析	在科技界内部的传播	美国大学	未说明
The Discourse of Environmental Information Representations of Nature and Forms of Rhetoric in the Information Center of a Greek Reserve	方法研究	环境保护	批评话语分析	向科技界以外的受众传播	希腊大学	欧盟
Risk Information Seeking Among U.S. and Dutch Residents an Application of the Model of Risk Information Seeking and Processing	方法研究	—	模型分析	向科技界以外的受众传播	荷兰大学，美国大学	荷兰科学研究协会
When Good Food Goes Bad Television Network News and the Spinach Recall of 2006	效果研究	食品安全	实证研究	向科技界以外的受众传播	美国科研机构	美国农业部下属的科研机构
Strategies for Communicating about Climate Change Impacts on Public Lands	方法研究	气候变化	理论分析	向科技界以外的受众传播	美国大学	无

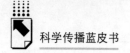

续表

文章标题	研究内容	涉及的科学领域	研究方法	主体与受众	作者隶属的机构	资助者
Beliefs about Science and News Frames in Audience Evaluations of Embryonic and Adult Stem Cell Research	效果研究	生物技术	实证研究	向科技界以外的受众传播	美国大学	大学研究基金
Lost in Translation? A Comparison of Cancer-Genetics Reporting in the Press Release and Its Subsequent Coverage in the Press	媒介研究	医疗保健	模型分析	向科技界以外的受众传播	美国大学	美国癌症协会合作下属科研机构
From Public Understanding to Public Engagement an Empirical Assessment of Changes in Science Coverage	媒介研究	生物技术	实证分析	向科技界以外的受众传播	德国大学	未说明
Exploring a Black Box Cross-National Study of Visit Effects on Visitors to Large Physics Research Centers in Europe	效果研究	—	模型分析	向科技界以外的受众传播	意大利大学,希腊大学,德国科研机构	欧盟
"Prediction" or "Projection"? The Nomenclature of Climate Science	主体研究	气候变化	实证研究	向科技界以外的受众传播	德国科研机构	未说明
The New Men Scientists at Work in Popular British Fiction Between the Early 1930s and the Late 1960s	媒介研究	—	实证研究	向科技界以外的受众传播	英国大学	未说明
The Development of Public Perception Research in the Genomics Field an Empirical Analysis of the Literature in the Field	效果研究	生物技术	模型分析	向科技界以外的受众传播	荷兰大学	未说明
Tacit Understandings of Health Literacy Interview and Survey Research with Health Journalists	效果研究	医疗保健	实证研究	向其他领域的专业人员(媒体从业人员)传播科学信息	美国大学	密苏里健康基金会
Can Science Communication Workshops Train Scientists for Reflexive Public Engagement? The ESConet (European Science Communication Network) Experience	媒介研究	—	案例研究	向其他领域的专业人员(媒体从业人员)传播科学信息	英国大学	未说明

图书在版编目（CIP）数据

中国科学传播报告. 2010~2011/詹正茂，靳一，陈晓清等著.
—北京：社会科学文献出版社，2011.5
（科学传播蓝皮书）
ISBN 978 - 7 - 5097 - 2225 - 1

Ⅰ.①中… Ⅱ.①詹… ②靳… ③陈… Ⅲ.①科学技术 - 传播 -
研究报告 - 中国 - 2010~2011 Ⅳ.①G219.2

中国版本图书馆 CIP 数据核字（2011）第 043950 号

科学传播蓝皮书
中国科学传播报告（2010~2011）

著　者/詹正茂　靳　一　陈晓清　等

出 版 人/谢寿光
总 编 辑/邹东涛
出 版 者/社会科学文献出版社
地　　址/北京市西城区北三环中路甲 29 号院 3 号楼华龙大厦
邮政编码/100029

责任部门/皮书出版中心（010）59367127　　责任编辑/姚冬梅　任文武
电子信箱/pishubu@ ssap. cn　　　　　　　责任校对/李　娟
项目统筹/邓泳红　　　　　　　　　　　　责任印制/董　然
总 经 销/社会科学文献出版社发行部　　（010）59367081　59367089
读者服务/读者服务中心（010）59367028

印　　装/北京季蜂印刷有限公司
开　　本/787mm×1092mm　1/16　　印　张/29
版　　次/2011 年 5 月第 1 版　　　　字　数/495 千字
印　　次/2011 年 5 月第 1 次印刷
书　　号/ISBN 978 - 7 - 5097 - 2225 - 1
定　　价/75.00 元

盘点年度资讯 预测时代前程

从"盘阅读"到全程在线阅读
皮书数据库完美升级

·产品更多样

从纸书到电子书，再到全程在线网络阅读，皮书系列产品更加多样化。2010年开始，皮书系列随书附赠产品将从原先的电子光盘改为更具价值的皮书数据库阅读卡。纸书的购买者凭借附赠的阅读卡将获得皮书数据库高价值的免费阅读服务。

·内容更丰富

皮书数据库以皮书系列为基础，整合国内外其他相关资讯构建而成，内容包括建社以来的700余部皮书、20000多篇文章，并且每年以120种皮书、4000篇文章的数量增加，可以为读者提供更加广泛的资讯服务。皮书数据库开创便捷的检索系统，可以实现精确查找与模糊匹配，为读者提供更加准确的资讯服务。

·流程更简便

登录皮书数据库网站www.i-ssdb.cn，注册、登录、充值后，即可实现下载阅读，购买本书赠送您100元充值卡。请按以下方法进行充值。

充值卡使用步骤：

第一步

· 刮开下面密码涂层
· 登录 www.i-ssdb.cn
· 点击"注册"进行用户注册

社会科学文献出版社 皮书系列
SOCIAL SCIENCES ACADEMIC PRESS (CHINA)

卡号：4091816833090578
密码：

（本卡为图书内容的一部分，不购书刮卡，视为盗书）

第二步

登录后点击"会员中心"进入会员中心。

SSDB
社科文献资源库
SOCIAL SCIENCE
DATABASE

第三步

· 点击"在线充值"的"充值卡充值"，
· 输入正确的"卡号"和"密码"，即可使用。

如果您还有疑问，可以点击网站的"使用帮助"或电话垂询010-59367071。